Titre original : **The 13th Juror**
Cet ouvrage est publié avec l'accord de
Rights Unlimited, Inc., New York, U.S.A.

386 chaussée d'Alsemberg - 1180 Bruxelles
Tél. (02) 344 49 34

Imprimé en France par
Brodard et Taupin en novembre 1996

ISBN 2-87153-342-3
Dépôt légal : D/1996/4411/094

JOHN T. LESCROART

LE 13ÈME JURÉ

Traduit de l'américain par Christine Huet
Photo & graphisme de couverture : Steve Pollet

LEFRANCQ
LITTÉRATURE

À mes frères, Michael et Emmett

NOUS LUI DONNERIONS PLUS D'ATTENTION,
QUAND NOUS JUGEONS UNE FEMME, SI NOUS SAVIONS
COMBIEN IL EST DIFFICILE D'ÊTRE UNE FEMME.

— P. GERALDY

L'INCONSTANCE DE LA FEMME QUE J'AIME
N'A D'ÉGAL QUE L'INFERNALE CONSTANCE
DES FEMMES QUI M'AIMENT.

— GEORGE BERNARD SHAW.

PREMIÈRE PARTIE

Jennifer Witt vérifia de nouveau la table. Cela semblait parfait mais avec Larry, il était difficile de savoir le véritable sens du mot « parfait ». Dans des chandeliers en argent étincelants, il y avait deux bougies rouges neuves — Larry ne supportait pas celles à demi consumées dégoulinantes de cire sèche.

Elle avait pensé en mettre une rouge et une verte, comme Noël approchait. Mais Larry n'aimait pas les mélanges de couleurs. Le salon était couleur champagne — ce qui n'était pas facile à tenir propre, surtout avec un enfant de sept ans — mais elle n'allait pas le repeindre. Elle se souvint de la fois où elle avait acheté une reproduction de Van Gogh (UNE REPRODUCTION, TONNERRE DE DIEU ! TU AS ACCROCHÉ UNE REPRODUCTION DANS MON SALON ?). Larry n'avait pas du tout apprécié les couleurs.

Il aimait les choses rangées, en ordre. Il était médecin. Des vies dépendaient de son jugement. Il ne pouvait pas être envahi chez lui par de la camelote, lui avait-il dit.

Elle avait donc opté pour les bougies rouges.

Et la cuisine chinoise. Il aimait la cuisine chinoise, mais quand cela devenait une institution, il se fâchait. Ne pouvait-elle pas leur préparer quelque chose de simple dans la vaisselle blanche de Pottery Barn ? Saucisses haricots par exemple ? Ils n'avaient pas besoin de cuisine raffinée tous les jours. Elle faisait tout pour lui faire plaisir, mais avec Larry, on ne savait jamais.

D'ailleurs, un jour, le plat de saucisses haricots ne lui avait pas plu. Il avait eu une journée extrêmement dure, avait-il dit, et il avait envie d'un vrai repas. Et Matt, lui, avait passé une mauvaise journée à l'école et il pleurnichait. Et l'une des assiettes était ébréchée.

Elle secoua la tête pour chasser ce souvenir.

Ce soir, elle allait se réconcilier avec lui. Du moins, elle allait essayer. Voilà pourquoi elle avait choisi la cuisine chinoise. Elle devinait déjà son mécontentement... ses accès de colère étaient pires à chaque fois... et elle cherchait à retarder le moment où il explosait, de quelques jours si possible.

Ainsi, elle avait préparé son plat préféré — des rognons de veau spécial qu'il fallait aller acheter chez Little City Meats à North Beach. Et des asperges de décembre chez Petrini à 4$99 la livre. Et elle avait couché Matt de bonne heure.

Elle se regarda dans la glace, en songeant qu'il était étrange que beaucoup d'hommes la trouvent attirante. Son nez était busqué et sa peau presque transparente, comme un masque mortuaire. Elle avait un visage émacié ; en vérité, elle était trop maigre. Et ses yeux étaient d'un bleu trop clair pour son teint olivâtre — des yeux très enfoncés, avec un type étranger, comme si ses ancêtres étaient venus de Sicile ou de Naples, alors qu'ils étaient de Milan.

Elle se pencha en avant pour mieux s'examiner. Un vaisseau sanguin était éclaté mais le fard à paupières camouflait les traces jaunâtres du coup. Dans l'attente de son retour, vérifiant sans cesse que tout soit prêt, elle s'était mordu la lèvre inférieure. Heureusement, elle venait de remarquer une trace de rouge à lèvres corail sur une dent et une petite tache au-delà du contour crayonné de sa bouche.

Rapidement, après avoir tendu l'oreille vers la porte d'entrée, elle se déchaussa et alla sur la pointe des pieds — pour ne pas réveiller Matt— à la salle de bains. La lumière y était meilleure. À l'aide d'un Kleenex, elle pressa ses lèvres, refit le trait de crayon et mit son brillant à lèvres. Larry aimait une bouche luisante. Mais pas trop non plus. Sinon, cela faisait mauvais genre, disait-il.

Elle revint vers l'entrée, enfila ses chaussures abandonnées sur le tapis couleur champagne.

L'Olympia Way, près de Sutro Tower, était calme. C'était le jour le plus court de l'année, le premier jour de l'hiver, et les réverbères étaient allumés depuis qu'elle était revenue des courses à 17 heures. Elle regarda sa montre. Il était 19h15.

Le dîner serait prêt à 19h20 exactement, heure à laquelle ils passaient toujours à table. Larry rentrait de la clinique entre 18h50 et 19h05 tous les jours. Enfin, presque tous les jours. Quand il arrivait à la maison, il aimait boire son double scotch, du Laphraoig, avec un glaçon, pendant qu'elle apportait les plats sur la table.

19h18.

Elle se demanda si elle devait éteindre le four. Voudrait-il son apéritif avant de manger ? Dans ce cas, qu'adviendrait-il du dîner ? Elle pouvait le servir mais il serait certainement froid avant que Larry n'y touche. Il détestait un repas refroidi.

Pire, il était capable de s'imaginer qu'elle le bousculait. Et après une longue journée de travail en rendez-vous avec ses patients, il n'avait pas besoin que quelqu'un le bouscule.

Le problème, c'était les asperges.

Si Larry arrivait dans une minute exactement, qu'il voulait aussitôt manger, et que les asperges n'étaient pas prêtes ? À l'auto-cuiseur, il fallait quatre-vingt-dix secondes — s'il y avait une chose que Larry exécrait, c'était bien les asperges trop cuites. Peut-être que s'il passait directement à table, elle pourrait servir le reste du repas et les asperges seraient prêtes à temps. Voilà ce qu'elle ferait.

C'était un peu risqué mais préférable à des asperges ratées, s'il rentrait plus tard.

Aucun signe de sa Lexus remontant la rue. Pas âme qui vive non plus. Où était-il ? Mince, elle se mordait encore les lèvres.

19h20. Elle éteignit le riz. Cela pourrait encore aller si elle le couvrait — les grains ne colleraient pas, et c'est comme cela que Larry aimait le riz.

Elle s'assura qu'il y eut assez d'eau à ébullition. Tout dépendait des asperges qui devaient être prêtes dès que Larry entrerait. Dès qu'elle entendrait la porte s'ouvrir même. Si l'eau ne bouillait pas, si elle frémissait seulement, tout serait fichu.

* * *

À 20h15, elle avait sorti la viande du four, rempli trois fois d'eau l'auto-cuiseur ; elle avait ajouté du beurre dans le riz pour l'empêcher de coller mais hélas, il était manqué. À 19h35, elle avait préparé le verre de scotch de Larry, avec un glaçon. À 20h00, le glaçon étant fondu depuis longtemps, elle l'avait vidé dans l'évier.

Elle entendit des pas dans l'allée. Mon dieu, pourvu qu'il ait pu se garer près de la maison. Il arrivait qu'il ne trouve pas de place à proximité lorsqu'il rentrait tard le soir et cela le mettait de très mauvaise humeur.

Le dîner pouvait encore être sauvé. Elle avait une chose à faire... lui servir un whisky, avec un glaçon, l'accueillir sur le seuil et le laisser se relaxer une vingtaine de minutes, le temps de cuisson nécessaire pour le riz qu'elle recommençait. Elle pourrait passer les rognons de veau au four à micro-ondes. À basse température, la viande ne se dessécherait pas. Quant aux asperges, cela ne poserait pas de problème.

Elle avait le scotch à la main quand il ouvrit la porte. Larry était un homme grand, très beau — avec un menton marqué d'un sillon et un corps encore jeune pour un homme de quarante et un ans. La calvitie l'avait épargné, ses cheveux étaient élégamment longs et ondulés. Il portait un costume italien sur une chemise blanche au col fermé par une cravate colorée —les couleurs, disait-il, convenaient pour une cravate tant que cela ne jurait pas. Elle lui mit le verre dans la main, lui fit une bise sur la joue, sourit.

— Où étais-tu ?

Mon Dieu, elle n'avait jamais pensé demander cela. Les mots lui avaient échappé.

— Qu'est-ce que tu veux dire par où étais-tu ? Où crois-tu que j'étais ?

— Oh, je voulais dire qu'il était tard. Je pensais... j'étais inquiète.

— Tu étais inquiète. Ce n'est pas pour me déplaire.

Il sembla enfin remarquer le verre de whisky.

— Qu'est-ce que c'est ? demanda-t-il.

— Ton scotch, Larry. Pourquoi ne t'assois-tu pas un instant pour te détendre ?

— Quelle heure est-il ? Tu sais que quand je rentre si tard, je n'aime pas boire avant dîner. J'aimerais bien manger.

— Je sais mais je croyais que...

— O.K., tu croyais. Tu fais des efforts. J'apprécie. Mais je meurs

de faim. Passons à table, d'accord ?

Comme il avançait, elle recula, juste de quelques pas, sans paraître battre en retraite.

— Le dîner sera prêt dans deux minutes, mon amour, dit-elle.

Il se figea.

— Que veux-tu dire ? J'arrive et le dîner n'est pas prêt ? J'ai travaillé toute la journée, je rentre chez moi et je n'ai pas de quoi manger ?

— Larry, c'était prêt il y a une heure. Je ne savais pas que tu rentrerais si tard...

— Ah, parce qu'il est tard maintenant. D'une certaine façon, j'ai gâché le dîner. C'est donc de ma faute.

— Non Larry, ce n'est pas cela. Il faut juste le réchauffer, tout est prêt. Pourquoi ne prends-tu pas le temps de boire ton verre ? Je t'appelle dans deux minutes.

Elle pouvait servir le premier riz. Heureusement, elle ne l'avait pas jeté. Il ne s'apercevrait peut-être de rien. Et si elle mettait à cuire les asperges dès maintenant, si elle augmentait le micro-ondes pour réchauffer la viande, le repas serait prêt dans cinq minutes tout au plus.

Elle vit sa mâchoire se crisper, ses poings se fermer. S'ouvrir, se fermer, s'ouvrir, se fermer. Elle hésita avant de lui jeter un bref sourire.

— Je t'assure, il suffit de cinq minutes. Ce ne sera pas long. Promis. Bois ton verre tranquillement.

Il regarda son verre.

— Jenn, ne me dis pas ce que je dois faire, d'accord ? Toute la journée, j'ai eu des patients qui me donnent leur opinion sur des choses dont ils ne connaissent rien du tout. Tu m'as compris ?

— Oui, Larry, oui, oui. Je suis désolée.

Il secoua la tête.

— Et arrête d'être tout le temps désolée.

— Oui.

Elle se retint à temps d'ajouter qu'elle était désolée.

Il sirotait son verre. Il avait desserré les poings. Cela semblait avoir marché.

Un répit.

Pour cette fois.

Peut-être.

CHAPITRE 1

Pendant quarante-trois jours d'affilée, Dismas Hardy avait porté son costume cravate et avait mis un point d'honneur à se rendre en ville, au bureau qu'il avait loué. Ce bureau était du provisoire, pas encore du sûr. Il n'était pas tout à fait prêt à travailler pour un cabinet d'avocats — du moins pas sans avoir vu s'il pouvait travailler en indépendant et tirer quelques subsides d'une activité autour de la loi.

Il commençait à en douter.

Le propriétaire de son bureau était David Freeman, avocat également, qui avait un jour mis une plaque sur une porte pour réussir dans le métier. Il y était parvenu. Âgé de soixante ans, plus croustillant que le fameux pain au levain de San Francisco, le vieil homme était devenu une légende dans toute la ville. Sa plaque était à présent une enseigne en cuivre bruni — *David Freeman & Associés* — fixée sur le fronton du Freeman Building, un bel immeuble de quatre étages sur la Sutter Street au coeur du quartier de la finance.

Freeman et Hardy s'étaient rencontrés un an plus tôt. Sur une affaire de meurtre dans laquelle ils étaient adversaires. Avant la fin, une certaine admiration était née entre les deux hommes, malgré eux. Ils partageaient quelques traits de caractère : une ténacité certaine, un côté solitaire pour naviguer dans le milieu de la justice, une passion pour le détail, un besoin d'indépendance. Cette admiration s'était peu à peu transformée en amitié.

Dans les mois qui avaient suivi, Freeman avait subtilement courtisé Hardy, lui soulignant les dangers de la vie dans un gros cabinet. Oh certes, l'on y gagnait beaucoup d'argent, mais il y avait aussi la routine de la paperasserie, le fardeau de devoir trouver chaque semaine quarante heures d'honoraires à facturer, la dépendance vis-à-vis d'un collaborateur à qui il faut faire de la lèche (et un type sans doute plus jeune que lui car Hardy avait déjà quarante et un ans). De plus, un cabinet est une véritable ruche où la moindre décision prise — des alinéas, des paragraphes de vos dossiers jusqu'au contenu de la plaidoirie — est sujet à l'approbation d'un comité. Est-ce que Hardy voulait vraiment *cela* ?

Pourquoi ne donnait-il pas une chance à ses véritables rêves et à son instinct ? Freeman lui offrait un bureau à louer à l'étage pour un prix dérisoire, il mettait à disposition la bibliothèque et sa secrétaire, le temps qu'il fasse son choix.

Ainsi, quarante-trois jours durant, Hardy était venu au bureau.

Au cours de ces dernières semaines, il s'était rendu quatre fois en salle d'audience au Palais de Justice. Trois des affaires —deux lui avaient été confiées par David — étaient des « conduites en état d'ivresse », dans lesquelles Hardy avait joué un rôle secondaire. Les clients finissaient par payer les amendes et rentrer chez eux. La quatrième affaire concernait l'ami d'une connaissance de Hardy. Un nommé Evan Peterson, déjà quinze fois verbalisé pour stationnement interdit, avait été attrapé pour manquement de respect d'un stop. Un mandat était lancé contre lui, il avait été arrêté sur-le-champ. Hardy l'avait aidé, sur la demande de son ami, à sortir de ce labyrinthe administratif.

La vie sous le couperet de la loi.

* * *

L'on était au milieu de l'après-midi. Au déjeuner, il était rentré à la maison voir sa femme et leurs deux enfants, Rebecca et Vincent. Ensuite, il avait roulé le long de la plage, en passant par Golden Gate Park, puis il avait pris les avenues pour retourner chez lui, sur la 34e Avenue. Cédant alors à sa bonne vieille culpabilité catholique — et si un client frappait à la porte et qu'il n'était pas au bureau ? — il avait passé son costume et il était reparti en ville.

Harry décompressait, il lisait. Levant le nez de son livre, il prit une bouffée d'air. Il essayait d'être philosophe, il se disait qu'aujourd'hui était le quarante-troisième jour de l'autre partie de sa vie.

— Mr Hardy.

La secrétaire de Freeman, Phyllis, se tenait à la porte de son bureau. C'était une femme dans la cinquantaine, stricte, mais probablement douce. Elle affichait un petit sourire. Il ôta les pieds de son bureau, posa son livre « Une année en Provence » — des rêves et encore des rêves — et lui fit signe d'entrer.

— Je ne vous dérange pas ? Vous n'êtes pas occupé ? demanda-t-elle.

Il fit mine d'avoir peu de temps à lui consacrer.

— Je viens de recevoir un coup de fil d'une femme qui s'appelle Jennifer Witt, poursuivit-elle. La connaissez-vous ?

Hardy se leva d'un bond. Phyllis s'approcha.

— Elle a été arrêtée ce matin, elle désirait parler à David mais il est au tribunal et aucun de ses collaborateurs n'est là.

Freeman était toujours au tribunal. Il avait une petite équipe d'avocats à son service qu'il tenait sans cesse en effervescence.

— David veut que j'y aille ?

— Je l'ai bipé et il vient de me rappeler. Ils étaient en vacances. Il craint que Mme Witt ne s'adresse à quelqu'un d'autre si nous ne lui envoyons pas rapidement un représentant. Il a demandé si vous vouliez bien...

— Jennifer Witt ? répéta Hardy.

Phyllis hocha la tête.

— Je crois que c'est une grosse affaire, commenta-t-elle.

* * *

Le crime avait été couvert par tous les journaux et toutes les chaînes de télévision sans exception. C'était le genre d'histoire dont s'alimentaient les gazettes locales. Le docteur Larry Witt et son fils de sept ans, Matt, avaient été assassinés chez eux, pendant que la mère était sortie faire un jogging. Une voisine qui avait entendu les coups de feu avait prévenu police secours. À son retour, la mère avait été interceptée à la porte de la maison par un policier. C'est lui qui avait découvert le carnage.

Durant les quinze jours après le crime, les journalistes avancèrent la théorie d'un tireur professionnel engagé pour éliminer la famille Witt, pour des raisons qui restaient inconnues. Mme Witt avait prétendu apercevoir un individu suspect — latino ou afro-américain ? — dans les alentours le matin en question.

Jennifer Lee Witt, l'épouse, était une très belle femme. Lorsqu'elle était montrée en portrait sur deux colonnes dans « The Chronicle » ou qu'elle apparaissait pétrifiée au journal télévisé de 18 heures, lui assurant ainsi son audimat, qu'elle fut en larmes ou en état de choc, elle avait le visage photogénique d'une jeune femme qui vient à peine de perdre son innocence. Et sur les bonnes photos, on pouvait l'imaginer en train de poser.

* * *

Elle portait une combinaison jaune, comme tous les autres prisonniers du septième étage. Ses cheveux blonds étaient coupés court, quelques mèches pourtant tombaient sur le devant et cachaient une partie de son visage. Elle marchait en fixant le sol.

Par la vitre de verre armé, Dismas Hardy la regarda venir vers la salle d'entretien, puis il alla s'asseoir à la table en attendant que le gardien la fasse entrer.

Au bruit de clé dans la serrure, il se leva.

— Mme Witt ?

— Mr Freeman ? s'enquit la jeune femme qui timidement lui tendit une main.

— Non.

Désorientée par la réponse, elle retira sa main, recula. Hardy crut qu'elle allait s'effondrer. Il s'empressa de s'expliquer.

— Je travaille avec Mr Freeman. (Il ne mentait pas complètement.) Il est retenu au tribunal.

Elle ne bougeait pas.

— Qu'est-ce que vous faites, vous les avocats ? Vous vous passez les gens comme on se passe le sel ? J'ai appelé les avocats de mon mari et ils m'ont répondu qu'ils ne pouvaient pas m'aider mais que David Freeman le pourrait. C'est le meilleur, m'ont-ils dit.

— Il est très bon.

— J'ai donc dit oui pour qu'ils lui téléphonent, parfait, et la suite vous la connaissez. C'est *vous* qui débarquez. Je n'ai jamais entendu parler de Mr Freeman, je n'ai jamais entendu parler de vous. Je n'arrive pas à croire que je suis arrêtée. Pour le meurtre de Larry et pour le meurtre de mon fils Matt, pour l'amour de Dieu. Ils ne *peuvent* pas croire que j'ai tué mon petit bébé.

À l'évocation de son fils, ses lèvres se mirent à trembler. Elle se détourna, le visage dans une main.

— Je ne pleurerai pas.

Hardy fit signe au gardien qui sortit et referma la porte. Ils se trouvaient dans une petite pièce de cinq mètres sur huit, avec une table au plateau abîmé et trois chaises en métal qui prenaient presque toute la place. Par la vitre, on apercevait le bureau administratif de la partie de la prison réservée aux femmes. Deux surveillantes en uniforme allaient et venaient autour de leurs bureaux encombrés, sortaient et rentraient. La salle commune se trouvait juste au coin. Quand la porte s'était ouverte, un tourbillon de bruits s'était engouffré dans la pièce. Des bruits métalliques, des sanglots, des voix. À présent, la porte ne laissait passer que des sons feutrés.

Assis sur le coin de la table, Hardy attendait que Jennifer Witt retrouvât son calme. Elle finit par se tourner vers lui.

— Vous pouvez avoir Mr Freeman, dit-il, si vous le désirez, mais il est pris pour un moment. Il s'agit d'une inculpation par un conseil de citoyens. Il ne sera pas question de caution.

— Vous voulez dire que je vais devoir rester ici ? Mon dieu... combien de temps ? bredouilla Jennifer.

Parler lui coûtait. Soudain, elle baissa la tête et s'assit.

Hardy se sentit un intrus. Il laissa s'écouler une longue minute.

Elle inspira profondément, comme si elle retenait sa respiration.

— Je suis désolée, c'est ma faute. Mais je ne voulais pas d'autres ennuis et je me suis dit qu'il me fallait un avocat.

— Ok, fit Hardy qui vint prendre une chaise face à elle.

— Même si ce n'est pas important, ajouta la jeune femme.

— Cela peut l'être.

Débattre de l'utilité d'un avocat n'intéressait pas Jennifer. D'un air las, elle secoua la tête.

— Je crois encore que quelque chose va venir à mon secours, que les choses vont s'arranger.

Hardy lui expliqua qu'une bonne représentation pouvait faire la différence. Elle semblait ne pas l'entendre.

— Mme Witt ?

Elle était absente. Plutôt, elle avait oublié Hardy. Sa tête roula de droite à gauche, avant de ralentir comme un balancier sur le point de s'arrêter.

— Non, dit-elle, je voulais parler de Matt. Mon enfant.

Hardy respira longuement à son tour. Lui aussi avait perdu un fils. Avec le temps, il avait fini par remiser son chagrin dans un coin de sa tête. Mais il n'oublierait jamais, il n'en avait même jamais eu l'idée.

Regardant cette femme, si fragile dans sa tenue de prisonnière, il se sentit proche d'elle. Sentiment spontané et peut-être un manque de professionnalisme. Mais que la loi attende un peu. Quand la machine judiciaire entrerait en action, ils n'en sortiraient pas de si tôt.

— Cela fait combien de temps ? demanda-t-il.

Elle tira sur une mèche de cheveux...

— Je n'arrive pas à l'accepter, dit-elle d'une voix rauque. J'ai l'impression de vivre hors de la réalité, vous voyez ? (Les yeux dans le vague, elle décrivit un cercle de la main autour d'elle.) Cet endroit... Je me sens comme un somnambule pris au piège d'un cauchemar... je veux me réveiller... Je veux que Matt revienne. (Elle avala sa salive, presque comme si elle cherchait de l'air.) Mon dieu, je ne sais pas. Vous, que pouvez-vous faire ? En quoi cela vous intéresse-t-il ?

— Cela m'intéresse, Mme Witt.

Elle accusa la réponse sans un soupir, sans un regard, sans même un battement de paupières. De nouveau, elle s'était réfugiée en elle-même.

Hardy regarda ses mains posées devant lui. Jennifer Witt se moquait des avocats et de leurs pratiques, de sa caution et de la combinaison jaune dans laquelle elle flottait. Elle avait perdu son fils, personne n'allait le lui ramener. Elle avait raison. Quoiqu'il fasse, lui, Hardy, n'arrangerait pas le cours des choses.

* * *

D'une fenêtre extérieure, un carré de lumière tombait sur l'un des bureaux des surveillantes. Depuis le début de l'entretien, il s'était déplacé de quelques centimètres.

Jennifer avait commencé à s'ouvrir et à écouter. Une fois acceptés les détails de sa représentation par Hardy, ils en étaient venus au vif du sujet. Elle ne voulait pas passer le reste de sa vie en prison, n'est-ce pas ?

— Pas pour quelque chose que je n'ai pas commis, Mr Hardy.

— Très bien. Mais permettez-moi de vous demander une chose. Que vouliez-vous dire quand vous disiez que vous le méritiez ? Vous méritiez *quoi* ?

La jeune femme baissa la tête, comme pour esquiver un coup. Le pathétique de sa réaction frappa Hardy.

— Tout et rien, dit-elle, ce...

— Quoi ?

— C'est ma faute. Je n'étais pas là. Si j'avais été à la maison...

Elle secoua la tête encore une fois.

— Qu'est-ce qui s'est passé ? Pourquoi la police vous croit coupable ? la questionna Hardy.

Il voulait entendre sa version. N'ayant jamais imaginé prendre part à cette affaire, il s'était contenté de suivre ce crime à la télévision ou dans les journaux, une affaire traitée comme une malheureuse histoire de famille parmi tant d'autres, de celles qui permettent de faire vendre des savons, des hamburgers ou des journaux.

— Je ne sais pas, répondit-elle. Je ne comprends pas. Quand ils sont venus m'arrêter, je leur ai demandé...

— Et que vous ont-ils répondu ?

Visiblement perplexe, elle haussa les épaules.

— Ils m'ont dit mes droits, ils m'ont mis en garde contre ce que je pourrais dire, et ils m'ont parlé de prendre un avocat. Ce baratin.

— Mais vous saviez que cela allait arriver ? Vous devez avoir...

Elle l'interrompit sèchement, d'un ton amer.

— Je n'ai pensé à rien du tout, vous ne comprenez pas ? J'essaie seulement de tenir le coup depuis des jours et des jours.

Hardy comprenait. Jennifer gratta la table avec un ongle en regardant fixement la bandelette de vernis jaune qui, à peine décollée, s'éparpilla en écailles. De nouveau, elle avala sa salive — comme pour s'empêcher de craquer. Mais le ton de sa voix était presque détaché, las de tout. Une façon de se protéger, il en était persuadé. Si jamais elle comparaissait devant le tribunal, si elle témoignait, il faudrait qu'elle s'adoucisse. Autrement, elle donnerait l'impression d'être trop maître d'elle-même.

Mais avant d'en arriver là, il y avait du chemin.

— Je commençais juste à m'habituer à l'horreur de la situation. D'accord, un voleur pouvait être entré chez nous, ou quelqu'un qui en voulait à Larry — je ne sais pas quoi. Et Larry est tué. Larry, mon dieu... mais Matt... ?

Elle ne put retenir ses larmes plus longtemps.

— Les journaux ont toujours prétendu que la mort de Matt était un accident, qu'il était entré au mauvais moment, souligna Hardy.

— C'est à cela que je pense continuellement, Monsieur Hardy, dit-elle en hochant la tête. Pourquoi n'était-ce pas un jour d'école, pourquoi Matt était-il à la maison... pourquoi s'est-il trouvé au milieu de cela, qu'a-t-il fait... et moi, moi, si j'avais été là, est-ce que j'aurais pu le protéger ? (Elle se mordit la lèvre, frappa la table de son poing fragile.) Voilà ce que je ne cesse de me répéter. Je me fiche bigrement du *pourquoi* l'on m'accuse. Je ne pense qu'à cela. (Une larme tomba sur la table, elle l'essuya avec la main.) Bon sang ! Bon sang !

Toujours la même dureté.

— Ça va, dit Hardy, pour excuser la familiarité de langage et cet élan de nerfs.

— Non, rien ne va.

Il s'adossa à la chaise. Elle avait raison. Et il croyait ce qu'elle disait.

Jennifer finit par apporter un élément.

— Je me dis qu'ils ont sans doute pensé à l'assurance, mais ce n'était pas...

— À combien se monte-t-elle ?

— Eh bien, Larry... il était médecin, et vous savez... ou peut-être pas, mais la question d'assurance, c'est une obsession chez les médecins. Ils doivent être assurés, à cause des erreurs médicales et tout le reste. Larry était assuré pour deux millions et demi de dollars.

Hardy saisit sur-le-champ.

— Le double en cas de mort violente ou de mort accidentelle ?

Elle confirma d'un signe de tête.

— Larry voulait être sûr que... s'il mourrait, la maison pourrait être entièrement remboursée et que Matt et moi, nous n'aurions aucun souci matériel. Cela ne semblait pas énorme quand nous l'avons souscrite et Larry pouvait la payer. Mais maintenant, ils s'imaginent que je l'ai tué — (Elle se tut, le temps de se ressaisir.) — que je l'ai tué pour l'argent. C'est stupide. Nous avions assez d'argent. Larry gagnait plus de cent mille dollars.

— Mais sa disparition vous en laissait plus encore, non ?

Hardy testait. Il sentait qu'il le fallait.

— Oui mais... (Elle lui prit le bras.) Je crois que c'est autre chose. Nous nous disputions. (Elle haussa les épaules. Elle allait parler, se ravisa un instant.) Je voyais un psychiatre et Larry... bref, nous nous disputions mais nous n'en sommes jamais arrivés à parler de séparation. Aucun de nous ne le souhaitait. Il y avait Matt.

— Depuis quand étiez-vous mariés ?

— Depuis huit ans.

Hardy avait sorti son bloc-notes ; en fait, il écoutait, il guettait la fausse note. À présent, ils devaient en venir au fait principal.

— Mme Witt, vous n'avez pas été arrêtée à cause de quelques disputes avec votre mari. Il doit exister un lien direct avec le crime, sinon, l'affaire ne tient pas. Vous a-t-on dit de quoi il s'agissait ?

Elle se mordillait la lèvre inférieure.

— C'est sans doute le revolver, répondit-elle. L'inspecteur m'a questionnée à ce sujet quand la police l'a trouvé et je leur ai dit que je ne savais rien.

— Quel revolver ?

— Celui de Larry... il a été tué avec son propre revolver. Au début, ils ne savaient pas que c'était à nous, ils ne l'ont pas trouvé dans la maison.

— Je ne saisis pas, fit Hardy.

— Nous le gardions toujours dans la niche de la tête de lit. La police l'a trouvé environ deux semaines plus tard. L'inspecteur m'a dit que quelqu'un l'avait découvert dans un bac à déchets et qu'il portait mes empreintes. Je lui ai dit que c'était normal puisque je l'enlevais quand je faisais la poussière du lit tous les quinze jours.

Le silence d'Hardy parla à sa place. Jennifer dodelina de la tête.

— J'étais sortie faire mon jogging. Nous vivons, nous vivions (Elle frappa du poing sur la table.) Vous me comprenez.

— Oui, tout à fait. Racontez-moi simplement ce qui s'est passé.

Jennifer fixa son poing serré. De l'autre main, elle le couvrit et le ramena vers elle.

— La maison est à Twin Peaks, plutôt sur les hauteurs, voyez-vous. C'était le matin, sur les coups de neuf heures et demi, dix heures. Larry me laisse... enfin, je cours régulièrement trois fois par semaine. Quand je suis revenue, il y avait une voiture de police devant la maison et un homme près de la porte d'entrée. Je me souviens avoir trouvé cela bizarre parce que s'il avait frappé, Larry ou Matt seraient venus lui ouvrir, non ?

— En effet.

— Mais cet homme se tenait tout simplement là. Alors, j'ai ouvert le portail et je lui ai demandé si je pouvais lui être utile, il m'a dit qu'il avait reçu un appel mentionnant des coups de feu. D'abord des cris puis des coups de feu.

— Aviez-vous eu une dispute avec Larry ce matin-là ?

Elle baissa la tête une nouvelle fois, ce qui agaça quelque peu l'avocat. Mais vite, elle lui reprit le bras, comme pour le prier d'être indulgent.

— Combien de temps vous êtes-vous absentée ?

— Oh, une heure. Je devais être de retour dans l'heure. (Devant la mine de Hardy, elle poursuivit.) Larry était inquiet quand je n'étais pas à la maison. Il connaissait mon parcours et le temps que cela prenait, donc... cette histoire d'heure... c'était une sorte de règle.

— Bien, continuons. Le policier vous attend à l'entrée.

— Alors, je lui ai demandé s'il avait frappé, il m'a répondu que oui mais qu'il n'y avait pas eu de réponse et moi, je lui ai dit qu'on aurait dû lui répondre. Larry se trouvait à la maison. C'était la semaine après Noël, sa première semaine de vacances depuis l'été. Bref, je me suis soudain inquiétée. Mais Larry était peut-être sous la douche, ou bien Matt, donc ils ne pouvaient rien entendre, n'est-ce pas ? Comme il n'y avait toujours pas de réponse, j'ai sorti ma clé et nous sommes entrés. J'ai appelé « Larry ! Matt ! » et alors que j'allais monter, le policier m'a priée d'attendre. Je suis allée m'asseoir sur le canapé. Là, quand il est arrivé à l'étage, il a dit « Ne montez pas, restez où vous êtes. » Et j'ai compris. Mon dieu oui, à ce moment, j'ai compris.

Jennifer ouvrit la bouche, la ferma, la rouvrit. Finalement, elle abandonna tout effort. Elle était assise, les mains croisées devant elle, les larmes roulant sur son visage, jusque sur la table.

CHAPITRE 2

Hardy n'était pas très apprécié au troisième étage du Palais de Justice. L'été précédent, il avait eu une prise de bec à propos d'une affaire avec Christopher Locke, alors son patron et procureur général de la ville et du comté de San Francisco. Ils avaient eu quelques mots indignes d'hommes de loi. Après quoi, Hardy avait démissionné et s'en était allé du côté de la défense. Il avait battu l'adjoint du procureur, qui avait récupéré l'affaire, et indirectement, il avait battu Christopher Locke, en cour.

Maintenant, quand il lui arrivait d'arpenter ces couloirs jadis familiers, son poil se hérissait. Cependant, pour lui-même et pour David Freeman — et pour sa cliente si elle le restait — il devait venir prendre la température ici.

Au bout de l'entrée du public, il s'arrêta devant la fenêtre en double vitrage de la réception et demanda Art Drysdale, le chef adjoint du procureur général. Avec cet homme, il avait toujours eu une relation cordiale, voire amicale, même si les événements de l'année précédente l'avait affectée.

— C'est tout ce qu'elle t'a dit ? demanda Drysdale, assis au fond de son fauteuil, qui tenait contre sa joue trois balles de base-ball avec lesquelles il jonglait à l'instant. Je crois qu'elle a oublié quelques petites choses.

— Art, je n'ai passé qu'une heure à discuter avec elle. Elle n'a pas tué son fils.

Drysdale, loin d'être surpris par cette répartie, hocha la tête.
— Peut-être pas volontairement.
— Qu'est-ce que ça veut dire ?
— Que l'enfant s'est trouvé dans ses jambes.
— De qui ?
— De Mme Witt en train de tuer son mari.
— Oh voyons...
Se penchant en avant, Drysdale déclara :
— Vois toi-même Diz, cette inculpation est solide comme un roc. Le gamin était là, il est mort au moment où elle assassinait son mari. Au cas où tu ne le saurais pas, c'est pour son fils un homicide volontaire également. Exactement comme si un braqueur avait tué un agent de sécurité par erreur. Désolé, mais il s'agit d'un homicide au premier degré, circonstances aggravantes.
— Tu lui as parlé ?
— Oh bien sûr. Dès que quelqu'un est arrêté, je fonce en haut pour protéger ses droits jusqu'au procès. Après, je lui tiens la main jusqu'à l'heure du coucher et je le borde. Laisse tomber, Diz.
Drysdale avait raison. Il n'y avait aucune raison pour qu'il ait rencontré Jennifer Witt. Mais Hardy ne pouvait s'en tenir là.
— Même par erreur, elle n'a pas commis ce crime, Art.
Ce dernier s'était remis à jongler. Mauvais signe.
— C'est pour cela qu'il y a des procès, mon cher. Pour comprendre ce qui s'est véritablement passé.
— Mais tu l'as inculpée.
À contre-coeur, Drysdale cessa son jeu habituel.
— Traditionnellement, cela précède une arrestation. Si tu veux, tu peux avoir une copie de la communication des pièces sur Larry Witt et Matt Witt. Lis-la.
— Tu ne veux pas m'en parler ?
Art Drysdale, son vieux mentor, l'homme qui l'avait réembauché au bureau du procureur général un an avant, répondit :
— Je voudrais bien Diz, mais je ne suis pas sur cette affaire. Je ne sais pas grand-chose.
Balivernes. Art Drysdale connaissait les détails de toutes les affaires importantes, particulièrement les homicides.
— C'est Dean Powell qui est sur le coup. Tu sais où se trouve son bureau, n'est-ce pas ?

En d'autres mots : au revoir et ne te retourne pas en sortant. Tu es dans l'autre camp désormais. À bientôt.

* * *

Hardy décida de ne pas rencontrer Dean Powell. Pas encore. Il monta à l'étage de la brigade criminelle, espérant tomber sur le sergent inspecteur Abe Glitsky. Hardy et Abe avaient commencé ensemble comme simples agents de police. Tandis que Hardy avait fait une faculté de droit puis travaillé au service du procureur général, Abe avait fait son chemin dans les services de police de San Francisco pendant près de dix ans jusqu'à atterrir à la criminelle. C'est là qu'il se sentait « chez lui », comme il disait. Si Hardy ne pouvait plus compter sur Drysdale, il n'avait pas de doutes quant à Abe. Celui-ci, le nez sur ses papiers, mâchonnait un glaçon au-dessus d'une tasse en polystyrène.

La porte était ouverte. Hardy entra dans le bureau des enquêtes criminelles, se servit un reste de café, prit une chaise et attendit. Au bout d'un moment, il avala bruyamment une gorgée de café. Abe leva les yeux puis revint à ses papiers, impassible.

— L'élément de surprise, dit-il, peut être, dans de bonnes mains, une arme puissante.

Hardy avala une autre gorgée, plus fort encore. Glitsky redressa la tête, le glaçon entre les dents. Un des inspecteurs de la criminelle passa derrière Hardy et s'arrêta.

— Je le concède à Glitsky, fit celui-ci. Ce sont des bruits vraiment appétissants.

Hardy finit son café et posa le dossier sur le bureau.

— Que sais-tu sur Jennifer Witt ?

Après un dernier regard sur ses papiers, Abe referma la chemise.

— Je ne faisais rien de particulier.

Hardy sourit.

— Tu m'as souvent répété que ce que tu faisais au bureau n'était jamais important, n'est-ce pas vrai ?

Glitsky caressa la cicatrice qui fendait ses lèvres.

— J'aime ta façon de dire « n'est-ce pas vrai ? » au lieu de dire « pas vrai ? » comme tout le monde. C'est très conforme à l'homme de loi. Je ne m'occupe pas de Witt. C'est toi qui la représentes ? Oui, bien sûr, c'est toi.

— Pas tout à fait vrai.

— Vrai à quarante pour cent ?

Hardy fit mine de réfléchir.

— C'est la cliente de David Freeman mais il est au tribunal. Il m'a demandé d'aller la réconforter.

— Ce qu'évidemment, tu as fait.

— C'est un bien modeste don, fit Hardy en haussant les épaules.

Glitsky parut désireux de savoir à quel niveau son ami était impliqué avec cette cliente particulière, mais il résista à la tentation. Il le saurait un jour. Il prit la chemise, feuilleta quelques pages.

— C'est Terrell qui s'est occupé de l'arrestation, annonça-t-il. (Il tendit le cou pour regarder autour d'eux.) Terrell est là ? cria-t-il.

— Qui c'est, Terrell ? Je le connais ?

— AFC, répondit quelqu'un.

— AFC ? répéta Hardy.

— Un code interne à la police et que je ne suis pas autorisé à révéler sous peine de mort. (Abe s'inclina.) A Foutu le Camp. (Il revint au dossier.) T'as déjà vu Terrell dans les parages. Un Blanc, cheveux bruns, moustachu.

— Ah oui, celui-là. Quand j'étais à l'école de police, il y avait un type du genre.

Glitsky, lui, était de sang juif et afro-américain. Il mesurait plus d'un mètre quatre-vingt, pesait quatre-vingt-dix kilos et des poussières. Des yeux bleus illuminaient son visage légèrement mat.

— Terrell est un type gentil, dit-il.

— Mais... ?

— Je n'ai rien dit. Juste qu'il était gentil.

— J'ai entendu un « mais ».

Abe reprit son glaçon avant de déclarer avec calme :

— Si Dieu aime le détail, Wally et Dieu n'ont rien en commun. (Il se rejeta dans son fauteuil et adopta le ton de la conversation.) C'est un gars qui s'y croit, il est à la criminelle depuis, quoi, un an ? Il tient une idée, une théorie, une *vision* — je ne sais pas — et hop, ça le fait courir.

— N'est-ce pas comme tes hommes ?

— Non. Nous, on parle aux gens, on rassemble des preuves, ensuite on se fait une idée. Wally s'attache un peu trop au motif, et le motif ne suffit pas. Je veux dire par là que n'importe quelle victime mérite un deuxième coup d'oeil. Il y a au moins cinq personnes qui ont des motifs pour l'avoir tué. Pour Wally, deux motifs et le voilà qui se met à creuser autour au lieu de chercher encore.

— Alors pourquoi est-il toujours ici ?

— Il a eu de la chance. Deux fois, il a fait prendre perpét' avec rien — Frank lui a envoyé une réprimande tant la seconde affaire manquait de rigueur — et les deux fois, devine, il s'est avéré qu'il avait raison. Qu'est-ce que tu veux faire, lui flanquer un coup de poing ? Cela se retournera contre lui un jour.

Hardy tapota le dossier du doigt.

— Peut-être avec cette affaire, lança-t-il.

Abe tourna quelques pages du dossier, secoua la tête.

— J'en doute. Jennifer Witt a été justement arrêtée. Tu vois ça ? Rapports de police, témoignages, preuves médicales. En plus, comme tu l'as peut-être remarqué, elle a été présentée à l'opinion publique. Elle paraît être quelqu'un de bien.

— Je pensais qu'il pouvait être utile de parler à Terrell.

Glitsky haussa un sourcil.

— Je ne sais pas si tu as oublié, mais puisque tu es dans le camp de la défense, mes collègues ici ne vont pas te considérer comme un allié.

— Tu peux peut-être répondre de moi, tu me connais bien. Et parfois, les faits ne suffisent pas à former un dossier.

— Tu me choques, commenta Glitsky qui referma le dossier et le poussa vers Hardy. Je vais voir ce que je peux faire, mais comme toujours...

Hardy fut plus rapide que lui.

— Ce n'est pas demain la veille.

Glitsky hocha la tête.

— Voilà de sages paroles, conclut-il.

* * *

Art Drysdale s'arrangea pour communiquer à Hardy les pièces sur les meurtres des Witt. Il s'agissait en fait d'une copie du dossier du procureur général.

Il apparut que Drysdale avait à moitié tort et à moitié raison à propos des quelques « petites choses oubliées » par Jennifer Witt. Raison quant aux oublis. Tort quant à leur insignifiance.

Les pièces comprenaient la déclaration d'un témoin oculaire, Anthony Alvarez, un pompier à la retraite avec un placard de décorations. Âgé de soixante-quatre ans, il habitait avec sa femme invalide juste en face de chez les Witt. Il avait entendu deux détonations. En aurait-il entendu une seule, il aurait pu croire à une pétarade de voiture et il n'aurait pas regardé dehors. C'était plutôt curieux ces bruits ; il n'avait pas imaginé des coups de feu. Il était allé à la fenêtre et il avait vu Jennifer Witt devant le portail de sa maison, tournée vers la porte d'entrée. D'abord, il avait cru qu'elle s'était arrêtée et s'interrogeait sur ces bruits. Elle était restée ainsi une poignée de secondes avant de se mettre à courir.

Il y avait un autre témoin, de la maison voisine, Mme Barbieto. Elle aussi avait entendu les coups de feu et elle avait appelé la police. Larry et Jennifer Witt se disputaient depuis des semaines, avait-elle raconté. Leur fils était un malheureux petit bout. Il pleurait tout le temps. La veille au soir, le matin même. « Vous auriez dû les entendre à Noël. » (trois jours plus tôt) — à croire qu'ils avaient gâché le réveillon de la famille Barbieto.

Hardy avait ouvert directement le dossier à la rubrique « Témoins civils » sans prendre connaissance du reste. Il y avait donc des témoins oculaires ; une nouvelle guère réjouissante pour la défense.

Il s'était assis sur les marches à l'extérieur du Palais de Justice, au coin de la Septième Avenue et de l'Avenue Bryant. La journée était ensoleillée et rafraîchie par une légère brise qui probablement se déchaînerait en un vent violent dès dix-sept heures. Mais pour l'instant, c'était agréable, malgré les gaz d'échappement des bus et les papiers d'emballage qui tournoyaient sur les marches.

Il revint au rapport de l'officier qui avait procédé à l'arrestation. Les soupçons de l'inspecteur Terrell avaient commencé après que Jennifer lui avait remis un inventaire des objets qui auraient pu disparaître, sans indiquer l'arme du crime. La jeune femme avait soigneusement fouillé la maison et déclaré que rien ne manquait. Par la suite, on avait découvert le revolver dans un container.

Terrell avait alors interrogé Jennifer sur cette négligence. La jeune femme avait tout simplement répondu l'avoir oublié. Les journaux n'en avaient pas parlé, au souvenir de Hardy que la découverte de cet élément n'enthousiasmait pas. Il referma le dossier.

— Hardy.

Il plissa des yeux, se redressa. Un homme à peine plus âgé que lui se tenait devant lui. Il était grand, habillé d'un costume gris clair.

Hardy se leva, serra la main qu'il lui tendait.

— Je vous ai vu assis là, Diz. On dit que vous défendez Jennifer Witt.

— Dean, vous connaissez les « on dit ». Ce n'est jamais tout à fait exact.

Et Hardy lui expliqua qu'il aidait son propriétaire, le célèbre avocat David Freeman.

Dean Powell sourit à pleines dents. L'homme avait une magnifique crinière de cheveux gris, un teint coloré et une allure impressionnante. Hardy n'avait pas désiré aller le voir plus tôt, il ne se sentait pas non plus prêt à discuter avec lui en ce moment. Mais l'autre était là, souriant et bavard.

— Art voulait m'avertir avant que vous ne soyez sur cette affaire. Alors, je le prenais au sérieux (Et un autre large sourire pour assaisonner le compliment.) Mais en fait, c'est Freeman ?

Le visage de Hardy s'assombrit une seconde. Powell pouvait se montrer sympathique et le flatter sur son travail, mais l'allusion à Freeman élevait la discussion d'un cran. Freeman perdait rarement.

— C'est le dossier de la fille ? demanda Powell, désignant la chemise.

— Sur le motif de la mort de Matt — le gamin — c'est un peu mince. J'en ai fait la remarque à Art mais il ne semblait pas vouloir en parler.

Le sourire de Powell disparut.

— Moi, je vais vous en parler. Le motif, c'est l'argent du mari. Le garçon s'est trouvé là malencontreusement.

Hardy se détourna du rayon de soleil.

— Vous croyez vraiment ?

— Si je le crois *vraiment* ? Je vais vous dire, c'est inhérent à l'histoire.

— Ce n'est pas ce que je vous demandais.

L'adjoint du procureur général passa une main dans ses cheveux souples.

— Est-ce que je pense personnellement qu'elle a tué son fils de sang-froid ? Pour vous dire la vérité, je ne sais pas. Quatre fois au cours des deux dernières années, nous avons inculpé des femmes pour ce crime particulier, alors ne me dites pas qu'il s'agit d'un crime trop odieux pour imaginer une femme incapable de le faire.

Hardy insista.

— Je dis que elle, Jennifer, ne l'a pas fait. Je viens de la voir.

— Elle était *triste*, n'est-ce pas ? fit Powell en secouant la tête. Diz, vous souvenez-vous de Wanda Hayes ?

Powell faisait allusion à une affaire grandement médiatisée quelques mois plus tôt. Hardy confirma d'un signe de tête. Oui, il s'en souvenait.

— Eh bien, cette Wanda était complètement effondrée, elle pleurait sans cesse. Et elle a reconnu avoir tué deux de ses enfants. Elle a dit qu'un jour, elle avait perdu la raison et qu'elle se sentait vraiment triste.

— D'accord Dean mais...

— Mais rien, Diz. Je ne dis pas que Jennifer avait prémédité le meurtre de son fils. Ce qu'elle *a fait*, et ce que nous pouvons prouver, c'est qu'elle avait prémédité l'assassinat de son mari et qu'elle ne s'est pas assurée, par manque de temps ou je ne sais quoi d'autre, que son fils se trouvait ailleurs. C'est peut-être une femme négligente. Je n'en sais rien et je m'en fiche. La vérité, c'est que son fils est mort et qu'elle va tomber pour lui aussi.

Passé son accès de colère, Powell souffla brusquement, comme si cette manifestation d'émotion l'avait surpris. Il se reprit.

— Écoutez, j'allais chez Lou. Un verre, ça vous dit ?

Lou, c'était le Grec, la fontaine du coin où se retrouvaient les flics et les gens du service du procureur général.

— Une autre fois, s'excusa Hardy en indiquant le dossier.

Le visage de Powell se durcit. On racontait qu'il songeait à être candidat au poste de Ministre de la Justice de l'État lors d'une élection spéciale qui se tiendrait cette année. À l'évidence, il travaillait ses manoeuvres publiques — cette invitation par exemple sonnait sincère, mais Hardy se tenait sur ses gardes.

Powell disait que, comme Hardy le savait, l'un des devoirs du procureur était de tout dévoiler à l'équipe de la défense.

— Vous savez, n'hésitez pas à passer voir Art de nouveau. Nous ne voulons pas que vous ayez des surprises.

Hardy plissa des yeux et se tourna sur le côté. Voilà qui était inhabituel.

— J'ai eu le dossier il y a tout juste une heure.

— Oui, Art et moi avons discuté de l'affaire après votre visite. Nous avons décidé qu'il serait mieux de tout dévoiler dès le début. Comme je disais, nous ne voulons pas de surprises.

— Quelles surprises ?

Powell prit un air sérieux.

— Vous n'avez pas encore vu l'acte d'accusation. Nous avons inculpé Mme Witt d'un troisième meurtre.

— Quel troisième meurtre ?

— Son premier époux est supposé être décédé d'une surdose de drogue il y a neuf ans. Vous étiez au courant ? Je ne sais pas comment les médias n'en ont pas encore parlé mais à mon avis, cela ne saurait tarder.

Hardy se tenait droit comme un I. Il se demandait si Art Drysdale, celui qui avait été une fois son ami, lui avait délibérément transmis une partie seulement des pièces du dossier. Agir ainsi n'avait pas véritablement d'avantage sur le plan juridique mais Drysdale avait la réputation de fréquenter les avocats de la défense juste pour les perturber. Hardy n'oublierait pas la leçon. Il était bel et bien dans l'autre camp.

— De toute façon, poursuivit Powell, vous voyez l'inspecteur Terrell, celui qui a procédé à l'arrestation ? Il a fait pression pour obtenir l'exhumation et il y est arrivé avec Strout. (Il parlait du coroner John Strout.) Il semble que cette mort a rapporté à Mme Witt un joli pactole aussi. Quelque chose comme soixante-quinze mille dollars, raisonnable à l'époque. Terrell a découvert qu'elle fréquentait un dentiste quand Ned — le mari numéro un — a pris cette assurance. Elle fréquentait le dentiste alors qu'ils étaient toujours mariés ? Cela ne se fait pas. Bref, la mort de Ned semble être due à une surdose. Le coroner a procédé à un scanner A qui a révélé la présence d'alcool et de cocaïne, il a conclu à une surdose accidentelle.

Hardy savait que le médecin légiste utilisait trois niveaux d'examen au scanner pour rechercher les poisons. Le niveau C incluait le contrôle de nombreuses substances — barbituriques, mésamphétamines — en plus de la vérification de substances volatiles — les alcools notamment — du niveau A. Mais cela coûtait cher. Quand la cause de la mort était découverte au premier examen, le coroner s'en tenait là, à moins que le rapport d'un enquêteur ne mentionne un acte criminel.

Tout cela, Hardy le savait mais il devait s'en assurer.

— Il n'a rien vérifié d'autre ?

— Pourquoi donc ? Ils ont trouvé ce qu'ils cherchaient, coke et picole en surdose... diable, vous savez bien. Et Ned avait les deux dans le sang, donc l'affaire fut classée. Mais devinez quoi ?

— Je ne sais pas, fit Hardy sous le choc.

— Atropine.

— Quoi ?

— Atropine. L'herbe de Jimson. Une solanacée mortelle.

— Et quel rapport ?

— L'atropine, c'est ça qui l'a tué. Sur l'intuition de Terrell, nous avons exhumé le corps pour découvrir ceci.

— Donc, il est mort d'une surdose d'atropine.

Powell secoua la tête.

— On ne fait pas une surdose d'atropine. L'atropine, ça ne vous envoie pas au paradis. Ce n'est pas une drogue courante. Mais Ned en était farci.

— Ce n'est pas forcément un meurtre...

— Je crois qu'en relation avec les deux derniers, c'en est un.

— Elle n'a pas commis ces deux-là non plus.

Powell offrit à Hardy l'un de ses regards fatigués de la vie qui signifiait : d'accord, vous répondez comme un avocat de la défense, mais entre professionnels, on sait la vérité. Ce qu'il voulait dire, c'était : « Votre Mme Witt est une veuve noire, Hardy. Il s'agit d'homicide volontaire avec circonstances aggravantes. Peine de mort. »

CHAPITRE 3

— Mais vous plaisantez...

Jennifer était devenue livide. Elle était assise, la tête pendante. Elle finit par se secouer et se leva. Elle marcha jusqu'à la fenêtre et fixa le bureau des surveillantes.

— Ned s'est tué, par accident peut-être... mais quelqu'un a tué Larry et Matt. Je le jure devant Dieu... *je n'ai pas tué mon petit garçon.*

Hardy se fit la remarque qu'elle n'affirmait pas la même chose sur son mari. Il était assis, les épaules rentrées, les mains entrelacées devant lui sur la table.

— Parlez-moi d'Anthony Alvarez, la pria-t-il.

Sans se détourner de la fenêtre, elle peigna sa frange avec ses doigts. Deux fois.

— Je ne connais pas d'Anthony Alvarez.

Hardy parlait d'une voix feutrée.

— D'après le rapport de police, c'est votre voisin direct de l'autre côté de la rue.

Elle se retourna.

— Mr Alvarez ? Oh, il s'appelle Anthony Alvarez ? Je n'ai jamais su son prénom. Et alors ?

— Et alors, il est pour grand-chose dans le fait que vous vous trouviez ici.

Hardy lui fit mention de l'essentiel du témoignage. Elle était revenue s'asseoir au bout de la table, près de lui.

— Mais je n'ai pas fait ça. Je commence toujours par marcher quelques mètres pour me chauffer. Je ne me serais pas mise à courir à peine le portail refermé. Non seulement je ne l'aurais jamais fait, mais *je ne l'ai pas fait.*

Hardy hocha la tête.

— Que pensez-vous de sa déclaration à votre sujet ? Vous avez eu des mots avec lui, quelque chose du genre ?

— Je ne peux pas y croire, soupira Jennifer. En quatre ans, je n'ai dû échanger qu'une centaine de mots avec cet homme. Je ne crois même pas que je le reconnaîtrais ailleurs que devant chez lui. Pourquoi me fait-il ça ?

— Je ne sais pas, mais pour l'instant, nous devrions plutôt nous concentrer sur quelque chose qui peut nous aider. Est-ce que quelqu'un vous a vu marcher ? Un autre voisin ?

Jennifer ferma les yeux, s'appuya contre sa chaise. Sa position révélait la courbe de son corps, le creux de ses joues. Hardy réalisa tout à coup combien elle était belle, même dans son habit de prisonnière. Des lèvres pleines, un nez marqué. Une ossature bien dessinée.

— J'ai dépassé un homme, dit-elle, sans rouvrir les yeux. Assez vieux, peut-être noir ou mexicain, de peau foncée en tout cas.

— J'ai lu quelque chose à son sujet, dit Hardy qui se pencha sur la table. Je ne crois pas qu'il puisse s'envoler.

— Que voulez-vous dire ? J'ai bien vu quelqu'un. Je pense que c'était— enfin, que cela aurait pu être la personne...

Hardy secouait la tête. Elle avança une main vers lui.

— Non, non, non. Écoutez, c'était la semaine après Noël. Il n'y avait pas de voitures, personne dans les rues, et voici cet homme qui remonte la rue, il porte un imperméable épais, il semble vérifier les numéros sur les maisons. Je m'arrête presque et je lui demande si je peux l'aider mais comme je ne veux pas être en retard, je continue mon chemin. (Elle se tut, sonda Hardy du regard.) Il aurait pu être celui qui... *quelqu'un* l'a fait, non ?

— Avez-vous remarqué si cet homme portait une arme ?

— Non mais...

— L'avez-vous vu prendre l'allée de chez vous ?

— Non, j'aurais...

— Comment expliquez-vous que quelqu'un qui ne connaisse pas personnellement Larry veuille le tuer ? Et votre fils ?

Elle regardait devant elle sans but précis.

— Jennifer, si vous pouvez répondre oui à ces questions, alors nous pourrons reparler de cet homme sans perdre notre temps. Mais je crains qu'actuellement, cela ne nous soit pas utile.

— Mais il se peut que...

— S'il le faut, l'interrompit Hardy, nous nous y intéresserons. D'accord ? Je vous le promets.

Hardy se rappela qu'il n'était pas là pour la contrarier. Pourtant, il avait songé lui annoncer qu'ils encouraient la peine capitale. L'affaire appartenait principalement à Freeman mais recueillir des impressions de Jennifer ne serait pas vain.

— Continuons sur ce qui s'est passé ce matin-là, sur quelqu'un qui aurait pu vous voir... (Hardy lui prit la main.) Poursuivons, voulez-vous ?

Elle retira sa main.

— Vous devez me croire. Je n'ai pas commis ce geste. Si c'était cet homme...

— *Si* c'était cet homme, dit Hardy. Il a pu tuer Larry, très bien, mais cet homme peut aussi être n'importe qui — un voisin, un touriste, un type qui se promenait tout simplement.

Jennifer le fixa.

— Il avait les mains dans les poches. Les deux mains. Il pouvait tenir un revolver.

Hardy faillit dire : Oublions cela, votre mari a été tué avec votre arme. Il se calma.

— Arrêtons cela. Nous ne sommes pas là pour nous disputer. Nous reviendrons à cet homme plus tard. Pour l'heure, oublions-le, il ne nous est d'aucun secours, sauf s'il habite près de chez vous et que nous pouvons le retrouver. En ce moment, je cherche un élément sur lequel je puisse fonder la défense et ce type n'est pas le bon élément.

Elle s'écroula sur la table, les bras autour du crâne. Elle se balança d'avant en arrière.

— Pendant votre jogging, avez-vous fait quelque chose d'inhabituel ? Que vous avez déjà raconté à la police, ou que vous avez omis de leur dire ?

Elle releva lentement la tête comme un poids lourd, soupira de nouveau.

— Ils ne m'ont pas posé ce genre de questions. Je ne pensais pas... je ne savais pas qu'ils me considéraient comme suspecte. Ils m'ont trompée, ils ne m'ont jamais rien demandé.

— Maintenant, moi, je vous le demande, okay ? fit Hardy d'une voix calme. Essayons de trouver quelque chose.

Jennifer hocha la tête. Puis elle se souvint s'être arrêtée au guichet automatique de sa banque sur Haight Street.

— Vous allez courir avec votre carte de crédit ? la questionna Hardy, surpris.

— Qu'y a-t-il de bizarre à cela ?

Et la jeune femme expliqua que ses vêtements de sport avaient des poches Velcro et que lorsque qu'elle sortait de chez elle, elle emportait machinalement la clé et son portefeuille dans lequel elle gardait sa carte de crédit. Ce matin-là, raconta-t-elle, elle avait marché le long du pâté de maisons où elle résidait, ensuite elle avait croisé cet individu puis elle avait commencé à courir quelques centaines de mètres avant de s'arrêter pour retirer du liquide.

— C'était le lundi après Noël, nous n'avions pas été à la banque depuis trois jours.

Enfin un point de départ.

* * *

En bien des points, l'implication de Hardy dans l'affaire Jennifer Witt était plus simple à expliquer à sa cliente qu'à sa femme.

Après avoir gagné son premier procès en assise — en tant qu'avocat de la défense de l'ex-juge de la cour d'appel, Andy Fowler — Hardy s'était vu, à son grand étonnement, très prisé par le petit monde de la loi de San Francisco. Les avocats plaidants — des hommes et des femmes qui savaient faire front devant un jury — étaient, semble-t-il, fortement demandés. Même dans les grosses sociétés dont les bureaux grouillaient de gratte-papier et de machines à calculer, de rats de bibliothèque et de petit personnel, de concepteurs de dossiers et de stratèges juridiques, tout dépendait souvent de la personne dans l'entreprise capable de présenter celle-ci avec conviction devant un juge, un jury, voire les deux.

Puisque la plupart des avocats d'entreprise venaient rarement dans un tribunal, nombre de sociétés engageaient des avocats plaidants comme une équipe de base-ball achète des marqueurs. Leur rôle était limité, mais mieux valait avoir un lanceur en bonne position quand la partie était en jeu.

Par la nature sensationnelle du procès du juge Fowler et du rôle même de Hardy, alors un inconnu, un perdant, et pour la première fois avocat de la défense, Hardy avait en toute innocence passé des entretiens dans la moitié des sociétés de la Baie. Quand le verdict tomba en faveur de son client, son téléphone s'était mis à sonner.

Un autre événement avait coïncidé avec la fin du procès de Fowler : la naissance de son fils, le petit Vincent. Le premier mois, Hardy avait refusé la plupart des entretiens, sous prétexte de sa nouvelle paternité et du désir de Frannie de l'avoir auprès d'elle.

Aujourd'hui, trois mois plus tard, il avait été reçu dans onze sociétés. Habillé de son seul et unique costume trois-pièces, il avait été conduit par ascenseur vers des bureaux somptueux, il avait été déjeuner avec des hommes et des femmes pour qui il ne ressentait aucune attirance — des gens sympas, certes, chics et présentables, sûrs d'eux et financièrement à l'abri, avec une conscience sociale, bref tout le gratin. Mais il n'avait pas rencontré d'être humain.

Sept sociétés lui avaient offert un emploi, pour des salaires allant de 83 000$ jusqu'à 115 000$. Toutes lui proposaient également une future association, lui attribuant jusqu'à six années d'ancienneté d'entrée. D'ici trois ans maximum (et un an minimum), il pourrait devenir un membre-associé de l'une de ces sept boîtes et espérer une compensation annuelle entre 300 000$ et 500 000$. Royal.

Hardy possédait vingt-cinq pour cent de part dans le bar Little Shamrock et le procès Fowler lui avait rapporté dans les cent mille dollars. Le remboursement de leur maison n'excédait pas six cents dollars par mois. Ils n'étaient pas dans la gêne. Néanmoins, l'argent que les grandes entreprises faisaient miroiter à Hardy n'était pas de l'argent de poche. C'était même plutôt alléchant.

Leur maison commençait à devenir exiguë, surtout avec deux enfants. Ils pouvaient envisager de déménager ; ils en avaient même déjà discuté, sans plus, après les premières convocations. Il avait été plus ou moins entendu qu'il choisirait l'une de ces sociétés, qu'il aurait un travail régulier, qu'il deviendrait un adulte.

Mais au fond de lui, il n'était pas prêt à s'engager avec ces gens — une meilleure opportunité pouvait se présenter, ou bien il trouverait des personnes avec qui il aurait vraiment envie de s'associer. Alors, dans l'intervalle, il avait loué un bureau pour un loyer dérisoire dans un immeuble appartenant à David Freeman, où il s'était tourné les pouces la plupart du temps. Jusqu'à ce que David Freeman lui-même lui envoie Jennifer Witt.

* * *

— Cela va sans doute rapporter une coquette somme, dit Hardy.

— Mais il s'agit d'une autre *affaire*. Pas d'un travail.

— Et je ne suis pas seul dessus. C'est l'affaire de David Freeman.

— Mais tu y as ta place.

Hardy décroisa les mains.

— Peut-être. C'est possible.

Frannie cherchait à comprendre et il ne pouvait pas lui reprocher d'être un peu fâchée. Lui soutenir qu'il n'était pas tout à fait en train de s'éloigner de ce qu'ils avaient décidé, était inutile. Tous deux savaient que ce n'était pas vrai. Travailler dans l'équipe de la défense sur une affaire potentiellement lucrative et travailler comme associé haut placé dans l'un des plus prestigieux cabinets d'avocats n'était nullement comparable. Frannie n'était pas dupe.

— C'est une affaire qui peut durer un an, voire deux. Qui sait, Frannie, cela peut durer aussi longtemps qu'un autre emploi. On ne sait jamais dans la vie.

Frannie roula des yeux. Comme si elle avait besoin d'entendre cela. Hardy insista.

— Mme Witt vaut deux millions de dollars, peut-être plus...

— Que l'assurance n'est pas disposée à lâcher tant que cette femme est inculpée de meurtre.

Il avait espéré qu'elle ne soulèverait pas ce sujet.

— On a déjà vu se passer des choses bizarres, la contredit-il avec un sourire timide. Il se peut qu'ils payent.

— Fais-moi une faveur, veux-tu, Dismas ? Sache-le vite. Tu *nous* dois au moins cela.

Le dîner était fini, les enfants dormaient. Frannie et Hardy étaient assis l'un en face de l'autre à la table, ils terminaient leur verre de vin rouge accompagné de chocolats — la dernière découverte culinaire de Frannie. Deux chandelles presque consumées grésillèrent et s'éteignirent une seconde. Frannie poussa un soupir.

— Tu ne veux pas travailler pour quelqu'un, n'est-ce pas ? (De la main, elle l'empêcha de répondre.) Si tu ne veux pas, c'est bon, mais inutile d'en parler comme si tu allais t'engager dans l'une de ces sociétés.

— Ce n'est pas ça.

— Bien sûr que si. Tu dis de ces gens que ce sont des rats d'entreprise. L'expression n'est pas flatteuse, je trouve.

Hardy prit un chocolat, but une gorgée de vin.

— Je ne sais vraiment pas ce qui se passe. Jennifer Witt a fait irruption dans ma vie ce matin. Que puis-je faire ? Freeman m'a demandé de l'aider. Il prendra l'affaire demain matin.

— Mais cela t'intéresse, oui ou non ?

— Je n'y suis pas tout à fait engagé, répondit Hardy, mais, oui, cela m'intéresse. J'ai lu le dossier.

— Tu parles du dossier que tu avais l'air d'apprendre par coeur ?

Hardy abandonna la partie.

— Ouais, ce dossier-là.

— Et si elle a commis les crimes ?

Frannie savait pertinemment qu'elle se raccrochait à un fil d'illusion.

— Elle a quand même droit à un avocat, répondit Hardy en se rejetant en arrière.

— Et qu'est-ce que cela a à voir avec toi ?

— Je suis avocat.

Tous les deux partirent à rire, ce qui détendit légèrement l'atmosphère. L'une des chandelles rendit l'âme, une volute de fumée s'éleva dans la pièce silencieuse. Frannie prit la main de son mari.

— Écoute, tu sais que je suis de ton côté. Je veux juste que tu sois sûr de faire le bon choix, celui qui te rendra heureux. Il ne s'agit pas simplement d'une affaire, tu le sais. Si tu acceptes celle-ci, tu en accepteras d'autres. Tu passeras peut-être tout ton temps désormais à défendre les gens.

Dans le passé, Hardy avait été flic, et par deux fois, il avait travaillé au service du procureur général. Frannie pensait que si quelqu'un était fait pour l'instruction, c'était bien son mari. Elle avait tant de fois entendu ses tirades contre les avocats de la défense, « ces avocats qui racolent leurs clients au service des urgences », « ces ordures » qui font payer d'avance leurs honoraires.

— Défendre les gens n'est pas forcément être vicelard, dit Hardy.

Frannie lui sourit.

— Je me demande si c'est la vie que tu veux.

— La vie que je veux, c'est celle avec toi.

— Tu sais bien ce que je veux dire, dit Frannie qui serra sa main dans la sienne.

Il savait. Et cela le tracassait. Mais il savait que si David Freeman lui demandait de l'aider dans l'affaire Jennifer Witt, il accepterait. Ce qui signifiait qu'il abandonnerait toutes les autres possibilités de travail. Ce qui à son tour signifiait...

Il n'en savait rien.

L'autre chandelle s'éteignit.

— On débarrassera demain, dit-il.

CHAPITRE 4

Le Palais de Justice, situé près de l'autoroute 101, au coin de la 7e Avenue et de Bryant, était un bloc gris extraordinairement impersonnel. Les premiers étages abritaient différents services de la ville et du comté, y compris la police, le bureau du coroner, celui du procureur général, ainsi que des tribunaux et des salles d'attente de sélection des jurys. Aux sixième et septième étages se trouvait la prison, administrée par le shérif du comté de San Francisco, service différent de ceux de la police de la ville. Derrière le bâtiment, une nouvelle prison se construisait lentement à la place d'un parking.

Hardy prit l'entrée de derrière, passa au détecteur de métaux, et pour éviter l'ascenseur le plus lent des États-Unis, il grimpa au troisième étage par l'escalier. Là, il retrouva le désordre familier de l'immense hall.

Outre l'animation habituelle, l'attraction de cette matinée était assurée par une vingtaine de Gitans réunis là. Des policiers en uniforme faisaient de sévères remontrances à un groupe de femmes en train de faire chauffer du café sur un Butagaz. Sur le coup, Hardy se demanda comment elles avaient réussi à passer le Butagaz au détecteur de métaux. Puis il les regarda un instant, fasciné comme souvent par ce monde interlope que l'on rencontrait dans les murs verts de cette institution.

Le ton était modéré, personne n'élevait la voix. Et la cafetière chauffait toujours. Tandis qu'une femme argumentait avec les policiers, une autre servait le café dans des petites tasses en porcelaine. Elle les distribuait aux hommes qui mettaient un sucre dans leur bouche avant d'avaler le café.

— On devrait installer une caméra de télévision et filmer la vie ici.

C'était David Freeman, vêtu de son habituel costume bon marché qui lui donnait une allure négligée. Il avait aussi l'air de ne pas avoir dormi de la semaine.

— Il faut un présentateur, fit Hardy décrivant un cercle de la main autour d'eux. Il faut expliquer ce qui se passe. Comme ici — (il montra du doigt les Gitans.) c'est un peu équivoque.

Freeman réfléchit.

— Pas mal du tout, l'idée de l'animateur. Les juges pourraient tourner, comme ils le font pour le rôle. Cette semaine, au rôle, Marian Braun et ici dans l'entrée, Mesdames et Messieurs, en chair et en os, le juge Oscar Thomasino !

Ils se dirigèrent vers la Chambre 22, la salle d'audience où la lecture de l'acte d'accusation de Jennifer Witt allait être faite d'ici une heure. Freeman avait une heure pour prendre connaissance du dossier. Pas de temps à perdre.

— Qu'est-ce que ça donne ? demanda l'avocat.

— Ils demandent la peine capitale, répondit Hardy.

— Peine capitale. Powell devrait aller de temps en temps faire un tour dans la pièce des témoins face à la chambre à gaz. Cela le calmerait un peu.

— Je crois qu'il y prendrait du plaisir.

Freeman trouva cela discutable. Il avait assisté à six exécutions dans plusieurs états du pays. Aucun être sain d'esprit ne pouvait y trouver du plaisir, et Powell, à son idée, n'était pas fou. Loin de là.

— Plus circonstances aggravantes : meurtre avec récidive et assassinat pour enrichissement. Vous savez qu'ils l'accusent de trois meurtres ?

— Trois ?

Comme Hardy, Freeman fut surpris d'apprendre la dernière inculpation de Jennifer pour le meurtre de son premier mari, Ned Hollis, neuf ans plus tôt.

— Cela va chercher bien loin, vous ne trouvez pas ?

— Vous devriez lire le dossier.

Ils arrivèrent devant les grandes portes en bois de la salle d'audience du juge Oscar Thomasino.

— Cela s'annonce donc si mal ? questionna Freeman.

— Au moins, ils ont une affaire. Ce n'est pas du gâteau. Mais elle prétend qu'elle n'a rien fait.

Freeman franchit les portes.

— Alors il y a un « mais ».

* * *

— Elle n'a peut-être rien fait.

— Peut-être que non, reprit Freeman, peut-être que si.

Dismas Hardy et David Freeman s'assirent au dernier rang, sur un banc froid, long, dur, fait d'un bois clair. Freeman, les jambes croisées, un cigare neuf entre les lèvres, sortait papiers et chemises de l'énorme mallette de Hardy pour passer l'affaire Witt en revue.

— C'est rassurant de discuter avec vous. On ne vous l'a jamais dit ? fit Hardy.

Freeman haussa les épaules.

— Mes clients m'adorent, répondit-il tout en parcourant les feuilles. Pourquoi ? Je les sors de leur mauvaise situation. Est-ce que je les crois coupables ? Est-ce que je m'en soucie ? Je réponds « probablement » aux deux questions. La plupart du temps.

— La plupart du temps, vous croyez qu'ils sont coupables ?

Freeman regarda Hardy.

— La plupart du temps, ils *sont* coupables. Notre boulot, c'est de les tirer d'affaire, voilà à quoi je m'emploie.

— Eh bien, moi-même, dit Hardy, j'ai eu envie de croire Jennifer Witt. Elle était déchirée, elle pleurait, elle était en plein naufrage.

— À cause des disparitions ou de la prison ? (Freeman marqua du doigt le point de lecture où il était arrivé.) Je sais, je sais. Je suis cruel et cynique. Mais on pleure pour n'importe quoi, notamment sur soi. Quand on est en prison, croyez-moi, on se désespère de son sort. C'est une situation qui peut sérieusement bouleverser une personne, j'ai déjà vu cela.

Il reprit sa lecture, tourna quelques pages, s'arrêta de nouveau.

— Elle est jolie, pas vrai ?

Hardy confirma d'un signe de tête.

— Jeune ?

— D'après le dossier, vingt-huit ans.

— Une jeune femme de vingt-huit ans, bon. Passez-moi cet humour.

Freeman avait autour des cinquante-cinq ans. Hardy pensait qu'il faisait plutôt quatre-vingts ans.

— D'accord, elle est jeune, belle, en pleurs — normal que vous vouliez la croire. Et vous savez quoi ? Elle *sait* que vous voulez la croire. Qu'elle ait fait cette chose horrible ou pas, elle est consciente de l'effet des pleurs sur un homme normalement constitué comme vous. Et cet effet, c'est... vous avez envie de la croire, vous avez envie de la réconforter. Plus que tout, vous voulez qu'elle cesse de pleurer, n'est-ce pas ? (Freeman ôta le cigare de sa bouche, cracha un morceau de feuille, puis le remit entre ses dents.) Et tant que nous y sommes, parlez-moi franchement. C'est un sondage d'opinion personnel. Elle a commis ces meurtres oui ou non ?

— Je ne sais pas, répondit Hardy. Je penche pour le non.

— Aucun des trois ?

— Je ne sais pas.

— Qu'est-ce que vous ne savez pas ?

— Le gamin... Matt. Si elle ne l'a pas tué, tout le reste s'écroule, non ?

— Vous ne pensez pas qu'elle a tué son fils ?

— Je ne le conçois pas.

— Pourquoi ? Et ne me racontez pas qu'elle n'est pas le genre à faire ça.

— Pour deux raisons, en fait, expliqua Hardy. Un, non seulement elle l'a nié mais je crois également qu'elle était profondément choquée qu'on l'accuse d'un tel acte. David, elle ne voulait même pas en parler. Je veux dire par là qu'elle réagissait comme s'il s'agissait d'une étrange erreur qui serait un jour réparée. Tuer son propre fils, comment quelqu'un peut-il croire cela ?

— Diz, Diz, pour le raisonnement, disons qu'elle est coupable d'assassinat. Pour l'argent de l'assurance. Nous sommes d'accord jusque là ? Bon. Décider de tuer quelqu'un n'est pas une décision prise à la légère et ceux qui le font pour l'argent sont d'une espèce différente. Jennifer Witt décide de sang-froid de commettre cet acte, évidemment, elle ne va pas l'admettre. Elle a pris un risque — une fois déjà — et soit elle gagne le gros lot, soit elle tombe en enfer. Croyez-le. Maintenant, quelle est la raison numéro deux ?

— Je crois simplement qu'elle n'est pas du genre à faire cela, émit Hardy, découragé par la réfutation de son collègue.

— Je me fais payer à l'heure, dit Freeman, revenant à sa lecture, et je ne prends pas assez cher.

Hardy accueillit la réprimande avec humour.

— Si vous oubliez le fils Matt, l'affaire ne paraît plus aussi solide.

— On ne peut pas oublier Matt. Diz, Matt se trouvait là. Bon sang, j'aurais souhaité que non, mais c'est le cas de figure. Powell ne va pas laisser passer cela — c'est pourquoi la chambre à gaz attend notre cliente. Cela va influencer un juge.

Hardy avait déjà eu cette discussion. Même si Jennifer avait tué Larry, et il n'en était pas convaincu, il était au moins certain que la mort de Matt était un accident, un tragique fait du hasard. C'était à eux de jouer maintenant, et dans leur jeu, ils avaient cette mauvaise carte.

— Je suis persuadé qu'un bon jury pourrait la sauver.

— Un bon jury pourrait sauver la tête d'Attila le Hun. Mais ne comptez pas là-dessus dans ce cas précis.

Freeman posa une main fraternelle sur l'épaule de Hardy. Une fois encore, ce dernier s'émerveillait que l'avocat ait tant de succès et qu'il soit même carrément sympathique. Comme toujours, Freeman avait besoin de se raser. Il avait des lèvres épaisses, violacées. Le blanc de ses yeux chassieux était jaunâtre. Autour de ses yeux, il avait des tâches de vieillesse. Il était aussi beau qu'un phacochère lépreux, si tant est que les phacochères attrapent la lèpre.

— Il ne faut pas trop compter sur le jury, dit Freeman. Voyez-vous, si je pars de l'idée qu'elle est innocente, à vrai dire, je diminue ses chances. Est-ce que vous comprenez ?

— Comment cela ?

Freeman parcourut la pièce du regard pour s'assurer qu'aucune oreille indiscrète ne traînait.

— C'est marcher sur un fil. Vous voulez vous convaincre que

vous défendez une personne innocente — et c'est une bonne chose, cela fait partie du jeu. Mais si vous commencez à *croire* que votre client est innocent, vous allez présumer que les jurés verront les choses de votre façon. Vous allez vous convaincre qu'ils croiront à votre interprétation des faits.

Hardy pigea.

— Et parce que vous n'aviez pas à vous convaincre de vos arguments, ils ne tiennent pas.

— Voyez ? Diz, je crois profondément que vous avez un don pour ce métier. (Freeman fit tourner son cigare dans sa bouche.) Si l'affaire va devant un jury, c'est déjà que votre client est en mauvaise posture et il vous incombe de prendre l'affaire au sérieux.

— Je la prends au sérieux, David. Vous m'avez demandé si je pensais qu'elle l'avait fait, question cran. Je réponds seulement que je ne suis pas sûr que l'affaire soit aussi solide.

— C'est pour cela qu'ils réclament la peine capitale ? C'est pour cela que Powell en est chargé, quand il doit s'occuper de ses ambitions politiques ? A-t-il besoin de pratique devant un tribunal ? J'en doute.

Hardy ne put s'empêcher de sourire.

— Vous devriez apprendre à exprimer vos sentiments, David. Cela va vous bouffer un jour à force de tout garder en vous.

Freeman hocha la tête.

— Je sais. J'essaie. Vous croyez que cela dérangerait si j'allumais mon cigare ?

Il était assis juste sous le panneau d'interdiction de fumer, au sigle internationalement connu.

— Il me semble que oui, lui répondit Hardy.

* * *

— Pour vous dire la vérité, j'ai toujours pensé que nous travaillerions ensemble.

Hardy n'avait pas encore décidé d'une stratégie précise pour aborder le sujet de son implication dans la défense de Jennifer, mais comme souvent, David Freeman anticipait la question.

En Californie, les procès criminels se déroulaient devant le même jury en deux phases — la phase d'instruction et la phase pénale. Dans la pratique, l'avocat qui plaidait au cours de la première phase se retirait pour la seconde. Les jurés se montraient cyniques envers ceux qui d'abord argumentaient avec passion que leur client était innocent et — une fois la culpabilité démontrée — retournaient leur veste pour dire que « oui, en effet, mon client est coupable. Je sais, j'ai prétendu le contraire ; j'ai menti. Mais maintenant, laissez-moi vous dire combien cette personne est un être gentil et que l'exécution est une peine démesurée... »

Un autre avocat plaidait donc en second. On l'appelait communément « l'avocat Keenan ». Freeman demandait à Hardy de tenir ce rôle au cas où Jennifer serait reconnue coupable. « Partant du fait qu'elle est dans la possibilité de payer » ajouta-t-il. Avec gravité.

Jennifer Witt avait droit à un avocat, mais si elle n'avait pas d'argent pour couvrir les frais — et une affaire aux assises coûtait chère — le tribunal désignerait un avocat à sa défense. Et même si ce dernier refusait pour conflit d'intérêt, Freeman et Hardy n'avaient pas l'assurance d'être nommés.

Certes, Freeman était un vieux de la vieille, bien connu des tribunaux comme avocat de la défense. Mais Hardy ne s'était même pas inscrit sur la liste. Vu l'enjeu de l'affaire, les autres vautours ne manqueraient pas de surveiller la proie. Cette affaire allait certainement prendre une grande envergure — la meilleure publicité pour le métier. Si Freeman et Hardy acceptaient la défense de Jennifer, elle devrait avoir les moyens de les payer.

— Et je vais vous dire autre chose, dit Freeman. C'est ma Pratique Personnelle n°101. Que le client soit Mère Thérèsa ou pas, il faut être payé d'avance.

Il semblait très sérieux. Et cela ennuyait Hardy.

* * *

Le clerc entra avec le greffier par le front de la salle d'audience. Discutant à voix basse, les deux hommes installèrent leur table de travail. Freeman salua de la tête quelques avocats qui arrivaient. La salle s'emplissait doucement des familles et amis des prévenus ou des victimes.

Ici, dans ce tribunal de juridiction supérieure, les gens ne passaient pas devant le juge pour de simples contraventions. Hardy abandonna Freeman à sa lecture et marcha jusqu'à la balustrade qui séparait la salle du tribunal proprement dit.

L'avocat général Dean Powell lui tapa sur l'épaule.

— Je pensais bien vous voir ce matin.

— Dean, je croyais vous avoir dit que David Freeman s'occupait de l'affaire. Il est là-bas au fond, en train de faire travailler sa gymnastique suédoise.

Loin du monde, penché sur le dossier avec un air studieux, Freeman tirait sur le lobe de son oreille.

— Je fais avec lui la plus grande partie du chemin, ajouta Hardy.

— Freeman a décidé d'une défense ?

— Non, mais Jennifer oui. Celle que vous préférez.

— Non coupable ? Pas de démence ? Légitime défense même ?

— Mme Witt dit qu'elle n'a rien fait.

— Si, si, affirma Powell, opinant du bonnet, le visage impénétrable.

Hardy eut toutefois le sentiment qu'il se réjouissait intérieurement.

* * *

Le juge Oscar Thomasino, un homme au teint basané et aux cheveux coupés en brosse, ne rigolait pas dans la salle d'audience qu'il présidait depuis dix ans. Ce matin-là, il y était arrivé avec une de ces surprises qui marquent la vie de la Cour.

— Avant de commencer aujourd'hui, annonça-t-il, y a-t-il quelqu'un dans cette salle qui possède une voiture Green Chevy Lumina immatriculée 1NCV722 ?

Au troisième rang, un jeune homme d'une bonne vingtaine d'années, de type latin, leva la main puis se mit debout. Thomasino lui fit signe d'avancer à la barre. À contrecoeur, l'homme s'exécuta. Le juge fronça les sourcils quand il fut devant lui.

— Avez-vous remarqué, monsieur, le grand panneau qui se trouve à l'endroit où vous vous êtes garé et qui dit « réservé à la Présidence » ?

Le jeune homme secoua la tête et se tourna vers la salle, à la recherche d'un soutien.

— Oh, allez, je vais avoir des ennuis parce que j'ai pris votre place de parking ?

— Pas exactement, dit Thomasino, bien que cela soit une des raisons, la plus grave étant que cette voiture est une voiture volée.

Le juge fit signe à l'huissier d'arrêter le jeune homme. On s'occuperait de lui aux étages supérieurs. Quant à la voiture, elle avait déjà été remorquée à la fourrière de la ville.

Hardy en riait encore quand l'affaire Witt fut annoncée. Freeman et Hardy vinrent au barreau. Dean Powell et un jeune assistant quittèrent le box des jurés. Jennifer fut conduite jusqu'à l'estrade face au juge. Hardy se dit qu'avec son air abattu, la jeune femme ressemblait vraiment à un prévenu. Mais Cindy Crawford elle-même n'aurait pas meilleure allure dans une tenue de prisonnière. Il la présenta à Freeman.

Jennifer considéra son avocat dépenaillé avec un sentiment loin de l'enthousiasme — une réaction à laquelle Freeman était habitué. « C'est ça mon avocat ? » signifia-t-elle à Hardy par une moue avant de se tourner vers le juge. Comme pour toutes les affaires criminelles, le clerc lut entièrement l'acte d'accusation.

— Jennifer Lee Witt, vous êtes inculpée pour trois chefs d'accusation énoncés ci-après, à savoir, violations de l'article 187 du code pénal, dans la ville et comté de San Francisco, État de Californie, le 31 Août 1993, pour l'homicide volontaire avec préméditation sur la personne de Edward Teller Hollis.

Le clerc lut ensuite les circonstances aggravantes et les accusations concernant Larry et Matt Witt. Quand il eut fini, Thomasino fit un signe de tête vers l'estrade et dit qu'il supposait, par la présence de Mrs Freeman et Hardy, que Mme Witt était représentée. Il demanda à Jennifer ce qu'elle allait plaider.

— Non coupable, Votre Honneur.

Thomasino, tout en écrivant sur son listing, regarda par-dessus ses lunettes de lecture, binocles en forme de demi-lune légèrement teintées.

— Mr Powell, la partie civile veut-elle rejeter la demande de liberté provisoire ?

Powell se leva.

— Oui Votre Honneur. Les allégations dans cette affaire sont meurtre avec récidive et assassinat pour enrichissement. Le prévenu a déjà tué...

— Votre Honneur !

Freeman ne tolérerait pas cela. À ce jour, il n'avait pas été établi que Jennifer ait tué quiconque. C'était justement le motif de leur présence dans cette salle d'audience.

Le juge prit un air renfrogné et tança l'avocat général :

— Mr Powell, je vous en prie.

Celui-ci fit mine de regretter. Il était vain de prendre la mouche.

— Je suis désolé, Votre Honneur, mais il s'agit d'une affaire requérant la peine capitale. La loi prévoit que le prévenu doit être détenu sans condition de caution. De plus, la partie civile estime qu'il y a un risque d'évasion.

— Votre Honneur, intervint Freeman d'un ton détaché, Mme Witt remettra son passeport. Elle n'a jamais été accusée, encore moins condamnée, pour meurtre. Rien dans le passé de Mme Witt ni, en fait, dans l'assertion de l'avocat général ne suppose une évasion. Depuis le mois de décembre, elle est restée en ville, et elle a certainement dû songer tout ce temps aux soupçons qui pourraient peser sur elle. Elle n'a montré aucune résistance lors de son arrestation.

— Très bien, très bien, fit Thomasino, regardant par-dessus ses lunettes, néanmoins, Mr Freeman, à cette époque, elle n'était encore inculpée d'aucun meurtre, à plus forte raison d'aucun des trois chefs d'accusation requérant la peine capitale. La situation est autre à présent, vous le reconnaissez ?

— Votre Honneur, Mme Witt n'a pas commis ces meurtres et elle désire laver son nom devant le tribunal.

— Oui, fit Thomasino avec un petit sourire, eh bien, cette occasion lui sera offerte, mais je suis d'accord avec la partie civile que, vu l'éventualité de la peine de mort, la prévenue pourrait être tentée de se soustraire à la justice. Et puisqu'elle n'a plus aucun lien avec la communauté ni de famille proche…

— Votre Honneur !

Tout le monde fut surpris d'entendre la voix de Jennifer. D'ordinaire, les prévenus étaient plutôt intimidés lors de ces débats où l'on parlait d'eux à la troisième personne en leur présence. Rarement ils s'exprimaient. Jennifer le fit.

— Ma famille est ici aujourd'hui.

Hardy se retourna. Au deuxième rang, un homme grisonnant, qui aurait pu être le frère de Thomasino, se leva à demi. Un jeune homme sembla vouloir l'imiter. Entre eux était assise une femme d'âge moyen.

Hardy remarqua également quelque chose entre Jennifer et un homme élégamment habillé, qui se tenait quelques rangs plus loin. Qui était-ce ? Et pourquoi Jennifer n'avait-elle eu aucun geste affectueux envers sa famille ? Après un petit signe de tête, elle les désigna simplement du doigt au juge, l'espoir au coeur de sa liberté sous caution.

Thomasino reprit rapidement le cours des choses.

— Très bien, merci. Messieurs, asseyez-vous, je vous prie.

— Si la Cour le permet, intervint Dean Powell, campé sur ses pieds, je souhaiterais demander à Mme Witt à quand remonte sa dernière visite à ses parents ?

— Votre Honneur, s'il vous plaît !

Hardy était certain que Freeman, tout autant que lui du reste, n'avait aucune idée de ce que Powell allait demander. Mais il n'était pas question de laisser passer une seule requête sans objecter. Ils n'étaient pas encore au procès, et questionner le prévenu n'était pas du jeu.

— Où voulez-vous en venir, Mr Powell ?

— Votre Honneur, au cours de notre enquête, il est clairement apparu que Mme Witt n'est pas proche de sa famille. En fait, ce sont des étrangers...

— Et c'est pour cela qu'ils sont ici aujourd'hui, Dean ? s'écria Freeman sans réfléchir.

Le marteau retentit.

— Mr Freeman, à l'avenir, vous adresserez *toutes* vos remarques à la Cour. Compris ?

— Oui, Votre Honneur, je suis désolé.

Comme la plupart des réactions de Freeman, celle-ci était calculée. Rejeter un point perdant, attirer l'attention ailleurs, même si cela lui valait un avertissement. Et la réprimande de Thomasino lui donna le temps de penser à autre chose.

— Mais Mr Powell devrait mieux comprendre. La famille de Mme Witt est ici aujourd'hui et *visiblement* pour la soutenir.

Que voulons-nous d'autre ?

Thomasino lui fit signe de se rasseoir.

— Mme Witt, nous notons la présence de votre famille, mais cela ne change rien à la loi. Il s'agit d'un cas sans possibilité de liberté provisoire.

— Votre Honneur... tenta encore Freeman.

Thomasino en eut assez. Avec un regard de juge en colère, il leva le marteau. Puis il l'abaissa doucement et déclara :

— Liberté provisoire refusée.

CHAPITRE 5

Les Gitans étaient partis mais le hall résonnait toujours de voix qui se répercutaient contre les murs nus.

— Comment peuvent-ils lui refuser la liberté provisoire ? demanda Phil DiStephano, le père de Jennifer.

Sans agressivité, ni cordialité.

— Nous pouvons faire appel, répondit Freeman, mais je vous préviens, nous ne gagnerons pas. Et au cas où la caution est accordée, la somme demandée par le juge sera exorbitante.

La voix de Mme DiStephano s'éleva doucement dans le dos de son mari.

— Combien Mr Freeman ?

Phil DiStephano se tourna vers elle.

— C'est égal, Nancy. Nous ne faisons pas le poids.

Les apparences allaient dans son sens. Sans même imaginer la somme, s'ils gagnaient en appel, les DiStephano n'avaient pas l'air de pouvoir payer la caution.

Le père portait un costume noir uni qui n'avait pas subi le fer à repasser depuis un certain temps, une chemise blanche, usée mais repassée, une cravate fine. La mère était assez jolie — encore belle, diraient certains, comme sa fille. Quelque chose dans son allure, dans le pincement de ses lèvres, faisait penser que la vie n'avait pas été tendre avec elle. Le fils, vingt-trois ans peut-être, portait un jean sur des brodequins et une chemise Pendleton rentrée à la ceinture.

Il avait les cheveux longs. Et une certaine manière d'être.

Des travailleurs, à la surprise de Hardy. Les médias avaient toujours décrit Jennifer comme une personne de la haute bourgeoisie. Et la veille, pendant l'entretien avec Hardy, elle s'était comportée telle la femme d'un docteur ayant confortablement réussi. Sa famille laissait supposer d'autres origines.

Lorsque Freeman annonça qu'ils devaient s'attendre à une caution d'un million de dollars, ou plus, si toutefois elle leur était accordée, le fils explosa.

— Putain, où qu'elle va trouver tout ça ?

— Tom !

D'un geste de la main, Freeman calma le ton.

— Bien vu, mon gars. Le problème est qu'ils ne veulent pas la faire sortir. Ils s'imaginent qu'elle va prendre la poudre d'escampette et disparaître.

— Je ne crois pas. Sa défense est très solide, déclara un homme qui s'avança en tendant la main à Freeman. Ken Lightner... je suis le psychiatre de Jennifer, ajouta-t-il pour achever de se présenter.

C'était l'homme que Hardy avait remarqué dans la salle. Bel homme mais sans plus, plutôt bien charpenté, vêtu d'un costume sur mesure, Lightner portait une barbe rousse nettement taillée, alors qu'il avait des cheveux d'un brun foncé. Bizarre.

— Pourquoi Jennifer a besoin d'un psy ? demanda Tom DiStephano.

Lightner fit un pas vers lui, Nancy posa une main sur le bras de son fils.

— Vous devez être Tom.

— Non, je suis la reine d'Angleterre.

La mère se glissa entre eux.

— Tom, sois poli.

Hardy se demanda si le garçon dominait ses élans. Quelqu'en soit le motif, une féroce colère le rongeait. Tom regarda autour de lui comme s'il cherchait une sortie, une échappatoire. Se dégageant de la main de sa mère, il se tourna vers l'avocat.

— Et vous, vous voulez la faire acquitter en la présentant comme une dingue ? C'est ça l'histoire ? Vous croyez qu'elle est folle ?

— Non, pas du tout, intervint Lightner qui semblait rechercher un ton bienveillant et rallier tout le monde.

Mais le maître de cérémonie, c'était Freeman et il n'allait pas céder sa place.

— Nous n'avons pas décidé d'une défense, dit celui-ci. Jennifer est innocente jusqu'à ce que sa culpabilité soit établie. Je pense que nous sommes tous d'accord ?

C'était un tableau à plusieurs niveaux. La colère, le souci, le chagrin, le pouvoir, le statut, y étaient représentés. Au centre se trouvait Tom, pour l'instant désarmorcé. Hardy souhaita que personne ne le pousse un peu, ou il exploserait.

Ne sachant plus sur qui déverser sa hargne, Tom, planté dans le sol, respirait fort ; il pliait et dépliait ses mains.

— Ouais ! grommela-t-il, l'air de chercher une réponse à travers l'immense hall haut de plafond. Ouais, c'est la merde.

— Nous tous, nous devons faire face, dit Lightner. C'est une situation éprouvante et c'est sans doute normal de se mettre en colère, nous sommes tous en colère...

Hardy jeta un coup d'oeil à Freeman. À chaque profession son jargon. Dans le milieu de Lightner, cela pouvait passer pour une conversation normale. Mais Mme DiStephano se fichait de la colère comme du jargon.

— Ils ne vont pas demander pour de bon la... — elle ne put prononcer « peine de mort » — pour ma fille, n'est-ce pas ?

Au bord des larmes, elle serra la main de son mari.

Hardy se dit qu'il devrait détourner l'attention posée sur Freeman, manière de dissiper la tension.

— Nous sommes encore loin de voir l'affaire en procès, Mme DiStephano, encore plus loin du verdict. Ne commençons pas à nous faire du souci...

— C'est maintenant qu'il faudrait se faire du souci, le coupa Tom. Si on fait pas gaffe maintenant, alors, ça va arriver.

— Tom, savez-vous quelque chose que j'ignore ? le questionna Hardy.

Tom venait de trouver son punching-ball.

— Ouais, y'a une chose que je sais — que les gens comme nous n'ont pas droit à un procès juste, voilà ce que je sais. Pas quand on est contre eux.

— Contre qui ? Qui sont les gens comme vous ?

— Les pauvres, les travailleurs, nom de dieu ! Contre ceux qui ont du fric.

— Tom, Jennifer a de l'argent, intervint son père.

— C'est pas le sien, Pa, tu le sais bien. C'est à Larry. Et c'est ça le problème, le reste n'est que d'la connerie ! Ils veulent leur pognon !

— Qui donc ? fit Hardy.

— Ils ne veulent pas d'elle. Elle ne convient pas, hein ? Comme nous. C'est nous que Larry a rejetés, non ? Sauf que Jennie a essayé d'entrer de force. Elle a épousé son snobinard de toubib. Elle a conduit une voiture chic. Elle a essayé de faire partie de leur monde. Et ça, ils ne vous le pardonnent pas. Ils vous le font payer...

— Personne n'essaie de lui faire payer, Tom...

— Mam, tu es *aveugle*. Tu gobes leurs conneries. C'est pour ça qu'on reste dans notre galère...

— Tom, arrête !

Phil se dressa entre sa femme et son fils. Tom s'en prit alors à lui.

— Oh oui, bien sûr. Et toi, Pa, tu vas tout accepter, pas vrai ?

En un éclair, la main du père s'éleva et frappa le jeune homme sur la joue. La gifle résonna dans le hall.

— Ne me parle pas sur ce ton !

Nancy s'était glissée entre ses hommes. Elle pleurait. Tom recula, il fixa ses parents.

— Allez vous faire voir ! gronda-t-il avant de partir en courant par l'escalier.

Sa mère se tourna vers les deux avocats.

— Je regrette pour mon fils. Il pense que le monde...

Elle n'en dit pas plus, son regard se brouillait.

Le moment était venu. Les défenses avaient lâché.

Freeman pensa en profiter. Il s'intéressa à Phil.

— Voyiez-vous souvent votre fille, Mr DiStephano ? Je veux dire, est-ce que vous vous rendiez visite ?

— Ben, oui. C'est ma fille, non ? Nous sommes unis, même Tom... c'est juste une forte tête. Comme vous disiez dans la salle, c'est pour cela que nous sommes ici aujourd'hui.

Freeman se tourna vers Mme DiStephano qui secoua la tête.

— Nous ne nous sommes pas vus depuis des années.

Phil chercha à effacer cet aveu par une grimace et déclara :

— Mais Larry était un homme occupé. C'est pas qu'il ne voulait pas...

Sa femme lui coupa la parole.

— Larry lui interdisait. Nous ne les avons jamais vus. Jamais.

* * *

Hardy, Freeman et Lightner regardèrent la mère de Jennifer s'éloigner d'un pas raide en suivant son mari. Un couple de jeunes gens sortit de l'une des salles derrière eux. Ils s'étreignaient et s'embrassaient. Le juge Thomasino avait peut-être donné sa chance à l'un des deux.

Freeman, Monsieur Conversation, se tourna vers le psychiatre.

— Alors, Docteur, quelle est sa défense ?

Lightner, décontracté, les mains dans les poches, répondit spontanément. De la tête, il montra les parents de la jeune femme.

— Léger dysfonctionnement, vous ne trouvez pas ? Je m'y attendais.

— Vous vous y attendiez, reprit Hardy.

Ils partirent vers les ascenseurs. Les deux avocats voulaient monter voir Jennifer pour s'assurer qu'elle était toujours leur cliente.

— Vous venez d'avoir une démonstration, déclara Lightner en dodelinant de la tête. Cela se répète de génération en génération. Les pères battent les mères et les enfants. Les enfants battent ensuite leurs propres...

— Qui bat qui ? lança Freeman.

Lightner s'arrêta.

— Non, *non*... mais je parle de Larry bien sûr.

— Larry battait Jennifer ?

Pour Hardy, c'était une révélation. Pour Freeman, probablement aussi. Pour Powell, peut-être pas. En tout cas, Jennifer n'en avait rien dit.

— Si vous faites allusion au « lit brûlant », dit Freeman qui se trouvait un pas devant, je crois alors que le gamin pose problème.

Le « lit brûlant » était devenu une défense valable en cas d'homicide. Quand un époux subissait depuis longtemps de mauvais traitements, le meurtre de l'époux violent se justifiait comme une forme de légitime défense, même en dehors des crises, comme par exemple pendant le sommeil du coupable. Les jurés avaient accordé dans plusieurs affaires cette légitime défense qui outrepassait son cadre habituel.

— Pourquoi Matt est un problème ? voulut savoir Lightner.

— Parce que les femmes battues ne tuent pas leurs enfants, répondit Freeman. Si elle était une femme battue.

— Elle l'*était*. Et si cela s'est produit alors qu'elle cherchait à se défendre, son geste était certainement involontaire.

— Cela va être dur à faire avaler à un jury, commenta Freeman.

— Vous croyez qu'elle a pu le faire ? demanda brusquement Hardy.

Pour la première fois, Lightner réfléchit avant de répondre.

— Elle avait des raisons.

Hardy n'aimait pas cela. Quelqu'un qui n'était pas même de la partie civile, par une information soi-disant nourrie, prétendait que sa cliente « avait des raisons » de tuer son mari.

— Parce que son mari la maltraitait ?

— Mais qu'elle ait des raisons de le faire ne signifie pas qu'elle l'a fait, s'empressa d'ajouter Lightner.

— Vous pouvez précisez ? fit Hardy, décidé à coincer le psychiatre.

— Mr Hardy, je ne suis certainement pas en train de l'accuser. Je suis en train de dire que vous devriez peut-être lire des livres à ce sujet. Dans des situations telles que celle vécue par Jennifer, les gens deviennent fous. Et c'est compréhensible. Je suis en train de vous dire que *si* c'est arrivé à Jennifer, *si* elle a été aussi horriblement violentée que je le soupçonne...

— Je croyais que vous disiez...

— Eh bien, cela devrait être le pilier de sa défense. Voilà le sens de mes propos, Mr Hardy.

Il la couvre des deux côtés, songea ce dernier.

L'ascenseur arriva.

— Nous montons, lança Freeman, prenant ainsi congé. Merci pour les informations, ajouta-t-il d'un ton plus cordial.

— Avec plaisir. N'hésitez pas à m'appeler.

Et les portes se refermèrent sur le nez de Lightner.

* * *

Ils attendaient Jennifer dans la petite pièce réservée aux entretiens. Freeman continuait la lecture du dossier ; Hardy, assis sur la table, regardait par la fenêtre — une surveillante rangeait des papiers dans un vieux meuble de classement en métal.

— Vous savez, dit-il sans se retourner, un homme de votre sensibilité et de votre expérience devrait être capable de faire cela tout seul.

Revenir au septième étage n'avait guère plu à Hardy.

— Elle ne m'a pas encore rencontré, s'expliqua Freeman, pris par sa lecture.

— Et tout à l'heure, vous vous souvenez ? Chambre 22. Une grande salle, un juge au fond.

Freeman leva alors le nez, Hardy se pencha sur lui et poursuivit :

— Vous savez, je crois entre autre à une chose : que tout le monde devrait pouvoir dormir la nuit.

— Je dors suffisamment, grommela Freeman.

— Alors, vous devriez ménager votre santé.

— Écoutez, (changement de conversation) l'affaire peut nous échapper. J'y tiens, comprenez-moi bien, mais s'il n'est pas question d'argent... et puis, le fait est que je ne lui reprocherais rien si elle se débarrassait de moi à l'instant. Sa réaction à mon égard était des moins chaleureuses. C'est pour combattre *cette* éventualité que je vous ai demandé de m'accompagner. Pour une raison inconnue, elle semble vous apprécier. Au début, vous pouvez au moins faire tampon. Je vous l'ai déjà expliqué une fois.

— Je sais. J'avais même compris.

— Alors quoi ?

— C'était pour vous détendre, David. Nous avons déjà perdu un point tout à l'heure. Nous voulons cette affaire, nous pourrions y mettre quelques manières.

— Je ne fais pas dans le mielleux, rétorqua Freeman avec une grimace qui se transforma en un sourire las. C'est pourquoi j'ai besoin de vous.

* * *

Les premiers temps de l'entretien, Jennifer, tendue, ne disait pas un mot. Freeman expliquait le problème de la caution et la difficulté de manoeuvre dans un cas tel que le sien. Il usait également de son boniment, car si défendre l'accusé était sa vocation, c'était aussi son moyen de subsistance. Il devait fixer le montant de son travail avant de s'engager. Mais la seule chose que Jennifer désirait était qu'il fasse appel pour sa liberté sous caution.

— Vous ne voulez tout de même pas que je *reste* ici ?

Hardy se leva et s'adossa à la porte, les mains dans les poches. Après une nuit en prison, Jennifer avait réfléchi à l'importance d'une libération provisoire. Normal.

Freeman replia ses mains posées sur la table. Il parlait avec calme.

— Bien sûr que non, Mme Witt. Mais il faut faire face aux réalités, et je crains que celles-ci n'englobent aussi celle de l'argent.

— L'argent. Toujours l'argent, n'est-ce pas ?

Hardy crut entendre son frère.

Freeman étendit ses mains à plat. En fait, pensait-il, l'argent était très souvent la question. Il se sentait forcé de lui en parler maintenant, malgré le caractère déplaisant de la chose.

— Vous pouvez obtenir une caution d'un million de dollars après appel. Cent mille pour le garant. Plus les frais de l'appel. Si vous ne pouvez pas payer, vous devrez vous contenter d'un avocat commis d'office au procès.

Elle regarda vers la porte. Un regard vif et inquiet.

— Pourquoi pas vous et Mr Hardy ?

— Honnêtement, notre provision... — Freeman rassembla ses mains — c'est *ma* décision... va se monter à deux cents mille dollars, et n'importe qui d'autre demanderait la même somme. Si vous ne pouvez payer, vous bénéficiez de l'aide judiciaire.

L'avocat estimait non seulement qu'il valait mieux se montrer carrément franc dès le début mais qu'en plus, il était préférable de dévoiler au client son côté coriace. Sa théorie était que si vous vous montriez dur avec les vôtres, imaginez comment vous dévoreriez vos ennemis. Depuis longtemps, il avait cessé de chercher la rationalisation de cette méthode.

— Mais n'importe qui peut être commis d'office, non ?

— Non, les avocats doivent être approuvés par le tribunal. Et dans les affaires entraînant la peine capitale, il faut avoir prouvé sa compétence.

— Sa compétence, répéta la jeune femme en secouant la tête.
— Je suis navré, mais c'est l'exposé du problème...
— Mais c'est ma vie !
— David.
Hardy sentit qu'il devait intervenir. Tout ce que pouvait dire Freeman était important et même tout à fait vrai. Mais l'argent n'était pas le problème pour lui, et pas plus pour Freeman au fond, malgré son jeu de démontrer le contraire.
Le vieil homme le regarda de ses gros yeux.
— Qu'y a-t-il ?
— Sortons une minute.

* * *

Dehors, la prison vivait de ses bruits. Hardy en vint au fait.
— Pourquoi ne pas laisser de côté la question de l'argent pour le moment ?
— Jusqu'à quand ?
— Nous verrons plus tard.
— Diz, il faut résoudre cela. Elle ne veut pas changer d'avocats, expliqua Freeman qui se gratta le coin de l'oeil droit. Elle n'a pas assez d'argent, donc sur le plan de l'éthique, nous ne prenons pas l'affaire. Simplement, j'essaie de tirer les choses au clair.
— Vous la cuisinez, voilà ce que vous êtes en train de faire.
D'un geste de la main, Freeman réfuta l'accusation.
— La cuisiner, mon oeil. Nous avons besoin de savoir, de savoir maintenant. (Il tapota Hardy sur l'épaule.) Diable, nous pourrions accepter l'affaire rien que pour la publicité qu'elle nous apporterait. Mais moi, je veux savoir où nous avons mis les pieds et c'est le moment. Après... eh bien, je me ferai pardonner. (Il inclina la tête.) Allons-y. Je vais faire ça vite et gentiment. Promis.

* * *

Freeman se rassit face à Jennifer.
— Jennifer, croyez bien que Mr Hardy et moi, nous en sommes désolés, mais il faut que nous connaissions votre situation financière. Cela nous permettra de savoir où nous allons.

La jeune femme était blême, les muscles de sa mâchoire tressautaient.

— Oh, je ne crois pas que l'argent soit un problème... il y a l'assurance, vous savez.

— Non Jennifer, contesta l'avocat d'un geste de la tête. Tant que vous n'en aurez pas fini avec cette affaire, ils ne verseront pas la monnaie. Et si vous êtes reconnue coupable, ils la garderont.

Hardy n'en revenait pas. Était-elle vraiment en train de sourire ?

— Mais vous allez les empêcher de me déclarer coupable.

— Jennifer, je ne parie pas avec mon propre argent. Alors, oublions cela. Quoi d'autre ? Je veux dire à part l'assurance.

Hardy trouva que son partenaire n'avait pas menti. Il ne faisait pas dans le mielleux.

Elle expliqua qu'ils habitaient leur maison depuis cinq ans, qu'ils l'avaient achetée à un prix élevé juste quand le marché baissait. Les actions devaient se monter à soixante dix mille ou un peu moins. À condition qu'elle les vende. Sur le compte du ménage, il devait y avoir environ vingt mille dollars. Ils possédaient également des titres, soit encore soixante-cinq mille. Des meubles, des bijoux, deux voitures. Pas de l'occasion, songea Freeman.

— Si la caution est accordée, que se passe-t-il... que diront-ils... je ne comparais pas ? demanda Jennifer qui au regard de Freeman ajouta aussitôt : en théorie bien sûr.

— Oubliez cela. Et que personne ne vous entende poser de questions à ce sujet. Ici, c'est la prison, ne dites rien à personne. C'est un bon conseil et il est gratuit. Maintenant, si vous ne comparaissez pas — un, vous perdez l'argent que vous avez donné. Tout l'argent. De plus, ils vous retrouveront, croyez-le bien. Et plus jamais, vous n'aurez de garant. Pour finir, tout le monde sera convaincu que vous êtes coupable. Le juge, les avocats, les jurés. Et deux, ils ne seront pas impartiaux. C'est une très, très, très mauvaise idée. Oubliez-la vite.

— De toute façon, la liberté provisoire lui est refusée, lui rappela Hardy.

— Messieurs, est-ce que vous répétez une scène ? ironisa Jennifer.

Freeman gribouilla sur un bloc de papier puis il la regarda droit dans les yeux.

— Voilà ce à quoi j'arrive. Même si vous ne faites pas appel, et si vous vendez la maison et ajoutez le reste, il vous en manquera. Nous voulons vous aider, mais j'ai peur de devoir annoncer au juge que nous nous retirons...

Jennifer les fixa tous les deux.

— J'ai encore de l'argent, dit-elle. Il y a un autre compte.

Freeman cessa de ranger ses papiers. Hardy prit une chaise et s'assit à califourchon.

— Que voulez-vous dire par un autre compte ? demanda Freeman.

La jeune femme baissa les yeux, avala sa salive. Nerveuse à l'évidence.

— Parfois... je n'imaginais pas qu'avec Larry, cela collerait toujours, voyez-vous... et je me suis dit que si je devais partir, avec Matt bien entendu... (Elle regarda les deux hommes tour à tour.) j'ai pensé qu'il valait mieux nous préparer quelque chose. Juste au cas où...

— Au cas où quoi ? l'interrogea Freeman en la fixant du regard.

— Eh bien, comme je disais, au cas où cela ne marcherait plus entre nous, au cas où je devrais quitter...

— Quitter quoi ? insista le vieil homme qui se souvenait de la révélation de Lightner.

— Êtes-vous en train de dire que votre mari vous battait ? demanda Hardy. Vous n'avez jamais...

Jennifer se couvrit le visage de ses mains, comme si elle se rappelait les coups.

— Non, il n'a jamais fait ça, pas vraiment, mais vous savez... pour en revenir à l'argent, si j'en avais eu besoin...

Elle cracha le morceau. Depuis neuf ans, elle avait épargné de l'argent. Malgré l'avarice de Larry, elle avait réussi à « économiser un peu par ici, un peu par là », sur ce qu'elle dépensait pour Matt, les jouets, les habits, le maquillage, la décoration de la maison, sur tout ce qu'elle pouvait trouver. Cela se montait jusqu'à mille dollars par mois. Et elle avait appris à investir dans des titres à haut risque, si bien que le compte aujourd'hui s'élevait à trois cents mille dollars.

— Bon, fit Freeman, qui se laissa aller à un sourire, Mme Witt, si vous nous voulez toujours comme avocats, nous sommes à vous.

Hardy, lui, ne souriait pas. L'aveu de Jennifer, qu'elle avait parfaitement justifié, l'ennuyait. Il aurait préféré ne pas savoir la vérité.

CHAPITRE 6

— Parlez-moi de Larry Witt.

Jennifer et Freeman étaient assis l'un en face de l'autre. Hardy se faisait discret, adossé à la porte. Freeman avait sorti un Thermos de café de sa mallette. Trois tasses en polystyrène fumaient à présent sur la table.

— Que voulez-vous savoir ? Sur lui et moi ?

— Je veux tout savoir, répondit Freeman qui se laissa aller contre sa chaise, un bras pendant sur son manteau plié sur le dossier. Mais je crois que nous devrions commencer par la violence. Est-ce qu'il vous battait souvent ?

Jennifer cilla puis elle écarquilla les yeux. Son regard glissa de Freeman à Hardy.

— J'ai dit que nous nous disputions, pas que Larry me battait.

D'un geste de la main, Freeman pria son partenaire de ne pas intervenir. Il adopta un ton bas et persuasif.

— Mais vous a-t-il battue ?

— Je ne vois pas en quoi c'est important.

— Jennifer, c'est important parce que cela constitue une défense. Et cela donne un élément aux jurés auquel ils peuvent se raccrocher.

Hardy nota qu'il avait soutenu le contraire au psychiatre.

— Alors, en fait, il ne vous battait pas ?

Sa mâchoire tressautait. Elle prit le temps de répondre.

— Je n'ai pas tué Larry, Mr Freeman. Je ne sais pas ce qui vous a fait croire que j'aurais pu... je n'ai pas tué.... Et Matt ? Mon Dieu, vont-ils dire que j'ai tué Matt aussi ?

— C'est déjà ce qu'ils disent, Jennifer.

Elle partit d'un rire cassant.

— Et qu'est-ce qui leur fait croire cela ? Vous y avez réfléchi ? Comment peuvent-ils dire que j'ai tué mon fils ?

— Jennifer, Matt n'est pas le sujet de notre discussion. C'est Larry qui nous intéresse.

— Je me fiche de Larry ! s'emporta la jeune femme, tapant du poing sur la table. Je n'ai pas tué Matt. Vous ne comprenez pas ?

Elle regarda Hardy. Celui-ci sentit qu'il devait lui répondre.

— Ils vont prétendre que Matt est apparu par hasard, que vous avez paniqué ou qu'il s'est trouvé dans vos jambes au moment où vous avez tiré sur Larry.

Elle ferma les yeux, elle respirait bruyamment.

— Mais... mais si c'était un accident, ce n'est pas passible de la peine de mort, n'est-ce pas ? Ce n'est pas arrivé, mais s'ils prétendent le contraire... et c'est différent pour Larry.

Elle était pâle comme un linceul.

Hardy fut tenté de lui expliquer, comme Powell et Drysdale le lui avaient exposé. Il s'en retint. Elle avait posé la question sur l'homicide involontaire, niant aussitôt sa responsabilité dans ces meurtres. Mais la question lui était venue aux lèvres. Quelque part, cela le contrariait.

Un éclair de compréhension parut traverser l'esprit du vieil avocat. Il dodelina de la tête puis il se pencha en avant, roulant de droite à gauche ses mains jointes. Il savait utiliser sa voix. Toujours soigneusement modulée mais cette fois, avec une pointe de menace.

— Jennifer, je veux que vous soyez parfaitement claire sur un point. Je ne vous accuse pas de quoi que ce soit. Mais vous devez savoir que je ne croirai pas ni ne rejetterai ce que vous me direz. Que vous l'ayez fait ou pas. Pour une raison ou sans raison.

— Mais je n'ai pas...

Freeman leva la main.

— Vous devez me croire. Si votre mari vous a réellement battue, l'avocat général insistera sur ce motif qui vous a poussée à le tuer.

Maintenant, si Larry et vous, vous vous êtes disputés une fois et qu'il vous a frappée, cela ne sera pas une raison suffisante pour un jury. Mais si nous pouvons démontrer que c'était un fait courant, que vous viviez dans un état permanent de peur et d'angoisse, alors, nous aurons contré leur argumentation. Sans considérer que vous l'avez tué ou...

— Je ne l'ai pas tué, répéta la jeune femme, secouant la tête. Mais si je l'avais fait, j'aurais une excuse ? C'est cela ?

Hardy se redressa. Lui aussi pensait la même chose. Il n'y avait pas trente-six possibilités. Avec motif ou non, soit elle l'avait tué, soit elle ne l'avait pas tué.

Jennifer saisit la distinction. Un bon point, se dit Hardy, taraudé pourtant par une pensée contradictoire... un escroc avec un esprit logique, capable de mettre sur pied à l'avance une exécution... et de s'en tirer... Jennifer Witt était-elle ce genre de personnage ?

Mais Freeman ne reculait pas.

— Dans tout cela, nous allons chercher une défense mais nous ferions mieux d'être prêts à toutes sortes d'arguments, et répéter que vous n'avez pas commis ces crimes ne sert à rien, je le crains.

Hardy s'avança vers la table. Jennifer avait le visage fermé et le regard fulminant de colère. Les larmes menaçaient. Soudain, Freeman lui prit les mains.

— Parlons, Jennifer, tout simplement. Est-ce que Larry vous battait ?

Elle hocha la tête.

— Mais ce n'était pas... je veux dire que deux fois, il a été violent mais... je crois que c'était ma faute...

— Comment cela votre faute ? dit Hardy.

— J'avais fait l'imbécile. Je ne sais plus mais j'avais dû faire une bêtise et...

— Et votre mari vous a corrigée ? demanda Freeman avec incrédulité, bien qu'il ait souvent entendu cela de la bouche de ses clients.

Jennifer frappa du poing sur la table. Était-ce du cinéma ? Hardy ne pouvait l'imaginer.

— Écoutez, je vous en prie, arrêtez de dire qu'il me battait. C'est arrivé deux fois mais ce n'est pas comme s'il me tabassait. Oui, il devenait fou. Mais il m'aimait, c'est seulement parce qu'il était navré que je ne sois pas à la hauteur.

— Et ensuite ? demanda Freeman.

— Et ensuite quoi ?

— Ce qui s'est passé, après que Larry vous a battue... frappée... ? Il n'ajouta pas « pour votre bien ». Il attendit. Les choses devenaient sérieuses.

De nouveau, elle rentra la tête — avec l'air d'un chien battu. Cette attitude devenait presque familière.

— Je sais qu'il se sentait misérable. Je ne croyais pas qu'à cause de moi, il était si...

— À cause de vous ? C'est-à-dire ?

— Parce que j'avais fait des bêtises. Sinon...

— Sinon il ne vous aurait pas frappée ?

— Oui. Vous comprenez ?

Hardy et Freeman échangèrent un regard.

— Donc, Larry regrettait son geste ? poursuivit Freeman.

— Extrêmement. Je ne mens pas. Il m'aimait, vous savez. Je sais à quoi vous pensez mais vous vous trompez. C'est le seul qui me connaissait vraiment. Le lendemain, il était si tendre, si gentil, il m'apportait des fleurs. (Quelque chose parut la contrarier.) Parfois, ces moments-là étaient les meilleurs. Après, je veux dire.

— Après qu'il vous avait battue ? Deux fois, c'est ce que vous avez déclaré, ou cela s'est-il produit plus souvent ?

Elle ne cédait pas.

— Non non, j'ai bien dit deux fois, affirma-t-elle dans un hochement de tête.

Le sujet semblait épuisé. Il était difficile de comprendre pourquoi elle ne voulait pas reconnaître le fait d'avoir été battue.

Freeman jeta un coup d'oeil sur le dossier posé devant lui.

— Parlons maintenant de l'assassin de Larry si ce n'est pas vous ? *Puisque* ce n'est pas vous, voulais-je dire. Une idée là-dessus ?

Il lui fallut une minute pour changer de vitesse. Puis elle prit un café. Son regard reprenait vie.

— Il travaillait beaucoup, il était médecin.

— Oui, mais avait-il des ennemis, des gens qui auraient pu lui en vouloir ?

— Sa première femme peut-être... enfin, cela semble si ridicule. Je ne veux pas accuser sa première femme. Je sais qu'elle ne l'a pas tué.

— Comment pouvez-vous le savoir, Jennifer ?

— Eh bien, elle n'aurait pas fait ça après tout ce temps. Cela n'aurait pas de sens.

— Mais avant oui ?

S'amusant à gratter le polystyrène, Jennifer se repoussa contre la chaise en fer.

— Voyez-vous, elle travaillait pendant qu'il faisait ses études de médecine, et quand il a été diplômé, ils ne s'entendaient plus.

— Est-ce que vous aviez fait votre apparition dans la vie de Larry à ce moment-là ?

Elle fit une moue. Hardy l'interpréta comme une minauderie. Du cinéma. Jennifer Witt était difficile à cerner.

— L'ex-femme de Larry, comment s'appelait-elle ? questionna Freeman.

— Molly.

— Et je vous le demande encore une fois, étiez-vous au courant de la séparation de Larry et sa femme ?

— Oh, ils avaient déjà des problèmes.

Ce qui répondait à la question.

— Avez-vous parlé de Molly à la police ?

— Non. Je vous l'ai dit, elle n'aurait pas...

— Manière d'assurer les bases, Jennifer.

Freeman griffonna quelque chose sur son bloc, Hardy s'assit.

— Personne d'autre qui détestait Larry ? poursuivit Freeman. Tom par exemple ?

Le tempérament emporté du frère de Jennifer avait marqué.

De nouveau, ce battement de cils, ce léger sursaut, comme si Freeman l'avait giflée.

— Quoi Tom ? Que savez-vous sur Tom ?

— Qu'y avait-il entre Larry et lui ?

— Larry et moi, nous ne voyions pas souvent Tom, répondit-elle en haussant les épaules. Il est tellement amer.

— C'est l'argent ?

— Je ne sais pas vraiment. Il était peut-être jaloux de Larry. (Le regard de Freeman la poussa à se corriger aussitôt.) Non, pas jaloux comme vous l'entendez. Vraiment, qui croyez-vous que je sois ?

Freeman se pencha en avant.

— Je n'en sais rien, Jennifer, c'est ce que j'essaie de saisir. Vous me dites que Tom était jaloux. Au point de tuer Larry ?

Elle cessa de feindre (s'il s'agissait de cela), comme elle cessa de gigoter.

— Je crois qu'il hait sa vie. Il n'a pas d'argent, il n'est pas allé au lycée. Il a l'impression que la chance ne lui a jamais souri, mais cela ne veut pas dire...

— Comme votre père ?

— Tom a peur de cela, à mon avis. Peur de tourner comme Papa. Sauf que mon père n'a jamais eu autant d'envies que lui. C'est vrai qu'à son époque, c'était plus facile d'acheter une maison, même si vous n'étiez qu'un employé de bureau. Et mon père s'est contenté d'une maison. Mais pour Tom, c'était... une sorte de prison. Pour moi aussi en un sens, mais j'en suis partie.

— Tom, que fait-il ?

— Il ne travaille pas régulièrement. Je sais que de temps en temps, il est conducteur de chariot élévateur. Il est dans la construction. Il prend ce qu'il trouve, j'imagine.

— Et il avait quelque chose contre Larry, et vous, parce que vous aviez de l'argent ?

— Nous n'avions pas tant d'argent que cela, mais je suppose que oui. Et moi, il me reprochait de n'avoir pas travaillé pour être riche.

— Mais maintenant, ça va ?

— Quoi ?

— Vous avez de l'argent. Une petite fortune.

La jeune femme se mordit la lèvre. Parce qu'elle ne comprenait pas le sous-entendu de l'avocat ? Ou parce qu'elle le comprenait trop bien ?

— Quel rapport avec Tom ? dit-elle.

— Il a pu vouloir en emprunter et Larry n'était pas d'accord. Votre mari disparu, c'est l'occasion d'en obtenir de sa soeur.

— Non, affirma-t-elle en secouant la tête.

Freeman nota quelque chose. Hardy décida de vérifier l'alibi du jeune frère. Glitsky pourrait peut-être s'y mettre aussi de son côté — Abe disait souvent que fouiner dans le dos du service était le piment nécessaire à la routine d'un inspecteur de la criminelle.

Freeman couvrit les mains manucurées de la jeune femme de ses doigts noueux.

— Vous savez, dit-il, je suis plus gentil que n'importe quel avocat général. Nous n'en sommes pas encore aux questions difficiles. Celles-ci sont en votre faveur, celles d'un avocat général ne le seront pas.

Elle se tourna de côté, tira son habit sur son buste, découvrant un joli profil. Elle sourit légèrement — pour faire de l'effet ?

— C'est bon à savoir, dit-elle. Je ne peux attendre les questions difficiles.

— D'accord. (Freeman retira ses mains ; son sourire n'était pas sympathique.) Puisque vous ne pouvez attendre, en voici une. Aviez-vous une liaison ?

La surprise de Jennifer parut presque une caricature.

— Quoi ? Quand ? Avec qui ?

— N'importe quand. Avec n'importe qui, poursuivit l'avocat qu'un regard perçant fusilla.

— Non, bien sûr que non. Absolument pas.

— Quand ?

— Quand quoi ?

— Quand n'aviez-vous pas de liaison ?

Le sujet était classé pour Jennifer qui regarda Freeman avec mépris.

— Quand allez-vous cesser de martyriser votre proie, hein ?

— Parfois, cela marche, répondit le vieil homme d'une façon détachée.

Elle vida sa tasse de café d'un trait, fit une grimace. Il était froid.

— Parfois non Mr Freeman.

Hardy souhaita une fois encore qu'elle se soit tue. Était-elle en train de leur dire, peut-être sans intention, qu'ils auraient pu connaître la vérité. Ou bien avait-elle deviné le jeu de Freeman et elle disait bel et bien la vérité ?

Freeman se mit à ranger ses papiers dans la chemise.

— Bon, dit-il, il me semble que nous en avons tous assez. Digérons tout cela et retrouvons-nous demain.

— À quelle heure ? demanda-t-elle.

— À celle qui vous convient, Jennifer.

Maintenant montait la peur... de la solitude, de l'épreuve qu'elle allait affronter.

— Tôt alors, d'accord ?

Freeman lui tapota l'épaule d'un geste amical.
— Aux premières lueurs du jour, dit-il.

CHAPITRE 7

À sept heures du soir, Hardy choyait une Guiness en attendant Frannie qui devait arriver en taxi au Little Shamrock. Son beau-frère, Moses McGuire, et lui-même étaient les propriétaires de ce bar situé à l'angle de la Neuvième Avenue et de l'avenue Lincoln. Le mercredi était le soir de sortie chez les Hardy. Tradition sacrée.

Jadis, Hardy avait tenu le Shamrock en journée, pendant dix ans. Avant cela, il avait été le jeune favori dans le service du ministère public. Il était alors marié à la fille d'un juge, Jane Fowler, et ensemble, ils avaient eu un petit garçon, Michael. Bref, il s'était établi.

Michael n'était pas supposé se tenir debout à cinq mois et ni Jane ni Hardy n'étaient vigilants sur le fait que les barres de son lit soient levées. Cette négligence leur ôta leur enfant. Le petit Michael se débrouilla pour grimper par-dessus les barres à moitié levées et tomba sur la tête. Une chute fatale.

Après la mort de Michael, le monde de Hardy s'écroula lentement, sa vie privée comme sa vie professionnelle. Aujourd'hui, il avait tiré un trait sur son passé. Il était revenu dans le milieu de la loi. Il s'était remarié avec Frannie, ils avaient deux enfants. L'espoir revenait, un futur s'annonçait. Y donner un sens ? Ce n'était pas le genre de Hardy. Pourtant, il ne se passait guère de journées sans qu'il ne réfléchisse à la vacuité de sa vie passée et à l'intensité de son présent.

Il ne savait la définir dans le tournant professionnel amorcé l'année précédente mais il la sentait viscéralement. Un an plus tôt, pour la première fois, il s'était retrouvé à défendre un homme accusé de meurtre parce que lui était convaincu de son innocence.

Au cours du procès, plusieurs choses jouèrent en sa faveur. D'abord, un juge sans expérience qui lui laissa le champ libre dans ses débats ; ensuite, un procureur ultra-ambitieux qui porta l'affaire devant le tribunal sans qu'elle soit bouclée ; et puis Hardy lui-même trouva ses motivations décuplées par son immense colère contre la bureaucratie. Pour toutes ces raisons, auxquelles s'ajouta le fait que l'assassin n'était pas le prévenu, il gagna le procès.

Aujourd'hui, il intervenait pour la seconde fois comme avocat de la défense.

— Pas besoin de t'excuser, dit Moses McGuire. T'es devenu un coeur sensible. C'est bon. Tu fais toujours partie de la famille. On t'aime encore.

Hardy jeta un coup d'oeil à sa montre.

— Où est passée Frannie ?

— Elle ne va pas tarder à arriver, pour t'éviter d'avoir à défendre une position fondamentalement indéfendable contre quelqu'un de plus brillant que toi.

— Qu'est-ce qui est indéfendable ?

— D'être du côté de la défense. (Moses leva un doigt.) Eh, eh ! tu disais la même chose. Et plus d'une fois.

Hardy s'entendit déclarer qu'à son avis, Jennifer était innocente. Moses grogna.

— Je peux également citer quelqu'un de fiable et actuellement assis en face de moi : « S'ils ont été arrêtés, c'est qu'ils sont coupables. »

— J'étais encore naïf quand j'ai dit cela, dit Hardy en souriant.

— Et maintenant, tu ne l'es plus ?

— Non. J'ai épousé ta soeur, j'ai fondé une famille, je me suis installé. Je suis un citoyen modèle. Et parfois, on arrête les gens alors qu'ils n'ont rien fait.

— Souvent ?

Hardy réfléchit une seconde.

— Deux fois, je crois.

Moses hocha la tête. Il avait marqué un point. Il partit bavarder avec ses clients. Le mercredi soir, le bar fermait vers les neuf heures pour laisser place au tournoi de fléchettes. Hardy but tranquillement sa bière, de la stout.

Si par le passé, la défense lui paraissait être le mauvais côté, il avait changé d'avis aujourd'hui. Il avait de quoi raconter à Moses : les services de police surchargés de travail et en sous-effectif ; les bureaucrates avides de « chiffre », qui ne juraient que par le nombre de condamnations ; les erreurs, trop souvent. Par simple vénalité, paresse, ou incompétence. Et il commençait à croire qu'il était maintenant à sa place. Il voulait jouer un rôle pour qu'éclate la vérité, parfois grâce à un procès spectaculaire. Équilibre du pouvoir. L'homme contre la machine, contre la bureaucratie de l'instruction. Abe Glitsky lui avait dit qu'il avait en lui, comme un défaut, ce besoin fondamental de remettre de l'ordre dans un cosmos chaotique. Glitsky avait de l'imagination. Hardy n'était pas sûr d'en être si loin, mais il y avait de cela.

* * *

Hardy et Frannie dînaient dans un petit restaurant japonais, le Hiro, dans la Judah Street, à quelques pâtés de maisons du Shamrock. Frannie buvait du thé et mangeait des *tempura*, évitant *sashimi* et *sake* parce qu'elle allaitait. Mais le plateau de *ahi*, *oni*, oeufs de caille et canard gluant, devant Hardy était presque vide.

Frannie n'avait pas besoin d'un éclairage feutré pour être séduisante, mais les ombres de la bougie la flattaient merveilleusement. Hardy ne pouvait détacher d'elle son regard. Elle lui tenait la main. Elle racontait la journée du petit Vinnie et les progrès du vocabulaire de Rebecca.

Il l'écoutait. Le Big One — le tremblement de terre qu'on attendait en Californie à n'importe quel moment — pouvait arriver à cet instant et les engloutir tous les deux, il mourrait heureux.

— Aussi, en plus de « bouton », elle a dit son premier mot à trois syllabes, « pesanteur ».

— Tu veux bien m'expliquer de quelle manière elle a utilisé le mot « pesanteur » ?

La petite Beck avait vingt mois. Jusqu'ici, elle n'avait guère montré d'intérêt pour la physique.

— Son verre est tombé de la table et cela l'a contrariée. Je lui ai dit que ce n'était rien, que c'était juste à cause de la pesanteur, alors elle a hoché la tête et elle a cessé de pleurer sur-le-champ. Elle répétait « pesanteur » et naturellement, elle a voulu faire l'expérience encore deux cents fois.

— Bien sûr. Tu ne voudrais pas passer sur un concept comme celui-ci ? Imagine si Newton ne s'y était pas arrêté ?

— Nous n'avons pas abordé le sujet en profondeur. J'ai enlevé le verre.

Hardy pointa un doigt accusateur.

— Fran, correction négative. Nous en avons déjà parlé. Et si plus tard, elle a un manque sur la pesanteur, tu ne pourras t'en prendre qu'à toi-même.

Frannie but quelques gorgées de thé.

— J'endosserai cette responsabilité.

Tout à coup se fit sentir le moment de parler d'autre chose que des enfants. Il y avait des sujets en attente.

— Comment s'est passée ta journée ? Vas-tu travailler avec David ?

Une musique de fond animait le restaurant. Hardy lui expliqua son rôle dans l'affaire Jennifer Witt, le refus de la caution, enfin tout, ou presque. Il ne lui fit pas part du doute qui le travaillait. Quelque chose n'était pas clair avec sa nouvelle cliente. Il lui parla également du compte en banque secret de Jennifer.

— Donc, elle a de l'argent pour nous payer, précisa-t-il avant de raconter comment elle se l'était procuré.

— Tu veux dire que... — Frannie reposa sa tasse de thé — qu'elle l'a volé ? Elle va vous payer avec de l'argent volé ?

— Non. Voler n'est pas le mot. (Hardy pointa un doigt vers elle.) J'aime bien ce que tu fais avec tes sourcils. Expression de mépris, de rejet. C'est bien.

— Voler n'est pas le mot ? Je t'en prie !

Il abandonna.

— Bon, elle a volé cet argent. Elle avait des raisons. Cela ne veut pas dire que c'est un être mauvais. (Sa tentative de paraître désinvolte échoua.) Bref, ce sera au moins un an de travail. J'y mets un pied. Et si David lui fait retrouver la liberté, ce qui arrive fréquemment à ses clients, c'est une bonne affaire sur tous les plans.

— Et s'il n'y réussit pas ?

— Dans ce cas, ce sera mon boulot de lui éviter la chambre à gaz.

Frannie, comme la plupart des gens, était confuse quant à la façon dont se traitaient les procès capitaux en Californie. Hardy lui expliqua que Freeman mènerait la première phase au cours de laquelle serait déterminée la culpabilité ou l'innocence de Jennifer. Ensuite, si Freeman perdait, il y aurait une seconde phase, un second procès en vérité, pour établir la sentence — prison à perpétuité sans liberté conditionnelle ou peine de mort.

Hardy plaiderait lors de la seconde phase, si jamais on en arrivait là.

— Tu me fais marcher, dit Frannie qui secouait la tête sans y croire. C'est ce que tu appelles une bonne affaire ? Pour moi, c'est la vision de l'enfer.

Non.

— Nous n'irons pas jusque là. Ne t'inquiète pas.

— On en prend note quelque part ? Dismas Hardy prétend que l'on n'ira pas jusque là, que je ne devrais pas m'inquiéter. Je veux une copie de cette déclaration.

Prudemment, Hardy prit un *oni* et un oeuf de caille qu'il engloutit, se régalant de l'explosion des saveurs dans son palais.

— Ma secrétaire t'en préparera une. Écoute Frannie, David est le meilleur avocat de la défense en ville. Il me tend une perche, c'est tout. Avec une bonne prise au bout.

— Et si elle est coupable ? Que se passera-t-il ?

Hardy secoua la tête.

— Elle n'a pas tué son fils.

— Quelqu'un doit bien penser le contraire. Je t'ai entendu dire que les gens n'étaient pas arrêtés sans *motif*.

— J'avais tort. À présent, la lumière s'est faite en moi.

Frannie fit glisser son doigt sur le bord de son verre, causant ainsi une musique délicate. Finalement, elle leva les yeux.

— Ce n'est pas si drôle après tout. Car c'est bien vrai qu'il y a une accusation pour le meurtre de l'enfant, même si c'était par accident ?

Il l'admit d'un hochement de tête.

— Et une autre sérieuse pour le meurtre de son mari.

— Oh, une inculpation par un conseil de citoyens n'est pas...

Frannie connaissait la chanson. Elle l'interrompit.

— Et que fais-tu de son premier mari ?

— Ce n'est que l'histoire d'un procureur et de son penchant pour les chiffres, fit Hardy avec un geste insouciant. Ils ont fouillé le passé et ils en ont retiré cette affaire. Ils ne l'ont pas accusée la première fois, ils ne vont pas le prouver aujourd'hui, dix ans plus tard.

— De mieux en mieux, commenta Frannie. Mais au cas où ? Si rien ne se passe pas comme tu le prédis ? Alors quoi ? Ou pire, s'il apparaît qu'elle est coupable, coupable d'avoir tué son mari et son enfant ?

Hardy n'aimait pas ces questions. Surtout parce qu'il se les était récemment posées. Les manières de Jennifer, son intelligence, son sens de l'intrigue, étaient à prendre en compte. Pas question de réclamer de la clémence pour quelqu'un qui ne le mérite pas. Et au cas où Jennifer était coupable, elle ne méritait pas de salut, ni aujourd'hui ni demain.

Mais en devenant un bon avocat, il avait au moins développé une réponse qui, il l'espérait, produirait son effet au cours de la phase pénale.

— Si elle a tué son mari, je peux prétendre qu'il la battait, ce qu'il faisait semble-t-il.

— Tu en es sûr ?

— Je crois. Bien qu'elle le nie plus ou moins.

— Eh bien, c'est encourageant. L'argument est costaud.

* * *

— Dis, c'est très amusant !

— C'est parce qu'avec moi, on ne s'ennuie pas. La vie est paisible et tout à coup, whaouh, elle s'anime.

Dismas et Frannie roulaient tranquillement dans leur Honda Accord neuve dans Haight Street à dix heures du soir. Il lui prit la main. Elle la retira calmement.

— Essai presque transformé, dit-il pour excuse.

Après le restaurant, ils avaient décidé de retourner au Shamrock pour passer un peu de temps avec Moses. Frannie était en mal de son frère qu'elle n'avait pas vu depuis une semaine.

Mais d'abord...

David Freeman n'aimait pas travailler avec des détectives privés. Il préférait déblayer le terrain lui-même. L'affaire qu'il avait en cours lui prenait tout son temps. Il avait donc demandé à Hardy de vérifier quelques détails concernant Jennifer Witt.

Ainsi, avant de redescendre au Shamrock, Hardy avait proposé à Frannie de faire le détour par la maison des Witt, juste pour avoir une impression. Il avait le dossier avec lui. Ils purent vérifier l'adresse exacte dans Twin Peaks. Il leur fallut près de vingt minutes pour trouver l'Olympia Way. Ensuite, puisque c'était sur le chemin, Hardy dit qu'il ferait aussi bien de mesurer la distance entre la maison de Jennifer et la banque où elle avait retiré de l'argent avec sa carte.

Hélas, il y avait quatre banques dans la rue, qui toutes acceptaient les cartes. Tandis que Hardy notait les différentes distances, Frannie y allait de son commentaire sur les sensationnels trois quarts d'heure qu'ils venaient de vivre.

La banque sur Haight Street la plus proche de chez les Witt se trouvait à plus d'un mile de la porte d'entrée, la plus loin, près de l'entrée du Golden Gate Park, à environ deux miles. Ces faits se révéleraient-ils d'importance un jour, Hardy n'en avait pas la moindre idée. Mais il se sentait mieux de savoir tout cela. Il appliquait le principe que les faits font la différence, même si l'on ne sait pas toujours exactement de quelle différence il s'agit.

— Bien. Maintenant que nous sommes renseignés, s'exclama Frannie quand il eut noté le dernier chiffre, je crois que je vais bien dormir ce soir.

CHAPITRE 8

Pour Hardy, l'aube fut excessivement précoce ce matin-là. À cinq heures quarante sonna le téléphone à côté de son lit, une mince traînée de rosée apparaissait à la fenêtre de sa chambre. Il décrocha dès la première sonnerie.

— Walter Terrel. Je vous réveille ? Navré. Abe Glitsky m'a demandé de vous joindre. Que puis-je faire pour vous ?

Hardy écouta la voix jeune, notant le penchant chez certains flics de vous cueillir au moment où vous les attendez le moins. Il paria que Terrell n'était pas plus surpris que désolé de l'avoir réveillé. Six heures du mat', c'était un peu tôt, sauf pour les gens qui partaient à la pêche. Même les enfants dormaient encore.

Mais il l'avait au bout du fil, et ce serait peut-être l'unique fois. Il sauta du lit et partit à pas feutrés dans la cuisine avec le téléphone.

— Je pensais que nous pourrions nous rencontrer et discuter de Jennifer Witt.

Il y eut une pause. Glitsky n'avait peut-être pas dit à Terrell qui il était exactement. Ni son lien avec Jennifer. Une chose était sûre — Terrell savait qu'il n'était pas dans la partie civile.

— C'est vous qui assurez sa défense ? demanda enfin Terrell.

— Comme avocat Keenan. (Hardy s'était servi une tasse de vieux café et il mettait en marche le micro-ondes.) La phase pénale.

— Ouais, j'ai vu que c'était la peine capitale. Les gars, vous êtes dans de beaux draps. La coupable aussi, en fait.

Hardy ravala sa réplique automatique. « Présumée » coupable. Il n'avait pas oublié l'époque des rondes et qu'il disait « présumé » coupable à ses collègues flics quand ils arrêtaient des gens. Très vite, les soi-disants amis vous lâchaient. Terrell, il préférait le garder de son côté.

— Eh bien, la prévenue peut avoir une bonne défense, mais elle ne veut pas s'en servir. Il semble que son mari la battait.

— Et alors ?

Évidemment, cela ne changeait pas le point de vue de Terrell.

— Vous le saviez ? lui demanda Hardy, qui crut presque entendre un haussement d'épaules.

— Des types battent leur femme, ils ne se font pas assassiner pour autant, la plupart en tout cas.

— Ce que je veux dire, (Hardy sortit sa tasse de café du micro-onde, ajouta du sucre et remua.) c'est qu'elle pourrait adopter la défense de la femme battue pour avoir une meilleure chance d'être libérée, mais elle ne le fera pas.

Terrell ne disait rien. Pour lui, ce n'était qu'intrigues de tribunal. Son boulot, c'était de livrer une personne au procureur avec les preuves de sa culpabilité. La suite n'était pas son problème. Il finit par demander :

— Alors, pourquoi vouliez-vous me voir ? Je suppose que vous avez lu le dossier.

— Bien sûr.

Terrell avait choisi la lenteur de la réplique.

— Le dossier représente le rapport officiel. Je suis dedans. Est-ce qu'il y est fait mention de mauvais traitements ?

— Il est dit qu'ils se disputaient, précisa Hardy qui avait du mal à brancher son cerveau.

— Ah, vous y êtes. Rien d'autre ? J'ai une matinée chargée.

— N'avez-vous rien appris sur ce tueur à gages ? s'enquit Hardy.

La voix au téléphone se fit méprisante.

— C'est juste, le tueur à gages. La ville grouille de ces gens-là. Non. Je n'en ai pas parlé pour la même raison que je n'ai pas parlé du bateau à moteur.

— Quel bateau à moteur ?

— Celui qui n'était pas là, tout comme ce putain de tueur à gages.

Il y a beaucoup de choses que je n'ai pas portées au dossier — les extraterrestres par exemple. Si vous lisez le rapport, le tueur à gages est dans la déclaration de la fille. Diable, il lui faut de la matière si elle prétend que quelqu'un d'autre est l'assassin. Que va-t-elle dire ?

— C'est tellement boiteux que vous penseriez...

— Non. C'est boiteux tout court, mais cela ne signifie pas qu'elle n'a pas tout inventé. Les coupables n'arrêtent pas d'inventer des mensonges abracadabrants.

— Mais Mme Witt ne semble pas stupide, non ?

— Non, reconnut Terrell, non, je ne pense pas qu'elle soit stupide. Au moins, ce n'est pas une « irrécupérable », c'est déjà quelque chose, hein ?

« Irrécupérable », pour Terrell et bien d'autres, c'était les vendeurs de drogue, les criminels de longue date, et autres monstres de toutes sortes.

Terrell était toujours en ligne.

— Mais vous savez, nous avons envoyé des gens poser des questions, s'informer chez les voisins, et personne n'a rien vu sauf la camionette de Federal Express à 9h30 et le voisin qui a vu Jennifer après les coups de feu. Après deux coups de feu.

— Que savez-vous du chauffeur de chez FedEx ?

— Tout est dans le dossier. Le livreur de chez FedEx ? Vous imaginez un tueur à gages qui se fait embaucher comme chauffeur-livreur pour un jour afin d'avoir une couverture ?

— Non, je...

— Eh bien, comme nous aimons le faire, nous avons vérifié également. Cela fait des années que ce type travaille dans cette société, et il y est encore probablement.

— Non, je me demandais s'il avait vu Mme Witt chez elle quand il a fait sa livraison. Qu'est-ce qu'il livrait au fait ?

— C'était le lundi après Noël. Qu'imaginez-vous ? Sans doute un cadeau de Noël en retard. Demandez-le lui. S'il a vu Mme Witt ? Je ne sais pas. C'est le mari qui a signé le bon.

Hardy pouvait poursuivre dans cette voie, au risque que Terrel lui raccroche au nez dans six secondes. Un inspecteur de la criminelle surchargé de travail et un avocat de la défense ne formaient pas une bonne paire. Mais il se souvint du commentaire de Glitsky à propos du penchant de Terrell pour les théories. Pour empêcher toute hostilité de naître, car il ne se mettrait jamais Terrell dans la poche, c'était sur ce terrain qu'il devait aller. Et comment savoir si un inspecteur avait quelque chose d'important à vous révéler que vous ne pourriez apprendre autrement ? Comme Glitsky l'avait remarqué, il manquait des éléments au dossier.

— Une dernière chose encore, dit Hardy. Qu'est-ce qui vous a conduit sur le premier mari ?

— Peut-être parce qu'étant flic, c'est mon boulot.

La bombe était amorcée. Hardy devait trouver quelque chose, ou ce type le baratinerait.

— Écoutez Terrell, je veux savoir ce que j'ai besoin de savoir. J'ai besoin d'aide, entre flics. (Un silence. Hardy enchaîna.) J'ai été flic avant d'être avocat.

— Ah, ce qui explique le lien avec Glitsky ?

Hardy reconnut qu'Abe Glitsky et lui avaient été en équipe dans la rue après le Vietnam et avant l'université de droit.

Il se sentit un peu ridicule en train de déballer son vieux CV, mais il savait où toucher la sensibilité des officiers de police. Parfois, il suffisait d'appuyer dessus.

— De toute façon, ce premier mari a été empoisonné, dit Hardy.

— Ned. Ouais.

— Alors, c'est quoi l'histoire ? Je veux dire, qu'est-ce que vous en pensez ? D'un côté, un revolver, de l'autre du poison, cela ne permet pas de conclure à un même coupable.

La traînée de rose au-dessus de la ville était devenue un rideau de bleu sous des nuages. Le soleil perçait sur les collines de Oakland. Le café faisait son effet. De la chambre de Vincent, au fond de la maison, un cri de bébé affamé se fit entendre, puis la douce voix de Frannie qui l'installait à son sein.

Hardy avait manqué quelques mots mais il saisit le sens de la réponse.

— ... assurance dans les deux cas. Je me suis dit que Ned méritait un autre coup d'oeil. Il s'est avéré que l'affaire n'était pas propre.

— Et vous soupçonnez Jennifer ?

— C'est le lien de ces deux affaires. Ned a été assassiné. Comme Larry et le petit. Son enfant. Merde, j'entends bien la faire rôtir.

Rebecca arriva en courant dans la cuisine dans sa chemise de nuit avec un « Teddy bear ». Elle s'accrocha à la jambe de Hardy et lui annonça son petit-déjeuner — du sirop, du jus, de la compote, du sirop, des crêpes, du sirop et du sirop d'érable.

— Excusez-moi, dit Hardy, c'est l'invasion des enfants. Mais j'aimerais savoir comment vous avez découvert cela. Si c'est juste... je ne sais pas. Je voudrais seulement apprendre.

La flatterie, une bonne motivation. Terrel répondit qu'Hardy n'avait qu'à décider d'un rendez-vous et ils verraient s'ils pouvaient s'entendre.

Après avoir raccroché, Hardy demanda à sa fille si elle voulait du sirop avec ses crêpes. Oui, elle en voulait, c'était ça qu'elle aimait le plus.

* * *

Tout était dans le dossier. Terrell avait envoyé plusieurs hommes sur le terrain à la recherche d'indices et de témoins, et lui-même avait interrogé le livreur deux jours après le meurtre de Larry Witt.

Frederico Rivera était le livreur hispano-américain de vingt-six ans qui avait livré le colis chez les Witt, à 9h30 précises le lundi 28 Décembre. Pour plusieurs raisons, il pouvait justifier l'heure. Premièrement, Larry Witt avait signé puis il avait regardé sa montre et écrit l'heure sur le bon de livraison à côté de la case que le jeune homme avait déjà remplie. « Un monsieur très pointilleux », avait mentionné Fred. Donc, deux personnes témoignaient de l'heure, 9h30. Deuxièmement, Fred écoutait aussi Holiday Madness sur la radio KFWB où l'on faisait gagner des voyages à Hawaii si vous étiez le neuvième à téléphoner après les Bonnes Vieilles Chansons du Jour, ce jour-là « Two faces Have I » de Lou Christie. Et cette rubrique passait toujours à 10h30. Fred s'en souvenait parce que cela remontait à deux jours seulement et que l'animateur ne cessait de répéter qu'il restait EXACTEMENT UNE HEURE aux auditeurs — donc, il était 9h30 — quand il était revenu au camion. Et il avait essayé d'établir son trajet afin d'être près d'une cabine téléphonique au moment critique.

Assis dans la salle à manger devant la copie du rapport qu'il avait photocopié chez Freeman la veille, Hardy demanda en criant à Frannie si elle savait qui chantait « Two faces Have I ». Sa femme lui répondit que ce n'était pas de sa génération.

Il n'était encore que sept heures du matin.

— Dismas, j'ai vingt-sept ans seulement. Personne de mon âge ne connaît ce truc.

— Fred Rivera le sait, lui.

Et il lui parla de Lou Christie, de la fameuse chanson, l'une des meilleures de la pop-music. Il la lui passerait un jour s'il retrouvait le 45 tours dans ses vieux disques. Frannie lui confia qu'elle était impatiente de l'entendre. Avec un sourire, Hardy se replongea dans son dossier.

Et il découvrit que chez Federal Express, après chaque arrêt, le livreur entrait les informations sur la livraison dans un ordinateur à bord de sa camionnette. Terrell avait vérifié — s'il avait des théories, il était aussi minutieux — et la connexion avait eu lieu à 9h31, soit une minute pour Fred entre la livraison et le retour au fourgon.

Fred Rivera n'avait pas vu Jennifer chez elle mais étant donné sa préoccupation du jeu radiophonique, Hardy se dit que même si elle avait paradé nue derrière Larry, il ne lui aurait sans doute pas prêté attention. Quoique. Où était Matt pendant ce temps ?

Ainsi, le jeune homme n'avait vu personne. Pas même quelqu'un de suspect arpentant la rue de bas en haut. S'il regardait, bien sûr.

* * *

Mme Florence Barbieto appela la police à 9h40, « deux minutes » après avoir entendu les détonations. Les demeures dans Olympia Way étaient quasiment collées les unes aux autres. La voisine avait entendu les coups de feu, puis elle avait regardé par sa fenêtre vers la maison d'à côté, le temps d'une brève réflexion, avant d'aller sonner chez les Witt. N'obtenant pas de réponse, elle était revenue téléphoner à la police.

De l'avis d'Hardy, il lui avait fallu plutôt cinq minutes que deux. Ce qui signifiait que soit les coups de feu avaient été tirés à 9h38, ou bien trois minutes avant. Un tel petit détail pouvait-il faire la différence ? Oui. Ou non.

Les faits commençaient lentement à s'accumuler. Comme les interprétations possibles.

CHAPITRE 9

Jennifer réalisa très vite et avec surprise que les filles n'étaient pas si différentes d'elle. À son arrivée à la prison, elle les avait trouvées dures et effrayantes. En fait, elles étaient abattues, elles étouffaient ici, et la plupart étaient même dociles. De son genre.

Ce n'était quand même pas une réunion de saintes. Elles avaient leur langage, particulier, et au diable ceux à qui la vulgarité de leur expression déplaisait. Mais c'était un signe d'appartenance, de réconfort pour la vie qu'elles partageaient ici.

Personne ne semblait se préoccuper de savoir si elle avait effectivement assassiné son mari. Mais lorsque les filles surent à propos de son fils... elles prirent cela au sérieux. Elle pouvait se confier à elles. Pouvait-elle le leur reprocher ? De toute façon, rien n'atteignait Jennifer, incapable encore de prendre conscience de la réalité.

Après le départ des avocats, elle pleura pendant des heures sur sa couchette. À quinze heures, on leur fit réintégrer leur cellule avant de procéder à l'appel. Cela prit une heure au moins. Ensuite, ce fut la distribution des repas.

Jennifer était effondrée. Hagarde, elle prit son plateau et ses couverts en plastique et suivit les autres femmes vers la grande salle commune, « la cellule ». Elle s'assit à une table sous la télévision.

Elle ne pouvait rien avaler. Pain de viande, sauce au jus de rôti, purée en sachet, petits pois et trois tranches de pain. Larry aurait jeté l'assiette à travers la pièce, surtout avec cette sauce qui dégoulinait sur les petits pois et le pain. Elle céda à une nouvelle crise de larmes.

— F'rais mieux de bouffer, chérie. Y'a pire saloperie que ça. (Une femme noire d'allure assez imposante venait de l'interpeller.) C'est la première fois ?

Jennifer n'était pas sûre d'avoir compris. La première fois qu'elle mangeait du pain de viande ? La première fois qu'elle pleurait ? La tête ballante, elle fit signe que non.

— Je ne sais pas, je ne sais rien...

Clara, la femme noire, n'insista pas. Pas de malaise. Elle s'assit à côté d'elle, lui demanda même la permission, et commença à manger, expliquant qu'elle était enfermée — à nouveau — pour vol.

— Et toi, c'est pour quoi ?

Jennifer planta sa fourchette dans un morceau de viande et le porta à sa bouche. Aucun goût, ni bon ni mauvais.

— Ils pensent que j'ai tué mon mari.

Clara dodelina de la tête, pas impressionnée du tout.

— Cette merde devait l'mériter, pas vrai ? Il t'avait salement tabassée ?

— Je n'ai pas dit cela. C'était un homme bien, il était docteur, et je ne l'ai pas tué.

— Sûr que non. (Clara revint à son assiette.) T'inquiète pas. T'as qu'à dire qu'il te battait, ils te laisseront sortir. Tu vois. Sortir d'ici, c'est pas un problème. Ça marche. Pas de quoi chialer.

— Mon fils me manque.

C'était venu tout seul... Clara posa sa fourchette.

— Je comprends, mon bébé me manque aussi — Rodney a seulement deux ans, mais c'est une merveille. Ils me donneront pas plus d'un an, alors je f'rais cinq mois et vingt jours, et Rodney reste avec Else, ma soeur. Elle est brave avec Rodney. Parfois, j'le supporte pas, alors en ce moment, c'est comme des vacances. Pour nous deux. C'est peut-être un coup du bon Dieu.

Jennifer secoua la tête au-dessus de son assiette.

— Mon petit n'est plus là, dit-elle. Il est mort.

Clara arrêta de manger. Elle posa une main sur l'épaule de Jennifer. Son regard noir brillait soudain.

— Oh ma pauvre.

— Ils disent que je l'ai tué lui aussi. C'est fou... Ils disent qu'il est entré quand Larry et moi, nous nous disputions avec le revolver, une histoire comme ça. C'est tellement stupide, *insensé*... et on me refuse la liberté sous caution.

Clara ôta sa main.

— Jamais entendu que y'avait pas de caution, murmura-t-elle d'une voix rauque.

Jennifer lui dit que désormais, elle en avait entendu parler.

— T'es sûre ? Y'a eu l'audience ? Ouais, évidemment. Oh chérie, je suis désolée. Quel âge avait ton fils ?

— Matt. Il avait sept ans. Ils ont dit qu'ils allaient demander la peine de mort.

— Pour toi ? Alors, ça, c'est un coup de veine.

La nouvelle semblait la réjouir. Jennifer fixa Clara d'un air incrédule.

— T'as pas la bonne couleur de peau, ma fille, lui expliqua celle-ci. Les Blanches, les mettent pas dans la chambre à gaz.

* * *

Au petit-déjeuner se retrouvèrent Clara et une autre nouvelle venue, blanche aussi, Rhea (vol qualifié). Et Mercedes (assassinat), Rosie (agression aggravée) et Jennifer. Les hommes et femmes détenus au septième étage étaient tous en attente de jugement ou bien condamnés et sur le point d'être transféré dans une prison d'État ou un autre service.

Mercedes devait comparaître en jugement d'ici deux semaines, elle venait déjà de passer quatre mois en détention. Elle avait poignardé son mauvais mari parce qu'il courait les femmes. Rosie, qui avait agressé son petit ami avec un rouleau à pâtisserie, n'avait pas deux mille dollars pour la caution. Son procès se tiendrait dans six jours et elle était persuadée qu'aucun jury ne la condamnerait.

Rhea ressemblait à Jennifer. Par l'âge, la taille, la couleur de cheveux ; mais la vie avait fané sa beauté. Elle leur racontait comment son mari l'avait mise sur le trottoir et ils avaient eu la chance de tomber sur un gogo qui avait perdu son portefeuille garni d'un millier de dollars.

— C'est pour ça qu'ils m'ont accusée de vol qualifié.

— Ils voient tout, fit Clara.

— À combien se monte ta caution ? demanda Jennifer.

La jeune femme avait réfléchi plus profondément à la caution. Si elle disposait de trois cents mille dollars, et qu'un tiers suffisait à la faire sortir de prison, elle pourrait disparaître avec le reste un certain temps. À jamais même. À quoi bon dépenser cet argent pour David Freeman, pourquoi le lui donner tout simplement ? Quelque chose ne tournait pas rond dans cette logique.

— Cinq mille, répondit Rhea. Jimmy a besoin d'un jour ou deux pour rassembler la somme. C'est cool. On en a parlé.

— Tu veux dire que ton copain t'apporte cinq mille dollars et toi, tu rentres chez toi ce soir ou demain ? C'est tout ?

— Cette fille a pas la caution, intervint Clara. Rien du tout.

Il appartenait à Clara de raconter l'histoire de Jennifer. Du moins le voyait-elle ainsi.

Ignorant Clara, Rhea sembla flairer quelque chose chez Jennifer.

— I' t'ont refusé la caution ? Vrai ? Tu veux pas sortir d'ici ?

— Oublie, fit Mercedes, tout le monde veut ficher le camp d'ici.

— Sauf moi.

Rosie, qui avait failli tuer son ami, était la plus jeune de toutes. Un joli minois latin, un petit brin de femme.

— Moi, poursuivit-elle, je reste ici tant qu'i' m'y laissent.

— C'est ce que tu veux ?

Rosie considéra Jennifer de ses yeux noirs.

— Je veux rester là où on viendra pas me tabasser.

— Amen, dit Mercedes. Amen, amen.

— Je sors d'ici, reprit Rosie, et le lendemain, y'a quelqu'un pour me taper dessus. La prochaine fois que quelqu'un me touche, je zigouille ce fils de pute. Mais ici (son visage s'illumina) je crains rien. Personne ne me fait du mal, et moi, je ne fais du mal à personne. Je crois que je vais rester ici un bout de temps.

Une des surveillantes, avec sur sa poitrine l'étiquette « Jessup », s'approchait vers le groupe. La discussion cessa.

— Eh bien, les filles, on dirait qu'on s'amuse, hein ? (Elle frappa doucement sur la table avec sa matraque ; un petit sourire se dessina sur ses lèvres.) Terminé maintenant, finissez votre déjeuner.

Jennifer entendit son nom dans le haut-parleur.

* * *

Freeman resta debout. Hardy aussi. Jennifer les regardait tous deux avec une certaine prudence. Freeman, qui semblait connaître cette réaction, parlait d'un ton tranquille.

— Comme d'habitude, les honoraires d'un procès criminel s'élèveront entre un demi-million et un million de dollars. Donc, à mon avis, votre provision sera vite engloutie.

— Et alors quoi ?

— Quoi alors quoi, Jennifer ?

— Quand il n'y aura plus d'argent.

— Eh bien, on passe au tribunal et on est payé par l'État.

— Ne peuvent-ils pas choisir un avocat commis d'office, tout simplement ?

— Ils le peuvent, répondit Freeman en hochant la tête. Mais ils n'en feront rien. Ils ne veulent pas voir débarquer une nouvelle équipe à qui il faudra une année pour se mettre à bonne vitesse. D'ici là, nous aurons pris parfaitement connaissance de l'affaire et le tribunal sera toujours avec nous.

— Et si nous ne faisons pas allusion à mon compte... secret ?

Freeman fit quelques pas en secouant la tête.

— Jennifer. Sans votre compte secret, c'est comme s'il n'y avait pas d'argent du tout. Le tribunal peut alors nommer qui il veut mais vous avez dit que vous n'étiez pas d'accord. Voyez-vous, je crains de ne pas comprendre votre problème. C'est votre vie, Jennifer, que vous jouez devant la cour. Et vous parlez d'argent que vous n'aurez jamais l'occasion de dépenser si vous n'avez pas la meilleure représentation, et en toute franchise, même si vous l'avez.

David, vous ne faites pas dans la dentelle, pensa Hardy. Certes, Freeman devait faire comprendre la réalité à Jennifer, mais à la réaction de la jeune femme, il était allé trop loin. Elle roula la tête sur le côté, avec son air de chien battu. Elle retenait ses larmes.

Loin d'être touché par cette démonstration, Freeman s'adoucit pourtant.

— Jennifer, regardez-moi, d'accord. Regardez-moi dans les yeux... bien et écoutez-moi. Nous allons faire de notre mieux pour vous sortir d'ici. C'est mon boulot — ma spécialité, peut-on dire. Lorsque vous serez reconnue innocente, vous recevrez les cinq millions de l'assurance. Mais dans le cas contraire... eh bien, vous ne toucherez ni l'assurance ni l'argent de votre compte secret. En outre, vous pourriez encourir la peine capitale. Alors, que voulez-vous ? À vous de décider.

Jennifer prit une bouffée d'air et scruta la table un moment avant de murmurer :

— Mr Freeman, si je vous donne une provision, je n'ai plus d'argent pour la caution, n'est-ce pas ?

Un instant plus tôt, Jennifer semblait bouleversée. Maintenant, elle avait le regard clair, la tête droite.

Cela n'échappa point à Freeman. Cette femme n'était pas idiote. Tout à coup, deux stratèges parurent s'affronter dans la petite pièce. Hardy ne participait pas au jeu. Freeman s'assit et se pencha vers la jeune femme.

— Bien... bien, bien, dit-il.

— Bien quoi ? fit-elle en s'écartant de lui, un coude appuyé sur le dossier de sa chaise pliante.

Le vieil avocat ignora la question.

— *Si* nous pouvons obtenir une caution, ce qui, vous vous souvenez, a déjà été refusé. Vous imaginez qu'avec cent mille dollars, vous pouvez payer le garant et sortir d'ici, n'est-ce pas ?

Muette, Jennifer croisa son regard.

— Vous pensez que votre maison vaut un million de dollars ? Je vous rappelle qu'hier, vous ne l'estimiez pas à ce prix. Les trois cents mille de votre compte ne suffiront pas. Pas plus que l'assurance. Au moins un million en liquidité vous est nécessaire. Et peu importe qui vous représente et ce que vous payez, c'est la réalité. La caution est une perte de temps. Même si vous l'obtenez, vous ne pourrez la payer.

— Ce qui signifie que je reste ici jusqu'à la fin du procès ?

Freeman opina du chef et répondit :

— Je le crains.

Jennifer accusa la réponse. Elle se redressa et croisa les mains devant elle. Étonnamment, elle finit par sourire. Le premier sourire que Hardy vit sur son visage, et il le trouva ravissant.

— Il faut que j'y réfléchisse encore.

Hardy faillit intervenir mais Freeman l'en empêcha d'un geste de la main.

— Parfait, Jennifer, parfait. Pouvons-nous nous retirer à présent en nous considérant comme vos avocats ?

— Non ! Je ne veux pas ça. Puis-je avoir encore un peu de temps pour être sûre de ma décision ?

— Jennifer, il faut verser une provision. Le tribunal doit savoir qui vous représente dès maintenant. Si ce n'est pas moi, quelqu'un sera commis d'office, comme je vous l'ai dit, et jusqu'à votre moindre sou, vous devrez lui aussi le payer.

— Puis-je verser, disons, vingt-cinq mille maintenant, et le reste dès lundi si je décide de continuer...

— Par rapport à quoi ? Il ne s'agit pas de continuer. Voulez-vous plaider coupable ? Si le Mmnistère public l'accepte, et il n'y a rien de moins sûr, cela signifie pas de liberté conditionnelle.

De nouveau, la jeune femme désarçonna Hardy. Elle avait un regard clair, vif. Qui exprimait la peur ou se voulait brave ? Ou...

— Je ne sais pas.

Le moment était venu pour le jeune avocat d'intervenir.

— Jennifer, choisir cette plaidoirie signifie que vous reconnaissez votre geste afin que la peine soit moins grave. Comprenez-vous ?

Lentement, elle remua la tête.

— Mais vous nous avez dit — d'une manière plutôt catégorique — que vous n'avez pas commis ces meurtres. Qu'avez-vous à dire désormais ?

— Diz, peu importe, dit Freeman. Pas maintenant.

Mais Hardy en avait assez du « professionnalisme » de son partenaire. Il commençait à se laisser prendre par les faits, par le doute et la certitude, par ses propres motivations, par l'histoire personnelle de Jennifer. Du plat de la main, il frappa sur la table en s'exclamant :

— Bonté divine, David ! Pour moi, cela importe ! Jennifer, désormais, qu'en est-il ? Et quelle que soit la réponse, tenons-nous en à elle.

Jennifer baissa la tête un instant.

— Je ne crois sans doute pas que je puisse gagner, dit-elle finalement, regardant devant elle. N'est-ce pas une bonne raison pour plaider coupable ?

Freeman dit « oui » quand Hardy répliquait :

— Pas si vous n'avez rien fait.
— Alors, *je ne l'ai pas fait.*
— Très bien dans ce cas, conclut Hardy qui se leva.
Comme s'ils l'avaient décidé depuis longtemps, Freeman ouvrit sa mallette d'où il tira une feuille de papier.
— D'accord, Jennifer, maintenant, nous pouvons foncer.

CHAPITRE 10

Chez Lou le Grec, Hardy terminait le café qu'il avait pris en guise de déjeuner. Il n'avait plus espoir depuis longtemps de commander ici quelque chose de mangeable. La femme de Lou, une Chinoise, faisait la cuisine. C'était délicieux, parfois, mais toujours unique. Le plat du jour, des Dolmas sauce aigre-douce servis nature, ne lui disait rien.

Près de deux heures de discussion avec Freeman et lui-même, et Jennifer était restée campée sur sa position — elle était innocente. Malgré la possibilité, ils n'allaient pas plaider coupable. Une bonne chose, en soi, car au moins, toute ambiguïté était éliminée. Ils allaient adopter une défense classique sur le mode de la négation. À chaque tournant, il s'agissait de démontrer les points faibles du ministère public. Le procureur devait apporter les preuves, Freeman lui, n'y était pas obligé. Point final.

Sauf que rien n'était aussi simple. Comme les deux avocats l'avaient souligné à Jennifer, l'affaire, à première vue, n'était pas si légère. La partie civile avait des preuves matérielles, des présomptions, et même des témoins oculaires. Le procureur s'était défendu de mener une quelconque vendetta politique. Personne n'avait décidé de faire tomber Jennifer Witt. Le conseil des citoyens qui l'avait inculpée s'était tenu aux preuves, suffisantes effectivement pour convaincre un jury de sa culpabilité.

L'accusation du meurtre de son premier mari aggravait l'affaire, même si elle datait. La coïncidence, s'il en était une, surgissait comme une menace. Sans parler de la somme conséquente de l'assurance dans les deux cas.

En même temps, la position de Jennifer offrait à Freeman une stratégie et à Hardy une direction dans laquelle s'engager. Étant donné les exigences de leur cliente, ils n'avaient qu'une voie, consacrée par l'usage, à prendre : trouver les failles, si ce n'était dans les faits, dans les arguments qui leur donnaient interprétation.

* * *

Le brouillard avait disparu mais comme pour empêcher le soleil d'inonder San Francisco de sa chaleur, le vent s'était levé de l'océan. Hardy se trouvait sur les escaliers extérieurs au quatrième étage du Palais de Justice. Il écoutait le vent souffler à travers la structure de ce qui serait un jour la nouvelle prison, de l'autre côté de la rue.

Abe Glitsky ouvrit la porte et apparut sur le palier. Des papiers volèrent, la poussière tourbillonna.

— J'ai un superbe bureau à quelques pas d'ici. Tu te souviens ? plaisanta Glitsky.

— Powell y est, rétorqua Hardy.

— Tu peux pas mieux dire, fit Glitsky en hochant la tête. Il est de la maison. Et pas toi, me permets-je d'ajouter. Diz, que faisons-nous ici exactement ?

— C'est un rendez-vous secret, Abe. Je me demandais si tu aurais envie de faire un tour avec moi.

Glitsky fit la moue. La cicatrice sur ses lèvres blanchit.

— Milieu de semaine, milieu de journée, sûrement, j'allais partir. Personne n'aura besoin de moi. De toute façon, je ne fais rien.

— Abe, il faut que tu m'empêches de commettre un crime, car si je le fais et que je me fais pincer...

— Si tu le fais et si tu te fais pincer...

Hardy l'interrompit.

— Je t'en prie, Abe, je suis à un moment critique de ma vie et de ma carrière. Si je commets ce crime, et si je me fais prendre, je vais me faire rayer du barreau, Frannie voudra sans doute divorcer, les enfants vivront avec la pensée que leur père est un criminel. Rien que d'y penser, ma vie défile devant mes yeux...

— Devant tes yeux, répéta Glitsky qui enfonça ses mains dans les poches de son parka en secouant la tête

Une rafale de vent s'abattit sur eux.

— Viens, le pria Hardy, y'en a pour moins d'une heure.

* * *

— Pourquoi fais-je ceci ? demanda Glitsky.

— Parce que, je crois, tu as un besoin profondément ancré de te prouver des choses. Cela m'inquiète parfois. À ton âge.

— Hé, nous avons le même âge.

— Oui mais je suis le plus jeune. Et j'ai meilleure mine. C'est drôle mais c'est vrai.

Glitsky se mordit l'intérieur de la joue.

— C'est triste.

Les deux hommes se trouvaient dans l'entrée de la Banque d'Amérique, au coin des avenues Haight et Cole. Hardy avait donné la procuration de Jennifer à la vice-présidente, une jeune femme noire nommée Isabel Reed. Celle-ci, d'ailleurs, ne semblait pas avoir de problèmes avec l'âge et l'allure de Glitsky. Elle était partie vérifier le bordereau de retrait du distributeur du 28 décembre au matin. Elle revint pour leur apprendre que le compte avait été consulté à 9h43. Puisque l'heure était le sujet, elle terminait à 16h30 s'ils désiraient encore s'entretenir de quoi que ce soit...

Hardy lui fit savoir que non, qu'elle leur avait été d'un grand secours. D'un signe de tête, il invita Glitsky à partir et les deux hommes s'apprêtèrent à sortir.

— Je suis ici tous les jours, leur assura Mme Reed, si jamais vous avez besoin d'autre chose.

— Vous savez... (Hardy se tut. Quelque chose lui revenait en mémoire.) Il y a bien une chose si vous permettez. Abraham, tu penses que nous devrions comparer ceci ?

Ceci, comme Hardy l'avait expliqué à son ami sur le chemin, était le pourquoi il l'avait accompagné. *Ceci* était l'heure. L'insigne de Glitsky leur donnait accès au compte de Jennifer mais également à tout le système automatisé. Tandis qu'un employé de banque serviable parcourait les reçus du guichet automatique, Hardy composait POPCORN, le numéro fourni par Pacific Bell et que la police utilisait comme « temps officiel » pour les appels sur le 911, le numéro d'urgence. Il vérifia avec l'heure du distributeur.

Une différence de trois minutes leur apparut. 14h11 à la banque ; 14h14 chez Pacific Bell.

— Est-ce important ? demanda Mme Reed à Abe.

Hardy avait cessé d'exister.

— Cela peut être capital dans cette affaire, reconnut Glitsky. Mais il faudrait vérifier votre horloge de toute façon car les enregistrements ne valent pas grand-chose s'ils ne sont pas précis.

Dodelinant de la tête et recevant avec attention ce sage conseil, Mme Reed les remercia tous deux. Elle donna sa carte à Glitsky. Puis, après réflexion, elle en tendit une également à Hardy.

Dehors, un vent violent soufflait. Les deux hommes peinaient pour avancer.

— Voilà à quoi sert ce que tu as fait, marmonna Hardy. Les enregistrements ne valent pas grand-chose s'ils ne sont pas précis.

Glitsky, trois enfants, un ménage heureux, ne cessait de sourire. Ce qui lui arrivait peut-être deux fois dans l'année.

Tandis qu'ils retournaient en voiture vers le centre ville, Glitsky finit par parler.

— Je donne ma langue au chat. Quel crime ai-je donc empêché par cet astucieux travail de policier ?

Hardy lui répondit avec sérieux.

— Mon plan B était de me déguiser en Ninja, de faire irruption dans la banque au milieu de la nuit et de procéder au recoupement. Pas terrible. Je ne pensais pas que ce plan marcherait.

Glitsky secoua la tête, se retenant de tout commentaire.

Hardy fit quelques suppositions. Lorsque Mme Barbieto avait appelé le 911 à 9h40, il était donc 9h37 à la banque. Si Jennifer était partie deux minutes avant le coup de fil, d'après le témoignage de Mme Barbieto, soit 9h35 à la banque, elle aurait couru les 1,7 miles qui la séparaient de la banque en huit minutes. Impossible. D'autre part, présuma Hardy, il s'était écoulé sans doute plus de cinq minutes entre les coups de feu et l'appel de la voisine, ce qui laissait onze minutes à Jennifer (huit plus trois). Court mais faisable, songea l'avocat.

Sans le savoir, Glitsky avait dit vrai. L'information du distributeur de la banque pouvait s'avérer importante, voire capitale.

* * *

Il devait remonter à la prison une fois encore. Jennifer l'avait autorisé à pénétrer chez elle, seulement il avait oublié de prendre la clé que le shérif gardait avec le reste de ses objets. Il lui fallait la signature de la jeune femme pour se la faire remettre. L'ascenseur arrivait au septième étage.

— Mr Hardy n'est-ce pas ?

Hardy serra la main tendue devant lui. Une poignée plutôt molle pour un grand homme comme ce Ken Lightner. Le psychiatre se tenait devant les grilles d'entrée de la prison.

— Je viens de rendre visite à Jennifer. Il faut la faire sortir d'ici. Elle ne fait pas partie de cette... vous allez la voir, j'imagine ?

Hardy lui expliqua pour la clé. Ne pas avoir de sympathie pour cet homme n'empêchait pas d'être poli.

— À vrai dire, fit Lightner comme l'ascenseur se refermait, votre présence est peut-être fortuite. J'allais vous appeler.

— Si c'est au sujet de Jennifer, essayez plutôt David Freeman. C'est lui son avocat.

— Oui, Freeman. (Lightner marqua une pause.) Jennifer semble beaucoup vous apprécier.

Hardy haussa les épaules. Que devait-il dire à cela ? Il laissa Lightner se dépêtrer.

— Vous la représentez également, n'est-ce pas ?

— Je dois vous dire une chose. Si vous ou Jennifer, vous pensez que je ressemble à l'avocat plaidant qu'est David Freeman, vous vous trompez tous les deux. David est un peu mordant, il est vrai, mais c'est son style. Il perd rarement et c'est ce qui compte pour Jennifer.

— Mais si elle se sent... plus à l'aise avec vous ?

Entre la porte de l'ascenseur et les grilles de la prison, il n'y avait guère d'espace. Hardy se débrouilla pourtant pour reculer.

— La situation n'est pas agréable, Docteur. Je travaille avec David, pour David. Je ne suis pas impliqué dans la défense de

Jennifer en ce qui concerne la phase d'inculpation. Quant à votre rôle, j'ai du mal à saisir. Jennifer vous a-t-elle demandé de me parler ?

— Non, pas directement. Mr Hardy, je n'ai pas l'intention de vous offenser. Mon principal souci, c'est Jennifer. Elle est perdue, contrariée, brisée par le chagrin... elle est très malheureuse...

— Elle est en prison, Docteur.

Lightner tourna la tête brusquement. Avec impatience.

— Non, non, je ne parle pas de sa situation actuelle. (Il retrouva son calme.) Écoutez, Mr Hardy, elle ne peut pas rester ici. Elle ne survivra pas à une année ici, même pour son procès. Avez-vous vu... oui bien sûr. Vous connaissez l'endroit. Et Mr Freeman lui a dit d'oublier la caution. Pourquoi ? Est-ce dans son intérêt ?

La patience de Hardy s'effilochait.

— C'est la réalité, Docteur. Je lui aurais donné le même conseil si je la représentais. J'ai peur qu'on ne lui accorde pas la caution. Elle ne sortira pas.

— Si elle reste en prison, dit le psychiatre en secouant la tête, à mon avis, il n'est pas improbable qu'elle se donne la mort.

— Vous ne vous adressez pas à la bonne personne. Vous devriez en parler au juge... ou à ceux qui font la loi. En outre, je vous trouve un peu extrême. La prison est terrible, c'est un fait, mais je n'ai remarqué chez elle aucun signe de dépression ce matin, ni même il y a deux heures.

— Le verriez-vous, le sauriez-vous Mr Hardy ?

Là-dessus, le psychiatre avait raison mais il commençait à l'irriter.

— Oui, je crois. Maintenant, si vous voulez bien m'excuser...

— Non, écoutez, écoutez s'il vous plaît.

Hardy attendit.

— Je suis désolé. Nous sommes peut-être partis sur le mauvais pied mais quelqu'un doit comprendre ce qui lui arrive vraiment, insista Lightner.

— Et vous, vous savez ?

— Oui. Cela fait quatre ans que je soigne cette femme. J'ai dû lui prescrire des antidépresseurs à des moments de crise. Jennifer est cliniquement dépressive.

Une pensée évidente et même ingénieuse illumina le cerveau de Hardy.

— Eh bien Docteur, si Jennifer est en dépression depuis quatre ans, ce n'est pas la prison qui en est responsable. (Il jeta un coup d'oeil à sa montre.) À présent, il faut vraiment que j'y aille. Navré.

Lightner lui effleura le bras et respira profondément, comme s'il prenait une grave décision.

— À supposer que je vous dise qu'elle a commis ce forfait, déclara-t-il à voix basse, ne voulez-vous pas savoir *pourquoi* ? Voilà la question primordiale.

* * *

— Vous-même, vous avez dit l'avoir remarqué... un instant, elle est si vive, presque gaie, l'instant suivant, elle a l'attitude d'une victime, la tête baissée, l'air absent, perdu. Elle n'a aucun appétit, elle est sujette à des sautes d'humeur, de la léthargie à l'hyperactivité. Les cauchemars l'empêchent de dormir. Ce sont les signes classiques d'une dépression clinique. Hardy était allé chercher la décharge avec Lightner puis ils étaient descendus au troisième étage, celui des services du procureur général. L'avocat qui connaissait quelques recoins discrets, entraîna le psychiatre dans la salle des greffiers, juste à côté du hall, près des ascenseurs.

C'était calme en ce mardi après-midi. Ni greffiers, ni personne d'autre. Juste un fatras d'antiques bureaux d'écoliers et de vieilles tables de bibliothèque rayées.

Le diagnostic de Lightner n'intéressait pas principalement Hardy.

— Cela ne signifie toujours pas qu'elle a tué quelqu'un, dit-il, têtu.

Lightner était assis à une table près d'une fenêtre à persienne.

— Non, en soi, cela ne signifie rien mais je suis en train de vous le dire... j'ai peur qu'elle ait assassiné son mari.

— Vous en êtes sûr ? Vous l'a-t-elle avoué ?

— Non, mais je le sais.

— Et son fils ?

— Lui, je ne sais pas. Une erreur, probablement. Elle a dû le prendre pour Larry.

— Un gamin de sept ans ? Son propre fils ?

— Je vous dis que je ne sais pas comment cela s'est produit. Le gamin a pu surgir entre eux, le coup est parti, je ne sais pas, c'est un accident dramatique.

Cette conclusion ne plaisait pas à Hardy qui l'avait rejetée chaque fois qu'elle avait surgi à son esprit. Mais Lightner avait raison. Tous les jours, des gens étaient tués par accident à cause d'armes à feu. Un revolver s'accompagne de l'éventualité de l'accident. Hardy était capable de trouver une demi-douzaine de scénarios se terminant par la mort accidentelle de Matt.

— Sauf qu'elle le nie, lança-t-il. Dans l'intérêt de l'argumentation, *comment* le savez-vous ? Et *pourquoi* ?

Une question ouverte, enfin. Lightner s'appuya de toute sa masse sur la table et serra les poings. Le soleil s'immisçait par les fentes de la persienne et dardait ses langues sur lui, s'emmêlant à sa barbe rousse.

— La réponse est simple, soupira l'homme. *Pour que Larry arrête de la battre*.

Appuyé contre le dossier du banc, les jambes allongées devant lui, croisées sur les chevilles, Hardy caressait d'un doigt le bord de l'encrier.

— Elle prétend qu'il ne la battait pas, affirma-t-il. Elle dit qu'ils se disputaient comme tout le monde mais...

— Oui, c'est ce qu'elle dit. Mais c'est faux.

— C'est faux, répéta Hardy. Comment puis-je savoir que c'est faux ? (Il cessa son geste, leva la main.) Non, je n'insiste pas. Avez-vous des preuves, des certitudes ? Un aveu de Jennifer ? Rien ? Je suppose que vous me racontez cela pour lui donner une excuse si elle est coupable.

— Oui, confirma Lightner d'un mouvement de tête, mais je joue sur un terrain serré, Mr Hardy. Je sais bien. Disons que je me suis persuadé de vous révéler certaines choses, que vous pourriez apprendre par d'autres sources avec le temps. Mais je crains ne pas pouvoir vous dire *comment* je le sais.

— Votre privilège, lâcha Hardy après un laps de temps.

On y était. L'arme à double tranchant bien connue. Lightner pencha légèrement la tête.

— Même sans ma confession, il doit exister des dossiers qui mentionnent ce que je vous ai dit. Elle n'en a jamais parlé mais j'imagine qu'elle doit consulter des médecins différents, qui sont autorisés à faire des rapports.

Là-dessus, il avait raison. Quand la même personne, une femme ou un enfant, venait en consultation chez un médecin avec des brûlures, contusions, écorchures, bleus, en prétextant une chute de vélo ou dans les escaliers, ou encore une porte heurtée — bref n'importe quel prétexte — si cela semblait suspect, le médecin conformément à la loi devait aviser quelqu'un pour entamer une action légale.

Hardy posa une question évidente.

— Mais vous *saviez* que Jennifer était battue. Pourquoi n'avez-vous pas fait de rapport ?

Lightner se tenait toujours le corps en avant. Un regard triste marquait son visage.

— Nous n'avons pas mandat de le faire. Et elle ne m'y a pas autorisé. Elle était ma patiente. J'étais son psychiatre. C'était son droit.

— Alors, elle n'allait pas voir le même docteur afin de ne pas éveiller les soupçons. Et qu'il n'y ait pas de rapports écrits. Quoi d'autre ?

— Les voisins pouvaient être au courant. Combien de fois ont-ils déménagé ? Parfois, c'est une piste.

Hardy fit remarquer que tout cela était bien joli mais la seule confirmation que l'on pouvait attendre, c'était de Jennifer elle-même. Or, elle s'y refusait.

— Vous êtes d'accord, nous sommes face à un problème.

— Oui, je vois, en effet, admit le psychiatre.

— Alors ?

— Je pensais seulement que vous deviez être informé. Comme vous disiez, c'est *pour* sa défense. Vous avez le motif de son geste.

Hardy posa les coudes sur le bureau, où il se sentait à l'étroit, et il s'étira.

— Dr Lightner, je dois vous rappeler une chose. Elle nie avoir subi de mauvais traitements comme elle nie avoir commis les crimes. Nous en avons parlé cent fois ce matin et elle ne choisira pas la défense de la femme battue. Ni avec Freeman, ni avec moi, ni avec personne. Ce qui me conduit à cette question... Pourquoi ne l'admet-elle pas ? Vous le disiez vous-même, il y a de plus en plus de gens qui se servent de cette défense pour obtenir leur libération. Il existe une jurisprudence. Nous le lui avons dit. Alors pourquoi, puisque c’est une bonne chance, la meilleure peut-être, de sauver sa peau, pourquoi n’en veut-elle pas ?

— Elle est gênée.

L’espace d’une seconde, Hardy crut avoir mal entendu.

— Vous disiez ?

— Elle est gênée. Elle ne veut pas que l’on sache qu’elle est de ces femmes qui ne peuvent vivre sans être battue. Sinon, pourquoi ne serait-elle pas partie ?

— C'est vrai.

À présent, Lightner attaquait, droit devant.

— Vous ne comprenez pas ? Nous touchons le coeur du problème. Elles sont dans l’incapacité de partir. Je sais que cela peut vous paraître des âneries de sociologue mais dans certaines cultures, ces mauvais traitements domestiques sont mieux acceptés socialement que dans d’autres. Mais chez nous, ce n’est pas le cas parmi les Blancs de la haute-bourgeoisie. Désormais, elle en fait partie. Elle y est parvenue et elle ne va pas faire marche-arrière.

— Et si elle est reconnue coupable ? Qu’aura-t-elle gagné ? questionna Hardy

— Elle aura toujours son image.

— Et vous me dites que c’est plus important que sa vie ?

— Je ne crois pas qu’elle se soit confrontée à cette pensée.

Hardy réalisa que Lightner pouvait voir juste. Coincé sur son banc, il commençait à s’énerver. Il finit par s’en extraire.

— Donc Jennifer n’admettra pas avoir été battue... tabassée, surtout parce qu’elle est gênée.

— C’est exact. Gênée est un peu faible. Mortifiée est bien mieux. Elle a été frappée, battue presque régulièrement et le plus incroyable, même à ses propres yeux, c’est d’être restée pour encaisser cela.

Lightner se leva à son tour. Hardy se frottait l’épaule.

— Je n’entends pas vous faire offense, Docteur, mais tout ceci n’est-il qu’un discours de psy ? Je veux dire, partant du fait que j’ai moi-même fait certaines découvertes, sur combien de vos conclusions puis-je m’appuyer ?

Lightner ne parut pas vexé. Il dodelina de la tête. Peut-être trouvait-il la question judicieuse.

— Sur toutes dirais-je.

CHAPITRE 11

La lumière crépusculaire rendait la demeure des Witt impressionnante. La nuit précédente, quand Hardy y était venu avec Frannie, l'Olympia Way, sur les hauteurs de Twin Peaks, dégageait une certaine force. La rue bordait en grande partie le terrain de jeu de Midtown Terrace. C'était calme, baigné par une ambiance presque fantomatique. Les réverbères jetaient leur lueur sur le feuillage printannier des arbres qui surplombaient la rue, par-dessus de larges haies entretenues.

De jour, ce sentiment d'enclave protégée transpirait plus encore. Hardy sortit de sa voiture et observa la maison de Jennifer, à deux pâtés de maison du parc. À l'ouest, l'océan pacifique scintillait ; au nord, la Tour Sutro hissait ses bras rouillés vers le ciel. Quelques-unes de ces maisons à deux ou trois étages auraient pu parfaitement tenir leur rang parmi les ambassades. Majestueuses, avec des jardins joliment aménagés, elles appartenaient à des gens pour qui trois cents mille dollars pouvaient tranquillement disparaître.

La haie qui bordait la maison était moins haute mais aussi bien taillée que les autres. Une barrière de piquets blancs l'entourait. Le portail était fermé, la haie virait à angle droit de chaque côté d'une allée de briques qui menait à la porte d'entrée.

Hardy se rappela que Jennifer vivait là deux jours plus tôt, sans se douter que le conseil des citoyens était en train de l'inculper de meurtre. Cette pensée le troubla.

Ce fut pire quand il tourna la clé dans la serrure. Un chien des alentours se mit à aboyer. Il attendit qu'arrive le propriétaire pour le calmer et s'assurer de ce qui avait provoqué ses aboiements. Personne ne se montra. Rien ne se passa. Le chien aboyait toujours. Au lieu d'un avocat armé d'une clé, il aurait pu être un voleur armé d'une masse, personne, semble-t-il, ne lui aurait posé de question.

Et les deux témoins oculaires qui précisaient l'heure du meurtre et la présence de la camionnette FedEx habitaient ici ? Terrell apparut à Hardy comme un enquêteur du genre persuasif.

Les aboiements cessèrent dès qu'il fut entré dans la maison.

Intérieur blanc. Le vestibule était en marbre blanc d'Italie veiné de rose. L'ameublement était moderne et blanc, à part des tables et des étagères en fonte noire. Tout s'accordait à la tapisserie couleur champagne. Hardy reconnut l'un des tableaux de Mapplethorpe qui avait fait du bruit, à côté d'une reproduction de « *Mère mangeant son enfant* » de Goya. Il étudia de près deux autres tableaux, reproductions ou originaux, qu'il n'aurait pas même accrochés dans une pièce obscure fermée à clé, encore moins dans le salon d'une maison où vivait un enfant.

Sur son bloc-notes jaune, il nota que les médias ne devaient pas mettre les pieds ici. À Freeman de jouer. L'endroit reflétait les goûts du mari, cette théorie était préférable.

Au rez-de-chaussée, tout était impeccable, aseptisé. La cuisine — un damier de carreaux noirs et blancs avec des éléments du même ton — semblait n'avoir jamais servi. Des casseroles en cuivre étincelaient au-dessus de la cuisinière, pendues à une barre en fonte noire.

Le silence était pesant. Hardy avançait sur la pointe des pieds à travers les autres pièces du bas. La salle à manger, avec une table en laque noire et six chaises. Une bibliothèque, remplie de livres de médecine surtout. Pas de romans, beaucoup de livres d'histoire et des biographies. Un autre salon, plus petit, avec une cheminée et une causeuse près de laquelle se trouvait une table basse porte-magazines. Mais pas de magazines. Une chambre d'amis. Hardy tira le couvre-lit. Pas de draps.

Il s'arrêta au pied de l'escalier. Jennifer avait vécu ici ? Aucun signe de vie dans cette maison. Il nota de penser à lui demander si elle avait habité ailleurs ces derniers mois. Et où, si jamais ?

Un mois après que Frannie et lui avaient emménagé ensemble, il lui avait acheté à l'exposition d'art Ghirardelli une petite plaque de céramique qui portait l'inscription : UNE MAISON PROPRE EST SIGNE D'UNE VIE GÂCHÉE. La plaque trônait dans leur cuisine. Il ne crut pas utile de chercher où Jennifer avait accroché la sienne.

L'étage ressemblait au rez-de-chaussée. À gauche, la chambre de Matt. Le lit était fait, les jouets bien rangés. Les derniers rayons de soleil berçaient la pièce d'une lueur orangée. À côté se trouvait la salle de bains avec des pochoirs d'hippocampes sur le mur — minimal comme il se devait et unique démonstration de confort de la maison.

Hardy traversa le palier. Il regarda le salon et la salle à manger au-dessous. Blanc. Noir. Des miroirs, du métal, et de la poussière qui s'accumulait. Il voulait en terminer au plus vite, sortir d'ici sans tarder.

La chambre fut une surprise. Le cordon jaune de la police était toujours là, non plus en travers de la porte mais sur le tapis. Hardy l'enjamba et s'avança jusqu'au centre de la pièce.

Il eut soudain la certitude que Jennifer n'y était pas venue depuis le départ des experts légistes de la police et des agents de nettoyage. Des draps et des couvertures étaient pliés sur le matelas nu, des serviettes posées sur un petit meuble près de la porte de la salle de bain ; il y avait des moutons dans les coins.

Avait-il cru voir de vieilles taches de sang ? L'obscurité envahissait la chambre. Il alluma le plafonnier. L'ampoule sauta. Sur les tables de nuit dans la tête de lit encastrée se trouvaient des lampes. Il se hâta d'en allumer une. Voilà qui était mieux. Il fit le tour du lit, alluma la seconde, puis se pencha vers le tapis blanc, passa la main sur ce qu'il avait pris pour une tache de sang. Fausse alerte, comme il s'y attendait. Soulagement.

Il se releva, plus calme. Il alluma la salle de bains. En un coup d'oeil, il conclut que là encore, personne n'avait dû y venir depuis le nettoyage. Après avoir éteint partout, il marqua un arrêt sur le seuil, se retourna sur la chambre où s'étaient produits les meurtres.

Au bout du couloir, il y avait une dernière porte, sur la gauche. Hardy découvrit un cabinet de travail impersonnel avec des dossiers, des revues médicales et commerciales sur une petite étagère, et un bureau noir, rangé avec maniaquerie. Il s'assit.

De toute évidence, personne n'y était venu non plus. Une épaisse couche de poussière recouvrait le bureau. Hardy se demanda si la police avait fait l'inventaire de cette pièce. C'était Jennifer, en fait, qui avait fourni un inventaire, en « oubliant » le revolver. D'ailleurs, il devrait l'interroger à ce sujet. Elle avait pu bel et bien l'oublier si elle n'avait pas remis les pieds dans la chambre après le drame.

Hardy tenta d'imaginer la vie dans cette maison qui respirait la discipline, le contrôle. Vivre dans un tel environnement ne pouvait conduire qu'à des crises, des perturbations internes et externes. Rien ne permettait d'être détendu. Et quand les émotions s'accumulaient, elles ne pouvaient se libérer que par une explosion. Il venait d'écrire ses dernières notes sur son bloc-notes sur le sous-main neuf en cuir relié vert, il regardait le rivage de l'océan par la fenêtre à persienne. Il s'aperçut qu'il avait tiré de dessous le sous-main un morceau de papier. Il le prit.

C'était une feuille lignée d'un carnet à spirale. D'après le bord dentelé, elle avait été arrachée. Cela ne semblait pas correspondre à Larry. Il n'aurait pas toléré cette imperfection, estima Hardy. Il aurait soigneusement coupé le bord avec les petits ciseaux de son couteau suisse.

Hardy méprisa son imagination. Sur le papier était écrit la date du 28 décembre avec un seul mot « Non !!! », qui en plus des trois points d'exclamation était souligné deux fois et encerclé. En dessous était noté un numéro de téléphone avec l'indicatif 213. Los Angeles.

Il composa le numéro.

— Ici le cabinet d'avocats.

Évidemment, se dit-il. Il se présenta et demanda à parler au directeur. À sa montre, il était 17h50 en ce jeudi soir mais les avocats ne se reposaient jamais. Sans hésitation, la standardiste dit qu'il aurait bientôt Mme Klein en ligne.

Cela tarda un peu. Soit elle avait passé une mauvaise journée, soit il était un trouble-fête.

— Je suis navrée, dit-elle enfin, je n'ai pas bien compris l'appel. Vous êtes ?

Hardy expliqua de nouveau. Il représentait une cliente de la Baie et il avait trouvé chez elle un document avec ce numéro de téléphone. Il avait donc appelé par curiosité. Le cabinet était ? Autant jouer le même jeu que cette dame.

— Crane & Crane. Et votre cliente est ?

— Jennifer Witt.

Mme Klein marqua une pause avant de préciser :

— Ce nom ne m'est pas familier. (Un rire fatigué.) Mais cela ne veut rien dire.

— Et le nom de Larry Witt ? Son mari. Peut-être qu'un de vos avocats le connaît. Votre associé ? Pourrais-je...

Subitement, la voix parut s'effondrer.

— Non. Non, vous ne pouvez pas !

Il y eut une autre pause. Plus longue. Avait-elle raccroché ?

— Mme Klein ?

— Oh, je suis désolée, excusez-moi, je vous prie. Je n'ai pas toute ma tête. La semaine passée... je ne devrais même pas vous en parler...

— Tout va bien ?

— Non Mr... Hardy, n'est-ce pas ? Non, rien ne va.

— Je suis navré, dit Hardy qui songea que la tension dans les grands cabinets était visiblement à la hauteur des rumeurs. Je rappellerai plus tard.

— Non, plus tard n'y changera rien. (Un sanglot retentit dans l'écouteur.) Je suis désolée, Mr Simpson ne sera pas là plus tard non plus. Il est, il était mon associé. Il est mort. Il a été assassiné.

Médusé, Hardy écouta le récit des faits. Mr Simpson était Simpson Crane, défunt associé de Crane & Crane. Une semaine auparavant, sa femme et lui avaient été tués chez eux à Pacific Palisades. Simpson Crane était un avocat anti-syndicaliste, il était sur la négociation de contrats. On soupçonnait un syndicat organisé d'avoir commandité le meurtre mais la police ne tenait guère de piste et prétendait que ce n'était qu'une théorie. Le fils de Simpson, Todd, dirigeait aujourd'hui le cabinet mais comme Hardy pouvait l'imaginer, le moment était difficile.

Lorsque Hardy raccrocha, la nuit était tombée. Il plia le morceau de papier qu'il mit dans son portefeuille. Laissant la lumière dans le bureau, il se dirigea vers l'escalier, descendit, traversa le vestibule. Enfin dehors.

— Jésus Marie, murmura-t-il.

* * *

Il rentrait chez lui au volant de sa voiture. Tout au long de sa visite chez les Witt, un sentiment de malaise ne l'avait pas quitté. En plus, il avait utilisé le mot « document » pour décrire la feuille du carnet. Bah ! Il se souvint de la première fois où, au cours de ses études de droit, il avait abordé le mot « document ».

Le verbiage, la prétention, l'importance délibérée, en bref, la définition l'avait frappé par son grotesque, sa stupidité. Il l'avait apprise par coeur (merci l'ordre alphabétique), en jurant de ne jamais s'y référer quand il serait avocat.

— « Documents » est utilisé ci-après au sens le plus large, et comprend tout élément écrit, imprimé, dactylographié, graphique ou enregistré, original ou reproduit, incluant des copies non-identiques, des brouillons préliminaires, intermédiaires et définitifs, des écrits, des dossiers et des enregistrements de toutes sortes, manuscrits ou exécutés par des moyens mécaniques, électroniques, photographiques ou microfilms, ou autres, comme des reproductions sonores (enregistrements sur bande) ou des reproductions visuelles de déclarations, de conversations, d'événements et sans limitation, d'extraits ; carnets d'adresse ; matériel publicitaire ; accords ; analyses de tous types ; carnets de rendez-vous ; brochures ; calendriers ; graphiques ; circulaires ; cartes informatiques ; contrats ; correspondance ; livres de données ; calendriers de bureau ; schémas ; agendas ; annuaires ; disquettes ; dessins en tous genres ; devis ; évaluations ; états de situation financière ou calculs ; graphiques ; directives ; publications d'organes internes ; instructions ; communiqués inter-/intra-services ; factures ; descriptions de poste ; grands livres ; lettres ; licences ; listes ; manuels ; cartes ; notes de service ; cahiers ; avis ; organigrammes ; pamphlets ; permis ; photographies ; images ; plans ; prévisions ; matériel de promotion ; publications ; ordres d'achats ; emplois du temps ; cahiers des charges ; normes ; statistiques ; cahiers de sténographe ; études de toutes sortes ; résumés ; tableaux ; bandes magnétiques ; télégrammes ; télex ; bandes vidéo ; reçus ; épures ; certificats de travail et dossiers.

Et quoi d'autre encore ?!

Et maintenant ce morceau de papier, avec une date, un numéro de téléphone et ce « Non !!! » écrit comme s'il jaillissait d'une bouche, comme l'eau d'une passoire, sans l'intention d'être un « document ».

Cela ne le transportait pas d'admiration.

* * *

Rhea, la fille qui ressemblait à Jennifer Witt, avait hurlé et juré après son Jimmy au téléphone depuis si longtemps que lorsque la surveillante vint lui prendre l'appareil pour raccrocher, elle secoua la tête et marcha sans mot dire jusqu'à sa cellule. Jennifer, dans la cellule voisine, se dressa sur le coude, allongée sur sa couchette.

— Ça n'avait pas l'air d'aller, dit-elle.

— Cette merde ! (Après trente secondes de silence, Rhea retrouvait son vocabulaire.) Cet enculé de Jimmy dit que je dois attendre encore *quelques* jours, une *semaine* peut-être ici ! Une semaine ! Putain ! S'il va en baiser une autre, je bute ce fils de pute.

— Qu'a-t-il dit ? demanda Jennifer qui espérait que son calme serait contagieux.

Cette forme de langage pouvait passer quand tout le monde riait et plaisantait. Mais quand la colère s'y inscrivait, cela lui rappelait trop de souvenirs. Avec Larry, avec d'autres, et ce qui se passait ensuite. À entendre Rhea parler ainsi, elle avait déjà des crampes d'estomac. Elle se pelotonna, cherchant une position confortable sur le matelas taché, pour lutter contre les crampes.

— Qu'a-t-il dit pour la caution ? insista-t-elle.

— Cette enflure ! gronda Rhea.

Elle ramassa sa tasse en plastique avec ses couverts, son rasoir jetable et sa brosse à dents, et la jeta contre les barreaux.

— Arrête Rhea ! Je t'en supplie, arrête !

En effet, elle cessa de hurler, elle cessa de jurer. Elle s'écroula par terre et pleura doucement.

Jennifer finit par se lever et s'approcha des barreaux.

— Il n'a pas pu obtenir la caution ?

Rhea remua calmement la tête d'avant en arrière.

— Il avait dit que cela prendrait deux jours au plus. Maintenant, il dit que sans moi, il a une baisse de salaire et cela prendra plus de temps. Comment tu le prends ? Sans moi, il a une baisse de salaire !

Elle pleurait à nouveau.

— Combien il te faut ? dit Jennifer.

Quelques reniflements succédèrent aux pleurs.

— Comment ?

— À combien se monte ta caution ? Cinq mille ?

Rhea hocha la tête puis demanda :

— Pourquoi ?

Jennifer était assise sur le sol, les bras enlacés autour de ses genoux repliés. Sur le fonctionnement de la prison, elle en avait déjà appris beaucoup. Par Clara, par Mercedes aussi. Si tu avais du cran et de l'argent, si tu étais prêt à tout, tu pouvais soudoyer les surveillants, tu pouvais arriver à tes fins. Cela avait marché plus d'une fois.

— Je n'en suis pas certaine, reprit Jennifer, mais je peux peut-être l'aider à en trouver.

La jeune femme parlait à voix basse, elle jeta un regard sur Rhea. Si quelqu'un d'autre l'avait entendue, il fallait qu'elle puisse le nier. Mais Rhea écoutait, la bouche entrouverte, incrédule.

— Bien sûr, il faudra que tu m'aides à ton tour si tu peux.

CHAPITRE 12

À mi-chemin entre Van Ness et la plage, Miz Carter's Mudhouse faisait partie du paysage sur la California Street depuis déjà un demi siècle. Le « mud » était un café, quelquefois aussi épais qu'un café turc, et avant que les yuppies ne rendent populaire l'expresso à la fin des années soixante-dix, la Mudhouse était le meilleur endroit dans l'ouest de la ville pour un café. La fille de Miz Carter, Louanne, le préparait toujours à l'ancienne. Les grains grossièrement moulus infusés dans de l'eau bouillante que l'on filtrait au moment de servir. La mixture était capable de vous filer un coup de fouet.

Ce dont Hardy avait besoin. Leurs deux chérubins les avaient réveillés six fois dans la nuit. Rebecca avait une infection à l'oreille et un peu de fièvre, Vincent voulait manger. À elle, à lui, c'était drôle, mais tout de même.

La description de Walter Terrell faite par Glitsky n'était pas tout à fait exacte. Il était plus mat de peau, du genre méditerranéen. Et ce n'était pas le type à qui il avait songé. Hardy avait posé sa mallette sur la table, en signe distinctif. Terrell arriva et s'assit face à lui.

L'homme était plus jeune que ce qu'il avait cru. Trente-deux ans environ. À quarante et un ans, Hardy ne se sentait pas vieux. Mais travailler avec des gens bien plus jeunes était déconcertant. Le pire était de s'en rendre compte.

Terrell portait une paire de Reeboks, un vieux jean Levis et une chemise habillée avec de fines rayures bordeaux sous une veste « Member's Only » qui lui seyait parfaitement. En dépit des sentiments de Glitsky sur l'inspecteur et ses théories, ce dernier devait s'être construit une réputation pour être déjà à la Criminelle.

Terrell prit une gorgée de café. Il frissonna et ajouta du sucre comme si la pénurie menaçait.

— D'où vient ce nom Dismas ? demanda-t-il.

Il goûta une nouvelle fois le café. Il se remit à tourner.

Hardy expliqua pour la millième fois que Dismas était le nom d'un bon voleur du Calvaire. Il ne précisa pas qu'il était aussi le saint patron des assassins.

— La seule explication pour moi, c'est que mes parents ont voulu me punir, pour une quelconque raison. Quand je pense qu'ils auraient pu m'appeler Bill, ou Jack...

— Ouais, je vois, tout sauf Sue, fit Terrell avec un sourire, avant de goûter son café et finalement reposer la cuillère. C'est bizarre, ce truc. Y'a des gens qui boivent ça tous les jours ?

— Tous les jours.

— Bizarre. (Il montra la mallette de Hardy.) Alors, vous avez regardé pour Ned ?

Hardy confirma d'un signe de tête. La veille au soir, après avoir couché les enfants, il avait revu le rapport d'exhumation du coroner sur Edward (Ned) Hollis. Frannie avait apprécié une fois encore, elle qui avait passé toute la journée avec les enfants et qui avait espéré profiter de la soirée avec lui.

Sourires et étonnements n'étaient pas tout à fait convaincants. Ce flic était un malin. Il pouvait être aussi sympathique qu'il vous plaisait de croire, il n'allait pas se laisser malmener par un gros malin d'avocat de la défense, même si ce dernier était un ami de Abe Glitsky.

Hardy se contenta de hocher la tête une seconde fois. Il n'y avait pas là de victoire à remporter.

— J'essaie de comprendre pour Ned. Jennifer n'a pas grand-chose à dire à son sujet, semble-t-il. On a trouvé de l'atropine ?

— C'est ce qui est dit ? répliqua Terrel en pointant un doigt sur la mallette.

— Oui, et alors ?

Pour la première fois, Hardy surprenait l'inspecteur.

— Qu'est-ce que vous entendez par « et alors » ?

— On a trouvé une concentration d'atropine sur le devant de la cuisse droite ? Ce qui indique que la drogue a été injectée ?

— Exact.

— Parfait, ceci, nous l'accordons, mais qu'est-ce qui indique que c'est Jennifer qui l'a injectée ?

Malgré l'étrangeté du café, Terrell prit une gorgée.

— Il ne s'est pas tué tout seul. L'atropine ne vous fait pas planer.

— D'accord, mais je répète « et alors ? » Il a peut-être essayé de se suicider, du reste, il y serait arrivé. Ma question, c'est : ne me manque-t-il pas quelque chose dans cette affaire ? Parce que je ne vois pas pourquoi il y a inculpation de meurtre.

À l'évidence, Terrell se contenait. Son visage s'était empourpré.

— Il y a inculpation de meurtre parce que *c'est* un meurtre. Votre Jennifer l'a refroidi pour les soixante-quinze mille dollars.

Hardy s'efforça de rester calme et poursuivit :

— Je ne dis pas qu'elle ne l'a pas fait. Je me demande simplement quelle preuve... si vous avez la preuve qu'elle a tué Ned ? Même, comment savez-vous qu'elle se trouvait dans la pièce ?

— Elle s'y trouvait. Elle lui fait avaler de l'alcool et de la coke jusqu'à ce qu'il tombe. Ensuite, elle lui file la piqûre. Bon, il est mort, le coroner trouve de la coca-éthylène à dose mortelle et oublie de vérifier au scanner d'autres substances qui auraient pu le tuer, comme l'atropine. (Terrell martela la table du bout du doigt.) Voilà ce qui s'est passé, Mr Hardy. Vous pouvez mettre votre main à couper.

Le retour à « Mr Hardy » n'indiquait rien de bon. Or, l'avocat n'avait pas l'intention de dresser le jeune homme contre lui.

— Je ne dis pas que ce ne s'est pas passé ainsi. Le procureur général a marché pour cette version puisque l'inculpation a été prononcée. Mais il me semble que cela manquait d'éléments.

Sur la défensive à présent, quoique radouci, Terrell, le nouvel inspecteur de la criminelle, tenait à démontrer qu'il avait agi correctement.

— Ce n'est pas tout, il y avait davantage. Je leur ai livré Harlan Poole, non ?

— Son amant, le dentiste ? Comment l'avez-vous déniché ?

— J'ai vu son nom dans le dossier de Ned sur deux déclarations de Jennifer. Je suis allé lui parler, voilà tout. (Impatient d'exposer sa technique, Terrell se pencha en avant.) Le travail de policier, voyez-vous, c'est parfois avoir de l'intuition. Parfois, vous *savez* seulement ce qui est allé de travers, pas vrai ? Alors, vous continuez, vous triturez un peu les choses, et vous débouchez quelque part.

— Et vous avez trituré Poole ?

Le souvenir sembla ne pas déplaire à l'inspecteur.

— Pas vraiment. Un type qui a réussi, la quarantaine, une femme, trois enfants. Je lui ai dit que s'il coopérait, s'il nous disait ce qu'il savait, nous adopterions un profil bas avec lui. Le type a craqué.

— Et qu'est-ce qu'il a raconté ?

— Qu'il lui manquait de l'atropine le lendemain du passage de Jennifer à son bureau, pour une petite partie nocturne de jambes en l'air. Apparemment, ils ont fait ça — ce n'était pas très clair — sur la chaise. (Terrell eut un large sourire.) À mon avis, le type et sa femme ne s'y prennent pas souvent ainsi. Bref, il n'a pas fait le rapprochement jusqu'à ce que le cher mari Ned meurt. Là, il a soupçonné Jennifer et ça lui a foutu les pétoches, alors, peu à peu, il l'a plaquée.

— Parce qu'il croyait que Jennifer avait tué Ned ?

— Ouais, parce qu'elle a tué Ned.

Hardy s'enfonça dans son siège. Pour gagner du temps, il avala d'un trait les dernières gorgées de café, il fit la grimace. Un point important manquait.

— Permettez-moi de remettre tout ça en place, dit-il. Quand Ned est mort, Poole a conclu que Jennifer l'avait tué, c'est bien cela ?

Terrell fit signe que oui.

— N'est-ce pas un peu rapide ? Il devait avoir idée qu'elle y songeait. Vrai ou pas ?

— Vrai. Elle en avait parlé.

— Elle avait parlé de tuer Ned ? s'étonna Hardy. Si Poole a eu peur après coup, pourquoi n'a-t-il pas vu venir l'histoire et pourquoi ne l'a-t-il pas plaquée plus tôt ?

Terrell devait répondre maintenant, il réfléchissait, les coudes posés sur la table.

— Je crois qu'il ne l'a pas vu venir. Elle n'avait pas parlé d'un plan. Je crois que c'est par la suite qu'il a compris.

— Mais pourquoi ? Pourquoi cela lui est venu à l'esprit ?

— Parce qu'elle avait parlé de quitter son mari, de sa mort, de l'assurance, etc., qui seraient merveilleux.

— Le quitter et souhaiter sa mort, ce n'est pas la même chose que le tuer.

— D'accord, mais elle avait déjà essayé de le quitter — deux fois — mais il l'avait retrouvée et tabassée.

Bingo.

— Ned la battait lui aussi ? N'y a-t-il pas de preuve ? s'inquiéta Hardy.

— Vous voulez dire qu'elle l'ait signalé à la police ? Soyez sérieux.

Il tenait là un bon élément, certainement vrai. Mais Hardy avait la quasi-certitude que tout cela n'était pas recevable. Rumeur — Mr Poole avait dit que Jennifer lui avait dit que Ned la battait. Rumeur. Néanmoins, c'était une bombe psychologique. Si véritablement Jennifer avait tué Ned parce qu'il la battait — pour l'arrêter et toucher l'assurance à laquelle elle s'imaginait avoir droit — qui douterait qu'elle n'avait pas fait la même chose avec Larry ?

L'argument était indiscutable, la tentation de comparer les circonstances de la mort de Ned et celle de Larry irrésistible. Et Hardy se vit même espérer que Powell se prenne les pieds dans ce filet. Parce que dans les deux affaires, la jeune femme avait un motif favorable.

Mais il n'en fit aucune allusion à Terrell. Il lui dit au contraire qu'il était satisfait de ce qu'il tenait.

Amis à présent, tout au moins adversaires sans hostilité, ils attendaient leur monnaie au comptoir en bavardant. Hardy demanda à Terrell s'il avait remarqué les amusantes coïncidences qui se produisaient chaque fois que l'on plongeait dans une affaire.

— Ouais, je sais, répondit l'inspecteur, c'est étrange. Il y a deux mois, j'étais encore au vol par effraction, je reçois un appel de la Mission, j'y vais et je constate une fenêtre cassée. Soudain, une fenêtre de l'autre côté de la ruelle s'ouvre et quelqu'un crie : « Hé Wally ! » Je lève la tête et c'était un type avec qui je jouais au football au lycée. Étonnant. Mais vous avez raison. Ça ne manque jamais d'arriver.

Hardy raconta alors la disparition de Simpson Crane à Los Angeles.

— N'est-ce pas bizarre ? Me voici dans la maison d'une personne assassinée, je trouve un numéro de téléphone, j'appelle, et je tombe sur une autre victime de meurtre.

Terrell se figea dans la porte. À cause du brouillard au-dehors ? Non, certainement pas.

— Comment s'appelle le gars — Crane ? Qu'est-ce qui lui est arrivé ?

— On dit que c'est un meurtre professionnel, un job payé par un syndicat. Ce que dit aussi Jennifer pour Larry. Terrible coïncidence, hein ?

Terrell secoua la tête, comme pour clarifier son esprit, et cracha tout de go :

— Non, Larry n'était pas la cible d'un tireur. C'est Jennifer qui l'a buté.

Hardy asséna le coup final sans sourire. Ce type, il faut lui donner une théorie, avait dit Glitsky.

— Pourtant, vous êtes forcé de l'admettre, c'est une coïncidence intéressante, dit-il.

— Sûr, maugréa Terrell, mécontent, mais comme je disais, ce truc arrive tout le temps.

— Vous avez raison, affirma Hardy qui ouvrit la porte, armé de courage contre le froid. Vous avez raison, ça arrive.

* * *

Le petit Matthew Witt souriait de toutes ses dents sur une photo couleur excellente. Celui qui avait pris ces photos d'école avait fait un bon travail, en capturant la personnalité derrière ce visage espiègle d'un garçon de sept ans. Matt ne semblait avoir été affecté par l'ambiance étouffante de sa maison. Son regard frétillait de cette bonne humeur enfantine. Peut-être avait-il dit quelque chose au photographe dont il était fier. Il n'avait rien d'un petit malin, au contraire. C'était un gentil petit garçon qui aimait faire plaisir.

Hardy était chez David Freeman. Enfoncé dans un fauteuil antique, près d'une fenêtre du salon. Sur sa cuisse était posé le dossier avec un tas d'autres photos auxquelles il avait déjà jeté un oeil. Jusqu'à tomber sur celles du petit Matt dont il n'arrivait plus à se détacher.

Le gamin avait des cheveux noirs, bien peignés et séparés par une raie au milieu, avec une mèche rebelle. Il portait un polo rayé vert et blanc avec un col souple, relevé d'un seul côté, comme les oreilles des chiots. Ses deux dents de devant étaient espacées. Des taches de rousseur sur l'arête de son nez. De longs cils. Des fossettes naissantes. Des yeux rieurs d'un vert profond.

Hardy se redressa. Il tira sur ses joues, regarda par la fenêtre d'un air absent. Quand une main se posa sur son épaule, il ne savait combien de temps s'était écoulé.

— On ne peut rien y faire.

Freeman secoua gentiment Hardy. Il sortait de la douche, vêtu d'un peignoir en éponge qui s'effilochait. Il était sympathique (d'après le ton), mais tout compte fait pragmatique. Si l'on ne pouvait rien y changer, si l'on ne pouvait pas agir, d'après lui, c'est qu'il n'y avait rien à faire. Hardy ne partageait pas cette opinion ; cela ne servait peut-être pas à grand-chose mais au moins, l'on pouvait éprouver du chagrin.

Pieds nus, pas rasé, les cheveux mouillés en bataille, David traversa le salon jusqu'au coin-repas, où il avait laissé sur une table en acajou brillant son matériel de travail, blocs, classeurs, boîtes de cassettes audio. Actuellement, il travaillait sur un procès, il en préparait un nouveau, il réglait les derniers détails et les appels des précédentes affaires. Était-ce la vie qui attendait Hardy ? Après l'avoir envisagé une seconde du point de vue de Frannie, ce dernier se demanda s'il ne faisait pas une erreur en s'engageant auprès de David et Jennifer.

Puis il regarda de nouveau la photo de Matt. Mon dieu... si Jennifer l'avait tué, même par accident, même s'il s'était trouvé là par hasard...

Mais si jamais Jennifer disait la vérité ? Alors, il y avait quelqu'un en liberté, quelqu'un qui devait mourir et qui se promenait dehors tandis que Jennifer vivait l'enfer et que Matt n'était pas vengé.

Hardy croyait à la vengeance. À une vengeance sévère, ferme.

C'est pour cela qu'il était entré dans la police puis qu'il s'était orienté sur le travail d'instruction. Mais aujourd'hui, et c'est dans ce sens qu'il savait qu'il *devenait* un avocat, il croyait devoir éliminer le moindre doute avant la vengeance.

C'était ce qui l'animait désormais. Ne pas vendre son âme en tant que représentant de la défense ou de la partie civile, en tant que porte-parole d'un avis juridique. Ne pas argumenter pour gagner, mais découvrir la vérité à tout prix.

Il retourna la photo de Matt et passa à la suivante.

* * *

Freeman habitait au coin des rues Taylor et Pine, au pied de la colline de Nob Hill, en dessous de l'un des plus anciens et des meilleurs restaurants français de la ville. Il avait sa cave à vins personnelle dans ce restaurant où il s'offrait une dizaine de repas chaque mois.

Son appartement était modeste par la superficie et le confort. Deux chambres, un salon, une cuisine avec un coin-repas. Malgré ses revenus, la technologie d'aujourd'hui n'avait pas fait intrusion chez lui. Freeman utilisait encore un téléphone mural à cadran, et quand il écoutait sa musique classique, la seule qu'il écoutait, il mettait ses 33 tours sur une chaîne stéréo du début des années soixante. Les canapés et les fauteuils du salon, au cuir rouge craquelé, étaient confortables ; les tables basses étaient faites d'un bois foncé avec des pieds en forme de pattes de lion. Des abat-jour coiffaient toutes les lampes.

Son procès en cours avait été remis au lundi suivant, pour cause de rage de dents de l'avocat public. De fait, Freeman avait laissé un message à Sutter Street (à six pâtés de maisons à pied de là) demandant à Hardy de passer afin de discuter de l'affaire Jennifer Witt avant le week-end.

* * *

Si avant toute lecture du dossier, certains se précipitaient sur les tirages du crime, Hardy n'était pas de ceux-là.

L'équipe de photographes avait pris vingt-sept photos de la pièce où les crimes avaient eu lieu. La plupart se ressemblaient, à part l'angle légèrement modifié. Le travail était comme toujours professionnel. Volontairement, ce n'était pas de l'artistique, mais la mise au point était parfaite, la couleur nette, tous les angles représentés.

Il y avait également huit photos de Larry, autant de Matt, sur la table d'autopsie.

Les ayant étudiées l'une après l'autre, chacun dans son coin, Hardy et Freeman en étalèrent ensuite une douzaine qu'ils examinèrent ensemble.

Le père et le fils avaient été tués d'un tir de calibre 38. Les balles, comme les cinq autres trouvées dans le chargeur, étaient creuses, chose courante pour les armes domestiques. Un seul tir suffisait à faire assez de dégâts. Tel était le but.

Les balles qui avaient tué les Witt répondaient à ce critère. Larry avait été touché en plein coeur. La balle, à une si courte distance, était ressortie dans le dos pour aller se loger dans le mur. Il y avait un gros plan de l'impact. Hardy n'avait rien vu dans la chambre, mais lors de sa visite de la maison, il n'était pas dans un état d'esprit des plus objectifs.

La puissance du tir avait fait basculer Larry sur le lit puis il était tombé par terre, sur le côté droit. Mort avant même d'avoir touché le tapis. Parce qu'il n'y avait pas de traces de sang sous son corps.

Ni Hardy ni Freeman ne désiraient voir les photos de Matt, atteint à la tête. Apparemment, il se trouvait près de la porte de la salle de bains. Sur les photos, le miroir de la salle de bains ressemblait à une toile d'araignée en verre brisé et les murs étaient colorés de rouge.

Après l'examen des photos, Hardy fit part de sa découverte sur le guichet automatique de la banque, puis il raconta sa discussion avec Lightner, sa visite chez les Witt, la coïncidence avec Crane et l'opinion de Terrell sur le meurtre de Ned Hollis. Arpentant la cuisine, Freeman écoutait. Et ce qu'il apprenait ne semblait pas lui déplaire. À la fin du récit, il reconnut que Hardy avait été actif.

— L'affaire ne semble pas aussi mauvaise qu'hier. Évidemment, cela peut être pire demain.

— Content de vous entendre ajouter cela. Vous ne voudriez pas que tout aille bien deux jours de suite, n'est-ce pas ?

Freeman ne releva pas.

— Pourtant, notre travail est au point mort. Au fait, j'ai fait vérifier par Phyllis le versement de notre argent sur le compte. La première provision. C'est passé.

— Vous pensiez que non ?

— Pour vous dire la vérité, comme bien d'autres choses à propos de Jennifer, je n'étais pas sûr.

Hardy n'insista pas.

— Je pensais retourner discuter avec Jennifer ce matin, recueillir des infos sur le travail de Larry et la famille de Jennifer qu'ils ne voyaient jamais. Je veux aussi en apprendre sur ces deux derniers mois. À voir la maison, personne n'y a habité. Je voudrais savoir si elle est entrée dans la pièce du meurtre après qu'on l'ait nettoyée.

— Tout ça ne va pas construire sa défense, commenta Freeman.

Hardy rangeait ses rapports dans son énorme mallette. Il allait faire ce qu'il allait faire et il ne tenait pas à en débattre.

— Non, je sais. Mais cela pourrait vous donner de la matière pour votre sens du mélodramatique. Pour laisser le jury jongler avec les possibilités.

— Les possibilités ?

— Sur celui qui a pu tuer Larry.

Freeman hocha la tête.

— Oui, mais ce n'est pas notre rôle d'apporter les preuves, ni même de démontrer que quelqu'un d'autre a tué Larry. C'est à Mr Powell de prouver que Jennifer est la meurtrière.

— Si elle n'est pas rentrée dans la chambre pour l'inventaire, cela élimine une des allégations du ministère public.

— Seulement si nous pouvons le prouver. Nous pouvons l'affirmer, mais vous ne pouvez prouver un point négatif. Et l'affirmer ne nous mène à rien.

— À douter peut-être. Vous avez suffisamment de doutes...

Freeman affichait sa mauvaise tête.

— Bon, dit-il, nous sommes loin du procès. À ce stade, tout ce que nous apprenons peut servir. Cette histoire de Terrell, c'est un bon point. Si Powell s'y laisse prendre.

Hardy referma sa mallette.

— Il a déjà procédé à l'inculpation pour meurtre. Il ne fera pas marche arrière à présent. Il est engagé.

Freeman n'en était pas aussi certain. Pas encore.

— Il doit avoir autre chose en main. C'est ce que j'aimerais savoir. Il doit savoir qu'il ne peut pas gagner avec ce qu'il nous a montrés. (Il regarda par la fenêtre un instant.) De toute façon, nous le saurons assez tôt. En attendant, je vais jeter un oeil sur ce qu'ils nous ont donné. Et ne vous méprenez pas, vous avez eu une bonne idée — je m'en suis moi-même servi jadis. La bonne vieille défense « c'est pas lui, c'est un autre. » Oui. Faut trouver des « éventuels autres suspects ».

Hardy se leva, heureux d'un peu de mouvement.

— Vous savez, c'est possible qu'elle dise une grande partie de la vérité.

— Oh, j'en suis certain. (Freeman gratta sa barbe qu'il n'avait pas rasé depuis quelques jours.) C'est vraiment difficile de ne pas laisser passer des bribes de vérité même si vous essayez de la dissimuler.

Freeman se tut puis ajouta avec un air sérieux :

— Je dis bien *si*...

CHAPITRE 13

— Donc, Larry travaillait également dans une clinique qui pratique l'avortement. Et alors ? fit Glitsky.

Les yeux clos, affalé dans le siège passager, celui-ci écoutait d'une oreille distraite l'avocat qui roulait vers chez lui.

— Hé, Hardy, tu veux que j'te dise ? C'est vendredi soir et la semaine est finie.

Mais Hardy tenait à son sujet de conversation.

— Combien de morts et de menaces de mort avons-nous déjà enregistrées cette année contre des employés de clinique où l'on pratique l'avortement ?

— Je ne sais pas, répondit Glitsky, mais tu vas me le dire.

— Sûr. Il se trouve que j'ai vérifié cet après-midi. Quatre en ville depuis décembre.

Glitsky ouvrit les yeux. Les homicides, c'était son rayon, et cette réalité le surprit.

— Des morts ?

— Les deux, menace et mort.

— Mais combien de morts, Hardy ?

— Un seul.

Glitsky grogna et ferma de nouveau les yeux.

— Deux, avec Larry Witt, ajouta Hardy.

— S'il a été tué par un type contre l'avortement, un activiste en colère, plutôt que par sa femme.

Hardy roulait vers l'ouest. Le brouillard s'était levé, le vent calmé. C'était une belle fin de journée, avec un coucher de soleil de carte postale qui colorait le ciel derrière eux.

— Tu n'y crois pas, hein ? demanda Hardy.

— Pas si je fais partie d'un jury. Puisque je suis flic, je ne pense pas comme un juré, mais sur quoi veux-tu t'appuyer ? Il te faut autre chose qu'un « Mesdames et Messieurs, saviez-vous que le docteur Witt pratiquait des avortements les mercredis et samedis ? » Tu sais que cela rend des gens fous furieux ? Qu'est-ce qu'ils vont faire de ton information ? Tu n'as pas un suspect à te mettre sous la dent.

— Bien, et Tom ? Le frangin ?

Après avoir vu Jennifer dans la matinée, Hardy était allé l'interroger. Tom détestait Larry, c'était une évidence. Et il n'appréciait guère Jennifer. Il ne savait plus où il se trouvait le matin du 28 décembre. Il ne travaillait pas, alors, il devait sans doute être chez lui. Il n'avait jamais voulu emprunter de l'argent à Jennifer ou à Larry. « Et à Matt non plus » avait-il lancé avec un sourire méprisant.

La seule chose que Hardy avait apprise par Tom, et pour l'heure inutile, était que son père battait sa mère régulièrement. Il avait vu Tom recevoir une gifle par son père. Qu'il battait aussi sa mère n'eut pas l'effet d'une révélation. À part que cela corroborait les dires de Lightner.

Hardy cherchait toujours d'autres pistes pour Freeman. Des personnes qui auraient eu l'occasion, le motif même, de tuer Larry. Il les énumérait à Glitsky, pour tester. C'était au tour de Tom, après le « tueur professionnel » qui avait eu Simpson Crane à Los Angeles, et l'anonyme anti-avortement.

— Alors, et Tom ? le pressa-t-il, bien qu'il n'accordât à Tom que deux sur vingt à l'examen de passage.

Glitsky se réveilla.

— Très bien, laisse-moi en terminer avec cela et ensuite, on parle d'autre chose ? Premièrement, dit-il en le marquant avec son pouce, il n'a pas demandé un prêt à Jennifer et Larry. Vrai ou non ? Vrai. Ton motif, où est-il ? Le gars n'a pas de casier et il n'y a pas d'élément catalyseur dans l'immédiat. Tout le monde est d'accord sur le fait que ces gens ne s'étaient pas vus depuis un an ou deux.

Tu veux me faire croire que Tom s'est réveillé un matin en se disant : « Hé, je crois que je vais buter mon beauf. » Deuxièmement, aucune empreinte nulle part — ni dans la maison, ni sur le revolver. Tu casses toi-même ton affaire en présentant le frangin comme suspect.

Le soleil fit plisser des yeux Hardy.

— Le problème, c'est qu'il ne me reste que ma cliente.

— Ce qui pourrait, bien sûr, justifier son inculpation.

* * *

Le lundi précédent, Hardy était allé à la pêche au saumon avec son beau-frère Moses, sur la Marin Coast. Chacun en avait attrapé deux. Ils en avaient fait griller un au dîner le soir même chez Moses. La prise de deux kilos, ils l'avaient faite mariner dans une sauce maison au teriyaki, nouvellement inventée par Moses, et ils allaient le déguster ce soir. Sur les deux autres saumons, ils avaient levé les filets qu'ils avaient mis dans une préparation de gros sel, sucre et cognac, avant de les farcir de grains de poivre et de sucre brun. Puis ils les avaient enveloppés dans du papier d'aluminium et entreposés avec une brique dessus dans le réfrigérateur de Hardy. Ils avaient l'intention de manger cette mixture jusqu'à saturation ou jusqu'à la mort.

Frannie était appuyée au comptoir de la cuisine, une eau de Seltz à la main. Pico Morales, le conservateur du Steinhart Aquarium et un des vieux amis de Hardy, était en train de picorer des hors-d'oeuvre près d'elle. Il se tenait debout, sa femme Angela enroulée à son bras. Moses et son amie Susan Weiss — le seul couple pas encore marié — se faisaient des câlins dans l'embrasure de la porte arrière.

Hardy entra avec Abe, chacun se salua. Hardy traversa la pièce, embrassa Frannie qui détourna la tête pour lui faire comprendre son message.

Elle n'était toujours pas contente.

Pourquoi, il le savait. Et il le comprenait. Cette semaine, il s'était soudain retrouvé en plein tournant professionnel. Rien ne serait vite résolu. Il ne pouvait reprocher à sa femme son attitude. Mais il était vraiment épuisé, à cause du manque de sommeil et d'une journée avec Jennifer. Et pour couronner le tout, ils avaient prévu ce repas ce soir, avant d'être obligé de mettre le saumon au congélateur. Ils, c'était Pico et Angela, Moses et Susan, Glitsky et son épouse, Flo.

Hardy fit mine de ne pas remarquer l'affront de Frannie. Soulevant le couvercle d'une boîte en verre sur le comptoir, il fit une grimace.

— Du saumon, encore, dit-il dans un soupir. Je crois que je vais me faire un hot-dog.

Il raffolait du saumon. Il prit un couteau, s'en coupa une lamelle.

— Vous tous qui regardez ceci, ne faites pas la même chose chez vous.

Il mit la fine tranche dans sa bouche et mâcha avec joie.

— Vous savez, parmi les premières lois du travail, il y en avait une qui interdisait aux patrons en Écosse de nourrir leur personnel avec du saumon sept jours sur sept.

— C'est vrai ? demanda Susan Weiss, incrédule. Cette loi existait ?

— La loi, c'est toute la vie de ce mec, dit Frannie.

Était-ce un trait d'humour ? Aucune des femmes ne sembla mal l'interpréter. Mais Glitsky lança un regard à Hardy. La sonnette retentit à cet instant. C'était Flo.

Hardy accompagna Abe à la porte.

* * *

Moses amusait tout le monde en racontant comment Hardy lui avait sauvé la vie au Vietnam. Embarrassé, Hardy essayait de relativiser sa prouesse.

— Enfin — ce type a une balle dans la jambe et moi, je suis à cinq cents mètres de lui.

— Et c'est la fête autour de nous, j'ai pas raison ? fit Moses, gesticulant autour de lui pour mimer l'explosion de bombes et d'obus traçants.

— Que pouvais-je faire d'autre ? Te laisser là ? Alors, je me suis relevé, je l'ai attrapé, et je l'ai ramené dans le trou en le traînant sur le cul. Il a fallu dix secondes.

— Il a omis de dire qu'il a été touché.

— Crois-moi, j'avais pas prévu. Et post-scriptum : vingt ans plus tard, j'ai toujours mal à l'épaule.

— Moi, ma jambe va bien, sourit Moses.

Le téléphone sonna. Le répondeur était branché. Mais quand résonna la voix de Freeman, Hardy s'excusa et alla décrocher.

* * *

— Navré d'interrompre votre dîner, dit Freeman, mais j'ai une mauvaise nouvelle.

Hardy attendit la suite.

— Le jour de l'incarcération de Jennifer, on a arrêté une femme nommée Rhea Thompson. (Freeman toussota pour éclaircir sa voix rauque.) Sa caution se montait à cinq mille dollars. Elle a payé aujourd'hui et elle est partie avec son proxénète.

— Bien.

— Bien, comme vous dites. Rhea fait environ 54 kilos, 1m70, elle est blonde aux yeux bleus. Ça vous dit quelque chose ? Oui.

Hardy attendit encore.

— Que s'est-il passé ? demanda-t-il enfin.

— Eh bien, bizarrement, la carte de la maison de Rhea Thompson portait la photo de Jennifer.

La « carte de la maison » était la pièce d'identification des prisonniers. Vous regardez la photo, vous regardez la personne, y'a correspondance ou y'a pas. Jennifer et Rhea n'étaient incarcérées que depuis deux jours. Les surveillantes, surtout l'équipe du soir, n'avaient pas encore enregistré leurs visages.

— David, qu'est-ce que vous dites ?

— Je dis que notre cliente nous a payés jusqu'à lundi seulement parce qu'elle n'avait pas prévu de rester plus longtemps enfermée. Notre petit oiseau a pris la clé des champs.

— Jennifer s'est échappée de prison ? Vous êtes en train de plaisanter ?

Freeman poussa un soupir.

— Si seulement, fiston. Si seulement.

DEUXIÈME PARTIE

Larry l'avait autorisée à courir trois quarts d'heure. Un temps raisonnable. Larry était un homme raisonnable, c'était ce qu'elle se disait. Il ne voulait pas qu'il lui arrive quelque chose. Si jamais elle venait à tomber, que personne ne sache quand elle devait rentrer ni où elle courait, elle pourrait être blessée, quelque part, à la merci d'inconnus, et Larry n'en saurait rien. Comment pourrait-il se douter ? Alors qu'en fixant une heure de retour, il comprendrait en cas d'ennuis, et il pourrait venir à son aide.

Il l'aimait. C'était là la raison de toutes ses interdictions et limites.

Pour conduire Matt à son école privée, elle avait une demi-heure. Un temps suffisant, même avec la circulation de certains jours. Mais elle n'avait pas de temps pour discuter avec les autres mamans, ce qui ne pouvait que lui éviter les problèmes de bien des femmes bavardes. Là encore, Larry avait raison. Personne n'avait rien à raconter sur eux et il y tenait. Ainsi, c'était eux trois qu'il préservait. Pas seulement elle.

Pour les courses, tant qu'elle l'appelait avant de partir et dès son retour... avant même d'avoir défait les paquets... il pouvait être souple. Elle savait s'y prendre pour les courses. Elle allait chez Big Petrini sur Ocean Avenue, un magasin bien achalandé, elle remplissait un caddie et moins d'une heure plus tard, elle était rentrée à la maison.

Il lui arrivait de tricher. Mais parce que sa véritable nature était mauvaise. Rebelle. Larry savait qu'elle pouvait tricher. Les règles qu'il lui imposait, c'était pour l'en empêcher, c'était pour son bien. Pourtant, elle les contournait. Elle était comme ça.

Et Larry l'aimait malgré tout. Même en sachant qui elle était. Vraiment, elle ne lui reprochait pas ses emportements. Elle, elle aurait certainement tué depuis longtemps une personne de son genre. Parfois même, elle avait envie de se tuer, mais ce ne serait pas juste pour Matt, ni pour Larry.

Comme la fois où elle était partie en emmenant Matt. N'était-ce pas un appel à l'aide ? D'ailleurs, Larry l'avait entendu. Elle n'en avait jamais parlé à Ken Lightner. Qui d'autre que Larry se serait soucié d'elle au point de venir la chercher, de s'absenter de son cabinet et de la suivre jusqu'à Los Angeles ? Il avait dit que la prochaine fois, il la tuerait. Elle ne lui en voulait pas. Elle ne pouvait pas le quitter. Il avait besoin d'elle, il l'aimait. Il n'avait pas pensé ce qu'il disait. En fait, après son retour à la maison, il ne l'avait plus frappée pendant deux mois. Ned avait failli la tuer quand elle avait fait la même chose. Mais lui, Larry, il semblait heureux qu'elle soit revenue.

Et sur sa famille, il avait raison aussi. À la première ou à la deuxième visite, ils n'avaient pas caché leur ressentiment envers Larry, envers elle aussi. Par jalousie, tout simplement. Larry disait qu'il en était affecté mais qu'il n'y avait rien à faire. On ne pouvait pas changer les gens, elle devrait le savoir. Non, elle n'allait pas transformer son père ou sa mère. Encore moins Tom. Lui, rien ne pouvait le faire changer. Il était désagréable et méchant, voilà ce qu'il était.

Pourquoi supporter ses parents et son frère ? Larry et elle ne leur avaient rien demandé. Ils leur avaient donné une chance qu'ils avaient négligée. Sa famille pensait que Larry les détestait et qu'il l'avait montée contre eux. Sans doute grâce à Larry, elle avait vu les choses sous un autre angle. Il l'avait aidée à comprendre les sous-entendus outrageux de sa famille à propos des « airs » qu'elle prenait, de la « culture » du milieu dans lequel elle vivait désormais. Non, c'était triste à dire mais ils n'étaient que des gens jaloux. À quoi bon se fréquenter pour se fâcher.

La banque et Ken... le docteur Lightner... c'était la peur, tout simplement. Elle avait toujours eu peur. La vie était effrayante. Les gens changeaient ou votre vie tournait soudain mal, et parfois sans que vous puissiez le prévoir ou le parer. Mais comme elle voulait comprendre, elle était allée voir Ken. En cachette, il est vrai. Il en savait plus sur elle que Larry. Disons qu'il était au courant pour Ned. Et il l'aimait toujours. Oui, il l'aimait vraiment. Elle n'était pas qu'une patiente pour lui. Bien sûr, maintenant...

Bon, il ne fallait pas qu'elle y pense trop.

Et la banque ? Certes, Larry lui donnait l'argent qu'elle demandait. Mais si elle devait lui rendre des comptes sur ses dépenses, comment lui faire des surprises ? Le compte en banque, c'était pour cela, au début. Il était facile de demander à la caissière de chez Petrini de rajouter vingt dollars payés en espèces, puis cinquante, puis deux cents. Les courses, c'était son domaine et Larry ne vérifiait pas les bons de caisse.

Elle avait ouvert des comptes au nom de Mme Ned Hollis en utilisant le numéro d'immatriculation à la sécurité sociale de son défunt mari. Et elle prenait soin de payer les cotisations. La première année, elle l'avait échappé belle. Du coup, elle avait pris une boîte postale où étaient envoyés les relevés bancaires. Il n'y avait jamais plus eu de problème.

Et puis, on ne savait jamais. Et si Larry perdait sa fortune ? Ou s'il venait à comparaître pour une faute professionnelle, comme il en parlait si souvent ? Elle imaginait sa surprise et sa joie si elle lui apprenait alors qu'elle avait des économies. Elle faisait cela pour eux, sa famille, pour les tirer d'une mauvaise passe.

Elle pensait de temps en temps à ce qui l'avait poussée à partir un jour. Un appel à l'aide, dans un sens. Un moyen de se protéger, dans un autre. De protéger son visage. Larry s'était mis à la frapper au visage.

Pendant un temps, Ken lui avait fait voir les choses autrement — et il aurait pu avoir raison. Pendant un temps, il lui avait fait croire que Larry était un mauvais mari, qu'elle seule était son propre maître et, affirmait-il, qu'elle devait quitter Larry en emmenant Matt, que de toute façon, la loi californienne lui accorderait la garde de l'enfant.

Mais Ken ne pouvait pas comprendre. Sans Larry, elle se sentait bonne à rien. Et les coups... ce n'était pas Larry, c'était elle. Par sa désobéissance, elle cherchait les corrections, non ? Oh, cela faisait mal, mais à la fois, elle avait l'impression d'avoir le contrôle de quelque chose. Et c'était bien grâce à Larry, n'est-ce pas ? N'est-ce pas ?

Par exemple, la fête qu'elle avait prévue pour les cinq ans de Matt. Larry était même d'accord pour que des copains de classe de Matt viennent à la maison, ce qu'il n'aimait pas d'ordinaire parce que les gamins ne respectaient rien — mais était-ce leur faute ? Pour éviter qu'ils cassent tout, il ne fallait pas leur en donner l'occasion, d'après lui, et si cela arrivait, les coupables étaient les parents. Imaginez un taureau lâché dans un magasin de porcelaine... à qui jeter la pierre ? Au taureau ? Bien sûr que non, disait Larry.

La fête de l'anniversaire, donc. Quand elle en avait parlé à Ken, il lui avait demandé si elle craignait que Larry ne gâchât la fête, énervé par la présence des enfants. « Ken, écoute, lui avait-elle répondu, la situation n'est pas incontrôlable. Tu parles toujours de contrôle. Eh bien là, je maîtrise ». Elle ne mentait pas. Elle avait senti monter la tension de Larry avant qu'il n'explosât. C'était trois jours avant la fête, un soir. Le dîner n'était pas prêt, Matt n'était pas couché, et quand Larry rentra, il dut l'aider après une longue journée épuisante au cabinet. En plus, elle portait ce peignoir acheté au centre commercial. Il ne le supportait pas. Il le lui dit, elle répondit. Ah, elle l'avait bien cherché. Larry se déchaîna sur elle salement.

Mais ensuite, il avait été gentil pendant la fête, il n'avait pas fait de scène. Et elle avait contrôlé... un autre mot de Ken... le moment fatal. Tant qu'elle resterait avec Larry, elle n'aurait aucun pouvoir, prétendait Ken. Non, il ne pouvait pas comprendre.

Certes, les coups pleuvaient de pire en pire, plus fréquemment. Ce n'était plus seulement au ventre ou aux jambes. Ces derniers temps, elle avait des marques au visage, de plus en plus. Cela l'ennuyait vraiment. Son visage, c'était ce qui la représentait.

Enfant, elle restait des heures devant le miroir, à trouver des expressions justes, des façons de regarder pour dire certaines choses. Elles étaient sa seconde nature — cette moue, ce froncement de sourcils, ce jet de sourire.

Il ne fallait plus que Larry la frappe au visage. Vraiment. La dernière fois, c'était après son départ, sa fuite pour être honnête. Il recommencerait sans aucun doute. Il avait même dit qu'il la tuerait si elle partait encore.

Le ferait-il ? Peut-être. Il était fort, il s'emportait. Les conséquences pouvaient être graves. Elle devait faire quelque chose — lui parler, juste après ses emportements, car là, il écoutait. Elle lui dirait seulement de ne plus la frapper au visage.

Ken avait raison sur un point : dans ces moments-là, elle ne contrôlait rien. Même, elle haïssait Larry parfois. De tout son coeur. Et cela l'inquiétait.

Ou si un jour Matt se trouvait entre eux et que dans sa folie, Larry s'en prenait à lui ? Elle ne lui permettrait jamais de toucher à Matt. Si cela arrivait...

Elle, elle méritait ce qui lui arrivait... Mais Matt... il n'était qu'un petit garçon naïf et gentil. Jamais elle ne laisserait Larry lever la main sur lui.

Mais comment pourrait-elle l'en empêcher ? Comment ? Si jamais... comment l'arrêter ?

CHAPITRE 14

Chantant à tue-tête, Hardy faisait sauter sur son genou le petit Vincent. Il était assis sur la balustrade haute de plus d'un mètre qui entourait la terrasse de l'appartement résidentiel de Moses.

Ces derniers temps, Moses se la coulait douce. Lorsqu'il avait finalement abandonné l'idée que Hardy se fatiguerait de son métier pour revenir travailler au Shamrock, il avait embauché un barman, Alan Blanchard, pour le remplacer. Cela lui avait laissé beaucoup de temps pour se consacrer à ses autres occupations, qui depuis quelques mois maintenant se résumaient à deux mots : Susan Weiss.

L'on était le samedi 10 juillet. En ce début d'après-midi, le soleil brillait dans un ciel bleu, une brise chaude soufflait de l'est. Susan était assise sur la balustrade près de Hardy. La jeune femme était violoncelliste à la San Francisco Symphony. Elle paraissait de l'âge de Frannie, bien qu'elle eût huit ans de plus. Elle portait un débardeur sur un short et des sandales. Sa chevelure d'un noir intense était attachée en queue de cheval.

Moses et sa soeur étaient occupés à cuire des côtelettes sur le barbecue. Hardy donna l'enfant à Susan qui se mit à faire des gazouillis devant sa petite bouille. Frannie observa Susan.

— Ne la laisse pas tenir trop de bébés, dit-elle au bout d'un temps à son frère. Ça commence comme ça.

Moses attrapa sa bouteille de Sam Adams.

— Ça commence par comme elle est, dit-il, et le reste suit.

— Ouais, le reste, ça peut faire des bébés. Je le sais de source sûre.

Contrairement à son habitude, Moses ne répondit pas du tac-au-tac.

— Crois-moi, Fran, elle m'y fait songer.

La nouvelle fut loin de déplaire à Frannie. Elle appréciait Susan, elle la trouvait jolie, et Moses avait la quarantaine bien sonnée. Il fallait qu'elle sache.

— Tu es sérieux ? Ce n'est tout de même pas une fête de fiançailles ?

— Ce n'est pas une fête du tout, c'est simplement un déjeuner.

Hardy se leva, imité par Susan qui s'approcha en berçant Vincent dans ses bras. Frannie l'entendit chantonner.

— Je t'aurais prévenu, glissa-t-elle à Moses.

— De quoi ? demanda Hardy, entourant affectueusement sa femme par la taille.

— Tu n'es pas censé avoir entendu, rétorqua Frannie. Je ne te parlais pas, d'abord.

Hardy l'embrassa sur l'oreille.

— Allez, de quoi s'agissait-il ?

— Elle croit que Susan va vouloir un enfant parce qu'elle en tient un dans ses bras, expliqua Moses.

— Elle n'a pas tort, avoua Susan en hochant la tête.

La jeune femme leva Vincent devant elle à bout de bras, lui fit une grimace qu'il accueillit d'un grand sourire.

— Mon dieu, c'est un trésor, dit-elle. Je me vois très bien avec un petit bout comme lui. (Susan se laissa aller contre Moses.) Il n'est pas mignon ?

Avec un air menaçant, McGuire passa son bras autour d'elle. Il fit mine d'examiner le bébé puis il secoua la tête.

— Non, il ressemble à Hardy. Mais ma nièce Rebecca est mignonne. Elle ressemble à ma soeur, qui elle-même me ressemble.

Hardy profita de la plaisanterie pour embrasser sa femme. Moses s'interposa.

— Hé, hé. Pas de langue.

— Pourquoi tu dis pas de langues ? Papa et Maman, ils ont des langues.

C'était Rebecca qui arrivait. Elle leva la tête pour regarder les adultes, inquiète de savoir où étaient passées leurs langues.

— Oncle Moses est stupide, dit Hardy. C'est un bêta. Oncle Moses est un bêta.

McGuire s'accroupit pour parler à sa nièce.

— Dans la plupart des sociétés, Beck, l'oncle est la personne la plus vénérée de toute la famille. Ce que vient de dire ton père, intentionnellement, risque de te perturber si tu crois ce qu'il dit.

Il lui sourit, l'embrassa sur la joue.

— Ce gamin est adorable, je persiste, dit Susan. Ça ne vous dérange pas si je le garde encore un peu ?

— Bien sûr que non, la rassura Frannie qui lança à son frère un coup d'oeil complice.

Il y eut un petit bip.

— Qu'est-ce que c'est ? s'exclama Moses. Ne me dites pas que quelqu'un de ma famille a un bip-bop ?

Hardy l'avait déjà à la main.

— Un autre secret de famille vient d'être percé, annonça-t-il. De plus, arrête de dire que je suis quelqu'un de ta famille. C'est Frannie qui est de ta famille.

Il plissa des yeux pour distinguer le numéro.

— Laisse tomber, lui dit Frannie. Appelle-les lundi. On a une fête.

— Ce n'est pas une fête, répéta Moses. C'est un déjeuner.

— C'est Glitsky. On est samedi. C'est sûrement important.

— Dismas, laisse...

— J'en ai pour une minute, dit Hardy en s'éloignant vers la porte de la terrasse. Je dois juste voir de quoi il retourne.

— Au revoir, lança Frannie.

— Je reviens de suite. C'est promis.

* * *

Samedi, fin d'après-midi. Hardy y arriva le premier, comme la première fois. Freeman, contrairement à la première fois, était en route. Les lumières étaient éteintes, il faisait chaud, un calme étrange emplissait la prison des femmes.

Hardy essayait de ne pas s'énerver. À l'entrée, ils l'avaient fouillé. Normalement, il montrait sa carte du barreau et la surveillante, qui l'avait souvent vu, lui ouvrait la porte automatique. Cette fois, pour voir sa cliente, on l'avait palpé partout et on le faisait attendre dans l'entrée où la chaleur était étouffante.

Cette fois également, deux surveillantes accompagnaient Jennifer. Et elle portait une combinaison rouge, non plus jaune. Elle avait également les chevilles et les poignets entravés et attachés à une ceinture métallique. On lui avait taillé les cheveux à grands coups de ciseaux si bien que des mèches dépassaient.

Son visage était barbouillé, sa bouche craquelée, le contour de ses yeux violacé.

Hardy se leva. Elle voulut s'écrouler dans ses bras mais ses chaînes l'en empêchèrent. Elle sanglotait.

— Nom de dieu... ! dit Hardy.

Une surveillante tira sèchement la jeune femme et la fit asseoir sur la chaise.

— Arrête la comédie, petite.

— Ôtez vos mains de ma cliente.

La surveillante décocha à Hardy un regard furieux. L'autre tenait sa matraque à la main.

— Vous deux, vous reculez. Maintenant !

Un avocat en jean et T-shirt n'allait pas intimider ces deux femmes. Mais il ne leur apportait rien de tyranniser Jennifer en sa présence. Sans hâte, elles se retirèrent.

La porte refermée, Hardy se pencha vers Jennifer.

— Ce n'est pas elles qui vous ont fait ça, n'est-ce pas ?

Jennifer fit non de la tête.

— Mais qui alors...

— Là-bas, balbutia-t-elle, la tête baissée.

Rien à voir avec son habituel air de chien battu, constata Hardy. C'était la peur. La véritable peur. Il lui était arrivé quelque chose.

Le coup de fil de Glitsky lui en avait appris un peu. Terrell était allé au Costa Rica pour régler les détails de son extradition. Ils arrivaient à l'aéroport. Hardy et Freeman pouvaient avoir envie d'être à la prison assez tôt, lui avait-il dit.

— Jennifer, que s'est-il passé ?

Lentement, elle releva la tête. Elle n'avait pas le regard vide de bien des détenues. Le sien était empli de douleur. De nouveau, elle secoua la tête, les joues inondées de larmes.

— Tout, dit-elle, ils m'ont tout fait.

* * *

Il rentra chez lui à 23h45. La maison était éteinte. Il s'arrêta à la cuisine, ouvrit le réfrigérateur. Le gargouillement de l'aquarium lui parvenait depuis sa chambre. Il s'assit à la table de la cuisine pour siroter sa bière.

— C'était une fête de fiançailles.

Vêtue encore de son bain de soleil, les cheveux emmêlés après un somme, Frannie était adossée au chambranle de la porte.

— Ce n'était pas un simple déjeuner. Bien sûr, tu l'as manqué, donc ça ne fait rien.

— Frannie, ne...

— Non, évidemment non. N'ennuie pas Dismas. Son travail passe avant ses histoires de famille.

— Je n'ai pas dit cela et je n'en pense pas un mot.

— Bien sûr que non.

Hardy prit une lampée de bière.

— Tu veux t'asseoir et en causer ? demanda-t-il. Ou bien tu veux râler contre moi ?

— Seulement râler contre toi, je crois.

Il posa sa bière sur la table, regarda Frannie. L'existence n'était pas aussi simple qu'elle voulait parfois l'imaginer. Elle avait tendance à perdre de vue qu'il y avait autre chose au monde que deux enfants et la vie amoureuse de son frère.

— Tu as perdu le sens de la mesure, lui dit-il.

— *J'ai* perdu le sens de la mesure. C'est bien. C'est très bien.

— Merci. Mais tu sais, c'est une mauvaise passe pour moi. Je n'ai pas envie d'entendre râler sur mon compte. Je suis bien décidé à gagner ma vie pour que tu restes à la maison et je regrette profondément d'être obligé de faire des choses de temps en temps qui ne vont pas avec ce que les gens ont prévu. Il se passe des choses, c'est la *merde* parfois, Frannie, et je dois faire avec.

— Oh quel malheureux !

Il la regarda fixement. Cela devenait une dispute idiote. Battre en retraite. Il prit sa bière, avala lentement une rasade, puis il se leva et partit vers le salon.

Elle ne le suivit pas. Tant mieux. Il attrapa un des trois coussins et s'en fit un oreiller sur le canapé où il passerait la nuit.

CHAPITRE 15

Le 11 juillet, le jour qu'il pressentait le plus chanceux de l'année, Hardy se réveilla dans son salon avec un mal de dos. Un coup d'oeil à sa montre : il n'était pas encore six heures. La maison était paisible, la lumière douce.

Il alla en chaussettes à la porte d'entrée ramasser le journal du dimanche sur le perron. Puis il partit à la cuisine, saisit la vieille poêle en fonte qui le suivait depuis l'université, la mit sur le gaz et y versa une livre de bacon.

La douleur dans son dos s'apaisait. Il économisait ses gestes tandis qu'il ouvrait les placards, mettait le café en route, préparait la pâte à gaufres (Beck raffolait des gaufres.). Le bacon commença à grésiller, l'odeur montait.

Il s'assit à la table de la cuisine devant une tasse de café.

Ces quatre derniers mois, pendant la cavale de Jennifer, il avait été appelé hors de son bureau, et à dire vrai, il n'avait pas passé le meilleur moment de sa vie. Freeman ou ses collaborateurs lui avaient légué plusieurs petites affaires. Il avait dû en plaider une demi-douzaine. Deux autres — une conduite en état d'ivresse contestée et un vol à l'étalage — passeraient en jugement un jour, au cours de ce siècle, au train d'escargot où allaient ces choses.

Mais le pire était le sentiment de ne pas avancer, de faire les choses machinalement. Le même sentiment que dans le service du procureur général, où il fallait traiter les forfaits de petits délinquants dans le lacis de la bureaucratie. Sauf qu'il se sentait, à cette époque, du mauvais côté.

Il avait un autre problème, épineux pour le moins, à affronter. Le tribunal l'avait nommé sur la liste des avocats susceptibles d'être commis d'office. Un mois plus tôt, Leo Chomorro, le juge qui avait présidé dans l'affaire de son ex-beau-père Andy Fowler, l'avait désigné dans une affaire d'homicide, comme l'un des trois avocats de la défense.

Où les choses s'aggravaient, c'était que Hardy, après étude du dossier, avait décidé d'agir pour le bien. Il refusait de passer six mois à convaincre un jury que Leon Richman ne se trouvait pas dans sa Ford Escort avec les deux autres inculpés, qu'il n'avait pas tiré une dizaine de balles, comme les autres, sur Damon Lapierre, nouveau concubin de son ex-petite-amie.

Outre le fait que Leon avait déjà été une fois inculpé d'homicide involontaire et acquitté de meurtre dans une autre affaire, deux canons sciés et un fusil légal avaient été trouvés dans le coffre de la voiture. Des boîtes de cartouches sous le siège. Leon avait clamé à ses amis qu'ils ne verraient plus jamais Damon. Et le soir du meurtre, quatre clients du Woodshack avaient vu Leon et les deux autres inculpés quitter le débit de boisson avec la victime qui semblait réticente à les suivre.

En bref, Leon était coupable, et Hardy n'allait pas l'aider à s'en sortir. Point final.

Cela n'avait pas convenu à Chomorro. Hardy voulait-il être sur cette liste, oui ou non ? S'il ne le voulait pas, pourquoi faisait-il perdre leur temps aux autres ?

Hardy avait failli répondre qu'il ne trouvait pas intérêt à défendre des gens coupables. Cette déclaration lui aurait assuré sur-le-champ une réputation de pauvre type dans tout le Palais. Il avait préféré marmonner une excuse à propos d'emploi du temps. Et depuis, du temps s'était écoulé. Mais Hardy savait que cela se reproduirait et que sa position n'aurait pas changé, qu'il agirait de la même façon. Il était plus agréable de penser à autre chose.

Rebecca l'interrompit dans sa réflexion. Discrète, elle était venue se pendre à son bras.

— Hé Papa. Pourquoi tu es réveillé ?

Hardy glissa son bras autour de sa fille adoptive. Rebecca était la fille naturelle de Frannie et de son premier mari, Eddie Cochran. Celui-ci avait été tué le jour où Frannie avait su qu'elle était enceinte.

Hardy serra l'enfant contre lui. Le lien du sang ne pouvait faire une différence. Rebecca était sa fille. Il la hissa sur ses genoux et elle se pelotonna contre lui. Six secondes sans gigoter. Digne d'un record.

— Et toi, pourquoi tu es déjà levée ? lui demanda-t-il.

Une question sérieuse qui la fit réfléchir.

— Papa, tu sais que je me réveille toujours tôt.

— Et c'est pour cela que tu es déjà réveillée aujourd'hui ?

Beck fit oui de la tête.

— Maman, elle dort encore, murmura-t-elle, comme une confidence.

— Laissons-la dormir, d'accord. Nous restons que tous les deux, juste toi et moi. Que dis-tu de gaufres ?

— Avec du sirop d'érable ?

Hardy lui caressa les cheveux et lui donna un baiser sur la tête.

— Ça marche. Mangeuse de sirop d'érable, avec du sirop d'érable.

* **

Frannie et Hardy étaient assis sur une couverture, à l'ombre de la pièce sur pilotis qu'ils avaient fait construire pour la venue au monde de Vincent. La cour était longue et étroite, flanquée d'immeubles de quatre étages. Mais à l'est, au-delà de la barrière en bois rouge, par des jours aussi clairs que ce dimanche, ils avaient une vue jusqu'au centre de la ville — la Pyramide Transamérica, la Tour Coit, le Pont Bay, les collines de East Bay. Cet extérieur, agrémenté de pelouse, était parfait pour les six fois dans l'année où la chaleur leur permettait de se détendre dehors.

Rebecca, préoccupée, construisait quelque chose dans son bac à sable en forme de tortue. Vincent dormait dans son lit portable qu'ils avaient sorti pour l'occasion.

Toute la matinée et pendant le déjeuner avec les enfants, ils avaient évité d'aborder la dispute. Mais à présent, dans la longue et lente dérive d'un chaud après-midi, elle pesait entre eux. Hardy regardait au loin. Frannie ramassait les miettes sur la couverture.

Finalement, elle posa la main sur la cuisse de son mari.

— C'est parce que je pensais que ce n'était pas correct pour Moses.

Hardy lui prit la main, envahi d'un profond soulagement.

— Je t'aime, tu sais, déclara-t-il.

— Je sais.

— Je ne savais pas pour Moses et Susan. Il répétait que ce n'était qu'un déjeuner.

— Il voulait nous faire la surprise, dit Frannie après un instant de silence. Je crois qu'il a été vexé.

— Je l'appellerai, je lui dirai que ça a marché, que je suis vraiment surpris. Alors, ils vont se marier ?

Frannie hocha la tête.

— En septembre.

— Et avoir des enfants, et tout le reste ?

— C'est ce qu'ils disent. (La jeune femme se pressa contre lui.) J'étais fâchée, voilà.

Hardy laissa échapper un long soupir.

— Que veux-tu que je fasse dans ma situation ? dit-il. Bien sûr, j'aime ta famille mais parfois...

— Non, ne recommence pas, s'il te plaît. C'est ce que tu disais hier soir. Tu n'as pas à tout laisser en plan et te précipiter chaque fois que ton travail t'appelle.

— Ce n'est pas ce que j'ai fait. Pas ces quatre derniers mois en tout cas. Pas depuis Andy Fowler en fait.

— Mais un autre procès s'annonce et cela recommence.

Hardy marqua une pause. Le ton ne monterait pas une nouvelle fois. Les disputes avec Frannie le rendaient physiquement malade.

— Les procès criminels, c'est une chose sérieuse, Frannie. Il ne s'agit pas d'un simple boulot. Car c'est la vie de quelqu'un qui est en jeu. Il faut connaître la personne que tu représentes. Et quand elle appelle, qu'elle a besoin de toi, qu'est-ce que tu veux que je fasse ? Que crois-tu que je devrais faire ?

Frannie ramassa quelques miettes encore, épousseta la couverture.

— Tu penses vraiment que j'ai la belle vie ici, à élever les enfants, à ne pas travailler ? dit-elle.

— Est-ce ta réponse à ma question ?

Frannie fixait toujours la couverture qu'elle caressait d'un geste mou.

— Non. Je crois que cela répond à une question complètement différente.

— Bien, je réponds à la tienne en premier, dit Hardy. Réponse courte : non.

Il sentit un haussement d'épaules.

— Et réponse longue : nous pensons que les enfants doivent avoir un parent à la maison tant que nous pouvons nous le permettre, et nous le pouvons. Et c'est toi tant que tu en as envie.

— J'en ai envie, affirma Frannie.

— Pas de problème, dit Hardy qui lui étreignit la main. Si tu en as assez, nous nous arrangerons autrement, d'accord ? C'est peut-être moi qui resterai à la maison.

Frannie le regarda.

— Ah, cela pourrait arriver, lui assura-t-il. Le truc, c'est que parfois, je dois faire des choses à un moment précis, pas au moment le plus convenable. Tu crois que je préférais aller à la prison un samedi après-midi au lieu de flemmarder et manger des côtelettes avec toi et Moses ?

— Non.

— Exact.

— Mais tu vas continuer avec Jennifer Witt ? Même si elle s'est évadée ? Même si elle est coupable ?

— Fran, elle affronte la peine de mort. Je ne la blâme pas d'avoir fui, même si je ne trouve pas cela très malin. Les jurés font des erreurs ; si dans ce cas, ils en font une, c'est la mort. Il se peut qu'elle soit perturbée — diable, elle l'est. Mais c'est un être humain, pas seulement un dossier.

— C'est sans doute ça qui m'inquiète, Dismas. Qu'elle soit un être humain perturbé qui a peut-être tué deux personnes avec qui elle vivait. Et un enfant. J'ai peut-être peur qu'elle trouve aussi des raisons de te tuer.

Hardy prit la jeune femme dans ses bras.

— Fran, les clients ne tuent pas leurs avocats.

La riposte n'était pas excellente. Une semaine avant, un fou mécontent de ses avocats était entré dans les bureaux d'un des grands cabinets de San Francisco en plein après-midi et il s'était mis à tirer sur les gens.

Frannie lui jeta une oeillade.

— Un instant, j'ai cru t'avoir entendu dire que les clients ne tuaient pas leurs avocats.

— Pas si souvent au point de s'inquiéter.

Dans le bac à sable, Rebecca avait entrepris à coups de pied la destruction du château qu'elle avait construit, fonçant dedans tel un kamikaze. La fenêtre d'un appartement sur la droite s'ouvrit et la voix de Bonnie Raitt chanta au voisinage qu'elle avait rencontré l'amour à temps.

Hardy dit à Frannie qu'il le pensait aussi.

CHAPITRE 16

— Pourquoi voudriez-vous accepter un arrangement maintenant ? demanda Freeman, incluant Hardy dans son interrogation.

Après l'évasion de Jennifer, tous deux avaient supposé que le procureur se montrerait plus ferme avec elle. Or, Dean Powell avait contacté Freeman pour lui proposer éventuellement un arrangement. Si la défense plaidait coupable, le ministère public ne demanderait pas la peine de mort.

— Diable, vous savez David, nous sommes *toujours* prêts à discuter, répondit Powell en écartant les bras devant lui. Messieurs, souvenez-vous que... que ma porte est ouverte.

— Ma cliente prétend qu'elle n'a pas commis ces crimes, dit nonchalamment Freeman, qui feuilletait un exemplaire de « *Sports Illustrated* ».

Le bureau de Powell était l'habituel cube de 4,5m², garni de deux tables en métal léger et de classeurs, avec une fenêtre aux ouvertures soudées offrant une vue charmante sur la future prison qui s'élevait déjà à neuf mètres de haut.

Paul Bargen, qui partageait le bureau avec Powell, était sorti prendre un café. L'ambiance était à l'entretien privé.

— Si elle propose de plaider coupable sans la perpétuité, poursuivit l'adjoint du procureur, bien sûr, je devrais m'en reporter au boss mais je crois juste de dire que nous considérerions cela avec sérieux. J'ai entendu dire que votre cliente s'était remise de l'amnésie qui l'avait saisie au Costa Rica et qu'à présent, elle voulait s'en remettre au bon vouloir de la cour.

— Je ne crois pas que ce soit cela, intervint Hardy. Non, je ne crois pas.

Powell haussa les épaules.

— Je lui reposerai la question, juste pour être sûr.

Freeman s'était arrêté sur une publicité pour des maillots de bain féminins. Il montra la photo à Hardy et s'adressa à Powell.

— Je croyais que vous vouliez un procès. Au fait, je vote pour vous.

Justifiant les rumeurs, Powell avait récemment annoncé sa candidature au poste de ministre de la Justice de l'État. Il arbora son large sourire qui découvrait ses dents. Hardy l'imagina une seconde en train de bondir sur eux pour leur serrer la main.

— Eh bien, cela me réjouit profondément, David. Je ne peux vous dire à quel point.

Powell regarda ensuite Hardy, adossé à un classeur, bras croisés et visage impassible.

Freeman passa à une autre page. Il parut lire un éditorial dont Barry Bond faisait la une. Il demanda sans lever la tête :

— Et vous ne voulez pas un procès capital ? Me semble que ce serait un excellent sujet d'article.

— C'est tout à fait vrai, David mais franchement, je ne crois pas en avoir besoin. Pour être vraiment honnête, je préfère garder mon temps pour ma campagne.

Hardy nota le « franchement » et le « pour être vraiment honnête » dans deux phrases consécutives. Powell mentait car de toute évidence, il ne pensait pas que le sort de Jennifer était fixé à l'avance.

Freeman n'était pas en train de dévoiler ses cartes pour rien. Il gratta sa joue envahie d'une barbe de trois jours, tourna une page, soupira.

— C'est à ma cliente de jouer, dit-il et il fixa Powell. Dean, qu'est-ce qu'ils lui ont fait, bon sang ? Elle dit qu'elle a été violée là-bas, en prison.

— De tout coeur, j'espère que c'est faux, David, mais elle n'aurait pas dû s'évader. Elle a choisi, elle a pris le risque...

— Je crois que vous devriez, sans même une once de compassion pour ce qu'elle a enduré... vous devriez, sans parler d'arrangement, au moins renoncer à la peine de mort.

Powell ne parut pas surpris. Il avait saisi sur-le-champ. La manoeuvre de Freeman était bonne. Sa cliente avait été violentée, violée peut-être. Il l'avait rencontrée, le vieil avocat le savait, et actuellement, Jennifer Witt ne soulevait que la pitié.

— Je n'ai pas de compassion pour ce qu'elle a enduré, repartit-il, elle l'a cherché.

— Elle a demandé à être violée, hein ?

Si jamais Powell soutenait une telle chose, il pouvait oublier ses chances d'être élu.

— David, ce n'est pas ce que j'ai dit, et vous le savez.

Oui, il le savait. Une fois de plus, Hardy était heureux d'être du côté de Freeman. La menace que ce dernier puisse répéter les mots de Powell en public pouvait les sortir de l'impasse. Hardy espérait voir Powell céder, abandonner la requête de peine capitale et proposer un arrangement pour meurtre au premier degré, avec même la liberté conditionnelle. Si Jennifer acceptait, la phase pénale n'aurait pas lieu et Hardy serait sans travail. Il attendait.

Mais Powell n'était pas arrivé à son poste — chef adjoint du procureur attaché à la criminelle — en se défilant. Il se moqua d'un sourire de la sournoise menace.

— Mon coeur ne se prend pas d'affection pour les assassins récidivistes. Et tout ce qui lui est arrivé hors des murs de cette prison, ou hors des frontières de ce pays, eh bien — il prit appui sur ses mains — cela n'est pas de notre ressort.

— Je vais enquêter sur ce qui s'est passé au Costa Rica.

— Je le ferais aussi. Je n'en attendais pas moins de vous. Faites-moi savoir si je peux vous aider. Ce genre de conduite est excessif.

Retour aux manières et à la politique. Hardy prit la revue de « *Sports Illustrated* » sur les genoux de Freeman et l'ouvrit au hasard. Ce qui allait être dit à présent, il n'avait pas besoin de l'entendre.

* * *

Le Yerba Buena Medical Group possédait un ensemble carré de

bâtiments qui abritait leurs locaux à près d'un mile et demi du County General Hospital de San Francisco.

Hardy s'y rendit peu après onze heures. Il s'étonna de la gratuité du parking réservé aux visiteurs, médecins et patients. Au centre ville, à North Beach, autour du Golden Gate Park, dans tout San Francisco, il fallait payer quatre dollars l'heure pour un emplacement avec un minimum de deux heures. Quant au stationnement de rue, c'était introuvable — pour une place sur un trottoir, des gens s'étaient entretués.

Les panneaux guidèrent Hardy à travers un labyrinthe de massifs d'arbustes et de plantes grimpantes jusqu'à un kiosque en séquoia. À l'intérieur se trouvait un socle de granit recouvert d'une plaque de verre protégeant le répertoire des bureaux avec la flèche « Vous êtes ici ». Une quarantaine de médecins travaillaient ici. Le nom de Larry Witt n'y était plus inscrit, probablement depuis longtemps. Sa mort remontait à plus de six mois. Hardy songea que les rouages de la justice n'avaient pas fait progresser l'affaire d'un pouce. Après six mois, rien d'extraordinaire. Et les choses ne semblaient pas gagner de vitesse.

Jennifer, du fait de son évasion, ne s'était pas attiré les faveurs du tribunal. Elle était en isolement ; les visites et le téléphone avaient été réduits d'une manière drastique. Elle avait même dit que la nourriture était pire, si cela était possible. Ce n'était pas nécessairement écrit dans les livres, mais Freeman et Hardy avaient remarqué que dans la pratique, le prisonnier perdait considérablement ses droits après une évasion. On avait dit à Freeman « qu'en raison de difficultés bureaucratiques » par rapport à l'extradition, on ne pourrait fixer une date de procès préliminaire avant une semaine.

Le beau temps persistait, l'air conditionné du bureau de l'accueil était agréable. Hardy était impressionné. Sa vision de la Health Maintenance Organisation, la garantie de soins médicaux — surtout ici en ville — était sombre. Des médecins et des infirmières anonymes qui dispensaient des soins à des inconnus dans un environnement antiseptique mais austère.

La réception du YBMG était toute en verre, d'une couleur vert pâle. Les banquettes et les coussins étaient faits d'un tissu gai — spirales de jaunes, d'oranges, de rouges et de bleus. Un tapis berbère assourdissait les pas pour se rendre au bureau d'accueil. Hardy n'ayant pas de rendez-vous, il devrait attendre mais Mr Singh serait à lui d'ici peu.

Encore un Sports Illustrated, le même numéro que Powell. Aux oubliettes le 11 juillet. C'était aujourd'hui, le 12, son jour de chance. Hardy pensa acheter un billet de loterie.

* * *

Ali Singh avait répondu aux premières questions de l'avocat avec compétence. Il avait les mains croisées sur son bureau vide, comme pour s'empêcher de pianoter du bout des doigts, de jouer avec un stylo, ou autre chose qui trahirait sa nervosité. Vêtu d'une chemise blanche avec un col à pointes boutonnées, rehaussée d'une fine cravate marron, et d'un veston neuf bleu électrique, il acquiesçait et hochait la tête.

— Voyez-vous, la police est déjà venue, évidemment. Ils m'ont posé ces questions.

Hardy se pencha vers lui.

— Mr Singh, j'ai reconsidéré tout ce dont ils se servent pour la comparution. Les dossiers professionnels du docteur, les interrogatoires. Je cherche plus du côté privé, je voudrais savoir comment il s'entendait avec les autres toubibs, les infirmières... ce genre de choses.

— Eh bien... je ne sais pas. Je ne connaissais pas Mr Witt en privé, comme vous dites. Nous avons beaucoup de médecins ici. Ils ne travaillent pas ensemble très souvent.

— Donc, vous ne connaissiez pas du tout Mr Witt ?

— Oh disons que nous parlions de choses administratives, de sa collaboration, etc. Mais il faisait son travail. Je fais le mien.

Singh haussa les sourcils, décroisa les mains une seconde.

— Mais pas de problèmes ? s'enquit Hardy.

Le médecin sourit.

— Par moments, il y a des problèmes avec tout le monde. Les toubibs ont leur ego, vous savez. Ils veulent que cela se passe d'une certaine façon, de leur façon, et moi, je dois égaliser tout ça. Alors, bien sûr, parfois, il y a des conflits. Mais rien de grave.

— Avec le Dr Witt ?

— Je l'aimais bien. De temps à autre, nous nous affrontions sur des histoires de frais généraux, sur la manière d'agir.

— Et comment agissez-vous ? En quel sens cela le touchait-il plus qu'un d'autre ?

— Non, vous n'y êtes pas. Il me comprenait. Mais le groupe... — Singh indiqua de la main l'ensemble des lieux — le groupe avait des projets, a toujours des projets. Nous avons de jolis bâtiments ici, agréables, n'est-ce pas ?

Hardy approuva d'un signe de tête.

— Et ce n'est pas le fruit du hasard, voyez-vous. C'est le groupe, c'est la philosophie du conseil d'administration.

— D'avoir un bel environnement ?

— Exactement. Mais bien entendu, l'aménagement extérieur, le mobilier, même le loyer, cela coûte de l'argent, et...

— Et le Dr Witt pensait que *cet argent* devait revenir aux médecins ?

Singh eut un sourire rayonnant. L'avocat avait compris.

— Ah vous y êtes. (Décroisant les mains, il se rejeta au fond de son siège.) Le Dr Witt voulait avoir son mot à dire, dans beaucoup de cas. (Il agita une main.) Ceci n'est pas une critique, il n'était pas le seul du genre. Il avait besoin de savoir, de sentir que d'une certaine manière, il était responsable de son travail, responsable de la direction que prenait le groupe.

Comme l'analyse de Jennifer, comme l'avis de Lightner, comme le rapport du chauffeur livreur. Larry Witt était un mordu du contrôle.

— Et quelle était la direction que prenait le groupe ? demanda Hardy.

— Quelle est la direction ? corrigea Singh. Le groupe est en train de devenir une organisation à but lucratif. Nous avons été une association suffisamment longtemps. Pour le conseil d'administration, si nous voulons être compétitifs dans le domaine de la santé, nous avons besoin d'attirer les capitaux. Pour cela, il faut... séduire, et c'est triste à dire mais nos belles installations font partie de la stratégie. Vous pourriez croire que la qualité des soins prime mais cela ne marche pas comme ça. (Singh soupira.) C'est la réalité, et l'on a demandé aux membres — aux médecins — de consentir à une perte de revenus à court terme, plutôt que pas d'augmentation, vous comprenez.

Hardy comprenait. Les temps étaient durs partout, surtout dans le milieu de la médecine et surtout en Californie. À première vue, cet effort prenait son sens à long terme. Mais il comprenait également la résistance des médecins — pas d'augmentations, moins d'argent, prendre le taureau par les cornes, attendre, attendre. Attendre. D'après ce qu'il avait entendu, ce n'était pas le point fort de Larry Witt.

— Est-ce que le Dr Witt s'était disputé avec quelqu'un à ce sujet ? Disputé violemment, j'entends, au point de perdre son sang-froid ? chercha-t-il à savoir.

— Le Dr Witt ? Oh grand dieu non. Il ne s'emportait jamais. Vous pouvez questionner les gens ici. Il était toujours courtois, tempéré, même s'il ne cédait jamais. Ici, il n'y avait que des problèmes de seconde importance entre professionnels. Pas de quoi se mettre en colère. Le Dr Witt n'avait pas d'ennemis. On l'appréciait, on l'admirait.

— Mais quelqu'un l'a tué. Aurait-il eu une liaison avec une infirmière, avec la femme d'un médecin ?

Singh secoua la tête. La question l'amusait. Décontracté maintenant, il se pencha au-dessus du bureau.

— Le coupable, ce n'est pas quelqu'un d'ici. Croyez-moi Mr Hardy. Je pense que c'est sa femme.

* * *

— Ceci, annonça Freeman, une main brandie, s'appelle une déclaration sous serment qui me couvre, et cela, dit-il en levant l'autre, est un chèque de deux cent mille dollars.

Les pieds sur le bureau, avachi dans son fauteuil, Hardy se demandait où il allait fixer sa cible de fléchettes. Près de cinq mois passés dans cet endroit, avec le sentiment qu'il devrait se plier à un horaire de travail régulier et se consacrer à ses responsabilités familiales qui grandissaient. Et puis, son jeu de fléchettes avait disparu.

Devant la mine de Freeman découvrant les fléchettes plantées dans le mur, Hardy lança :

— Je vais arranger les trous et je les couvrirai avec la cible. À sa place, poursuivit-il, changeant de sujet, je serais resté au Costa Rica.

Freeman s'avança à la fenêtre ouverte qui donnait sur des immeubles et quatre étages plus bas sur l'animation de la Sutter Street après la pause déjeuner.

— Je crois qu'elle était pressée quand elle est partie.

— Possible.

— Et elle m'a dit que la banque ne lui avait pas donné plus de cent mille dollars. En liquide. Sans présenter un papier. Alors, elle a tout ramassé et elle a filé, pensant qu'elle enverrait un télégramme pour se faire envoyer le reste. Mauvaise idée.

— C'est comme cela qu'ils l'ont retrouvée ?

— On dirait, répondit Freeman, opinant du bonnet. La bonne nouvelle, c'est qu'elle marche avec nous. Plus question de « J'attends lundi et je déciderai, et puis zut. »

Hardy s'assit correctement et fit tourner ses épaules pour les détendre.

— Je ne sais pas, dit-il. Jennifer me paraît en mauvaise posture, David.

Freeman le fixa avec un certain regard. Il ne semblait pas étouffer de compassion pour Jennifer Witt.

— Pourquoi n'allez-vous pas l'interroger comme je l'ai fait ce matin pendant deux heures ?

Hardy s'appuya contre le dossier de son fauteuil, les mains derrière la tête.

— Racontez-moi.

— Elle ne plaidera pas coupable. Elle ne reconnaîtra pas que son mari la battait. Elle ne parlera pas de son évasion, de qui l'a aidée à sortir — cela *aurait pu* alléger son cas, nous donner une piste. Mais non, pas notre cliente. Elle n'a rien fait du tout. Fin.

— Et cette déclaration, fit Hardy en montrant le papier du doigt, qu'est-ce que c'est ?

— Ça ?

Freeman vint s'asseoir sur le canapé avant de reprendre :

— C'est une déclaration signée par Jennifer qui est la preuve que je l'ai conseillée sur sa meilleure défense, à savoir celle de la femme...

— Battue ?

— Ouais, ouais, le syndrome de la femme battue, et que...

— Mais vous n'y croyez...

— Si, maintenant si. Elle va prendre pour les meurtres, alors je réfléchis au moyen de plaider les circonstances atténuantes sans tarder. J'ai essayé de lui faire passer le message, et résultat ?

— Rien ?

Freeman confirma de la tête. Il ne comprendrait jamais les profanes.

— Gagné. Repli sur elle. Elle n'a rien fait, elle ne plaide pas. (Freeman sortit de la poche de sa veste froissée un cigare qu'il mit à la bouche.) J'ai tenté de lui faire comprendre que ce n'était pas un problème si elle avait commis les meurtres. Je peux la tirer d'affaire avec une défense pareille.

Il secoua la tête de nouveau, se leva et retourna à la fenêtre.

— C'est peut-être un problème pour elle ? fit Hardy.

— Certainement, répondit Freeman en palpant ses poches à la recherche d'une boîte d'allumettes.

Il s'éloigna de la fenêtre, alluma son cigare.

— Vous savez qu'il faut chauffer le cigare à la flamme, dit Hardy, et ne pas inhaler quand on l'allume.

Freeman le dévisagea à travers la fumée bleue.

— Mais que je sois damné si je la laisse aller en appel parce que je l'ai mal représentée. Si je sais qu'elle a été battue, et je n'aborde pas le thème, c'est réversible. Alors, je ne vais pas laisser quelqu'un, elle ou un autre, me mettre ça sur le dos. D'où, fiston, cette déclaration sous serment.

— Savez-vous qu'elle a été violée ?

— L'a-t-elle reconnu ? Non. Mais peu importe. C'est une défense. Une défense qui peut la sauver, bon sang. Au moins lui donner les meilleures chances de s'en tirer.

— C'est aussi admettre qu'elle est coupable.

CHAPITRE 17

Mme DiStephano ne pouvait pas rencontrer Hardy pendant son travail mais lorsqu'elle aurait fini, oui, s'il le désirait, s'il pensait que cela pouvait aider Jennifer.

Comme il passait près du Steinhart Aquarium et qu'il avait du temps à tuer, Hardy alla voir son ami Pico Morales. Son bureau se trouvait au sous-sol. Il le taquina un peu, lui disant qu'il s'empâtait, qu'il devrait marcher, faire de l'exercice. Pico soutint qu'il ne prenait pas de poids, qu'il était même en bonne forme, à part son estomac détendu. Mais il se leva pour la promenade.

Les deux hommes marchaient d'un pas tranquille dans les allées du jardin japonais de Golden Gate Park, à travers les lieux réservés aux concerts face à l'aquarium. Le parc, près du Little Shamrock, respirait la sérénité quand il n'y avait pas foule, comme c'était le cas. D'énormes carpes nageaient paresseusement dans les courants artificiels. L'eau glissait sur les rochers couverts de mousse et ruisselait des petites cascades dans un gargouillement mélodieux. Le parterre était tacheté de la lumière d'une journée encore chaude.

Pico avait écouté Hardy lui expliquer l'histoire du guichet automatique qu'il ne trouvait pas très claire.

— Donc, Larry Witt était encore vivant à 9h30, exact ? Tu le sais ? À quelle heure ont été tirés les coups de feu ?

— Disons entre 9h35 et 9h40.

— Et qui t'a parlé de la différence entre l'heure du 911 et celle de la banque ?

— Personne. Je suis allé à la banque avec Abe et...

— Donc, ce procureur — comment il s'appelle déjà ? — tu me dis qu'il n'en sait rien ? Et les flics ?

Après quelques pas, Pico s'aperçut que Hardy était resté en arrière. Il fit volte-face.

— Qu'est-ce qu'il y a ? lui demanda-t-il.

— Je suis vraiment bête.

— Ça, ça nous avance, se moqua Pico en balançant la tête.

Hardy déballa tout d'un coup et d'un cri, pour entendre la valeur de son explication.

— Non, écoute. Tu as raison. Oublions l'heure du 911. Jennifer est à la banque à 9h43, d'accord ? Sans conteste, Larry est encore en vie à 9h30. Donnons-lui deux ou trois minutes pour remonter à l'étage, il est 9h35, plus tard même quand il est tué. Jennifer est à la banque à 9h43, pas à 9h46, soit huit et non pas onze minutes après.

— Tu vois ? dit Pico. Tout ce tracas pour la vérité. Si le procureur n'est pas au courant de ces trois minutes...

— Je ne suis pas sûr qu'il sache même pour le retrait au distributeur.

— Bon, tu y es, lança Pico, écartant les mains devant lui. T'as gagné.

— En aucune façon, elle n'a pu parcourir les trois kilomètres en huit minutes, même si la route descend.

— Je te crois, dit Pico. Moi, j'aurais pu, étant moi-même plus rapide qu'une balle, mais la moyenne du bipède humain...

* * *

Nancy DiStephano lui posa un lapin.

Il devait la rencontrer à 17h15 devant l'agence immobilière où elle travaillait comme secrétaire. L'agence se tenait sur la Kirkham Avenue, près de la 19ème Avenue. Quand Hardy y arriva, elle était fermée. Il vérifia l'adresse, l'heure, les rues. Pas de Nancy.

Après un quart d'heure, il se résigna. Il se demanda alors s'il allait au Shamrock s'excuser auprès de Moses, décida que non, retourna à sa voiture. Cap sur la maison.

* * *

— Je veux la rencontrer.

— Qui ?

— Tu sais bien qui. J'aimerais la rencontrer.

La longue chevelure rousse de Frannie dansait dans son dos, étincelante au soleil de fin de journée. Ils faisaient un tour dans Clement Street. Hardy portait Vincent dans un sac à dos, Rebecca courait devant, s'arrêtant à chaque rue et coin de rue, comme on le lui avait appris. Frannie lança un regard en biais à son mari.

— C'est toi qui disais qu'elle était un être humain et pas une simple affaire, tu n'as pas oublié ? Je serais juste plus tranquille. Rebecca !

— Sur le trottoir !

La petite avait mis un orteil au bord du trottoir. Elle retira son pied et se tourna vers eux avec un sourire.

— C'était pour semblant.

— Il ne s'agit pas de faire semblant, dit Hardy. La rue est dangereuse. On tient la main pour traverser.

Rebecca le savait. Elle regarda sa mère d'un oeil complice avant de glisser sa menotte dans la main de son père.

— Je ne crois pas que ce soit une bonne idée, poursuivit Hardy.

— Quoi ?

— Ma puce, Papa et Maman discutent.

— On peut en reparler plus tard, Dismas.

— Non, c'est le bon moment. On peut avoir une petite discussion sans être interrompus, tu ne penses pas ? Je te dis, ce n'est pas une bonne idée. Je ne sais même pas si tu y serais autorisée. Ou si Jennifer aurait envie de te rencontrer.

— Qui c'est Jennifer ?

Hardy lâcha la main de Rebecca.

— Tu peux courir maintenant.

— Mais qui c'est Jennifer ? Je la connais ?

— Jennifer est une des clientes de Papa, mon trésor.

— Elle ne t'aime pas, Maman ?

— Elle ne me connaît pas. Je voudrais faire sa connaissance.

— Hé, intervint Hardy en arbitre de la situation. Temps écoulé, d'accord ? Nous sommes en train de discuter. Rebecca, ça suffit, j'ai dit.

— Tu n'as pas à la gronder.

Hardy s'efforçait de ne pas hausser le ton.

— Je ne la gronde pas. J'essaie de lui apprendre à ne pas nous interrompre. C'est une qualité utile en société.

Surpris tout à coup, Vincent se mit à pleurer.

— Super, dit Hardy. Tout simplement super.

Rebecca, les bras en avant, la bouche ouverte, vint se pendre à la jambe de sa mère en gémissant.

* * *

— Ça, c'est une idée. Laissons-les à Moses et Susan pendant deux semaines.

Hardy buvait du gin deux fois dans l'année et ce soir-là convenait au rite. Un Bombay Sapphire on the rocks avec deux olives.

Ils avaient couché les enfants qui s'étaient enfin calmés après une heure de pleurnicheries. Huit heures approchait, il faisait encore jour et l'air était doux. Ils étaient assis sur les marches de l'entrée, côte à côte, main dans la main. Une pizza commandée devait arriver. La porte était ouverte pour entendre les éventuels appels des petits.

— Deux semaines, cela ne me paraît pas suffisant, dit Frannie. S'ils veulent vraiment faire le tour de la question.

— Moses habite à côté. (Hardy insistait là-dessus.) Nous pourrons leur rendre visite quand nous voudrons.

Il but une gorgée de son gin noyé par la glace fondue.

— En parlant de visite...

Jennifer sur le tapis.

— Je ne sais pas, Fran, répondit-il. Je ne vois pas l'intérêt.

— Cela me tranquilliserait l'esprit. C'est ça l'intérêt.

— Tu ne t'imagines tout de même pas qu'elle s'en prendrait à moi ? Nous en avons déjà parlé lors du procès de Andy Fowler.

— Dismas, je connaissais Andy, du moins je savais qui il était. Un juge et ton ex-beau-père. En outre, tu l'as sorti d'affaire. Cette femme... — Frannie frissonna, porta son verre de vin blanc à ses lèvres — tout ce que j'ai appris sur elle, c'est à travers les journaux. Elle est avide d'argent, elle est sans pitié, elle est belle à tomber...

— Elle n'est pas si belle... elle est loin d'être aussi belle que toi.

Frannie se laissa aller contre Hardy, prenant la flatterie avec dérision.

— Bon, alors, elle n'est pas belle mais elle est la femme la plus photogénique du monde. Mais pour moi, elle n'existe pas. Je ne peux pas avoir confiance en elle, je ne peux pas être sereine.

— Et si elle ne veut pas te voir ?

— Eh bien, elle ne me verra pas.

Elle avait raison. Le refus de Jennifer serait le point final à cette histoire. Si Hardy ne sentait pas passer le gin dans sa gorge, son corps en éprouvait les effets. Une douce sensation excitante l'enveloppait. Il dit à Frannie qu'il verrait ce qu'il pouvait faire. Cela ne coûtait rien. Si elle se sentait mieux après...

C'est vrai, pourquoi cela lui ferait-il du mal ?

* * *

Le matin de bonne heure, Hardy avait laissé un message à Nancy DiStephano, avec son numéro de téléphone personnel ainsi que celui du bureau, n'ayant pas encore une idée de son emploi du temps. Elle devait le joindre pour convenir d'un rendez-vous.

Peu après 21 heures, elle appela. Sa voix était un murmure, rauque, presque inaudible.

— Mr Hardy ?

Elle se présenta et lui demanda de venir expressément s'il le voulait bien. Il n'y aurait sans doute pas d'autre occasion. Quand Hardy annonça à Frannie qu'il partait, la jeune femme ne sauta pas de joie.

Ulloa Street était sombre.

Hardy avait préféré à son habituel Martini un jus de canneberge, et la sensation vaporeuse s'était dissipée, comme la chaleur. Les DiStephano habitaient au numéro 4 500, à deux pâtés de maison de l'océan. Il s'arrêta devant la maison.

Elle serrait une veste contre elle, elle était en jean, pieds nus, assise sur le perron sous la faible lumière de la véranda. Lorsque Hardy sortit de la voiture, elle s'avança d'un pas mal assuré sur l'allée cimentée qui traversait la pelouse. Ils se rencontrèrent à mi-hauteur. Elle effleura la manche de Hardy, retira aussitôt les mains comme si le tissu brûlait.

— Il ne nous entendra pas ici. Il en est incapable de toute façon, il est ivre mort.

Elle tremblait. Hardy se demanda si elle avait bu.

— Qui est ivre mort ?

— Phil bien sûr... (Elle rit tout bas. Un rire nerveux.) Qui d'autre à votre avis ? Écoutez, je suis désolée pour le rendez-vous de cet après-midi. Je pensais que nous pourrions... mais Phil...

Hardy lui fit comprendre d'un geste de la main que cela n'était rien. Ses yeux s'accoutumaient à la lueur d'une lune argentée. Mme DiStephano avait des expressions de Jennifer — un visage encore joli mais tourmenté. C'était déroutant.

Sans s'en rendre compte, elle marchait sur place, les pieds serrés.

— Mais je me disais que cela pouvait aider ma fille.

— Possible. Je ne sais pas. Vous allez bien, Madame ?

Elle vacilla encore, d'une manière étrange ; elle serra les bras autour de sa poitrine.

— Nous pourrions nous asseoir ? proposa-t-elle.

Sans attendre Hardy, elle retourna sous la véranda qui n'était en réalité qu'un toit soutenu par deux poteaux et clos par un mur bas passé à l'enduit. Nancy prit appui contre l'un des poteaux.

— Mme DiStephano ?

Elle lui fit signe de ne pas s'inquiéter. Elle s'efforçait de respirer malgré la douleur qu'elle endurait. Enfin, elle put se redresser et elle tourna légèrement la tête vers lui. Ses yeux étaient humides mais vides de sanglots.

Rassemblant ses forces, elle lui fit face, le corps droit, puis dans une longue respiration, elle releva la tête. Sa décision était prise. Elle ouvrit sa veste. En dessous, elle était nue.

Sa poitrine, ses côtes, son ventre, étaient couverts de marques de coups. Hardy resta paralysé. Il sentit monter la colère. Des plaques rouges de la taille d'un poing, des vaisseaux sanguins éclatés, des traces de doigts qui avaient torturé la peau. Il s'avança vers elle et délicatement, il referma les pans de sa veste. Lightner ne s'était pas trompé sur le père de Jennifer...

Nancy DiStephano s'appuya contre le poteau, se laissa tomber sur le sol. Elle se recroquevilla.

— Je l'ai dit à Phil, je lui ai dit que c'était pour Jennifer, pour l'aider. Je ne filais pas en cachette. Il a demandé pourquoi vous ne veniez pas parler avec lui.

Hardy se prit la tête. Cela dépassait son imagination.

— Jennifer m'a suggéré de m'entretenir avec vous. Si elle avait parlé de son père, je l'aurais fait.

— Je sais, je lui ai dit, enfin, j'ai essayé de lui dire.

— Je ne voulais pas vous mettre dans un mauvais pas.

Elle avança la main vers le bras de Hardy.

— Non non, ce n'est pas vous. C'est comme ça.

— Vous ne devriez pas continuer à vivre ainsi, dit-il en la regardant dans les yeux. Vous devez en parler autour de vous.

Elle secoua la tête. Elle se berçait doucement pour soulager les douleurs. Du regard, elle lui signifia qu'il ne savait pas de quoi il parlait.

— Où m'en irais-je ? Que ferais-je ?

— Allez n'importe où. Faites n'importe quoi. Mais ne subissez pas ça.

— Mais Phil ne me laissera jamais partir, dit-elle sans cesser d'agiter la tête. Jamais. Il ne me laisse même pas vous voir.

— Vous pouvez partir.

— J'ai essayé mais voyez-vous, je suis toujours revenue. Le monde est dur, Mr Hardy. Ici au moins, je sais que quelqu'un m'aime...

— Une personne qui vous aime ne vous ferait pas ça.

— Cela n'arrive pas si souvent. Je le comprends. Il a surtout peur de me perdre. Je lui ai dit qu'il ne craignait rien mais il est si jaloux... je n'aurais pas dû vous appeler sans doute, mais si cela peut aider Jennifer...

— Est-ce que Phil la frappait aussi ?

— Jennifer ? Non. Il n'aurait pas levé la main sur elle. Je l'aurais quitté sinon, et il le savait. Il ne supporte pas l'idée que je le quitte. Non, tout ça — elle désigna son corps — c'est entre lui et moi. Rien à voir avec Jennifer.

En colère, Hardy fixa le sol puis la lune. Cette femme qui prenait la défense de son mari après la correction qu'il lui avait infligée. « Il est si jaloux... » Il essaya d'être lucide.

— Et maintenant, Nancy ?

Elle haussa les épaules.

— Je ne voulais pas que vous sachiez. Ce n'est rien.

— D'accord, ce n'est rien.

— Vous vouliez parler de Jennifer, si cela n'était pas arrivé... je crois que je n'aurais pas dû en parler à Phil et simplement venir vous voir en cachette. C'est de ma faute.

Toujours la même chanson : « Je m'accuse et je ne cesse de me le dire. »

— C'est de votre faute. C'est ça, hein ?

Était-ce la même chose pour Jennifer ?

Nancy hocha la tête, comme si elle était reconnaissante qu'il ait compris.

— Pouvons-nous oublier tout ça et discuter de ce qui vous intéresse Mr Hardy ?

Il essaya. Il prit une bouffée d'air frais qu'apportait la nuit tombante et s'efforça de rassembler ses esprits pour parler de Tom. Rien à faire.

CHAPITRE 18

Comme il lui arrivait parfois, Abe Glitsky débarqua à l'improviste. Frannie vint ouvrir à son coup de sonnette. Sifflant d'admiration, il recula. La jeune femme était élégamment habillée. Elle portait une jupe bleue et un chemisier blanc, des bas, des chaussures à petits talons. Elle avait coloré ses pommettes avec un fard clair. Elle n'en avait nul besoin. Son teint était d'albâtre et ses yeux étincelaient comme deux malachites enchâssées. Sa chevelure rousse, délicatement coiffée, tombait juste sous ses épaules.

— Je ne connais pas la raison, dit-il, mais ça le fait.

— Tu ne trouves pas que c'est un peu trop ? demanda Frannie avec un sourire.

— Tu vas chercher de l'or ? Jouer au football ? Faire un combat de lutte dans la boue ?

La jeune femme prit un air sérieux.

— Non, je vais voir quelqu'un.

— Dans ce cas, tu ne crains rien.

Ils se dirigeaient vers la cuisine. Les Hardy habitaient une petite maison de style victorien. Un long couloir s'ouvrait sur le salon et la salle à manger à droite, sur une salle de bains à gauche, pour aboutir sur quatre pièces — une cuisine claire et spacieuse, la chambre de Dismas et Frannie avec une autre salle de bains, la chambre de Rebecca qui avait été le bureau de Hardy, et au fond, celle de Vincent.

Hardy sortait de sa chambre, une tasse de café fumant à la main. Il avait enfilé le pantalon d'un de ses meilleurs costumes, une cravate de soie italienne rehaussait sa chemise blanche.

Glitsky s'arrêta à la porte de la cuisine.

— J'ai dû me tromper de maison. Où sont les enfants ?

— Nous prenons un jour de congé, déclara Frannie. Leur grand-mère est venue les chercher. Je reviens dans une minute. Tu veux un thé ?

Elle disparut dans la pièce du fond.

— Qui est-ce que tu vas voir ? demanda Glitsky qui se servait de l'eau chaude.

Hardy était encore secoué par Nancy DiStephano. Il avait raconté l'entrevue à Frannie à son retour puis il était resté seul au salon. Il avait eu du mal à trouver le sommeil.

Et maintenant voilà que Abe surgissait et voulait savoir avec qui Frannie avait rendez-vous. Avec Jennifer Witt. Abe n'approuverait pas. Par intelligence et en respect de l'application de la loi, on ne mélangeait pas vie professionnelle et vie privée. Mais Hardy n'avait pas envie de justifier les raisons qui l'avaient poussé à suivre l'idée de Frannie, d'autant qu'il la savait mauvaise.

— Je pensais laisser Frannie en ville et la retrouver quelque part pour le déjeuner, dit-il à Glitsky. Qu'est-ce qui t'amène par ici ?

Question oubliée. Glitsky n'était pas dans son humeur de policier, s'il ne se sentait pas concerné.

— Je dois aller voir ce couple qui a laissé traîner un revolver pour que leur enfant le trouve et joue avec.

Il pinça les lèvres, sa cicatrice devint blanche. Pas besoin d'en rajouter. Abe appartenait à la Criminelle, c'est donc que quelqu'un était mort.

— C'est sur la route, enchaîna-t-il, alors j'ai pensé faire un saut ici pour égayer votre matinée. Tu reprends Jennifer Witt ?

Frannie réapparut et tous trois discutèrent une vingtaine de minutes, le temps de finir thés et cafés. Hardy ne fit aucune allusion aux trois minutes de différence entre le distributeur bancaire et le 911. Désormais, il était convaincu qu'il s'agissait d'une preuve dans une enquête criminelle. S'il révélait le moindre élément susceptible d'être utilisée par la défense, Abe, le policier, serait tenu d'en faire un rapport au ministère public.

* * *

— Mais qui êtes-vous ?

Jennifer dévisageait Frannie derrière la vitre en Plexiglas du box de la salle des visites.

La jeune femme avait perdu son assurance. Cette femme, dans sa combinaison rouge, ne représentait aucune menace pour personne à l'heure actuelle. Une allure névrosée, un visage marqué d'ecchymoses, des cheveux taillés comme un épouvantail, des yeux qu'elle s'efforçait de tenir ouverts. C'était là quelqu'un, analysa Frannie, qui ne faisait pas confiance à une seule âme vivante.

— Je suis... (Frannie avait la gorge sèche.) Je suis avec Mr Hardy.

— Je sais. Vous l'avez déjà dit. C'est pour cela que je suis venue. Mais pourquoi on ne va pas au parloir ?

Frannie n'en savait rien. Elle croyait s'y trouver. Cette longue rangée de boxes aux vitres de Plexiglas, où assis sur des chaises pliantes on communiquait par des téléphones, n'était donc pas l'endroit où Hardy et Jennifer s'entretenaient.

— Je suis... enfin, c'est parce que je ne suis pas avocat, que ma visite n'a rien d'officiel.

Tout à coup, elle comprit pourquoi Hardy ne l'avait pas accompagnée pour les présenter l'une à l'autre. Qu'aurait-il pu dire ? « Salut, ma femme voulait vous voir pour se rassurer. Elle craignait qu'un jour, vous sortiez de prison et que vous cherchiez à me buter. »

Frannie se sentit ridicule et en colère.

Dismas s'était plié à son voeu pour lui donner une leçon. Une dure leçon. Il aurait pu la dissuader de cette visite.

Mais l'aurait-elle laissé faire ? Non. Elle était solide et fonceuse, comme n'importe qui. Elle avait décidé de faire la connaissance de Jennifer, elle n'allait pas reculer.

Jennifer attendait, les yeux rivés sur elle. Des yeux inondés de chagrin. Frannie pensa soudain à Matt. Mais si cette femme n'avait tué personne ? Elle avait perdu son enfant... elle avait été violée et battue dans une prison du Costa Rica... peut-être.

— Je sais que ce n'est pas habituel, dit-elle enfin. Je suis la femme de Mr Hardy. Frannie. Il m'a parlé de ce qui vous est arrivé et je me demandais si je pouvais faire quelque chose pour vous.

* * *

La Mission Hills Clinic se trouvait à mi-chemin environ du Palais de Justice et du Yerba Buena Medical Group, sur Mission Street, mais loin de la moindre colline.

De l'autre côté de la rue en effervescence, Hardy observait depuis dix minutes. D'après les pancartes que brandissaient les gens, il y avait deux camps. L'un qui protestait contre les avortements pratiqués dans cette clinique, l'autre qui rassemblait le personnel soignant public, licencié suite à des coupes budgétaires opérées par la municipalité qui gérait la Mission Hills Clinic. Les deux groupes restaient séparés mais gravitaient l'un autour de l'autre, allant de l'une des portes principales du bâtiment à la suivante et vice-versa. On aurait dit un ballet.

Durant les mois de cavale de Jennifer, Hardy avait inconsciemment suivi l'escalade du mouvement des activistes contre l'avortement. Depuis sa discussion avec Glitsky, une employée de la ville à la Sunset Clinic était décédée. Elle avait eu la malchance de travailler après la fermeture. Ceux qui, pour faire parler d'eux, avaient posé la bombe n'avaient probablement pas prévu une présence humaine au moment de l'explosion. La pauvre femme n'en était pas moins morte pour ses bonnes intentions.

Un médecin et une infirmière avaient subi des actes de vandalisme à leur domicile. Fenêtres cassées, menaces inscrites sur les murs. Six agressions avaient été enregistrées, commises sur des employés à la fin de leur service, bien que l'on n'eût pu dire s'il s'agissait d'agressions nocturnes classiques ou liées à leur travail.

Larry Witt avait travaillé ici comme bénévole, réalisant d'après Jennifer, entre deux et cinq avortements par semaine. Il défendait ce droit. Il pensait que les gens ne devaient pas avoir d'enfants sans une réelle volonté, que le plus grand problème sur cette terre était la surpopulation, qu'un enfant né dans la misère avait toutes les chances de rester dans son milieu.

C'était tragique et Hardy croyait tout cela. Mais pour un Irlandais ancien catholique, le dilemme moral sur le commencement de la vie et la valeur de la vie humaine en elle-même, n'allait pas disparaître si vite. Il croyait dur comme fer que les gens devaient être capables de choisir. Mais il n'approuvait pas l'avortement comme moyen de contraception. Tout au moins, il pensait que les gens devaient faire l'effort de se souvenir de ce qu'ils avaient oublié la nuit précédente. Mais ils devaient aussi se souvenir de ne pas s'entre-tuer. Ce qui n'arrivait guère souvent, de la même manière.

Hardy traversa la rue. Dans son costume, il se sentait trop bien habillé. Pas une autre chemise-cravate dans les environs. Jeans, T-shirts, vestes « Giants » et « 49ers », baskets, bottes et Birkenstocks. Calculant son approche, il traversa les rangs des manifestants et pénétra dans le bâtiment sans incident.

À l'intérieur, la clinique correspondait sur toute la ligne à ce qu'il avait imaginé en se rendant au Yerba Buena Medical Group, lequel l'avait alors surpris. Ici, carrelage jaune, néons blafards et cette odeur de vieil hôpital.

Hardy fit la queue pendant vingt-cinq minutes dans l'entrée du bâtiment principal pour être dirigé vers la secrétaire de l'administrateur. Lorsque celle-ci revint de sa pause et découvrit que Hardy voulait des renseignements sur les dossiers concernant les avortements, elle lui dit qu'avec un coup de téléphone, il aurait appris qu'ils ne communiquaient aucun dossier ni aucune information. Comme Monsieur pouvait le comprendre, c'était strictement confidentiel.

Hardy sortit du bureau contrarié, avec en plus la perspective de devoir patienter une heure avant de passer chercher Frannie. Après une pause dans le hall, il choisit de suivre les panneaux OB-GYN le long d'un infini couloir qui résonnait.

Huit jeunes femmes se trouvaient dans la salle d'attente. Aucune ne semblait avoir plus de vingt ans, un couple même paraissait plus proche des quinze ans. Deux filles étaient assises à côté de leur petit copain. Ils se tenaient par la main. Une autre pleurait, encadrée par ses parents. Les cinq autres étaient seules, des chaises vides les séparaient les unes des autres. Elles mâchaient du chewing-gum, feuilletaient des magazines, écoutaient de la musique sur un baladeur. Ennuyées et indifférentes ? Effrayées et renfermées ? Difficile à dire.

Le réceptionniste derrière son guichet vitré était un jeune homme noir, plein d'entrain et coopératif. Il portait une barbe bien taillée et une coiffure afro ; sur sa blouse blanche était épinglé un badge de la Gay Pride avec son nom « Sam ». Lui tendant sa carte, Hardy se présenta et lui demanda s'il pouvait lui indiquer une personne qui pourrait lui parler du Dr Witt.

— Vous pouvez me questionner. Je me souviens très bien de lui. C'est moche ce qui lui est arrivé.

Hardy était de son avis et pour cette raison, il cherchait à éclaircir l'affaire.

— Je croyais que c'était sa femme.

— On le dit.

— Vous croyez qu'elle n'est pas coupable.

— Elle dit qu'elle n'a rien fait, alors, je ne fais que soulever les pierres — peut-être pour y trouver un serpent.

— Ici ? À la clinique ?

— Y'a pas mal de mécontents dehors sur le trottoir, on dirait.

Sam repoussa l'affirmation d'un geste de la main.

— Ces adversaires de l'avortement ? Non, oubliez-les. Ces gens *campent* là dans la rue.

— Sam, des gens ont été tués, agressés alors qu'ils quittaient leur clinique après le travail.

— Et les caissiers des épiceries ? rétorqua le jeune homme avec le même sourire confiant. Et les chauffeurs de bus ? Ils se font agresser eux aussi. Bienvenue dans la grande ville.

Hardy opta pour une autre tactique.

— D'accord. Il se peut que ce soit une affaire personnelle. Un membre de l'équipe ? Je n'en sais rien. Le Dr Witt avait peut-être eu une prise de bec avec quelqu'un, non ?

— Sûrement pas. Ce n'est pas un club ici. Ces médecins bénévoles viennent, font leur job et repartent. Et Witt plus que les autres. Il n'y a pas de raison de traîner dans la maison, y'a pas de drague ici. (Sam indiqua la salle d'attente derrière Hardy et baissa la voix.) Dans les quartiers ouest, c'est pas drôle la vie.

C'était parole d'évangile. Hardy montra du doigt sa carte sur le rebord du guichet.

— Si vous pensez à quelque chose, n'importe quoi, pourriez-vous me téléphoner ?

* * *

Hardy regarda sa femme revenir du fond du restaurant. Il remarqua les têtes qui se tournaient sur son passage. Au début de leur histoire d'amour, le problème avait été les regards de Frannie. Ils étaient trop bons. Facile de se faire piéger par un joli minois, cela venait de lui arriver.

Même s'il avait connu Frannie enfant — la petite soeur de Moses — lorsqu'il avait commencé à ressentir quelque chose pour elle, à s'autoriser à la *regarder* vraiment, il s'était freiné. Juste le temps de se persuader que ce qu'il aimait le plus en elle n'était pas seulement son physique. Cependant, même trois ans plus tard, il devait bien reconnaître que cela comptait toujours beaucoup.

Le serveur était là, qui lui présentait la chaise. Petites civilités.

— Pourquoi tu souris ?

— Réflexion sans profondeur. Je me demandais si notre relation était uniquement physique.

Frannie mit délicatement un morceau de calamar à sa bouche. Ils déjeunaient chez Mooses, à une table près de la fenêtre, avec vue sur Washington Square sous le soleil.

— Disons qu'elle l'est un peu, de toute façon, dit la jeune femme.

Ils n'en avaient pas discuté mais tous deux avaient éprouvé le besoin d'aller dans un endroit agréable — éclairé, chic, tranquille — pour effacer le goût amer de leurs matinées.

Frannie effleura la joue de son mari, promena un doigt jusqu'à son menton. Puis elle prit son verre de Chardonnay, le fit tourner en le contemplant.

— Du vin deux jours de suite. Tu crois que cela va convenir à Vincent ?

Hardy lui répondit que leur fils, nourri au sein et de quelques bananes écrasées, ne s'apercevrait de rien. Elle n'était pas décidée à s'abrutir avec l'alcool.

— Je sais. À des moments, je m'inquiète, c'est tout, dit-elle, reposant le verre.

Elle se mit à gratter la nappe. C'était autre chose que du souci pour le petit Vincent. Et Hardy savait de quoi il retournait.

— Affreux ?

Elle hocha la tête.

— Tu regardes autour de toi, tu vois ces gens si heureux, et puis tu penses à la prison... tu te demandes où est la réalité.

Hardy posa la main sur la sienne.

— Ce que je veux dire, c'est à quel point sommes-nous seuls ? demanda-t-elle.

Le serveur ôta l'assiette vide du milieu de la table puis il passa sur la nappe en lin amidonnée une petite brosse roulante pour enlever des miettes invisibles. Quelqu'un se mit à jouer de la musique classique au piano, près du bar.

CHAPITRE 19

Ce vendredi, Hardy trouvait qu'il avait beaucoup fouillé sans apprendre grand-chose. Freeman avait accueilli avec son habituel manque d'enthousiasme l'information sur le distributeur bancaire, bien qu'il eût reconnu — avec réticence — une éventuelle utilité.

Croire son client coupable apparut à Hardy comme un désavantage, ce que renforçait l'attitude de Freeman. Hardy voulait garder l'esprit ouvert. Il avait vérifié l'opinion de Lightner à propos du syndrome de la femme battue. Les explications d'autorités compétentes, publiées ou non, s'accordaient toutes. Jennifer avait vu sa mère être battue à la maison. Sa mère encaissait et encaissait, certainement sans s'en plaindre à ses enfants. Ce comportement devint pour Jennifer la perspective d'une vie de couple. Sinon, quelque chose ne tournait pas rond, l'intimité ne pouvait s'installer.

Pour Hardy, Larry avait battu Jennifer. Comme son premier mari. D'après la théorie du psychiatre, elle ne les aurait pas épousés l'un et l'autre s'ils ne s'étaient pas déjà montrés sévères quand ils se fréquentaient. Sinon, ils n'auraient pas incarné le mari idéal.

Le scénario de Terrell accusant Jennifer d'avoir injecté l'atropine était plausible, que l'on puisse le prouver ou pas devant un tribunal. Et Hardy devait imaginer Jennifer, si elle avait tué Ned, capable d'avoir tué Larry.

Ensuite, si la jeune femme avait tué les deux hommes, elle avait une bonne raison. Même si, quel qu'il soit, le meurtre avec préméditation posait problème à Hardy. De son côté, Jennifer n'avait pas changé son attitude d'un iota. Elle refusait de reconnaître le viol, ce qui continuait d'irriter Freeman, malgré la déclaration signée.

Le vieil avocat redoutait de perdre et que la décision fût confirmée en appel. Mais il était coincé — il ne pouvait utiliser l'argument de la femme battue sans admettre par là que Jennifer avait commis les crimes et sans les expliquer, d'autant qu'elle niait.

Hardy avait fini par dénicher le frangin sur un chantier de construction près de Golden Gate Park. N'aboutissant à rien cette journée-là, il était retourné au chantier à la fin du travail, un jean sale sur lui, deux packs de bière à la main. Il réussit à discuter avec Tom une vingtaine de minutes.

Hardy vérifia les dires de la mère. Effectivement, Larry et Jennifer rompirent les relations avec la famille quelques mois après le mariage. À cette époque, Tom avait dix-sept ans. Hardy se rendit compte que l'adolescent avait été affecté par cet événement, mais l'homme d'aujourd'hui avait pansé la blessure.

La dernière fois que Tom avait vu les Witt, c'était à Noël. Révélation. Hardy demanda pourquoi cela n'était mentionné nulle part.

Tom n'y avait pas accordé d'importance. Pourquoi quelqu'un s'y intéresserait ? L'après-midi, il était allé chez ses parents, il avait pris quelques bières et sa mère avait commencé à râler qu'elle ne voyait jamais sa fille et son petit-fils. Elle avait acheté un cadeau pour Matt et il n'allait même pas venir le chercher.

Ça l'avait mis en rogne. Il avait sauté sur sa mobylette et filé vers Olympia Way, avec l'intention, expliqua-t-il, de cogner un peu. Mais arrivé là-bas, il s'était dit que cela n'avait pas de sens. Il n'allait pas les changer. Il avait donné son propre cadeau de Noël — une batte et une balle de base-ball — à son neveu, il avait souhaité un Joyeux Noël à sa soeur et lui avait dit de passer chez leurs parents pour que Matt reçoive le cadeau de sa grand-mère, puis il était parti.

Et ils n'étaient pas passés. Rien d'étonnant.

Hardy songea que c'était peut-être là l'élément catalyseur auquel Glitsky avait fait allusion. Certes, Tom ne s'était pas réveillé un beau matin en se disant : « Hé, je crois que je vais buter mon beauf. » Mais trois jours plus tard, après s'être fait rembarré, après que fut remonté à la surface son ressentiment contenu depuis des années, pourquoi pas ?

* * *

Pendant que Freeman et Hardy étudiaient les preuves matérielles, l'inspecteur Walter Terrell resta assis avec eux. Il se tint derrière eux pendant qu'ils vérifiaient à partir d'une liste informatique les objets qu'ils sortaient des sacs.

Il y avait la chemise de Larry tachée de sang. Tous ses autres vêtements. Les objets découverts dans ses poches — un peigne, un couteau suisse petit modèle, des clés, de la monnaie dont une pièce de vingt-cinq cents peinte avec du vernis à ongles rouge.

— Larry traînait dans les bars ? demanda Hardy qui n'avait pas inclus cette donnée dans le profil qu'il s'était fait de la victime.

— Y'avait pas l'air, répondit Terrell en secouant la tête.

— Parce qu'il y a une pièce qu'on trouve dans les bars.

Freeman et Terrell le fixèrent sans comprendre.

— Pour le juke-box, expliqua-t-il. Vous peignez ces pièces, vous les fourrez dans le juke-box, et quand ils viennent relever la caisse, ils vous les laissent.

Cela n'impressionna nullement Freeman.

— Il est allé boire un verre le soir de Noël et voilà tout. Moi aussi, j'ai eu des pièces comme ça dans la poche. Ça ne veut rien dire.

Mais la pêche avait été si mauvaise que Hardy s'accrochait à sa trouvaille.

— Deux jours avant sa mort, *tout* veut dire quelque chose.

Freeman ne réagit pas. Il avait déjà mis de côté les pièces de monnaie et il passait à l'examen un sac contenant visiblement des ordures. Les experts avaient ramassé et fourré dans des sacs en plastique tout ce qui représentait un intérêt. Là, la corbeille de la chambre — des Kleenex usagés, des rubans et du papier cadeau.

— Qu'est-ce que c'est que ce truc ? demanda Freeman. Des preuves ?

Terrell poussa un autre sac vers lui.

— Vous connaissez la marche à suivre, Monsieur, répondit-il d'un ton las. C'est ici pour vous. À vous de décider si c'est important.

Freeman prit le sac, en sortit le revolver. Il vérifia le numéro de série avec celui indiqué sur la liste du ministère public. Il renifla le canon puis il regarda le rapport des empreintes. Il haussa les sourcils.

— On n'a pas trouvé les empreintes de Jennifer sur le revolver ?

— Sur le chargeur, lâcha Terrell sans aucune surprise. Elle a essuyé le revolver, conclut-il en prenant un autre sac qu'il posa devant eux sur la table.

— *Quelqu'un* a essuyé le revolver, le corrigea Freeman, l'oeil mauvais.

— Si vous le dites, fit Terrell dans un haussement d'épaules.

L'on arrivait en fin d'après-midi et la pièce située au sous-sol du Palais de Justice n'offrait pas la meilleure ventilation.

Freeman pencha le sac, s'attendant à voir tomber le chargeur. En fait, c'est un autre revolver qui glissa sur la table.

— Nom de dieu, c'est quoi ça ? Où est-ce sur la liste ? grommela Freeman.

Terrell lut :

— Sac n°37. Contenu d'un container. Voulez voir les boîtes à oeufs qu'on a trouvées en même temps ?

— Ouais, mais ça, c'est quoi ? répéta Freeman. Qu'est-ce que ça fait là dedans ?

Terrell levait les mains au ciel.

— C'était là-bas, maintenant, c'est ici. Pourquoi devrais-je savoir ?

— Mais c'est un revolver.

Terrell le ramassa et adopta son ton officiel.

— Monsieur ! Calmez-vous, s'il vous plaît !

— Je suis calme ! répliqua Freeman, se repoussant au fond de son siège. D'accord fiston, je suis calme.

— C'est un jouet en plastique, expliqua Terrell. Voyez ? C'est tout. Autant que je sache, ce n'est pas une preuve dans cette affaire.

— Alors, pourquoi est-ce ici ?

En cas de nécessité, Hardy pouvait jouer les faire-valoir. Les questions étaient suffisamment évidentes.

— C'est ici parce qu'on l'a trouvé dans le même container que l'autre revolver, l'arme du crime. Je croyais à ce moment-là que cela valait le coup de le garder.

— Le même container ?

Terrell confirma de la tête.

— Le gars qui les a trouvés, quand il a vu le vrai revolver, il nous a appelés.

— L'éboueur ?

— Oui.

— Quel rapport ? s'enquit Freeman, qui cherchait une prise.

— Y'en a pas. C'est ce que j'essaie de vous dire. J'avais une théorie, j'ai pensé m'y accrocher. On ne sait jamais.

La théorie, le leitmotiv de Terrell.

— Quelle était alors votre théorie ?

— Eh bien, l'auteur du crime est entré avec ce pistolet — on dirait un vrai, non ? — il commet son vol, arme à la main. Il va à la chambre, il voit le vrai revolver, il se fait surprendre par Larry et le gamin, panique, boum, boum. C'était avant que je ne pointe l'index sur Jennifer.

— A-t-on relevé les empreintes sur le jouet ?

— Bien sûr. Pourtant, rien. Bref, je m'étais dit qu'il y avait un lien, juste ? Mais je m'étais trompé. De plus, le type m'a dit que les revolvers, c'était le jouet numéro un que l'on trouvait dans le secteur poubelle.

— Le secteur poubelle ?

— Ce sont ses mots. Les parents ne veulent pas que leurs enfants deviennent violents en grandissant, alors quand la famille leur envoie des revolvers pour Noël ou pour une autre occasion, ils les jettent. Le numéro deux, c'est les poupées Barbie. Vous y croyez ? Qui jetterait une poupée Barbie toute neuve ?

— Peut-on revenir au revolver ? le pria Freeman, penché sur la table, l'air intéressé à présent.

— Oh si vous voulez, répondit Terrell après un haussement d'épaules. Tenez, regardez-le.

Freeman prit le jouet que l'inspecteur lui tendait. Un coup d'oeil suffit à son examen, il le passa à Hardy.

— Qu'est-ce que vous en pensez ?

— C'est un revolver en plastique trouvé dans un container, ne fit que constater Hardy.

Freeman réfléchit quelques secondes.

— Wally, qu'avez-vous mis d'autre dans ce sac absolument sans rapport avec quoi que ce soit ? Vous voulez nous faire perdre encore du temps ? (Freeman soulevait les sacs et les reposait.) On a une poubelle, on a des revolvers pour les gamins... (Il secoua la tête.) Bon sang, comment on fait pour voir le chargeur ?

* * *

Après cela, Hardy monta à la criminelle pour entraîner Glitsky chez Lou le Grec. Freeman était parti là où il allait les vendredi soirs. Jennifer était inscrite sur le rôle pour le lundi matin et Hardy l'imagina en train de mijoter quelques magouilles avec quelqu'un.

Pour l'heure, Hardy tentait de convaincre Abe que Hawaii était la destination de vacances idéale pour les Glitsky. Abe lui rétorqua qu'il était déconnecté de la police s'il s'imaginait que Flo, les trois enfants et lui-même, pouvaient s'offrir deux semaines en camping sur l'un des sites des États-Unis, encore moins pouvaient-ils se permettre de faire le plein de soleil sur une île. En conclusion, ils iraient certainement à Santa Cruz pour le week-end, peut-être au bord du fleuve Russian River, et ils passeraient le reste des vacances à repeindre l'appartement.

— Si on peut se payer la peinture.

— C'est un peu raide en ce moment ?

Glitsky mâchonnait le glaçon de son thé glacé.

— C'était déjà un peu raide avant mes cinq pour cent de baisse de salaire volontaire.

— T'as fait ça ?

— Tous ceux qui gagnent plus de cinquante mille dollars. Et aujourd'hui, après dix-neuf ans de service dans les forces de police, pas un an de plus, pas un an de moins, quand je finis de gravir les échelons jusqu'à cette noble place, ils me filent un grand coup sur les doigts pour me remercier.

Abe fit tourner son verre sur la table dans le rond laissé par la condensation. Puis il regarda par la fenêtre.

— Justement l'autre jour, je disais à Flo : Hé mon coeur, pourquoi l'année prochaine, je ne proposerais pas de travailler deux heures par semaine gratis ? Elle a trouvé que c'était une superbe idée puisque nous n'avons pas besoin d'argent pour vivre de toute façon. (Glitsky but son thé.) Tu sais ce que j'ai fait ? Je suis allé voir Frank — Frank Batiste, le lieutenant de Glitsky — et je lui ai demandé une baisse de salaire de 2 001$, histoire d'économiser l'argent de la ville.

— Et qu'est-ce qu'il a dit ?

— Qu'il ne le ferait pas, que cela n'aurait pas l'air d'être une coopération. Je lui ai dit que je gagnais 52 000$, moins cinq pour cent, j'arrive à 49 400. Avec mon histoire des 2 001$, ça fait 49 999$. Tout bien considéré, je préfère garder les 500$ de différence.

— Moi, je l'aurais fait.

Glitsky secoua la tête.

— Non, tu ne l'aurais pas fait. Tu sais pourquoi ? Parce que la différence, ça fait cinquante dollars par mois, moins les impôts, disons trente-cinq — deux hamburgers par semaine. Et après, tu prends un rapport parce que tu te montres récalcitrant. Après dix-neuf ans ! Et devine ce qui arrive aux gars difficiles ? Là, ça veut dire quelque chose, quatre vingt-cinq types n'ont pas voulu de la baisse de salaire volontaire. Ils ont été virés.

— Quatre-vingt cinq ? s'étonna Hardy.

Le nombre était bien plus élevé qu'il n'aurait cru. Comment la ville pouvait-elle licencier des flics ? Cela correspondait à près de cinq pour cent de l'effectif.

— Quatre-vingt cinq, tu dis ?

— Absolument, confirma Glitsky. Nous avons besoin de flics pour quoi faire ?

— Ou du personnel soignant ?

Hardy raconta la manifestation devant la Mission Hills Clinic.

— Mais tu sais quoi ? enchaîna Glitsky. Le maire a toujours son chauffeur. Tu ne voudrais pas qu'il conduise lui-même sa voiture, hein ? Qu'est-ce que les gens diraient ? De quoi ça aurait l'air ?

Hardy se rinça la gorge d'une lampée de bière et dit :

— Ben au moins, il a compris ce qu'étaient ses privilèges. Si j'étais lui, j'en ferais autant. Je virerais des policiers et je garderais mon chauffeur.

— Je vais réfléchir à l'idée de monter mon agence de sécurité, dit Glitsky qui, au même moment, aperçut quelqu'un derrière Hardy.

Et voici ma première recrue.

Terrell vint s'asseoir à côté de lui, face à l'avocat.

— Première recrue pour quoi faire ?

— Glitsky Home Security. Réaction armée immédiate.

Terrell porta l'une des deux bouteilles de Budweiser qu'il tenait à ses lèvres.

— On doit tuer les gens, pas de pitié ? Les pincer et les abattre ?

— Ouais. Et on est payé pour ça.

Terrell dodelinait de la tête.

— Ça me plaît, je marche, déclara-t-il puis il descendit quelques centilitres de Bud avant de s'intéresser à Hardy. Votre collègue est peut-être célèbre mais putain !

— C'est pour cela qu'il est connu. C'est son style. (Hardy regarda Glitsky.) Freeman.

— Quel style ? demanda Abe.

— Quel style ? répéta Hardy à Terrell. Vous pouvez parler librement devant l'inspecteur Glitsky.

— J'avais retenu une idée qui pouvait s'avérer ou pas une preuve et le type me tire dessus à bout portant. Je lui dis qu'il en fait ce qu'il veut. Hé, ma théorie, elle aurait pu marcher — et alors ? Elle a pas marché, la belle affaire.

Le bar se remplissait de gens et de bruits. Hardy se fraya un chemin à coups de coude jusqu'au comptoir et commanda une autre tournée. Quand il revint, Terrell parlait de quelque chose qui lui était familier.

— ... l'histoire de Crane valait au moins le coup d'y regarder de plus près mais là aussi, chou blanc.

— De quoi ? demanda Hardy qui se rassit et distribua la tournée — deux bières pour Terrell, un thé glacé pour Glitsky.

— Je racontais à Glitsky l'autre truc, le mec à Los Angeles que vous avez appelé de chez les Witt.

— Crane. Le mec qui s'est fait assassiner.

— Ouais, Crane. Je lui disais que la théorie, parfois, ça paie, parfois non.

— La plupart du temps, ça ne paie pas.

Abe énonçait juste un fait, il avait déjà le glaçon du thé dans la bouche.

La tirade de Terrell énerva Hardy mais le sujet valait peut-être son pesant d'or. Terrell avait pu découvrir un lien avec Simpson Crane qu'il allait dévoiler.

— Pourquoi suivez-vous cette piste ? fit Hardy, ne pouvant retenir une pique. Vous vous êtes déjà trouvé un suspect.

Terrell ne prit pas la mouche. Un sourire désarmant fendit son visage.

— Hé, j'aime mon travail. Vous l'avez dit vous-même. La coïncidence. Vous vérifiez, qu'y a-t-il à perdre ? Dans une affaire de meurtre, on ne peut pas se braquer sur une idée. J'ai raison ou pas ?

Personne ne le contestait. Hardy sirota sa bière, sans se presser. Il ne voulait pas se trahir.

— Et qu'avez-vous trouvé ? demanda-t-il d'un air nonchalant.

— Autant que ce que vous m'aviez appris. Aucun lien avec l'affaire Witt.

— Mais il devait bien y avoir des... — le numéro se trouvait sur son bureau.

— Hum, bien sûr, ouais, c'est vrai. Mais je parlais du tueur, ils savent qui c'est, du moins ils croient savoir.

— C'est qui ?

— Un homme de main du coin, là-bas à L.A....

Une bière dans chaque main, qu'il buvait tour à tour et à un rythme régulier, Terrell déballa son histoire.

— Crane a été le premier à faire le nettoyage dans les syndicats dans les années quatre-vingt dix. En un an, il en a fait disparaître quelques-uns en s'assurant que les petites gens continuaient à se faire baiser. Les types ont essayé de s'organiser, il les a fait virer en se débrouillant pour leur donner tort. Au moment des négociations, il avait réussi à effrayer tout le monde, à leur faire croire qu'ils allaient perdre leur boulot, alors, ils ont cédé. Paraît que le Président le voulait comme ministre du Travail mais qu'il n'avait pas les moyens de le payer.

— Il travaille pour San Francisco ? plaisanta Glitsky. À mon avis, ici aussi, ils se servent de quelqu'un comme lui.

Terrell secoua la tête.

— Oh, ce type, on ne se sert pas de lui, ça, sans aucun doute.

— Que s'est-il passé ?

— Eh bien, il avait déjà fait disparaître deux syndicats — les conditionneurs de viande, les gardiens, un truc comme ça — du menu fretin, et il voulait s'en prendre aux machinistes.

— Et cela n'a pas plu à quelqu'un d'important.

— C'est la théorie. (Terrell leva ses deux bouteilles vides.) Ça fait 35 cl ces machins-là ? dit-il en se levant. En tout cas, ils ont agi dans les règles. Ils ont engagé un pro, pas de traces écrites, pas d'accusation. Maintenant, c'est ma tournée.

Il s'éloignait déjà vers le bar.

— Pas pour moi ! lui cria Glitsky. Diz, t'es un fin renard, toi. Il suit tes pistes et il ne s'en rend même pas compte.

Hardy gardait son sérieux.

— Tu l'as entendu. Il aime son travail. Néanmoins, c'est intéressant, tu ne crois pas ? Deux meurtres et deux tueurs professionnels.

Glitsky infirma d'un mouvement de tête.

— J'en suis à trois meurtres et un tueur professionnel. Larry Witt, le gamin, et ce type, Crane.

— En fait, si tu veux chicaner, il y a eu quatre meurtres — la femme de Crane.

La correction n'éprouva guère Abe.

— As-tu quelque chose qui relie le tueur pro à Larry Witt ?

Pas de réponse.

Glitsky se leva de la banquette, tapota gentiment Hardy sur la joue, lui souhaita un bon week-end.

CHAPITRE 20

Les lundis matin, à 9h30, se tenait le rôle pour le tribunal de juridiction supérieure. Ce 19 juillet, le nom de Jennifer Witt, apparaissait en tête du listing affiché sur les portes de la Chambre 22.

Son extradition du Costa Rica et son retour à San Francisco avaient été couverts par la télévision et *The Chronicle*. Les médias ne manquaient pas ce nouveau rendez-vous. Les journalistes, étaient là quand Freeman et Hardy entrèrent dans la salle d'audience, peu après neuf heures.

David Freeman n'avait pas de sympathie pour la plupart des journalistes mais il se gardait de le leur montrer. Ils pouvaient avoir leur intérêt dans un procès à connotation politique. Le candidat Dean Powell n'allait pas rater l'occasion d'une photo sans en tirer un parti, quel qu'il soit. Ainsi, les deux avocats, chacun d'un côté de la salle, s'entretenaient aimablement avec les journalistes.

Powell passait avec beaucoup plus de sincérité que quatre mois auparavant. Hardy se demanda s'il avait pris des cours, bien que les gestes de ses mains ne semblassent pas appris et répétés. Il fit un pas vers le petit groupe de journalistes à sa botte.

— Écoutez, dit-il d'une voix modérée, s'exprimant du fond du coeur, je suis pour la peine de mort. Et dans cette affaire, nous tenons des circonstances aggravantes qui, si elles sont prouvées, conduisent à la peine de mort. Diable, cela l'impose. Montrez un peu de remords, un aveu de culpabilité, même un appel à la clémence, le procureur peut y être réceptif. À mes yeux, les inculpés ne sont pas des numéros. Ce sont des gens, qui vivent, qui respirent, des êtres humains. Ce procès ne fait pas partie de ma campagne « Sois dure, Californie ». (Powell passa avec nonchalance une jambe sur l'angle de la table.) L'inculpé a pris des risques. Elle pensait que pour l'argent, elle pouvait commettre ces meurtres et s'en sortir. Elle a eu tort. Terriblement tort. Je ne suis pas un assoiffé de sang, mais si elle est reconnue coupable, nous allons requérir la peine capitale. C'est ça, la justice, et elle l'a provoquée.

Freeman avait son groupe également.

— Hélas, ceci reflète bien trop le cours habituel des choses. Le fait même de votre présence prouve combien c'est déjà déplacé. Personne ne parle de l'importance des preuves, qui est minime... fatalement minime. Jamais cette affaire n'aurait dû aller si loin, sauf qu'elle permet à certains noms d'apparaître dans les journaux. Je doute même que l'affaire aille en procès après que j'ai déposé ma motion de renvoi.

— Vous ne croyez pas qu'il y aura un procès ? l'interrogea une femme avec un micro.

— J'en doute, répondit Freeman en secouant la tête.

Une autre main tendue, un autre micro.

— Mais le conseil de citoyens l'a inculpée.

— Le conseil de citoyens a tendance à inculper celui qui est désigné par le procureur, lança Freeman avec un sourire.

— Mais elle s'est évadée de prison, n'est-ce pas ? Elle s'est enfuie.

— Elle est débrouillarde et elle est innocente, et elle n'a pas confiance dans un système qui a déjà fait une erreur. Je pense qu'à sa place, je me serais évadé, aussi, si j'avais pu imaginer le moyen de le faire.

Powell s'était levé ; une main dans une poche, il arborait son fameux large sourire. Freeman, sérieux et indigné du système judiciaire, se préparait à l'arrivée du juge. Chacun avait son programme.

Hardy retourna dans le couloir. Ils avaient encore vingt minutes.

* * *

Ken Lightner était assis sur le banc en bois, face à la salle. Il fouillait dans ses papiers, son attaché-case près de lui. Hardy vint le rejoindre.

— Je voulais m'excuser, lui dit-il. Il s'avère que vous aviez raison.

Lightner reposa ses papiers.

— À quel propos ? Non pas que je ne veuille pas avoir raison sur quelque chose, justement en ce moment.

— À propos de la mère de Jennifer que son mari bat.

Le psychiatre eut un hochement de tête et se remit à feuilleter ses papiers. Visiblement, il n'apprenait rien.

— Déçu ? demanda Hardy.

— Je pensais que vous auriez trouvé quelque chose sur Jennifer de plus intime.

— Jennifer est renfermée, surtout depuis le fiasco de son évasion. Freeman s'arrache les cheveux, du moins ce qu'il lui reste.

— Moi aussi. Elle ne veut plus que je lui parle de ça, ce qui limite nos conversations vu l'endroit où elle est. Comment pouvons-nous ne pas en parler ?

— De quoi exactement ?

— De la vérité. Larry qui la battait. Qui *abusait* d'elle. De sa défense. De ce qu'elle traverse. Sans parler de cette folie des derniers mois. Comment peut-elle faire face à tout cela ? lâcha Lightner qui enfouit les doigts dans ses cheveux et les coiffa vers l'arrière.

— Vous l'avez vue alors ?

— Je l'ai vue. J'essaie de lui rendre visite tous les jours.

— Ça doit sérieusement chambouler votre travail.

Lightner se redressa brusquement.

— Je prends soin de mes patients, Mr Hardy. Je m'occupe d'eux. Je m'efforce d'être présent quand ils ont besoin de moi. Je suppose que vous faites de même avec vos clients.

Loin de l'avocat l'intention de lui faire un procès. Il accusa la remarque. Lightner avait marqué un point. On ne marchait pas toujours avec la pointeuse.

— Voulez-vous accepter une autre excuse en moins de cinq

minutes ? Les mots ne sont pas sortis de ma bouche comme je l'entendais.

— C'est bon, assura Lightner en haussant les épaules. Moi aussi, j'ai pas mal de pression. C'est malgré moi que je reprends tout le monde de façon hargneuse, mais je ne sais pas quoi faire avec Jennifer. Ses culpabilités irrationnelles, son autodestruction... je mets en question mon propre jugement, je me demande si je lui fais du bien.

— Qu'est-ce qui pourrait l'aider à votre avis ?

— Je n'en sais rien actuellement. Je n'en sais rien. Le truc, c'est que je n'arrive pas à la faire parler de son véritable problème, pas même à le lui faire admettre.

— Alors, de quoi parlez-vous tous les jours ?

À voir l'expression de Lightner, il savait quel effet donner à sa réponse au vu des circonstances.

— Nous parlons de l'estime qu'elle doit avoir pour elle-même, Mr Hardy. Elle est enfin en train de grandir, de prendre ses responsabilités. Nous parlons aussi de son avenir.

— Son avenir ?

— Je sais, je sais, nous n'avons pas à aborder ce sujet. (Le psychiatre laissa ses papiers, se frotta les mains puis il considéra Hardy.) Mais elle, elle y tient. Elle veut parler de sa situation qu'elle commence à comprendre. Elle dit savoir qu'en rejetant la faute sur Larry, elle pourrait sortir de prison, mais elle n'en fera rien. Il n'était pas responsable.

— Il n'était pas responsable de ses brutalités ? Et continue-t-elle à prétendre qu'elle n'a rien fait et qu'adopter la défense de la femme battue, c'est reconnaître les crimes ?

— Oui, j'en ai peur. Ce sont des choses profondément ancrées.

Là-dessus, Lightner se leva, prit son attaché-case, il demanda la direction des toilettes hommes et s'il lui restait encore du temps avant la séance.

Il avait déjà disparu au coin du mur quand Hardy se rendit compte qu'il avait oublié deux documents sur le banc. Voyant le nom de Jennifer surligné en jaune, il les ramassa.

Le premier document était une fiche de renseignements du cabinet de Lightner, remplie quatre ans plus tôt. Elle comprenait un aperçu de l'antécédent médical, les médecins précédents, les allergies, les opérations chirurgicales, etc. Hardy réfléchit une minute, plia les feuilles et les glissa dans la poche intérieure de sa veste.

* * *

Quelque chose n'allait pas. Le juge Oscar Thomasino se fichait du listing posé sur son bureau. Son regard suivait Jennifer qui venait d'entrer par la greffe à gauche du juge. Poings et pieds attachés, elle avança jusqu'à l'estrade au centre de la salle d'audience où elle resta debout, flanquée de deux officiers de justice.

Freeman l'attendait. On devinait entre eux une certaine friction. Jennifer jeta un coup d'oeil derrière lui, vers Hardy assis à la table de la défense. Elle lui adressa un signe de tête, avec un regard reconnaissant, sympathique tout au moins. Hardy n'aurait pu l'expliquer. Il ne l'avait pas vue de la semaine.

Comme il ne pouvait non plus expliquer sa présence dans cette salle aujourd'hui. Deuxième lecture de l'acte d'inculpation de Jennifer qui n'allait certainement pas changer sa plaidoirie. À Frannie, il avait évoqué le mal du tribunal. En ce moment, il se demandait s'il n'y avait pas eu une once de vérité dans son excuse.

Cette comparution était une procédure administrative qui déterminerait la date d'ouverture du procès, ou plus exactement, quand le dossier serait transmis à la Chambre qui devrait le traiter. Une fois le juge et la salle d'audience désignés, lors d'une session identique à celle-ci, le procès en lui-même commencerait dans les six mois au mieux, dans l'année au pire.

À chaque juge sa technique pour combattre la routine. Hardy comprenait celle de Thomasino qui aimait entamer la journée par un léger drame avant de se plonger dans la paperasserie.

— Mr Freeman, est-ce que votre cliente va bien ?

Il l'observait. Pâle et maigre dans son habit rouge, les cheveux grossièrement taillés.

Dean Powell, qui l'avait à peine regardée, se leva.

— Votre Honneur, nous stipulerons que Mme Witt a sans doute été maltraitée durant son incarcération au Costa Rica. Elle...

Thomasino actionna son marteau. Tout le monde sursauta.

— La Cour adressait sa remarque à Mr Freeman, objecta-t-il d'un ton modéré. Si mon souvenir est exact, il pouvait s'exprimer la dernière fois que nous nous sommes vus.

Le juge affichait un visage sérieux sur lequel se lisait pourtant un léger amusement.

— Mr Freeman ? dit-il.

La porte était ouverte, Freeman s'y engagea. C'était sa nature.

— Votre Honneur, ma cliente a subi de mauvais traitements. Elle a besoin de soins médicaux. Ce qu'elle a traversé l'a tellement bouleversée qu'elle a peur de parler. Ses droits civils ont été bafoués. Le ministère public n'a pas considéré ce point lorsqu'il s'est entièrement occupé de son extradition.

— Ceci n'allègue-t-il pas que les mauvais traitements ont eu lieu au Costa Rica ?

— C'est notre procès, notre cliente. Ceci ne serait pas arrivé si nous n'avions...

Thomasino avait perdu son humour.

— Ceci ne serait pas arrivé si votre cliente ne s'était pas échappée de notre prison et n'avait pas quitté notre pays.

— Néanmoins, Votre Honneur...

— Néanmoins Mr Freeman, j'ai un registre plein et je crois que le climatiseur commence à se détraquer. Cela vous dérange-t-il si je m'en occupe une seconde ?

Manifestement oui. L'avocat avait sa réplique au bord des lèvres quand le juge se pencha par-dessus son fauteuil. Freeman tapota le bras de Jennifer d'un geste assuré. La jeune femme ne réagit pas.

Thomasino se redressa et écrivit quelque chose sur son registre.

— Je suppose que, étant donné les... les interruptions survenues jusqu'ici, que chacun est prêt à poursuivre la procédure. Est-ce le cas Mr Powell ?

— Oui Votre Honneur.

— Mr Freeman ?

Pour l'avocat se posait ici un autre problème. Normalement, dans une affaire où l'inculpé risquait la peine de mort, la défense repoussait sans cesse le procès. Il en avait discuté avec Jennifer. Comme toujours, elle n'était pas de son avis.

Powell voulait que le procès débute sans délai pour qu'il soit terminé avant l'élection de novembre. Freeman avait une sorte de principe : il n'aimait pas être d'accord avec la partie civile. Mais Jennifer lui liait les mains. Elle était en prison, elle y croupirait tant que son innocence n'aura pas été établie. Avec raison selon elle, elle voulait que le procès commence le plus tôt possible.

Freeman avait insisté sur l'incertitude de voir levée l'inculpation. Trois accusations d'homicide avec circonstances aggravantes. L'avocat général, comme le savait Freeman, ne portait pas à la légère des accusations aussi sérieuses. Il allait présenter l'affaire Witt en soulignant un motif et une présumée inhumanité qui conduisait tout jury à déclarer l'inculpée coupable.

Freeman avait besoin de temps pour Hardy afin qu'il déniche des « éventuels autres suspects ». Il avait besoin de temps pour réfléchir, échafauder des plans. Il avait besoin de temps pour que quelque chose se produise, que Powell soit élu, qu'un nouvel avocat, sans le programme de Powell, soit nommé.

— Mr Freeman ? répéta Thomasino. Êtes-vous prêt ?

Il n'avait pas le choix.

— Oui Votre Honneur.

Le juge fut surpris. Il n'avait jamais vu une affaire de ce genre être prête à passer en jugement à la première date décidée.

— Parfait dans ce cas.

Le procès fut inscrit au rôle pour le lundi 13 août, Chambre 25.

* * *

— C'est à vous que je fais confiance, pas à lui.

Après l'audience, Hardy avait décidé d'aller s'entretenir avec Jennifer. Il avait une liste de questions à lui poser. Jennifer exposait son mécontentement vis-à-vis de David Freeman.

— C'est un flemmard et il ne croit rien de ce que je dis, il ne croit même pas que j'ai été violée là-bas.

Hardy recula sa chaise. Leurs genoux se touchaient. Il ne voulait aucune méprise.

— Jennifer, dans le milieu de la loi, les pros sont comme ça, et c'est pourquoi David est si bon. Ce n'est pas une question de personne. Si le fait que vous ayez été violée était un élément important pour votre affaire, il sauterait dessus à pieds joints. Mais malheureusement, cela ne l'est pas. Je m'explique. Parce que vous

vous êtes évadée.

— Si je sors d'ici, je retourne là-bas, je trouve ce gardien et je le tue. Je le jure devant Dieu.

Instinctivement, Hardy parcourut du regard les murs nus, quasi certain que la pièce n'était pas sous écoute. À espérer. Se penchant en avant, il baissa inconsciemment la voix.

— Ce serait une bonne idée de taire ces menaces de mort pendant les prochains mois, d'accord ?

Jennifer sourit.

— C'est ce que l'on appelle une figure de rhétorique.

— Je sais. Mais parfois, le sens de l'humour se gâte un peu par ici.

— J'y veillerai. (Jennifer regarda un instant à travers la fenêtre du bureau déserté par les surveillantes.) J'aime bien votre femme.

Hardy hocha la tête. Quelque part, il avait espéré que le sujet ne serait pas abordé, tout en sachant que ce serait le contraire. En vérité, cela avait été un autre motif à cette visite, pour se rassurer qu'entre Jennifer et Frannie, il n'y avait rien d'important.

— Elle m'a dit que vous aviez eu une conversation sympathique.

Jennifer haussa les épaules.

— Oui. Une conversation sympathique. Des trucs de femme et je n'avais pas discuté normalement avec quelqu'un depuis si longtemps...

— Je croyais que le Dr Lightner venait ici tous les jours.

Il la vit accuser la nouvelle. Oui, il était au courant. Il ne sut dire comment elle la prenait.

— Oui, bien sûr... Ken.

— Je veux dire par là qu'avec lui, vous discutez normalement, comme quelqu'un de normal ?

Sans raison, elle sourit. Hardy se dit qu'il aimerait filmer un de leurs entretiens pour analyser ces sourires étranges qui lui venaient sans raison. Mais le résultat l'effrayait presque.

— Ken ne compte pas, dit-elle. De plus, à ses yeux, personne n'est normal. Le mot normal n'a pas de sens. C'est juste un de ces mots de psychologue à la mode.

Hardy avait suffisamment entendu ce jargon pour la comprendre. En tout cas, la jeune femme lui donnait champ libre pour ses questions.

— Que s'est-il passé au Costa Rica ? Y avez-vous rencontré quelqu'un ?

Elle le considéra puis se détourna.

— Non. Je me suis dit que ce n'était pas une bonne idée.

— Alors qu'avez-vous fait ?

De nouveau, elle posa les yeux sur la fenêtre.

— Les premiers jours, je suis restée à l'hôtel. Après, je suis allée à la plage, j'ai lu des livres.

Lui demander lesquels ? Non, il n'avait pas l'intention de l'interroger. Comme le viol, tout ce qui s'était passé au Costa Rica n'aurait pas de conséquence sur ce qu'elle avait fait ou pas fait en décembre dernier.

— Vous ai-je dit que j'avais rencontré votre mère ?

— Vous deviez le faire. Comment allait-elle ?

— Mal, Jennifer. Votre père l'avait tabassée.

L'image de Nancy DiStephano lui revint en mémoire. Il n'avait pas besoin d'en compter les détails à la jeune femme. Celle-ci regardait la table, rongeant l'ongle de son pouce.

— Je comprends ce que cela signifie... je parle des mauvais traitements. Cela se reproduit dans les familles d'une génération à l'autre, dit Hardy.

Elle leva les yeux, tristes.

— Nous avons connu cela, dit-elle. Et cela ne recommencera pas.

Puis elle prit un ton vif, sérieux, et presque gai.

— Quoi d'autre, Mr Hardy ? Vous disiez avoir des questions à me poser.

Hardy sortit son bloc-notes de la mallette. La veille, il avait revu les notes prises lors de la visite de la maison.

Oui, elle était restée chez elle les mois qui avaient précédé son arrestation. Mais elle n'avait jamais eu le courage de monter à l'étage. Une fois, elle était allée dans leur chambre prendre ses vêtements et quelques objets. Cela l'avait bouleversée à un tel point qu'elle n'avait jamais été capable d'y remonter.

— Mais comment avez-vous fait pour l'inventaire de Terrell ?

— Hum, c'est pour ça que je me suis trompée. Il ne manquait rien au rez-de-chaussée, pas même mes bijoux. Je n'ai pas pensé au revolver. (Elle battit l'air d'une main.) Je sais. Une grosse erreur.

À certains moments, elle avait pu cacher la vérité, pas cette fois.

Hardy en eut la conviction.

— Existerait-il un autre revolver ? demanda-t-il.

— Quel autre revolver ? Où ça ?

— Je ne sais pas. Matt en avait peut-être un ? Un jouet ?

Elle infirma d'un mouvement de tête.

— Non. Nous ne l'aurions pas permis. Là-dessus, Larry et moi, nous étions d'accord. Quand il était interne, il avait vu trop d'accidents.

— Donc pas de revolver ?

— Pas de revolver. Pourquoi cette question ?

— Une question piège. Le chien qui aboie dans la nuit.

Cette fois, elle laissa échapper un soupir.

— C'est fatiguant, Mr Hardy.

— Juste une encore. Une correcte. D'accord ?

Elle fit signe que oui.

— Crane & Crane.

Elle pencha la tête sur le côté.

— Je ne sais pas. Est-ce une devinette ?

— Un cabinet d'avocats. Le connaissez-vous ?

— Pourquoi ?

— Répondez-moi d'abord.

Elle secoua encore la tête.

— Cela ne me dit rien. Maintenant, dites-moi pourquoi.

— Il se peut que Larry les ait contactés.

Jennifer s'effondra une minute. Les surveillantes revinrent à leur bureau avec un paquet de chips Fritos qui allait de main en main.

— Je ne sais pas ce que ce pourrait être, dit Jennifer. Encore un truc inutile.

CHAPITRE 21

Son bureau lui plaisait mieux. La cible à fléchettes était désormais posée. En ce début d'après-midi, il revenait à une vieille habitude. « Le 20 Down », un jeu qui consistait à atteindre tous les numéros de la cible dans l'ordre décroissant en terminant par le mille. Pendant ses jours de gloire, Hardy le réussissait souvent en dix coups, soit trente fléchettes. Son record s'élevait à vingt-quatre tirs. Aujourd'hui, après huit coups, il butait sur le « 11 », habituellement son chiffre le plus facile, son chiffre fétiche aux jeux de hasard.

Freeman entra sans frapper. Hardy rata encore son tir.

— Ça ne se facture pas en honoraires, lui reprocha le vieil avocat.

— Je réfléchis, répliqua Hardy. Réfléchir, ça se compte.

L'avocat ferma la porte et vint s'asseoir sur un coin du bureau.

— Je réfléchis aussi, dit-il, je réfléchis au procès que nous avons dans deux mois, de sorte que Dean Powell aura des articles dans les journaux à temps pour son élection, et moi, je ne peux le repousser parce que ma cliente s'y refuse.

Hardy lança une autre fléchette, pile dans le « 11 ». La troisième, jetée au hasard, s'enfonça dans le « 10 ». Il reprenait la main.

— Et ensuite, poursuivit Freeman, je passe vérifier les progrès de mon as de l'enquête et celui-là est en train de jouer aux fléchettes. Suis-je le seul ici à être sous pression ? Ma question est juste, il me semble. Deux mois pour une affaire d'homicide. Du jamais vu.

— La première lecture de l'acte d'accusation a eu lieu il y a cinq mois.

— Et alors ? Qui savait qu'on allait la récupérer au Costa Rica ? Est-ce que Thomasino pense que nous avons préparé le procès pendant tout ce temps ? De quel côté êtes-vous, au fait ?

— Comme toujours, du côté de la justice et de la vérité. Mais dans deux mois, ce n'est pas le procès. C'est le début de la sélection des jurés.

Freeman n'était pas sans le savoir. Mains dans les poches, il s'approcha de la fenêtre et regarda d'un air attentif les bâtiments de l'autre côté de la rue.

— J'ai besoin d'un levier. Bon Dieu, Diz, il me faut *quelque chose*.

— Ce matin même, ne vous ai-je pas entendu dire aux journalistes que cette affaire était tellement bidon qu'il n'y aurait même pas de procès ?

— Vous pourriez écrire un livre avec ce que je raconte à la presse. Vous seriez surpris.

— Je suis sceptique.

— Ça a marché. Un bleu du service du procureur a lu dans les journaux que j'avais une bombe dans la manche, une preuve secrète qui fera exploser le procès et que je me retrouverai au Palais en train de plaider un homicide involontaire car cela aurait dû être justement un meurtre au second degré. Mais dans cette affaire... — Freeman se tut doucement, il secoua la tête — dans cette affaire, nous avons Jennifer, l'arme de Jennifer et les motifs présumés de Jennifer. Il nous faut absolument quelqu'un d'autre sur qui attirer l'attention.

— Les fameux « éventuels autres suspects ». (Hardy contourna le bureau et fit tourner les pages de son bloc-notes du bout du doigt.) Voilà tout ce que j'ai fait, David. Mais il n'y a pas de quoi se ruer, comme vous diriez, sur mes découvertes. D'autre part, cela vous calmera peut-être de savoir que je ne joue pas aux fléchettes pour passer le temps. J'ai un rendez-vous pour une autre affaire. D'ailleurs, mon rendez-vous a un quart d'heure de retard. Où est passé Mr Frankl ?

Freeman se détourna de la fenêtre pour le regarder.

— Qui est ce Mr Frankl ?

— Ma conduite en état d'ivresse. Il dit qu'il a réfléchi à une défense.

— Pour une conduite en état d'ivresse ? J'aimerais entendre ça. Nous pourrions nous faire de la monnaie.

La sonnerie du téléphone retentit.

— C'est lui. Je vous donnerai des nouvelles.

Freeman était déjà à la porte. Hardy décrocha. ce n'était pas Mr Frankl. Mais Sam Bronkman, de la Mission Hills Clinic. Il venait de se souvenir d'une histoire à propos de Larry Witt qui pourrait intéresser Hardy.

***

Hardy arriva à la clinique en fin de journée. Il se gara à l'ombre des bâtiments. Un petit vent du soir fit voler les pans de sa veste quand il sortit de voiture. Il se prépara à traverser la grappe de manifestants. Les mêmes gens, les mêmes locaux, le même vent.

La salle d'attente du service OG-GYN était sombre et déserte. Le store derrière la vitre de l'accueil était tiré. Hardy sentit ses muscles se bander, il était sur le point de sortir quand il se ravisa et frappa à la vitre. Il était ici. Autant s'assurer qu'il y avait quelqu'un.

Un rai de lumière apparut par une fente dans le store. Puis le rideau fut remonté. Sam lui sourit et lui indiqua l'entrée du bureau par derrière avant de refermer le store.

La porte grinça et la tête de Sam apparut, telle une tortue sortant de sa carapace. Prenant Hardy par le bras, il l'entraîna à l'intérieur.

— La voie est libre, dit-il. Impossible à croire. On ferme à seize heures trente. Les gens arrivent à cinq heures et s'imaginent entrer tranquille. Si on reste ouvert, on veille toute la nuit.

Tout en bavardant, Sam se dirigeait vers la salle de repos des employés. Pour mobilier, des chaises jaunes en plastique, des tables blanches en métal, des distributeurs automatiques de boissons, un micro-onde. La pièce n'avait pas de fenêtres. Ils prirent place à l'une des tables.

— J'aurais dû m'en souvenir quand vous êtes venu l'autre jour, surtout quand vous avez parlé du personnel mais — Sam fit claquer ses doigts dans les airs — la tête, parfois, elle met du temps. Un coup vous y êtes, et puis — il fit avec les mains un grand cercle au-dessus de lui — pouf, plus personne à la maison.

— Pas de problème, Sam. J'apprécie votre coup de téléphone, peu importe quand cela vous revient en mémoire. Et vous vous êtes donc souvenu de quelque chose ?

Sam hocha minutieusement la tête.

— Pendant le week-end. Avez-vous lu un article concernant un sénateur qui refusait que sa fille subisse un avortement ? Bref, j'étais chez Jason — c'est mon ami — et j'étais en train de lire cet article quand tout à coup, c'était comme, je sais pas, un genre de vision, juste — Encore une fois un geste des mains —whaouh, ça y était.

Hardy lui sourit.

— Quoi donc, Sam ?

— Le Dr Witt. Le même truc.

— Le Dr Witt avait une fille ? demanda Hardy.

— Non. Pas du tout. (Sam lui tapa sur le bras.) Non, écoutez, ce truc personnel, le rapport, c'est qu'il y avait une fille, Melissa Roman, à qui ses parents avaient interdit d'avorter, vous comprenez. (Il roula des yeux.) Super, hein ? Ah, ces gens, je ne les comprendrai jamais... (Soupir.) Bref, elle a essayé toute seule — d'avorter — et ça a mal tourné.

— Que s'est-il passé ?

De nouveau, Sam engloba l'univers avec ses bras.

— La fille a fini par atterrir ici. Le Dr Witt s'y connaissait en tuyauterie de nana et il était bénévole. Il a appelé une ambulance sur-le-champ. Mais avant qu'elle arrive ici, la fille était morte.

— Les parents ont accusé Witt ?

— Vous y êtes, répondit Sam. Ils allaient pas s'accuser eux, hein ? Il leur fallait quelqu'un et Melissa était morte — pas correct de dire que c'était sa propre faute, n'est-ce pas ? — alors, ils ont choisi le docteur. Ils ont décidé qu'il était en partie responsable de l'avortement qui avait tué leur fille.

Une logique qui n'avait pas de profondeur mais Hardy supposa qu'elle sonnait vraie pour les parents en deuil. Il se pencha vers Sam.

— De quelle manière les Roman s'en sont-ils pris à lui ? Quand est-ce que c'est arrivé ?

Sam hocha la tête, satisfait de lui-même.

— J'ai regardé aujourd'hui. C'était l'année dernière, juste avant Thanksgiving.

— C'est-à-dire un mois avant l'assassinat de Witt.

— Juste.

— Qu'ont-ils fait ? L'ont-ils menacé d'intenter un procès pour dommages-intérêts ? Quoi donc ?

Sam haussa les mains et se lança dans l'histoire.

— Je ne sais pas tout. Je sais que Roman est venu ici deux fois. La seconde fois, on a dû appeler le service de sécurité. Ensuite, juste après, le Dr Witt a dit qu'il pourrait arrêter le bénévolat, que c'était trop. Quelqu'un avait cassé les fenêtres de sa voiture et il était persuadé que c'était ce Roman.

— Est-ce qu'il l'a déclaré à la police ?

— Je n'en sais rien.

C'était un élément que Hardy pouvait en toute légalité rapporter à Terrell, et même à Glitsky. Une atteinte contre quelqu'un qui avait été tué moins d'un mois plus tard.

Si Larry l'avait signalé.

— L'autre truc, expliquait Sam, c'est que je ne sais pas si Roman avait intenté un procès contre lui ou la clinique. Mais je vais vous dire une chose...

Hardy attendait.

— Qu'est ce que vous pensez de ça ? Si vous avez l'intention de descendre quelqu'un, vous ne lui collez pas un procès sur le dos, pas vrai ? C'est peut-être pour cette raison que je n'en ai jamais entendu parler. Sinon, pourquoi Roman n'aurait pas attaqué la clinique ?

Bonne question.

* * *

Il trouva la maison vide à son retour. Une sensation de solitude commença à l'envelopper, pesante et froide comme le brouillard si familier de San Francisco.

Il avait vécu seul ici une bonne partie de ses dix ans de célibat avant de se mettre en ménage avec Frannie. Les souvenirs n'étaient pas tous agréables. Il ne regrettait quasiment rien de cette époque, quand la maison était plus petite (sans la chambre de Vincent), plus sombre (sans l'éclairage naturel des nouvelles ouvertures), plus froide. Simplement plus froide.

Quand il rentrait du bar ou d'un match de base-ball, il filait à son bureau avec une bouteille de Guinness. Il s'asseyait à la table sous la lumière de sa lampe verte de banquier, il lisait ou jouait aux fléchettes, il nettoyait ses pipes, qu'il ne fumait plus, ou taillait quelque chose au couteau. Il allumait son poêle à charbon.

Tout ce qu'il faisait, il le faisait seul, même en compagnie d'autres gens. Il n'avait jamais pensé qu'il était solitaire. Il n'était pas solitaire, il était seul. Et maintenant, il savait la différence.

Frannie n'avait pas parlé de sortir. Elle avait pu aller au marché, bien qu'ils aient passé le week-end à la maison, avec un tour au supermarché le samedi.

Il ne savait pas où ils étaient et cela l'inquiétait, contre toute raison. Sur le chemin du retour, il avait pensé à Jennifer, Larry, les Roman, la feuille oubliée — volontairement ? — par Lightner.

Toutes ces pensées s'étaient envolées à présent. Il regarda par la fenêtre de la chambre de Vincent s'ils n'étaient pas dans la cour, malgré la fraîcheur des soirées de juillet. Personne. Il donna à manger à son poisson tropical, regarda l'heure, s'apprêta à appeler le Shamrock puis changea d'avis, regarda l'heure à nouveau. Il ne savait pas. Aucun message.

Il n'allait pas rester assis là, à se faire envahir par ce vieux sentiment de vide qui montait. C'était du passé et sa soudaine réapparition lui donnait la frousse. Était-il arrivé quelque chose aux enfants ? Frannie avait-elle dû partir avec précipitation aux urgences, sans même le temps de lui griffonner un mot ? Il quitta la cuisine, partit vers l'entrée et revint en jetant un coup d'oeil dans chaque pièce. Il s'ordonnait de ne pas chercher des traces de sang sur le sol.

Il ôta son costume pour enfiler un short, un sweat-shirt et ses baskets. Il avait un parcours de jogging de sept kilomètres depuis chez lui. Direction la plage, le Golden Gate Park à traverser, la Lincoln Avenue en revenant par le Shamrock sur la 9ème Avenue, et la maison. Quarante-cinq minutes en tout.

Il regarda sa montre. À sept heures, il serait revenu. Il laissa un mot sur la table de la cuisine, sous la salière. Frannie saurait au moins où il était parti.

* * *

Frannie l'accueillit par un baiser. Elle était dans la cuisine, en train de faire sa sauce aux palourdes pour des spaghetti. Elle chantonnait. Rebecca vidait un arrosoir dans les casseroles qu'elle avait posées par terre. Vincent était à côté d'elle dans sa chaise. L'eau bouillante des pâtes avait recouvert les fenêtres de buée. Le soleil brillait encore. Dans sa maison, il n'y avait rien de vide, d'effrayant ou de sinistre.

Hardy partit prendre une douche. Il se reprocha sa paranoïa, se demandant comment se faisait-il qu'il vieillissait ainsi.

CHAPITRE 22

Le mercredi matin, Frannie retourna à la prison. Jennifer était assise sur un banc dans la salle des visites. Un bruit métallique retentit dans son dos. Un objet avait été lancé contre les barreaux et était tombé par terre. Surprise, Frannie s'était levée de sa chaise. Se forçant à sourire, elle se rassit.

— Je déteste ces bruits, dit-elle. Cela me fait toujours bondir à dix kilomètres.

— Cela ne m'ennuie plus maintenant. L'habitude, je devine, fit Jennifer qui baissa les yeux sur ses mains. Larry avait la manie de jeter les choses, alors quand j'entendais ce bruit, je savais que c'était presque fini.

— Qu'est-ce que vous voulez dire ?

— La tension, celle qui monte jusqu'à ce qu'il explose. C'était comme un soulagement quand enfin, ça sortait.

Frannie mit une main sur la vitre de Plexiglas. Jennifer colla ses mains contre la sienne. Ce toucher par procuration était né entre elles. C'était leur troisième rencontre. Leurs mains ne bougeaient plus. Frannie regarda les siennes, et son alliance. Elle blêmit.

— Ça va ? lui demanda Jennifer.

— Ça va. Mais parfois...

— Qu'est-ce qu'il y a ?

— Excusez-moi. Un instant de faiblesse. Ce n'est rien. (Frannie ébaucha un sourire.) Je ne sais pas ce que c'est.

— Vous avez l'air triste.

Frannie hocha la tête.

— C'est ce que je ressens. Comme si tout d'un coup, les choses cessaient de — Elle chercha le mot juste— de résonner, dirais-je.

— C'est peut-être simplement la dépression après l'accouchement. Cela peut durer six mois, vous savez, même plus longtemps. Après Matt...

Jennifer se tut, surprise par le nom comme s'il venait de nulle part. Elle respira profondément et reprit :

— Après Matt, les premiers temps, c'était l'euphorie et soudain, le trou noir, et cela ne me quittait plus.

— Peut-être, admit Frannie d'une petite voix. Je ne sais pas. Je ne crois pas. (Elle reposa sa main sur sa cuisse.) Je voulais vous dire... mon premier mari a été tué également.

Frannie lui raconta. Il s'appelait Eddie Cochran, il avait vingt-cinq ans, il était son mari et l'ami de Hardy. Ce dernier avait aidé à découvrir le meurtrier, et cinq mois plus tard, ils étaient mariés. Elle parla des mauvais moments qu'ils avaient passés tous les deux. La culpabilité certainement. Le rythme des choses. Mais sa tristesse semblait venir de plus profond.

— Tout s'est passé si vite, vous comprenez ?

Jennifer écoutait, absorbée, les yeux brillants. Une autre femme avait des problèmes, une autre femme était triste. Elle n'était pas si seule. Un réconfort quelque part.

— D'abord, il y a eu Eddie, et puis Dismas et moi. En un rien de temps, je me suis retrouvée mariée pour la deuxième fois, et Rebecca allait naître. Ensuite, avant que j'aie pu réaliser ces changements, j'étais de nouveau enceinte de Vincent. Et maintenant... maintenant quand je m'arrête un instant, je regarde en arrière et j'ai l'impression d'avoir couru, couru, comme une folle, comme si je fuyais quelque chose. C'est compréhensible ?

— Oui, la rassura Jennifer. Je me dis parfois que l'astuce, c'est de ne pas s'arrêter de courir pour ne pas penser. Une fois que vous vous êtes arrêtée, alors...

Lentement, Frannie posa les coudes sur la table.

— Aujourd'hui, je me balançais sur la chaise en donnant le sein à Vincent, et brusquement, j'ai fondu en larmes. De gros sanglots. Pourquoi, quand je regarde ma vie et que tout va bien ? Jour après jour, je suis heureuse, Dismas et moi, nous nous entendons bien. J'aime mes enfants. Je ne comprends pas.

— Votre premier mari vous manque ?

— Un peu. Mais je me suis habituée à sa disparition. Il ne reviendra pas, je le sais. Ce n'est pas ça. Ce sont des choses pas encore réglées, sur lesquelles je n'ai pas réfléchi. Me voilà mariée avec deux enfants, c'est ma vie, et je ne sais même pas comment je suis arrivée là.

Jennifer gratta avec ses ongles la table déjà rayée.

— En parlant de ne pas savoir comment on arrive quelque part, murmura-t-elle.

Frannie ébaucha un sourire.

— Regardez-moi, je suis ici en train de vous parler. Je n'ai aucune raison de me plaindre en voyant où vous, vous êtes.

— C'est bon, dit Jennifer, c'est bon. Je ne vais pas y rester toute ma vie. D'une certaine façon, je ne suis pas ici.

— Je ne sais pas comment vous pouvez le supporter.

Jennifer se reprit en une minute, elle avala sa salive, s'obligea à sourire.

— Je n'ai pas trop le choix... Il est correct avec vous, n'est-ce pas ? Il ne vous maltraite pas ?

— Qui ça ?

— Votre mari.

— Dismas ? (Frannie remua sur sa chaise.) Oui, enfin je veux dire, non, il ne me maltraite pas. Il m'aime.

Jennifer parut demander le rapport de cause à effet.

— Et Eddie ?

— Eddie, me faire du mal ? Jamais.

Jennifer se repoussa contre le dossier de sa chaise, elle passa les mains dans ses cheveux.

— Ce doit être moi, dit-elle. J'ai toujours pensé que cela venait de moi.

— Mais qu'est-ce qui vient de vous ?

Les épaules rentrées, Jennifer se pencha vers la vitre et lentement, elle y posa la main. Frannie l'imita. Elle eut presque la sensation d'éprouver la chaleur de la jeune femme.

— Qu'ils me frappent tous.

* * *

Dean Powell, dans son bureau du troisième étage, écoutait un autre adjoint lui faire l'analyse des qualités propres d'un « coups et blessures avec circonstances aggravantes ».

Au Palais de Justice courait un certain code de langage. San Francisco avait la réputation méritée d'être la ville la plus politiquement correcte. Vous pouviez être mis à la porte, ou pire, si fonctionnaire municipal, il vous arrivait par inadvertance d'utiliser un mot n'ayant pas reçu l'approbation officielle — ou le contraire — par un groupe quelconque.

Dans les services de police et ceux du procureur général, ces écarts de langage étaient fréquents. C'est pourquoi il s'y était développé un langage interne très sophistiqué, inintelligible au visiteur, même s'il passait la journée au Palais.

Dean Powell, dans sa course au siège de ministre de la Justice de l'État, exerçait encore comme procureur, et jusqu'à novembre, il devait surveiller sa façon de parler. Toutefois, un traducteur lui était inutile.

— Si tu veux mon avis, lui expliquait Tony Feeney, on a là une solide GLM. Des professionnelles, un conflit à propos d'un financement. Les deux sont canadiens. Je crois qu'elle va se défiler comme les trois dernières fois.

Feeney venait prendre l'avis d'un expert tel que Powell pour savoir s'il devait se donner la peine d'inculper Mr Duncan J. Dunlap pour agression sur la personne de Byna Lewes, sa concubine — une « professionnelle ».

GLM signifiait dans leur langage un cas dans lequel l'inculpé proclamait haut et fort à la police que la femme qu'il venait d'agresser ou de tuer l'avait provoqué. GLM pour la « Garce Le Méritait ». Dans cette affaire, Dunlap croyait que Lewes lui cachait des choses et risquait de se tourner vers un autre proxénète. Feeney imaginait Lewes capable « de se défiler », c'est-à-dire qu'elle refuserait de témoigner ou qu'elle se rétracterait à la barre. Et si les deux personnes en question étaient afro-américaines, ceux qui appliquaient la loi disaient « Canadiens » pour ne pas choquer les oreilles.

Byna Lewes avait promis de témoigner contre Dunlap les autres fois où ce type l'avait battue, mais à chaque fois, elle avait craqué, en disant qu'il regrettait sincèrement (pour de bon cette fois) et qu'il l'aimait vraiment. Il avait surtout besoin d'aide, d'ailleurs, si la ville pouvait prendre en charge les honoraires de son avocat...

Powell croisa les mains derrière la tête.

— Tu t'es jamais demandé pourquoi on persiste ?

Feeney n'avait pas de réponse. Il s'assit en face de celui qui avait une chance de siéger bientôt à Sacramento, vibrant d'espoir qu'il ne l'oublierait pas alors.

— Est-elle salement amochée ? demanda Powell.

Feeney ouvrit le dossier pour en tirer les photos.

— Non Tony, fais-moi simplement une description, le stoppa Powell de la paume de la main. C'est moche à quel point ?

Les Polaroïds avaient été pris par le policier qui avait procédé à l'arrestation, dans la chambre de l'hôpital, peu après l'agression. Byna n'avait pas encore été soignée. Son oeil gauche était fermé et gonflé, son nez paraissait cassé ; il y avait du sang sur ses cheveux et son oreille. Feeney regarda le rapport de police qui mentionnait également un bras démis.

— Pas mal, commenta Powell. On l'inculpe ?

Il en venait à l'essentiel du problème. Si Byna se montrait coopérative, Mr Dunlap serait inculpé et la justice se mettrait en marche. Si, d'un autre côté, la victime refusait de les aider, si elle ne venait pas témoigner — chose fréquente dans ce genre d'affaire — tout s'écroulait.

— Ouais, c'est pas gagné d'avance, voilà le problème. Là-dedans (Feeney montra le dossier.) Mme Lewes a dit qu'elle en avait assez, qu'elle viendrait dès sa sortie d'hôpital faire une déposition et qu'elle se débarrasserait de ce fumier.

— Alors que s'est-il passé ? Il est venu la voir ?

— Il aurait bien voulu mais il était en prison à ce moment-là. Seulement, naturellement, dès qu'il a payé sa caution et qu'il est sorti, il lui a acheté des fleurs, des bonbons, et il s'est excusé. Cette fois, elle n'est pas sûre de le croire mais elle a si peur qu'elle ne veut pas témoigner.

— Logique. Bon raisonnement.

— *Mais...* — Feeney leva un doigt — elle dit que si nous lui donnons une assignation à comparaître, elle viendra témoigner.

— Quelle citoyenne ! Quelle belle histoire. Et tu me demandes ce que je ferais ?

— Je sais ce que tu ferais, Dean. Je voulais savoir comment tu le justifierais. Y'a un troisième problème. On a un témoin qui dit qu'elle témoignera. Comment tu laisses pisser ?

— Tu ne laisses pas pisser Tony. Tu déposes l'affaire au tribunal, tu ne lâches pas la main de cette fille, et tu essaies de ne pas être trop triste si elle ne pointe pas le bout de son nez au procès.

* * *

Le vieil immeuble de David Freeman se situait à l'angle de Sutter Street. Un escalier avec une rampe ornée de volutes menait à son repaire, au premier étage. Le hall d'accueil, au rez-de-chaussée, était agréablement aménagé. Il y avait une petite bibliothèque et une salle de conférence qui donnait sur une petite cour intérieure en brique où courait du lierre. Quatre ans avant, Freeman avait fait refaire la décoration du rez-de-chaussée, un ensemble de miroirs lui donnait une impression d'espace.

En haut de l'escalier, Phyllis Wells tenait les gaffeurs à distance, les gaffeurs étant le surnom des avocats collaborateurs.

Depuis trente-deux ans, la secrétaire travaillait avec David. Des collaborateurs, elle en avait vu défiler. Frais émoulus diplômés en droit, espérant profiter de la réputation du brillant avocat David Freeman, se tailler leur part de renom en ville et devenir son associé d'ici six à sept ans. La plupart ne restaient que deux ans.

Pas un ne s'était accroché pour s'associer à lui. Ils travaillaient douze heures par jour, les soirs, les week-ends, ils montaient les dossiers, ils vivaient même parfois l'expérience du tribunal, puis ils partaient, soit pour ouvrir leur propre cabinet, soit pour une grosse société, dans le domaine de la loi ou non.

La raison ? David Freeman ne voulait pas d'associés. Ce n'était pas pour rien qu'il avait appelé son cabinet David Freeman & Associés.

Il n'aimait pas déléguer. Non, pour Phyllis, c'était autre chose : il était incapable de déléguer. C'est pourquoi elle trouvait la relation avec Dismas Hardy un peu inhabituelle. Hardy faisait le travail que Freeman avait toujours effectué lui-même. Et son patron en semblait satisfait. C'était si peu dans son caractère qu'elle s'en inquiétait. David serait-il malade ? Il lui dirait quand même...

Oh, elle n'avait rien contre Hardy. Il dégageait une bonne impression. Il avait des traits taillés à coups de serpe, qui lui donnait sa beauté, il n'était pas trop mince. De temps en temps, elle le trouvait d'un humour un peu trop vif, mais elle avait tellement vu d'avocats graves dans ces couloirs. Lui, il ne semblait pas se prendre *tant* au sérieux. Cela faisait du bien.

Freeman lui avait donné la consigne de laisser entrer Hardy quand il le désirait. Bien sûr, il n'était pas un collaborateur, pas un de ces gaffeurs. Il n'était même pas « de conseil ». Il louait simplement une pièce.

Difficile de prévoir ses allées et venues. Elle trouvait qu'il commençait à lui manifester une certaine confiance, et il le pouvait. Certes, au départ, quand Freeman avait proposé à Hardy que Phyllis travaille pour lui, elle l'avait regardé d'un sale oeil. Mais l'affaire marchait bien. Hardy étant au quatrième étage, ils communiquaient par un interphone dont il se servait rarement.

En ce moment, son patron plaidait au tribunal, Hardy était ici. Il avait surgi en haut de l'escalier, passé son chemin. Claquement de doigt et demi-tour. Il était revenu lui demander comment Jennifer Witt était entrée en contact avec eux. Elle croyait qu'il le savait déjà. Oh, ce n'était pas si important, c'était en passant devant elle que la question l'avait traversé.

Jennifer Witt était la cliente de David, rien à y redire, même si Phyllis se souvenait que Hardy s'en occupait depuis le début. Si elle avait appris une chose en trente-deux ans dans la partie, c'est que l'information valait de l'or et qu'il fallait la réserver — principalement — aux personnes concernées.

— Je viens juste de réaliser, disait Hardy, que jusqu'ici, j'ai appris tout ce que je pouvais sur cette femme et je ne sais même pas comment nous nous sommes retrouvés engagés avec elle. La première fois que je l'ai rencontrée, elle croyait que j'étais David Freeman, donc elle ne le connaissait pas non plus, je ne me trompe pas ?

Phyllis ajusta ses lunettes, un sourire aux lèvres.

— Vous ne le lui avez pas demandé ?

Hardy s'appuya contre la cloison qui séparait l'antre de la

secrétaire du couloir.

— Si je me souviens bien, dit-il, elle a parlé des avocats de son mari mais je ne sais pas qui ils sont.

— Elle ne pourrait pas vous le dire ?

— Si. Si je vais au Palais, que je paie quatre dollars pour le parking, que je prends l'ascenseur le plus lent des États-Unis pour monter au septième étage, qu'après avoir été fouillé, j'attends un quart d'heure avant qu'ils n'amènent Jennifer pour enfin lui poser la question.

Il lui faisait du charme, Phyllis le savait aussi et ne s'en formalisait pas. Il lui fit un grand sourire.

— Phyllis, vous avez toujours la réponse à mes questions avant que je ne vous les pose. C'est incroyable.

* * *

Jennifer Witt avait été adressée à Freeman par Donna Bellows, du cabinet Goldberg Mullen & Roake. Hardy téléphona.

Milieu de semaine, milieu de journée : il l'eut directement. Il se présenta. La froideur de la voix aiguë qui lui répondit le saisit.

— Mr Hardy, ce n'était peut-être pas clair à l'époque, mais non seulement nous ne nous occupons pas d'affaires criminelles mais en plus, personnellement, je ne voulais rien avoir à faire avec Mme Witt. Donc, je ne suis guère décidée à vous aider. Je regrette.

— La connaissiez-vous ? En personne ?

Hardy avait une idée en tête. Il devait la faire parler ou elle raccrocherait.

— Je n'ai jamais rencontré cette femme. Je n'en ai pas eu envie non plus. À présent, excusez-moi mais...

— Si vous le permettez — une petite question. Auriez-vous quelque chose à me dire à propos de Crane & Crane ? Y a-t-il un rapport avec le Dr Witt ?

Silence. Réflexion. Mme Bellows et lui n'étaient pas de véritables adversaires. L'honnêteté qu'elle éprouvait vis-à-vis de son client Larry Witt pouvait jouer, mais de bons avocats s'efforcent de respecter une politesse professionnelle. Hardy comptait là-dessus. Il l'entendit soupirer. Elle poursuivrait cette discussion qu'elle trouvait déplaisante.

— Très bien, Mr Hardy. J'aimais bien Larry Witt. J'ai lu les journaux. Je crois malheureusement que c'est sa femme qui les a tués, lui et leur fils.

— Ce qu'ont raconté les journaux vous fait croire cela ?

— Oui, et d'autres choses.

— Quelles autres choses ?

Une autre pause. Pour réfléchir ? Pour préparer son refus de répondre ?

— Si nous revenions à l'autre question, voulez-vous ? dit-elle.

Il y avait peut-être dans ces autres choses un filon d'informations, mais s'il voulait en apprendre sur Crane & Crane, il devait la laisser maître du jeu. Ses investigations de la veille et du matin même avaient été plutôt frustrantes. Une chimère que cet « éventuel autre suspect » — les parents de Melissa Roman, Molly, la première femme de Witt, un certain Dr Heffler dont le nom était inscrit sur la fiche du Dr Lightner. Il n'avait pas encore discuté avec eux. Pour le moment, il avait Donna Bellows au téléphone et il prenait tout ce qu'elle voulait bien lui révéler.

— Crane & Crane. Un rapport avec Witt ?

— Ce nom me dit quelque chose dans le sens où je crois l'avoir déjà entendu, c'est tout.

— C'est un cabinet de Los Angeles.

— Possible. Vous disiez Larry et qui ?

— Je ne sais pas. Il les a appelés quelques jours avant sa mort.

— Avant son assassinat, si vous permettez. Il n'est pas mort de sa belle mort. Il a été tué.

Hardy l'entendit respirer longuement. Elle continua.

— J'étais son conseiller financier. Ce Crane, avec tout mon respect, Larry Witt a pu y faire allusion dans un certain contexte. C'était il y a six mois environ ? Ce ne pouvait être à propos d'une chose importante en tout cas. Je ne me souviens pas du tout mais je peux rechercher.

— Cela ne vous dérangerait pas ?

— Franchement si, Mr Hardy. Je n'aime pas voir mes clients mourir d'une balle dans le corps. Cela m'ennuie vraiment. Et je ne veux pas aider leurs assassins à sortir de prison. Mais je regarderai. J'ai dit que je le ferai, donc je le ferai.

Hardy la remercia.

— Je vous rappellerai, dit-elle et elle raccrocha.

* * *

Le mercredi soir n'avait pas d'autre tradition que d'être « le soir de rendez-vous » où toute fantaisie était permise. Avant la naissance des enfants, Frannie et Hardy avaient fait des escapades jusqu'à Los Angeles, Reno ou Santa Fe, suivant l'impulsion du moment, parfois pendant plusieurs jours. Hardy téléphonait au Shamrock pour se faire remplacer et ils allaient au casino ou écumaient les galeries, ou ils prenaient le ferry à Long Beach pour partir sur Santa Catalina, l'île romantique.

Ce soir, ils étaient à bord d'un autre ferry qui traversait lentement la baie pour Sausalito. Près d'Alcatraz, la mer devint agitée, le vent fort, le soleil disparut derrière un nuage de brouillard qui enveloppait le Golden Gate Bridge. La température n'excédait pas les dix degrés.

— Ah l'été !

Frannie regarda Dismas inspirer l'air vivifiant. Ils se trouvaient sur le pont supérieur du bastingage avant, offerts au souffle du vent et aux jets d'écume.

— Rien de tel que la mi-juillet pour se débarrasser du cafard de l'hiver.

Frannie s'appuya à deux mains au bastingage.

— C'est peut-être ça, dit-elle. Le cafard de l'hiver.

Elle leva les yeux vers son mari, un sourire aussi effacé que le soleil. Il passa un bras autour d'elle, l'attira dans la chaleur de son manteau. Elle se pelotonna contre lui.

— Ça va ? demanda Hardy.

Devait-elle lui parler ? Elle avait l'impression de se dérober, de tricher avec lui. Mais elle n'avait pas envie maintenant de plonger dans une discussion sérieuse. Elle n'avait pas besoin non plus de tout expliquer à Dismas. Elle l'aimait, mais elle menait aussi sa propre vie, avec ses propres sentiments.

Ses rencontres avec Jennifer avaient fait remonter des choses à la surface, et c'était bien. Quand elle aurait trouvé les causes de son malaise, elle pourrait mieux s'y attaquer. Se questionner sur soi-même ne la menaçait ni elle, ni Dismas, ni les enfants. Elle les aimait tous. Ce n'était pas ça.

Elle avait commencé à l'expliquer à Jennifer. Tout s'était passé si vite qu'elle n'avait pas pris le temps de se pencher sur elle. Elle s'était perdue. Qui était Francine Rose McGuire Cochran (et maintenant Hardy.) ? Comment en était-elle arrivée là ? Que pensait-elle de sa vie ?

N'était-elle que la moitié des hommes avec qui elle vivait, la mère de leurs enfants ? Non, ni pour Dismas, ni pour Eddie. Avec Eddie, ils avaient vécu une aventure. Il allait commencer son troisième cycle à l'université quand il avait été tué. Avec l'argent qu'ils économisaient, ils profitaient de la vie, ils s'amusaient à découvrir de nouveaux endroits. Soudain, sans prévenir, Eddie disparut. Et Dismas apparut. Pas sur le territoire d'Eddie, proche de lui pourtant. Et deux ans plus tard — ou cinq minutes ? — elle était une maman au foyer, sans souci d'argent, avec Dismas qui connaissait déjà tous les bons restaurants et les endroits les plus fantastiques, avec Dismas qui avait déjà vécu ce temps de la découverte et qui avait déjà organisé sa vie.

Vivre chez lui, dans sa maison, par exemple. Bien sûr, c'était une décision commune. C'était tellement plus sensé. Et elle aimait bien la maison. Elle l'avait arrangée à son goût. Mais cette maison restait la maison de Dismas, elle n'était pas vraiment la leur.

Leurs amis aussi. Ils étaient tous les amis de Dismas. Abe, Flo, Pico, Angela. Même Moses était un ami de Dismas bien avant qu'elle ne fût dans l'histoire. Elle les aimait tous bien, ce n'était pas le problème. Mais elle ne les avait pas rencontrés par elle-même.

Où étaient ses amis d'antan ? Ceux qu'elle avait connus avec Eddie ? Ne comptaient-ils pas ? Pourquoi ne faisaient-ils plus partie de sa vie actuelle ? À cause des enfants, de Dismas, ou d'elle ?

Elle savait que Dismas n'approuverait pas qu'elle continue à voir Jennifer. Au départ, elle avait simplement voulu connaître Jennifer pour se rassurer.

Mais à présent, il se passait autre chose, d'important, qui faisait ressurgir une partie de son être enfouie pendant ces deux dernières années. Peut-être qu'en discutant avec Jennifer — par exemple, pourquoi celle-ci s'était laissé battre par ses deux maris — Frannie pouvait l'aider à changer, à voir la vie plus normalement. Cela semblait valoir la peine, même si Dismas n'en savait rien.

Lui aussi avait certainement son jardin secret. On ne racontait pas tout à celui qui partageait votre vie.

Voir Jennifer lui faisait du bien. Elle était son amie, sa confidente. Dismas n'avait pas besoin d'être au courant. Elle pouvait choisir ses amis, prendre des décisions seule. Plus tard, elle lui dirait. Peut-être après la sortie de prison de Jennifer. Après le procès.

Elle était son propre maître. Mais d'une certaine manière, elle avait laissé le quotidien la ronger. Elle s'interrogeait même sur l'amour que Dismas lui portait (pourquoi, et jusqu'à quand ?), tout en se disant qu'elle méritait d'être aimée. Tu es une fille formidable. Merveilleuse, sensible, décontractée. Si tu ne t'aimes pas toi-même, comment peux-tu aimer quelqu'un d'autre ? Comment quelqu'un peut-il t'aimer ?

Le ferry venait d'entrer dans la zone abritée de Sausalito, le vent était tombé, la mer s'était assagie. Dismas resserra son étreinte.

— Coucou ?

Non, cela n'avait rien à voir avec leur amour. Elle l'aimait ; elle aimait son visage, son corps, son aisance pour aborder la vie. C'était juste elle qui réclamait d'exister plus par elle-même.

— Je suis là, dit-elle.

Elle l'embrassa sur la joue.

CHAPITRE 23

— Molly.

Hardy, assis au fond d'un fauteuil chez Freeman, rendait compte de son enquête. Freeman, en peignoir, assis à la table de la cuisine, prenait des notes au crayon.

— Molly n'était pas ici en décembre, répondit Hardy. Elle ne savait même pas qu'il était mort ou bien elle est meilleure comédienne que notre cliente.

— Comment a-t-elle pris la nouvelle ?

— Je crois que cela me déprimerait si quelqu'un accueillait ma mort avec autant de chaleur.

Freeman haussa ses sourcils broussailleux.

— Elle ne pouvait pas le blairer, même après toutes ces années. Il la battait, elle aussi.

Une autre manifestation des sourcils.

— Mais il ne battait pas Jennifer ? souligna Freeman.

— Ça, c'est notre défense, d'accord ? répliqua Hardy, la mine sérieuse. Il ne la battait pas. C'est ce qu'elle prétend.

— Il n'a jamais levé une main sur elle.

Hardy avait fini par interroger la première femme de Larry Witt. Elle était maintenant avocat conseil à Fargo, Dakota du Nord. Elle ne s'était pas remariée et elle n'avait pas vu le Dr Witt depuis cinq ans, pas plus qu'elle n'avait eu de ses nouvelles.

— Je me dis que quelqu'un pourrait vérifier si elle était vraiment dans le Dakota pour Noël, mais je la crois. La mort de Witt l'a remplie de joie.

Freeman posa son crayon, regarda par la fenêtre.

— Une minute, Diz. Quel genre de salaud était ce type ?

Hardy croisa les jambes, il réfléchit une minute.

— Au dire de tout le monde, c'était un citoyen modèle, un vrai professionnel, un père soucieux, un bon chef de famille. Il lui arrivait juste de tabasser ses épouses.

— C'est ce que vous croyez ?

— Pas vous ?

— Je ne sais pas pourquoi Jennifer ne veut pas le dire. Même si ce n'est pas la tasse de thé de la législature, il y a de bonnes chances qu'un jury l'acquitte et aucune chance qu'elle prenne la peine capitale. Powell ne la demanderait même pas.

Freeman faisait allusion à l'amendement que l'Assemblée de Californie avait failli adopter sur le syndrome de la femme battue comme circonstances atténuantes en cas d'homicide. Les tribunaux l'acceptaient bien souvent, il y avait jurisprudence en la matière, mais la récente action de la législature — ou son inaction — était un net recul pour les partisans de cette défense.

— Je n'arrive pas à comprendre sa résistance.

Hardy pouvait étudier toutes les explications de Lightner, c'était à Jennifer de reconnaître que Larry la battait. Elle aurait alors un motif.

— Parce que c'est ça, tout simplement, continuait Freeman. Ils sont capables — diable, plus que capables ! — de l'acquitter ! (Le vieil avocat se leva, s'étira puis se rassit.) Vous croyez qu'il la battait ?

— Oui, absolument. C'était un mordu de l'ordre. Elle s'écartait du chemin, il lui tombait dessus.

— Et elle sentait qu'elle ne pouvait pas partir ? Elle devait rester et encaisser ?

— C'est le portrait même, David. C'est la triste vérité. Il l'aurait poursuivie si elle était partie. Il aurait pris l'enfant. Il l'aurait tuée si elle avait essayé. La totale.

— Alors, c'est elle qui l'a buté avant qu'il ne la tue. Cela avait marché avec Ned, cela devait être facile avec Larry, hein ?

— Elle le dément, souligna Hardy en haussant les épaules.

— Bon. (Le crayon tambourina sur la table.) Je dois admettre que dans toute ma carrière, je n'ai pas vu beaucoup d'affaires aussi limpides. J'aimerais voir cette femme jouer au poker, voir si elle bluffe.

— C'est peut-être un Vulcain.

— Un quoi ?

Hardy s'étonna. David Freeman n'avait donc jamais vu « Star Trek » s'il ne savait pas que les Vulcains ne mentaient jamais ? Il promena son regard dans l'appartement. Possible après tout. Aucun signe de télévision.

— Pas grave, David. C'est une longue histoire. Vous voulez continuer ?

Le tambourinement cessa.

— Nous ferions mieux.

* * *

Après avoir quitté Freeman, Hardy remonta la rue et décida de s'offrir un déjeuner, seul, au Stanford Court. Il voulait une heure pour réfléchir.

Larry Witt n'avait pas signalé à la police l'acte de vandalisme sur sa voiture. Abe Glitsky n'en avait pas paru surpris. La population, avait-il expliqué, commençait à comprendre qu'à San Francisco, un simple délit était désormais banal. Quand il n'y avait pas de personnes physiquement atteintes, la police ne s'en mêlait pas. Ils n'allaient pas lancer des troupes après quelqu'un qui avait piqué un lecteur de CD à cinq cents dollars dans une voiture — ils n'avaient pas les moyens humains —, pas plus qu'ils ne feraient une enquête sur une pomme de pin qui aurait cassé un pare-brise. Pour parler d'une manière pratique, cela ne concernait pas la police. Hardy avait adoré — le vandalisme, *une force majeure*.

Il avait encore pris du saumon. Grillé avec un glaçage aux algues. Accompagné d'un verre de Chardonnay Hafner.

Frannie lui causait du souci.

Quelque chose ne tournait pas rond chez elle et elle ne se confiait pas. Peut-être était-ce parce qu'il continuait à travailler sur l'affaire Witt. Elle n'aurait pas dû se figurer qu'une visite à la prison allait tout transformer. Et visiblement, cela l'avait traumatisée.

Il n'aimait pas la voir malheureuse. Il passait peut-être trop de temps à courir pour David. À chercher un « éventuel autre suspect ». Le cynisme de cette histoire commençait à l'irriter. David semblait se moquer que Jennifer soit coupable ou innocente. Ce qu'il voulait, c'était éviter la prison à sa cliente. C'était son métier, disait-il. Était-il un être aussi froid ou bien ce soi-disant professionnalisme cachait-il une préoccupation plus profonde ? Il n'aurait pu le dire. Il avait du mal à cerner David et il soupçonnait ce dernier d'approuver cela. Rien n'était blanc ou noir. Ni avec Jennifer, ni avec son collègue Freeman, ni avec rien du tout. À en être épuisant.

Le serveur arriva et lui demanda s'il n'avait pas apprécié la cuisine. Monsieur n'avait pas touché à son assiette. S'il voulait commander autre chose, bien entendu...

Pour aujourd'hui au moins, Hardy décida de laisser tomber sa chasse aux « suspects ». L'essentiel au tribunal était d'apporter la preuve des mauvais traitements subis par Jennifer. Ceci établi, la question de sa culpabilité pourrait être débattue. Si la jeune femme coopérait.

En aucune façon, il ne laisserait Freeman ébranler sa conviction en des faits, en une certaine vérité objective. Un événement particulier s'était produit, à un moment précis et d'une façon précise. S'il voulait que justice soit faite, la première tache était de découvrir ces faits.

Il avait les affirmations de Ken Lightner. Il avait vu le corps marqué de la mère de Jennifer. Il avait l'aveu de la première femme de Larry que celui-ci la battait. Il avait même la reconnaissance par Jennifer que Larry et elle avaient eu « quelques disputes ».

Il avait des cartouches, mais il n'avait pas encore d'arme pour tirer.

* * *

Le Dr Saul Heffler était l'un des docteurs mentionnés sur la fiche « accidentellement » oubliée par Ken Lightner sur le banc au Palais de Justice. Son cabinet se tenait dans un immeuble à un étage sur Arguello, à mi-chemin entre le centre-ville et chez Hardy. Le docteur et l'avocat avaient joué à cache-cache au téléphone toute la semaine. Hardy avait décidé d'y mettre un terme, quitte à passer un moment dans la salle d'attente.

Les dieux étaient avec lui. Une place de stationnement l'attendait devant l'immeuble. C'était de bonne augure.

Par bonheur, la secrétaire ne s'encombrait pas de formalités bureaucratiques, elle l'informa simplement que le docteur pourrait certainement le recevoir dans environ une heure. Cela lui convenait-il ?

Hardy alla faire un tour dans Clement Street, s'offrit un café glacé à une terrasse pour chasser la lourdeur d'un bon repas arrosé, acheta des boucles d'oreilles pour Frannie à un vendeur de rue.

Il aimait cette rue. Il l'aimait pour ce qu'elle incarnait. Elle avait d'abord été russe, avec des magasins où l'on trouvait des *pirojki* et des boutiques d'antiquités. Puis elle était devenue une copie (assez) chic de Haight Street avec ses hippies et ses cafés dans la fumée d'encens. Aujourd'hui, un bazar oriental faisait l'animation de la rue ; des canards fumés au thé pendaient aux vitrines, un mélange d'odeurs de viande cuisinée, de fruits de mer, et de poubelle, flottait discrètement dans l'air et attirait le nez.

Il se baladait au soleil, ravi par les odeurs et la brise. Il acheta un ravioli au porc juste cuit à la vapeur et l'avala avec plaisir. À la vitrine d'une échoppe, il vit un kimono d'enfant couleur turquoise, il entra et l'acheta pour Rebecca ainsi qu'une chemise en soie pour son fils.

Il se réconcilierait avec Frannie. Les choses allaient changer. De quelle façon, il n'en savait rien, mais rien ni personne — ni la peur, le silence, la frustration, ni David Freeman ou Jennifer — ne les séparerait.

Puis il retourna chez le médecin, la secrétaire lui dit d'entrer.

* * *

Le cabinet était petit mais bien éclairé. Trois diplômes et près de six cents mouches pour la pêche décoraient les murs. La cinquantaine avait bien sonné chez ce toubib à la crinière poivre et sel. Il avait un visage aplati sans rides — signe d'une hérédité avec les Navajos ? — et une silhouette d'échalas. Il souriait facilement.

Hardy lui expliqua la situation. Il travaillait pour la défense de

Jennifer et il se demandait si ce monsieur l'aiderait à vérifier quelques points. Il lui montra une décharge signée par Jennifer qui autorisait son médecin à dévoiler son passé médical. (Hardy avait dit à la jeune femme qu'il avait besoin de voir ses dossiers médicaux par rapport à l'affaire du Costa Rica.) Le Dr Heffler l'assura de son aide. Que voulait-il savoir ? Hardy lui dit.

— Cela remonte à quatre ou cinq ans ? Au pied levé, je ne me souviens pas d'elle. Je demande à Joanie de ressortir le dossier. Nous conservons les archives à la réserve. Cela prendra deux minutes.

En attendant, ils discutèrent de pêche. Heffler partait le lendemain matin pour six jours dans l'immensité sauvage de l'Alaska. On y pêchait un saumon énorme et peut-être même y trouverait-il un omble chevalier de l'Arctique.

— Ne me parlez pas de saumon, plaisanta Hardy en se tenant l'estomac. Je crois que j'ai atteint ma limite.

Joanie entra avec le dossier qu'elle tendit au docteur et ressortit. Heffler parcourut quelques pages. Son visage s'assombrit.

— Vous voulez bien croire les gens. Vous vous demandez ce que vous avez réellement vu.

— Vous avez trouvé quelque chose ?

— Je ne sais pas ce que signifie pour vous quelque chose. J'aurais dû avoir des soupçons. Je ne comprends pas.

Hardy attendait. Heffler poursuivit sa lecture puis il referma le dossier.

— Elle a été ma patiente pendant sept mois, elle ne m'a pas été envoyée par un confrère. Elle disait qu'elle venait d'arriver de Floride. La première fois que je l'ai examinée, elle était tombée dans l'escalier, dans sa nouvelle maison.

— La première fois ?

Heffler opina du bonnet. Il rouvrit le dossier.

— Trois mois plus tard, elle s'était cassé le bras au ski. Elle avait cru qu'il ne s'agissait que d'une foulure, sinon elle se serait fait soigner à Squaw Valley. (Heffler tourna une autre page, l'étudia.) Là encore, j'aurais dû y regarder à deux fois.

— Qu'est-ce que c'est ?

— Trois mois après son bras — c'était assez régulier, non ? — ce coup du hasard. Elle nettoyait à fond un placard quand une étagère lui est tombée sur le dos, avec tout son chargement. Des contusions, des hématomes aux reins et dans tout le dos. (Le docteur ferma le dossier, leva les yeux.) J'ai dû la questionner. Je ne peux pas imaginer une seconde que je ne l'ai pas fait.

— Et elle a certainement nié, aussi simple que ça ?

— Et elle est allée voir un autre médecin. (Heffler respira profondément puis laissa échapper un soupir.) Je suis prêt pour des vacances.

— Vous voyez beaucoup de cas de ce genre ?

— Beaucoup ? Pas mal, je crois. Disons que je vois beaucoup d'accidents. Les gens se blessent tout seuls. Je ne peux pas aller voir la police pour chaque bras cassé ou chaque oeil au beurre noir. Mon cabinet serait vide.

Heffler reprit le dossier, il y cherchait quelque chose avec impatience.

— Ça y est, dit-il.

Au dos de la chemise, un Post-it jaune. Dessus, un nom et une adresse.

— Je ne sais pas pourquoi c'est là.

Il sonna Joanie.

— Oh, ce n'est qu'une note pour moi, expliqua la secrétaire, quand on me demande des archives.

— Donc, il se peut que ce soit l'adresse du médecin que cette patiente est allée consulter par la suite, traduisit Heffler, penché au-dessus de son bureau, les sourcils froncés.

Joanie, aussi enjouée que Heffler au début de l'entretien, confirma.

— Je suppose, en effet. Pas vous ?

* * *

— Je lui ai dit que je ne la soignerai pas si elle ne me permettait pas d'avertir la police. Il lui fallait de l'aide. Je l'ai examinée une seule fois et j'ai compris immédiatement.

Hardy se trouvait dans la salle d'attente du cabinet du Dr Helena Zamora. Le cabinet venait de fermer. Le docteur, une femme de l'âge de Hardy, l'avait accueilli en lui annonçant poliment qu'elle avait un dîner dans trois quarts d'heure et qu'elle ne pouvait lui accorder qu'une dizaine de minutes. Hardy précisa ce qu'il avait appris par le Dr Heffler et ce qu'il cherchait.

— Elle est arrivée, raconta le Dr Zamora, avec un énorme hématome sous un sein et une belle salade comme explication. Elle avait buté contre la boule du haut de la rampe d'escalier. J'ai eu des doutes, j'ai vérifié la fiche qu'elle avait remplie et j'ai demandé son dossier médical. Puis je l'ai rappelée mais je n'ai plus jamais eu de ses nouvelles. (La doctoresse mit ses lunettes sur son front.) Histoire classique, trop classique. Est-ce que cela vous aide ?

Hardy lui assura que oui et la remercia.

Elle ôta ses lunettes.

— Elle a fini par tuer cette brute qui lui faisait subir ça, n'est-ce pas ?

— Elle en est accusée.

— Tant mieux pour elle.

* * *

Hardy s'arrêta à une station-service pour téléphoner d'une cabine à Jennifer.

À San Francisco, c'est un mythe que les prisonniers reçoivent un coup de téléphone. Dans les parties communes de la prison étaient installés des téléphones muraux à carte que les détenus pouvaient utiliser quand ils voulaient. On avait même découvert une fraude sur les cartes de téléphone entre les deux étages de la prison, un marché noir florissant sur les numéros de téléphone et les « codes » qui allaient avec.

— Jennifer. C'est Hardy. J'ai une petite question. Avez-vous habité en Floride ?

Un long silence.

— Jennifer, ce n'est pas un piège. Je vous demande seulement si vous avez déjà habité en Floride.

— Non, pourquoi ?

— Pour rien. Je vérifiais juste un truc. Je vous vois plus tard.

* * *

Ce vendredi après-midi avait été fructueux. Cinq mensonges de

Jennifer sous la lumière de la vérité — la chute dans l'escalier, le bras cassé au ski, la chute de l'étagère, la boule de la rampe d'escalier, la Floride. Des mensonges, certes, mais quatre pour protéger son mari. Malsain, certes, mais circonstances atténuantes, au moins...

* * *

Frannie était étendue sur lui, elle se mouvait comme un calme océan. Il l'entourait de ses bras. Les couvertures avaient volé par terre. Elle portait ses nouvelles boucles d'oreilles, Dismas en prit une entre ses dents.

— Attention, murmura-t-elle.

— Toi, attention.

— Je fais attention.

— Tu vas trop vite. C'est pour te ralentir.

Elle lui mordit l'épaule.

— Je vais me hâter encore avant qu'il ne soit trop tard pour moi.

— Des promesses, des promesses.

— Tu vas voir.

CHAPITRE 24

— J'avais connu cette fille, Rachelle Manning, au lycée, racontait Moses. Nous étions en cours de maths ensemble et je la trouvais bien, alors je lui ai demandé si elle voulait aller danser ou autre chose, et elle a dit oui, bien sûr.

Hardy et Moses étaient au Candlestick Park. Ils avaient déjà raté un jeu, quand les Padres, à la dernière place du championnat, avaient marqué quatre points contre les premiers, les Giants. Ils faisaient la queue pour acheter chacun deux bières à quatre dollars seulement avant que la buvette ne soit fermée pour la journée.

La suffisance des dirigeants des Giants leur faisait prétendre que les gens qui buvaient encore après le septième jeu conduiraient en état d'ivresse, alors que ces autres âmes puritaines qui se contentaient de deux bières dans le début du match ne représentaient aucun danger.

Frannie s'était désignée comme chauffeur. Moses avait déjà avalé sept bières dont il commençait à ressentir les effets.

— Alors écoute, poursuivit-il d'une voix forte, la rumeur circule et les gars viennent me voir, me glissent des capotes dans les poches, me filent de grandes claques dans le dos, ils me racontent ce qu'ils ont fait avec Rachelle dans leur voiture, chez elle, dans le lit de ses parents, derrière la maison des étudiants, pendant le week-end sous le bureau de ce satané proviseur.

Un type qui faisait la queue derrière eux tapa sur l'épaule de McGuire.

— Moi, c'était sous les tribunes pendant un match de basket. La meilleure baise que j'ai connue.

Hardy et Moses lui dirent qu'ils imaginaient combien cela avait dû être terrible. Ils avancèrent d'un pas. Hardy fit signe à son ami de baisser le ton.

— Bref, je me disais qu'ils plaisantaient, reprit Moses. Rachelle Manning n'était pas une traînée. Elle frimait pas devant l'équipe de football. C'était un gentil brin d'adolescente — bien habillée, une famille gentille, des cheveux propres.

— Les cheveux, c'est important, fit Hardy qui s'approchait du serveur. (Les tribunes éructèrent de cris. Ils manquaient à l'action sur le terrain.) Moi aussi, j'étais toujours attentif aux cheveux.

— Donc, je la sors, je suis un peu nerveux, je pense... tu sais bien à quoi je pensais. On n'a pas franchi l'allée de chez elle qu'elle a sa main sur moi, je le jure devant Dieu.

— Mmh, j'ai adoré le lycée. Je pourrais y retourner.

— Ç'a été une nuit d'enfer. Je ne crois pas qu'on soit allé danser. Ou alors, je ne m'en souviens plus.

Hardy et Moses finirent par avoir leurs bières et retournèrent vers les tribunes.

— Ton histoire est vraiment émouvante, Moses, mais y a-t-il une morale que j'ai manquée ? Je croyais que l'on parlait de Jennifer Witt.

— Mais oui on parlait de Jennifer Witt. Tu es son avocat, elle est ta cliente, et c'est ce dont nous parlons, on ne fait que ça d'en parler. Mais — Moses vida un tiers de sa bière — et j'insiste, *mais* il y a des gens, et je déteste dire ça mais les femmes sont meilleures à ce jeu que les hommes, sur qui tu ne peux rien savoir. C'est là le lien entre Rachelle et cette fascinante et mystérieuse Mme Witt. Quand je repense à Rachelle, tu n'aurais jamais pu deviner. J'aurais parié mon préservatif qu'elle était vierge.

— Elle l'était peut-être.

Moses ne put s'empêcher de sourire.

— Elle ne l'était plus en tout cas le lendemain matin. Et je sais de quoi je parle.

— À quel sujet ? demanda Susan comme ils revenaient à leurs places, au dixième rang du côté de la première base. De bonnes places.

Moses s'assit. Il ne manqua pas de répartie.

— Nous parlions de Jennifer Witt. Et du mensonge chez les femmes.

Délibérément, Frannie renversa un peu de sa bière sur la cuisse de Moses.

— Oh désolée mon frère adoré, s'excusa-t-elle en l'essuyant avec de grands gestes. Si je ne me trompe pas, les hommes mentent aussi.

— Okay, tout le monde ment à un moment ou à un autre. Mais ce que je faisais remarquer à Diz, c'est qu'il y a des femmes, je parle des femmes d'après mon expérience parce que je n'ai pas rencontré cela chez beaucoup d'hommes, des femmes qui semblent avoir une double personnalité en conflit. Je veux dire par là qu'elles sont deux êtres totalement différents et pourtant, elles paraissent normales et tu ne le devinerais jamais.

Frannie se pencha vers Susan.

— Il est encore temps. Tu n'es pas mariée. Tu peux renoncer.

Moses avait un doctorat ès Lettres en philosophie. De la philosophie, il s'était lassé, s'amusait-il à dire, mais pas de son goût pour la causerie. Il enchaînait les phrases et parfois, d'après Hardy, son esprit allait plus vite que sa parole. Pas cette fois pourtant.

— Frannie, je ne parle pas de toi ou de Susan. Regarde tout ce qu'on a écrit sur le sujet. « Les deux visages d'Eve », « Sibylle », tout ça.

— Deux bouquins, ça fait tout ça.

— C'est très bien documenté. Ne t'énerve pas. Les femmes savent mieux dissimuler. On leur apprend quand elles sont petites. Regardons-le en face. Si elles mentent, elles mentent mieux que les hommes. C'est un compliment !

— Je crois que je vais le faire taire ! dit Susan qui lui prit des mains la bouteille de bière. Je t'aime toujours mais tu t'enfonces. Mon Dieu. Les femmes savent mieux mentir. T'appelles ça un compliment ?

— Qui c'est qui gagne ? plaisanta Hardy pour clore le débat, mais Frannie ne l'entendait pas ainsi.

— Et les hommes qui battent leur femme, Moses ? Tu crois qu'on peut le deviner rien qu'en les regardant ? Tu crois que ce n'est pas un mensonge monstrueux qu'ils portent en eux ?

Moses réfléchit une minute.

— Je crois que tu peux le deviner en effet, si tu les connais un peu.

— Oui, si tu es mariée à l'un d'eux et qu'il te bat, là, tu sais, dit Hardy.

— Ce n'est pas drôle, gronda Frannie qui se tourna vers lui. Dismas, ne plaisante pas avec ça.

— Je ne plaisante pas, Frannie. Je suis de ton côté, d'accord ? Où est ton problème ?

— Mon problème ? Ce n'est pas mon problème ! Mon frère dit que toutes les femmes sont des menteuses, je ne l'accepte pas et c'est mon problème ?

— Je n'ai pas dit toutes les femmes. J'ai dit...

— Je sais ce que tu as dit. Et moi, je dis que ce n'est pas... *mon fichu... problème*.

Frannie se dressa d'un bond, manquant de tomber sur Moses et Susan. Elle fila au bout de la rangée et grimpa les marches quatre à quatre, quittant les tribunes. Hardy la suivit d'un regard impuissant. Susan partit après elle.

— Mais qu'est-ce que j'ai dit ? s'étonna Moses, agitant la tête.

* * *

Ils rentrèrent tard, en fin d'après-midi, épuisés. Les enfants s'étaient endormis. Hardy gara la voiture à quelques centaines de mètres de la maison. Chacun un enfant dans les bras, ils se dirigèrent vers la maison.

Phil et Tom DiStephano les attendaient, assis sur les marches du perron. Ils se levèrent, tous les deux en jean et T-shirt.

Hardy jura dans sa barbe. Il ouvrit le portail de la clôture et passa devant Frannie.

— C'est pas le moment, les gars, dit-il.

Rebecca remua, toute molle dans ses bras. Il la remonta contre son épaule.

— Tu t'caches derrière des gamins et une fille ?

Phil avait bu. Beaucoup, à voir son regard vacillant et sa difficulté à garder l'équilibre.

Hardy parlait avec calme.

— Je ne me cache pas. Comment avez-vous trouvé mon adresse ?

— À toi de deviner, connard.

Tom avait tout raconté à son père, pour se racheter d'avoir parlé. Il s'était montré revêche avant de coopérer lorsque Hardy l'avait interrogé au chantier. Maintenant, son corps parlait pour lui. Il bloquait le passage, prêt à la bagarre.

Hardy leur jeta un sourire las.

— Action les gars, dégagez d'ici. Nous rentrons chez nous.

Aucun ne bougea.

— T'es venu chez moi pour faire du mal à ma femme ? Tu crois que tu vas t'en tirer comme ça ? grogna Phil.

— Pose ton gamin, connard.

Ces « connard » commençaient à taper sur les nerfs de Hardy. Il se tourna vers Frannie, clouée au sol, serrant Vincent contre elle. Il était sur le point de les ramener à la voiture et de les conduire au Safeway dans Clement Street avant de prévenir la police. Seulement sur le point de le faire.

— Faut du courage pour se cacher derrière ses mômes, lança Phil.

— Vous sortez d'ici !

Frannie venait de retrouver ses esprits. Elle allait dépasser Hardy quand il la retint d'une main.

— Nous entrons, lui dit-il. Suis-moi.

Il voulut poser Rebecca par terre pour qu'elle soit protégée derrière lui. Mais elle était un véritable poids mort dans ses bras. Il se tourna vers les DiStephano.

— Un type qui bat sa femme, ça m'impressionne beaucoup. Faut du cran. Ça, c'est un homme.

— Tu poses ton chiard et je vais te montrer c'que c'est qu'un homme.

— Vous êtes venu avec du renfort. Votre fils. Deux contre un. C'est à votre niveau, hein, Phil ?

— Quoi à votre niveau, connard ?

Hardy régla sa dette à Tom.

— À *toi* de deviner. (Il se tut, réfléchit et se décida coûte que coûte à avancer.) Poussez-vous de mon chemin. Immédiatement. Si vous touchez à quelqu'un, vous allez regretter d'être venus au monde.

— Oooh, un coriace !

Hardy le Vulcain hocha la tête.

— Si c'est ce qu'il faut.

Hardy avança vers la maison, suivi par Frannie. Phil d'abord, puis Tom, s'écartèrent sur la pelouse. Dès qu'ils les eurent dépassés, Hardy laissa passer Frannie pour la couvrir. Avec ce genre de desperados machos, une pierre pouvait voler.

Frannie tremblait des mains, elle n'arrivait pas à ouvrir la porte. Il s'approcha, tourna la clé et ouvrit. Avant d'entrer, il lança aux intrus :

— La prochaine fois que je jette un coup d'oeil par ici, vous feriez mieux d'avoir déguerpi. Allez cuver votre vin avant d'avoir vraiment des ennuis.

Phil pointa un doigt vers lui.

— Hardy, tu t'approches encore une fois de ma femme...

* * *

Frannie était malade. Toute la journée au soleil, la colère au match de base-ball, la tension vécue au retour. Hardy s'occupa d'elle, lui fit couler un bain tiède et coucha les enfants. Frannie se mit au lit aussi. Il faisait encore jour.

Hardy s'installa dans son fauteuil dans le salon, il mit de la musique classique — Freeman était-il en train de déteindre sur lui ? — et commença la lecture de « Une brève histoire du temps » que lui avaient recommandé à la fois Moses et Abe. Les trous noirs, le Big Bang, le chaînon manquant, et peut-être même Dieu.

Mais il n'arrivait pas à se concentrer.

Plutôt, il n'arrivait pas à effacer l'incident précédent. Il sentait monter son adrénaline sans pouvoir la canaliser. Bon sang, comment avaient-ils eu son adresse ? Il avait donné son numéro de téléphone personnel à Nancy. Une erreur. Il savait qu'avec l'enregistrement des derniers appels, même d'un numéro sur liste rouge, il suffisait de consulter l'employé de la compagnie de téléphone qui habitait près de chez vous, et PacBell était certainement le plus gros employeur de cet État. Stupide.

Il réfléchit à différentes possibilités, dont plusieurs illégales. Retourner chez DiStephano avec une arme de poing, pour lui faire comprendre avec plus de virulence qu'il ne voulait pas les revoir dans les parages. Appeler la police et signaler que ce type rouait sa femme de coups ? Signaler l'altercation et les menaces de ce soir ? Il se souvint des paroles de Glitsky : ces troubles ne constituaient pas un délit, ce n'était plus du ressort de la police de San Francisco.

Hardy se demanda ce que Phil avait pu faire à Nancy à son retour, chargé de toute son agressivité. Une fois Tom parti, qu'avait-il pu se passer ?

Il prit le téléphone, composa le numéro de Park Station. La nuit était peut-être mortellement calme, une patrouille de jeunes recrues qui voulait un peu d'exercice, qui voulait faire un peu de zèle. Qui ne tente rien... cela ne pouvait pas faire de mal.

— Je ne vous donne pas de nom, dit Hardy dans le combiné, et ce n'est pas un appel pour une urgence mais vous devriez envoyer une voiture...

* * *

Au Shamrock, la soirée n'était pas mortellement calme mais elle filait au ralenti. Dimanche soir. Le nouveau barman était de service. Le juke box balançait sans vous casser les oreilles ses habituels vieux rocks et son folklore irlandais.

À sa seconde Guinness, Hardy faisait une partie de « 301 » avec l'un des habitués, Ronnie. Celui-ci avait trente ans, ou un an de moins, un an de plus. Il était pianiste dans un groupe. Il travaillait aussi comme illustrateur de livres pour enfants. Ronnie était un sacré numéro, apparemment doué, certainement un adversaire aux fléchettes pour Hardy. Il n'était pas non plus dépourvu de matière grise.

— Mon problème dans cette histoire, disait-il tandis qu'il jouait son tour, c'est que j'arrive pas à imaginer un frangin ou un père qui laisserait sa soeur ou sa fille — surtout sa fille — se faire exécuter pour un meurtre que eux ont commis.

— Elle est encore loin de l'exécution capitale. Et si elle sort de là, le pire sera ce qu'ils vont lui faire.

— Un procès criminel n'est quand même pas rien.

— Va vivre avec ces types pour voir.

Ronnie retira ses fléchettes de la cible — deux vingt, un cinq —

tira un trait sous « 182 » sur le tableau et y inscrit « 137 » sans avoir l'air de compter. Même les joueurs de fléchettes les plus bêtes étaient bons en soustraction. Et Ronnie, c'était un ordinateur.

Hardy prit position sur la ligne.

— Pouvait juste être la malchance, dit-il. Ils ne se doutaient pas qu'elle serait inculpée. Et maintenant, ils attendent de voir ce qui se passe.

Triple vingt, un bon début. Il avala une gorgée de stout.

— Tu sais, fit Ronnie, je viens de penser à un truc. Et si l'un d'eux avait voulu la tuer elle aussi ? Les liquider tous les trois, tu vois. Sauf qu'elle n'était pas à la maison ce jour-là...

Hardy se figea, la fléchette en position de tir.

Ronnie continuait.

— Sais-tu qui aurait hérité si toute la famille avait été balayée d'un coup ?

La fléchette fendit l'air. Un autre triple vingt. Trois d'affilée, un coup à « 180 », ça valait un verre n'importe où en ville.

— Attends cinq minutes, dit Ronnie et il reprit : Est-ce qu'il avait de la famille ? Le mari ? Qui aurait pu hériter ?

— J'en sais rien, répondit Hardy. C'est une bonne question.

Il lança sa dernière fléchette, qui effleura l'empannage des deux autres mais se planta dans le « 20 », un millimètre au-dessus du cercle du triple.

— C'est pas un mauvais coup, commenta Ronnie.

— Pas mauvais, ouais.

CHAPITRE 25

— Cet homme était le diable.

Penny Roman, la mère de Melissa, le croyait. Elle n'était pas vieille mais d'une certaine manière, elle portait son âge. Un maquillage lourd, une coiffure aplatie par la laque. Elle venait d'apporter un plateau chargé de tasses et d'une cafetière. Chaussée de tongues, elle était vêtue d'une robe de calicot imprimée avec un col à froufrous. L'effet était quasiment grotesque.

— Reprends-toi Pen, fit Cecil, son mari.

Moustache grise soignée, pantalon vert, crayon sur l'oreille, lunettes bas de gamme.

— Voyons, dit-il, il était peut-être possédé par le diable, il était peut-être son instrument...

— Il était le diable.

Cecil regarda Hardy en haussant les épaules.

— C'est très dur. Vous ne pouvez pas imaginer.

— Je suis désolé.

Hardy était plus désolé encore d'être venu ici, dans cette petite maison dont les portes et les fenêtres ne semblaient jamais être ouvertes. Cecil et lui étaient assis sur un canapé de chintz, Penny à l'avant d'un fauteuil à oreilles, face à eux. Jésus et Marie sur des tableaux les regardaient d'un oeil fixe. Le salon était exigu et sentait le renfermé. Sur la table basse, Melissa, sur un portrait agrandi, souriait à l'avocat. Cecil avança une petite table roulante en métal pour poser le plateau.

Les Roman étaient un détail à ne pas négliger, dont il avait discuté avec Freeman. Ces gens avaient-ils oui ou non rêvé de tuer Larry Witt ? Freeman lui avait reproché ses scrupules. La question était : Pouvait-il les désigner comme suspects ? Pouvaient-ils, même de façon minime, modifier le cours de l'affaire présentée par la partie civile ?

Ce mardi matin, il avait rendez-vous avec les Roman, après leur avoir téléphoné la veille et s'être présenté comme un policier. Cela lui déplaisait. Mais si Terrell ou Glitsky ne pouvaient pas ou ne voulaient pas...

Lorsqu'il travaillait comme adjoint du procureur, Hardy était allé une fois au magasin d'insignes, dans le sud de la ville. Les insignes n'étaient ni autorisés ni interdits par le service. Parfois, ils étaient utiles, surtout avec les gens qui comprenaient difficilement l'anglais. Un regard sur l'insigne et ils savaient en gros ce qu'ils signifiaient.

Au téléphone, il était l'officier de police Hardy. Maintenant, il portait l'insigne. Ils l'avaient laissé entrer sans problème.

— Ce n'est qu'une formalité de routine, surtout après tout ce temps. Nous essayons de rattraper le retard. Un jour peut-être, dit Hardy.

Il leur sourit, affectant la sympathie, but son café puis ouvrit la chemise en papier kraft qu'il avait apportée. Au lieu d'un soi-disant rapport de police sur l'acte de vandalisme commis sur la voiture du Dr Witt, Hardy avait pris le rapport concernant la conduite en état d'ivresse de son client Mr Frankl. Les Roman ne s'aperçurent pas de la supercherie.

— Que dit-il sur nous ?

Cecil essayait de lire dans le dossier. Hardy l'écarta.

— Franchement, il vous accuse d'avoir forcé sa voiture, d'avoir volé l'autoradio...

— Mais c'est ridicule ! s'exclama Penny, qui renversa son café dans la soutasse. En plus, c'est un menteur.

— Il ne peut plus rien dire, il est mort.

— Oui, je le sais. Évidemment. Et j'en suis bien contente, dit la femme malgré un effort pour s'en empêcher.

— Reprends-toi Pen. (Cecil se pencha par-dessus la table basse et posa sa main gauche sur le genou de sa femme.) Nous devons nous comporter comme des chrétiens. Hais le péché, mais aime le pécheur.

— Je ne peux pas, je ne peux pas.

Cecil lui tapota le genou de façon distraite. Son attention revint à Hardy.

— Le Dr Witt était un pécheur, Officier. Mais cela ne signifie pas que nous avons forcé sa voiture. (Il décrivit un cercle de la main autour de lui.) Est-ce que nous avons l'air de... de voleurs d'autoradios ? Pourquoi ferions-nous cela ? Pour prouver quoi ? Cela nous ramènerait-il notre fille ?

Hardy commençait à croire qu'ils n'avaient pas touché à la voiture de Witt. D'ailleurs, s'il existait un coupable. Il nota sur le coin de la feuille qu'il devait interroger Jennifer.

— Vous disiez que le Dr Witt était un pécheur. Le connaissiez-vous personnellement ?

Hardy vit la main de Cecil se crisper sur le genou de sa femme. Celle-ci n'eut pas de réaction. Le calme de Cecil était terrifiant.

— Le Dr Witt était un avorteur, Officier. Il a tué notre fille.

Ils racontèrent leur version, comme Hardy s'y attendait. Penny se mit à pleurer, en silence, sans émouvoir. Pour les Roman, c'était la manifestation du démon. La luxure qui avait saisi leur fille, son péché, son refus d'accepter la volonté de Dieu et d'engendrer la vie qu'elle portait, sa permission de laisser le Dr Witt tuer son bébé. Le démon l'avait finalement livrée aux avorteurs, aux assassins et — ils l'avaient toujours su — ceux-là même l'avaient tuée.

Hardy referma la chemise.

— Il méritait ce qui lui est arrivé.

Ces mots démangeaient Penny. Son mari lui tapota le genou.

— Nous l'avons appris par les journaux, naturellement, poursuivit-elle. Que Dieu prenne soin de son âme.

— Je crois que c'est quelqu'un d'autre qui a pris soin de son âme, dit Hardy.

— Il n'était pas un fils de notre Seigneur. Il était le diable. Le dernier instrument de torture de notre Melissa. Nous n'avons jamais vu sa voiture. Je ne sais même pas quelle marque c'est. (Penny recommença à pleurer.) Nous ne savions rien sur lui. Aujourd'hui, il revient du monde des morts pour nous punir un peu plus.

Hardy s'était levé. Il voulait partir.

— Non Madame. Il ne vous punira pas. Je vais classer l'affaire et nous allons tout oublier. Je vous crois.

Peu à peu, le feu de la douleur s'éteignit. Penny se rejeta au fond du fauteuil, balbutia un « merci ».

Cecil accompagna Hardy à la porte, sortit avec lui. Une brise légère réveillait un matin encore clair. Au loin, la Tour Sutro étincelait dans le ciel. Cecil la fixa un long moment puis déclara :

— Elle doit être rendue, vous savez. La justice.

— Nous l'espérons.

Dans le rôle du flic, Hardy.

— Je parle de lui, du Dr Witt.

Hardy ne dit rien.

— Voyez-vous, il avait tué Melissa, après, il a été tué... et moi, je savais qu'il vivait dans sa belle maison là-bas, qu'il gagnait beaucoup d'argent, qu'il profitait de ses péchés...

Hardy se demanda si les Roman connaissaient son engagement bénévole à la Mission Hills Clinic. Mais ce n'était pas le moment de le révéler.

— Et je sais qu'ainsi va le monde. Les pécheurs gagnent. Mais de temps en temps, nous voyons des preuves. Nous voyons la justice se manifester dans ce monde. Elle doit être rendue.

— Oui monsieur.

Ils échangèrent une poignée de mains.

De retour en ville, tandis qu'il se garait dans Sutter Street, Hardy réalisa subitement une chose. Penny avait déclaré qu'ils ne savaient rien sur Witt, probablement pour elle, mais Cecil, lui, savait que le docteur vivait dans une belle maison près de la Tour Sutro. Et il l'avait su avant d'avoir lu les journaux.

* * *

Hardy questionna Jennifer à propos de la voiture de Larry. Ce dernier n'avait pas signalé l'incident à la police, lui apprit la jeune femme. À quoi bon ? il l'avait juste fait arranger et avait acheté un nouvel autoradio. Cela se passait ainsi en général. Et l'assurance avait couvert les frais.

Jennifer répondit encore. Larry était fils unique et ses parents étaient morts depuis longtemps. La famille Witt avait vécu isolée au monde, comme eux. C'est pour cette raison que Larry se montrait aussi protecteur, qu'il ne la laissait pas sortir seule, qu'il voulait toujours savoir où elle allait. Comme cela, il était rassuré, sur elle, sur la famille.

Larry et elle étaient d'accord sur un point : les parents de Jennifer n'assureraient pas la garde de Matt au cas où ils viendraient à disparaître. Larry avait demandé à l'une de ses cousines — Laurie quelque chose, qui vivait à Orange County, de s'en occuper.

Mais néanmoins, étant la famille la plus proche, les DiStephano auraient hérité si jamais Jennifer avait disparu avec son mari et son fils.

Ainsi donc, Tom ou Phil ou les Roman pouvaient être impliqués dans le meurtre de Larry Witt. Hardy n'en était pas heureux pour autant. Il n'y croyait pas. Mais il approchait.

Les entretiens avec les médecins de Jennifer l'avaient amené à penser, comme Freeman, qu'elle avait tué ses deux maris pour qu'ils arrêtent de la battre. Et malheureusement, accidentellement, Matt s'était trouvé là.

* * *

Frannie posa sa main sur la vitre, Jennifer fit de même. Elles se dévisagèrent longuement. Frannie n'avait pas prévu de revenir voir la jeune femme. Elle avait laissé les enfants avec Erin dans l'intention de faire les magasins.

Peut-être à cause de l'épisode avec le père et le frère de Jennifer, peut-être pour se rassurer qu'ils n'étaient pas dangereux. Peut-être se sentait-elle coupable d'avoir commencé quelque chose avec Jennifer dans laquelle elle n'était pas prête à se lancer. Elle n'en savait rien. Mais le fait était qu'elle se trouvait de nouveau à la prison.

Jennifer brisa le silence.

— Vous n'avez pas l'air en forme. Ça va ?

Les mots lui vinrent lentement d'abord puis jaillirent comme un torrent, à sa surprise. Frannie raconta la dispute avec son frère Moses, le souci avec Dismas qui semblait en train de mener une vie à part de la leur, son sentiment de culpabilité parce qu'elle avait laissé encore une fois les enfants à Erin Cochran, la grand-mère de Rebecca. À la fin seulement, elle en vint à Phil et Tom DiStephano.

— Mon père et mon frère sont venus chez vous ? Pourquoi ?

— Pour filer une raclée à Dismas, je crois. Ou juste le menacer. Ils avaient beaucoup bu, il me semble. Mais j'étais morte de peur.

Jennifer baissa les yeux sur leurs deux mains « jointes » contre la vitre.

— Les imbéciles. Cela ne finira jamais. (Elle laissa échapper un long soupir.) Pourquoi l'ont-ils menacé ?

— Ils ont dit qu'il avait fait du mal à votre mère. Dismas m'a dit qu'il était allé la voir et que...

— Je sais. Mon père l'avait tabassée. Il me l'a dit aussi.

Silence.

Frannie avait peur. Toute la matinée, elle avait ressenti la peur. Au moindre bruit, elle avait sursauté. Et elle imaginait leur maison saccagée, la porte défoncée, les fenêtres brisées. La colère ? La gêne ? Elle n'avait pas eu le coeur à en discuter avec Dismas avant qu'il ne quitte la maison.

— Je viens juste de lui parler, vous savez. À votre mari. Il voulait savoir si... il voulait des renseignements sur mes parents. Il n'a pas fait allusion à hier soir.

— Il était ici ?

Jennifer secoua la tête.

— Il m'a téléphoné. C'est tellement compliqué pour venir jusqu'ici et il n'avait que quelques questions à me poser. Non, vous et lui... c'est différent... les hommes, c'est différent. C'est comme ça. Je leur dis ce qu'ils veulent savoir. Ils me questionnent et je réponds.

— Votre père, que croyez-vous qu'il va faire ?

— Je n'en sais rien. Contre un autre homme ? Je ne sais pas. Pas plus que pour mon frère.

— Vous croyez qu'ils feraient du mal à nos enfants ? S'ils touchent à...

Frannie ne put continuer.

— Vous les tueriez ? demanda Jennifer.

Elle hocha la tête, elle-même étonnée par la pensée brutale qu'elle serait capable de tuer pour protéger ses enfants.

— C'est ce qui est arrivé ? demanda-t-elle. Larry s'en est pris à Matt ?

Un instant, elle crut déceler un hochement de tête, un « oui » sur les lèvres de la jeune femme. Mais à son attitude, à son regard, elle sentit son repli. Jennifer ôta sa main de la vitre.

— Je ne m'inquiéterais pas, dit-elle alors. Je crois que ça va aller. Mon père ne fera rien. Et puis, les hommes frappent quand ils savent qu'ils ne prendront pas de coups eux-mêmes. (Jennifer se recula dans sa chaise et croisa les jambes.) Un jour, Ned, mon premier mari, s'est mis en tête que ce dentiste m'approchait de trop près. Il est allé le voir, lui a flanqué deux coups de poing — du moins, c'est ce qu'il a dit — puis il est revenu à la maison et il m'a tabassée.

Un sourire triste, presque nostalgique, naquit sur son visage.

— Comme d'habitude, ajouta-t-elle.

— Qu'avez-vous fait ? demanda Frannie, penchée en avant, la main pressée contre la vitre. Comment pouviez-vous laisser faire ça ?

Jennifer soupira encore. Les bras croisés sur la poitrine, elle fixa un point devant elle.

— Je vous écoute, insista Frannie.

Jennifer appuya sa main contre la vitre. Au souvenir, ou quoi que ce soit d'autre, son expression s'était durcie. Elle murmura, les yeux plantés dans ceux de Frannie :

— Vous ne voulez pas savoir.

* * *

Hardy lui en avait fait part comme un incident sans plus d'importance. Seulement, Abe Glitsky n'avait pas aimé l'intérêt que Phil et Tom DiStephano avaient manifesté à son meilleur ami. Ce n'était pas tant la menace en elle-même — après tout, il ne s'était rien passé. Si à San Francisco, la plupart des actes odieux ne donnaient lieu à aucune enquête, aucune peine, Glitsky ne pouvait tolérer une attitude de barbare. Ses années de ronde dans la rue n'étaient pas si lointaines pour qu'il ait oublié le pouvoir qu'un policier pouvait exercer sur un individu qui méritait une leçon de politesse ou de sang-froid.

Phil DiStephano était plombier, il travaillait à l'extérieur d'un assez grand magasin près de Kezar Pavilion. L'expéditeur lui apprit que Phil et deux des autres ouvriers étaient allés déjeuner et qu'ils devraient revenir d'ici un quart d'heure. Il choisit d'attendre.

Ce ne fut pas long. Il se leva, la cicatrice sur ses lèvres s'étira en un trait blanc devant les regards inamicaux des trois rustres. Du sang de Blanc coulait à moitié dans ses veines mais Glitsky se surprenait parfois à haïr ceux de sa race plus qu'il ne haïssait la lie chez les gens noirs. Une faille dans son caractère se disait-il. Un jour, il y travaillerait. Sûrement.

L'expéditeur dit quelque chose et le plus grand des trois hommes se retourna.

— C'est moi Phil DiStephano. Y'a un problème ?

Glitsky ayant montré son insigne à l'expéditeur, celui-ci avait dû transmettre l'information que ce Noir costaud en civil représentait la loi. Les deux autres plombiers encadraient Phil, avec l'air de guetter un prétexte pour filer dans l'arrière-pièce ou à leur camion ou n'importe où en attendant de réparer des drains ou de déboucher des égouts. Glitsky montra son insigne une nouvelle fois.

— Si vous pouvez m'accorder deux minutes, dit-il, invitant DiStephano à sortir d'un signe de tête.

Il ouvrit la porte, sortit sans se retourner mais s'arrêta au milieu du trottoir, s'assurant que le soleil était dans son dos. Il fit volte-face. Le type l'avait suivi et se tenait en retrait, plissant des yeux et commençant à transpirer.

Glitsky ne dit rien.

— On a un problème, Officier ? grommela DiStephano après une bonne dizaine de secondes. J'ai eu des appels que je dois...

— Dismas Hardy, dit calmement Glitsky pour inciter DiStephano à écouter avec attention.

— C'est quoi, c'est qui ?

Glitsky répéta.

— L'avocat de votre fille. Celui à qui vous avez rendu une petite visite hier soir.

— Eh, attendez une seconde, protesta le plombier avec un geste hostile. C'est Hardy qu'est venu chez moi. Je sais pas ce qu'il vous a raconté mais c'est lui qui...

Et la sueur perlant sur son front, il alla jusqu'au bout de son explication.

— Vous avez terminé ? demanda l'inspecteur.

— J'sais pas si j'ai fini, répliqua DiStephano, encouragé par la froide patience de Glitsky qui l'écoutait, bras croisés. J'me demande si je devrais pas parler de lui à la police, vous voyez. Il continue ce genre de harcèlement...

— Est-ce que je suis en train de vous harceler ?

— Non ! Non, j'ai pas dit ça. Je disais lui qui vient chez moi pour ennuyer ma femme.

Cela suffisait. Glitsky se dit qu'il ne s'était pas assez amusé, enfant, à brûler les fourmis avec une loupe. C'était là une autre de ses failles. Il dodelina de la tête, comme s'il réfléchissait à ce que venait de déclarer le plombier.

— Hardy n'ennuyait pas votre femme.

— Sûr que si. Il était là et...

— Et si j'entends dire que vous l'avez encore menacé, vous allez trouver la vie dans cette ville plutôt pénible. Des contraventions pour excès de vitesse, votre voiture remorquée partout où vous stationnerez.

Acte I, l'indignation vertueuse. DiStephano fonçait là-dedans.

— Seriez-vous en train de me menacer ?

— Il est tout à fait possible que vous perdiez votre emploi. Les patrons n'aiment pas les employés qui ont les flics sur le dos. C'est pas bon pour les affaires.

— J'ai pas à écouter ça. Comment vous vous appelez déjà ? Vous ne pouvez pas faire ça.

Sur un sourire glacial, la cicatrice de Glitsky brilla.

— Je mets ma main au feu que je peux le faire. (Il baissa la voix.) Sergent inspecteur Abraham Glitsky. Faut que j'épelle ? Je vous donne mon numéro d'insigne si vous voulez.

DiStephano ne bougeait pas. La sueur ruisselait sur son visage. Glitsky s'avança d'un pas.

— Hardy est un de mes amis. C'est aussi un ami à vous maintenant. En fait, je dirais que c'est dans votre intérêt qu'il ne lui arrive rien de mal. Parce que si jamais, je pourrais être tenté de croire que vous n'y êtes pas pour rien. Et ce serait dommage pour vous.

Il lui tourna le dos et fila à sa voiture sous une bordée d'injures qu'il ignora. Il n'avait pas espéré moins. Le message était délivré. Il était venu pour ça.

CHAPITRE 26

Le vendredi, malgré l'assurance du contraire, Donna Bellows n'avait pas téléphoné. Freeman grignotait toutes les miettes d'informations qu'il pouvait utiliser au procès. Du fait, Hardy se préparait à rappeler à Los Angeles, bien qu'il n'eût guère d'espoir qu'un rapport existât entre l'assassinat de Simpson Crane à L.A. et celui de Larry Witt à San Francisco. Mais son rôle, c'était de s'assurer des bases.

À la réflexion, la probabilité était si mince qu'il rejeta cette piste. Il aurait préféré que Donna Bellows le rappelle, il n'aurait pas eu l'air de chasser un fantôme. Toutefois, il faisait son boulot, même en suivant des pistes qui ne menaient nulle part. Freeman les voulait toutes pour voir avec combien il pourrait jongler devant un jury, tant étonné par sa prestidigitation qu'il ne remarquerait pas la supercherie.

Regardez par ici et maintenant par là. Et celle-ci ? Whaouh ! C'était une super astuce. Tout pour distraire, attirer l'attention ailleurs que sur les preuves qui, de leur avis, avaient de bonnes chances de condamner leur cliente.

Hardy était affalé dans son fauteuil, les pieds sur le bureau. La porte était ouverte, comme la fenêtre derrière lui. Il huma l'air de la Baie, la ventilation apportait une bonne fraîcheur. À l'autre bout de la ligne, Los Angeles sonnait. Il lança négligemment une fléchette. Le « 1 », à cinq millimètres du « 20 ».

Une standardiste au ton monotone lui répondit et le mit en attente. Il lança une autre fléchette, cette fois dans le « 20 ». Une secrétaire appliquée l'informa alors que Mr Crane était en réunion. Pouvait-elle l'aider ?

Hardy respectait les secrétaires — même celles du genre conventionnel de Phyllis — mais il ne supportait pas le style cerbère. Parfois, pour des problèmes importants, c'était plus une perte de temps. Les grands devaient parler aux grands.

Il fut poli.

— Si Mr Crane est ici, je serais heureux de patienter. C'est une affaire urgente concernant un procès pour homicide.

Il y eut un soupir, une autre longue attente, puis la voix d'un homme fatigué.

— Todd Crane.

Hardy leva un poing victorieux tandis qu'il se présentait, sans oublier d'exprimer ses condoléances. Crane en revint au motif de l'appel.

— Maxine m'a parlé d'un procès pour homicide. En quoi puis-je vous être utile ?

Hardy expliqua les circonstances dans lesquelles il avait trouvé le numéro de ce cabinet.

— Je crains que... rappelez-moi le nom de la victime.

— Larry Witt. Le Dr Larry Witt.

— Navré. Je ne vois pas.

Hardy lança une autre balle.

— Et connaissez-vous le Yerba Buena Medical Group ?

— D'accord. Witt travaillait avec eux ? Nous nous occupons de leur développement commercial. C'est Jody Bachman qui a le dossier. (L'avocat épela le nom.) Voulez-vous que je vous mette en ligne ?

Le téléphone sonna dix fois avant que le serveur vocal de Bachman ne réponde. Hardy laissa son nom et ses coordonnées ainsi que le but de son appel.

Il se leva, lança une troisième fléchette. Le « 5 », à l'opposé du « 20 ». Puis il se tourna vers la fenêtre. En dépit de l'absence de Bachman, c'était tout de même encourageant.

Finalement, il existait un lien entre Witt et Crane & Crane. Il en avait toujours été persuadé puisque le numéro de téléphone du cabinet se trouvait dans le bureau de Larry, la relation s'était juste avérée difficile à établir. Maintenant, il la tenait. C'était bon, autant que l'air frais du ventilateur. Découvrir des faits procurait une bonne sensation.

Certes, leur donner un sens était un autre problème. Puisque l'on était vendredi après-midi, Hardy ne se sentait pas d'humeur à insister. Ce qui concernait les « éventuels autres suspects » semblait conduire à une bifurcation à l'impasse de la vérité.

Il avait mis à jour un fait. Mais où cela allait-il ?

La police de Los Angeles estimait, sans pouvoir le prouver, qu'un tireur professionnel avait assassiné Simpson Crane et son épouse. Le cabinet de Crane gérait le développement commercial du Yerba Buena Medical Group pour lequel Larry Witt exerçait. Même un génie comme David allait avoir du fil à retordre pour établir une causalité entre ces deux données.

Mais Hardy avait l'impression d'avoir accompli son travail. Bachman le rappellerait pour lui donner des informations avant le procès qui vraisemblablement ne commencerait que dans un mois. Glitsky, à contrecoeur, avait consenti à fouiller dans la vie des Roman le jour du meurtre de Larry Witt. Dans les semaines à venir, il essaierait de rencontrer de nouveau Nancy DiStephano pour connaître l'emploi du temps de Phil et Tom le lundi après Noël.

Des « éventuels autres suspects », Hardy en avait donc à la pelle. Pour l'heure, son travail consistait à assister Freeman, à étudier les problèmes juridiques qui pourraient surgir, à préparer son intervention dans la seconde phase du procès si Jennifer était reconnue coupable.

Il allait voir comment David Freeman pouvait utiliser son cerveau, son sens du spectacle, son légendaire et tapageur *je ne sais quoi*.[1]

1. NdT : en français dans le texte.

TROISIÈME PARTIE

CHAPITRE 27

Le lundi 19 juillet, Oscar Thomasino renvoya l'affaire du *ministère public de l'État de Californie contre Jennifer Witt* devant la Chambre 25, le tribunal présidé par le juge Joan Villars. Cette formalité fut suivie par une série de motions, rejetées par la Cour. La sélection du jury commencerait à partir du 23 août.

David Freeman déposa aussitôt en vertu de l'article 995 du code pénal sa motion de rejet pour insuffisance de preuves. Comme attendu, le juge Villars refusa. Si un jury de citoyens avait trouvé assez de preuves pour inculper une personne de trois meurtres, seul un juge extraordinairement courageux ou idiot rejetterait cette décision.

* * *

Ses cheveux avaient poussé, les marques des coups s'étaient effacées. Un murmure se répandit dans la salle quand elle apparut pour la première fois, encadrée de deux huissiers. L'inculpée ressemblait à une star de cinéma.

Disparue la blouse rouge du « prisonnier évadé », disparus les menottes et les fers aux pieds. Le juge Villars, sous l'influence de Freeman, avait reconnu que cette tenue porterait préjudice à Jennifer. De même, elle ne serait pas enchaînée à la chaise, à la table de la défense. Bien que la jeune femme se fût évadée de prison, Powell lui-même estimait que le risque d'une nouvelle tentative au tribunal était minime.

Elle portait des petits talons et une belle robe corail, qui arrivait juste au-dessus de ses jolis genoux. Freeman avait fait venir un coiffeur à la prison. La blondeur de ses cheveux resplendissait. Des diamants aux oreilles. Une touche de maquillage délicat.

Les équipes des médias de même que les quatre-vingts jurés potentiels s'installaient dans la salle. Hardy discutait avec Freeman à la table de la défense, à gauche de la salle. La rumeur lui fit lever la tête et le stoppa net dans sa phrase.

— Mon Dieu, lâcha-t-il.

Freeman se tourna de côté. Des flashs jaillirent. Villars y mettrait un frein dès qu'elle entrerait mais pour l'instant, Jennifer était une proie rêvée. Elle sourit à sa manière ambiguë — par timidité ou par comédie. Une autre envolée de flashs crépita.

Les huissiers remirent la jeune femme à Freeman qui la prit par la taille dans un geste bienveillant et la conduisit à sa place, entre Hardy et lui.

— Vous avez l'air en forme, lui dit-il. Absolument bien.

— Je suis morte de peur, répondit Jennifer.

— Ça va aller, la rassura l'avocat en la frottant doucement dans le dos. C'est bien naturel. Asseyez-vous ici et détendez-vous.

Hardy s'aperçut que ses mains tremblaient. Elle les croisa devant elle, les doigts solidement emmêlés. Assis à sa droite, Freeman posa sa grosse main sur les siennes.

Ces dernières semaines, Hardy avait vu se dissiper l'animosité entre l'avocat et sa cliente au fur et à mesure qu'ils travaillaient ensemble sur sa défense. Freeman doutait toujours de son innocence. Il avait fini par la convaincre qu'il était son meilleur ami — celui en qui elle pouvait avoir confiance, celui qui était son salut. Alors, elle s'était raccrochée à lui dans la tempête qu'elle traversait. Hardy n'y voyait pas d'inconvénient. Il pouvait encore avoir sa partie à jouer ; leur rapport serait différent.

9h23. Dans sept minutes entrerait le juge Villars.

Madame le juge. Dean Powell et son assistant, un jeune adjoint nommé Justin Morehouse, s'entretenaient tout en brassant des papiers sur leur table, sur la droite de Hardy.

— Jennifer.

Celle-ci se retourna sur sa chaise. Ken Lightner s'était avancé derrière elle. Elle se leva pour le serrer dans ses bras. Un des huissiers arriva à la hâte. D'un geste de la main, Freeman le retint de les séparer. Déjà la jeune femme se détachait, elle embrassa Lightner sur la joue.

Hardy se fit la remarque de prévenir Jennifer sur ce genre d'embrassades en public qui risquaient d'être facilement mal interprétées. Si eux, ses avocats, connaissaient sa relation avec le psychiatre, elle restait difficile à expliquer à un jury. Une femme accusée du meurtre de ses deux maris serrait dans ses bras un autre homme à l'ouverture de son procès. Non, cela n'avait pas bonne allure.

Jennifer, Freeman et Lightner discutaient entre eux à voix basse à la balustrade qui séparait la salle du tribunal proprement dit. Walter Terrell échangeait quelques mots avec Powell et Morehouse.

Dans cette phase du procès, Hardy ne jouait pas de rôle actif. Pourtant, il avait la bouche sèche, l'estomac perturbé. Il se tourna vers la table pour se verser un verre d'eau. À cet instant, la porte d'entrée de la Cour s'ouvrit. D'un ton déclamatoire, le greffier pria l'assistance de se lever et annonça que la session de la Chambre 25 du tribunal de seconde juridiction de la ville et du comté de San Francisco s'ouvrait sous la présidence du juge Joan Villars.

* * *

Le concept de *voir dire*[2] — le questionnaire et la sélection des jurés — avait connu une réforme en Californie depuis l'acceptation en juin 1991 de la proposition 115. Avant, les avocats des deux parties avaient une grande marge de manoeuvre dans les questions qu'ils pouvaient poser aux jurés potentiels. Comment gagnaient-ils leur vie ? Combien de frères et soeurs avaient-ils ? Quels étaient leurs passe-temps ? Leurs livres, leurs films préférés ? Leurs sentiments pour les chiots ? Les chats ? Les poissons rouges ? Toutes sortes de questions, du moment que cela pouvait permettre de définir le caractère du juré, questions souvent déguisées derrière un langage destiné à influencer la personne. Pour cette raison, la sélection d'un jury pour un procès criminel tel que celui-ci pouvait durer deux mois et parfois plus.

Depuis la proposition 115, le *voir dire* était dirigé par le juge et la procédure s'en trouvait accélérée. Les avocats des deux parties

2. NdT : en français dans le texte.

fournissaient au juge une série de questions qui souvent restaient sur le papier. Et Freeman qui avait demandé à Villars s'il pouvait directement interroger certains des jurés potentiels s'était vu répondre par la négative.

Les avocats détenaient toujours leurs vingt récusations péremptoires — le droit de renvoyer un juré potentiel avec ou sans raison. Mais la constitution d'un jury n'était plus désormais soumise à leur seul contrôle. C'était le show du juge.

On demandait aux jurés s'ils avaient lu les journaux à propos de l'affaire, s'ils pouvaient siéger trois mois pour un procès et, le plus important, s'ils voteraient pour la peine de mort s'il le fallait. Après trois jours d'interrogatoire, sur ce premier groupe de quatre-vingts jurés, quatre peut-être seraient retenus et devraient revenir fin septembre. Ils feraient alors partie du groupe parmi lesquels les douze jurés définitifs plus six remplaçants seraient choisis. Ensuite, Villars en ferait appeler quatre-vingts autres.

À part les lunettes en demi-lune, le juge Villars représentait pour Hardy une Jeanne d'Arc âgée. Avec son casque de cheveux gris sur un joli visage indulgent, Villars pouvait faire penser au passant de la rue à une directrice d'école primaire, juste mais stricte, possédant peut-être un bon petit brin d'humour.

Lorsque le tirage au sort leur avait désigné ce juge, Freeman avait averti Hardy : ne pas se fier aux apparences. Villars n'avait guère d'humour. Avec elle, c'était l'autorité en personne qui siégeait. Du reste, Freeman ne croyait pas au coup du sort. Il flairait en coulisses les machinations vitriolées de Dean Powell.

De plus, la décision rendue par ce juge ne serait certainement jamais contestée en cas d'appel. Si Powell obtenait une condamnation dans son tribunal, il y avait de grandes chances qu'elle soit confirmée.

Un autre point dérangeait Hardy. Au cas où le jury en viendrait à décider de la peine de mort, le juge Villars ne casserait certainement pas la sentence. Hardy avait tenté de convaincre Freeman de récuser le juge « hors de son tribunal ». En Californie, les avocats des deux parties pouvaient non seulement récuser les jurés potentiels, mais aussi un juge nommé sur une affaire. Le résultat en théorie était de freiner l'arrogance des juges, de les empêcher d'exprimer trop de leur personnalité ou de leurs convictions afin qu'ils demeurent objectifs. Si un juge compliquait la tâche du ministère public, le bureau du procureur par exemple pouvait décider de récuser cette personne « hors du bâtiment ». Dans le passé, quelques juges avaient vu leur carrière s'achever pour avoir pris trop de liberté à la cour avec des notions de fair-play typiquement franciscaines.

Sur le plan juridique, en théorie, les juges avaient une immense responsabilité et une liberté d'action. Même dans une affaire criminelle, un magistrat pouvait passer outre un travail long et ardu de la partie civile et une décision mûrement réfléchie par un jury. Pour un motif défendable : justice n'était pas rendue. Mais il s'avérait aussi qu'un juge usant trop souvent de ce privilège pouvait ne plus siéger.

Hardy avait voulu récuser Villars. Bien qu'elle fût une femme, elle avait acquis la réputation de ne pas être une tendre avec ses semblables. Au long de sa carrière, elle n'avait montré aucune attitude progressiste. Elle n'accordait aucune faveur aux femmes, qu'elles soient avocates, collaboratrices ou inculpées. Quelques années plus tôt, elle avait été à l'avant-garde d'un effort couronné de succès pour se débarrasser du Président de la Cour Suprême de Justice de Californie, une femme qui avait une « position modérée » envers la peine de mort.

Villars n'avait rien d'un être conciliant, d'accord, mais Freeman avait été catégorique. Il la voulait. Le choix le comblait. Avec elle, il pouvait gagner.

Pourquoi ? Parce qu'il estimait que Villars était en fait absolument impartiale, contrairement à nombre de ses confrères. Elle n'était pas sévère avec les femmes : elle les traitait exactement comme des hommes. Et à San Francisco, une ville pleine de minorités de tout genre, Villars appliquait le règlement à la lettre. Pour elle, hommes et femmes étaient égaux devant la loi. C'était ainsi qu'elle traitait les gens, ainsi qu'elle les jugeait. Les hommes, les femmes, les Blancs, les Noirs, les Latino-américains, les gays, tout le monde.

Freeman avait confiance. Villars présidant le tribunal, il avait la meilleure chance de gagner cette phase du procès et il n'avait pas l'intention de récuser ce juge. Le point noir de l'histoire, bien sûr, était que si Freeman perdait, Villars serait une personne très difficile pour la deuxième phase du procès.

* * *

Pour la huitième fois en cinq semaines, quatre-vingts personnes emplirent le tribunal. Le greffier en appela douze qui vinrent s'asseoir dans le box des jurés. Tous jurèrent de répondre la vérité à toutes les questions se rapportant à leurs compétences pour servir comme jurés.

Le juge Villars commença : « Jennifer Lee Witt a été inculpée de trois meurtres au premier degré avec circonstances aggravantes par le conseil de citoyens de l'État de Californie. » Elle poursuivit par les habituelles questions initiales. « Quelqu'un connaît-il l'accusée ? La victime ? Les avocats qui assurent leur représentation ? Quelqu'un a-t-il déjà été victime d'une agression ? Quelqu'un a-t-il pour parent un policier ? Un homme de loi ? Un juge ? Quelqu'un pense-t-il connaître l'affaire par les reportages vus à la télévision ou lus dans les journaux ? Quelqu'un a-t-il déjà été arrêté ? » Les mains se levaient pour répondre affirmativement, les avocats prenaient des notes.

Jennifer assise tout à côté de Freeman s'adressait de temps en temps à Hardy pour une question ou un commentaire. Ils étudiaient déjà qui ils rejetteraient, bien qu'il n'y eût pas grand monde à retenir.

La sélection du jury, même au bon temps du voir dire n'avait rien d'une science exacte. Aujourd'hui, avec les nouvelles règles, ce n'était pas loin d'être une belle foutaise. Le Juré 5, ne semblait-elle pas favorable à Jennifer ? Le Numéro 11, un jeune gars, n'aurait-il pas envie de rendre sa liberté à Jennifer parce qu'elle était jolie ? À moins qu'il ne s'identifie à Larry Witt, un type qui travaillait dur et qui était tombé sur la mauvaise femme ? Et la numéro 9, qui n'avait rien d'une beauté, serait-elle jalouse des regards de Jennifer ou la considérerait-elle comme une frangine malavisée et injustement accusée ?

Les douze premiers ne survécurent pas à ce premier questionnaire. Douze autres.

Finalement, le 27 septembre, quatre-vingt-douze personnes étaient retenues. Les autres renvoyées pour « bonne cause », les questions ayant révélé des détresses ou des partis pris. À présent seulement, les avocats pouvaient utiliser leurs récusations péremptoires. Powell récusa douze fois. Freeman utilisa les vingt. Ils choisirent les six remplaçants.

CHAPITRE 28

Hardy avait vécu les six semaines de sélection du jury dans une espèce de brume. San Francisco connaissait deux semaines de chaleur au début du mois de septembre. Pendant ce temps-là, chaque jour ouvrable, Freeman, Jennifer et lui se retrouvaient au tribunal, Powell et son jeune assistant Morehouse à leur droite, tout le monde embarqué dans la même routine décisive.

C'était un travail exténuant, minutieux, épuisant sur le plan physique et affectif. Hardy avait mis en attente tout son travail. Sa présence était requise au tribunal. Tous les soirs, après avoir quitté le Palais de Justice, il discutait avec Freeman des stratégies et des jurés potentiels jusqu'à ce que leur conversation devienne brouillon. Ils remettaient alors la suite au lendemain.

À la maison, Frannie tenait bon. Son mari rentrait tard, partait tôt, et quand il était là, il était absent. Ils partirent deux fois en week-end, dont une fois sans les enfants, dans un gîte dans la forêt au bord du lac Tahoe. Lorsque ce moment pénible serait passé, se promirent-ils, ils reprendraient une vie normale.

Aujourd'hui, lundi 4 octobre, la salle était bondée, les protagonistes de l'affaire rassemblés, et Dean Powell se tenait debout au centre du tribunal, prêt à commencer. Il ne pouvait y avoir plus grand contraste entre Freeman et lui, songea Hardy. Autorité et personnalité émanaient de Powell. Celui-ci portait un costume noir impeccablement taillé et une cravate bleue. À quoi bon souligner le pouvoir avec du rouge ou de fines rayures sur son costume ? Son visage buriné, bronzé, affichait une préoccupation plaisante. De temps en temps, il passait sa main dans sa crinière de cheveux blancs, la seule façon de la peigner.

Powell se tourna vers le jury.

— Votre Honneur, Mr Freeman, Mr Hardy, Mesdames et Messieurs les Jurés. Je tiens à vous remercier d'allouer votre temps précieux à ce devoir civique hautement important. Nous tous ici — D'un geste de la main, l'avocat général engloba la table de la défense — vous en sommes reconnaissants.

Freeman et Hardy se regardèrent. Ils pouvaient faire objection à ce passage de pommade adressé au jury. Une telle introduction était la prérogative du juge. Mais de nombreux avocats, de quel côté qu'ils fussent, essayaient de montrer combien ils étaient gentils sous leur déguisement d'homme de loi. Freeman n'objecterait pas. Le jury trouverait cela mesquin.

Si la plupart des juges n'interrompaient pas ce discours introductif, Villars se le permit. Le marteau s'abattit sur le bureau.

— Mr Powell, j'ai déjà accueilli le jury et l'ai remercié. Faites-nous entendre votre exposé préliminaire.

Freeman parut réprimer un sourire derrière sa main. Hardy avait une mine sérieuse.

— Bien sûr, dit Powell en s'inclinant légèrement vers la Cour. Je suis navré, Votre Honneur.

Il revint au jury. Quatre hommes, huit femmes, cinq Noirs, quatre Blancs, trois femmes latino-américaines. Un médecin à la retraite. Trois femmes au foyer. Deux sans emploi. Quatre secrétaires et un directeur de bureau. Un employé des courses. Deux homosexuels, peut-être. On pouvait décomposer le jury comme l'on voulait, celui-ci restait un mystère. Personne ne doutait de l'efficacité de Villars dans son choix, comme personne n'avait la moindre idée de qui étaient ces gens, sauf que tous avaient déclaré croire en la peine de mort si la sentence se justifiait.

Powell esquissa un sourire. La version bas-voltage de son habituel sourire.

— Le juge Villars m'a demandé de poursuivre avec mon exposé préliminaire, c'est donc ce que je vais faire. (Il hocha la tête, regarda çà et là.) Qu'est-ce qu'un exposé préliminaire ? Eh bien, c'est très simple. Je vais parler un peu de l'inculpée, Jennifer Lee Witt, et des trois personnes qu'elle a assassinées — ses deux maris et... — pause — et son jeune fils.

Seconde pause. Powell cherchait l'effet.

— Le début de cette affaire remonte à l'année 1984. Le ministère public de l'État de Californie croit et vous prouvera, de façon indubitable, que Jennifer Witt, le 17 septembre de cette année-là, a injecté à son mari d'alors, Edward Tellis Hollis, une dose mortelle d'atropine, une substance dérivée d'une solanacée communément connue sous le nom de belladone.

Powell ne faisait pas de cinéma, il n'en rajoutait pas avec sa personnalité, un jeu où il excellait. Il imitait peut-être Villars. Sa version des événements était présentée d'une manière simple et plausible, sans effets gratuits.

— Au moment de la mort de Mr Hollis, avec qui elle était mariée, nous vous prouverons que Jennifer Witt avait une liaison avec un autre homme, un dentiste, Mr Harlan Poole. L'atropine est un médicament courant que l'on trouve dans la plupart des cabinets dentaires, et notamment il y a neuf ans chez Mr Poole. On l'utilise pour empêcher l'écoulement de salive.

Powell vint boire un verre d'eau, comme si soudain sa bouche s'était desséchée. Freeman l'imita. Hardy avait soif également. Même Villars prit discrètement une gorgée d'eau.

Il reprit sa place au centre.

— Pourquoi Jennifer Witt a-t-elle tué son premier mari ? Le ministère public vous présentera des pièces à conviction attestant l'existence d'une police d'assurance-vie qui se montait à soixante-quinze mille dollars au bénéfice de Jennifer Witt en cas de décès de son époux. Quatre mois après la mort de Mr Hollis, Jennifer recevait l'intégralité de la somme. Soixante-quinze mille dollars représentait une coquette somme en 1984.

— Objection Votre Honneur.

Freeman s'était à demi levé. Il fallait qu'il intervienne pour casser le rythme de Powell même s'il ne déclarait là rien de dangereux. Si l'on pouvait discuter l'importance de la somme à cette époque, au regard de la loi, un avis n'était pas une preuve.

Villars admit l'objection mais adressa à l'avocat de la défense un regard sec. Les exposés préliminaires ne débattaient pas de la loi, et l'on n'y faisait pas d'éditorial, mais une grande latitude était souvent accordée. Le juge prévint Freeman que s'il comptait reprendre Powell pour de telles peccadilles, elle accorderait les objections de l'avocat général s'il tentait de faire de même avec lui. Le jeu interactif du procès venait de commencer.

Freeman avait manqué son but. Powell n'avait pas perdu pied. Dès que Villars eut prononcé le mot « accorderait », il fonça à nouveau.

— Comme vous tous, Mesdames et Messieurs les Jurés, en êtes conscients, cette affaire requiert la peine de mort car il y a des circonstances aggravantes. L'assassinat de Edward Teller Hollis est un meurtre commis de sang-froid pour un profit d'argent. Peu importe que cela se soit passé il y a neuf ans. Il n'existe pas de texte de loi donnant prescription dans un cas d'homicide.

Assise entre ses avocats, Jennifer se tenait raide comme un piquet sur l'avant de la chaise. Elle *semblait* parfaitement se maîtriser. Pourtant, ses narines trahissaient une respiration saccadée.

Powell se fit silencieux. Il fixa Jennifer. Se sentait-il défié par son regard froid qui rejetait ses propos ? Il se laissa aller à un petit hochement de tête, presque amical.

— Un an après la mort de son époux, c'est-à-dire en 1985, Jennifer épouse Larry Witt, qui vient de quitter sa femme, laquelle lui a permis de suivre ses études de médecine...

Freeman se leva encore. Objection accordée, plus fermement. C'était le début de nombreuses tentatives de simple dénigrement. Villars avertit qu'elle ne rentrerait pas dans ce jeu. Ce n'était pas une preuve. N'essayez pas cette manoeuvre.

Bon signe, et Hardy nota une remarque sur son bloc. L'échange silencieux avec l'inculpée avait-il fait perdre à Powell le fil de sa stratégie, ou était-ce une gaffe involontaire ?

Mais l'avocat général n'en avait pas terminé, et tout le monde était suspendu à ses lèvres.

— En 1985, Jennifer épouse Larry qui vient d'ouvrir son cabinet de médecin. L'année suivante, ils ont un fils, Matthew. Comme les affaires du Dr Witt marchent bien, ils ne cessent d'augmenter leur police d'assurance-vie, jusqu'à la mort de Mr Witt, le 28 décembre de l'année dernière. Larry Witt était assuré pour deux millions et demi de dollars.

Une pause éloquente s'imposait. Un murmure courut dans la salle.

— Deux et demi millions de dollars, Mesdames et Messieurs. Nous vous montrerons cette police comme pièce à conviction, et vous remarquerez qu'elle contient une clause. En cas de mort violente de Larry Witt, l'indemnité est doublée. Il est décédé de mort violente. Ce qui monte la somme à cinq millions de dollars. Et je n'ai pas besoin de vous dire que *cette somme-là* représente une coquette somme, *en 1984 ou aujourd'hui*.

Powell regarda Freeman en souriant. Il jouait le type sympa qui marque des points avec le jury. Freeman, qui refusait de tomber dans le mielleux, donna l'impression de lui sourire en retour. Villars leva son marteau mais se ravisa.

— Bien sûr, reprit Powell, une police d'assurance ne constitue pas une preuve de meurtre. Soyons clairs là-dessus. Nous vous démontrerons et vous prouverons de façon indubitable que les faits et gestes de Jennifer Witt, ce matin du lundi 28 décembre, ne font qu'attester qu'elle a tué son mari et son fils avec son propre revolver, puis elle a quitté la maison afin de se donner un alibi. Heureusement, nous avons deux témoins qui témoigneront sur cet alibi. Ils ôteront le moindre doute quant à la présence de Jennifer dans la maison au moment des coups de feu. Elle se trouvait *là*, elle avait le *revolver*, et elle l'a utilisé pour tuer son mari dans le but de toucher l'assurance. Et puis pour finir, le plus tragique, nous avons le jeune Matthew Witt.

Jennifer s'affala légèrement vers Hardy. Soit sa colère était passée, soit elle avait cédé à un sentiment plus fort. Pour la première fois, elle laissa tomber sa tête en avant. Freeman posa une main sur son bras. Elle se redressa. Powell poursuivait.

— Franchement, nous ne pouvons vous dire pourquoi Matthew Witt est mort en ce lundi matin. Mais il est bel et bien mort, tué avec la même arme qui a tué son père. Nous irons même jusqu'à concéder qu'il s'agisse d'une erreur — le garçon a pu surgir accidentellement dans la ligne de tir. Il a pu surprendre Jennifer...

— Votre Honneur, je vous prie. Ces hypothèses n'ont pas leur place dans un exposé préliminaire.

Powell devança la réponse du juge. Il s'excusa. Freeman avait raison, il était désolé. Lentement, il parcourut des yeux le premier rang des jurés puis le second.

— Le motif, le moyen, l'occasion, dit-il en énumérant ces trois points sur ses doigts. Les *faits* sont là, et nous les prouverons. Ces faits qui démontrent que Jennifer Witt a tué son mari pour cinq millions de dollars — le *motif*. L'arme du crime était son propre revolver, celui qu'ils gardaient dans leur chambre — le *moyen*. Elle était seule chez elle avec son mari et son fils quand elle a pointé l'arme sur eux — *l'occasion*. Nous prouverons cela et ainsi, nous demandons qu'un être humain capable de tels crimes n'ait pas le droit de vivre dans notre société. Un tel être humain, homme ou femme, doit recevoir le châtiment extrême. Un tel être humain doit être condamné à mort. Merci.

* * *

En Californie, la défense avait le choix entre présenter son plaidoyer immédiatement après, ce qui pouvait sembler une réfutation, ou à la conclusion de l'affaire par la partie civile. Au cours de sa carrière, Freeman avait essayé les deux manières. Cette fois, il attendrait la conclusion. Il n'était pas sûr de la tournure de l'affaire au fur et à mesure que s'accumuleraient les preuves. Il pourrait faire plus d'impression en introduisant des éléments ultérieurement. Il ne voulait pas dévoiler son jeu.

L'inconvénient de cette façon d'agir était qu'au début, la partie civile semblait disposer de temps. À peine Powell fut-il assis que Freeman annonça qu'il présenterait son exposé lorsque viendrait le tour de la défense.

L'avocat général fut rapidement sur ses pieds, pour appeler comme témoin le sergent inspecteur Walter Terrell.

Freeman et Hardy avaient émis des suppositions sur l'ordre à comparaître des témoins. Ni l'un ni l'autre n'avait donné Terrell en tête. Ce dernier paraissait plus jeune en civil, dans son blouson aviateur. Avec excitation, il quitta le banc dans la salle et s'avança jusqu'au box des témoins près du bureau du magistrat. Tandis qu'il prêtait serment, son regard courait de tous côtés.

— Pourquoi est-il si nerveux ? demanda Jennifer.

— Premier procès criminel, répondit Freeman sans le quitter des yeux. Une erreur, murmura-t-il, en partie pour lui-même.

— Pour nous ? voulut savoir la jeune femme qui se tourna vers Hardy.

Ce dernier fit non de la tête. Du moins, il ne le pensait pas. Powell vint s'adresser au juge.

— Votre Honneur, pour le procès-verbal, nous allons mener ce procès en nous intéressant d'abord au meurtre de Edward Teller Hollis. Nous appellerons de nouveau les témoins lorsque nous en viendrons à Larry et Matthew Witt. L'officier Terrell fera partie de ces témoins. Je voulais juste éclaircir ce point.

Ceci ayant été abordé lors de réunions préparatoires avec Villars, Freeman ne fit aucune objection.

Powell se tourna vers l'inspecteur.

— Officier Terrell, voudriez-vous dire au jury comment vous avez été impliqué dans l'enquête sur le meurtre de Edward Hollis ?

Terrell hocha la tête, avala sa salive, ébaucha un sourire.

— Vous parlez de Ned, c'est ça ? Le premier mari ?

Il y eut un bref éclat de rire nerveux, même parmi les jurés. Terrell se sentit offensé. Il n'avait pas eu l'intention de faire rire.

— S'il convient à la Cour, dit Powell gardant son calme, nous nous référerons à Edward Teller Hollis sous le nom de Ned Hollis.

Il répéta la question à l'inspecteur.

— Je suis inspecteur à la brigade criminelle, commença Terrell. En décembre dernier, j'ai enquêté sur le meurtre de Larry et Matthew Witt. Comme je faisais des recherches sur le passé du suspect, l'inculpée Mme Witt, je l'ai interrogée sur son premier mari. Elle m'a dit qu'il était mort d'une surdose de drogue et qu'elle avait touché l'argent d'une police d'assurance. J'ai trouvé que c'était là une coïncidence qui valait le coup d'être regardée de plus près.

Tout cela était vrai, et Hardy se dit que citer Terrell comme témoin n'était pas tout à fait une erreur. Son témoignage établirait les similitudes entre les motifs évoqués dans les deux meurtres, et ce avant l'introduction de preuves impliquant Jennifer dans ces crimes. En fait, c'était une entrée en matière fort habile. Qu'allait faire Freeman ? Foncer droit devant pour la démolir, c'était la seule réponse.

— Votre Honneur.

La voix de Freeman résonna dans la salle, à dessein. À ce stade, tout ce que faisait l'avocat était travaillé, mais sans en avoir l'air. En d'autres situations, il parlait plutôt avec une voix râpeuse, sourde, gutturale. Là, il s'exprimait un ton au-dessus, avec une sage autorité, comme un bon grand-père.

Villars attendait qu'il poursuive son intervention. Il prit son temps, mais le procès venait de commencer et l'on pouvait espérer une certaine patience de la part du juge.

— Votre Honneur, répéta Freeman, c'est un peu tôt pour parler de coïncidences. Il n'y a eu encore aucun rapport d'établi.

Comme Hardy le savait, les motifs, c'était la faiblesse de Terrell. Le jeune inspecteur était devenu tout rouge ; ses veines striaient son cou. Il était penché en avant, légèrement en appui sur ses jambes.

— Le type a été tué et elle a raflé l'assurance. Qu'est-ce que vous voulez de plus ? lança-t-il.

Bang bang bang.

Villars le fusilla du regard mais adopta un ton modéré.

— Inspecteur Terrell, ça suffit. Mr Freeman s'adresse à la Cour, non pas à vous. Est-ce clair ?

Terrell se rassit. Il rajusta son blouson, bouillant de rage.

— Je vous ai posé une question, Inspecteur. Est-ce clair ?

— Oui, Votre Honneur. Veuillez m'excuser.

Villars hocha la tête, visiblement sans rancune et satisfaite. Pas d'incartades dans ce tribunal, l'ordre allait régner.

Le juge fixa le plafond deux secondes puis revint à Freeman.

— Objection accordée. Mr Powell, il faudra que vous soyez plus précis. (Elle se tourna vers les jurés, passant du style autoritaire au style fonctionnaire.) Mesdames et Messieurs, je vous prierais d'oublier les commentaires de l'inspecteur à propos de la coïncidence. Il vous revient d'établir les liens entre les faits, souvenez-vous en. Mr Powell ?

L'avocat général, qui avait perdu le contrôle de l'assistance en moins de temps qu'il ne lui fallait pour lacer ses chaussures, venait de prendre conscience d'une chose. Manifestement, son premier témoin s'emportait dès qu'une once de sa crédibilité était mise en cause. Or, ils avaient une longue route devant eux. Il eut son large sourire figé.

— Officier Terrell, adoptons une autre ligne de conduite, voulez-vous ?

Il guida Terrell — pas à pas — dans le récit de l'interrogatoire de Jennifer, sans l'amener à expliciter les raisons de l'exhumation. Le jury, comme l'avait souligné Villars, ferait cet effort de compréhension. Le fait était que l'on avait exhumé le corps et que l'on avait trouvé une concentration d'atropine dans la cuisse gauche. Powell évita toute question sur la manière dont la drogue s'était trouvée là.

Ned avait une police d'assurance se montant à soixante-quinze mille dollars. Jennifer avait fourni une copie de cette police et du chèque. Voici, Mesdames et Messieurs les Jurés, notre pièce à conviction n°1. Jennifer était la bénéficiaire. Voici le chèque de résiliation, notre pièce à conviction n°2. C'était tout pour la partie civile. Inspecteur Terrell, merci beaucoup. À présent, le contre-interrogatoire.

Hardy n'était pas le seul à croire que Terrell était venu là avec l'intention d'en dire davantage et de faire plus que sensation. À le voir, il était encore chargé d'adrénaline et Freeman jouait avec ses nerfs. Celui-ci brassa ses papiers, se leva maladroitement de sa chaise, la remit en place puis il défroissa sa cravate. Si Villars ne s'impatientait pas, Terrell, lui, était irrité.

Enfin, Freeman s'avança.

— Bonjour, dit-il cordialement, et il laissa passer un silence.

La tactique déstabilisa plus encore l'inspecteur qui finit par marmonner un bonjour avec un bref salut de la tête.

— Donc, Inspecteur Terrell, vous avez affirmé que Ned Hollis avait une police d'assurance de soixante-quinze mille dollars et que Jennifer Witt en était la bénéficiaire. Est-ce exact ?

Le témoin regarda le juge, puis Powell, puis Freeman.

— C'est exact.

— Que vous a expliqué Mme Witt dans le cas où elle aurait disparu avant Ned ? Que se serait-il passé ?

Un instant de réflexion.

— Eh ben, c'est Ned qui aurait empoché l'argent.

— En d'autres termes, c'est une *police conjointe*, du genre « si l'un de nous vient à disparaître, la maison est payée ».

— Oui, tout à fait.

— Et Jennifer vous a-t-elle dit que Ned et elle possédaient une maison à cette époque ?

— Oui.

— Vous avez vérifié et c'était vrai, n'est-ce pas ?

— Oui, en effet.

— Dans votre enquête, avez-vous trouvé des documents attestant de la valeur de cette maison ?

Terrell jeta un regard vers Powell, avec l'air de lui demander ce que tout cela signifiait. Freeman savait que si Powell objectait qu'il ne s'agissait là que de rumeurs confiées à l'inspecteur, le juge accorderait l'objection. De toute façon, il pouvait prouver la valeur de la maison grâce à d'autres documents ou d'autres témoins. Et le jury se souviendrait que la partie civile avait tenté de lui cacher cet élément.

Mais Powell resta silencieux. Terrell répondit que Jennifer et Ned avaient acheté une petite maison près de Dale City avec vingt mille dollars d'arrhes.

— Ils avaient donc un prêt de quatre-vingt mille dollars ?

— Je ne sais pas, dit l'inspecteur. Je suppose.

— Vous savez qu'ils avaient versé vingt mille dollars d'arrhes mais vous ne savez pas à combien se montait leur prêt ?

Powell se leva. Il pouvait sauver son témoin, au moins retarder l'échéance.

— Votre Honneur. Cela a-t-il un intérêt ?

— Je le crois, déclara sèchement Villars. Poursuivez Mr Freeman. Inspecteur ?

— Oui, reconnut Terrell, leur prêt se montait à environ quatre-vingt mille dollars.

Freeman fit une espèce de pirouette maladroite pour regarder le jury avant de poursuivre :

— Et toujours dans vos recherches, avez-vous découvert ce qu'il était advenu de ce prêt ?

Terrell tira sur son col comme si soudain il l'étouffait.

— Je crois que Mme Witt l'a remboursé.

— Avec l'argent de l'assurance ?

— Oui, je crois.

— Inspecteur, vous croyez ou vous savez ?

— Je sais. Elle a remboursé le prêt.

— En effet.

Freeman retourna à sa table et prit un épais document photocopié

portant l'inscription « Pièce à conviction de la Défense n°1 ». Il le tendit à Terrell.

— Avez-vous déjà vu ceci ? Autrement dit, Inspecteur Terrell, enchaîna l'avocat tourné vers le jury, tandis que l'inspecteur regardait le document, d'après ceci, vous saviez que Jennifer Witt n'avait pas pris un an de vacances à Las Vegas, par exemple.

— Objection ! clama Powell dans un bond.

— Je retire mon commentaire, Votre Honneur.

Cependant, Freeman avait fait passer son idée. Si Jennifer avait assassiné Ned pour l'argent et mener la grande vie, elle en aurait au moins gardé pour en profiter.

— Inspecteur, je voudrais vous interroger sur un autre point. Vous avez déclaré que Jennifer — Mme Witt — vous avait dit que Ned Hollis consommait de la drogue.

— Oui.

— Elle a dit qu'il *expérimentait* des drogues, n'est-ce pas exact ?

— C'est exact.

— Avez-vous interrogé des gens qui l'ont confirmé ?

Powell se leva encore.

— Objection, Votre Honneur. Rumeur. Mr Freeman est en train de harceler le témoin.

— Pas tout à fait, répliqua le juge, mais je prends note de votre remarque.

Freeman attendait, muet.

— Mr Freeman ?

— Votre Honneur, j'attendais votre décision.

Cela n'amusa pas Villars qui demanda au greffier de lire le dialogue précédent puis elle annonça, *pour le procès-verbal*, que l'objection était accordée.

Freeman hocha la tête et continua avec le témoin.

— Combien d'amis de Mr Hollis avez-vous interrogés ?

— Tous ceux que j'ai pu trouver.

— Et chacun d'eux a confirmé que Ned essayait diverses drogues, n'est-ce pas ?

— *Objection*. Rumeur.

— Accordée.

— L'un d'entre eux a-t-il démenti que Ned essayait des drogues ?

— Objection. Rumeur.

— Accordée.

Le vieil avocat de la défense marqua une pause.

— Au cours de votre enquête exhaustive sur la mort de Ned Hollis, quelqu'un a-t-il décrit l'utilisation de drogues pratiquée par le défunt autrement qu'en terme d'expérience ?

Tel un diable à ressort usé, Powell se dressa.

— Objection. Rumeur.

Villars en avait assez.

— Mr Freeman, vous pouvez poser votre question de toutes les manières qu'il vous plaira, j'accorderai toujours l'objection. Continuez, je vous prie.

— Je m'excuse, Votre Honneur, se repentit Freeman. Je n'ai pas d'autres question, dit-il à Terrell avec un sourire gentil.

CHAPITRE 29

— Ils se tirent eux-mêmes dans le pied avec ce Ned. Vous avez remarqué que Powell n'a rien dit dans son exposé, ou si peu, sur la présence de Jennifer dans le comté, et encore moins dans la pièce où il est mort. (Freeman mâchonna un morceau de son sandwich — une tranche épaisse de salami sec italien sur un petit pain rond au levain.) Villars aurait dû accepter ma 995. (La motion qu'il avait proposée pour insuffisance de preuves dans l'affaire Hollis.) À moins qu'ils nous réservent une grosse surprise, cette affaire ne peut pas aller bien loin.

Suspension de séance pour le déjeuner. Freeman et Hardy étaient revenus en taxi au bureau. Ils se détendaient dehors au soleil, dans la petite cour. Un carré de ciel, formé par les immeubles adjacents, brillait d'un bleu profond. L'été indien, la plus belle saison à San Francisco.

Hardy jeta un morceau de pain en direction des moineaux qui furetaient dans les buissons.

— Vous êtes là ? lui demanda Freeman.

— Bien sûr, répondit Hardy qui lança un autre morceau. Je pensais.

— À l'affaire ?

Hardy haussa les épaules.

— Vous n'êtes pas obligé de me répondre, dit Freeman, mais est-ce que tout va bien pour vous ? La santé ? Le sommeil ? Les premiers jours d'un procès peuvent être durs.

Se penchant en avant, Hardy souffla longuement.

— Je ne sais pas ce qui se passe chez moi, David. On dirait que je suis en train de perdre ma femme.

— Littéralement ?

— Je n'en sais rien. Peut-être que non.

— Mais peut-être que oui ?

Hardy se leva, traversa la cour. Fixant le sol, dos à Freeman, il se mit à parler.

— Il s'est passé quelque chose ces deux derniers mois. Je ne crois pas que ce soit le procès et toute sa préparation. Je ne sais pas ce que c'est mais cela me fout la trouille.

— Vous lui en avez parlé ?

— Des centaines de fois, par tous les moyens.

— Et rien ?

Hardy haussa encore les épaules. Il finit par se retourner.

— Pas grand-chose. Pas assez. Nous avons l'habitude de sortir tous les mercredis soirs. C'est notre « soir de rendez-vous ». Plutôt nous avions l'habitude, jusqu'à il y a un mois.

Les moineaux se disputaient les miettes de pain en pépiant. Freeman leur en jeta de l'autre côté de la cour.

— Il y a un mois, qu'est-ce qui est arrivé ?

— Si seulement il était arrivé quelque chose. Je suis rentré en croyant que nous allions sortir. Elle était en train de lire, en chemise de nuit. Elle m'a dit que je ferais mieux de sortir seul, d'aller jouer aux fléchettes par exemple, qu'elle était fatiguée.

— Elle pouvait être fatiguée, non ?

— C'est déjà arrivé. Mais dans ce cas-là, on attrapait une couverture et on filait à la plage piquer un somme. Ce soir de rendez-vous, c'est une idée de nous deux. Fatigués ou pas, avec ou sans enfants. Il le faut pour le couple. Et pour nous-mêmes.

— Quel âge ont les enfants ? demanda Freeman, en arrêt sur son sandwich.

— Deux ans et bientôt un an, mais cela n'a rien à voir. Je ne crois pas. Et vous ?

— Diz, je connais à peine Frannie. Mais elle ne serait pas la première femme à vouloir consacrer plus de temps à ses enfants qu'à son mari. Les priorités changent.

— Pour moi, rien n'a changé.

Freeman sourit.

— La vie est injuste, comme disait Kennedy. Mais à qui en faire le procès ? (L'avocat changea de position assise et avala le reste de son sandwich.) Pensez-vous que vous avez besoin d'elle ?

— Enfin David. Besoin ? C'est quoi le besoin ? Qui le sait ? Je l'aime et je crois qu'elle le sait.

— Je ne voudrais pas paraître prétentieux, mais vos enfants ont besoin d'un père, votre femme d'un époux.

— Bon, pétard, oui, moi aussi, j'ai besoin d'elle. Mais nous sommes adultes maintenant. Tous les deux, on a des choses à faire. Moi, j'ai ce procès. Elle, elle a les enfants. Qu'est-ce qu'on est supposés faire ? Ce « soir de rendez-vous », justement, c'était supposé... c'était pour ne pas nous perdre, nous deux.

— On dirait plutôt que vous vous êtes perdus. Vous l'avez dit vous-même. Vous avez le procès, elle a les enfants.

Les mains dans les poches, Hardy arpenta la cour. Il avait beau discuter avec David Freeman, il avait beau tenter de prouver que Frannie n'avait aucune raison d'être dans cet état, le fait était que quelque chose d'important avait changé entre eux. L'équilibre s'était bouleversé.

Après tout, Freeman avait peut-être vu juste. Elle n'avait plus l'impression qu'il avait besoin d'elle. Il reconnaissait qu'il ne le lui montrait guère en ce moment. Il partait tôt et rentrait tard, le week-end, il ébauchait des motions, il menait ses recherches, il poursuivait son enquête, il revoyait ses dossiers.

Mais il n'avait pas non plus l'impression qu'elle avait besoin de lui. Elle vaquait à ses occupations, elle était attentive aux enfants, elle s'occupait de la maison. Ils étaient engagés l'un envers l'autre et c'était là l'un des ingrédients essentiels de ce que tous les deux appelaient l'amour adulte.

— Si j'étais vous, je la surprendrais, dit Freeman qui s'était approché et avait posé sa main sur son épaule. Je briserais la routine. Elle est peut-être à bout. Elle voit que vous n'êtes pas disponible pour elle et elle a peur que vous ne le soyez plus jamais, alors elle s'éloigne.

— Mais je *suis* là. Le procès vient de commencer. Que veut-elle ?

— La question, c'est peut-être de quoi a-t-elle besoin ?

Freeman lui tapota l'épaule puis il ouvrit la porte vitrée qui donnait sur la salle de conférence.

— Retournons au tribunal. Son Honneur n'apprécie pas les retardataires.

* * *

John Strout, le coroner de la ville et du comté de San Francisco était un personnage connu de Hardy et de tous les professionnels présents au tribunal. Une autorité de réputation nationale. Ce médecin légiste très estimé, à la voix traînante, à la longue silhouette sèche, avait comparu à tous les procès, les conseils de citoyens et les audiences préliminaires concernant des homicides à San Francisco, depuis treize ans, et au moins une fois par semaine. Aujourd'hui, il était dans le box des témoins, assis à son aise et l'air décontracté.

Powell, qui ne semblait pas sujet à des lourdeurs digestives, se passa la main dans les cheveux avant de saluer Strout. Avec cordialité, comme de bons vieux amis. Un geste à l'intention du jury. Puis il en vint droit au but, devançant ce qu'Hardy pensait être la tactique de Freeman lors du contre-interrogatoire.

— Dr Strout, avez-vous pratiqué la première autopsie sur Ned Hollis en 1984 ?

— Oui, je l'ai fait.

— Et qu'avez-vous trouvé à cette époque ?

Strout recula sa chaise, croisa les jambes. Un sourire plissa son large visage.

— Nous avons effectué un scanner A qui nous a démontré une mort accidentelle survenue suite à une surdose de cocaïne et d'alcool.

— Un scanner A ? Pourriez-vous expliquer aux jurés de quoi il retourne ?

Strout donna une brève explication. Cet examen, le plus rapide et le moins onéreux, permettait de détecter la présence de substances volatiles et/ou toxiques. Si la cause d'un décès pouvait être révélée à ce niveau A — à condition qu'aucun rapport de police ne mentionne un acte criminel — l'examen s'arrêtait souvent là.

— Et le scanner A a révélé des traces de cocaïne et d'alcool dans le système de Mr Hollis, n'est-ce pas ?

Le coroner fronça les sourcils. Faire simple pour le jury n'était pas son boulot. Mais puisqu'il était déjà signalé qu'il n'avait pas trouvé la véritable cause du décès dans cette affaire, il tenait à donner des précisions.

— Il y avait une dose potentiellement mortelle de coca-éthylène, ceci devient un peu technique mais en gros, il s'agit de la combinaison de cocaïne et d'alcool dans le sang.

— Et lorsque vous avez déterminé la présence de coca-éthylène, vous avez arrêté l'autopsie ?

— Eh bien, non. Mais nous n'avons pas approfondi la cause de la mort. Si un homme a un couteau planté dans la tête, nous ne cherchons pas à savoir s'il a aussi été victime d'une crise cardiaque. (Il y eut un murmure de rires.) Mais cette découverte n'a pas conclu l'autopsie. En fait, les tests de laboratoire et l'examen du corps sont deux procédures liées mais différentes.

Strout expliqua que les échantillons de sang étaient envoyés au labo alors que l'autopsie en elle-même concernait le corps et ses organes.

— Lorsque nous recevons les résultats du labo, expliqua-t-il encore, nous vérifions avec nos découvertes pour voir si quelque chose peut éclairer celles du labo et vice-versa.

— Et dans ce cas ?

— Nous avions trouvé de la coca-éthylène. Il n'y avait pas de taux appréciables ou d'indications physiques concernant la présence de barbituriques ou d'alcaloïdes. Donc, l'examen au scanner avait donné la cause du décès et nous en sommes restés là.

Powell fit un signe de tête à Strout et se tourna vers le jury, puis vers la table de la défense pour saisir le regard de Jennifer une fois encore. Hardy la regarda du coin de l'oeil. Était-elle en train de sourire à l'avocat général ? Il lui effleura le bras. Elle se raidit et son visage devint de marbre.

L'interrogatoire se poursuivit sans surprise. Les faits étant incontestables, Powell et Freeman n'avaient pas manifesté l'envie de s'attarder sur ces détails d'expertises médico-légales. Chacun pour ses propres raisons. Powell préférait rendre actuelle la mort lointaine du premier mari de Jennifer. Ned Hollis avait disparu depuis longtemps, certes, mais il n'était alors qu'un jeune homme de vingt-six ans, fauché en pleine jeunesse. Il voulait que le jury ressente cela et observe les réactions de son assassin. Quand Strout eut terminé d'expliquer le scanner C pour en arriver à la découverte d'atropine dans la cuisse gauche de la victime, Powell l'entraîna sur un terrain plus vaste que la médecine légiste.

— À présent, Dr Strout, dites-moi si l'atropine est bien une préparation médicinale et qu'on ne peut pas la trouver sans ordonnance ?

Le coroner confirma.

— Et à quoi sert-elle en principe ?

— C'est utilisé en anesthésie et pour empêcher l'écoulement de salive.

Strout savait ne laisser personne en reste. Il sourit à la ronde, plein de gentillesse.

— Avez-vous été surpris quand l'examen que vous avez décrit en a révélé la présence ? demanda Powell.

— Objection.

Freeman s'était levé en un éclair et Villars, sans tergiverser, accepta. Powell n'eut pas de réaction.

— Dr Strout, à votre connaissance, est-ce que l'atropine peut être considérée comme une drogue occasionnelle ?

Hardy crut que Freeman interviendrait encore. Mais l'avocat se rassit, visiblement satisfait de la question de la partie civile.

— Si elle l'est, elle n'est pas courante.

— Cela ne permet pas de se défoncer, comme l'on dit, ou quelque chose de ce genre ?

De nouveau, Hardy jeta un oeil sur Freeman. Powell baladait son témoin et Freeman écoutait, confortablement assis dans son fauteuil, faisant la moue.

— Non.

— Ceci mélangé à d'autres drogues ne peut-il pas avoir des effets hallucinogènes ou euphorisants ?

— Non.

— Donc, une personne qui consommerait de manière systématique de la drogue et qui chercherait à planer, ne...

Enfin, Freeman leva la main et dit d'un ton calme :

— Votre Honneur ? N'y a-t-il pas spéculation ?

Objection accordée. Powell sourit, s'excusa en gentleman qu'il aimait jouer et salua de la tête le juge et le médecin.

— C'est bon, dans ce cas. Merci Dr Strout. Mr Freeman, le témoin est à vous.

* * *

Les cheveux ébouriffés, pas moins cordial que Powell (mais plus crédible, de l'opinion de Hardy), l'avocat de la défense s'avança au coeur du tribunal puis fit trois pas vers le box des témoins. De la main, il salua Strout, une façon de dire aux jurés que le coroner et lui étaient aussi des collègues. Parce qu'il était dans le camp de la défense, il n'était pas forcément du côté des méchants, ni méchant lui-même.

— Cette histoire d'exhumation... je n'imagine pas cela très amusant, n'est-ce pas, Docteur ?

Strout affichait toujours la même décontraction. Dans certains procès, il avait dû témoigner une bonne partie de la semaine. C'était pour lui une coupure avec son travail à la morgue.

— Cela fait partie du travail, répondit-il en écartant les mains devant lui. Parfois, c'est très intéressant.

— Cette exhumation, celle du cadavre de Ned Hollis, était-elle très intéressante ?

Le coroner réfléchit un instant avant d'admettre :

— Je dirais que oui.

— Et pouvez-vous dire au jury pourquoi ?

S'asseoir au fond de la chaise et raconter, Strout aimait cela.

— Eh bien, dans une autopsie, la recherche de la cause du décès est un mystère. Comme je l'ai déjà expliqué, nous faisons des examens de laboratoire orientés sur diverses substances et nous examinons le corps, en espérant finir par découvrir quelque chose. Dans le cas d'une personne décédée depuis longtemps, le mystère est plus compliqué à percer. C'est ce que j'entends par intéressant.

Freeman, apparemment fasciné, s'était approché sous son nez.

— Quelles sont ces complications, Docteur ?

— D'abord, le corps pourrit. Certaines substances se décomposent, chimiquement je veux dire, ou se transforment en autre chose, ou disparaissent entièrement. Elles s'évaporent. Avec le temps, bien sûr, il y a le risque de perdre beaucoup d'indices.

— Ce qui s'est produit dans le cas de Mr Hollis ?

— Disons que oui, à un certain degré.

— Pourtant, c'était particulièrement intéressant ce... mystère, dites-vous.

Le médecin légiste hocha la tête.

— Parce que nous pensions trouver un autre poison et nous ne nous sommes pas trompés. Non seulement nous avons trouvé la substance mais également le moyen avec lequel elle a pénétré le corps. (Strout, le témoin idéal, s'adressait à présent directement aux jurés.) Lors de la première autopsie, on avait évidemment examiné le contenu de l'estomac, etc. Mais là, on cherchait ce que l'on avait pu oublier la première fois. Alors, on a recommencé. Mais pas grand-chose dans l'estomac. Même si le scanner avait révélé des traces d'atropine, nous n'avions pas une concentration qualifiée de dose mortelle.

— Et l'étape suivante ?

Hardy regarda le jury. Personne ne dormait, le récit était épouvantable. Et Strout parlait avec enthousiasme de son métier.

— Voilà où le mystère devient intéressant. Si la mort remonte à peu de temps, on peut trouver des marques d'aiguilles, de coups, etc, mais là, on a prélevé des échantillons à divers endroits du corps pour rechercher une concentration de drogue. Et on a eu de la chance.

— Comment cela ?

Strout utilisa quelques termes techniques pour désigner des muscles et autres parties du corps, mais Freeman stoppa son envolée en lui demandant de préciser que la piqûre avait été faite sur le devant de la cuisse gauche, à hauteur des deux tiers.

— Êtes-vous certain, Docteur, que c'était sur le devant de la cuisse ? Cela n'aurait pas pu filtrer, pour ainsi dire, par le derrière de la cuisse ?

— Aucune chance, confirma Strout, sûr de lui. Les muscles ne sont pas reliés.

S'ensuivirent d'autres détails médicaux mais peu à peu il devint clair que la piqûre fatale avait été injectée dans la partie supérieure de la cuisse.

Pour Hardy, cela parut une longue route pour arriver à une conclusion que tout le monde connaissait déjà. Jusqu'à ce que

Freeman demande :

— À cet endroit, est-ce qu'une personne peut elle-même procéder à la piqûre ?

D'un air imperturbable et sympathique, Strout répondit par l'affirmative.

— Un élément au cours de votre examen vous a-t-il indiqué qu'*en aucune façon*, il ne s'agissait d'une auto-piqûre ?

— Comme quoi ?

— Je ne sais pas. Peut-être une écorchure parce que la victime se serait débattue. Rien de cela ?

Strout réfléchit.

— Après tout ce temps, non. Rien.

Freeman revint à la table des pièces à conviction. Il prit la pièce n°5 produite par la partie civile, le premier rapport d'autopsie.

— Docteur, il y a neuf ans, n'avez-vous rien noté qui puisse contester que Mr Hollis ait pu lui-même faire la piqûre ?

Strout parcourut le rapport et le rendit à l'avocat.

— Non. Mais bien sûr, il y avait des traces — des marques d'aiguille.

— Il y avait des marques d'aiguilles ? Et où cela, Docteur ?

— Sur l'intérieur de son bras.

— Correspondant à l'endroit où habituellement, un drogué se pique ?

— Oui.

— N'avez-vous pas remarqué les mêmes marques sur ses cuisses ?

Le coroner regarda la pièce à conviction puis il déclara :

— Non, rien que je n'aie consigné là-dedans.

Hardy jeta un coup d'oeil sur le côté. Powell avait les mains croisées devant lui, la tête baissée. Il était en train de se faire abattre et il le savait. Freeman n'était pas prêt à lui concéder le demi-point qu'il venait de marquer. Il revint se placer au centre du tribunal.

— Mais il est possible, n'est-ce pas Docteur, qu'à l'époque, vous n'ayez pas vu une marque d'aiguille récente ?

Hochant la tête avec amabilité, inexorablement honnête, le docteur lui offrit un service gagnant.

— Non seulement j'aurais pu ne pas le voir, Mr Freeman, mais il semble que je ne l'ai pas vu. La piqûre a été faite dans la cuisse.

C'est la seule façon possible pour que l'atropine se soit concentrée là. La difficulté de localiser et d'analyser des marques de piqûre est notoire. Elles échappent aux autopsies. (Strout écarta les mains devant lui une dernière fois.) Cela arrive, dit-il simplement.

CHAPITRE 30

Jennifer Witt fut raccompagnée au septième étage par l'huissier puis deux surveillantes l'escortèrent au vestiaire de la prison. Elle se déshabilla et pendit ses habits avec un soin particulier aux portemanteaux en bois, observa comment les surveillantes les accrochaient parmi les autres dans le casier. Elle se tourna vers le mur pour enlever les sous-vêtements que Freeman lui avait apportés. Après avoir passé son soutien-gorge brassière par-dessus la tête, elle se tourna pour prendre le sac en plastique réglementaire pour la lingerie des mains de Milner — une grosse rouquine aux dents écartées et au visage doux constellé de taches de rousseur.

L'autre surveillante, Montanez, lui jeta la combinaison rouge. Dans tout le bâtiment monta le bruit métallique des barreaux que l'on frappe suivi de cris stridents qui aussitôt s'éteignirent. L'heure du dîner approchait, le jour baissait plus tôt. Dans quelques semaines, on reviendrait à l'heure d'hiver.

— Comment ça va en bas ? demanda Milner.

— Des hommes qui discutent beaucoup, lui répondit Jennifer en haussant les épaules.

— Ça va quand même ? fit Montanez.

— Le juge est une femme. Elle s'appelle Villars. Il y en a quelques-unes dans le jury.

Mais ces considérations n'intéressaient pas plus Montanez que Milner. Les deux femmes l'accompagnèrent dans le corridor sombre, l'attirail accroché à leur ceinture résonnant au rythme de leurs pas. Derrière elles, la voix d'une autre surveillante s'éleva.

— C'est elle, Witt ? Elle a de la visite.

* * *

Le procès avait commencé depuis quatre jours et le docteur Ken Lightner était passé au tribunal tous les jours. N'étant pas avocat, il n'avait pas été autorisé à s'entretenir avec la prisonnière dans la petite pièce près du bureau des surveillantes. Comme Frannie, il devait se contenter des chaises en bois et du téléphone derrière la vitre de Plexiglas.

Il était déjà là, à l'attendre. Il berçait sa tête appuyée sur sa main. Quand Jennifer s'assit, il la fixa un long moment. Finalement, il décrocha le combiné.

— Tu tiens le coup ?

— Il n'y a plus personne qui me frappe. Je vais peut-être gagner, dit-elle en cédant à un fragile sourire. Je commence à avoir confiance en Mr Freeman.

Lightner hocha la tête.

— Qu'est-ce qu'il en pense ?

— Il ne veut pas s'engager. Il dit que c'est un long parcours. Mais je l'entends discuter avec Mr Hardy. Je vois comment le jury réagit avec lui. Il paraît confiant.

— Et toi ?

— Tu me manques, Ken. Nos discussions. Tout. Les filles ici... (Il n'y avait rien à raconter. Elles vivaient sur une autre planète. Elle avala sa salive.) C'est tellement différent. Je ne connais pas...

Le combiné faillit tomber de sa main.

— Quoi Jen ?

— La... la suite.

— Jen, quoi la suite ? Il faut continuer.

Elle secoua la tête sans rien dire.

Lightner se pressa contre la vitre.

— Jennifer, écoute-moi. Il faut continuer. Tu ne peux pas abandonner maintenant. Tu es en train de gagner, le pire est sans doute passé.

— Non, le pire n'est pas passé. Freeman dit que le pire n'a pas encore commencé...

— Il t'aide beaucoup.

— Il essaie. Oui, Ken, je suis au moins sûre qu'il m'aide. Il ne s'agit même pas du procès, tu sais. Tout est si différent ici. Les gens, l'endroit... (Elle décrivit un cercle de la main autour d'elle.) Parfois, je me dis que je ne reverrai jamais les choses que je connais et dont j'ai envie.

Une larme roula sur sa joue. Elle ne l'essuya pas. Tant pis si elle paraissait faible, si elle s'effondrait devant Ken. Il était là pour ça. Et elle était faible — ça, ils le lui avaient prouvé. Elle se moquait de ces vieux fantômes du passé.

— Ma tête est si embrouillée, Ken, si embrouillée...

Lightner l'observait comme s'il attendait une chose sans savoir quoi. Jennifer semblait repliée sur elle, dans la douleur. Il voulait qu'elle dépasse cet état mais il ne voulait pas la brusquer. Les gens devaient trouver eux-mêmes leur propre chemin s'ils le pouvaient.

— Je suis toujours là, finit-il par dire.

Elle lui adressa son sourire fugace.

— Il m'arrive de penser que tu es la seule raison qui me tient en vie. (Un demi-sanglot, un demi-rire.) C'est drôle tu sais. Tu te souviens quand je pensais quitter Larry et qu'avec toi, tout marcherait, tout irait mieux. Qu'une nouvelle vie commencerait.

— Je m'en souviens. C'est peut-être encore possible, Jen. Nous en avons parlé et reparlé quand nous travaillions sur tes transformations.

La jeune femme s'agita comme si elle se berçait. Sa tête allait d'avant en arrière, tel un poids lourd suspendu à un fil.

— Mais c'est ça justement, c'est ça le problème. Je n'y crois plus. Ce qui s'est passé avec Matt... (Elle se tut, les yeux soudain vidés de toute énergie.) Ce serait mieux que tout soit fini.

Le testait-elle ? se demanda Lightner. Jennifer chercha dans son regard une réponse. Elle gratta la table, posa la main contre la vitre mais la retira.

— Rien ne s'arrangera, quoi qu'il se passe, dit-elle. Je suis le genre de personne sur qui tout retombe... les hommes, les choses, les situations. Je suis une perdante, c'est tout.

Lightner, le front et la main écrasés contre la vitre, essaya d'être rassurant.

— Jen, tu n'es pas une perdante. Tu as été une victime. Nous en avons parlé. C'est normal que tu éprouves ce sentiment, à cause de tout ce que tu as enduré. Mais tu n'es pas une perdante. Je ne resterais pas avec toi sinon, si je ne pensais pas qu'un jour, les choses iraient mieux.

— Dis-moi quand.

— Voyons Jen. Personne ne peut vraiment savoir. Mais...

— Je crois, Ken, que tu resterais avec moi même si j'étais une perdante. Et tu sais pourquoi. J'y ai réfléchi. Parce que pour toi, je représente un défi, une espèce de cas d'étude classique.

— Mon Dieu, Jennifer, comment peux-tu dire cela après tout...

— Ce n'est pas vrai ? Tu t'en moques, n'est-ce pas ? De moi, je parle. Qui pourrait aimer quelqu'un aussi bouleversée que moi ? À la minute même où je redresserai la tête, si cela arrive un jour, le défi, ou le mystère, que je représente aura disparu. Et toi, tu t'en iras, pas vrai ? Et moi, où serai-je ? Je vais te le dire. Là où je suis maintenant, c'est-à-dire nulle part. Nulle part, rien, pas de retour, oh bon sang...

Elle jeta le téléphone par terre, recula sa chaise, donna des coups de pied dans l'appareil. Le visage ruisselant de larmes, elle se leva, regarda autour d'elle. Une surveillante approchait, sa matraque à la main.

Lightner se leva ; sa main resta collée à la vitre. Jennifer dit un mot à la surveillante en s'effondrant. Sans se retourner, elle partit vers les cellules avec la matonne. Lightner se rassit. Il s'efforçait de contrôler ses sentiments.

Soudain, elle fut de nouveau devant la vitre, affalée, les deux mains pressées contre ce qui les séparait. Elle pleurait de toute son saoul. Dans son dos, la surveillante balançait son visage inexpressif, la matraque toujours en main comme si elle en avait un réel besoin. Entre deux sanglots, Jennifer essayait de parler.

Il ne pouvait entendre mais il savait ce qu'elle disait. C'était toujours les mêmes mots quand elle se torturait intérieurement, quand elle s'accusait de toutes les fautes.

— Je suis désolée... Je suis désolée, je ne voulais pas dire ça, ne sois pas en colère contre moi...

Elle pleurait, elle essayait de le toucher comme s'il était dans une autre dimension.

La main de la surveillante s'abattit sur son épaule et la força à faire demi-tour pour l'entraîner vers la porte.

Lightner chercha à reprendre une respiration normale. Jennifer n'avait peut-être pas tort. Elle était peut-être incurable, un cas désespéré. Une perdante à jamais.

Après tout ce qu'il avait fait pour elle. Il se rassit, comme foudroyé par un électrochoc. Elle pouvait ne jamais s'acquitter de ce qu'elle lui devait. Il s'aperçut qu'il tremblait. Il essaya de se reprendre mais la seule chose qu'il *voulait*, c'était la réveiller, ramener à la raison cet être si adorable.

* * *

Frannie n'arrivait pas à y croire. Hardy avait tout organisé. Il avait appelé la grand-mère de Rebecca pour garder les enfants pour la soirée, il avait envoyé un taxi la prendre pour la conduire chez eux, le même taxi emmenant Frannie dans ce magnifique Bed & Breakfast où il avait lui-même réservé.

— Je suis un trésor de surprises, dit Hardy, modeste.

— Pourquoi as-tu fait ça ? Et le procès ?

Assis sur un canapé en velours frappé rouge, Hardy tenait à la main un verre d'un vieux porto rouge.

— Je me suis dit que nous avions quatre soirs de rendez-vous en retard, ce qui fait au moins une douzaine d'heures. Le procès peut se passer de moi une journée. Et puis, c'est la phase de Freeman, souviens-toi.

Frannie se tenait de profil devant la fenêtre, en train de contempler le Golden Gate Bridge depuis l'arrière de la maison. La Californian House datait de l'époque victorienne et elle avait été rénovée en un Bed & Breakfast de luxe. Ils se trouvaient dans la suite Gold Rush. Des étagères garnies de livres, un jacuzzi, une cheminée, un service à porto et sherry en cristal taillé, et bien entendu, la vue, que l'on pouvait s'offrir pour quatre-vingts dollars de plus.

Dès que la séance avait été suspendue pour la journée, Hardy avait fait la réservation au Palais de Justice. Erin lui avait assuré qu'elle s'occuperait des enfants sans aucun problème. Et il s'était dit que si la grand-mère débarquait à la maison, expliquant la raison, Frannie rechignerait sans doute moins. Maintenant, ils étaient là tous les deux.

Seulement, il n'était toujours pas certain que la surprise ait ravi sa femme. Elle restait les bras croisés, le visage figé, la mâchoire crispée. Elle avait l'air de porter un fardeau qu'elle ne voulait pas partager avec lui.

Il avait peur. Il redoutait qu'elle ne veuille plus de lui... Elle se tourna, la réalité sembla raviver son regard pensif. Un petit sourire se dessina sur ses lèvres.

— Coucou, dit-elle.

Il ne la quittait pas des yeux, la respiration en suspens. Effrayé de respirer. Ce moment allait-il donc s'achever ? Il posa son verre sur la table basse.

— Comment ça va la vie, Frannie ? lâcha-t-il dans un souffle.

— À ton avis ?

— Mal, je crois. J'ai mal à l'estomac depuis un mois. Depuis que tu ne souris plus. Je pensais que tu voudrais peut-être en parler.

Frannie fixa de nouveau la fenêtre. Il vit les muscles de son visage se contracter. Il voulait aller vers elle, la prendre dans ses bras, mais une force le clouait sur le canapé. La peur qu'elle le repousse avec la douloureuse éventualité qu'alors, rien ne serait plus comme avant ?

Elle marmonna entre ses dents, il lui dit qu'il n'avait pas entendu. Silence.

Frannie le regarda droit dans les yeux.

— Secret.

Il digéra la réponse, frappé en plein coeur par la plus évidente des interprétations. Son estomac se noua, sa tête tourna légèrement.

— Quel secret ?

— Les secrets, ça ne se dit pas.

Hardy prit une gorgée de porto, reposa le verre.

— D'accord, dit-il.

— Ce n'est pas que ça.

— Je ne sais *même* pas ce que c'est.

— Exact. Tu ne sais pas.

Hardy se frotta les tempes un instant.

— D'accord Fran, mais je dois savoir. (Il joignit les mains.) Est-ce qu'il y a un autre homme ? Tu veux me dire ?

Il vit ses épaules se détendre, ses yeux se fermer. La crise était passée. Ses bras tombèrent le long de son corps. Elle vint s'agenouiller devant lui.

— Qu'est-ce que tu racontes ? Un autre homme ? Il n'y a personne d'autre. C'est impossible.

Elle caressait son visage, explorait son regard. Ses mains s'enroulèrent à son cou et elle l'attira contre elle. Il se mit à trembler. Toute l'émotion qu'il avait si difficilement contrôlée s'échappait.

S'il l'avait épousée, c'est parce qu'elle lui donnait la confiance de pouvoir s'abandonner, se mettre à nu devant elle. Elle faisait partie de son être, elle lui permettait de se retrouver.

Elle le berça dans ses bras, consciente de l'émotion qui le quittait par soubresauts.

Elle l'étreignait de toute sa force.

C'était son homme et il avait besoin d'elle. Et s'il se laissait aller ainsi, elle n'avait pas à s'inquiéter. Elle aussi pouvait s'ouvrir à lui. Lui parler de ses doutes, de ses propres défauts. Il ne la quitterait pas à cause de cela. Il ne partirait pas.

* * *

— J'avais peur que tu ne comprennes pas.

— Je ne comprends pas mais j'essaie.

— Tu veux que la vie soit toujours parfaite et...

— Non.

Un doigt sur ses lèvres, elle le fit taire. Il faisait nuit à présent, le Golden Gate Bridge était illuminé, une bougie brûlait près du lit.

— Je ne voulais pas te laisser tomber, dit-elle, et j'étais tellement triste. Mais ce n'était pas toi, c'était moi. Avec ma tristesse. Avec Eddie, ma soi-disant jeunesse, tout. Tout qui m'a rattrapée.

Hardy était allongé sur le lit, calme.

— Je ne voulais pas que tu saches. Pour que cela ne t'atteigne pas.

— Frannie, je sais que la vie n'est pas parfaite. Dieu le sait, je le sais.

— Mais tu veux que notre vie, notre vie de famille, soit parfaite, n'est-ce pas ? Parfois, tu imagines même que c'est possible.

— Pas toi ? Tu ne crois pas que ça vaut le coup d'essayer ?

— Je ne sais pas. C'est ce que je croyais avoir fait. Et puis, toute cette histoire de me sentir dans un piège, tout ce...

Elle posa sa tête dans le creux de l'épaule de Hardy, glissa la jambe sur son bas-ventre.

— Je n'ai jamais cherché à t'enfermer dans quoi que ce soit, Frannie. Dans le mariage. Je pensais que tu étais heureuse...

— Ce n'était pas à cause de toi, Dismas. Je le vois bien maintenant. C'était ma vie. Tout à coup, je ne sais pas pourquoi mais tout m'est revenu. Et j'ai eu l'impression d'avoir tout raté. Je n'étais pas heureuse alors que j'avais tout pour l'être. À qui la faute ?

— En général, je rejette la faute sur un consortium d'investisseurs arabes.

— Moi aussi. Mais cette fois, ça n'a pas marché et je ne pouvais pas t'en parler. Cela n'aurait pas été juste avec le procès qui arrivait et le reste, et puis j'ai commencé à ne pas supporter de me taire, alors je me suis persuadée que tu t'en ficherais de toute façon, que ce n'était qu'une stupide histoire de nana et que...

— Hé, hé, hé... qu'est-ce que tu dis ? Une stupide histoire de nana ? Y'a pas de nana stupide ici ce soir.

— Tu sais ce que je veux dire.

— Non, je ne sais pas ce que tu veux dire. (Hardy se dressa sur un coude.) Je ne sais pas, répéta-t-il. Sans mentir.

Frannie ferma les yeux une seconde.

— J'ai vu Jennifer.

— Oui, je sais.

— Non, dit-elle en secouant la tête. Plusieurs fois. En cachette. Je laissais les enfants à Erin et j'allais la voir.

— Combien de fois ?

— Trois ou quatre.

— À la prison ? Oui évidemment...

Hardy s'assit sur le lit, les draps tirés sur lui. Frannie mit une main sur sa jambe.

— La première fois... j'ai senti le courant passer. Mais je pensais que tu n'approuverais pas, ou je ne voulais pas te demander ton accord...

— Frannie...

— Imaginer que je devais discuter de cela à chaque fois avec toi me mettait en colère. Cela ne me semblait pas normal de te demander la permission.

— Frannie, c'est ma cliente, répliqua Hardy, qui tentait de mettre de l'ordre là-dedans.

— Je sais, je sais. J'aurais dû t'en parler mais... mais cela s'accordait avec le reste, ce sentiment de déprime, l'impression d'être prise au piège. Et Jennifer... Jennifer m'écoutait.

— Jennifer t'écoutait ? Mon Dieu.

Hardy repoussa les draps et se leva. Il alla devant la fenêtre.

— Tu as parlé de nous à Jennifer ? murmura-t-il. Que sait-elle sur toi et moi ?

— Ce n'était pas ça, dit-elle d'une petite voix. Ne te mets pas en colère maintenant. S'il te plaît.

Il resta là, tendu, à reconstituer l'histoire. Les images du dehors se mélangeaient en un kaléidoscope — les lumières de Union Street, le Golden Gate, le Presidio toujours en vogue. Il s'assit sur le canapé.

— C'était donc le secret ?

Frannie allait le rejoindre. Elle s'arrêta au pied du lit pour répondre.

— Le secret, c'était le tout. Toutes les choses étaient liées.

Le buste en avant, Hardy regardait par terre, les mains jointes.

— Dismas ?

Frannie était agenouillée devant lui, les mains sur ses cuisses.

— Je ne suis pas en colère, dit-il. Que ce soit clair. Je ne suis pas en colère contre toi et je suis content que l'on en ait parlé. Mais as-tu pensé qu'elle pouvait se servir de toi ?

— Elle ne l'a pas fait. Je t'ai dit que ce n'était pas ça. Tout au moins, je ne pense pas...

Hardy releva la nuance.

— Tu ne pensais pas, mais à présent, tu le penses ?

Frannie se leva, attrapa la couverture et s'enveloppa dedans avant de se rasseoir sur le bord du lit.

— Non, je n'ai pas dit ça. (Prenant une longue bouffée d'air, elle revint vers Dismas.) J'espérais ne pas subir cet interrogatoire. Je veux en parler, Dismas, mais pas de cette manière. Ça ne marche pas, ça ne nous mène nulle part.

— Où veux-tu que ça nous mène, Frannie ?

— Je veux que nous puissions continuer de discuter. J'essaie de t'expliquer comment c'était.

À la lueur de la bougie, son visage ressemblait à une camée en ambre. Il ne pouvait en détacher son regard. Il dodelina de la tête. Elle effleura sa jambe. Il lui saisit les mains.

Le moment n'était pas à la dispute. Il lui dirait plus tard que Jennifer avait pu avoir un plan tout autre derrière la tête et qu'elle l'avait fourvoyée. Il prit la couverture et l'enroula autour d'eux.

— Tu as raison, murmura-t-il en l'embrassant. Je suis désolé. Parle-moi.

* * *

— Elle t'a dit que Larry la battait ?

— Tous, ils l'ont tous battue. Elle n'arrivait pas à croire que tu ne m'avais jamais touchée, ni Eddie. Elle ne me croyait pas. Comme si elle n'avait jamais connu autre chose.

— Probablement.

Ils étaient blottis l'un contre l'autre sur le bord du lit.

— Il ne faut pas qu'on frappe un jour les enfants, d'accord ? dit Hardy.

— Mais on ne les frappe pas.

— Je sais. Mais ne commençons pas.

Frannie se laissa aller contre lui. Des bruits sourds montèrent dans la nuit — le grincement des freins d'un camion, le rire insouciant d'une fille devant l'une des boîtes de nuit de la rue.

— J'ai encore un peu l'impression de l'avoir abandonnée. Jennifer. J'ai senti... que ça n'allait plus.

— Mais moi, je ne l'ai pas abandonnée. Ca reste dans la famille, hein ?

— Je sais mais...

— Chut. Regarde. Elle t'a écoutée, elle sait que les hommes ne frappent pas systématiquement leur épouse, et cela a pu lui donner l'espoir que c'est possible.

— Si elle le croit.

— Et si elle ne le croit pas, continuer à la voir n'y changera rien, n'est-ce pas ?

Hardy serra sa femme contre lui, respira son odeur. La bougie grésilla. Il regarda. Un filet de cire coulait le long du bougeoir en cristal sur le dessus de la commode.

— Je ne cherche pas à te dissuader, tu sais, Frannie. Si tu veux continuer à la voir, parle-m'en, d'accord ? Dis-le moi.

— Non, je ne la verrai plus, répondit Frannie dans un soupir. Il y a des choses... trop fausses.

— Tu l'as déjà dit. Mais si tu ne me caches rien...

— Non, ce n'est pas ça. C'est elle, vraiment. Jennifer. D'abord, j'ai cru que nous... tu sais, entre femmes... nous pouvions discuter. Mais soudain, elle a mis un point final. Elle était sur le point de me révéler quelque chose d'important et brusquement, plus rien. Elle s'est renfermée, elle a dit que je ne voulais pas savoir. J'ai commencé à m'interroger sur...

— Sur sa culpabilité ?

— Oui. Je ne peux pas le supporter. Elle n'a pas tué Matt, même par accident, ni Larry, j'en suis sûre. Son premier mari peut-être. Et si elle l'a fait, je ne sais pas si je pourrais le supporter. J'ai bien dit si. Mais elle m'a demandé pourquoi je pensais qu'elle refusait cette accusation. La réponse est parce qu'elle ne les a pas tués.

— Bien que Larry l'ait frappée et violentée ?

— Dismas, s'il te plaît, pas de contre-interrogatoire avec moi. Elle m'a dit que Larry la battait, qu'elle ne l'avait pas tué, ni lui, ni Matt. Ni par accident, par erreur, ou n'importe quoi d'autre.

Hardy observa Frannie. Cherchait-elle à se convaincre ? Il connaissait parfaitement ce qu'on éprouvait alors.

CHAPITRE 31

L'orage avait surpris tout le monde. La pluie tombait en rafales presque horizontales, il faisait moins de dix degrés. La façade grise du Palais de Justice avait pris une teinte d'un bleu bruni. Son imperméable battant sur les côtés, Hardy courut de sa voiture au grand escalier.

12h42. Ils seraient en vacation. C'était ce qu'il avait prévu.

Freeman et Jennifer déjeunaient dans un bureau délaissé derrière les salles de tribunal.

Hardy salua de la tête le policier en faction devant la porte, attendit d'avoir repris son souffle après la course sous la pluie pour entrer. Il les regarda par la lucarne grillée de la porte. Ils avaient l'air lancés dans une véritable discussion, assis l'un en face de l'autre à un vieux bureau en métal vert. Il poussa la porte.

Freeman, la bouche pleine, leva la main.

— Bienvenue. Nous sommes en train d'avoir leur peau, Diz. Ils chancellent déjà sur leurs pattes, je le jure devant Dieu.

Avec sa fourchette en plastique blanc, Jennifer promenait une assiette de salade aux haricots sur son plateau en polystyrène. Une fois encore, Hardy fut frappé par son allure — sage, modeste mais chic, innocente et inaccessible. Elle était comme la création de Freeman désormais — le moulage de l'artiste.

S'étant débarrassé de son imperméable, il retourna une chaise devant lui, s'assit à califourchon. Une rafale de pluie cingla si fort contre la fenêtre que tous regardèrent en silence.

— Encore une bonne nouvelle. La sécheresse est finie, plaisanta le vieil avocat qui enfourna une fourchette de pâtes tubulaires garnies d'une sauce rouge gluante, puis il s'épongea la bouche avec une serviette en papier tachée. Hé, Diz, écoutez. Je suis en train de leur mettre un sacré coup de pied au derrière là-bas. Je réfléchis à ce que je vais dire. (Freeman indiqua la salle de tribunal dans son dos.) C'est là ma vie, vous m'entendez ? Vous voulez un conseil ? Non ? Tant pis, je vais vous le dire quand même. Vous voulez faire un bon procès, c'est là que vous passerez votre vie, vous aussi. (Une gorgée de lait, un coup de serviette.) Diz, ça n'avance pas là-bas, rien d'important. C'est vrai. Et la vérité, c'est aussi que nous sommes en train de gagner.

Chacun se regarda pendant un long moment. La pluie ne cessait de marteler la fenêtre. Un éclair jaillit au-dessus du toit d'un hôtel, quelques secondes plus tard, un roulement de tonnerre retentit à travers la pièce.

Jennifer posa sa main aux ongles faits sur celle de Hardy. C'était doux, pourtant il lui sembla ressentir une brûlure.

— Jennifer n'a jamais confessé à Harlan Poole que Ned la frappait. En vérité, elle l'a toujours démenti. L'avis de ce monsieur est pure spéculation, déclara Freeman. Il peut dire que Jennifer et lui avaient une liaison. Il peut dire qu'il avait de l'atropine dans son cabinet. Mais point final. J'ai déposé une 1118 hier après avoir crucifié Strout. Et avec Poole, le désastre sera pire.

La motion 1118 demandait un verdict d'acquittement, dans lequel le juge décrétait qu'aucun jury raisonnable ne pouvait condamner l'inculpé pour cause d'insuffisance de preuves. Si la motion était accordée, l'accusation serait rejetée et ne pourrait jamais plus être jugée.

— Je parie que Villars va l'accepter à la reprise de séance, dit Freeman.

Son regard étincelait. Il mit la main sur l'autre bras de Hardy.

— Powell est sans doute capable de se promener en mâchant du chewing-gum, mais je ne crois pas qu'il puisse mener une campagne en même temps qu'un procès. Ça tourne mal pour lui.

Il était temps de retourner en salle.

* * *

Hardy écoutait Powell qui tentait de trouver une brèche pour présenter le témoignage de Harlan Poole.

Le dentiste avait triste allure. Difficile d'imaginer que cet homme gros, à la calvitie naissante, à la peau tachetée, couvert de sueur, avait été l'amant de Jennifer. Et « le profil bas » que lui avait garanti Terrell s'avérait impossible à garder. Qu'il apprécie ou pas, et visiblement il n'aimait pas, Poole se retrouvait comme l'un des témoins vedettes de la partie civile, dans un procès pour homicide volontaire. Un rôle qui chamboulait sa vie.

— Docteur Poole.

Powell se remettait d'une nouvelle objection accordée. Freeman avait bondi, comme il aimait à le faire, et une fois encore, Villars avait adressé une remontrance à l'avocat général. Il prétendait que Jennifer avait été battue par Ned, un fait non établi puisqu'il s'agissait d'une rumeur.

De colère, Powell marchait en rond, s'arrêtant devant la Cour, puis à la table de la défense, puis à la sienne, tout en revenant chaque fois à Poole.

— Docteur Poole, dit-il, vous avez reconnu avoir été intimement lié avec l'inculpée. Est-ce exact ?

Le dentiste leva les yeux au plafond, pour éviter le regard de sa femme présente à l'audience. Il passa un mouchoir sur son front.

— Oui.

— Durant ces moments d'intimité, avez-vous eu l'occasion de voir l'inculpée nue ?

— Votre Honneur ! Objection !

Mais Powell avait prévu la réaction.

— Votre Honneur, sur votre insistance, nous devons montrer le sens de ce témoignage. Je n'aurais pas choisi cette voie sans raison. Ceci est une information, non pas une rumeur.

Villars avait mis son masque. Le regard droit devant elle, immobile, elle aurait pu être un mannequin de vitrine.

— Tenons conseil ici.

Personne ne s'y opposa. Hardy et Freeman se levèrent et vinrent devant la Cour.

— Mr Powell, je ne suis pas sûre, dit Villars d'une voix calme, de vous suivre sur la notion d'information. En quoi la nudité de Mme Witt a-t-elle un rapport avec l'assassinat de son époux ?

Freeman, qui se sentait toujours sur son nuage de gloire, prit imprudemment la parole.

— Aucun rapport.

Une erreur. Villars le fusilla du regard.

— Mr Freeman, lorsque je souhaite entendre votre réponse ou votre argument, je m'adresse à vous, est-ce clair ? (Sans attendre de réponse, elle revint à l'avocat général.) Mr Powell ?

— Votre Honneur, cela concerne le motif. Nous savons que son mari la battait et que...

— Un instant, s'il vous plaît. Jusqu'ici, j'ai entendu parler d'une police d'assurance et d'une liaison...

Tout à coup, Hardy s'aperçut que le greffier était absent. Il se surprit lui-même à intervenir.

— Excusez-moi, Votre Honneur, est-ce que cet entretien va être noté sur le procès-verbal ?

Le greffier était supposé tout enregistrer. Dans une affaire d'homicide volontaire, tout devait être consigné dans le procès-verbal.

Le juge parut se rendre compte pour la première fois de la présence de Hardy. Sa surprise laissa vite place à son habituelle expression intimidante. Hardy ne recula point.

— Nous pourrions peut-être aller en cabinet ?

— Nous venons de reprendre la séance, répliqua Villars, les sourcils froncés, mécontente. Quelle est votre remarque, Mr Hardy ?

— Votre Honneur, nous n'avons pas besoin d'aller en cabinet, intervint Powell, Monsieur Conciliation. Je suis certain que nous pouvons régler cela ici-même.

Villars se redressa, prit une courte inspiration.

— Je commence à être fatiguée de ce petit jeu. Je pose une question à Mr Powell, c'est Mr Freeman qui me répond. Je pose une question à Mr Hardy, c'est Mr Powell qui me répond. Maintenant, écoutez-moi tous. C'est Mr Hardy que j'interroge. Voulez-vous que ce conseil ait lieu en cabinet ?

— Oui Madame.

Villars pointa l'index.

— Oui, *Votre Honneur*, le corrigea-t-elle, pas « Oui Madame ».

— Oui, Votre Honneur. Je suis navré.

Villars ramassa des papiers étalés devant elle. Elle baissa la tête, la dodina un instant.

— Cela me fout vraiment en rogne, murmura-t-elle puis elle se leva. Le greffier va nous suivre au cabinet. Nous faisons une courte suspension de séance. Dr Poole, vous pouvez quitter le box jusqu'à notre retour. Ce ne devrait pas être long. Ou bien vous pouvez rester là.

Elle sortit en tête.

***

Son cabinet n'était pas vraiment plus impressionnant que les cagibis des adjoints du procureur général. La pièce en soi était plus grande, avec des toilettes privées et un coin salon à l'écart. Mais deux beaux tapis et des reproductions encadrées sur les murs ne suffisaient à chasser l'impression dégagée par tout bâtiment administratif.

Hardy affronta la colère de Villars.

— Parfait, Mr Hardy, nous voilà en cabinet, en présence du greffier. Dans quel but, si vous voulez bien me le dire ?

— Mr Powell débattait de l'intérêt de...

— Je sais ce qu'il faisait.

Hardy rétrograda.

— Bien, dans ce cas, Votre Honneur, s'il veut poursuivre ce raisonnement. Cela pourrait être soulevé dans la phase pénale, si elle a lieu.

Villars lui fit penser à un méchant oiseau, la tête penchée sur le côté, prêt à lui crever les yeux. Elle se tourna vers l'avocat général, assis dans un des fauteuils en cuir.

— Très bien, Mr Powell, dites-nous pourquoi la nudité de Mme Witt est une information utile.

— Votre Honneur, le témoignage de Mr Poole apportera la preuve directe que Ned Hollis battait régulièrement Jennifer, ce qui bien entendu serait un autre motif du crime. Cela ne peut manquer de représenter un intérêt.

Mais également une circonstance atténuante, songea Hardy.

— Êtes-vous en train de dire qu'il s'agit d'une affaire de « lit brûlant » ?

— Il y a de cela. C'est une question de faits et nous devons laisser le jury en décider.

— Savez-vous que vous introduisez par là-même le syndrome de la femme battue ? Avez-vous des preuves que le second mari... quel est son nom déjà ?

— Larry ?

— Que ce Larry la battait lui aussi ? Est-ce là votre argument ?

— Excusez-moi, Votre Honneur, intervint Freeman qui voulait être en scène, mais nous n'invoquons pas le syndrome de la femme battue. Notre cliente ne prétend pas qu'elle a un motif. Nous ne disons pas qu'elle les a tués parce qu'ils la battaient et qu'ils le méritaient. Nous disons qu'elle ne les a pas tués du tout.

Villars vint s'asseoir sur le bord du bureau en chêne. Elle se tourna légèrement, en appui sur ses bras tendus, pour regarder par la fenêtre. Il pleuvait à verse. Hardy jeta un coup d'oeil à son collègue. Freeman, adossé à une étagère de livres, semblait satisfait de sa déclaration.

— Donc, je suppose, Mr Powell, dit le juge, que nous allons entendre que Mme Witt avait des contusions, des marques bleues, noires, etc, sur tout le corps ?

— C'est juste Votre Honneur.

— Et le fait que le Dr Poole les a vues personnellement n'en fait plus une rumeur ?

Powell, comprenant où le juge voulait en venir, remua dans son fauteuil. Le cuir craqua. Pourtant, il insista.

— Les ecchymoses, Votre Honneur, sont recevables. Mr Poole les a vues.

— Et vous voudriez demander au jury de faire un rapprochement entre ces marques sur le corps de Mme Witt et son mari ?

— Votre Honneur, la vérité, c'est que son premier mari, Ned, la battait. Ce qui signifie...

— Dean, ce n'est tout simplement pas vrai, intervint Freeman qui s'écarta de l'étagère. Pardonnez-moi, Votre Honneur, mais ma cliente a systématiquement démenti qu'elle avait subi de mauvais traitements, elle a toujours refusé une défense fondée là-dessus. Le jury ne peut pas tirer des conclusions sur des marques qui peuvent avoir été causées par n'importe quoi.

— Oh David, soyez sérieux, répliqua Powell qui quitta son fauteuil, vous savez aussi bien que moi que...

— Messieurs ! Permettez-moi de vous rappeler que tout est enregistré et que les remarques sont adressées à la Cour. (Villars se leva, face aux deux hommes.) Mr Powell, d'après ce que j'ai vu jusqu'ici, vous manquez gravement de preuves. Avez-vous prévu de nous faire entendre un témoignage sur le jour où est mort Mr Hollis, sur l'endroit où se trouvait Mme Witt ce jour-là, quelqu'un qui l'aurait vue prendre l'atropine dans un tiroir chez le Dr Poole, ou la seringue même, quelqu'un qui l'aurait vue injecter la piqûre ?

Mains dans les poches, Powell essayait d'avoir l'air décontracté. Hardy n'en était pas convaincu, comme les autres.

— Votre Honneur, avec l'assurance, le schéma là...

Villars leva la main.

— Je vous ai posé une question à laquelle vous répondez par oui ou par non. Allez-vous appeler un témoin qui va aborder les questions que je viens de soulever ?

— Votre Honneur, je...

— Oui ou non, merde. (Villars s'adressa à la greffière.) Adrienne, barrez ce gros mot. Mr Powell, oui ou non ?

Le tonnerre gronda soudain au loin.

— Pas sur ces questions spécifiques. Non, Votre Honneur.

— Y a-t-il une question spécifique que vous voudriez nous présenter parce que vous estimez qu'elle rentrerait plus ou moins dans la catégorie des preuves et pas de la rumeur ? Prenez votre temps.

Powell se rassit, campé en avant, les avant-bras sur les cuisses.

— Le lieutenant Batiste, le policier qui a enquêté sur la mort de Ned Hollis, doit témoigner.

— Est-ce le même lieutenant qui n'a pas jugé nécessaire l'arrestation de Mme Witt il y a neuf ans, sans doute pour manque de preuves justifiant l'inculpation ?

Powell recoiffa ses cheveux en arrière.

— Nous avons plusieurs autres témoins, Votre Honneur.

— Je n'en doute pas, mais l'un d'eux va-t-il apporter quelque chose au moins de recevable ? Vous connaissez la loi aussi bien que moi, vous me l'avez dit.

Troisième tentative de Powell soumis au pire cauchemar.

— Votre Honneur, après de nombreuses délibérations et pour un certain coût, le service du procureur général a décidé d'exhumer le corps de Ned Hollis pour mener de nouveaux examens. Nous avons trouvé de l'atropine à dose mortelle, qui n'est pas une drogue que l'on prend occasionnellement.

— Votre Honneur, intervint Freeman, le témoin de la partie civile a attesté que Hollis expérimentait de la drogue. Il voulait voir si l'atropine pouvait lui procurer des sensations, voilà tout.

Villars ignora la remarque de l'avocat de la défense.

— Vous n'êtes sûrement pas sans savoir, Mr Powell, que la question n'est pas si vous le pensez mais si vous pouvez le prouver. De façon indubitable, Mr Hollis a-t-il été assassiné ? Maintenant, ce que je vois, c'est une police d'assurance, qui a été utilisée selon son but premier, à savoir le paiement de la maison, et un consommateur de drogues qui expérimente des substances dangereuses. Et vous êtes là, en train de parler de votre motif, pour ne rien en dire. Mme Witt a tué son mari pour l'argent mais aussi parce qu'il la battait, dit-on. Avez-vous des rapports médicaux étayant ceci ? A-t-elle signalé à la police qu'il la martyrisait ?

Powell ne pouvait plus rien ajouter.

Hochant la tête, Villars croisa les bras puis vint se placer derrière son bureau. Tout le monde attendait. La pluie tombait contre la fenêtre, le cliquetis du trousseau de clés du greffier cessa. Le juge attrapa quatre ou cinq pages agrafées d'un dossier, les laissa retomber aussitôt sur son bureau. Elle secoua la tête.

— Je vais prendre un moment pour examiner la situation, annonça-t-elle. Je voudrais que vous reveniez tous dans un quart d'heure.

* * *

Villars annonça à Freeman et Hardy qu'elle était prête à invalider le procès pour le meurtre de Ned Hollis s'ils étaient d'accord. Jennifer Witt passerait toutefois en jugement pour l'autre affaire.

De toute évidence, il y avait eu préjudice. Le jury avait entendu l'avocat général qui avait la conviction que Jennifer avait tué son premier mari. Mais d'un autre côté, le jury pouvait avoir une piètre opinion de Powell qui portait des accusations qu'aucun « juré sensé » ne pouvait croire.

Freeman et Hardy en débattirent. Qui avait subi le plus de préjudice, la partie civile ou la défense ? Finalement, Jennifer prit la décision. Elle ne voulait pas croupir en prison le temps qu'ils décident de la date d'un nouveau procès.

* * *

— Votre Honneur, dit Freeman, il me semble que les raisons de l'invalidité du procès sont dues à une faute professionnelle de la partie civile qui a violé les libertés individuelles de ma cliente. Je crois que cette affaire doit être rejetée dans sa globalité et que toutes autres poursuites judiciaires sont exclues car Mme Witt a déjà été placée en détention.

Villars détestait cela.

— Bel essai, Mr Freeman. Réclamez-vous une invalidité du procès, oui ou non ? Si oui, l'inculpée peut comparaître de nouveau en jugement. Si non, je ne garantis pas de l'invalider.

Ne s'attendant pas à cela, l'avocat fut néanmoins satisfait. Mais il garda un visage sérieux.

— Dans ce cas, Votre Honneur, bien qu'ayant la conviction que ce procès a été irrémédiablement entaché d'une faute, nous choisissons de poursuivre. J'ai expliqué la situation à Mme Witt, elle a choisi de continuer. N'est-ce pas exact, Jennifer ?

La jeune femme leva les yeux.

— Oui.

Ils revinrent en salle de tribunal, où Villars annonça aux jurés qu'elle avait décidé d'accorder à la défense la motion 1118 concernant le meurtre de Ned Hollis. Ils reprendraient la suite du procès lundi mais d'ici là, ajouta le juge, pourquoi les jurés ne rentreraient-ils pas plus tôt chez eux pour prendre un week-end de repos ?

* * *

Arrivés chez Lou, Hardy fut heureux de s'extraire de son imperméable trempé. Il le jeta à l'autre bout de la banquette,

Freeman se glissa sur le siège face à lui.

Il n'était pas encore quatre heures, il faisait déjà sombre. Au comptoir, Lou jouait aux dés avec l'un des habitués. Sa femme regardait un navet à la télé, dans le coin du bar. Ils étaient les seuls autres clients.

Le café fut servi. Hardy prit la tasse dans ses mains pour se réchauffer. Tranquille, Freeman ajouta deux cuillères de sucre, versa de la crème. Il remua, prit une gorgée, ajouta de la crème, remua encore.

— Diz, j'ai quelque chose à vous dire et vous n'allez pas apprécier.

* * *

Hardy s'efforçait de ne plus trembler des mains.

— Depuis quand le savez-vous ?

Freeman regardait ses doigts noueux.

— Depuis plus longtemps que vous ne pourriez l'accepter, Diz.

Hardy dodelina de la tête. Que pouvait-il faire ? Freeman venait de lui avouer que Jennifer avait bel et bien assassiné son premier mari. Elle lui avait injecté l'atropine. Comme la partie civile l'avait soutenu. Et Freeman était au courant.

— Vous savez, vous êtes un beau salaud ! lui lança Hardy.

Le vieil homme agita la tête.

— Je peux comprendre votre opinion mais je ne crois pas...

— Putain de merde, David. Vous ne croyez pas ? Lâchez-moi.

— Diz...

— Non ! Non, y'a pas de Diz qui tienne. C'est elle qui vous l'a dit ?

Freeman opina du bonnet.

— Et vous avez été capable de mener toute cette incroyable comédie ?

— Bien sûr.

— « Bien sûr », même, grommela Hardy, échauffé. Ça me plaît, vraiment. Pas « sûr » mais « bien sûr » !

— C'est une cliente. Oui, elle est coupable. Nous sommes supposés la faire acquitter. Et je me permets d'ajouter que nous l'avons fait.

— Nous l'avons fait. Bon Dieu. Vous voulez une médaille ?

— Cela vous ennuie, n'est-ce pas ?

Hardy leva les yeux au ciel.

— Si ça m'ennuie ? C'est plutôt honnête, David. Plus qu'honnête, c'est même juste, si jamais vous connaissez le sens de ce mot. (Il avala une rasade de bière.) Mais question d'intérêt, puisque je débarque dans cette affaire, a-t-elle tué Larry aussi ? Et Matt peut-être ? Que savez-vous d'autre ?

— Non.

— Non quoi ?

— Non, je ne pense pas qu'elle les a tués.

— Vous ne pensez pas ?

— Diz, j'ai dit que non.

— Non David, vous avez dit que vous ne pensiez pas, ce qui, et je n'ai pas besoin de vous le rappeler, peut prêter à interprétation.

Freeman tirait sur la couture effilochée du poignet de sa chemise.

— Vous ne pouvez pas débarquer. Que voulez-vous dire par là ? Que vous démissionnez ? Maintenant ?

Hardy le regarda longuement.

— Je sais que vous n'êtes pas à la page côté culture populaire, David, mais oui, débarquer, ça veut dire démissionner. Je ne suis plus là. Je me dégage de cette affaire, d'accord ? Je laisse tomber. Vous avez cru que j'allais adhérer à ce coup ? Je fais acquitter une femme coupable du meurtre de son mari ? Elle *l'avoue* ? Et je devrais me sentir bien ? Pourquoi vous me l'avez dit seulement maintenant ? Vous croyez que l'ironie, ça me plaît, c'est ça ?

— Non, je ne crois pas.

Hardy se taisait, il respirait nerveusement. Freeman décousit son poignet.

— Diz, c'était si compliqué. Et... (Pour une fois, il parut à court de mots.) Et je vous estimais. Je ne voulais pas vous perdre. Or, je sais que je vous aurais perdu si je vous en avais parlé avant.

La flatterie. De la connerie.

Hardy finit sa bière.

— Eh bien, David, allez vous faire voir. Et elle aussi.

Se levant, il reposa bruyamment sa bouteille de bière sur la table et partit vers la porte.

Freeman courut après lui, sous la pluie.

* * *

— Je veux que vous l'écoutiez, je veux que vous l'entendiez de sa bouche et par vos propres oreilles.

Freeman avait suivi Hardy à sa voiture sur le parking devant le Palais de Justice. Il s'était installé sur le siège passager. La pluie martelait le toit, la buée avait envahi les fenêtres.

Incrédule, Hardy secoua la tête.

— Qu'est-ce qu'elle va me raconter ? Qu'est-ce qu'elle peut bien dire ?

CHAPITRE 32

Je n'avais pas le choix. Il m'aurait tuée, il m'aurait pourchassée et il m'aurait tuée. Combien de temps doit-on supporter cela avant d'agir ?

C'est ce que tout le monde dit, pas vrai? C'est ce que vous pensez ? Eh bien, si tout le monde le dit, c'est qu'il y a du vrai.

La première année, nous avions un travail tous les deux, nous avons acheté une maison, nous allions ressembler à nos parents. Il ne prenait pas encore beaucoup de cocaïne. S'il lui arrivait de me frapper lors d'une dispute, il était tout gentil après et nous nous réconcilions.

Je suis retournée chez ma mère la première fois où il a été violent. Vous savez ce qu'elle m'a dit ? Qu'elle espérait qu'il arrête mais qu'elle ferait mieux de ne rien dire à Papa parce cela le mettrait en colère, et que pourrait-il faire de toute façon ? À part aller voir Ned et s'attirer des histoires. Lui, Ned, ou qui que ce soit d'autre, ça n'apporterait que des ennuis. Alors, finalement, je ferais mieux de résoudre cela avec Ned et de ne pas mettre mon père dans le coup.

C'est ce que font les épouses, m'a dit Maman. Elles comprennent et elles essaient de ne pas se plaindre. Et peut-être, si j'étais un peu plus gentille, Ned ne se ficherait pas en rogne. Si je n'étais pas si malveillante, vous voyez.

Alors, j'ai essayé, mais je n'arrivais pas à contrôler Ned quand il avait bu et qu'il avait pris de la coke et tout le reste. Il était véritablement méchant, et il est devenu pire quand il a perdu son travail chez Bill Graham — pendant deux ans, il avait été l'un des chefs d'équipe des roadies. Il a dû retourner dans les petits clubs, et à chaque fois, il était plus méchant. Bien sûr, partout dans ces endroits où il y avait de la musique, il y avait de la coke.

Bref, j'avais une amie, Tara, à L.A., en ville, et j'ai couru me réfugier chez elle. J'ai commis l'erreur d'appeler Ned pour lui dire que j'étais partie, que je ne reviendrais pas mais qu'il n'avait pas de souci à se faire pour moi. N'est-ce pas fantastique ? Je ne voulais pas qu'il s'inquiète pour moi. Je voulais juste conclure.

Mais lui, il ne voulait pas conclure. Le téléphone, c'était une erreur. Je n'avais jamais imaginé qu'il me rechercherait. Stupide. Je sais maintenant. Il est venu, il était si étrangement calme. Il n'était pas défoncé, ni saoul. Je crois que c'est ce qui m'a fait le plus peur.

Nous l'avons laissé entrer dans la maison. Je n'avais jamais pensé qu'il... oh, il a foncé sur Tara sans dire un mot et il l'a frappée en plein dans l'estomac de toutes ses forces. Ned était grand, vous savez, 1m85, 90 kilos. Et puis il s'est penché sur elle et il a dit qu'il la tuerait si elle me cachait encore une fois ou si elle appelait la police.

Et moi aussi. Il me tuerait aussi si je prévenais les flics. Je l'ai cru. J'étais sûre qu'il le ferait. Il m'a attrapée par les cheveux et par un bras et il m'a traînée à la voiture. Et nous sommes rentrés dans la nuit, d'une traite, il ne voulait pas s'arrêter pour que j'aille aux toilettes. Quand nous sommes arrivés à la maison, il m'a frappée parce que j'avais sali la voiture et il m'a forcée à nettoyer.

C'est étrange mais pendant tout ce temps, nous avons essayé de vivre normalement. Je veux dire que moi, je travaillais chez Harlan. Comme secrétaire standardiste. Je pensais devenir un jour hygiéniste. Ah, vous ne saviez pas ? Oui, c'est comme cela que tout a commencé. Je ne l'avais pas prévu, d'être infidèle. Je ne pensais pas être cette fille-là. Mais avec Ned, tout s'écroulait et Harlan était si gentil avec moi. Si tendre. Et puis, c'était facile de cacher notre relation. Je n'avais pas besoin de filer en douce le soir. Nous n'avions qu'à fermer le cabinet pendant la pause de midi.

Et ensuite, quand nous avons été ensemble, il a vu... il a vu ce que

Ned me faisait. Il a dit que je devais le signaler, avertir la police, faire quelque chose. Je lui ai toujours répété que ce n'était pas Ned. C'était des accidents, un point c'est tout.

Bon, vous avez vu Harlan. Il imagine que vous faites ce que vous avez à faire et finalement, les choses s'arrangent. Pour finir, je crois que j'étais amoureuse de lui — Harlan. Je sais, il est gros maintenant, mais à cette époque, il était juste corpulent. J'ai toujours eu une faiblesse pour les hommes corpulents.

Un jour, je décide de parler à Ned. J'attends qu'il n'ait pas bu ni pris de drogue. Je lui dis que je suis malheureuse, que je ne supporte plus qu'il me frappe et que je vais partir. Je ne lui parle pas de Harlan, évidemment. Dieu merci. Je lui dis qu'il n'y a pas d'autre homme, personne d'autre. Ce n'est pas la raison. C'est juste qu'entre lui et moi, ça ne marche plus.

Je pensais encore que si je restais, si j'étais raisonnable, il réagirait différemment. Ce qui s'est passé sur le coup.

Il reste assis dans son fauteuil près d'une heure et puis — il était vraiment calme et j'aurais dû comprendre ce signal — et donc, il dit qu'il sort faire un tour pour réfléchir.

Vers minuit, il n'est pas rentré et finalement, je m'endors.

Je me réveille en hurlant, mais il y a une chaussette ou quelque chose qui me bâillonne la bouche, et je ne peux ni respirer, ni crier, et puis cette horrible douleur... en moi... et Ned est sur moi, il me tient plaquée.

Le lendemain, je ne peux plus bouger. Mon ventre est comme déchiré. Je ne peux toujours pas respirer, il y a du sang sur les draps, mes mains sont attachées au lit. Je vois mon placard ouvert et la moitié de mes habits sont sortis, lacérés, jetés à travers la chambre. Par terre, je vois le couteau — un couteau à beurre — c'est ce qu'il m'a introduit.

Je me réveille une autre fois, il est là, en train de me détacher. Il est revenu à un état normal. Il m'aide à aller jusqu'à la salle de bains. À chaque instant, je suis terrorisée. Il est calme et il déclare qu'il peut faire disparaître les choses sans laisser de traces. Je découvrirai plus tard qu'il dit vrai.

Je prends un jour de maladie. Je n'aurais pas pu y aller de toute façon. Ensuite, c'est le week-end et un soir, Ned a réussi à se procurer de la drogue et il veut que je me défonce avec lui. On va s'amuser, il dit. Comme au bon vieux temps. Quel bon vieux temps ? Je n'ai jamais pris de drogue.

Mais je ne peux pas. J'ai si peur, j'ai toujours très mal. Ned recommence à se fâcher — il faut que j'arrête. Je ne peux plus rien supporter, pas en ce moment, alors, j'essaie d'être gentille, de faire ce qu'il veut, mais il veut un rapport sexuel.

Vous y croyez ? Je le supplie, je lui dis que j'ai vraiment très mal, mais il s'en fiche, je suis sa femme alors je dois me mettre sur le dos. Et j'obéis. Et je me demande à quel moment je vais mourir.

Mais non, je ne meurs pas. C'est le pire. Vous savez combien de fois j'aurais voulu mourir pendant ce temps ? Et combien d'autres fois encore ? J'entends bien mourir, ne jamais me réveiller, échapper à tout ça. Et croyez-moi, une fois que vous avez eu cette sensation — vouloir mourir à tout prix — vous n'êtes pas loin de vouloir la mort de l'autre. Pourquoi est-ce moi qui devrais mourir ?

Je me réveille tôt, Ned est couché à côté de moi, immobile. Pendant longtemps, je l'observe, je réfléchis, j'espère qu'il est mort. Je le pince à la jambe. Pas de réaction. Et puis, il ronfle ou il grogne, un truc comme ça. Mais l'idée est là, encore un embryon mais là, dans ma tête.

Deux jours passent et je commence à me remettre, les choses paraissent différentes, telles qu'elles sont vraiment. On refuse de croire qu'il n'y a pas d'espoir, n'est-ce pas ? Mais pourtant, vraiment, il n'y en a pas.

Je retourne travailler, je trouve une excuse pour Harlan et tout à coup, je réalise que je n'ai pas vu Boots — Boots, c'était ma chatte — je ne l'ai pas vue depuis des jours. Assise au bureau de l'accueil, au cabinet, en un éclair, je comprends. Et alors, je sais. La seule façon de m'en sortir, ce que je dois faire, je le sais.

Ne te fais pas d'illusions, il n'y a pas d'issue, me suis-je dit. Ned peut faire disparaître les choses sans laisser de traces. Il vient de le prouver. C'était moi la prochaine.

Je me suis arrangée pour lui faire croire qu'on allait décoller avec ce truc. Je me suis excusée d'avoir été si pénible, dorénavant, on s'amusera ensemble...

Cette fois, c'est facile. Je lui fais la piqûre, puis je prends une longue douche bien chaude, je vais à la plage, j'enterre le bazar, je vais chez mes parents pour le petit-déjeuner — juste une petite visite, ce qui m'arrivait à l'époque. Quand je reviens chez moi, j'appelle la police et je leur dis que mon mari a eu un accident.

* * *

La petite pièce où ils se réunissaient à la prison sentait la sueur et la laine mouillée.

Freeman était assis, jambes croisées, sur une chaise adossée au mur, dans un angle.

Hardy avait la bouche sèche, le dos droit. Pendant un quart d'heure, il n'avait pas même remué un doigt. Il croyait à toute son histoire. À présent, il cherchait des arguments à son opinion.

— Vous auriez certainement pu plaider l'homicide avec circonstances atténuantes, dit-il, où il n'aurait jamais été question de la peine capitale.

— Nous avons obtenu un rejet, dit Freeman, où il n'est pas non plus question de peine capitale.

— Je me moque de ce que dit la loi, dit Jennifer, repoussant des mèches de cheveux de son visage. Je le connaissais. C'était le seul moyen.

— Vous auriez dû appeler la police. Ils auraient pu faire quelque chose.

Hardy argumentait contre lui-même maintenant. Et ce qu'il énonçait était bien pitoyable.

Jennifer eut un petit rire.

— Non, ils n'auraient rien pu faire. Vous ne comprenez pas ? Cela a duré deux ans et ils n'auraient rien pu faire même s'ils avaient voulu, même s'ils m'avaient crue.

— Pourquoi ne vous auraient-ils pas crue ?

Parce que cela ne marchait pas ainsi. Vous devriez le savoir. Vous croyez qu'ici, la loi protège les victimes *potentielles* ? Faux. La loi punit ceux qui l'ont bafouée. Tant que personne n'est blessé ou tué, ils ne se mêlent de rien.

— Mais vous étiez blessée. Et Ned avait bafoué la loi, il aurait été puni...

— Mon Dieu, vous rêvez. (Jennifer regarda Freeman.) Ce type existe bien ? Il vit dans la réalité ?

— Je vis dans la réalité, Jennifer, et vous ne pouvez pas...

— Ah oui ? Alors écoutez ce que c'est la réalité. Si j'ai de la chance, Ned a un refus de caution — cas déjà impossible — et il prend un an, au plus, pour un premier délit. J'ai donc un an pour déménager, changer de nom, changer de vie. Ensuite, savez quoi ? Ned sort de prison, me cherche, me trouve, et je disparais comme Boots. Ma chatte. Dois-je vous l'expliquer encore ? Dois-je vous faire un dessin ? C'est moi qui ai une vie gâchée, si au moins je reste en vie.

Hardy s'adossa contre sa chaise, s'étira le cou pour chasser le torticolis. Dans le bureau des surveillantes, une femme vient d'arriver pour son service de nuit. Elle secoue son imperméable, le suspend à un portemanteau derrière la porte, parle à quelqu'un qu'il ne peut pas voir par la fenêtre de la pièce.

— Je ne sais pas. Pour moi, c'est la vie de Matt qui est ruinée. Même si Larry vous battait...

— Je vous l'ai déjà dit, Larry ne me battait pas, rétorqua Jennifer avec un regard furieux.

Hardy flanqua une grande claque sur la table.

— Oh, arrêtez ce bordel Jennifer !

Il s'était levé d'un bond, la chaise se renversa par terre.

— Je sais parfaitement qu'il vous maltraitait. Je connais les médecins que vous êtes allée voir, je sais les mensonges que vous leur avez racontés.

Il attrapa sa mallette, ramassa la chaise. Freeman ne disait rien.

— Je n'ai pas tué mon fils...

— Tant mieux pour vous.

— Je n'ai pas tué Larry non plus.

— Ou si c'est vous, vous aviez une bonne raison.

— *Ce n'est pas moi, merde, je ne les ai pas tués ! Je ne sais pas qui c'est !*

Brusquement, elle fut sur lui, agitant les bras dans tous les sens. Il recula pour lui échapper. Il n'y avait guère de place. Ses genoux heurtèrent la chaise derrière lui, il perdit l'équilibre et tomba par-dessus la chaise.

Freeman s'était interposé entre eux et il tenait Jennifer qu'il fit asseoir. En même temps, il fit signe aux surveillantes accourues à la fenêtre que tout était revenu dans l'ordre. Hardy se releva. Dos contre la porte pour bloquer toute sortie, Freeman dit que d'après son expérience, dans tout procès digne de ce nom, il y avait un moment de franche émotion.

— Je crois que nous devons en passer par là, ajouta-t-il, dans l'intérêt de nous tous.

* * *

Après ces cinq minutes de tension, ils étaient tous trois de nouveau assis autour de la table. Hardy était d'accord pour écouter et discuter.

— David, dit-il en le fixant des yeux, en vérité, vous vous foutez de ce qui s'est passé. Vous l'avez souligné des milliers de fois.

— Non, ce n'est pas complètement exact. Je disais que, *sur le plan juridique*, peu importe les faits s'ils ne peuvent être prouvés. Personnellement, toutefois, je ne m'en fiche pas. Au contraire. C'est pourquoi je suis un homme de loi. Et disant ceci, je vous en dévoile plus que vous ne le méritez. Je pourrais ruiner ma réputation.

Hardy se tourna vers Jennifer.

— Voici une question à répondre sans réfléchir. Est-ce que Larry vous battait, oui ou non ?

— Oui.

Enfin.

— Beaucoup ?

Jennifer hocha la tête.

— Mais si je le reconnais, surtout après ce qui s'est passé avec Ned, aucun jury ne croira que je suis innocente.

C'était le problème. Jennifer avait tué Ned parce qu'il la battait. Larry aussi la battait et elle soutenait plutôt deux fois qu'une qu'elle ne l'avait pas tué.

— J'étais obligée de mentir, dit-elle. Une fois que l'on aurait su que tous les deux me maltraitaient...

— Qu'est-ce qui me fait croire que vous ne mentez pas actuellement ?

— Je ne vous mens pas. Croyez-moi.

— Vous me racontez une autre version, c'est tout. Quoiqu'il surgisse cette semaine.

— Diz, s'il vous plaît, le pria Freeman qui posa une main sur son bras. Regardez ceci d'une manière stratégique. Elle est libre pour Ned. Nous sommes à mi-chemin. Elle n'a assurément pas tué son fils. Par accident ou non. Elle n'a joué aucun rôle là-dedans. Et vous et moi le croyons.

— Je ne sais plus ce que je crois, David.

Jennifer approcha une main sur son autre bras.

— J'ai fait ce que j'ai fait à Ned mais c'était il y a dix ans.

Elle parlait d'une voix toute basse, presque un filet de voix, s'efforçant de ne pas le regarder pour ne pas l'influencer, ce qu'il traduisit à l'avantage de la jeune femme.

— Si j'avais eu le choix, comme vous le prétendiez, poursuivit-elle, mais croyez que je n'ai même pas pensé que j'avais le choix. J'avais peur de mourir et je ne savais pas quoi faire — je pensais qu'il n'y avait pas d'autre moyen de m'en sortir. Avec Larry, c'était différent. Cela aurait pu finir par être pareil. Je ne sais pas. Je ne voulais pas y songer. C'est pour cette raison que j'ai commencé à voir Ken Lightner, pour essayer de faire un travail sur ma famille. Je suis perturbée, je l'admets, je m'accable de toutes les fautes. Même Ken me dit que je me comporte trop comme une victime. J'ai essayé de changer... et puis quelqu'un... quelqu'un a tué Larry, et mon fils, et sans prévenir, on m'arrête. Et soudain, je confie ma vie à deux hommes que je ne connaissais pas six mois avant ? Sûrement pas. Les hommes n'ont jamais été bons avec moi, vous l'avez sans doute noté, alors, je me suis fait mon propre plan et je m'y suis tenue.

Hardy croisa les bras sur sa poitrine.

— Cependant, j'ai noté autre chose. À David, vous avez dit la vérité.

— Je l'y ai contrainte, Diz, reconnut Freeman. C'est comme cela que je travaille. C'est sorti.

— Et vous me l'avez caché.

— C'est ma décision, pas la sienne, affirma le vieil avocat. D'accord, je reconnais une erreur de ma part, un mauvais jugement. J'aurais dû vous mettre dans le coup. Mais je ne pensais pas que vous aviez besoin d'être au courant avant la phase pénale, s'il y en a une.

— Pas besoin d'être au courant, hein ?

La nuit était tombée. Vendredi soir. Et le week-end arrivait, lui donnant le temps de voir ce qu'il allait faire. Hardy poussa un long soupir. Il regarda la jeune femme.

— Si vous avez d'autres secrets, Jennifer, il serait bienvenu de me les confier maintenant.

Mais le voile était retombé, sa flamme s'était de nouveau éteinte.

— Trouvez qui a tué mon bébé, c'est tout. Vous pouvez faire ça ?

CHAPITRE 33

Il ne savait pas ce qu'il faisait. Il roulait sous une pluie matinale en direction de chez Miz Carter's Mud House. Puis il changea d'avis et revint à travers Golden Gate Park, évitant Kennedy Drive. L'orage avait été si violent que des grosses branches d'arbre jonchaient la voie rapide. Il n'avait aucune idée de l'endroit où il allait. Son cerveau s'était sans doute fermé par manque de sommeil.

La raison ? Jennifer. Allait-il la croire cette fois ? Même s'il savait qu'elle lui avait menti depuis le début. Pouvait-il la croire maintenant ?

Oui. C'est ce qui l'avait tenu éveillé tandis qu'il remuait toute la nuit auprès de Frannie, jusqu'à l'apparition de la grisaille des nuages par la fenêtre de la chambre.

Il avait dit à Freeman que l'histoire de Jennifer ne tenait pas, mais à la vérité, il la trouvait crédible. Il l'avait retournée dans tous les sens, et à chaque fois, elle lui apparaissait plus logique.

Jennifer avait tué Ned. D'après elle, c'était de l'autodéfense. Elle avait cru qu'il allait la tuer, alors pourquoi pas l'inverse ? Elle avait fui, il l'avait poursuivie. Elle avait annoncé qu'elle allait partir, il l'avait rossée à mort, il l'avait violée avec un couteau de cuisine, il avait tué son chat pour la menacer de sa propre mort si elle ne faisait rien pour arrêter tout ça.

Il avait lu tout ce que Lightner lui avait donné, plus une trentaine d'articles et de dossiers sur le sujet. Les femmes battues ne quittaient pas leur foyer. Elles étaient à jamais prises au piège d'une situation dont elles ne pouvaient ni s'enfuir, ni se cacher et qui un jour, selon toute probabilité, les mènerait à la mort.

Hardy estimait que Freeman pouvait justifier l'assassinat de Ned en appelant à l'autodéfense, ce que les tribunaux commençaient à reconnaître. Même auprès du juge Villars, et malgré l'échec de la loi sur le syndrome de la femme battue comme défense, il était convaincu qu'ils pouvaient faire acquitter Jennifer. Comme il l'avait souligné, aucun jury de l'État de Californie, ne réclamerait la peine de mort.

Jennifer n'était pas une idiote. Elle savait qu'en adoptant cette défense, sa vie ne serait plus en jeu.

Ainsi, la question récurrente était : pourquoi ne voulait-elle pas de cette défense ? Elle répondait qu'elle n'avait aucune raison de plaider coupable pour quelque chose qu'elle n'avait pas commis.

Et elle ne pouvait pas non plus plaider coupable pour un meurtre et pas l'autre. Personne ne la croirait. Powell en rirait. Les jurés s'en offenseraient. Aucun juge ne lui montrerait de sympathie. Pourtant, Hardy y croyait. Jennifer Witt n'avait pas tué son fils, elle n'était pas dans la maison au moment de sa mort, et elle ne savait rien là-dessus. Pour Matt, l'histoire sonnait vrai. Si lui le croyait, cela ne signifiait pas du tout qu'un jury l'avalerait. Et en regardant le passé, l'apparente duplicité prenait un sens pervers.

Elle ne pouvait pas contester les similitudes entre sa vie avec Ned et sa vie avec Larry, notamment les mauvais traitements. Elle ne pouvait pas les contester surtout à ce stade du procès.

Aucune preuve n'attestait qu'elle avait été battue, et s'ils l'admettaient au procès, dans l'esprit des jurés jaillirait l'hypothèse qu'elle avait réservé le même sort à ses deux époux. Donc, la seule histoire qui fonctionnait... c'est qu'aucun ne l'avait battue. Et bien sûr, vrai ou pas, l'avocat David Freeman avait englouti tout cela et le digérait à sa façon.

* * *

L'averse cessa. Hardy portait des baskets, un jean et une veste verte imperméable. Il descendit de voiture, et de là où il se trouvait, en haut de l'Olympia Way, à un bloc de chez Jennifer, il voyait l'horizon s'empanacher de bleu. Même de si bonne heure (il n'était pas sept heures du matin), l'air était lourd et chargé d'humidité, empli de l'odeur des eucalyptus.

Il ne savait pourquoi il était venu ici, ni ce qu'il espérait y faire ou y apprendre. Abruti, il marcha un peu, passa devant la maison des Witt et continua jusqu'à la lisière des bois qui coiffaient Twin Peaks. Un chemin montait à la Tour Sutro, l'antre des eucalyptus. Enfoncés dans les bois, une biche et ses deux faons fouillaient le feuillage.

Surprise, la biche détala et disparut. Il faisait sombre sous les arbres. Hardy cligna des yeux. Il était fatigué, ses yeux lui cuisaient. Mais pourtant, dans une tenue de jogging bleu vif, Jennifer venait de sortir du bois et courait sur le chemin, vers lui, elle le dépassa — non, si près, non, ce n'était pas elle. La personne tourna sur la rue.

La pluie se remit à tomber, il repartit au pas de course, suivant le parcours de la femme. Celle-ci, plus rapide que lui, avait déjà atteint le pied de la colline et disparu de l'horizon.

La voiture dérapa sur l'asphalte mouillé. Hardy tourna à l'angle d'Olympia Way. La voiture fit de nouveau un aquaplanage. Il heurta le séparateur en béton au milieu de la chaussée avant de réussir à redresser le véhicule.

La femme était là, il ralentit à sa hauteur, klaxonna et lui fit signe de s'arrêter. Elle le rembarra de la main, jeta un coup d'oeil à sa montre et continua de courir.

Hardy ouvrit la fenêtre côté passager, rattrapa la femme qu'il klaxonna encore.

— J'ai besoin d'aide, lui cria-t-il.

Il la dépassa, gara la voiture et sortit. Écartant les bras à hauteur d'épaules, il lui fit comprendre qu'il n'était pas dangereux. La femme ralentit, gardant une certaine distance. Il pleuvait à torrent maintenant.

— Quoi ? dit-elle en reprenant son souffle. Vous ne voyez pas que je cours ?

Hardy s'avança d'un pas, elle porta la main à sa hanche.

— J'ai une bombe de gaz lacrymogène et je suis prête à m'en servir.

— Il faut que je vous pose une question.

Une voiture arrivait dans l'autre sens. Le chauffeur ralentit pour voir ce qui se passait puis accéléra.

— Une question ? s'étonna la femme. Mon Dieu, cette ville.

— Qui peut sauver la vie d'une femme.

— Bien sûr. (La coureuse regarda sa montre.) Vous êtes qui, nom de Dieu ? Laissez-moi tranquille.

Hardy aurait bien aimé utiliser le truc de l'insigne, mais pardi, il l'avait laissé chez lui.

— Je vais passer, dit la femme, et vous feriez mieux de ne pas m'en empêcher.

Elle tenait en effet une bombe à la main et elle passerait à l'acte, Hardy n'en doutait pas. Il devait lui parler, trouver le moyen de l'intéresser. Elle s'approchait avec prudence.

— Avez-vous entendu parler de Jennifer Witt ? Je suis son avocat.

— Tant mieux pour vous. Et moi, je suis une coureuse.

Elle contourna la voiture et reprit son allure, jetant un coup d'oeil derrière elle, avant de disparaître au coin de la rue.

Hardy se réconforta en se disant qu'il n'avait certainement rien manqué. Mais tandis qu'il quittait le quartier, il réalisa l'importance de ce qu'il venait de faire. Non, il n'avait pas abandonné Jennifer. Il cherchait toujours la vérité.

La jeune femme lui avait dit qu'elle se mettait à courir après avoir longé deux pâtés de maisons. C'était une habitude, elle le lui avait certifié. Et ce matin du 28 décembre, elle avait fait la même chose. Au moment où les coups de feu avaient été tirés, c'était probablement quelqu'un d'autre, qui lui ressemblait, qui, passant en courant devant la maison, s'était arrêté devant le portail, et que le témoin oculaire de la partie civile, Anthony Alvarez, avait identifié comme étant Jennifer.

L'espoir lui revenait.

* * *

Glitsky téléphona après le dîner pour leur dire que David Freeman passait au journal télévisé.

Hardy et Frannie avaient la visite de Moses et Susan et tous quatre dînaient au salon. Hardy alluma le poste.

— Ce type est plus gonflé qu'une montgolfière ! s'exclama Moses en sautant sur le canapé.

Hardy lui rétorqua que Freeman *était* une montgolfière. Quand cela lui convenait.

L'homme apparut à l'écran. Mal rasé, l'air fatigué, la cravate de travers sur une chemise froissée, les manches roulées jusqu'au coude. Il avait l'allure de celui qui travaille jour et nuit pour sa cliente. Il était assis sur le bord de son bureau dans son cabinet, ses livres de droit en fond. Le son jaillit après l'image d'un reportage monté. « ... victoire mais, pour être tout à fait franc, je m'y attendais. Depuis la première lecture de l'acte d'accusation, je me suis battu pour qu'il y ait un non-lieu sur cette affaire pour insuffisance de preuves. La décision du juge corrobore ce que j'ai toujours prétendu — Jennifer Witt est innocente. »

Hardy et Frannie, qui partageaient le secret, échangèrent un regard.

— C'est un monstre de travail, murmura Hardy.

La jeune journaliste parlait avec tout son sérieux devant la caméra.

— Et visiblement stimulé par sa victoire de la veille, Mr Freeman avait d'autres accusations plus graves à porter.

La voix de Freeman, qui répondait à une autre question, résonna à mi-phrase. « ... le motif politique. Je n'aime pas évoquer cela mais c'est la vérité. Dean Powell est en campagne pour le poste de ministre de la Justice de notre État avec un programme en faveur de la peine de mort. D'un autre côté, vous ne pouvez appliquer la peine de mort uniquement aux coupables noirs. Il lui faut une affaire comme celle-ci, il lui la faut maintenant. Si l'affaire Jennifer Witt n'avait pas surgi, il l'aurait fabriquée. (Freeman penchait la tête, attristé par la nature impure de l'homme.) Hélas, c'est ce qu'il a fait avant tout. »

Retour au studio. Le présentateur disait à son collaborateur :

— Voilà des accusations plutôt sérieuses, Shel, et nous suivrons ce procès tous les jours sur Channel 5.

— Tout à fait Jack. (Gros plan sur Shel.) Voulez-vous savoir ce qui arrive quand trois soeurs se disputent à cause du chien de la famille ?

— Jolie transition, Shel, déclama Frannie.

Moses se pencha vers la télévision et pria sa soeur de se taire.

— Ouais, ouais, trois frangines et le chien de la maison. Moi, je veux savoir ce qui s'est passé, dit-il, les yeux rivés sur l'écran.

Shel poursuivait.

— Le roi Salomon pourrait juger cette affaire. Tout de suite en direct de Dale City, restez avec nous.

— Désolé Shel, dit Hardy qui s'était levé pour éteindre, nous ne pouvons pas rester.

— Eh Diz ! s'écria Moses, bondissant du canapé. Je meurs d'envie de savoir.

Susan lui donna un coup sur la jambe.

— Espèce de pervers.

— Comment tu oses faire ça ? Couper la chique à Shel ?

— Après des années d'entraînement et de thérapie, répondit Hardy, revenant à son fauteuil. Pourquoi ai-je le sentiment que le procès de Jennifer va se gâter ?

— Ton sixième sens est étonnant, dit Frannie, qui lui frotta tendrement le bras. Tu n'as pas dû avoir de bonnes nouvelles aujourd'hui.

Susan, appuyée contre Moses, souriait.

— C'est ton associé, Dismas ?

— Mignon, hein ?

Moses marmonna qu'il voulait savoir la fin de l'histoire du chien et des frangines.

— Elles l'ont mangé, plaisanta Frannie.

— Elles l'ont découpé en morceaux, ajouta Susan. Elles ont faire frire les oreilles et elles les ont servies avec une sauce au roquefort.

Hardy se leva.

— J'ai une déclaration officielle à faire. Je voudrais dire combien c'est agréable d'être avec des gens si concernés par les problèmes graves. Je vais chercher le dessert.

* * *

Moses et Susan partirent sur le coup de dix heures. Frannie, qui devait donner le sein à Vincent vers une heure du matin, alla se coucher. Hardy n'avait pas sommeil, après une sieste dans l'après-midi.

Il remit une bûche dans la cheminée, s'installa dans son fauteuil avec un livre de John McPhee, « Oranges ». À peine l'avait-il ouvert que le téléphone sonna. Il décrocha aussitôt.

C'était Glitsky, qui lui dit que Freeman était une vedette.

— Un procès par le biais de la télévision. C'est ce qui fait de notre pays un grand pays.

— Ça et le jus d'orange concentré, lui répondit Hardy qui expliqua le rapport avec son livre, sachant que Glitsky, tout comme lui, avait un faible pour le fait obscur. Mais Abe, j'ai le sentiment que tu ne m'as pas appelé pour me dire cela.

— J'aurais pu, sauf que je pensais que tu voudrais être le premier à apprendre une nouvelle.

Hardy compta en silence jusqu'à cinq. Le feu crépita.

— J'aime bien ce jeu, dit-il.

— J'ai appelé les Renseignements à propos d'un fait qui n'a pas été mentionné tout à l'heure. Ils étaient en train d'interroger un type qui s'appelle Marko quelque chose. Tu leur passes un coup de fil ?

— Non. Je devrais ?

— Je ne sais pas. Je me disais que tu avais peut-être rencontré ce nom dans tes pérégrinations. Il prétend avoir tué Larry Witt.

* * *

Marko Mellon n'avait pas pris le reportage sur le procès en cours, comme Hardy et les autres. Il avait regardé le journal depuis le début. La photo de Jennifer, souriante et pleine de vivacité, celle produite dans les journaux et à la télé avant qu'elle ne fut accusée des meurtres, avait été montrée à l'écran.

Marko, un étudiant syrien de vingt-cinq ans participant à un échange avec l'État de San Francisco, avait suivi le procès avec zèle. Il connaissait si bien les faits de cette affaire qu'il fallut près de cinq heures aux inspecteurs de police — dont Walter Terrell — pour conclure qu'il n'avait pas pu tuer Larry Witt.

Son motif, disait-il, était l'amour qu'il éprouvait pour Jennifer. En voyant la photo à la télé, il avait décidé qu'il était amoureux de Jennifer, et il s'avéra que ceci avait déclenché son aveu. Un lien spirituel les unissait, il en était certain, et elle allait demander à le rencontrer. De là naîtrait leur amour, ils se marieraient et auraient des enfants pour compenser la perte de Matt. Et comme l'on finirait pas découvrir qu'il n'était pas coupable, il serait libéré et tous deux pourraient vivre heureux par la suite.

— À mon avis, il ne croyait pas que tout ce mensonge passerait, dit Hardy à Freeman.

L'orage était passé, des nuages rosés perçaient la grisaille du matin au-dessus de Oakland Hills de l'autre côté de la Baie. Ils étaient face au Palais de Justice, devant la voiture de Hardy. Il venait d'être décidé que Marko ne serait pas inculpé du meurtre de Larry Witt.

— Cela me renverse qu'ils aient mis cinq heures pour en arriver là, se moqua Freeman. Ce gamin a le Q.I. d'une patate. Bien sûr, une fois de plus, certains inspecteurs...

— Il savait beaucoup de détails, David. Ils devaient le laisser se mélanger les pédales.

— Les mouchards pris au piège savent beaucoup de détails. Ça ne les rend pas malins. Ils auraient dû lui demander à quelle date son visa expirait.

— Pourquoi donc ?

— Vous vérifierez. Je vous parie que son visa prend fin d'ici un mois. Il imagine qu'en se faisant arrêter, il peut rester plus longtemps ici.

— En prison ? Accusé de meurtre ?

Freeman haussa les épaules.

— Diz, êtes-vous déjà allé en Syrie ?

Hardy n'insista pas. L'avocat pouvait avoir raison.

— Au fait, je vous ai vu à la télé ce soir. Je ne crois pas que cela va faire plaisir à Dean.

— C'est une bonne presse, rétorqua Freeman, je lui fais même une fleur.

Un silence se glissa entre eux, signe d'une tension persistante que la plaisanterie n'effaçait pas.

Hardy ouvrit la portière de la voiture, proposa à Freeman de le déposer chez lui. Le vieil avocat répondit qu'il préférait marcher.

— Mais il fait à peine jour. Et dans ce quartier en plus ? Allez David, montez.

Freeman tapota le toit de la voiture.

— Filez, je vous vois demain.

— David...

— Ça fait un bout de temps que nous travaillons ensemble maintenant, vous devriez savoir. Je ne crains pas les balles.

* * *

Le soleil se levait. Hardy attendait dans sa voiture dans Olympia Way, comme s'il était en surveillance. Si la coureuse repassait par ici, il lui dirait deux, trois mots. Même s'il devait partir en courant sous un jet de gaz lacrymogène.

Elle ne se montra pas.

CHAPITRE 34

Freeman s'était trompé. Powell ne le prit pas du tout comme une fleur.

9h40 ce lundi matin. Ils étaient de nouveau dans le cabinet du juge Villars. Les jurés, eux, attendaient dans la salle de tribunal. Adrienne, la greffière, était la seule personne assise, perchée sur sa chaise avec son équipement portable. Sa présence était requise car toute réunion devait être inscrite au procès-verbal.

Freeman, Hardy, Powell, son jeune collaborateur, Justin Morehouse, et Villars emplissaient la pièce. Du moins, c'était l'impression. Debout, serrés, coincés dans une bulle invisible où montait la pression.

— Votre Honneur, je n'ai jamais été plus sérieux, déclara Freeman, l'air particulièrement pâlot dans son costume marron qui avait bien dix ans. J'y ai beaucoup réfléchi pendant le week-end, après que vous m'eussiez gracieusement accordé la motion 1118...

— Il n'y a rien de gracieux en cela. N'y donnez pas un effet personnel.

— Le fait est là. Je suis convaincu que ce procès ne serait pas un procès capital si Dean n'était pas en course pour le poste de ministre.

— Votre Honneur — Powell laissait voir sa réelle maîtrise de soi, mais il y avait peu à voir — Mr Freeman n'est pas sans savoir que nous avons encore deux autres accusations avec circonstances particulières. C'est une affaire qui requiert la peine de mort.

— C'est une affaire avec un fond politique, Dean, et vous le savez.

— Il n'est pas question de politique du tout, rétorqua Powell.

Freeman se tourna vers Villars.

— Permettons-lui de le prouver, Votre Honneur, s'il le peut. Poursuivons ce procès après l'élection. Nous verrons alors avec quelle ardeur notre zélé procureur punira Jennifer Witt.

— Votre Honneur, je n'aime pas l'insinuation de l'avocat de la défense...

— Je n'insinue rien, Votre Honneur. Nous avons des raisons pour faire appel maintenant, et je crois que nous sommes en train de glisser vers une autre violation de la clause de sauvegarde des libertés individuelles. En fin de compte, j'aurais dû demander l'invalidation du procès.

Le mot magique qu'avait cru prononcer Freeman ne lui rapporta pas le gros lot. Villars se leva et pointa l'index sur lui.

— Mr Freeman, vendredi, vous avez dit que vous ne vouliez pas d'une invalidation de procès. Je ne vous permettrai pas de prendre deux positions différentes sur un même problème.

Powell commençait à donner des signes de colère, il faisait craquer ses doigts, se passait les mains dans les cheveux.

— S'il voulait inscrire l'affaire au rôle après les élections, lança-t-il, il pouvait en faire la requête à tout moment. Aujourd'hui, nous avons un jury constitué, des témoins qui ont organisé leur emploi du temps pour être ici. Ajourner le procès à ce stade...

Villars fit un pas vers les deux avocats. Elle avait les joues colorées, pour un teint normalement gris, sa voix était calme mais avec une pointe d'autorité.

— Très bien, vous deux, écoutez-moi à présent. À moins que Mr Freeman n'en fasse la requête *immédiatement*, il n'y aura pas d'invalidation, il n'y aura pas d'ajournement. Je vais donner des instructions aux jurés ce matin puis nous poursuivrons avec ordre jusqu'au verdict. (Le juge commença à boutonner sa robe, s'arrêta.) Une chose encore — je ne veux pas voir cette affaire à la télévision ni dans les journaux au cours des semaines à venir. Ceci est une règle. D'ici la suspension de séance, le greffier aura un ordre écrit. J'espère que nous nous sommes compris.

* **

— Mesdames et Messieurs.

Le juge était toujours en colère — contre Powell, pour ce qu'elle considérait comme un manque de rigueur dans cette première partie de l'affaire, et contre Freeman, pour au moins six raisons. Ce dernier avait jeté une certaine confusion sur la question de l'invalidation du procès, il avait menacé de faire appel, il avait attaqué Powell en personne, il avait porté ses accusations en public, et il s'habillait comme un clochard dans son tribunal. Hardy se demanda si les jurés et les gens debout dans la salle avaient conscience de sa colère. À n'en pas douter, la foule était venue ici suite à la prestation télévisée de Freeman, suivie d'une première page consacrée à cette histoire dans "*The Chronicle*" de la veille.

Jennifer Witt faisait de nouveau la une de l'actualité.

Bien que Villars eût plus de raisons de vouloir éreinter Freeman, elle affichait une égale hostilité envers les deux parties. Ce qui plaisait à Freeman. Un massacre en plein tribunal serait d'un grand secours à la défense. Selon son credo, tout ce qui pouvait troubler l'accumulation des preuves incriminantes aidait la défense. D'où la raison de son comportement perturbateur.

Le tribunal était plein, mais le juge Villars aurait pu tout aussi bien être seule dans une petite pièce avec les douze jurés. Elle jetait à peine un coup d'oeil vers la salle ou vers les avocats. Sur un ton de conversation, presque intime, elle donnait des instructions pour que son procès n'en arrive pas à une annulation. Le cauchemar de tous les juges et à coup sûr, le fondement de sa brusque colère.

— Je ne nierai pas que ce procès a pris une tournure irrégulière. C'est tout à fait inhabituel de rejeter une accusation au beau milieu de la présentation de l'affaire par la partie civile. Je ne vous ferai donc pas offense en prétendant le contraire. Certains d'entre vous peuvent ne pas comprendre que nous poursuivions quand même et je tiens à aborder ce problème maintenant. Mme Witt a été accusée de trois meurtres distincts. Vendredi, souvenez-vous, j'ai statué sur le fait que les preuves introduites étaient insuffisantes pour démontrer de façon indubitable que Jennifer Witt avait tué son premier mari, Ned Hollis. Cependant, je veux que vous compreniez une chose. Ceci ne doit en aucun cas influencer, d'une part, vos sentiments vis-à-vis du ministère public et des deux autres accusations qu'elle va traiter, et d'autre part, vis-à-vis de la défense de Mme Witt.

Villars prit une gorgée d'eau, jetant un regard plein de mépris aux deux avocats.

— Ceci étant dit, oublions Ned Hollis. Il n'a aucun lien avec les autres accusations portées contre Mme Witt. Si l'un d'entre vous sent qu'il ne peut pas, en toute bonne conscience, accepter cette instruction, qu'il lève la main maintenant et je l'excuserai du jury.

Aucune main ne fut levée. Hardy aurait préféré voir un ou deux jurés se manifester parce que cette décision serait presque impossible à intérioriser. Les douze jurés assis dans le box savaient qu'à la suite du décès de son premier époux, Jennifer avait touché une belle somme d'argent. Aucune main levée signifiait que lors de la délibération, ceci ne serait pas abordé, mais resterait d'une manière traîtresse dans les esprits.

Hochant la tête, Villars poursuivit :

— Maintenant, les deux autres accusations incluent le meurtre avec récidive et l'assassinat pour enrichissement. Ceci appartient aux circonstances particulières définies en Californie pour lesquelles l'État peut requérir la peine de mort. Durant la suite de ce procès, les morts de Larry Witt et de Matthew Witt doivent être vos uniques préoccupations. La Cour apprécie votre patience au cours de cet exercice et vous assure que nous ne répéterons pas ce qui vient de se passer dans les jours ou les semaines à venir.

Villars termina son verre d'eau puis brusquement, elle se tourna vers la salle.

— Mr Powell, je suppose que vous êtes prêt à citer votre prochain témoin.

— Oui, Votre Honneur.

— Parfait, eh bien, remettons-nous à l'ouvrage.

* * *

Non seulement Dean Powell était mécontent et furieux, mais la confrontation avec l'avocat de la défense dans le cabinet de Villars semblait l'avoir galvanisé. À présent, une victoire pour sa fierté ou pour sa campagne ne lui suffisait plus. Freeman, qui cherchait toujours à obtenir l'avantage, avait monté les enjeux. Powell en faisait dorénavant une affaire personnelle : sa victoire ne serait pas simplement de faire condamner Jennifer, sa victoire serait aussi de battre David Freeman à plates coutures.

Hardy ouvrit son classeur et chercha le document concernant le chauffeur de Federal Express. Il poussa la feuille devant Jennifer à l'intention de Freeman. Celui-ci ne parut pas intéressé pour le revoir. Soit il n'en avait pas besoin — mais avait-il pu mémoriser tout le dossier ? — soit il rechignait à montrer qu'il en avait effectivement besoin.

C'était au tour de Fred Rivera, le fan de Lou Christie. Depuis des semaines, Hardy avait "The Gypsy Cried" dans le crâne, cela le rendait dingue. Le jeune homme prit place dans le box, légèrement mal à l'aise d'être le premier témoin du jour, mais manifestement heureux de faire partie de cet événement excitant. Et puis, ce jour de congé lui était payé. Il portait son uniforme de FedEx, il était assis sur l'avant de sa chaise, pour ne rien manquer de ce qui se passait.

— Mr Rivera, commença Powell qui se balançait d'avant en arrière sur ses talons, au centre du tribunal, ce matin du 28 décembre de l'année dernière, le lundi après Noël, avez-vous livré un colis de Federal Express au 128 Olympia Way ?

— Oui, monsieur, j'y ai livré un colis.

C'était parti. Powell fit raconter la livraison effectuée précisément à 9h30 du matin, heure à laquelle Larry Witt et Matt étaient encore en vie. Fred identifia une photo de Larry avec la mention "preuve", comme la facture de Federal Express signée de la main de Larry. Pour définir l'heure exacte, l'avocat présenta le listing informatique confirmant que Fred avait enregistré sa livraison à 9h31.

Puis il passa à un autre point de son interrogatoire : non, Rivera n'avait vu personne ce matin-là dans la rue. Ensuite, sans changer de rythme, il s'éloigna du script qu'avaient imaginé Freeman et Hardy.

— Mr Rivera, vous avez eu une discussion avec l'inspecteur Terrell sur les événements survenus ce matin-là et vous avez décrit le comportement du Dr Witt, n'est-ce pas ?

— Vous faites allusion à ce que j'ai dit, qu'il était très coincé, c'est ça ?

Levant l'index, Freeman objecta qu'il y avait ici spéculation et réclama une conclusion. Villars le suivit. Powell reformula sa question.

— Mr Rivera, qu'a fait le Dr Witt quand il a ouvert la porte ?

— Eh bien, il a juste entrouvert la porte, un peu, peut-être à moitié. Je lui ai remis le colis et j'ai essayé de lui donner le porte-bloc pour qu'il signe le bon, mais il tenait le colis. Pas de place pour le poser. On aurait dit que ça le rendait fou.

Freeman, qui se demandait où allait cet interrogatoire, se manifesta de nouveau.

— Votre Honneur ? Même objection.

— Mr Rivera, dit le juge, penché au-dessus du témoin, dites-nous seulement ce que vous avez vu, et pas ce que vous avez pensé.

Rivera perdait son calme. Lors des précédents entretiens avec des avocats ou des policiers, personne ne lui avait demandé de répondre ainsi. Bienvenue à un procès, songea Hardy.

— Qu'a fait alors le Dr Witt ?

Brusquement, Powell était son vieux pote, prêt à l'aider, à le sortir de là.

— Il s'est tourné de côté pour donner le colis au gamin, répondit le jeune homme.

— Avez-vous vu l'enfant ?

— Non, je ne l'ai pas vu, il était derrière la porte.

— Alors, comment savez-vous que c'était lui ?

— Je l'ai vu partir en courant pour montrer le colis à sa mère.

À la table de la défense, Freeman feuilletait nerveusement les interviews de Rivera.

— Vous avez déjà entendu ça avant ? murmura-t-il à Hardy, mais sans attendre de réponse, il se dressa. Votre Honneur, objection. Il n'est pas possible pour le témoin de connaître les intentions de l'enfant lorsqu'il est parti avec le paquet.

Freeman semblait inquiet, et il avait raison de l'être. Si l'avocat général pouvait démontrer que Jennifer se trouvait chez elle à 9h30, et jusqu'alors rien dans le dossier ne le laissait supposer, ce serait une belle défaite.

Villars se contenta de rouler des yeux.

— Je suis certaine que Mr Powell va reformuler.

Powell, qui ne perdait pas une seconde, sourit au jeune homme et dit :

— Le Dr Witt a donné le paquet au garçon derrière la porte. Est-ce que le garçon a dit quelque chose ?

— Il a dit : “Je vais le montrer à Maman”.

Powell se tourna vers la défense, marquant une pause pour s’assurer que le jury avait compris les paroles de Rivera.

— Le témoin est à vous, dit-il alors.

Exemple classique, se dit Hardy, qui montre pourquoi les procès sont à la fois passionnants et angoissants. Freeman avait interviewé Rivera deux fois et celui-ci n’avait jamais hésité dans son histoire — il n’avait jamais vu Jennifer. Il voulait retourner à sa camionnette pour écouter les “Bonnes Vieilles Chansons” et gagner le voyage à Hawaii. Il était resté à la porte avec Mr Witt une minute tout au plus.

Freeman avait dirigé ses entretiens avec le chauffeur dans le but d’établir l’heure de la livraison — pas de savoir si Matt était parti en courant dans l’escalier en appelant sa mère.

Le vieil ours s’avança lentement, mais dès qu’il fut devant le témoin, il n’y eut plus aucun signe du coup qu’il venait d’encaisser. Il sourit au jeune homme, adressa un signe de tête aux jurés.

— Mr Rivera, nous avons eu quelques conversations ces deux derniers mois, n’est-ce pas ?

— Oui monsieur.

— Et durant ces conversations, vous ai-je demandé si vous aviez vu Jennifer Witt lorsque vous avez livré ce colis le 28 décembre ?

— Oui monsieur.

— Et qu’avez-vous répondu ?

— Que je ne l’avais pas vue.

— L’avez-vous entendue ? Par exemple, était-elle en train de chanter sous la douche ou occupée à déplacer des meubles ?

Freeman profitait du règlement qui autorisait la défense lors du contre-interrogatoire à questionner le témoin en lui suggérant les réponses. L’avocat avait aussi adopté un ton bon enfant pour revenir à une ambiance plus détendue avec Fred, pour lui montrer quel chic type il pouvait être.

Il en tira une petite récompense.

— Non, j’ai entendu personne chanter ni déplacer des choses, répondit Rivera avec un large sourire.

— Quand le garçon est parti en courant, a-t-il appelé sa mère ?

Est-ce qu'il a monté l'escalier en criant "Maman !" ou quelque chose comme ça ?

Question risquée. Un oui ferait très mal. Mais puisque la défense connaissait l'atmosphère étouffée qui régnait au foyer Witt, Hardy pensa que la question pouvait être payante.

Il y eut un moment de silence. Hardy regarda les jurés. Ils captaient le moindre changement d'expression. Tous les visages étaient rivés sur Rivera.

— Non, je ne me souviens pas de ça.

Les dommages étant quelque peu réparés, Freeman s'autorisa de souffler une seconde.

— Revenons, si vous le permettez, à ce que Matt a dit à son père. Pouvez-vous nous répéter ses paroles ?

Voyant se dessiner le piège, Powell bondit.

— C'est inscrit dans le procès-verbal, Votre Honneur, souligna-t-il. Le greffier peut lire la déclaration de Mr Rivera.

Villars considéra la remarque de Powell un peu trop longue, pour le confort de Freeman. Sachant qu'un piège pouvait parfois se refermer sur celui qui le posait, l'avocat de la défense retira la question. Il ne voulait pas que le jury entende à nouveau "Je vais le montrer à Maman." Il était allé à la pêche, il avait espéré que Fred viendrait à exprimer la même chose en l'énonçant différemment, du genre : "Je vais voir si ça va plaire à Maman quand elle rentrera." Raté.

Sourire aux lèvres, Freeman regarda le témoin.

— Donc, pour résumer, vous n'avez pas vu Jennifer dans la maison à 9h30 ?

— C'est exact.

— Vous ne l'avez pas entendue non plus ?

— Non, je ne l'ai pas entendue.

Freeman resta silencieux. Il analysa le résultat obtenu. Pas trop mauvais. Adressant un sourire confiant aux jurés, il dit à Rivera :

— Je vous remercie, monsieur. Pas d'autres questions.

Powell, reniflant le danger, se leva aussitôt et annonça qu'il voulait rapidement revenir sur une ou deux questions.

— Mr Rivera, quand Matt est parti en courant avec son colis, que faisait Mr Witt ?

— Qu'est-ce qu'il faisait ? Je crois qu'il a pris le porte-bloc, il a regardé sa montre, il a signé et il me l'a rendu.

— A-t-il parlé à son fils ?

— Non, je vous l'ai dit, le gamin était parti.

— Oui, c'est ce que vous avez déclaré. Il n'a pas rappelé à son fils, par exemple, que sa mère n'était pas là ?

— Objection ! s'écria Freeman, debout.

— Accordée, dit Villars, le doigt pointé sur l'avocat général. Mr Powell, vous le savez parfaitement. Rayez ceci du procès-verbal.

Et elle demanda expressément aux jurés de ne pas tenir compte de la question. Mais Powell avait causé du dégât, et il le savait quand il congédia aimablement le témoin.

* * *

À Sutter Street, dans la salle de conférence, Freeman fulminait. Passant outre les protestations de Jennifer, il était revenu au bureau avec Hardy. Il avait besoin d'exploser, mais sûrement pas en face de sa cliente.

— Il n'a jamais, jamais, jamais, mentionné que Matt allait montrer quelque chose à quelqu'un !

Hardy buvait un soda à la canneberge à la bouteille tout en piochant des bretzels dans un paquet posé sur la table.

— Ouais et aujourd'hui, c'est ce qu'il a fait, David. Vous lui aviez demandé avant ?

— Merde.

— Ça veut dire que vous ne l'avez pas fait ?

Rien, semblait-il, ne perturbait l'appétit de Freeman. Pâté de foie et oignons sur un petit pain de seigle, avec l'une des bières sans alcool populaires si politiquement correctes à San Francisco, mais qui pour Hardy étaient une plaie dans ce monde.

— Dix fois, je lui ai demandé s'il avait vu Jennifer ! gronda Freeman. Est-ce que Jennifer était là ? Vous êtes sûr que vous ne l'avez pas vue ?

— Vous croyez qu'elle y était ? demanda Hardy.

Freeman avala sa bouchée.

— Diz, le jury, lui, croit qu'elle y était. Nous devons les convaincre qu'elle n'y était pas, parce que si elle y était, devinez quoi ?

Hardy le savait trop bien. Il s'assit un instant, une partie de son être savourant l'image de Freeman en train de s'étouffer avec son arrogance, victime de sa propre négligence.

* * *

Après le déjeuner, le coroner Strout fut de nouveau cité et cette fois, son témoignage se passa sans incident. Comme attendu, Larry et Matt avaient été touchés à bout portant par le revolver de Larry, ils étaient morts instantanément de leurs blessures. Freeman aurait pu intervenir sur la plupart de ce que Strout avait à dire, mais il s'accrochait à un petit espoir qu'une fois encore, le médecin donnerait un quelconque effet à son témoignage qui pourrait jeter le doute sur des faits essentiels et incontestés. Le coroner n'en fit rien.

Inutile d'ennuyer le jury. L'avocat repoussa même la tentation de faire préciser la validité des rapports légistes sur l'identification du revolver de Larry comme l'arme du meurtre. Quant à la question des empreintes, il avait son idée.

Le témoin suivant était l'expert des services de police, Aja Farek, une ravissante Pakistanaise d'environ trente-cinq ans. De son témoignage, Powell avait mis en avant que les empreintes de Jennifer se trouvaient sur les douilles des balles et le chargeur.

Freeman marcha lentement vers le centre du tribunal.

— Mme Farek, n'avez-vous trouvé aucune empreinte sur l'extérieur du revolver — le canon, la crosse, un endroit de ce genre ?

— Non. Sauf celles de la personne qui a découvert le revolver, bien sûr.

— La personne qui a découvert le revolver ? Et qui est-ce ?

Mme Farek consulta ses notes.

— Il s'appelle Sid Parmentier. C'est lui qui a trouvé l'arme dans le container, je crois.

— Le container ? Quel container ?

Freeman était parfaitement au courant. Néanmoins, il haussa les sourcils, incluant les jurés dans sa surprise provoquée par ce développement inattendu.

Powell se leva.

— Votre Honneur, le ministère public va citer Mr Parmentier sur la découverte de cette arme. Mme Farek est une experte en dactyloscopie.

D'un air absent, Villars opina du chef.

— Tenez-vous-en à ce point, Mr Freeman, dit-elle.

— Très bien. Les empreintes donc.

Une nouvelle fois, Freeman parcourut les jurés du regard, les joignant cette fois à sa déception. Eux aussi devraient attendre pour en savoir plus sur le container. Bon, il n'était pas responsable. Il faisait de son mieux pour les aider mais le juge et l'avocat général n'étaient pas coopératifs. De retour au témoin, il se montra la gentillesse même.

— Mme Farek, combien de temps restent les empreintes ?

Le témoin plissa le front.

— Elles peuvent rester longtemps.

— Longtemps ? Un mois ? Un an ?

— Oui, facilement.

— Et de quand dataient les empreintes de Jennifer Witt que vous avez trouvées sur les douilles et le chargeur ?

— Je ne sais pas. Il n'y a aucun moyen de le dire.

— Vous ne pouvez pas les examiner d'après une sécheresse résiduelle par exemple ?

— Non. Les empreintes sont à base d'huile. Elles ne dessèchent pas dans ce sens-là.

— Donc, elle aurait pu manipuler ces balles et ce chargeur n'importe quand ?

— Oui.

— Pas forcément le jour où l'arme a servi, mais encore les jours précédents ou suivants le meurtre ?

Powell se leva une fois encore de sa chaise.

— Votre Honneur, elle a déjà répondu à cela.

— Oui, elle a répondu ! clama Freeman qui arbora un sourire rayonnant, comme s'il venait de remporter laborieusement un point. Je n'ai pas d'autres questions.

* * *

Malgré le préambule, Sid Parmentier, l'homme qui avait trouvé le revolver, n'avait rien à dire de nouveau ou d'étonnant à propos de l'arme ou du container. Toutefois, ce n'était pas dans la nature de Freeman de laisser passer un témoignage même neutre. Il dut sentir qu'il avait déjà utilisé son quota pour ce jour en n'interrogeant pas le coroner parce qu'il jaillit de sa chaise quand Powell eut fini.

Mr Parmentier avait un visage aux traits épais, avec un front d'homme de Néandertal. Sa veste en tweed noir brillait aux endroits usés, sa chemise blanche trop amidonnée le serrait, comme sa cravate noire sur laquelle il tirait sans cesse.

Freeman, qui adorait les gens qui partageaient ses goûts vestimentaires, se tenait près du box des témoins, les mains dans les poches, calme.

— Monsieur, avez-vous vu à un quelconque moment l'inculpée, Jennifer Witt, (Freeman la désigna du doigt pour marquer un effet.) devant ce container ou autour ?

— Non.

— L'avez-vous vue y jeter quelque chose ?

— Votre Honneur, la question a déjà été posée, protesta Powell, levant la main, et le témoin a répondu.

Villars retint l'objection, mais Freeman n'avait pas encore dit son dernier mot, ou bien il avait une autre carte à jouer. Hardy opta pour la seconde hypothèse.

Sans un mot, l'air abîmé en pensées, l'avocat opina du bonnet. Il se tourna de côté vers la table de la défense, sembla réfléchir encore, puis il regarda le jury.

Villars ne l'entendit pas ainsi.

— Votre Honneur, c'est important de poser à nouveau la question.

— Mr Freeman, je suis sûre que le jury l'a comprise la première fois. Si Mr Parmentier n'a pas vu Mme Witt devant le container, ou dans les alentours, il va de soi, n'est-ce pas, qu'il ne l'a pas vue y jeter quelque chose ?

— Mr Freeman, voulez-vous excuser le témoin ? Cessons ce cinéma.

Contrit et sincère, Freeman s'excusa — perdu dans sa réflexion, comme s'il avait oublié l'espace d'un instant où il se trouvait.

— Il vient juste de me passer par l'esprit, Votre Honneur, que ce témoignage tombe dans la même catégorie que celle sur laquelle vous avez statué au début de ce procès.

Personne dans la salle — ni Hardy, ni Powell, ni les jurés ou Villars — ne savait où il voulait en venir. Il profita du trouble qu'il venait de créer pour continuer sans être interrompu.

— Nous avons un revolver dans un container, comme nous avions précédemment une aiguille hypodermique dans une cuisse. (Freeman s'adressa au jury, élevant soudain la voix, adoptant soudain un ton furieux.) Vous voyez son jeu, n'est-ce pas ? Une fois encore, Mr Powell exclut toute autre *personne* qui aurait pu utiliser ces *objets* dans leurs fins. Il veut que vous supposiez que c'est Jennifer Witt et *il ne peut pas faire ça.*

Bang bang bang.

— Objection ! Votre Honneur... s'exclama Powell, sur ses pieds.

Villars parut en colère.

— Mr Freeman, reprenez-vous. Vous ne vous adressez pas au jury de cette façon. Le greffier annulera ces dernières remarques.

Mais Freeman ne changea pas de ton.

— Votre Honneur, poursuivit-il, indigné, c'est la vie de ma cliente qui est en jeu, et il n'y a aucune preuve démontrant que Jennifer Witt *a tenu* ce revolver qui a atterri dans ce container.

— Votre Honneur ! s'écria Powell en s'avançant au milieu du tribunal. L'arme porte ses *empreintes*.

— Asseyez-vous Mr Powell ! exigea Villars, usant de son marteau. Ce n'est pas le débat. Et vous, Mr Freeman, dit-elle avec un doigt menaçant, vous dépassez les bornes. En avez-vous terminé avec le témoin ?

— Je suis outragé...

Jennifer sursauta au bruit du marteau qui s'abattit lourdement sur la table.

— Vous répondez par oui ou par non, ou vous allez en prison Mr Freeman ! le prévint le juge.

L'avocat parut se calmer en une seconde. Il hocha la tête, avala difficilement sa salive.

— Oui, Votre Honneur.

— Oui quoi ?

— Oui, j'en ai terminé avec ce témoin.

Villars tenait toujours son marteau, prête à le faire retentir de nouveau. Mais Powell était revenu à sa place, Freeman allait revenir à la sienne.

Villars scruta la salle. N'ayant personne d'autre à qui s'adresser, elle regarda Mr Parmentier.

— Le témoin est excusé. Nous allons faire une brève suspension de séance.

* * *

— Ils vous détestent, lança Jennifer.

Freeman allait et venait de la table à la fenêtre où il jetait un coup d'oeil. Il était content de lui. Hardy, Jennifer et lui s'étaient retirés dans leur salle derrière la greffe.

— Je ne pense pas, dit Hardy.

— Ils m'adorent, déclara Freeman.

— Mais Mr Powell avait raison, insista Jennifer, assise sur le bureau, les mains et les pieds croisés. Il y a un lien entre ce revolver et moi — c'était le mien et celui de Larry — même si ce n'est pas moi qui l'ai mis dans ce container. Ce n'est pas pareil que l'aiguille.

— Pas grave, dit Freeman. Aucun juré n'a oublié ce que le juge a décidé dans l'affaire de Ned. Ils pensent que c'est un autre tour de Powell pour vous expédier en prison parce que c'est ce qu'il recherche. Je crois que nous allons le mettre K.O.

Hardy, adossé à la porte, les mains dans les poches, intervint.

— Les faits sont différents, David. Et à mon avis, c'est ça qui intéresse les jurés.

Freeman retourna à la fenêtre, d'une démarche digne. Il regarda au dehors.

— Bande de rabat-joie.

Quelqu'un frappa à la porte. L'un des huissiers passa la tête dans la pièce, après un coup d'oeil sur Hardy, il avertit Freeman que le juge voulait lui dire un mot dans son cabinet.

CHAPITRE 35

Hardy décida de faire un détour par Olympia Way, de bonne heure, et d'y passer un moment à reviser ses notes. Il était porté par l'espoir de voir apparaître la coureuse. Si elle courait assez régulièrement par là, elle pouvait lui être utile. La défense allait présenter l'affaire la semaine suivante et il voulait autant "d'éventuels autres suspects" qu'il pouvait trouver à mettre dans le chapeau de magicien de Freeman.

Cette femme, certes, n'avait rien d'un suspect. Ni même d'une suspecte. Et Freeman n'essaierait pas de l'impliquer dans les assassinats. Non, il avait un autre plan pour elle. Elle pouvait servir à discréditer le témoignage d'Anthony Alvarez, le voisin d'en face. Et si ce matin-là, c'était cette femme qu'il avait vue au portail au lieu de Jennifer ? Si un doute sur la valeur de l'identification d'Alvarez pouvait être semé dans l'esprit des jurés, cela valait la peine de citer la coureuse.

Le soleil venait de se lever. Assis à l'étroit derrière le volant de sa Honda, Hardy sirotait un café dans une tasse de voyage. Il se rendit compte que la semaine précédente, quand le meurtre de Ned Hollis captivait l'attention, il aurait dû préparer des rapports sommaires sur Tom DiStephano et les Roman au cas où Freeman les appelle comme témoins de la défense.

Mais en fait, il n'avait pas parlé à Tom DiStephano depuis qu'il l'avait trouvé devant chez lui avec son père, il y avait deux mois de cela. Quant à Glitsky, il n'avait pas paru spécialement motivé pour chercher l'alibi des Roman. Glitsky était peut-être son ami, mais il était avant tout un flic, et un flic retenu par d'autres priorités. Lorsqu'était tombé si rapidement le verdict d'acquittement pour Ned, il avait réalisé que le temps était compté et qu'il manquait d'informations significatives sur ces gens, si Freeman voulait s'en servir.

Il devait mettre la pression sur Abe — voir si celui-ci pouvait s'occuper des Roman, même s'il s'attendait à une réponse négative. Le nom de Jody Bachman lui vint à l'esprit. L'avocat de Los Angeles ne l'avait pas rappelé à propos de Crane & Crane et du Yerba Buena Medical Group. C'était là des pistes qu'il devait consolider avant que la défense n'attaque sa partie sérieusement.

La veille, lundi, ils n'avaient pas repris le procès. Manifestement, Villars n'avait pas digéré les manières de Freeman et après plusieurs avertissements en salle de tribunal, elle lui avait mis une amende de cinq cents dollars — en privé — pour outrage à magistrat. L'avocat connaissait les règles aussi bien que n'importe qui et s'il ne les appliquait pas, cela allait lui coûter très vite cher.

En fin d'après-midi, le juge avait fait savoir par le greffier que le jury était excusé pour la journée. Se rendant en salle, le greffier s'était arrêté prévenir Hardy en discussion avec Jennifer.

Depuis l'angle de la rue où il s'était garé, Hardy pouvait observer l'endroit d'où la coureuse avait surgi du bois. Occupé à lire l'une des interviews de Florence Barbieto avec Walter Terrell, il faillit la manquer quand elle apparut cette seconde fois.

Il jeta ses papiers sur le siège passager, mit le moteur en marche juste à temps. Sûre d'elle, elle descendit le même chemin en courant, tourna au coin de la rue de Jennifer telle une gazelle. Hardy démarra et jaillit peu après dans Olympia Way, en travers de son passage.

Il descendit de voiture et la regarda venir par-dessus le toit de la voiture, avec un sourire.

— Bonjour, me revoilà.

Aujourd'hui, elle portait un short marron et un T-shirt du marathon de Boston, un bandeau marron sur la tête, et sa bombe de gaz lacrymogène. Reconnaissant Hardy, elle ferma les yeux pour les rouvrir aussitôt.

— Qu'est-ce qu'il y a ? demanda-t-elle, reprenant son souffle.

Pourquoi vous ne me laissez pas tranquille ?

Il n'avait pas du tout envie de gâcher la journée de cette femme mais il ne voulait pas non plus la laisser partir une nouvelle fois. Il tenait une carte à la main qu'il lui tendit au-dessus du capot.

— Prenez simplement ceci en passant — voulez-vous ? Et appelez-moi. C'est peut-être important. Ça peut même sauver la vie d'une femme.

Elle resta là une minute, en le fixant comme si elle ne l'avait pas entendu.

— Vous êtes avocat ? Pour de vrai ?

— Oui.

— La dernière fois, vous n'aviez pas l'air d'un avocat.

Hardy sourit. L'habit faisait le moine. Vêtu d'un costume, en route pour le tribunal, il ressemblait à un vrai avocat.

— J'étais déguisé.

Elle respirait encore difficilement, d'une manière plus contrôlée que lorsqu'elle s'était arrêtée. Hardy s'imagina que s'il courait à son allure, ce dont il était incapable, s'il était arrivé de Sutro Woods jusqu'ici, il lui faudrait dix minutes pour retrouver son souffle. Elle, elle parlait déjà sans haleter. C'en était impressionnant.

Elle prit la carte, y jeta un coup d'oeil puis regarda sa montre.

— Je ne veux pas vous retenir, dit Hardy, mais si vous avez le temps pour une question, nous pourrions éclaircir un problème dès maintenant.

Elle regarda de nouveau sa montre, inspira une longue bouffée d'air.

— De quoi s'agit-il ?

— Est-ce que vous courez souvent dans cette rue ?

— Quasiment tous les jours. J'ai un parcours régulier quand je m'entraîne.

— Mais pas une heure régulière ?

Elle secoua la tête.

— Ça dépend de l'heure à laquelle je me lève, répondit-elle, ça dépend de ma matinée. Pourquoi ? Vous avez attendu ici ?

— Deux jours, de bonne heure. Donc, parfois, vous courez plus tard ?

— Parfois. (Elle était redevenue méfiante.) Cela fait plus d'une question.

— Oui, en effet. Navré. Plus celle-ci : vous souvenez-vous d'être passée devant cette maison là-bas — Hardy la désigna du doigt — et d'avoir entendu comme des coups de feu, quelque chose qui vous aurait fait vous arrêter un instant ? Celle-ci, c'est la question spéciale.

Elle réfléchit. Sa respiration était normale à présent. Elle passa sur son front le bandeau en éponge qu'elle portait au poignet, fronçant les sourcils dans un effort de concentration.

— C'était quand ? s'enquit-elle.

— L'hiver dernier, juste après Noël.

Elle réfléchit encore, puis lentement, elle dodelina de la tête.

— Oui... je m'en souviens effectivement. Ça a fait boum, boum, à la suite. C'était des coups de feu ? Je crois que je me suis dit qu'il s'agissait d'une pétarade de voiture.

— Mais vous vous êtes arrêtée ?

— Juste une minute. J'ai mon horaire. J'aime pas m'arrêter de courir. Je n'ai rien vu d'autre, ni rien entendu d'autre. Je me suis convaincue que c'était certainement une pétarade, et j'ai continué mon jogging.

Hardy ne bougea pas, immobile devant la portière conducteur. Il n'allait pas lui flanquer la frousse à ce moment.

— Cela vous ennuierait-il de me donner votre nom ?

Après une hésitation, elle céda. Elle esquissa même un sourire.

— Lisa Jennings. C'est pas une blague, hein ?

— Pas plus que ça, Mme Jennings.

* * *

Hardy s'avança dans l'allée de la salle. Du coin de l'oeil, il aperçut, assis au premier rang, d'un côté Terrell, de l'autre, Lightner. Il était près de onze heures et Dean Powell était occupé avec une toute petite femme des Philippines, Florence Barbieto, la voisine directe de Jennifer.

Hardy s'assit à côté de Jennifer et lui murmura, une main posée sur son bras :

— Bingo. La femme qui s'est mise à courir devant chez vous... je l'ai trouvée.

— Où ça ?

Hardy n'eut pas l'occasion de répondre. D'un coup de marteau, Villars interrompit Powell en train d'interroger son témoin et lança un regard à Hardy. Message reçu. Hardy se repoussa au fond de sa chaise avec un geste d'excuse. Il n'avait pas envie d'encourir une amende de cinq cents dollars, et son information, bien qu'utile, pouvait attendre.

Powell revint à son témoin. Elle ne semblait pas être dans le box depuis longtemps, ils n'étaient pas encore allés très loin dans le récit des événements du 28 décembre dernier.

— Pour reprendre, Mme Barbieto, vous les avez entendus se disputer ?

— Oh oui. Les maisons sont très proches les unes des autres. Ils hurlaient et l'enfant pleurait.

— Pouvez-vous nous répéter ce que vous avez entendu ?

Mme Barbieto posa un doigt sur ses lèvres.

— Non, dit-elle finalement, pas ce matin-là.

Ce qui laissait supposer que pour d'autres matins, elle le pouvait. Powell savait qu'il avait mieux à faire qu'insister. Sinon, Freeman se manifesterait et non sans raison. C'était une matinée importante.

— Très bien. Maintenant, pourriez-vous nous parler de ce qui s'est passé avant les coups de feu ?

— Eh bien, j'étais dans ma cuisine en train de découper un poulet pour faire de *l'adobo*. La cuisine est située près de la maison des Witt, près de la fenêtre.

— Vous étiez près de la fenêtre ?

— Je travaillais au comptoir. La fenêtre est au-dessus de l'évier. Il y a une autre fenêtre dans le fond, que j'avais entrouverte à cause du vinaigre.

— Du vinaigre ?

— Pour *l'adobo*.

Powell opina du bonnet, comme s'il savait de quoi elle parlait.

— Je vois. Et donc, vous pouviez entendre ce qui se passait chez vos voisins ?

— Plus à ce moment-là. Ils avaient arrêté.

— Vous voulez dire qu'ils avaient arrêté de crier ?

— Oui.

— Et combien de temps à peu près le calme a-t-il duré chez les Witt ?

— Pas longtemps. Peut-être une minute. J'ai avalé mon café, j'ai rincé la tasse et je l'ai mise dans le lave-vaisselle...

Hardy eut la vision d'un lave-vaisselle plein de bibelots de porcelaine ; cette foutue histoire ne marcherait pas, rien d'étonnant.

— ... ensuite, j'ai sorti le poulet et j'ai commencé à le découper quand tout à coup, j'ai entendu quelqu'un crier "Non !" et puis il y a eu ce bruit terrible. Cela ne pouvait être qu'un coup de feu. Enfin, je pensais à la dispute du matin qui avait commencé le week-end et puis il y a eu ce bruit, alors je suis allée à la fenêtre.

— Celle qui était entrebâillée ?

— Oui, celle qui est plus à l'arrière. Quand j'y suis arrivée, j'ai entendu un autre coup de feu. C'était si fort, j'ai eu comme l'impression que c'était moi qui étais touchée.

Freeman hocha la tête de nouveau, avant de se tourner vers la salle, posant les yeux sur la table de la défense. Jennifer était penchée en avant, les mains jointes devant elle. Elle croisa son regard.

— Et qu'avez-vous fait ensuite ? enchaîna-t-il.

— Eh bien, il y a une chaise devant la fenêtre. Je me suis assise, pour essayer de réfléchir. Je ne savais pas quoi penser.

— Que pouviez-vous voir depuis cette chaise ?

— La haie et puis le côté de la maison jusqu'à l'arrière.

— Excusez-moi, vous voulez dire le côté ou bien l'arrière ?

— Le côté, mais vous comprenez, le derrière de la maison. Sauf qu'il ne s'est rien passé. Je n'ai rien vu pendant une ou deux minutes. J'étais assise là, j'essayais de réfléchir à ce que je pouvais faire. Alors, je me suis dit que je ferais mieux de sortir mais que je devrais peut-être appeler mon mari aussi, je ne savais pas. (Mme Barbieto était en train de revivre ce moment. Elle tortillait sa robe dans ses mains, elle se tortillait sur sa chaise.) Alors, j'ai décidé d'aller voir. Je pouvais peut-être venir en aide si quelque chose de grave était arrivé. C'était si calme après ça, plus calme même que les moments où ils ne se disputaient pas.

Powell s'était approché du témoin. Il se voulait rassurant mais persistait dans sa voie.

— Et qu'avez-vous fait ensuite ?

Mme Barbieto respira profondément.

— Je suis allée à côté et j'ai sonné à la porte. J'ai attendu, j'ai sonné encore une fois. Mais personne n'a répondu. J'étais sûre que le bruit venait de l'intérieur, juste une minute plus tôt, donc il devait y avoir quelqu'un dans la maison. Mais personne ne m'a répondu.

Elle secouait la tête et regardait Jennifer à la dérobée, effrayée de la regarder en face. Peut-être même, à l'interprétation du jury, effrayée par la jeune femme.

Powell la ramena à la réalité, répétant la question la moins risquée dans une salle de tribunal :

— Et qu'avez-vous fait ensuite ?

— Je me suis assise devant la fenêtre de devant jusqu'à l'arrivée de la police, pendant deux minutes peut-être. J'avais peur de rester dehors.

Powell lui fit raconter la suite, après l'arrivée de la voiture de police, le retour de Jennifer de son jogging, l'arrivée de l'équipe de la criminelle, et son attitude et ses impressions. Un récit simple et direct que Hardy n'imaginait pas dangereux pour Jennifer. L'assassin s'était bel et bien trouvé dans la maison, mais le témoignage de Mme Barbieto n'accusait pas fondamentalement Jennifer. Sa présence au moment du crime était toujours en question.

Lorsque Powell laissa la place à la défense, Freeman resta sur sa chaise. Il regarda le juge puis le témoin.

— Votre Honneur, j'ai besoin d'une minute, s'il plaît au tribunal.

Il resta assis, immobile, les bras croisés devant lui. Il ne regardait pas ses notes. Après une poignée de secondes silencieuses, un frisson d'agitation parcourut l'assemblée. On toussota, on remua sur son siège. Freeman avait l'air absent. Hardy le regarda, Jennifer aussi. Le temps passait.

Powell finit par se lever.

— Votre Honneur...

Villars fut de son avis. Elle leva son marteau.

— Mr Freeman, allez-vous enfin procéder au contre-interrogatoire de Mme Barbieto ? Si vous en avez l'intention, je vous en prie, allez-y.

Finalement, Freeman se mit en action. Il déplia son corps, lentement, saisit son bloc-notes jaune et s'y appuya d'une main. Il n'avait toujours pas dit un mot. Poussant un soupir, il se redressa entièrement, jeta un coup d'oeil à sa montre.

— Maintenant ! s'exclama-t-il.

Quelques-uns des jurés sursautèrent, le témoin aussi.

En un éclair, Freeman s'avança, embrassant la salle entière d'un regard.

— Il vient de s'écouler une minute, annonça-t-il, marchant aussitôt vers le box du témoin, sourire aux lèvres. Mme Barbieto, veuillez me pardonner cette petite démonstration, et si je vous ai effrayée, je m'en excuse. Mais dans votre témoignage, nous nous confrontons à quelques problèmes substantiels de temps, et j'ai pensé qu'il serait utile de réfléchir à ce que signifiait une minute.

Il était hors sujet. Il n'était pas en train d'interroger le témoin. Villars allait le réprimander quand il se mit à sa tâche.

— Vous avez affirmé que les cris avaient cessé chez les Witt environ une minute avant que vous n'entendiez une voix crier "non !", puis le coup de feu, est-ce exact ?

Mme Barbieto regardait Freeman comme s'il était possédé, et elle aurait pu ne pas se tromper complètement. Elle fit oui de la tête.

Le juge se tourna vers elle.

— S'il vous plaît, répondez avec des mots. Un oui de la tête n'est pas une réponse.

— Je suis désolée, dit Mme Barbieto. Quelle était la question ?

Freeman la répéta. Cette fois, elle dit que oui, il s'était passé environ une minute.

— Juste pour clarifier ceci, pendant que vous étiez assise là en train de boire votre café, vous les avez entendus se disputer chez eux ?

— Oui ?

— Jusqu'à ce que vous finissiez votre café et que vous vous leviez ?

— Peut-être pas.

— Peut-être pas ?

— Mais pendant que j'étais assise, oui.

— Une minute plus tôt environ ?

— Oui, environ.

— D'accord, et pendant cette minute, vous vous êtes levée après avoir bu un café — au fait, où l'avez-vous bu ?

— Près de la fenêtre, là, dans le fond.

— Très bien, à la fenêtre du fond. Vous avez ensuite apporté votre tasse à l'évier, c'est juste ?

— Oui.

— Et ensuite ?

— Ensuite, je l'ai lavée.

— Avec du liquide vaisselle ?

Powell se leva pour une objection. Villars la rejeta. Elle prenait sans doute Freeman pour un idiot mais à l'évidence, il suivait une piste qui pouvait aboutir.

— Non, répondit le témoin, je l'ai simplement rincée et mise dans la machine à laver.

Freeman sourit, non pas *à* elle, mais *avec* elle.

— Mme Barbieto, ne le prenez pas comme une critique, mais vous voulez dire que vous avez mis la tasse dans le lave-vaisselle, n'est-ce pas ?

Oui, Freeman savait où il allait. Mme Barbieto sourit, gênée.

— Oui, je voulais dire le lave-vaisselle, confirma-t-elle.

— Très bien.

Freeman récapitula tout ce qu'elle avait fait jusqu'à cet instant, imitant ses faits et gestes devant le box.

— Et qu'avez-vous fait ensuite ?

Powell se manifesta de nouveau, prétendant que le témoin avait déjà répondu à ces questions. Objection rejetée.

— Vous parlez du poulet que j'ai découpé ?

— Si c'est ce que vous avez fait ensuite, oui.

Elle se bloqua, son visage s'assombrit.

— Ce que j'ai fait à la cuisine, c'est ça.

— Mme Barbieto, avez-vous quitté la cuisine pendant ce temps ?

Elle ne dit rien.

— Mme Barbieto, avez-vous quitté la cuisine pendant ce temps ?

Le témoin leva les yeux vers le juge et dit :

— Je dois aller aux toilettes.

— Mr Freeman, intervint Villars, avez-vous bientôt terminé ? Le témoin a besoin d'aller aux toilettes.

— Non, non ! (La gêne de Mme Barbieto se lisait sur son visage.) Enfin si, c'est ce que j'ai dit. Je devais... j'ai dû aller aux toilettes pendant ce temps.

Freeman resta cloué sur place un court instant.

— Vous êtes allée aux toilettes avant de découper le poulet ? Vous souvenez-vous du temps que vous y êtes restée ?

Visiblement mal à l'aise avec le sujet de discussion, le témoin gigotait sur sa chaise.

— Pas longtemps, une minute peut-être, je ne sais pas.

Un grondement sourd parcourut la salle. Freeman, ayant marqué son point, n'y prêta pas attention. Il tenta de ramener Mme Barbieto dans son camp.

— Bien, continuons maintenant. Vous avez dit vous être mise à découper le poulet. Où se trouvait cette volaille avant cela ?

Et l'avocat, d'une manière exaspérante, conduisit le témoin dans le récit de ses moindres gestes. Le poulet se trouvant dans le frigo, elle était allée du frigo à l'évier, elle avait sorti le poulet de son emballage qu'elle avait jeté à la poubelle, elle avait lavé le poulet à l'eau froide puis l'avait essuyé avec un torchon. D'abord, elle avait découpé les ailes, puis les pattes avec les cuisses. Ensuite, elle avait séparé le blanc d'une cuisse et juste comme elle allait découper l'autre, elle avait entendu le cri puis le coup de feu.

— Maintenant, Mme Barbieto, conclut Freeman, se montrant toujours sympathique et serviable, voilà pourquoi nous avons commencé par ma petite démonstration. Une minute, vous le savez, ce n'est pas seulement peu de temps. C'est exactement soixante secondes. Et dans votre témoignage, vous avez dit que vous avez entendu Jennifer se disputer avec son mari pendant une minute — soit soixante secondes — avant d'entendre le premier coup de feu.

— Non, c'était plus long que ça.

— Cela aurait pu être beaucoup plus long, n'est-ce pas ? Disons peut-être dix minutes ?

— Je ne sais pas. Je n'ai pas regardé. Voyez-vous, cela ne semblait pas trop long.

Mais facilement assez long pour que Jennifer ait quitté la maison et qu'un "autre suspect" soit entré et ait commis les meurtres. C'est ce qu'interpréta Hardy.

Freeman laissa les jurés comprendre le sous-entendu tandis qu'il consultait ses notes qu'il tenait à la main. Ayant pris sa décision, il regarda la Cour.

— Votre Honneur, c'est bientôt midi et demi. J'ai d'autres questions pour ce témoin mais le moment est profitable pour suspendre la séance si le ministère public n'a pas d'objection.

Le ministère public n'en eut point.

CHAPITRE 36

Temps mort.

Hardy possédait une poêle en fonte noire que ses parents lui avaient donné à son entrée à l'université. C'était le seul objet de ces temps anciens, la seule relique de sa jeunesse perdue. Elle pesait un peu plus de deux kilos et sa surface de cuisson était lisse et foncée comme l'hématite. Après utilisation, il la nettoyait avec du sel et d'un coup de torchon, il l'essuyait, tous les deux ans, il passait une heure à la frotter avec de l'huile et une paille de fer au grain extra fin. Autant qu'il sache, la poêle n'avait jamais connu le produit à vaisselle.

Frannie était en train de lire une histoire à Rebecca avant de la coucher. Hardy jeta quatre échalottes en lamelles dans la poêle avec du beurre, de l'huile d'olive et un peu de persil. Il prit une gorgée de Chardonnay, en fit tomber quelques gouttes dans la poêle. Sur un autre feu cuisait du riz. Il souleva le couvercle de la casserole pour vérifier sa cuisson. Le temps, c'était le secret. Il éteignit le gaz sous la poêle. Deux minutes seulement pour cuire les crevettes. Il voulait attendre Frannie. Laissant son verre de vin, il alla jusqu'à la chambre de Beck.

Son ancien bureau avait maintenant des murs bleu pâle avec une frise représentant une ménagerie en pochoir. C'était devenu une chambre d'enfant. Rebecca portait son nouveau pyjama en soie turquoise. Le préféré de Papa, alors, elle le mettait tous les soirs —

il devrait sans tarder lui en acheter un autre. Entourée d'une douzaine de ses "copains" — un ours, un lapin, une poupée avec une coiffure en forme de chou, et les autres, tous avec un nom — Rebecca était assise sur Frannie sur un tapis d'enfant arc-en-ciel, captivée par le Bon Chien Carl. Hardy observa la scène depuis le seuil. Puis il entra et vint s'asseoir avec elles. Rebecca se réinstalla pour être allongée sur ses parents. Hardy passa un bras autour de l'épaule de Frannie. La jeune femme s'appuya contre lui, elle sentait bon.

* * *

Il n'appréciait guère que Frannie continua ses entretiens avec Jennifer, mais sa femme disait ne pas supporter de l'abandonner. Comme elle ne voulait pas se rendre à la prison, elle lui téléphonait de temps en temps.

— Elle a confiance, semble-t-il. Elle pense que David va s'en tirer.

— J'espère, dit Hardy qui prit une crevette par la queue, mordit dedans. Je m'améliore. Elles sont bonnes.

— Elles ne sont pas bonnes, elles sont parfaites, le reprit Frannie. Chaque fois que tu as envie de nous préparer un petit dîner du genre, n'hésite pas. (Frannie qui ne donnait plus le sein à Vincent prit un peu de vin.) Tu n'as pas l'air d'en être persuadé.

— Bah, David sait faire sensation. Aujourd'hui, il a été super. Tu quittes ce tribunal avec l'impression d'en avoir eu pour ton argent.

— Mais ?

— Mais je ne sais pas.

Frannie reposa sa fourchette et le regarda dans la lueur de la bougie.

— Tu te fais vraiment du souci ?

— Je me fais vraiment du souci. (Il se servit du riz.) Aujourd'hui, il a eu Florence Barbieto sous la main pendant six heures environ et il a démontré qu'à chaque fois qu'elle disait le mot "minute" — et elle l'a dit bien souvent — cela ne signifiait pas littéralement une minute. Mais si ce mec, le voisin Alvarez, débarque en disant qu'il a vu Jennifer quitter la maison moins d'une minute — oui, encore — après les coups de feu, c'est donc qu'elle se trouvait à l'intérieur.

— Mais l'autre femme que tu as découverte. La coureuse...

— Oui, bien sûr. David va la citer aussi — et je suis bien content de l'avoir trouvée. Elle racontera qu'elle a entendu les coups de feu, ou un bruit du genre, qu'elle s'est arrêtée devant le portail et qu'elle est repartie en courant. Mais Powell n'aura qu'à lui demander si elle est sûre qu'il s'agit du même jour. Elle ne l'est pas. Si Alvarez persiste dans son identification, cela confirme Jennifer à l'intérieur de la maison, et nous perdrons très probablement. (Hardy, avec un visage radouci, pointa le doigt sur l'assiette de Frannie.) Mangez votre crevette, Madame, cela vous donnera des forces.

Frannie mangea, mais son coeur n'y était pas.

— Je n'arrive pas à croire que cet homme — ce Powell — qui lui a parlé, qui l'a rencontrée, soit aussi déterminé à la faire condamner à mort. Mon Dieu. C'est une personne sympathique, peut-être un peu troublée mais...

Hardy secoua la tête.

— Je ne veux pas en débattre avec toi mais je ne crois pas qu'elle soit aussi sympathique que tu le dis. Elle a menti, elle a tué au moins une personne — Hardy leva la main — d'accord, d'accord, elle avait certainement ses raisons, mais je ne veux pas trop m'emballer sur la gentillesse même que serait Jennifer Witt.

— En tout cas, elle n'a pas tué Larry et Matt.

— Je ne le *pense* pas.

— Dismas, tu le *sais*.

— Je ne le sais pas. Je l'espère et je reconnais que je ne l'imagine pas en train de tuer Matt, mais je n'en suis pas certain à cent pour cent. Rien de ce que j'ai trouvé ne prouve qu'elle est innocente, et j'ai cherché.

— Mais rien ne prouve qu'elle est coupable, et c'est ce qui compte, non ? C'est bien ce que Powell cherche à prouver ?

Hardy fit oui de la tête.

— En théorie, ajouta-t-il.

— Et alors ?

— Et alors, en fait, il y a des trucs qui montrent qu'elle est coupable. C'est ça le hic. Elle touche cinq millions de dollars si elle est innocentée, elle est débarrassée d'un mari qui la maltraitait et...

— Et Matt ?

— Certes, sauf que...

Sauf que Hardy savait qu'il y avait sur cette planète quantité de soi-disant êtres humains capables de tuer leur rejeton sans aucun remords. Au fond de lui, il ne pensait pas que Jennifer en faisait partie, mais...

— Je ne crois pas que ce soit elle.

— Fran, moi non plus, mais ce n'est pas impossible. C'est seulement ce que je veux dire.

— Ouais, j'aime pas ça. Je n'aime même pas que tu le suggères.

— Moi non plus.

Assis l'un en face de l'autre, ils avaient oublié leur dîner. Hardy avança une main sur la table, Frannie la lui prit.

— J'ai une idée vraiment remarquable, dit-il. Et si nous ne parlions pas de Jennifer Witt ou de justice pour, oh je ne sais pas, disons cinq minutes ? Et si ça marche, continuons toute la soirée.

Ce ne fut pas facile, mais plus tard, le jeu s'avéra tendrement agréable.

CHAPITRE 37

Comme Hardy le redoutait, Anthony Alvarez posa problème.

Qu'il ressembla à Ricardo Montalban, cet animateur cosmopolite qui pouvait vanter n'importe quel type de voiture de qualité, n'aida en rien. Petite moustache blanche bien taillée, visage coloré, buriné mais encore beau. Sauf que lui n'avait pas une crinière blanche et souple. Il avait adopté la coupe des Marines. Son complet-veston était soigné — ni tape-à-l'oeil, ni défraîchi. Il avait une allure décontractée, toutefois imposante, et un vocabulaire impressionnant. Il avait travaillé pendant trente ans comme pompier municipal avant de prendre sa retraite sept ans plus tôt, promu au rang de chef-adjoint. La plupart du temps, il était chez lui, occupé à soigner sa femme alitée à cause d'une maladie pulmonaire. Bref, s'il avait été un témoin de la défense, il aurait été envoyé par la providence. Hélas, il était un témoin de la partie civile. Leur star même.

Powell posait prudemment ses questions, Alvarez répétait son point de vue.

— C'était tout à fait inhabituel. C'est bien souvent une rue tranquille, et un bruit de ce type, c'était étonnant, mais je n'y ai pas plus réfléchi. Seulement, au second, là, j'ai pensé que je devais aller voir, qu'il pouvait y avoir un problème sérieux.

— Et qu'avez-vous fait alors ?

— Eh bien, la chambre de Mary... c'est ma femme... est à l'étage, la seconde pièce du fond. J'étais avec elle, en train de lui faire la lecture, et au second coup de feu, je suis allé dans le couloir, à la fenêtre en haut de l'escalier, qui donne sur la rue — l'Olympia Way.

— Et avez-vous vu quelque chose dans la rue ?

— Oui. J'ai vu une femme habillée avec une espèce de tenue de jogging qui se tenait devant le portail du Docteur Witt de l'autre côté de la rue.

Powell avait parfaitement dirigé Alvarez dans ses réponses, maintenant il en arrivait au point essentiel.

— Mr Alvarez, est-ce que cette femme est dans ce tribunal ?

Le témoin n'eut aucune hésitation.

— Oui, monsieur, elle y est. Elle est là-bas, précisa Alvarez en la désignant du doigt, à la table de la défense.

Powell hocha la tête. Le clou était enfoncé.

— Le procès-verbal certifiera que le témoin a identifié l'inculpée Jennifer Witt, dit-il.

La rumeur attendue se répandit dans la salle, et près de Hardy, Jennifer laissa tomber sa tête sur sa poitrine et l'agita doucement. Villars fit résonner deux fois son marteau afin de ramener l'ordre, Hardy en profita pour murmurer à Jennifer :

— Regardez-le. Regardez-le en face.

La jeune femme releva la tête, mais elle ne put soutenir le défi. Alvarez la fixait droit dans les yeux, loin de remettre en cause son accusation. C'était vous, j'y mettrais ma main au feu. Lentement, Jennifer s'affaissa sur la table, croisant les bras devant elle, couchant sa tête dessus.

Powell prit cela pour argent comptant. Il regarda Freeman avec un air de vainqueur. Qui disparut l'instant d'après, quand il se retourna vers le témoin.

— Qu'a-t-elle fait ensuite ?

* * *

Les manières diverses de David Freeman décontenançaient sans cesse Hardy. L'avocat ne se levait jamais deux fois de la même façon pour le contre-interrogatoire. Parfois, comme avec Mme Barbieto, il ne se levait pas du tout, jusqu'à une invitation — plutôt un ultimatum

— du juge. Anthony Alvarez. Dès que Powell eut fini avec lui, Freeman lui sauta à la gorge, métaphoriquement parlant.

— Mr Alvarez, vous venez de déclarer avoir vu Mme Witt devant le portail, regardant vers la porte d'entrée, une minute environ après les coups de feu, est-ce exact ?

— Oui.

— L'avez-vous vue quitter la maison ?

— Non, elle était devant le portail quand je l'ai vue.

— Et vous en avez déduit qu'elle venait de la maison ?

— Oui.

— Qu'elle se trouvait à l'intérieur de la maison quand les coups de feu ont été tirés.

— Oui.

— Et qu'elle en est sortie aussitôt après, en moins d'une minute, et qu'à ce moment-là, vous l'avez vue ?

— Oui, c'est juste. Ce fut ma déduction.

— Cependant, elle aurait pu être n'importe où quand les coups de feu ont été tirés, n'est-ce pas exact ? En haut de la rue, en bas de la rue, à l'autre bout de la ville d'ailleurs.

Alvarez plissa le front et Powell émit une objection.

— Mr Freeman, savez-vous où vous allez ? demanda Villars.

L'avocat de la défense dodelina de la tête.

— Votre Honneur, je suis en train de clarifier le fait que le témoin ne pouvait pas savoir *où était Jennifer Witt quand les coups de feu ont été tirés*. Il a supposé qu'elle était dans la maison parce qu'il l'a soi-disant identifiée devant le portail juste après les coups de feu. Parce qu'il a pensé *la* voir au portail, il a supposé qu'elle se trouvait à l'intérieur de la maison au moment des tirs. Mais si ce n'était pas Jennifer au portail...

Villars hocha la tête.

— Parfait. Objection rejetée. Vous pouvez continuer Mr Freeman.

Bon échange, se dit Hardy. Certes, cela n'excluait pas la présence de Jennifer dans la maison lors des coups de feu. Mais pour la première fois, le jury écoutait un témoin de la partie civile reconnaître qu'il ne pouvait pas affirmer qu'elle y était. Et lorsque Freeman aurait cité Lisa Jennings, le doute serait encore plus grand.

La question fut relue et Alvarez concéda à contrecoeur que oui, en théorie, Jennifer aurait pu se trouver n'importe où quand les coups de feu avaient été tirés.

— Mais elle n'aurait pas pu revenir de l'autre côté de la ville en une minute, ajouta-t-il.

Freeman eut un sourire chaleureux.

— En effet, dit-il. C'est pourquoi je tiens à ce que vous soyez certain de votre témoignage, Mr Alvarez. Avez-vous vu Jennifer Witt devant le portail ? En êtes-vous certain ?

Si Alvarez n'était pas énervé, il était certainement impatient.

— Oui, j'en suis certain.

— Mais vous avez témoigné qu'elle regardait vers la porte d'entrée ?

— Oui.

— Et qu'ensuite, elle s'était mise à courir vers le bas de la rue ?

— C'est juste.

— Où se situe sa maison par rapport à la vôtre ?

— Juste en face.

— L'Olympia Way est une rue plate, n'est-ce pas ?

— Non. Elle est bien pentue. À trois pour cent.

— La maison des Witt est-elle exactement face à la vôtre ou bien un peu plus haut, un peu plus bas sur la rue ?

Alvarez, qui n'avait pas la moindre idée de ce que cherchait Freeman, restait calme. Toutefois, il prit le temps de réfléchir à un éventuel piège. N'en trouvant aucun, il répondit :

— Je considérerais qu'elle se trouve juste en face, mais vous avez raison, elle est légèrement plus bas.

Freeman restait brusque.

— Mr Alvarez, je n'ai pas dit que j'avais raison. C'est vous qui le dites.

— Oui, c'est moi qui le dis. Elle est légèrement plus bas sur la rue.

— Donc, vous vous trouviez à l'étage, vous regardiez par la fenêtre, vers le bas de la rue, vers chez Mme Witt qui se tenait devant son portail, et ensuite, aussitôt, qui s'est mise à descendre la rue en courant — c'est-à-dire qui s'est éloignée de vous. Est-ce bien votre témoignage ?

— Oui.

Alvarez s'adossa à sa chaise, croisa les jambes. Son visage patricien s'était peu à peu refermé, maintenant il fronçait les sourcils. Freeman se jeta sur lui.

— Très bien, alors, quand avez-vous vu son visage ?

Alvarez se pencha en avant.

— Quand ai-je vu son visage ? répéta-t-il.

— C'est cela, Mr Alvarez. Si elle regardait tout le temps loin de vous, vers sa maison, et si elle est partie en courant, à *quel moment* avez-vous eu l'occasion de voir *son visage* ?

Alvarez s'en tira avec la seule histoire qu'il put sauver.

— Eh bien, j'ai dû la voir de profil.

— Vous *avez dû* voir ? Vous *avez dû* voir ? Vous avez vu ou vous n'avez pas vu ?

— Oui, j'ai vu. Je l'ai vue de profil. Je savais que c'était Jennifer Witt. Il ne m'est jamais passé par l'esprit que ce n'était pas elle.

— Vous voulez dire que puisque cela pouvait être elle, c'était elle ?

— Votre Honneur ! (Powell était debout.) L'avocat harcèle le témoin.

Dans un geste dramatique, Freeman leva les mains.

— Votre Honneur, il s'agit d'un témoin oculaire important pour la partie civile, et les jurés ont besoin de savoir que cette identification de Jennifer Witt est en réalité hautement discutable.

Villars fit une moue. Elle n'aimait pas le cinéma de l'avocat mais sa remarque était juste.

— Néanmoins, déclara-t-elle fermement, Mr Powell a raison. Vous êtes en train de harceler le témoin. Nous rayerons la dernière question. Vous pouvez continuer.

Freeman revint à sa table, prit une gorgée d'eau, puis se tourna vers le témoin.

— Mr Alvarez, parlons de l'arme, voulez-vous ? Avez-vous vu le revolver ?

— Le revolver ?

— Oui, le revolver du crime qui d'une certaine façon a atterri dans un container en bas de la rue près du parc. Ce revolver. Avez-vous remarqué si la personne que vous avez identifiée comme étant Jennifer Witt tenait cette arme quand elle était devant le portail ?

— Il y avait une bosse sur son flanc.

Freeman secoua la tête.

— Mr Alvarez, répondez à la question. *Avez-vous vu un revolver ?*

Alvarez n'aimait pas ça et Powell non plus, mais il ne pouvait rien y faire.

— Non, mais elle tenait...

Freeman leva la main.

— Mr Alvarez, c'est tout là-dessus. Continuons, voulez-vous ?

L'avocat jeta un regard vers Jennifer et Hardy. Au passage, il fit comprendre aux jurés qu'il était en train de dévorer la part d'Alvarez, du moins de son point de vue. Il se retourna vers le box des témoins.

— Le dernier point sur lequel je voudrais vous questionner reprend celui qui m'a intéressé avec Mme Barbieto — que représente une minute ?

Villars retroussa les lèvres, prête à empêcher d'un bruit toute démonstration théâtrale. Mais malgré son penchant pour la comédie, Freeman menait son contre-interrogatoire avec droiture, et Hardy doutait qu'il se laissât emporter par son exubérance dans la position instable où il se trouvait.

— Vous nous avez dit vous trouver au chevet de votre femme, en train de lui faire la lecture, quand vous avez entendu les coups de feu.

— C'est exact.

— Et ensuite, après le second coup de feu, vous vous êtes levé pour aller regarder dans la rue, est-ce exact ?

D'un air las, Alvarez hocha la tête. Villars lui ordonna de répondre de vive voix. Hochant la tête de nouveau, il dit :

— Oui, je me suis levé après le coup de feu.

— Immédiatement ? Disons en une minute ? Voire moins ?

— À peine moins, il se peut. Un laps de temps entre immédiatement et une minute.

— Ensuite, vous êtes allé à la fenêtre ?

— C'est exact.

— Et à quelle distance est-ce de la chambre de votre femme ?

— Je ne sais pas exactement, environ six mètres dirais-je. Quelque chose comme ça.

— Et vous êtes allé directement à la fenêtre ? Vous ne vous êtes pas arrêté aux toilettes par exemple ?

La salle émit un petit rire nerveux. Freeman poussait les limites de la patience de Villars, et il le savait, mais le jeu marchait admirablement avec le jury.

Alvarez ne remarqua pas l'humour de la question, il répondit platement :

— Oui, je suis allé directement à la fenêtre.

— Et la personne que vous avez vue au portail était déjà là quand vous y êtes arrivé, et elle regardait vers la maison ?

— Oui.

La situation était claire pour Hardy, mais combien des jurés la voyaient ? Tous, s'imagina-t-il, après le plaidoyer de Freeman quand le tour de la défense serait venu : en une minute tout au plus, le temps nécessaire à Anthony Alvarez pour parcourir six mètres, Jennifer pouvait-elle avoir tué Larry et Matt à l'étage, descendu l'escalier et couru jusqu'à la porte, avoir traversé le jardin, être sortie sur le trottoir et avoir refermé le portail ? Il en doutait, le jury en douterait, estimait-il, surtout quand Freeman aurait cité Lisa Jennings devant la cour, démontrant l'erreur d'identification d'Alvarez.

* * *

Mais Powell n'entendait pas laisser Alvarez quitter la barre avec ce qu'il considérait comme une mauvaise note. Le règlement des procès autorisait un interrogatoire direct par la partie évoquant l'affaire, un contre-interrogatoire par l'autre partie, puis un nouvel interrogatoire s'il est requis par la partie ayant en premier cité le témoin. Powell fut debout, en mouvement, avant même que Freeman n'ait regagné la table de la défense.

— Mr Alvarez, juste une ou deux questions de plus. Depuis combien de temps connaissez-vous Mme Witt ?

— Nous avons fait connaissance il y a quatre ans. Nous sommes allés à leur rencontre pour nous présenter lorsqu'ils ont emménagé.

— Quatre ans. Et durant toutes ces années, je devine que vous l'avez vue marcher loin de vous ?

— Oui.

— Et, de profil certainement, n'est-ce pas ?

Alvarez finit par retrouver un ton amical. Il esquissa un sourire.

— Bien sûr. Souvent même.

— Et vous n'avez aucun doute, en ce qui vous concerne, que la femme que vous avez vue de l'autre côté de la rue au portail après les coups de feu était Jennifer Witt.

À son honneur, réalisant la signification de cette déclaration, Alvarez prit son temps, le regard rivé sur Jennifer.

— Je n'ai rien contre cette femme mais c'était bien elle.

— Votre Honneur !

— Très bien, Mr Freeman, intervint Villars. Le jury ne tiendra pas compte de la dernière réponse. Mr Alvarez, je vous prie, répondez simplement à la question.

La greffière relut la question de Powell. Alvarez reformula sa réponse.

— Non. Je n'ai pas de doute là-dessus.

Réponse simple à laquelle Freeman ne put faire objection.

* * *

L'officier Gary Gage vint à la barre en uniforme. La quarantaine, vétéran de la police, il avait reçu l'appel du 911 et il avait découvert les corps.

— Et la porte d'entrée était verrouillée à votre arrivée ? questionna Powell.

— Oui. La voisine — Gage consulta ses notes — Mme Barbieto, est sortie quand j'étais là. Nous avons parlé quelques minutes et puis je suis allé à la porte d'entrée et j'ai frappé. J'ai essayé d'ouvrir mais c'était fermé.

— Et quelle heure était-il ?

— J'y suis arrivé à 10h10, répondit Gage avec embarras, donc, ce devait être 10h15.

Powell fronça les sourcils.

— Mais vous avez reçu l'appel du 911 bien plus tôt, n'est-ce pas ?

L'officier hocha la tête.

— Oui, monsieur. Nous avons reçu un appel des Différents Familiaux à 9h40.

— À 9h40 exactement ?

Après un autre coup d'oeil à ses notes, Gage déclara :

— C'est ce que j'ai ici, monsieur. 9h40. On me l'a passé par radio. (Il haussa les épaules.) C'était après Noël. Les disputes familiales, c'était courant. Parfois, il faut un peu de temps.

Powell opina du chef, revint vers sa table et prit un feuillet jaune que lui tendait son assistant, le lut avant de le reposer.

— Qu'avez-vous fait ensuite ?

— Eh bien, j'allais jeter un oeil derrière la maison quand Mme Witt est arrivée en courant. Elle m'a demandé ce que je faisais là, alors je lui ai expliqué que Mme Barbieto avait téléphoné parce qu'elle avait entendu des cris entre elle et son mari, et peut-être même des coups de feu.

— Que vous a-t-elle répondu ?

Gage remua légèrement sur sa chaise, levant les yeux pour regarder Jennifer. Il voulait répondre d'une traite.

— Elle, heu, elle m'a dit qu'il n'y avait plus de problème. Elle était juste sortie courir. S'il y avait eu une dispute, elle semblait terminée.

— Avez-vous eu l'impression qu'elle vous congédiait ?

Freeman émit une objection qui fut accordée, mais Powell n'en fut pas déstabilisé.

— Qu'avez-vous fait ensuite ?

— Je lui ai dit que j'avais sonné mais que personne n'avait répondu. Elle a dit que son mari était sans doute sorti se détendre, comme elle. Et qu'il avait emmené leur fils.

Jennifer était en train de murmurer à son avocat qu'elle avait voulu éviter la rencontre entre le flic et Larry parce que ce dernier l'aurait battue pour avoir fait intervenir la police.

Gage poursuivait.

— J'ai dit que je voulais voir la maison, pour m'assurer que tout allait bien, vu qu'il y avait eu soi-disant des coups de feu. Elle m'a répété que tout était rétabli à présent mais j'ai insisté et finalement, elle a ouvert la porte.

— Et ensuite ?

— Eh bien, — Gage avala sa salive — j'ai tout de suite senti l'odeur de poudre. Alors, je lui ai dit de s'asseoir sur le canapé. J'ai sorti mon arme et j'ai commencé à visiter les pièces de la maison, au rez-de-chaussée puis à l'étage, jusqu'à ce que je tombe sur les corps.

Le public était calme. Gage transpirait, il semblait revivre ce moment — Jennifer en train d'attendre assise sur le canapé dans le salon tandis qu'il vérifiait...

— Et qu'avez-vous fait ensuite ?

L'officier respira un bon coup.

— Je me suis penché à la rambarde de l'escalier et j'ai regardé la prévenue, Mme Witt, en bas dans le salon. J'ai dit : ne bougez pas, s'il vous plaît. Il y a eu un meurtre.

— Qu'a-t-elle fait ?

— Elle a levé les yeux vers moi et elle a dit "je sais".

* * *

Après la pause déjeuner, le sergent inspecteur Walter Terrell comparut pour la seconde fois.

Le sergent inspecteur Walter Terrell sous serment cet après-midi-là ne ressemblait pas au jeune homme impatient quelques jours en arrière. Disparus le blouson aviateur et le pantalon décontracté, les cheveux mal coiffés, la chemise griffée boutonnée jusqu'au cou. Cette fois, il portait un trois-pièces gris charbon avec de fines rayures, qui avait dû lui coûter les yeux de la tête — un vrai costume d'avocat —, avec une chemise blanche et une cravate rouge. Il avait coupé ses cheveux si courts qu'ils ne pouvaient se décoiffer.

Même son comportement agressif s'était apaisé. Hardy savait que si l'on voulait réussir sur cette scène, il fallait parfois grandir d'un seul coup, et deux choses apparemment étaient arrivées à Terrell depuis sa dernière apparition comme témoin dans le dur jeu d'un procès capital. Il avait trouvé un coach et il voulait apprendre.

Au premier coup d'oeil, il semblait que Powell avait fait comprendre à Terrell une chose jusque là inconnue de lui. Un témoin n'avait pas besoin de montrer une personnalité de macho pour être efficace. Si Terrell voulait aider à faire boucler Jennifer Witt, autant concentrer son effort dans une minutieuse présentation des faits.

Powell, en dépit de ses défauts dans la préparation de l'affaire, respirait toujours la confiance. Il allait gagner.

C'était troublant.

— Inspecteur Terrell, commença l'avocat général, puisque vos qualifications ont déjà été établies, commençons par votre arrivée sur le lieu du meurtre, la maison des Witt dans Olympia Way. C'était quand ?

Cette fois, Terrell avait rangé son sourire engageant. Il était ici pour le business, il ne cherchait à plaire à personne, il faisait seulement son boulot.

— J'y suis arrivé à 10h43. Il y avait déjà des agents de police et le cordon de surveillance était en place.

— Avez-vous vu l'inculpée, Jennifer Witt ?

— Oui. Quand je suis arrivé, elle était assise sur un canapé dans le salon, à droite de l'entrée. L'un des agents me l'a désignée du doigt et je suis allé lui parler.

— Quel était son comportement ?

— Elle était assise, les pieds ramenés sous elle, les mains croisées sur sa cuisse. Elle était calme.

— Elle ne pleurait pas ?

— Non monsieur.

— Et elle pouvait parler d'une manière cohérente ?

— Oui monsieur.

— Inspecteur Terrell, à ce moment-là, aviez-vous une raison de supposer que Mme Witt avait commis ces meurtres ?

L'officier réfléchit un instant.

— Pas véritablement, outre le fait que les époux se tuent souvent entre eux.

Terrell se rassit au fond de la chaise, à l'aise pour la première fois. Powell dut paraître perplexe aux yeux du jury.

— Mais l'officier Gage ne vous a pas rapporté les paroles de Mme Witt ? Elle aurait dit "je sais" quand il lui a parlé des corps à l'étage.

— Si, mais je suppose que j'ai mis ça sur le compte du choc. Et puis, elle avait dû en venir toute seule à cette conclusion pendant qu'il vérifiait la maison.

C'était bien, mais pas pour Jennifer. Terrell rachetait son attitude de forte tête. Il n'avait pas sauté sur Jennifer comme un chien enragé. Il avait attendu que s'accumulent les preuves. Et Powell l'entraînait vers sa propre certitude de la culpabilité de Jennifer.

— Au cours des entretiens qui suivirent, avez-vous demandé à

Mme Witt qui pouvait avoir commis cela selon elle ?

Terrell s'avança sur son siège.

— Eh bien, au regard de la loi, nous posons toujours la question "*cui bono ?*", c'est-à-dire au bénéfice de qui. Évidemment, quand j'ai appris que Mme Witt hériterait d'une somme comme cinq millions de dollars, cela a attiré mon attention. Je lui ai demandé si une autre personne hériterait également. Elle m'a dit non.

— Continuez.

— La chose suivante fut qu'elle m'a dit que son mari n'avait pas d'ennemis, par conséquent, le motif des crimes n'était pas personnel. Comme le vol, par exemple. Je l'ai priée de fouiller la maison et de faire la liste de la moindre chose qui avait disparu.

Tout cela, Hardy l'avait déjà entendu, mais à présent, cela était dit avec une fichue crédibilité. Le revolver jamais mentionné sur la liste par Jennifer, son souvenir tardif d'un homme étrange, basané, en imperméable, qui remontait la rue comme elle la descendait.

Quand Powell eut terminé et qu'il laissa le témoin à la défense, Freeman commença comme Hardy aurait fait — par le seul trou d'aiguille dans un tissu sans coutures.

— Mme Witt vous a dit que son mari n'avait pas d'ennemis, c'est bien cela ?

— Oui monsieur.

— Et au cours de vos investigations, vous avez vérifié cette affirmation ?

— Oui, c'est ce que j'ai fait.

Terrell n'offrait rien de lui-même, il jouait le jeu de l'avocat de la défense, marquant un silence avant de parler, n'énonçant jamais un mot sans réfléchir. Les deux hommes se dévisagèrent.

Hardy savait un peu ce qui motivait Terrell. L'inspecteur défiait Freeman de venir le chercher. Et d'une certaine manière, il y réussissait sans se montrer belliqueux. Powell avait bien entraîné son poulain.

Mais il y avait quelque chose dans l'air. Soudain, Hardy confronta la confiance de Powell et l'attitude de Terrell. La défense était en train de tomber dans un piège. Il leva la main.

— Excusez-moi Votre Honneur.

Freeman, interrompu alors qu'il cherchait son rythme, se retourna avec un regard furieux.

— J'aimerais demander une courte suspension de séance.

Villars plissa le front. L'après-midi avait déjà été suffisamment long sans ces constantes interruptions.

— S'il n'y a pas d'objections, dit-elle.

Il n'y en eut aucune. Elle ordonna une suspension d'un quart d'heure.

* * *

— Il y a quelque chose qui mijote, dit Hardy. Nous allons nous faire assommer.

Plantés nez-à-nez, Freeman et lui se trouvaient juste derrière la porte de ce qu'ils appelaient désormais leur suite. Les fenêtres étaient condamnées et soit la chaleur allait trop fort, soit l'air conditionné n'allait pas assez fort. En tout cas, il faisait au moins trente-deux degrés.

— Qui mijote comment ? Je parle encore de deux autres types à Terrell et je vais rasseoir ma vieille carcasse.

— Je sais, et ce que je dis, c'est : n'en faites rien. Terrell tient quelque chose qu'il brûle de dévoiler. Vous avez fait du mal à Powell avec Alvarez et il le sait. Derrière son sourire se cachent des dents de loup, et je ne crois pas que ce soit du toc.

— Tout ce que Powell fait, c'est du toc.

— Pas comme vous qui êtes sincère, hein ?

Freeman ne releva pas.

— Nom de Dieu, il fait aussi chaud qu'en enfer ici, grommela-t-il. Vous voulez que je fasse quoi au juste, que je renvoie Terrell ? Que je m'arrête là ?

— Est-ce que cela ferait du tort ?

Le regard qui répondit à Hardy n'était pas des plus flatteurs, mais il s'en fichait. Il était convaincu qu'après les témoignages de Barbieto et d'Alvarez, ils étaient proches d'obtenir l'acquittement. Après tout, ils cherchaient à semer un doute, pas à asseoir une certitude, et Hardy pensait qu'ils l'avaient obtenu.

En creusant, si Gage et Terrell ne leur avaient fait marquer aucun point, ils n'en avaient guère porté au crédit de Powell. Toutefois, en une seconde, tout pouvait changer. Un faux mouvement, et l'élan de tout le procès pouvait changer. Il s'agissait d'être conservateur, au sens littéral. Conservez ce que vous détenez. Ne laissez pas l'autre camp marquer.

Ce qui, cependant, n'avait jamais été le style de David Freeman.

— Vous me demandez en quoi cela ferait du tort ? Cela ne présente pas la meilleure défense pour notre cliente, voilà en quoi. Terrell laisse publiquement entendre que personne d'autre au monde n'a une raison de tuer Larry Witt. Il le prétend sur les propos de notre cliente qui dit que Witt n'avait pas d'ennemis. Vous voulez laisser passer ça ? Vous ne trouvez pas que c'est important ?

— Bien sûr que c'est important, mais nous pouvons y venir la semaine prochaine...

— Nous pouvons l'aborder maintenant. Pour que les jurés soient prêts à entendre les détails plus tard.

Hardy vit qu'il ne convaincrait pas son partenaire. Rien d'étonnant. Bon, il avait peut-être tort ; après tout, ce n'était qu'une impression, une intuition due à la présence de Terrell. Bref, il avait essayé de prévenir David, il était en paix avec sa conscience, il y avait mis deux sous d'effort. Mais, comme partout au monde, deux sous, ça valait rien du tout.

Freeman ouvrit la porte et sortit dans le couloir délicieusement frais.

* * *

— Inspecteur Terrell, nous parlions des ennemis de Larry Witt, ennemis qui, aux dires de Mme Witt, n'existaient pas, je crois. Vous avez donc vérifié son affirmation ?

— Cela fait partie de toute enquête criminelle de chercher qui a un motif pour tuer les disparus.

Le visage encore coloré par la chaleur de la pièce, Freeman regarda le bloc-notes jaune qu'il tenait à la main.

— Et vos efforts ont-ils été couronnés de succès ? Avez-vous découvert des ennemis ?

L'opinion de l'inspecteur à ce sujet — en fait, comme toute l'enquête — était seulement spéculative et péremptoire, même hors de propos. Powell ne parut pas vouloir faire objection.

Terrell avait le temps. Il se repoussa dans sa chaise en s'étirant, haussa les épaules, les laissa retomber.

— Dans quel sens ?

Freeman regarda les jurés. Un témoin coopératif ne manquerait pas de comprendre la question, non ? Vaillamment, il persista :

— Dans le sens où vous auriez trouvé des gens qui, pour un motif ou un autre, auraient pu tuer le Dr Witt ?

— Qui auraient pu, peut-être.

— Et en approfondissant votre enquête, est-ce que ces gens sont devenus des suspects ?

— Non.

— Non ? Pourquoi non ?

— Parce qu'à ce moment-là, il n'existait aucune preuve qui liait une personne aux crimes, dit Terrell.

Bien répondu, songea Hardy, mais l'avocat lui avait au moins tiré un "peut-être" sur des suspects avec motif. D'ailleurs, il pouvait s'en contenter et venir se rasseoir. Mais non. Le coeur déchiré, Hardy se rappela la phrase de Malraux qui disait que "le caractère est destin". Freeman était-il en train de forcer son destin — et celui de Jennifer ?

— À ce moment-là, vous disiez. Vous voulez dire que depuis que la prévenue est en prison, vous avez trouvé des preuves ? (Freeman se tourna vers les jurés pour les joindre à sa réaction.) Des preuves qui lient une autre personne au crime ?

— Oui.

Terrell poussait Freeman à lui arracher le nom. En silence, Hardy priait son partenaire de cesser, de s'asseoir et d'annuler la question. Mais il était trop tard. Cela devait se jouer.

— Mais pourtant, vous avez maintenu Mme Witt en prison ? Malgré un autre suspect ?

Une fois encore, Freeman engloba les jurés dans son propos.

— Je n'ai pas dit qu'il y avait un autre suspect, répliqua Terrell. En réalité, il y a une personne qui renforce le motif de Mme Witt sans être liée elle-même aux crimes.

Jennifer saisit le bras de Hardy.

Terrell ne put tenir sa langue plus longtemps. Sans qu'on le lui demande, il déclara :

— Mme Witt avait une liaison. Elle couchait avec son psychiatre.

Spéculation, fondée sur une rumeur. C'était absolument

inadmissible, mais David avait cherché une réponse et il l'avait obtenue. Il ne fit même aucune objection. Les dégâts étaient faits.

CHAPITRE 38

C'était la bataille des présentateurs, toutes les chaînes de télé faisaient de leur mieux pour salir le Dr Ken Lightner, l'amant supposé de Jennifer Witt. La grosse déveine.

Bien que ce fut soir de rendez-vous, Hardy appela Frannie et s'excusa de ne pas rentrer à la maison. En regardant la télévision, elle comprendrait la raison. Il avait du pain sur la planche.

Après avoir quitté le Palais de Justice, il retourna au bureau et se mit lui aussi devant la télévision. Dans la salle de conférence traînaient quelques-uns des collaborateurs de Freeman, qui tentaient de trouver une solution à ce désastre. Personne n'avait de bonnes idées, tous s'accordaient pour dire qu'un client qui vous mentait ou qui gardait des informations n'était pas un cadeau.

Freeman, après une heure de discussion avec une Jennifer qui persistait à nier sa relation avec Lightner malgré une semaine passée avec lui dans la même chambre au Costa Rica, avait déclaré qu'il sortait dîner seul au restaurant français en dessous de chez lui. Une ou deux bonnes bouteilles de vin l'y attendaient.

Le témoignage de Terrell ayant rompu la digue, la marée avait balayé Freeman. Powell avait repris son interrogatoire pour mettre à jour les détails de l'extradition de Jennifer, puis il avait cité Lightner qui avait confirmé. Tout, sauf la liaison qu'il niait lui aussi vigoureusement.

Cependant, le jury tirerait ses propres conclusions sur les faits.

Conclusions qui seraient sans doute les mêmes que Hardy, que Freeman et que toutes les personnes présentes dans le tribunal : un homme ne restait certainement pas de marbre avec une beauté telle que Jennifer Witt, partageant pendant une semaine sa chambre d'hôtel sur une plage du Costa Rica.

Après qu'elle se fut échappée de prison, Terrell s'en était remis à l'une de ses fameuses intuitions. Il avait imaginé que Jennifer contacterait quelqu'un, et à partir de ses précédentes investigations, Lightner lui était apparu le plus probable, en fait la seule et unique personne possible. Jennifer n'avait ni amis ni relations avec sa famille. Il n'y avait pas d'autre choix.

Et puisque l'affaire était capitale, que Powell, Mr Candidat, le soutenait, et que l'évasion de Jennifer avait soulevé l'ire de la magistrature, Terrell avait réussi à obtenir un mandat afin de vérifier les appels à l'étranger de Lightner auprès de sa compagnie de téléphone.

Le nombre d'appels pour le Costa Rica s'avérant suffisant, Terrell décida d'interroger Lightner. Mais — tiens donc ! — le psychiatre était parti au Costa Rica une semaine. Pour cause d'un grand besoin de vacances. Terrell l'y avait suivi, discrètement, et il avait récolté de quoi mettre en marche la procédure d'extradition à son retour.

Hardy aurait parié que les fonds de la campagne de Dean Powell avaient servi à Terrell. En aucun cas, le service de police de San Francisco n'aurait payé un voyage à un officier de police pour aller enquêter au Costa Rica sur une présumée histoire de fesses.

Il se rendit compte que depuis trop longtemps, il s'était laissé divertir par le cinéma de Freeman et une confiance sans limites. L'affaire n'était pas gagnée, loin de là. Que Lightner soit allé au Costa Rica était une chose, pas anodine toutefois. Mais que, d'après le témoignage de Terrell, ils aient partagé la même chambre, c'était un drame. Il existait un autre homme — et qui savait depuis quand ? — et cela n'aiderait pas Jennifer. Aux yeux du jury, elle avait un motif personnel de tuer Larry. L'argent n'était pas l'unique raison. Elle le trompait, en plus !

Hardy connaissait les sentiments des jurés. Jennifer était une femme qui faisait ce qu'elle voulait, qui prenait ce qu'elle voulait, et au diable le reste. Elle avait le profil même de l'inculpée que l'on ne peut croire innocente.

Désormais, que Freeman décide, dans son plaidoyer, d'aborder l'épisode du Costa Rica ou qu'il n'en fasse rien, ils allaient devoir distraire les jurés en leur présentant d'autres suspects — quelqu'un qui pouvait avoir le motif, l'occasion et le moyen d'avoir tué Larry Witt.

Sur le bureau, la mallette ouverte et les dossiers éparpillés autour. Hardy devait s'y mettre et commencer par un bout. Il chercha le numéro de téléphone de Jody Bachman, l'avocat de Los Angeles en charge du Yerba Buena Medical Group.

Puisqu'il était 20h30, au-delà des heures d'ouverture, il ne fut pas surpris de tomber sur un répondeur, ce genre de machine qui vous demande si vous connaissez le nom de famille ou l'extension de celui que vous recherchez. Consciencieusement, il appuya sur les touches des quatre premières lettres. B.A.C.H.

Une sonnerie.

— Jody Bachman.

Voix jeune, pas vraiment aiguë mais pleine d'entrain.

— Mr Bachman, je suis Dismas Hardy. Je suis avocat à San Francisco et je vous ai laissé un message il y a plusieurs semaines. Je rappelais.

Tardivement, ajouta-t-il pour lui-même.

Il y eut une longue pause.

— Je ne l'ai pas fait ?

Un sourire s'imposait. Ces types, dans ces "usines", sont tellement accablés de boulot qu'ils doivent lever le nez pour voir ce qui se passe à leurs pieds.

— Il se peut, reconnut Hardy. En tout cas, je n'ai pas eu de message.

— Je suis désolé. C'était de la folie ici. Vous êtes peut-être au courant.

Ils bavardèrent un moment — une conversation qui ne rentrait pas en frais d'honoraires — sur cette foire d'empoigne et les heures supplémentaires. Puis Hardy en vint à son but : Todd Crane lui avait recommandé de discuter du Yerba Buena Medical Group avec Bachman.

— Bien sûr, c'est moi qui les représente. Si je peux vous aider — mais vous avez parlé d'un procès pour homicide.

Hardy donna les explications.

— Witt ? Witt ? Cela ne me dit rien, seulement je n'ai pas dormi depuis quatre jours d'affilée et il m'arrive de ne plus reconnaître mon propre nom. (Bachman eut un rire fatigué.) La fascination du rachat.

— Qu'est-ce que c'est ? fit Hardy, l'innocent.

— Quoi ? Le rachat ? Le rachat d'entreprise par endettement. Où êtes-vous, Mr Hardy ? Les remous du passé, ou du futur, qui dépendent de votre politique. Ou de votre argent.

— C'est la même chose, non ?

— Pas tout à fait, mais c'est souvent une bonne devinette. Bon, écoutez, à propos de ce Dr Witt...

— Je suis carrément certain qu'il a téléphoné à votre cabinet en décembre dernier. Je ne sais pas à qui il a parlé.

— À moi, probablement, admit Bachman, mais vraiment, je n'en ai pas souvenir. Je demanderai à ma secrétaire de faire une recherche et de vous rappeler. Ça marche comme ça ?

— Parfait, merci.

— De rien. Avec plaisir.

* * *

— C'est vraiment toi, enfin, dit Hardy à son ami Abe Glitsky, qui se tenait à la porte de son appartement déguisé en clown — de trop grandes chaussures, un maquillage blanc, un mignon petit nez rouge. Laisse-moi deviner...

— C'est l'anniversaire de Jacob, annonça Glitsky, lui coupant la parole.

Hardy le suivit à l'intérieur. Flo vint à sa rencontre, l'embrassa sur la joue et lui demanda s'il voulait une part de gâteau ou de la glace. Une dizaine de gamins de dix ans se serraient dans la petite cuisine, et aucun d'eux n'était plongé en méditation.

— Abe a chouette allure, dit Hardy.

Flo le regarda dans les yeux.

— Attends. Ce sera ton tour un jour.

Ouais, elle n'avait pas vraiment tort. Pour l'heure, il ne pouvait pas s'imaginer en une future réincarnation de Bozo le Clown.

— Il aura bientôt fini ?

— Dans dix minutes, répondit Flo, un peu plus peut-être. Il fait juste un petit numéro.

— J'aimerais voir ça.

Flo le prit par le bras.

— Je crois que tu vas lui faire perdre ses moyens. Tu peux attendre dans la chambre des garçons.

Les trois garçons de Glitsky partageaient la même chambre, et elle n'était pas grande. Jacob et Isaac dormaient dans le lit jumeau, et OJ, qui allait sur ses cinq ans, avait un petit lit contre le mur opposé. Hardy s'y assit. Il écouta les rires que provoquaient les clowneries de son pote de la criminelle. Il en profita pour poser la tête une seconde sur l'oreiller.

* * *

— Il m'est pénible de te réveiller mais mon fiston a besoin de dormir.

Hardy regarda sa montre. Il avait dormi profondément pendant près d'une heure. Glitsky, habillé normalement, tenait une tasse de café chaud. Il se releva et la prit. De son autre main, il frotta son cou endolori.

— J'ai rêvé de toi déguisé en clown, dit-il. Un cauchemar.

L'inspecteur secoua la tête et fit demi-tour. Hardy le suivit dans la cuisine, s'assit à la table. Glitsky versa de l'eau chaude dans une tasse et se mit à jouer avec la chaîne d'une passoire à thé en argent. Du fond de l'appartement leur parvenait la voix de Flo qui vérifiait la toilette des garçons et leur faisait mettre leur pyjama.

— Bon, assez bavardé, commença Hardy. Qu'est-ce que tu as découvert à propos des Roman ?

Près de la cuisinière, Glitsky regardait fumer la passoire qu'il plongeait et ôtait de la tasse.

— Oh, je n'ai pas lu tous les romans pour pouvoir faire une thèse.

— Cecil Roman, père de Melissa Roman, patiente décédée de Larry Witt, dit Hardy après une gorgée de café. Mr Roman a accusé Witt d'avoir pratiqué un avortement et d'avoir tué sa fille.

Glitsky était venue s'asseoir à table. Son thé était aussi noir que le café de Hardy, pourtant il continuait de le laisser infuser.

— Ah, *ces* Roman-là, fit-il. Non, je n'ai rien trouvé. Je te l'aurais certainement dit sinon. (Finalement, il sortit la passoire et goûta le thé.) Tu vas vraiment avoir besoin d'infos ?

— Je voudrais savoir si Roman, ou sa femme d'ailleurs, a un alibi.

Glitsky hocha la tête.

— L'affaire se casse la figure ?

Hardy lui raconta les événements de l'après-midi, l'allégation sur Lightner, et ne lui cacha pas combien un autre suspect, au moins, leur serait utile.

— On dirait que ce Lightner prend plutôt parti pour lui. Il dormait avec madame et il aurait pu...

— Tous les deux nient avoir été amants, ajouta Hardy.

— Ben voyons ! répliqua Glitsky avec un clin d'oeil.

— Pas grave, fit Hardy dans un haussement d'épaules. Les jurés vont croire le contraire de toute façon.

— Donc, il a un motif.

— Sauf qu'il travaillait ce matin-là. À son bureau. Et une secrétaire présente. Terrell a déjà vérifié.

Glitsky but bruyamment son thé, les yeux rivés derrière son ami.

— Je ne suis pas certain de comprendre pourquoi je veux t'aider à trouver un autre suspect que celle qui me paraît coupable. Tu veux me l'expliquer encore une fois ? Je suis un flic, n'oublie pas. Je suis dans l'autre camp.

— Je dirais pour servir la justice mais je devine que tu risquerais d'avoir un haut-le-coeur.

— Je risquerais.

— Ok, je ne dirai pas ça. Et si c'était au nom de notre amitié et que moi, je ferais la même chose pour toi ?

— Non. Pas bon.

Hardy se leva pour reprendre du café.

— J'ai trouvé, annonça-t-il en se retournant vers la table, toi, tu pourrais mettre la main sur le véritable assassin.

— Sauf que nous pensons que l'assassin est en train de passer en procès.

— Mais si ce n'était pas elle ? Écoute Abe, les Roman haïssaient Larry Witt. Tout ce que je te demande, c'est savoir s'ils étaient à Tahiti ou ailleurs le 28 décembre pour que je puisse les rayer de ma liste.

— C'est ce que tu appelles tout ? Découvrir ce que quelqu'un faisait un jour précis, dix mois auparavant ? Tu les as vus, non ? Pourquoi tu ne leur as pas posé la question ?

— Parce que l'occasion ne s'est jamais présentée, je suppose.

— Et moi, je vais trouver, hein ? C'est du gâteau. En parlant de ça, coupe m'en un petit morceau, tu veux ?

Le restant du gâteau d'anniversaire de Jacob, plutôt démoli, était sur l'évier. Hardy en fit glisser une part sur une assiette en carton.

— Tu vois l'ami que je suis ? dit-il en l'apportant.

Glitsky passa son doigt sur le glaçage et le lécha.

— Ridicule, dit-il.

Hardy haussa les épaules.

— Mais c'est tellement la vie.

* * *

Freeman ne prit pas deux bouteilles de vin au restaurant français. Après la première, il décida de faire une seconde tentative avec Jennifer. Pour toucher le coeur du problème.

En fait, il ne monta pas à la prison. Ken Lightner descendait l'escalier du Palais de Justice lorsqu'il y arriva. N'hésitant jamais, Freeman sortit du taxi d'un bond, se heurtant la tête à la portière, et cria :

— Dr Lightner, un instant, s'il vous plaît !

Il fouilla ses poches pour trouver son argent et jeta une poignée de pièces et billets par la fenêtre avant du taxi. Lightner était au pied des marches.

— Mr Freeman, excusez-moi mais il est tard et je suis exténué. Ce que vous avez à me dire devra attendre.

— Cela n'attendra pas, monsieur. Il faut que vous me disiez la vérité et il faut que vous me la disiez tout de suite.

D'un geste de la main, Lightner indiqua le bâtiment dans son dos.

— J'ai dit la vérité là-bas cet après-midi.

— Et demain, si je le désire, je peux procéder à votre contre-interrogatoire. Préférez-vous que nous discutions alors de ce que vous avez prétendu ? Que faisiez-vous au Palais ? Vous avez rendu visite à ma cliente ?

— À *ma* patiente, Mr Freeman. Ma patiente.

— Et votre maîtresse ?

Cette fois, Lightner mesura sa réponse.

— Je l'ai nié sous serment. Il va falloir vous faire une raison.

— Je ne me ferai pas une raison, rétorqua l'avocat. Je n'y crois pas, et cela fait de *vous* mon meilleur suspect.

— *Moi* ? Vous plaisantez ?

Freeman pointa l'index.

— Ouais, vous. Non, je ne plaisante pas. Si vous aviez une liaison avec Jennifer, vous avez un aussi bon motif qu'elle pour tuer Larry Witt. (Bien sûr, il n'y croyait pas vraiment, mais il devait essayer.) Donc, je me réjouis de vous interroger demain à la barre, et si vous estimez que vous êtes fatigué...

L'avocat s'éloigna vers les marches.

— Juste un instant...

Il se retourna.

— Docteur, cela va prendre plus d'une minute. Vous avez du temps ou pas ? Car j'ai des choses plus intéressantes à faire.

Ils étaient à trois mètres l'un de l'autre. Freeman campé sur ses pieds comme un combattant, Lightner en train de gratter sa barbe.

— D'accord, dit-il. Mais pas ici.

— Je connais un endroit, proposa Freeman déjà en route.

Il traversa l'avenue Bryant, montra le chemin jusqu'à chez Lou le Grec. À cette heure tardive, le bar était quasiment vide. Lou essuyait la vaisselle, la télé affichait écran noir. Deux habitués choyaient tranquillement leurs bières au comptoir, un couple était tendrement enlacé dans une alcôve. Freeman entraîna Lightner dans l'une du fond. Comme Lou venait à eux, il le renvoya d'un geste de la main.

— Mr Freeman, mon seul souci, c'est Jennifer.

CHAPITRE 39

— Bonjour. Mon plaidoyer ne va pas être long ce matin. Vous avez certainement l'impression d'être ici depuis déjà beaucoup de temps. D'une part, je ne veux pas vous ennuyer, et d'autre part, je ne veux pas faire un affront à votre intelligence. Mais je pense qu'il serait utile de récapituler ce qui s'est passé depuis le début du procès, en ce qui concerne les preuves, parce que lors d'un procès, on s'intéresse avant tout aux preuves. Est-ce que celles-ci prouvent sans aucun doute possible que Jennifer Witt a tué son mari et son fils ? Considérant les preuves que nous avons désormais vues pièce par pièce, la réponse, mesdames et messieurs, est *non*. Permettez-moi de répéter ceci : les preuves que nous avons vues jusqu'ici ne prouvent pas que Jennifer Witt a tué son mari et son fils, alors que l'intention de toute preuve est de prouver.

Freeman parlait normalement, sans agressivité. De temps en temps, il agitait les mains ; il semblait satisfait de laisser ses paroles agir. Il se tenait devant le box du jury, juste devant la table où étaient assis Jennifer et Hardy. Il ne regardait pas le juge Villars, ni ne se tournait vers Powell et Morehouse. Il faisait son exposé aux jurés, il jouait pour eux.

— Les preuves doivent *prouver* que Jennifer Witt a commis ces terribles forfaits. Elles ne doivent pas rendre possible une autre explication sensée. Il ne suffit pas de dire « Eh bien, elle aurait pu être là et faire ceci. ». Vous devez être absolument convaincus. Il ne doit y avoir aucun doute.

— Votre Honneur...

La nécessité d'une interruption parut attrister Dean Powell. Il dit combien il aurait préféré ne pas couper Mr Freeman sur sa lancée mais hélas, il n'avait pas d'autre choix. Il parlait avec une grande maîtrise.

— ... ceci est une argumentation, pas un plaidoyer.

Étonnamment, Villars rejeta son objection. Hardy songea qu'il n'avait pas encore vu Villars au cours de ce procès refuser une objection qui concernait la loi même. Freeman était hors jeu — c'était bel et bien une argumentation. Visiblement, elle plaisait au juge.

Mais Freeman n'avait pas de quoi se gausser. Il le savait, et il se reprit comme il faut.

— Et nous, la défense, qu'avons-nous à prouver ? Devons-nous prouver que Jennifer Witt n'était pas chez elle ? Qu'elle ne s'est pas servie du revolver ? Qu'elle n'avait pas d'amant ? Que, peut-être, elle ne savait rien de la police d'assurance de son mari et du droit à une double indemnité ? La réponse est que nous n'avons rien à prouver du tout. Le ministère civil a charge des preuves, lui et lui seul. Mr Powell ici présent — Freeman se tourna légèrement vers lui — a comme mission de prouver la culpabilité de Jennifer Witt, et vous savez quoi ? Il n'en a rien fait.

Hardy ne put qu'admirer Freeman. Celui-ci était un battant.

— Un, dit Freeman, le pouce levé, personne n'a pu formellement situer Jennifer dans la maison au moment des coups de feu. C'est une faille importante qui, en soi, crée un doute. Deux — un autre doigt levé — et c'est également fondamental, le ministère civil n'a proposé aucun motif, aucune théorie, aucune hypothèse crédible pour l'assassinat du jeune Matthew Witt. On vous demande simplement de croire que Jennifer Witt, pour une raison inconnue, a tiré mortellement sur son unique enfant. Il n'y a eu aucune tentative de prouver qu'elle l'avait fait, et pourquoi.

Toute allusion à Matt était encore douloureuse pour Jennifer. Elle resta un instant la tête sur la poitrine et respira profondément, avalant sa salive avec effort. Elle prit de l'eau.

— Trois, poursuivit Freeman, le premier témoin à situer Mme Witt près du lieu du crime au moment des coups de feu — il s'agit de Mme Barbieto, vous vous en souvenez — ne pouvait même pas affirmer combien de temps s'était écoulé entre le moment où elle avait entendu Jennifer dans la maison et celui des coups de feu. Cela aurait pu être quinze minutes. En fait, c'est même tout à fait possible. Quatre, Mr Alvarez dit qu'il a vu Mme Witt s'éloigner en courant vers le bas de la rue une minute au plus après les tirs. Une minute. Rappelons-nous le témoignage de Mr Alvarez sur cette fameuse minute. Il a dit avoir quitté la chambre de sa femme pour aller dans le couloir à la fenêtre qui donne sur Olympia Way. Une distance d'environ six mètres. Et il y avait Jennifer Witt, déjà — dans cette petite minute ou moins — dehors, devant le portail de sa maison, tournée vers celle-ci.

Ceci, songea Hardy, était désormais clair. Et c'était un point important. Même en courant, Jennifer n'aurait pu descendre de sa chambre — lieu du crime — traverser le salon jusqu'à la porte, prendre l'allée jusqu'au portail, sortir et le refermer, se retourner vers la maison dans le même laps de temps qu'il fallut à Alvarez pour faire six mètres.

Freeman fit une brève pause pour que cette constatation pénètre les esprits. Plus calmement, avec l'assurance de ce qu'il établissait, il poursuivit :

— Venons à l'identification de Jennifer Witt par Mr Alvarez. Maintenant, je ne dis pas qu'il n'a pas identifié Mme Witt de façon formelle — il l'a fait. Ce que je vous demande, cependant, c'est de considérer comment il peut être aussi affirmatif quand il reconnaît qu'il n'a jamais vu son visage. C'est un foutu mystère.

Cette familiarité fit froncer les sourcils à Villars mais — étonnant une fois encore — elle laissa Freeman continuer.

— Ensuite, puisque cela a fait grande impression sur la partie civile quand il en fut s'agi, prenons une minute pour parler de la relation intime de Mme Witt avec son psychiatre. Le Dr Lightner, sous serment, l'a niée. Vous pouvez être à présent sceptiques, mais n'oubliez pas que l'avis de l'inspecteur Terrell sur le fait qu'ils aient une liaison fut rayé sous le motif de la spéculation. Ce qui signifie, en matière de loi, que cette supposée relation n'a pas été prouvée. Quelque chose a-t-il prouvé que Mme Witt et son psychiatre ont été un jour intimes ? La réponse, une fois de plus, est non. (Il se tut, baissa la voix.) Non. Rien.

Et après sa discussion avec Lightner, l'avocat pouvait l'affirmer avec conviction.

Freeman revint à la table de la défense, prit une gorgée d'eau. Du regard, il fit le tour de la salle pour voir s'il la tenait, elle aussi. Satisfait, ou faisant comme si d'un signe de tête, il se retourna vers le box du jury, un doigt de nouveau levé.

— Néanmoins, bien que nous n'ayons pas à prouver quoi que ce soit, nous vous démontrerons comment Mr Alvarez aurait facilement pu être — et indubitablement — en fait comment il fut induit en erreur sur son identification. Enfin, nous vous montrerons la preuve — une preuve solide, indiscutable, incontestable — que Jennifer Witt n'a pas pu tuer Larry et Matthew. Parce qu'en réalité, elle n'était pas dans la maison au moment des coups de feu. *Elle ne pouvait pas y être*. Tout comme ce tribunal a statué qu'il n'y avait pas de preuves suffisantes dans l'assassinat de son premier époux, Ned Hollis, il n'y en a aucune pour prouver qu'elle a tué son second époux, ou pour l'amour du ciel, son enfant. (Il pointa le doigt une dernière fois sur Jennifer.) Ici se trouve assise une femme qui a été injustement accusée. Une victime, pas une criminelle. Mme Witt n'est pas, au regard de la loi, une personne non coupable — à la vérité, elle est une femme innocente.

* * *

Dans ses moments les plus sombres, Hardy se demandait si l'air de San Francisco n'y était pas pour quelque chose. Maintes fois, il avait entendu raconter que l'on suspectait la présence d'une moisissure ou d'une autre substance magique dans l'air légèrement salé et venteux d'ici, et responsable de certaines des merveilles gastronomiques de la ville. Pain au levain et salami sec italien, par exemple. Mais il se demandait aussi s'il n'y avait pas un aspect moins clément dans ce climat, comme un parasite encore inconnu ou un phénomène chimique ou météréologique qui anéantissait l'espoir soulevé à l'aube d'un projet avant même sa réalisation.

Témoins les Giants, en 1993. Une équipe était-elle déjà parvenue si loin dans le championnat pour se ramollir et perdre de justesse d'un jeu ? On pouvait dire ce que l'on voulait à propos de leurs lanceurs aux bras endoloris et du manque de personnalité de l'équipe majeure, c'était sacrément tentant de mettre la faute sur l'atmosphère de la région. C'était octobre, et Hardy ne suivait pas l'équipe de San Francisco lancée dans un match crucial. Et avant cela, lorsque les Géants avaient dix jeux d'avance à la pause des All-Star, il croyait également à l'acquittement de Jennifer. Aujourd'hui, il redoutait qu'un autre espoir soit anéanti, comme pour le championnat. Parce que malgré les pitreries et l'expérience de Freeman, malgré les « autres suspects », leur victoire dans l'affaire Ned Hollis, et même les très brillants contre-interrogatoires des témoins capitaux de la partie civile, Florence Barbieto et Anthony Alvarez, il croyait désormais qu'ils allaient perdre.

Avec l'histoire de Lightner, et en dépit des tentatives de David de la contrecarrer, le vent avait semblé abandonner le bateau de la défense. Certes, David Freeman n'accepterait jamais une défaite, ou sa probabilité, et il faisait de son mieux pour continuer de naviguer, mais le lest — le poids de tous les mensonges de Jennifer — semblait trop lourd. On sentait que pour la défense, les choses se brouillaient, on sentait que tous les arguments et les feux d'artifice verbaux ne menaient pas à la vérité, qu'ils n'étaient pas au service de la justice, malgré les arguments de Freeman.

Le jury ne vote pas selon votre gré si vous ne le convainquez pas qu'il y a une vérité alternative qu'ils n'envisagent peut-être pas. Pendant un moment, Hardy avait cru à cette possibilité. Il pensait que le jury, lui aussi, le penserait. Or, cela ne signifiait-il pas le doute ?

Maintenant — c'était peut-être quelque chose dans l'atmosphère, après tout — comme les Giants et leurs bras fatigués, Freeman avait fait un bon début. Seulement, l'absence d'un autre suspect et cette révélation explosive sur Lightner et Jennifer lui faisaient craindre que la saison ne touche à sa fin.

* * *

Lundi. Jennifer entra dans le tribunal escortée par David Freeman et un huissier. À l'inverse des vêtements à la mode qu'elle avait portés jusque là, elle portait une tenue de sport marron et des chaussures de tennis dernière gamme technologique. Ses cheveux étaient relevés en queue de cheval. Hardy trouvait qu'elle avait l'air d'une jeune fille de dix-sept ans.

Quand Villars prit place, elle remarqua aussitôt le changement et fronça les sourcils.

— Mr Freeman, voulez-vous approcher ?

Hardy observa son associé s'entretenir avec le juge, hochant la tête et gesticulant. On ne les entendait pas parler. Une minute plus tard, Freeman revenait à la table de la défense, avec un sourire.

— Qu'est-ce qu'elle pouvait faire ? dit-il.

Freeman appella Lisa Jennings, la joggeuse, qui était habillée de la même manière que Jennifer. La salle comprit. Villars donna deux coups de marteau pour ramener l'ordre.

Lisa n'était pas le portrait exact de l'inculpée mais dans leurs tenues identiques, les cheveux coupés de la même façon — Freeman avait payé le coiffeur à Lisa — on ne pouvait nier la similitude. Lisa était un peu plus mince et mesurait quelques centimètres de plus, mais toutes deux étaient d'une stature moyenne. Elles étaient de belles jeunes femmes blondes proches de la trentaine.

Hardy estimait que Freeman n'aurait pas dû citer Lisa mais seulement appeler Alvarez et voir ce qui arriverait. Freeman en était tout autant incapable que de siffler la bouche pleine de clous.

Hardy avait prévenu Freeman — plus d'une fois et sans mollesse. Powell pouvait faire une bouchée du témoignage de Lisa. Mais le vieil ours tenait à le présenter aux jurés. « Cela va sonner vrai, lui avait-il répliqué, attendez de voir. »

Et, effectivement, il avait raison. Le témoignage de la jeune femme en soi-même sonnait vrai. Elle s'était arrêtée devant la maison, aux coups de feu, puis elle était repartie en courant au bout d'une minute environ.

Le problème, comme Hardy en avait si souvent débattu, était qu'ils n'avaient aucun moyen de prouver que c'était arrivé le 28 décembre.

Et Powell — rien d'étonnant — ne semblait pas décider à laisser passer ce vide.

— Mme Jennings, combien de fois courez-vous dans Olympia Way en, disons, un mois ?

— Plusieurs fois par semaine, dirais-je.

Lisa Jennings s'était montrée désagréable avec Hardy lorsqu'il avait essayé de l'aborder, puis coopérative et même sympathique. Maintenant elle était là, dévouée, elle voulait donner satisfaction.

— Peut-être... quinze, vingt fois par mois.

— Et faites-vous cela depuis longtemps ?

— Deux ans, presque trois dirais-je.

— Donc, vous êtes passée devant la maison de Mme Witt, quoi... deux cents fois ? Quelque chose comme ça ?

— Oui.

— Tenez-vous un carnet du parcours que vous effectuez chaque fois ?

Lisa regarda Freeman, puis revint à Powell.

— Non, je cours, c'est tout.

— Donc, vous ne savez pas en réalité quand vous avez entendu ces bruits dans Olympia Way sur lesquels vous avez témoigné, n'est-ce pas ?

— Eh bien, je les ai entendus seulement.

— Deux bruits, comme des coups de feu.

— Oui.

Powell hocha la tête, prenant son temps. Il regarda les jurés avec un air d'interrogation.

— Je vois. Et avez-vous signalé les bruits que vous avez entendus à la police ?

— Non, répondit Lisa, qui remua sur son siège, faisant tourner ses épaules.

— Pourquoi non ?

— Je ne sais pas. Je ne devais pas penser qu'il s'agissait de coups de feu.

De surprise, Powell écarquilla les yeux.

— Ah ? Pourquoi ne le pensiez-vous pas ?

— Je ne suis pas sûre. Je crois qu'à ce moment-là, j'ai imaginé que c'était une pétarade de voiture, quelque chose comme ça.

— Cela aurait pu être une pétarade de voiture ?

Freeman, cherchant à venir à son secours, se leva et objecta, mais avant qu'il en donne la raison, Powell retira la question. Pour rattaquer aussitôt.

— Vous avez dit « à ce moment-là ». C'était le 28 décembre, l'an dernier, est-ce exact ?

De nouveau, Lisa regarda Freeman avant de répondre :
— Je n'ai pas dit cela.
— Non, vous ne l'avez pas dit. C'est pourquoi je vous le demande. (Powell sourit, tel un homme poli qui tente d'atteindre la vérité de l'affaire.) Prenez votre temps.
— Je ne sais pas vraiment quel jour c'était.
Encore la surprise.
— Mais à coup sûr, c'était l'hiver dernier, dit Powell.
— Oui, je pense, je sais que c'était il y a plusieurs mois.
— Plus longtemps encore ?
— Votre Honneur ! L'avocat harcèle le témoin, lança Freeman.
Il était actif, mais il allait perdre et il le savait. En effet.
— Ce n'est pas mon avis, répliqua Villars. Objection rejetée.
— Plus longtemps encore ? répéta Powell, avec douceur.
— Je ne sais pas quand c'était ! s'écria soudain Lisa.
Choquée par sa réaction, elle fixa Powell puis les jurés. Finalement, elle s'excusa auprès du juge et répéta dans un filet de voix :
— Je ne sais pas quand c'était.
— Merci Mme Jennings. Je n'ai pas d'autres questions.

* * *

La fin était proche.
Freeman avait eu l'intention de faire venir Alvarez à la barre pour qu'il désigne les deux femmes — Lisa et Jennifer — au fond de la salle de tribunal, au moins pour démontrer aux jurés la possibilité d'une erreur. En un sens, faire comparaître Lisa revenait au même résultat, bien que pour Hardy, ils fussent loin de la victoire à laquelle il avait rêvé ces matins où dans sa voiture il espérait voir passer la coureuse.
Désormais, Powell ayant démonté l'argument d'une erreur d'identité, Alvarez ne viendrait pas à la barre. Leur dernier espoir, le retrait au guichet automatique.

* * *

Personne ne sommeillait vraiment, mais c'était lundi après-midi.

Même pour Hardy, qui avait mémorisé les chiffres pour avoir prudemment aiguisé la théorie présentée aujourd'hui, ce genre de témoignage lui rappelait les cours de physique, après la pause déjeuner, pendant lesquels il dormait.

Freeman était avec Isabel Reed, la jeune femme noire à qui Abe Glitsky avait bien plu lorsqu'ils lui avaient rendu visite ensemble à la Banque d'Amérique, quelque six mois auparavant. En deux entretiens, le problème des trois minutes de différence avait surgi. Freeman l'avait fortement souligné à Mme Reed de sorte que, sans qu'il la questionne à ce sujet, elle ne devrait pas aborder cette différence. Il n'en était pas certain, mais cela pouvait attirer des ennuis à la jeune femme.

Cela embarrassait Hardy, mais une fois encore, il n'eut pas le dessus. Freeman soutenait que si la partie civile était au courant de cette différence et voulait la soulever, ils traiteraient alors le problème. Mais ils ne leur donneraient pas ces trois minutes de différence en pitance. Cela pouvait leur servir.

Lorsque Mme Reed fut à la barre, Freeman avait présenté le relevé personnel de Mme Witt et une copie du bordereau de la Banque d'Amérique. Une solide preuve matérielle qu'à 9h43, heure de la banque, Jennifer Witt se trouvait devant le distributeur automatique pour retirer de l'argent.

Près du box des témoins avait été affiché un agrandissement d'une partie du plan de San Francisco qui montrait le trajet de Olympia Way au quartier de Haight Ashbury en passant par Clarendon. Trajet que Jennifer avait dit avoir emprunté ce matin-là à Hardy. Le vendredi suivant revint à la barre l'un des témoins de Freeman, l'officier Gage, incité à parler de la distance entre la maison des Witt et la banque — du chemin le plus court en suivant les rues. Un long demi-cercle autour du centre médical UCSF était maintenant souligné en rouge sur le plan pour les jurés.

Cela n'avait rien à voir avec le témoignage direct de Mme Reed, mais Freeman pensait y voir un moyen d'arriver à ce qu'il désirait, et une petite chose comme celle-ci n'allait pas l'embêter. Il avait un visage des plus perplexes.

— Mme Reed, regardons ce plan un instant. Vous avez entendu l'autre jour l'officier Gage dire que votre banque se situe à trois kilomètres de la maison de Mme Witt.

— Oui.

Freeman plissait toujours le front, essayant d'imaginer cette distance.

— Il a dit trois kilomètres. Cela vous semble juste ?

— Votre Honneur, intervint Powell, nous stipulons que la ligne rouge représente trois kilomètres.

— Tenez-vous à cela, Mr Freeman, dit Villars d'une manière quelque peu ambiguë. Quelle est votre remarque ?

Maintenant, la voie était ouverte. Freeman sourit.

— Votre Honneur, je suis heureux de l'expliquer. (Il se tourna vers Mme Reed.) Vous avez dit que Mme Witt a eu accès à son compte bancaire à 9h43 précisément ?

— C'est exact.

— Bien, nous avons entendu un témoin — Mme Barbieto — dire que Mme Witt était chez elle, qu'elle l'avait entendue, deux minutes avant de téléphoner à la police à 9h40. Je me demande simplement si vous êtes certaine de votre heure.

— C'était 9h43, affirma Mme Reed.

La jeune femme était bien habillée et manifestait de l'assurance. Un bon témoin, crédible, avec un document en support — l'extrait informatique qui prouvait l'heure exacte à laquelle Jennifer avait procédé au retrait. C'était 9h43.

— Autrement dit, Mme Reed, juste pour voir tous les points et Votre Honneur — Freeman sourit à la Cour — c'est ce point particulier que je m'efforce de préciser, nous avons Jennifer Witt chez elle à 9h38, d'après Mme Barbieto, soit deux minutes avant qu'elle n'appelle le 911 à 9h40, et nous sommes censés croire que cinq minutes plus tard, elle serait au guichet automatique, ayant parcouru trois kilomètres.

L'affaire roulait. Les jurés étaient sous le choc, comme Hardy s'y attendait. Derrière lui, il entendit une rumeur de satisfaction dans la salle. Même Villars, calculant dans sa tête, lui parut impressionnée. Tout n'était peut-être pas perdu après tout.

La partie civile ne pouvait pas le concevoir de deux façons. Soit Jennifer était partie avant les coups de feu, et dans ce cas elle n'aurait pas pu commettre les assassinats. Soit elle était partie plus tard, et dans ce cas elle n'aurait pas pu aller à la banque. Mais elle était allée à la banque. Donc, elle n'avait tué personne.

— En fait, poursuivit Freeman, même s'il a fallu dix minutes à Mme Barbieto avant d'appeler le 911 suite aux coup de feu, cela signifie que Jennifer aurait tiré les coups de feu à 9h30. Mais les coups de feu n'ont pas été tirés à 9h30, parce que le livreur de Federal Express, Fred Rivera, était là jusqu'à 9h31 au moins.

Freeman, dans son enthousiasme, fit sa conclusion. Pour une quelconque raison, Dean Powell le laissait faire. Hardy regarda vers la table de l'avocat général. Son estomac se serra. L'homme souriait.

Le juge aussi laissait faire Freeman qui s'adressait directement aux jurés, sans attention pour le témoin.

— Admettons, pour l'argumentation, que Jennifer était chez elle, en haut, quand Fred Rivera y était. Admettons que Larry et Matt ont été tués dans cette minute, à 9h32. Si elle était partie immédiatement, en une minute comme l'a prétendu Mr Alvarez, Jennifer aurait dû mettre dix minutes pour parcourir les trois kilomètres. Au mieux, c'est un *mile* en six minutes, ce qui est un sprint infernal pour un véritable athlète. Jennifer Witt ne peut pas l'avoir fait.

Villars, emportée un instant par la réthorique, se reprit. Elle décocha un regard sévère à Powell, certainement, pensa Hardy, parce qu'elle se demandait pourquoi l'avocat général n'interrompait pas la défense. Mais celui-ci n'eut pas de réaction avant que Freeman ne revienne à sa table. Alors, il se leva avec nonchalance, rajusta sa veste, passa une main dans ses cheveux. Comme s'il se rendait à une soirée.

— Mme Reed, commença Powell, savez-vous si l'horloge du distributeur automatique est juste ?

Hardy se pencha par-devant Jennifer. Il murmura à Freeman :

— Il sait. Comment peut-il savoir ?

La mâchoire crispée, Freeman secoua la tête. « Quoi ? » s'étonna Jennifer. Il lui tapota la main.

Mme Reed fit une tentative courageuse.

— Je ne suis pas sûre de comprendre la question. Juste ? Vous voulez dire si elle marche toujours. Je dirais oui.

— Ce n'est pas tout à fait ceci que je veux dire. (Powell lui sourit avant de regarder les jurés.) Nous avons tellement entendu parler de temps au cours de ce procès — l'ordinateur de Federal Express, la radio pour le 911, votre distributeur automatique — que je me demande si vous savez qu'ils sont tous reliés à un ordinateur central.

Pas idiote, Mme Reed savait où il voulait en venir. Et elle ne pouvait rien y faire. Les ennuis, désormais, elle les avait. Et elle ne mentirait pas sous serment.

Le problème de la différence apparut en pleine lumière.

Powell, évidemment, feignit l'étonnement.

— Dois-je comprendre que la défense était au courant de cette différence de trois minutes et que nous avons écouté le baratin de Mr Freeman qui n'a jamais trouvé convenable de le mentionner ?

Hardy regarda Villars. Son demi-sourire était terrifiant et à son air, Powell venait de se justifier.

— Oui.

— Pourquoi n'en avez-vous pas parlé ? N'était-ce pas important ?

— Eh bien, si, mais Mr Freeman m'a dit que je risquais d'avoir des ennuis.

— Mr Freeman vous a dit que vous risquiez des ennuis ?

— Oui.

— Comment cela ?

— Je ne sais pas. Avec la police peut-être. C'est ce que Mr Freeman a dit en tout cas.

Hardy se couvrit les yeux une minute. Ce n'était pas bien de faire ça, mais à défaut de trou de souris où se cacher, c'était tout aussi bien.

Powell insista.

— Ainsi, avec ces trois minutes de différence, nous avons une course de treize minutes, n'est-ce pas ? Soit une vitesse de un kilomètre en sept minutes et demi, ce qui est rapide mais pas au point d'être réservé à un athlète entraîné.

— Je ne sais pas...

Mme Reed était au bord des larmes, par peur ou par colère de se retrouver à cette place.

— Objection.

Mais Villars, le marteau menaçant, répliqua :

— Ne vous le permettez pas, Mr Freeman.

Powell aimait le règlement. Il attendit avant de reprendre :

— Puisque la défense a fait installer cette carte ici, servons-nous en, voulez-vous ? Vous avez témoigné sur ces fameux trois kilomètres, est-ce exact ?

— Oui.

— Mais regardez ici, cette ligne rouge suit la propriété du centre médical UCSF. Connaissez-vous cet endroit ?

— Oui, c'est en haut de la rue. J'y déjeune parfois.

— Vous voulez dire que ce n'est pas fermé au public ? Tout le monde peut s'y promener ?

— Je le fais tout le temps.

— Mme Reed, voudriez-vous prendre ce marqueur rouge que nous avons utilisé et tracer une ligne dans les jardins du centre médical pour que les jurés le voient bien.

Toute l'assistance observait. Elle fit une ligne presque droite du terrain de jeu de Midtown Terrace au bout de Olympia Way jusqu'à Parnassus Street.

— Mme Reed, est-ce un chemin plat ?

— Objection !

— Je ne crois pas, dit Villars.

— Non monsieur, c'est en haut de la butte, répondit Mme Reed.

— Ou bien *au pied de la butte* depuis Olympia Way.

— Oui.

— Donc, conclut Powell, si l'on vient en courant par le centre médical, il suffit de faire *huit cents mètres* à vol d'oiseau dans le parc en descente. Même si l'accusée a quitté sa maison à 9h40, elle aurait presque pu y aller en marchant...

* * *

Le vendredi venu, Hardy devenait fou à rester dans son bureau ou descendre chez Freeman, à aller à la prison parler à Jennifer ou regarder par la baie vitrée. L'attente du verdict valait son pesant d'enfer.

Et s'ils perdaient, l'affaire lui reviendrait, à lui et à lui seul. Freeman ne serait même pas dans le tribunal avec lui — aucune raison d'y être. Cette idée commençait à le pénétrer. Freeman était l'avocat de la phase d'instruction et — gagné ou perdu — son boulot était maintenant terminé. Il rédigerait son appel, si nécessaire, pour tenter un nouveau procès ou une annulation, mais le tribunal n'était plus son affaire.

Quand il lui avait demandé d'être l'avocat de la phase pénale, Hardy n'avait pas entièrement réalisé le sens. Il aurait dû, se disait-il.

Maintenant, lui seul aurait la responsabilité de convaincre le même jury qui risquait de condamner Jennifer qu'elle devait éviter la chambre à gaz, qu'il y avait des circonstances atténuantes.

Mais bien sûr, tout cela au cas où, comme il le croyait à présent, le jury la déclarerait coupable. Non pas que la partie civile ait fait un excellent travail pour prouver qu'elle avait tué son mari et accidentellement son fils. Un fait sur lequel aucun élément n'existait. Ni que, Hardy était convaincu, Freeman ait été incompétent malgré ce qu'il considérait comme ses carences de jugement.

Non, si les jurés accusaient Jennifer, c'était parce qu'ils étaient convaincus qu'elle était quelqu'un d'égoïste, de froid, qu'elle était une menteuse qui avait volé de l'argent à son mari et qui l'avait trompé, une femme qui montrait plutôt de la colère que du remords — le genre d'être humain capable de commettre ce dont on l'accusait.

Et si les jurés prenaient Jennifer pour une personne aussi froide, ils pouvaient aussi, avec raison, croire qu'elle méritait la peine capitale...

Hardy avait demandé à Frannie si elle pouvait laisser les enfants à Erin pour quelques heures et déjeuner avec lui. Ils étaient maintenant devant le bureau de Phyllis, discutaient en attendant Freeman, qui s'était joint à eux, quand le téléphone sonna.

— David Freeman, répondit Phyllis de son habituel ton formel.

Elle plissa la bouche, hocha la tête une ou deux fois.

— Merci.

Et elle raccrocha. Semblant oublier la présence de Hardy et Frannie, elle pressa le bouton de l'interphone.

— Mr Freeman, les jurés ont délibéré.

* * *

En un rien de temps, journalistes et photographes avaient envahi la salle d'audience. Hardy avait trouvé une place pour Frannie au second rang, à côté d'un journaliste de sa connaissance.

Jennifer fut amenée sous escorte à la table de la défense. Elle portait un chemisier blanc et une jupe portefeuille terre de sienne, des talons bas. Freeman lui tapota la main, elle ne parut rien remarquer, assise sans expression, ne livrant aucune émotion.

Lorsque Villars s'adressa à elle, elle se leva, le regard droit devant, encadrée de Freeman sur sa droite et de Hardy sur sa gauche. Le juge prit un papier des mains du greffier, le lut attentivement, le rendit.

— Au vu du premier chef d'accusation, nous, membres du jury, nous déclarons l'accusée, Jennifer Witt, coupable du meurtre de Larry Witt, au premier degré, avec circonstances aggravantes.

Hardy sentit son estomac se nouer. Il regarda Jennifer du coin de l'oeil. Comme il l'avait pensé, elle n'eut aucune réaction. Non, c'était faux. Un muscle de sa mâchoire tressautait. Sinon, c'était comme si elle attendait que le feu passe au vert pour traverser. Il regarda vers le box des jurés. Eux aussi l'avaient remarqué. Un bloc de glace, devaient-ils penser.

Dans leur dos, une rumeur insistante emplit la salle, mais Villars, après un coup sec de marteau, était concentrée sur sa tâche.

— Au vu du second chef d'accusation, lut le greffier, nous, membres du jury, nous déclarons l'accusée coupable du meurtre de Matthew Witt, au premier degré, avec circonstances aggravantes.

Freeman lui tenait le coude. Jennifer ne parut pas avoir besoin d'aide.

* * *

Je ne vais pas craquer. Je ne vais pas les laisser me briser.

Ils vous battent tous les jours, de toutes les façons possibles, et leur satisfaction, c'est de vous voir vous effondrer. Alors, vous craquez. Vous les suppliez de vous donner une autre chance, vous promettez de faire mieux, tout ce que vous voulez. Vous changerez, vous serez différente, et même vous ne serez plus celle que vous êtes si seulement ils cessaient de vous faire du mal.

Ce qui était le cas maintenant. Surtout depuis Matt.

Mais je ne vais plus le leur permettre. Pleurer est inutile. Cela n'a jamais servi avec Larry, avec Ned, avec Ken, même avec ces avocats. De toute façon, ils pensent que je joue la comédie si je montre ce que je ressens. Ils ne savent pas et s'ils savaient, ils s'en ficheraient.

Je voudrais convaincre tout le monde pour quoi ? De quoi ? Que je ne suis pas un monstre ? Pourquoi m'en soucier ? Évidemment, ils m'ont reconnue coupable. Comme toujours...

Dans un sens, je suis coupable. C'est ma faute de me retrouver là et d'être ce que je suis — vide, épuisée. Vous les laissez vous battre assez longtemps, finalement c'est votre vraie personnalité, et vous restez. Des refuges.

Bon, je ne leur donnerai plus jamais cette satisfaction. C'est une chose. Peut-être un départ...

* * *

— En toute franchise, je ne pensais pas qu'ils la déclareraient coupable, dit Freeman.

Le vent de cet fin d'après-midi soulevait ses cheveux. Le ciel, au-dessus des marches du Palais, était d'un gris profond.

Hardy tenait sa femme par la taille. Frannie avait une main sur l'estomac, elle se sentait mal. Elle avait attendu au tribunal jusqu'au verdict, jusqu'à ce que Hardy la rejoigne après être allé dans leur salle avec Freeman et Jennifer. Jennifer n'avait pas voulu leur parler.

Du moins pas à Freeman.

Elle lui avait dit, un sourire de colère sur le visage, qu'il avait de la chance de l'avoir fait payer d'un trait. Si elle avait su qu'il allait perdre... n'était-il pas censé faire de son mieux ?

Il lui avait répondu que tout n'était pas encore terminé, et que sa réaction, bien entendu, était compréhensible. Mais il allait travailler sur l'appel. Il y avait des motifs...

Hardy avait écouté le début de la discussion, puis il s'était excusé. Il parlerait plus tard avec Jennifer, pas en présence de Freeman. Et il avait retrouvé Frannie. Elle voulait rentrer à la maison.

Mais Freeman les avait rattrapés sur les marches, désirant pousser l'analyse. Il se battait encore. Il allait faire appel.

— Ce sont ces trois minutes...

Hardy sentit qu'il devait dire quelque chose.

— C'est ma faute. J'ai cru que c'était important.

Freeman posa une main sur son bras.

— Connerie, dit-il. C'était mon affaire, ne vous faites pas d'illusion. Je veux dire par là que j'aurais dû faire ce trajet moi-même. S'il y avait un quelconque moyen au monde qu'elle ait pu arriver à cette banque en cinq minutes au lieu de onze, c'était ma responsabilité de découvrir comment. Trop d'oeufs dans le même panier. (Il resserra sa veste contre lui.) De toute façon, je dois pouvoir obtenir un nouveau procès. Villars aurait dû faire annuler celui-ci après avoir soutenu ma motion 1118.

Essayait-il de se donner du courage ? Hardy avait du mal à imaginer que Freeman voulait recommencer. De plus, il doutait que légalement, il ait raison. Mais il préféra ne pas rentrer dans ce débat. Il dit plutôt :

— Vous auriez dû approfondir avec Lightner. C'est là que les choses ont tourné au vinaigre. S'ils avaient une liaison, nous aurions pu démontrer qu'il avait un aussi bon motif qu'elle.

Freeman secoua la tête.

— *Si*, dit-il. Si nous avions pu le prouver et si le psychiatre n'avait pas d'alibi, ce qui n'est pas le cas. Sans dire qu'il a réussi à me convaincre qu'il n'aurait pas fait ça. Non Diz, j'ai peur que Lightner ait donné à *Jennifer* un meilleur motif encore. Moins les jurés voyaient sa tête, mieux c'était.

Frannie intervint.

— Messieurs, s'il vous plaît, je ne me sens vraiment pas bien. (Elle regarda Freeman.) David, désolée, j'ai du mal à supporter cette histoire. Jennifer n'a pas commis ces meurtres. Comment ont-ils pu la reconnaître coupable ?

Une rafale de vent souffla autour d'eux, interrompant la réponse de Freeman. Réfléchissant une seconde fois, et forcé de voir combien elle se sentait mal, il s'approcha et les entoura tous deux d'un bras.

— Rentrez, Frannie, et reposez-vous. Diz, allez-y, rentrez chez vous tous les deux.

* * *

Dans la voiture, Frannie pleurait doucement. Les essuie-glace luttaient contre la bruine. Elle tenait la main de Hardy sur sa cuisse.

— Tu es plus touchée qu'elle.

Frannie secoua la tête.

— Non. Elle se retenait, elle s'efforçait de ne pas craquer.

— Alors, elle est une espèce de surhomme, dit Hardy qui jeta un coup d'oeil de côté.

Hochant la tête, Frannie dit que, oui, elle devait l'être.

— Dismas, elle n'a pas tué Matt. Et elle n'a pas tué Larry non plus. Je persiste à le croire.

Hardy regarda sa femme. Il lui serra les mains, ne sachant quoi dire.

QUATRIEME PARTIE

CHAPITRE 40

Frannie apprit que le jury rendrait sa délibération le vendredi après avoir fait des projets pour le week-end. Elle pensait que sinon, son mari passerait son temps à attendre, à traîner avec Freeman, discutant, analysant et s'inquiétant. Ce n'était pas une sage idée.

Ils rentrèrent à la maison, faisant un détour chez la grand-mère pour récupérer Rebecca et Vincent. Frannie avait toujours l'estomac serré. Elle aida Dismas à charger la voiture et prit le volant, en direction de la petite ville de Occidental, près du fleuve Russian, à une heure et demie de route au nord.

Elle avait loué des chambres adjacentes au vieil Union Hotel où il n'y avait rien d'autre à faire que goûter aux énormes assiettes de cuisine italienne, boire un verre au bar et danser sur de la musique country. Et dans la journée, où le temps était lourd et humide, la seule activité était se balader en voiture, contempler les séquoias, le fleuve, et jouer avec les enfants.

Frannie fit abstraction de son propre état d'âme, elle laissa à Dismas le temps de trajet jusqu'à San Rafael — soit trente-cinq minutes environ — pour se débarrasser de ses colères et sentiments sur le procès, le verdict et la préparation de la suite.

Pour l'instant, ils passaient un week-end en famille. C'était l'occasion d'en profiter. Leur vie serait bien assez tôt envahie par la seconde phase de l'affaire. Elle avait fait l'effort d'organiser ce week-end, elle n'allait pas manquer de réclamer ce bon temps, pour elle, pour ses enfants, pour son mari.

Le reste du monde pouvait attendre jusqu'à lundi.

* * *

Hardy le reconnaissait : c'était une des raisons pour lesquelles il l'aimait. Elle faisait des choses simples comme ça.

Lui, il avançait, il avançait, jusqu'à obtenir un résultat, mais elle lui avait enseigné à plusieurs reprises qu'il était parfois utile de reculer d'un pas pour regarder où vous alliez. Changer d'angle de perspective pouvait vous conduire à mieux réussir.

Juste après l'annonce du verdict, il avait pensé poursuivre sur la lancée et aller discuter avec Jennifer. Mais le lundi matin, il se sentait légèrement revigoré après de bons repas et la simple beauté de la côte nord — malgré peu de sommeil. Au cours du week-end, le nom de Ken Lightner lui était souvent venu à l'esprit, avec l'envie de lui téléphoner.

Lightner était présent depuis le début, sans vraiment devenir une source d'irritation. Mais son implication était plus importante que Hardy ne l'avait soupçonnée à l'origine et il voulait si possible en connaître le fin fond. En outre, Hardy considérait de nouveau le problème de la femme battue. Il sentait qu'il devait le faire. Les jurés avaient décidé que Jennifer avait tué Larry et Matt, mais il pensait les persuader qu'elle n'était pas un tueur de sang-froid qui méritait la mort s'ils savaient combien de fois elle avait été battue, et avec quelle violence.

Cela valait la peine d'essayer. Et il ne tenait pas vraiment autre chose.

Lightner parut content, peut-être soulagé, d'avoir de ses nouvelles. Se sentait-il mis au rebut depuis la révélation de la liaison ? Hardy et Freeman n'avaient pas voulu le mettre en avant à cause de cette relation qui aurait pu donner à Jennifer une raison supplémentaire de supprimer son mari.

Le bureau du psychiatre se trouvait de l'autre côté de Stern Grove, dans un complexe résidentiel à multiple usage et savamment appelé « The Grove ». Entouré d'arbres, l'immeuble était moderne, en verre et au toit de bardeaux marron. Le parking était à moitié occupé ce matin-là, surtout par de grosses voitures allemandes. Le loyer ne devait pas être donné ici.

Malgré un soleil matinal, l'automne se devinait dans l'air. Hardy resta une minute près de sa voiture garée, retenu par les odeurs d'eucalyptus et de fumée de bois. D'ailleurs, d'où venait la fumée ? Il était interdit de faire brûler quoi que ce soit dehors.

Le cabinet de Lightner occupait quasiment l'une des ailes arrière de la résidence. Hardy sonna, attendit. La porte s'ouvrit dans un bruit de sonnerie. Il suivit un couloir peint dans un ton sourd. Sur les murs, il y avait six ou huit choses figuratives encadrées — des oeuvres d'art ?

L'épaisse silhouette du psychiatre se détacha dans la lumière au fond du couloir.

— Bienvenue Mr Hardy.

Ils se serrèrent la main, et Hardy fut présenté à Helga, la secrétaire. La réception était plus spacieuse qu'il eût été utile, mais elle avait un côté confortable. Il y avait une chauffeuse et une ottomane, bien rembourrées et décorées de couleurs chaudes orange, jaune, bleu et noir. La seule touche d'éclat.

Helga — elle préférait à Mme ou Mademoiselle Brun — avait dans les quarante ans, elle ne portait pas d'alliance. Elle était assise derrière un bureau noir bas, encombré d'un seul sous-main en feutrine verte. Sur une étagère basse étaient installés une machine à écrire — pas d'ordinateur ici — et un téléphone à six lignes avec interphone. Helga proposa du café et les deux hommes approuvèrent.

Lightner conduisit Hardy à son bureau de consultation, une pièce petite mais plus chaleureuse que la réception. Des verts, du cuir, des objets en bois sculptés, du verre, l'endroit était paisible, avec vue sur un des plus vieux bouquets d'arbres, le soleil filtrant à travers le feuillage. Hardy évita le divan, lui préférant un des deux fauteuils. Lightner laissa la porte ouverte et s'assit à côté, sur une chaise.

— J'irai droit au but, dit Hardy. Vous êtes allé au Costa Rica et vous êtes resté pendant une semaine avec Jennifer.

Il n'avait rien à dire de plus pour l'instant. Lightner fronça les sourcils.

— Nous allons recommencer avec cette histoire ? Je croyais

l'avoir réglée avec Mr Freeman.

— Freeman ?

Il n'avait jamais fait ce rapport manifeste mais il aurait dû le savoir. Oui, Freeman avait discuté avec Lightner. Le procès à peine fini, l'avocat avait déclaré que celui-ci l'avait convaincu de l'inexistence d'une liaison avec Jennifer. À ce moment-là, juste après le verdict, cela lui était passé au-dessus de la tête. Comme il ne lui avait rien dit de la culpabilité de Jennifer dans le meurtre de Ned Hollis, Freeman ne lui avait pas rapporté non plus cet entretien. David tout craché.

Le psychiatre hocha la tête.

— Bon et maintenant, Mr Hardy ? Maintenant, vous aussi, vous voulez l'assurance que je n'ai pas enfreint tous les articles du code et que je n'ai pas eu de relation sexuelle avec ma patiente.

Sauver Jennifer était peu à peu devenue une lourde responsabilité pour Hardy. Sinon, il n'aurait pas eu recours au stratagème qu'il utilisait en ce moment.

— Dr Lightner, votre patiente et, je devine, votre amie, Jennifer, m'a dit le contraire.

Bien sûr que non. Mais si cela pouvait faire apparaître quelques circonstances atténuantes pour Jennifer, une espèce d'alternative...

Lightner parut choqué puis attristé.

— Mr Hardy, il m'est difficile de croire une chose pareille. Vraiment, je regrette. Mais si Jennifer a bel et bien dit cela, eh bien, il y a des raisons psychologiques pour l'expliquer, que vous allez juger intéressées. Je vous dis que je n'ai pas eu de relations intimes avec ma patiente. J'ai témoigné sous serment. Je crois, je pensais, que Mr Freeman me croyait.

Hardy haussa les épaules. Sa propre attitude le mettait mal à l'aise.

— Bon, où est-ce que cela nous mène, Mr Lightner ? Vous vouliez aider Jennifer et, croyez-moi, j'aimerais que vous le puissiez. Alors ?

Lightner traversa la pièce, il ouvrit une porte qui donnait sur une cour intérieure et fit signe à Hardy de le suivre. Il fit quelques pas vers les arbres puis se retourna :

— Si vous voulez, je peux passer au détecteur de mensonges. Vous savez combien j'aime Jennifer, mais je ne peux pas laisser dire que j'ai couché avec une patiente, que j'ai profité de la relation. Navré, mais Jennifer ment.

Hardy finit par avouer.

— Excusez-moi. C'est moi qui mentais. C'était une triste tentative.

* * *

— D'accord, voici ce qui est arrivé, comme je l'ai raconté à Mr Freeman...

Jennifer et lui étaient restés dans la même chambre d'hôtel au Costa Rica car la jeune femme s'était affolée à son arrivée. Parce que, si en un rien de temps, il pouvait la rejoindre, elle n'avait pas fui si loin qu'elle le croyait. Elle s'était sentie vulnérable, seule. Elle avait quitté sa chambre, pensant ainsi ne laisser aucune trace écrite.

Hardy eut un mal fou à y croire, mais l'explication de Lightner était plausible, bien qu'idiote. Toutefois, les gens faisaient des choses idiotes — la version de Lightner pouvait donc être la bonne. À présent, s'il voulait une véritable chance de sauver sa cliente, il avait besoin du psychiatre. Et il devait y réfléchir dans ce sens-là... pas question de compter sur Freeman et son appel.

Entre deux appels téléphoniques, Helga avait réussi à apporter le café. Ils étaient revenus s'asseoir, plus décontractés maintenant, même s'ils n'étaient pas tout à fait alliés. Le mensonge de Hardy n'avait pas impressionné Lightner, ni ne lui avait plu. Il le lui avait dit. Cependant, ils étaient sur un terrain d'entente, à la recherche d'un même résultat. Après tout, ils n'avaient pas nécessité d'être des copains.

Hardy, son café sur les genoux, demanda :

— Quelle est votre opinion, Docteur, sur cette situation ?

— Que voulez-vous dire ?

— Ce que vous pensez au fond de vous.

— Je la crois, Mr Hardy. Mais comme j'ai dit, si elle a commis ces crimes, elle y a été poussée. Il ne s'agit pas d'une défense à la légère, vous savez.

Lightner posa sa tasse sur la table basse près de lui, se tourna vers l'avocat, le buste penché, les mains jointes devant lui.

— Je l'ai toujours dit — je n'ai jamais compris la conception de Mr Freeman.

— Il a suivi les voeux de sa cliente à propos des mauvais traitements qu'elle a subis, comme vous feriez.

Hardy ne prêterait pas oreille aux critiques de Lightner sur qui que ce soit car son jugement n'avait rien d'exemplaire.

— Mais le fait est qu'il a perdu. Et Jennifer aussi, rétorqua Lightner, qui appuya sa constatation en levant la main. Ce que je veux dire, c'est qu'il aurait pu appeler plusieurs témoins, moi y compris, qui auraient semé la graine. Êtes-vous allés voir les médecins que Jennifer a consultés ? (Comme Hardy confirmait d'un signe de tête, il poursuivit.) Bon, alors vous *savez* qu'elle a été maltraitée. Et il y a d'autres gens, des gens à qui j'ai parlé — sa mère par exemple. Une femme battue elle aussi, comme vous devez le savoir. Helga elle-même a vu Jennifer entrer ici boitant, chancelant sous la douleur. La situation était classique — Larry Witt la battait littéralement à mort.

— Mais Jennifer a dit à Freeman — elle lui a ordonné — de ne pas entrer dans le sujet.

— Il aurait pu passer outre. Il était son avocat, non ? Son boulot, c'était de la faire acquitter, pas de laisser reconnaître sa culpabilité. Elle est une *victime*, Mr Hardy.

Hardy haussa le ton.

— Elle n'aurait plus voulu de lui, vous ne comprenez pas ?

Lightner se rassit au fond de sa chaise.

— Et pourquoi ? demanda-t-il après réflexion.

— Selon elle, admettre qu'elle a été battue, c'est admettre qu'elle a tué Larry. Et admettre qu'elle a tué Larry, c'est admettre qu'elle a tué Matt.

— Elle n'a pas à admettre quoi que ce soit, n'est-ce pas ? dit Lightner. Vous pouvez faire citer ces gens comme témoin, non ? Les faire parler de ce qu'ils ont vu sur Jennifer. Sans même rien dire de clair sur Larry. Moi, je pourrais venir en tant qu'expert. Je l'ai déjà fait. C'est courant de nier cette situation. Je n'aurais pas à parler en particulier des choses que Jennifer m'a confiées. Juste du syndrome des femmes battues, et laisser les jurés faire le rapprochement.

— Qu'elle a tué Larry parce qu'il la frappait ?

— Ils l'ont déjà déclarée coupable. Ça ne peut pas lui faire plus de mal, et ça peut aider. Montrer aux jurés ce qu'elle a enduré. Tout au moins, cela peut les amener à éprouver un peu de sympathie. Toute sa vie, cette femme n'a fait que souffrir. Vous pouvez peut-être y mettre un terme. Mon Dieu, c'est une farce, ironisa Lightner en secouant la tête.

— Oui, c'en est une, fit Hardy.

* * *

Lightner raccompagna Hardy à sa voiture. Comme celui-ci ouvrait la portière, il sortit une carte de son portefeuille et la lui tendit.

— Je pense aller la voir aujourd'hui, comme d'habitude, dit le psychiatre, mais je veux que vous vous sentiez libre de m'appeler à n'importe quel moment, si vous pensez que je peux vous être utile, si je peux intervenir pour la convaincre d'adopter une défense, n'importe quoi. Je suis toujours ici.

— Vous ne rentrez pas chez vous ?

Le visage de Lightner s'éclaira d'un sourire dur.

— Mon ex-femme et mes enfants ont la maison. J'ai une pièce derrière le cabinet, expliqua-t-il avec un geste vers l'arrière. Chambre, cuisine et tout ce que j'ai pu garder. Mais ça va, je m'en sors. On divorce beaucoup dans la profession, c'est notoire. On analyse mieux la vie des autres que la nôtre.

* * *

— Mr Hardy ? (Phyllis à l'interphone.) Il y a un certain Emmett Kelly en bas pour vous.

— Faites-le monter, répondit Hardy, qui rangea ses papiers tout sourire.

Une minute plus tard, Abe Glitsky apparaissait sur le seuil.

— Je n'ai pas résisté, dit-il en entrant.

Il vint jeter un coup d'oeil sur la Sutter Street par la fenêtre, puis alla s'affaler sur le canapé, la tête sur l'accoudoir.

— Je vais prendre mon après-midi et faire la sieste. Les siestes, c'est rare chez les inspecteurs de la criminelle. Je devrais faire une étude.

— Tu devrais, approuva Hardy. Mais entre-temps...

Glitsky se redressa.

— Entre-temps, je me suis encore ridiculisé à cause de toi, même si j'ai compris vendredi que le cheval était sorti de l'écurie. Je me suis dit qu'il fallait que je vérifie tout, alors, je suis allé chez les Roman, sous prétexte de mettre un terme à des dossiers.

— Et tu as découvert que ?

Glitsky eut son horrible sourire qui faisait ressortir sa cicatrice blanche. Dans ses yeux, aucune joie.

— Qu'ils n'ont pas la moindre idée, ni l'un ni l'autre, sur ce qu'ils faisaient le lundi après Noël l'an passé, ce qui est la pire des nouvelles pour toi.

— Pourquoi ?

— Parce que, fit Glitsky, l'index levé, l'air de donner un cours magistral, s'ils étaient coupables et qu'ils avaient fabriqué un alibi, à mon avis, ils ne l'auraient pas oublié et ils me l'auraient donné. Comme tous les coupables. Eux, ils se sont regardés l'un et l'autre. (Glitsky se leva.) Ils n'avaient pas la moindre idée, Diz. Y'a rien à tirer de ce côté-là.

Cela n'avait déjà plus rien de surprenant.

— Bon, au moins, j'ai le sentiment d'avoir fait le tour des points de départ. (Hardy se souvint alors d'une autre chose qu'il voulait soumettre à son ami.) Tu as fait un rapport sur notre visite à la banque, hein ? Le truc des trois minutes.

Glitsky était allé retirer les fléchettes qui formaient un rond presque parfait sur la cible. Il revint près du bureau.

— Sûr. J'étais en service. Je pensais que cela pourrait servir à Terrell. Pourquoi ?

— Je raccroche seulement les wagons, répondit Hardy avec un haussement d'épaules.

L'inspecteur lança une fléchette. Dans le mur, à quelques centimètres en dessous de la cible.

— Sont lourdes, commenta-t-il. Celles de mes gamins ne vont pas comme ça.

— Vingt grammes, dit Hardy grimaçant devant le trou dans le mur. (Une autre fléchette vola, qui tapa le haut de la cible.) Elles sont en tungstène. Ce sont de sacrées bonnes fléchettes.

Glitsky lança la dernière, qui effleura le bas de la cible avant de se planter, encore, dans le mur. L'inspecteur partit vers la porte, s'arrêtant à son niveau.

— Je ne sais pas, dit-il. Je crois qu'elles sont maladroites.

Et il sortit.

* * *

Premier jour sans aller au tribunal, quatre autres à venir. Villars avait donné une semaine à tout le monde avant de reprendre le procès. Si Hardy accueillait avec reconnaissance ce temps libre, la raison probable qui avait motivé le juge l'exaspérait. Powell était dans sa longue course à l'élection et Villars, semble-t-il, lui permettait de rattraper son temps.

Il ne pouvait pas le prouver, évidemment, mais cela ne l'empêchait pas de le soupçonner.

Freeman n'était pas à son bureau, ce qui était tout aussi bien. De l'avocat et de son cinéma, il en avait plus qu'assez. Comme il ne se supportait plus lui-même — à chaque fois, il avait cédé devant la détermination et la personnalité du vieil homme, quand, une bonne demi-douzaine de fois, il aurait dû défendre sa position. Dire que c'était comme ceci et pas comme cela, à prendre ou à laisser. Il avait cédé d'une part parce qu'il avait *voulu* croire que Freeman avait raison, d'autre part parce qu'en cas de victoire de l'avocat, il n'aurait pas eu la responsabilité de sauver Jennifer. Il avait tant voulu l'éviter qu'il s'était convaincu que la stratégie de Freeman porterait ses fruits.

Il s'était sévèrement reproché ses lacunes. Jennifer et la banque : combien de fois avait-il fait le trajet en voiture entre Olympia Way et Haight Street, cherchant un raccourci qui aurait pu ébranler son argument.

Il avait cru — il n'avait jamais posé la question — que Jennifer avait couru où elle avait dit avoir couru. Dans les rues. Il avait attentivement examiné le plan de la ville. Non, il n'y avait pas de faille. Même si Jennifer avait choisi un trajet un peu plus court, en suivant les rues, il était impossible qu'elle ait tué Larry et qu'elle soit allée à la banque.

Aujourd'hui, il réalisait qu'il n'avait pas fait attention au centre médical UCSF, un ensemble carré de bâtiments entourés de terrain au pied du Mount Sutro, situé entre la maison de Jennifer et la banque. Il l'avait vu, bien entendu — il savait que ce centre se trouvait là. Mais il n'était jamais descendu de voiture pour y faire un tour à pied. D'après le plan, on semblait ne pas pouvoir entrer dans cet immense labyrinthe qui donnait l'impression d'une forteresse, pas d'un parc où l'on se promène. Il y avait un mur autour en tout cas — pourquoi avait-il pensé qu'il n'y avait pas d'entrée ? Pourquoi n'était-il pas allé voir de plus près ?

Parce qu'il était trop intelligent, pour son bien, pour celui de Freeman, et le plus important, pour celui de Jennifer. Tous ses calculs soignés sur l'heure et la distance, sa démonstration que Jennifer n'aurait pu aller à la banque et commettre les crimes, rien de cela n'avait la signification dont il s'était convaincu. Il avait placé Freeman devant la réfutation dévastatrice de Powell. Et à ses yeux, plus que les bourdes de tactique et l'ego de Freeman, cela leur avait coûté le verdict.

* * *

En théorie en tout cas, Hardy était partisan de la peine de mort, sans prétendre que c'était un moyen de dissuasion. Elle éliminait la possibilité qu'un coupable, qui avait tué un honnête citoyen, ne récidive, soit quand il sortait sur parole, soit, en cas de perpétuité sans liberté conditionnelle, durant sa vie derrière les barreaux.

Le raisonnement du moustique, c'était son truc. Si vous tuez un moustique qui vient de vous piquer, vous avez la garantie que ce moustique-là ne vous piquera pas une seconde fois. Les autres moustiques n'ont pas à le savoir et à se le dire pour être dissuadés — si un autre moustique vous pique, vous le tuez aussi. De cette façon, le nombre de moustiques diminue.

Mais il *connaissait* Jennifer. Elle n'était pas un moustique. Il comprenait pourquoi elle avait fait ce qu'elle avait fait si elle l'avait fait. Et il n'estimait pas qu'elle méritait la peine de mort pour cela.

Là, il se savait sur un terrain instable. Tous les assassins ont un proche qui comprend qu'ils ont eu une sale enfance, ou n'importe quelle autre hitoire, qui les a poussés à tuer par colère ou par frustration. L'envers, c'est que les victimes elles aussi sont aimées par des gens dont les vies sont désormais brisées. Et eux alors ?

Sans parler des victimes. Elles n'ont rien demandé, n'est-ce pas ? Elles n'ont rien fait de mal, mais maintenant, elles sont mortes. C'était généralement là que Hardy traçait une limite : ceux qui ont fait mourir des innocents méritent la mort.

Il estimait qu'à un certain moment, les adultes vivant dans la société devaient prendre leur responsabilité vis-à-vis de qui ils étaient. S'ils étaient devenus des tueurs, ils ne méritaient pas de chance. *Adios*, vous avez eu l'occasion, vous ne l'avez pas saisie.

C'était tragique, incontestablement. C'était tragique que des enfants prennent un mauvais départ dans la vie, que des gens tournent mal. Mais c'était le monde. C'était une pire erreur, une pire tragédie que de donner à des gens mauvais l'occasion de recommencer sans cesse.

Mais quelqu'un comme Jennifer, qui avait eu deux époux qui la battaient, dont la vie avait été un enfer ? Dans quelle catégorie entrait-elle ?

CHAPITRE 41

Le lendemain matin, tandis qu'il rassemblait ses affaires pour aller voir Jennifer à la prison, le téléphone sonna.

— Mr Hardy ? Donna Bellows du cabinet Goldberg Muller & Roake.

À peine eut-elle prononcé son nom que Hardy reconnut la voix voluptueuse. Mme Bellows, l'avocate qui avait adressé Jennifer à Freeman, était une autre piste qu'il n'avait pas assez fouillée, un autre de ses coups de fil qu'il n'avait pas suivis. Il la salua avec une certaine prudence.

— J'ai appris le verdict pendant le week-end, commença-t-elle, et hier, je n'étais pas en ville mais j'ai réalisé que je ne vous avais pas rappelé. Je suis navrée. Je suppose que c'est trop tard à présent.

— Si vous avez quelque chose, il n'est jamais trop tard, dit Hardy, je pense que David Freeman travaille sur son appel actuellement.

— Oh non, je ne crois pas avoir quelque chose.

— Je prends tout ce que vous avez, dit Hardy qui lui avait laissé le temps de continuer. J'ai découvert que Crane & Crane est le cabinet d'avocats qui s'occupe des affaires du YBMG, quoique le lien avec Larry Witt...

Bellows soupira dans l'écouteur.

— C'est ce que j'ai trouvé moi aussi, c'est à ce sujet que j'ai entendu son nom.

Hardy attendit encore. L'avocate reprit.

— Ces derniers mois ont été mouvementés, et deux secrétaires ont démissionné, mes dossiers sont en grand désordre, donc, il y a deux semaines, je suis venue y mettre un peu d'ordre. Cela aurait pu être rangé avec le dossier Larry Witt mais non. En tout cas, je ne crois pas que ce soit important...

— De quoi s'agit-il ?

— Une circulaire sur une émission d'actions. Larry me l'a envoyée avec quelques questions mais j'avais pris des vacances pour Noël.

— C'est peut-être pour cela qu'il a téléphoné à Crane — pour avoir des réponses à ses questions.

— Il les a appelés ? Directement ?

— Une fois. De chez lui, en tout cas, attesta Hardy.

— Bon, d'accord, mais quand je l'ai eue sous les yeux, Larry était mort. Je crains tout simplement avoir mis de côté cette circulaire entre le moment où j'ai réagi à sa demande et mes autres affaires urgentes. Les questions de Larry n'avaient plus de raison à ce moment-là, en tout cas. Mais on dirait que vous avez eu votre réponse.

Se rappelant combien il s'était senti ridicule d'interroger Jody Bachman sur le rachat d'entreprise par endettement, Hardy hésita un instant. Finalement, il fonça. Ne pas poser de questions, c'était rester ignorant. Il avoua son ignorance sur ce qu'était une circulaire d'émission d'actions.

— Comme son nom l'indique, lui répondit Donna Bellows, il s'agit d'une brochure exposant brièvement une offre d'actions. Dans ce cas précis, le Yerba Buena Medical Group réorganisait son statut pour devenir une entreprise. J'imagine que Larry avait des interrogations, de fait, il m'a appelée, mais comme je n'étais pas là, il s'est adressé à la personne la plus concernée par le sujet.

— Il a écrit le mot « *non* » sous leur numéro de téléphone.

— Il a sans doute décidé de ne pas investir. Cela ne semblait pas être une grande affaire, de toute façon.

C'était donc ça.

Hardy, étant désormais minutieux, demanda à Mme Bellows de lui envoyer, si elle le pouvait, une copie de cette circulaire pour qu'il y jette un coup d'oeil. Elle assura qu'elle la lui ferait parvenir par coursier dans l'après-midi.

* * *

Elle était toute vêtue de rouge, les cheveux lâchés. Les surveillantes la firent entrer dans la petite pièce, elle resta debout, les bras croisés, appuyée contre la porte close. Elle avait demandé à Hardy de lui apporter un paquet de cigarettes. Il tapota le paquet pour en faire glisser une et la lui donna. Il était officiellement interdit de fumer dans la prison du comté de San Francisco. Cette mesure avait créé une sorte de travail à domicile chez les prisonniers qui trafiquaient les cigarettes comme la cocaïne, la marijuana et l'héroïne. Hardy n'imaginait pas qu'ils épingleraient Jennifer, reconnue coupable d'assassinat et encourant la peine de mort, pour avoir fumé une cigarette dans le bureau des avocats.

La fumée lui fit plisser les yeux.

— Alors quoi maintenant ? dit-elle en regardant Hardy en face.

— Maintenant, je crois que nous devrions parler de Larry et du fait qu'il vous battait.

Elle plissa de nouveau les yeux, comme si elle rentrait dans sa coquille.

— Et que c'est pour cela que je l'ai tué ?

Hardy acquiesça d'un signe de tête.

— C'est notre meilleure tentative. Depuis toujours. (Il fit un pas vers elle mais du regard, elle l'arrêta.) Comment vous tenez le coup ? demanda-t-il gentiment.

Elle eut un rire bref, plutôt un aboiement. Sa cigarette la fit tousser. La fumée emplissait la petite pièce.

— Ça va bien. Vraiment bien, dit-elle. J'adore l'endroit.

Les larmes roulèrent sur ses joues. Elle ne les chassa pas.

Hardy voulut encore avancer, elle étendit la main devant elle.

— Ne vous approchez pas. (Jennifer se tourna sur le côté, une épaule contre la porte. Son corps tremblait, les sanglots la secouaient. La cigarette tomba à ses pieds.) Ce n'est pas moi... ce n'est pas possible que je me retrouve ici, bredouilla-t-elle, se parlant à elle-même.

Après toutes les autres scènes, *celle-ci* n'en était pas une.

Hardy ne savait quoi dire. Quoi faire. Cette réaction, il l'avait eue — non, ce n'était pas vrai, ils n'avaient pas pu en être là. Pourtant ils y étaient.

Une des surveillantes passa la tête à la fenêtre, le visage vide d'expression. Les deux personnes dans le bureau, l'une en pleurs l'autre debout, auraient pu aussi bien faire partie des meubles. Elle ne fit pas attention à la fumée de cigarette.

Insister ne servait à rien. Hardy prit une chaise et s'y assit à califourchon. Il croisa les bras sur le dossier, attendit.

Jennifer finit par s'asseoir. Elle tourna sa chaise de côté, posa un coude sur la table.

— Je ne sais pas pourquoi il avait besoin de faire ça.

— Qui ?

— Larry, répondit la jeune femme en hochant la tête. Je me suis toujours efforcée d'être une bonne épouse, une bonne mère. Mais je sais qui je suis. Je crois que Larry le savait aussi, peut-être mieux que moi. Il voulait me protéger de moi-même, je pense, me préserver de mes erreurs... et il n'était pas méchant comme Ned. Même quand il devenait fou, il n'était pas méchant. C'était plus un rôle qu'il devait assumer.

— De vous tenir en main ?

— Cela n'arrivait pas tous les jours, vous savez. Parfois, pendant deux semaines, c'était calme. Mais ensuite, c'était moi — ce sentiment que si je ne faisais pas *quelque chose*, quelque chose pour moi, je deviendrais folle. Plusieurs fois, j'ai cru que je devenais folle. Je lançais des objets, je mettais la maison sens dessus dessous. C'était la colère qui l'emportait. Vous comprenez de quoi je parle ? Je me rends compte que ça a l'air bizarre.

— Mais vous ne pouviez pas le quitter ?

Elle tapa du poing sur la table.

— Je ne voulais pas le quitter. J'aimais Larry et... oh mon Dieu, j'aimais Matt. Ce n'était pas du tout la même chose avec Ned. J'ai toujours espéré que nous pourrions nous entendre un jour.

Cette conversation était la plus franche — et la plus triste — qu'il avait entendue de sa bouche. Mais il devait la faire encore parler .

— Jennifer, je suis désolé de vous demander cela, mais qu'avez-vous à me dire sur Ken Lightner ?

La question sembla ne pas la surprendre.

— Je lui ai parlé. Il m'a raconté votre mensonge, que soi-disant, j'avais dit que nous avions couché ensemble. Je ne vais pas prétendre que je n'éprouve pas un sentiment pour Ken. Au contraire. (Elle fixa un point devant elle, longtemps, sans rien dire.) Mais non, je n'allais pas quitter Larry et Matt pour lui. Nous en avions discuté. C'était d'accord. Au début surtout, je le voulais. Mais ce n'était jamais que la même attitude — Ken me l'a fait comprendre. Faire quelque chose que je savais mal pour être punie ensuite. Ken disait que je devais briser ce cercle. Ne pas faire la mauvaise chose pour commencer, et ainsi, je n'aurais pas l'impression de mériter une punition.

— Et lui ? Quel est son sentiment à votre égard ?

Jennifer haussa les épaules.

— Il me trouve jolie. Il me le disait, alors je pensais qu'il ne me repousserait pas. (Elle avait les mains jointes sur sa cuisse, la tête penchée en avant, la voix presque inaudible.) Les hommes me trouvent attirante, mais une fois qu'ils me connaissent, ils ne m'aiment plus autant.

— Il ne vous a pas laissé tomber durant toute cette épreuve, dit Hardy. C'est important.

— Je crois.

Hardy prit une bouffée d'air. Le moment était venu.

— Si nous pouvons parler de cela, de Ken, si nous pouvons faire taire les langues sur votre liaison, si nous pouvons répéter ce que vous venez de me dire, comment tout à coup vous craquez et vous faites des choses insensées — alors, je crois que nous avons une chance.

Jennifer le regarda sans rien ajouter. Il continua d'une voix calme.

— Nous pouvons demander un autre psy — ou Ken, si vous voulez — pour plaider l'indulgence fondée sur la tension dont vous étiez victime.

Elle refusa d'un mouvement de tête.

— Quoi ?

— Non, dit-elle, je l'ai dit à Ken. C'est non.

Qu'est-ce qu'elle voulait dire par ce non ?

— Cela revient à dire que je les ai tués, n'est-ce pas ? Je prétendrais qu'un matin, j'ai perdu la tête et je les ai tués. (Elle se raidit, releva la tête. Son regard reprit vie.) Dès que j'aurai dit cela, il n'y aura plus aucun espoir.

Était-ce du *déjà vu*[3] ? Ou *déjà, déjà déjà vu* ? Hardy avait connu

3. NdT : en français dans le texte.

cela cent mille fois. Si elle n'avait rien de nouveau à apporter, les jurés voteraient la peine de mort. Elle ne le comprenait donc pas ?

— Jamais, à personne, je ne dirai que j'ai tué Larry !

Hardy croisa son regard, dur, provocant. Il remarqua qu'elle n'avait pas inclu Matt ni ne l'avait nommé avant.

— Que je *les* ai tués ! ajouta-t-elle.

Elle pouvait prononcer le nom de Larry mais pas celui de Matt. Elle pouvait laisser des gens — Ned, Larry — la contrôler jusqu'à un certain point, mais, seule, elle explosait.

Hardy nota aussi qu'elle avait changé au cours de l'année qui venait de s'écouler. Elle avait peut-être décidé de ne plus rien supporter d'aucun homme. Elle était devenue sûre d'elle, elle était guérie de cette soumission qui lui avait fait accepter les coups.

Tant mieux si elle allait mieux. Néanmoins, du point de vue stratégique, Hardy trouvait qu'il n'y avait pas eu pire moment.

De quoi allait-il débattre devant les jurés ? Que pouvait-il avancer qui puisse les convaincre d'épargner sa vie ?

* * *

Puisqu'il se trouvait dans la maison, il pouvait faire un saut au troisième étage, chez Powell, voir si celui-ci consacrait son temps à son bureau alors qu'il était en campagne.

Il y était. Seul, en train de lire quelque chose qui ressemblait à un rapport de police. Powell sursauta quand Hardy frappa à la porte. Passée la surprise apparut le génial candidat.

— Hardy ! Entrez et mettez-vous à l'aise.

Hissé au-dessus de son fauteuil, la main tendue, il pouvait se permettre d'être aimable. Après tout, il avait gagné.

— Comment va Freeman ? Il ne le prend pas trop mal, j'espère. J'aurais dû lui téléphoner pour le féliciter d'avoir livré une bonne bataille.

Hardy ferma la porte, s'y adossa.

— Dean, je voudrais vous parler franchement une minute. En privé, si cela vous convient ?

Powell garda son sourire, bien que son expression se relâcha. Il s'assit.

— Bien sûr, Mr Hardy.

— Dismas, si je peux vous appeler Dean.

Le sourire s'estompa. Hardy s'était trompé sur son interprétation de Powell. Il ne pouvait pas vraiment s'en faire le reproche. Le procureur adjoint était dans une situation difficile et inhabituelle. D'un côté, il voulait tellement que l'on vote pour lui que c'en était douloureux à voir. De l'autre, il n'était pas question d'amitié entre les deux hommes. Ce doit être étrange, songea Hardy, d'avoir envie que votre adversaire finisse par voter pour vous, de *vouloir* qu'il vote pour vous, qu'il vous apprécie même.

— Vous pouvez m'appeler Dean, répondit Powell, je suppose que vous êtes ici à propos de Jennifer Witt.

Hardy opina du chef.

— C'est une conversation entre nous, insista-t-il. Je ne veux pas que ceci soit interprété comme une réunion avant la condamnation ou quelque chose d'officiel, et je préférerais que rien ne sorte pas de cette pièce.

— Vous avez ma parole.

Hardy aurait souhaité entendre un « certainement » ou « D'accord » plutôt que « Vous avez ma parole ». Pour lui, l'expression résonnait avec malhonnêteté, voire véritable double-jeu. Mais il était ici et déterminé à foncer.

— Je voulais discuter de la peine de mort.

Powell croisa les mains devant lui.

— Très bien, dit-il d'un ton modéré. Discutons.

— Je ne crois pas que ce soit juste.

Powell resta silencieux.

— Vous et moi, enchaîna Hardy, nous savons qu'il y a des gens hors du système avec des casiers qui n'en finissent pas, et à cause d'eux, Jennifer est jugée comme une mère indigne, et ces types prennent dix ans pour vol à main armée, avec privilège car ils n'en font que six.

— C'est vrai. C'est une des raisons pour lesquelles je me présente au poste de ministre de la Justice. Cela doit cesser. Il nous faut des prisons. Il nous faut des peines plus sévères.

Hardy n'avait pas besoin d'entendre le discours du candidat.

— Dean, ma remarque, c'est que réclamer la peine capitale pour Jennifer Witt est exagéré.

Powell le fixa dans les yeux avant de répliquer :

— Pour une femme qui a tué non pas un, mais *deux* maris. (De la main, il empêcha Hardy de parler.) Oublions le discours juridique, Dismas. David Freeman l'a fait acquitter pour une des accusations mais puisque nous sommes entre nous, nous savons la vérité. Ne nous mettons pas le doigt dans l'oeil. Cette femme a comploté deux fois pour tuer de sang-froid et pour l'argent. Dans la seconde affaire, elle a aussi réussi à tuer son propre fils. Si cette affaire ne requiert pas la peine de mort, je ne sais pas ce qu'il faut.

— Lui avez-vous parlé ? demanda Hardy qui appuya un pied contre la porte. En tête-à-tête ?

— Pour quoi faire ?

— Pour comprendre qu'elle est un être humain.

— Permettez-moi une question, fit Powell en s'enfonçant dans son fauteuil. Avez-vous essayé de visualiser le crime ? Imaginez-vous quelqu'un capable de sortir un revolver et de tirer sur son mari à bout portant puis de se tourner et — une juste colère fit exploser Powell — et tirer sur *son propre enfant* ? Vous pouvez l'imaginer ?

— Ce n'est pas elle, ça ne s'est pas passé comme vous le décrivez...

Powell bondit de son siège, tapant du poing sur le bureau.

— De la merde ! C'est comme ça, point final. Les jurés l'ont déclarée coupable. Je l'ai prouvé. De façon indubitable. (Il se rassit, reprenant ses esprits, baissant la voix.) Si vous, vous appelez ce genre de personne un être humain, libre à vous, mais ne comptez pas me voir pleurer, ni avoir pitié.

Un coup retentit contre la porte, Hardy ouvrit. Art Drysdale, son ancien mentor, son ex-patron de l'administration.

— Tout va bien, ici ? s'enquit celui-ci. Ça va, Dismas ?

— Pas de problème, Art, répondit posément Powell. Tout va bien. Juste une petite querelle entre pro.

Drysdale jeta un regard à chacun, salua de la main et referma la porte.

— Vous croyez sincèrement qu'elle est coupable, hein ? fit Hardy. Vous saviez que Larry la battait ?

— Et alors ? Personne n'a parlé des femmes battues ici. Freeman n'a jamais rien dit là-dessus.

— Nous aurions dû. Moi en tout cas. Jennifer ne permettait pas de choisir cette défense, mais elle avait tort. (Hardy faillit dire absolument tort.) Elle estimait que cela lui porterait préjudice devant les jurés, qu'ils prendraient cela pour une excuse. (S'asseyant, il conta la version courte de l'histoire.) Je voudrais simplement que vous y voyiez de la légitime défense.

— Abordez-le dans la phase pénale et je verrai. Je ne suis pas un monstre, Hardy.

— Je *ne peux pas* l'aborder, je viens de vous dire pourquoi.

— Vous ne pouvez pas aborder la légitime défense ? s'étonna Powell qui leva les yeux vers le plafond et fit courir ses doigts dans ses cheveux.

Il prit son temps, envisageant la remarque de différentes façons.

— C'est une affaire fichtrement scabreuse, dit-il enfin.

— Je ne suis pas...

— Hardy, n'essayez pas de me faire culpabiliser maintenant. Pour dire la vérité, c'était déjà assez difficile de décider de la peine capitale, mais j'ai suivi les règles depuis le départ. Je me fous de l'effet que vous voulez donner à l'affaire, nous sommes assis là à parler d'un moyen de contourner le système et à mon avis, c'est une conversation qui ne respecte pas l'éthique et elle s'arrête là, à la seconde même.

Powell se leva et s'empressa d'aller ouvrir la porte.

— Je vous verrai au tribunal, dit-il. Pas avant.

* * *

La première réaction de Hardy fut d'aller prendre un verre. Il avait du mal à respirer et un poids lui pesait sur l'estomac. Devant la porte de chez Lou, il changea d'idée. Il était encore tôt, un ou deux verres le fatigueraient pour le restant de l'après-midi. Or, le temps lui était chose précieuse.

* * *

Assis à son bureau, il réfléchissait sur les différentes possibilités qui s'offraient à lui.

Lightner avait suggéré de présenter des témoignages de facto sur la souffrance de Jennifer causée par son mari. L'idée n'était pas mauvaise, elle pourrait même lui faire recueillir de la sympathie. Seulement, dès que Jennifer verrait dans quelle direction soufflait le vent, et cela ne tarderait pas, elle serait prise de folie furieuse en plein tribunal ou elle insisterait pour dire qu'elle n'avait jamais été maltraitée.

Ceci étant, qu'allait-il faire lundi prochain ? S'il se référait à la réaction de Powell, Jennifer ne s'était pas gagné des alliés dans le tribunal. Habillée d'une manière qui la démarquait des gens simples, assise la plupart du temps à la table de la défense avec un visage de marbre, elle n'avait pas agi en sa faveur. Encore un des choix discutables de Freeman.

* * *

L'envoi de Donna Bellows arriva par coursier. Heureux de cette diversion, Hardy l'ouvrit. Une grande enveloppe tristement mince.

C'était la lettre de Larry Witt adressée à Donna Bellows : la circulaire sur l'émission d'actions accompagnée d'une lettre explicative.

« Chère Donna,

Pourriez-vous prendre connaissance de la pièce jointe ? Comme vous le verrez, le conseil d'administration du YBMG propose une option à tous les médecins — nous sommes mentionnés sous le nom de « pourvoyeurs » — pour acheter des actions dans le cadre du changement juridique de notre groupe en société commerciale. Les actions ont une valeur de cinq cents chacune et le ton de la brochure comme de la lettre explicative est très négatif. Il n'y a quasiment aucune chance qu'un investissement s'avère valable.

Pourquoi ont-ils pris la peine d'envoyer ceci ?

Mon problème, c'est que le conseil d'administration nous laisse seulement trois semaines pour faire valoir cette option, et qu'ils nous font parvenir cette circulaire maintenant, pendant Noël, alors que tant de pourvoyeurs sont soit en vacances, soit débordés de travail chez eux.

Je me rends compte que le maximum de parts que chacun peut acheter est de 368. Donc, le risque potentiel de chaque acheteur est de 18, 40 $, mais...

Hardy interrompit sa lecture.

Larry Witt, un type extraordinairement épris de contrôle, demandait à un avocat à 200 dollars l'heure d'honoraires de jeter un coup d'oeil à une histoire de risque maximum inférieur à vingt dollars ?

Il avait mal lu. La virgule était mal placée. Il regarda une seconde fois. « ... le risque potentiel de chaque acheteur est de 18, 40 $... »

Ce Larry devait être un royal emmerdeur, se dit Hardy en se levant de son fauteuil. Il s'étira. Fini pour la journée. Il descendit à la salle de conférence voir à la télé le championnat du monde. C'était peut-être son camp qui allait gagner cette fois.

* * *

Frannie, allongée sur le canapé, les pieds sur l'accoudoir, avait posé son livre sur sa poitrine. Elle observait son mari et elle s'efforçait de ne pas s'endormir.

— Non, écoute, c'est vraiment intéressant.

Elle secoua la tête.

— Diz, chaque fois que tu dis ça, c'est faux.

— Tu étais plus drôle avant, fit Hardy en reposant ses papiers.

— Permets-moi de corriger — tu es là dans notre salon, par une douce nuit d'octobre, tu n'as pas touché au merveilleux dîner que j'avais préparé, tu n'as même pas voulu de vin, et ces dix dernières minutes, tu n'as fait que me lire à haute voix une offre d'actions qui ne vaut pas le coup, et c'est moi qui étais plus drôle avant ?

Hardy hocha la tête.

— Beaucoup plus. Je m'en souviens. Je sais que ce n'est pas moi.

Frannie s'assit d'un bond, tapota sur sa cuisse.

— O.K., viens par ici.

Il vint.

— Que dois-je faire, Fran ? Elle ne veut toujours pas que je me serve de la seule chose qui puisse la sauver.

— Je crois que tu te trompes, ce n'est pas le seul moyen de la sauver. Il n'y a pas que les coups... la vie de Jennifer avec son mari était un enfer mais elle ne l'a pas tué, Dismas. Elle ne m'a jamais menti, même pas pour Ned. À son sujet, elle n'a jamais rien *nié*. En fait, elle n'a jamais dit qu'elle l'avait tué. En revanche, elle nie formellement avoir tué Larry. Elle n'avait pas de raison de me mentir, elle a juste *évité* de parler de Ned, c'est tout.

Faux. Il y avait au moins une raison pour que Jennifer mente à sa femme. Justement, Frannie était la femme de son avocat. Ce serait mieux s'il croyait Jennifer.

Frannie poursuivait :

— Ce n'est pas une question d'instinct, tu sais. Ni d'intuition féminine, et je ne ferais pas intervenir ça à ta place. Tu oublies ce que tu as démontré. Qu'elle ait commis ces meurtres ou pas, peu importe. Le fait est que Jennifer n'est pas passée par le centre médical pour son jogging. Il lui a certainement fallu un quart d'heure pour se rendre à la banque, et pas cinq minutes. Et ça, ça veut dire qu'elle n'a tué personne. Elle a quitté la maison. Elle est partie pour la banque en courant selon le trajet qu'elle t'a décrit. Quand elle m'a raconté cette matinée, elle disait qu'elle avait *choisi* ce trajet — Clarendon, Victorian, le vieux quartier de Haight, elle l'a dit, elle a expliqué que ces endroits la calmaient. Tu n'inventes pas un truc pareil...

Parfois si, se dit Hardy. Mais la remarque de Frannie était intéressante.

— ... si toi, Dismas Hardy, l'homme, tu oublies l'avocat, si tu voulais véritablement sauver Jennifer, tu cesserais de douter d'elle, tu cesserais même d'imaginer qu'elle puisse être coupable.

— Frannie, elle a été déclarée coupable. C'est plus la question, dit Hardy.

Hmm, c'était bon les caresses de sa femme dans ses cheveux.

— Moi, je dis qu'elle n'a pas tué Larry ni son fils, affirma Frannie.

— Je ne peux pas prouver qu'elle ne l'a pas fait. Elle a tué Ned...

— C'était pas la même chose.

— Pas tout à fait. Ned est mort. Larry est mort...

Frannie se leva pour aller devant la cheminée. Elle arrangea le petit troupeau d'éléphants en cuivre qui aimaient paître là-devant.

— Je persiste à dire que tu penses trop comme un avocat. Tu ne penses qu'aux arguments que tu peux élever.

— Fran, c'est mon boulot.

Celle-ci le regarda.

— Ce n'est pas une attaque, Dismas. Je te dis qu'elle n'est pas coupable. C'est la réalité, c'est pas la loi, c'est pas ce que le jury a décidé.

— C'est *une* réalité, Fran. La tienne.

— Merde ! Tu vas m'écouter ? Tu veux jouer sur les mots ? Continue. Mais il y a une chose essentielle que tu oublies.

— Oh ? Et quoi donc ?

— Allez, vas-y, mets-toi en colère. Ça aide beaucoup.

Hardy était en colère. Il était debout, devant le canapé, les poings serrés. Il ferma les yeux, respira un bon coup.

— Bon, je suis désolé. Qu'est-ce que j'oublie ?

— Si Jennifer n'a rien fait, il y a un coupable qui avait une raison de les tuer.

Hardy secoua la tête avant de répondre :

— J'ai déjà réfléchi à toutes les possibilités. Moi tout seul mais aussi avec Glitsky, Terrell, Freeman et la terre entière.

— Alors, tu as manqué quelque chose.

— Sauf si Jennifer est coupable. Mais quoi donc ?

Frannie ne changeait pas d'avis.

— Elle n'est pas coupable. Je crois que tu le sais, je sais que tu le sais. Powell a tout faux.

— Je ne sais pas.

— J'ai envie d'un verre de vin, dit Frannie en partant vers la salle à manger. De plusieurs, même. Tu m'accompagnes ou tu m'accompagnes pas, je m'en fiche.

* * *

— Le tueur professionnel ?

L'ambiance s'était radoucie. Il était dix heures et demie, ils avaient presque terminé une bouteille de Chardonnay. Hardy avait évoqué toutes les personnes avec un motif et finalement, Frannie et lui étaient arrivés à la suggestion de la jeune femme : l'un d'entre eux, malgré son alibi, avait payé quelqu'un pour éliminer la famille.

— Tu crois pas qu'un tueur professionnel aurait pris son arme personnelle ? souleva Hardy. As-tu déjà entendu parler d'un pro qui tuait avec l'arme de sa victime ?

Frannie sirotait son vin, les jambes allongées sur Hardy, sur le canapé.

— Je n'sais pas. Je ne suis pas une experte en la matière.

— De plus, comment est-il entré ou sorti ?

— Simplement. Y a-t-il une porte à l'arrière de la maison ? Ou une fenêtre ? Ce que je dis, c'est qu'il devait y avoir quelqu'un. Quelqu'un d'autre que Jennifer.

— Fran, le problème, même si je suis d'accord, c'est que cela nous ramène au travail des inspecteurs de la police. Et eux n'ont trouvé personne. Pas de tueur pro, ni personne d'autre.

— Abe peut-être...

— Abe est un brave gars, mais il a donné pour cette histoire. Tout le monde a donné. C'est mon tour.

Frannie termina son verre de vin.

— Et tu n'as pas un seul argument d'avocat pour sauver Jennifer, n'est-ce pas ?

— Non. Elle ne sera pas...

Frannie le fit taire. Elle savait tout cela, elle le lui rappela.

— Très bien. Il ne reste qu'une possibilité alors.

— J'écoute, dit Hardy.

— Tu dois trouver qui les a tués.

CHAPITRE 42

Hardy devina que Walter Terrell et lui n'étaient plus du tout amis. Le lendemain, peu avant neuf heures, il l'avait joint par téléphone à son bureau de la criminelle. La conversation avait été brève. Après que Hardy se fut présenté en annonçant qu'il avait deux petites questions à lui poser, Terrell avait répliqué : "Pourquoi vous ne demandez pas à quelqu'un que ça intéresse ?" Et il avait raccroché.

Hardy était resté le combiné à la main une bonne minute. Bip-bip. Bon, pigé.

Problème — personne n'allait plus lui parler. Terrell en était la première démonstration. Tandis qu'il consultait les interviews et les copies des rapports de police, il se rendit compte que plus personne bientôt n'aurait envie de lui dire bonjour, encore moins de faire une causette sérieuse.

Tom et Phil DiStephano — aux oubliettes. Nancy — trop effrayée, et avec raison. Les Roman — il pouvait jouer la fermeté avec Cecil, sauf qu'il n'était pas question d'exercice d'influence, même en cas d'une suspicion fondée, ce qui en plus lui manquait. Sam, le réceptionniste homo de la Mission Hills Clinic — délicat et en plus, il avait déjà été rayé de la liste des suspects les plus improbables.

Hardy descendit à la salle de conférence regarder le championnat du monde. Il avala une tasse de café, bavarda avec Phyllis. Ce matin, David Freeman était dans son bureau avec un client. Phyllis ne voulait pas le déranger. Il s'agissait d'une autre affaire de meurtre. À propos, il avait travaillé chez lui car ce matin, elle avait eu les premières feuilles de l'appel Witt à taper.

Ces infatiguables rouages de la justice déprimant Hardy, il remonta à son bureau. Trois fléchettes — 20,19,18. Les nombres qui tombaient, le temps qui s'écoulait.

* * *

La seule personne qu'il restait était Ali Singh, le directeur de bureau du Yerba Buena Medical Group. Hardy pensait l'emmener déjeuner et voir s'il n'y avait pas une autre piste liée au travail de Larry Witt qu'il n'avait pas explorée. Le toubib avait peut-être pris des patients à un autre médecin ?

Selon Ali Singh, les collègues de Larry l'appréciaient. À la réflexion, cela semblait impossible. Ce type était difficile avec tout le monde, et dans tous les milieux de travail, il y avait des frictions. Cela valait au moins le coup d'essayer. D'autant que c'était la seule chose à se mettre sous la dent.

Sauf que Singh ne travaillait plus au YBMG.

— Vous auriez un nouveau numéro de téléphone ?

Un employé efficace fit savoir qu'ils n'étaient pas autorisés à donner des informations, comme Hardy s'y attendait.

— C'est très important.

L'employé était navré. Il ne pouvait rien faire. Le karma de Hardy était dans une phase négative.

— D'accord, je vous donne mon nom et mon téléphone, vous appelez Mr Singh et vous lui demandez de me joindre. Qu'en pensez-vous ?

— Je peux le faire, répondit l'employé. Je lui demanderai.

* * *

Le procureur adjoint (et candidat au poste de ministre de la Justice), Dean Powell déjeunait avec son patron, Chris Locke, au cinquante-deuxième et dernier étage du gratte-ciel de la Bank of

America, à la Carnelian Room, au-dessus de San Francisco.

La spécialité du restaurant était le risotto aux crevettes de Santa Barbara. Pour accompagner ce plat, Powell avait choisi une demi-bouteille de Meursault. Locke n'en voulait pas, jusqu'à ce que le vin fut versé et il se laissa alors persuader de prendre un verre. Ils ne trinquèrent pas.

Les élections auraient lieu dans moins de deux semaines, Powell avait quatre points d'avance dans le dernier sondage. Ils en discutèrent rapidement puis Powell entra dans le vif du sujet, racontant à Locke la visite de Hardy à son bureau, celle qu'il avait promise de taire.

Locke dit à la fin :

— Il travaille à peine avec Freeman et il agit déjà ainsi ? Bien sûr, il est capable d'en avoir eu l'initiative.

— C'est très clair, commenta Powell en plantant sa fourchette dans une crevette, il m'a expliqué que sa cliente ne le laisserait pas en parler, mais que c'était la vérité et que j'étais un crétin si je ne le croyais pas.

— Néanmoins, Dean, ce problème a quand même été dans l'air depuis le début.

— Oui, et il ne fait guère de doute que cette femme a été battue bien des fois. Mais cela n'apparaît nulle part dans le dossier.

— Si, au moins une fois, Dean.

— Pas pour Larry. Pas pour le second mari.

— Je connais ce Larry, répliqua vivement Locke, un brin agacé, ou par simple impatience, puis : Qu'est-ce qu'il fait de ça ? Hardy, j'entends.

— Eh bien, justement — il dit que Jennifer lui a interdit de le présenter au tribunal.

— Il a dit pourquoi ?

Powell haussa les épaules.

— Witt prétend que c'est lui fournir une raison pour le meurtre de Larry et elle ne l'a pas tué.

— Elle prépare son appel, dit Locke, qui termina un petit verre de vin et qui n'objecta pas quand le procureur adjoint le resservit.

— C'est aussi mon interprétation, déclara ce dernier. Elle ne fait qu'éluder les questions, et elle est brillante. Elle imagine en effet qu'admettre avoir été battue, c'est admettre les meurtres.

— Je ne crois pas qu'elle a tué parce qu'elle a été battue, objecta Locke.

— Exact. C'est pour l'argent. Dans les deux affaires. (Powell regarda la ville étincelante, la vue dégagée jusqu'à Napa. Il but son vin.) Je voulais juste vous prévenir. Attendez-vous à un coup de téléphone de Mr Hardy faisant appel à ces réserves de sympathie qui font votre réputation.

Locke, qui n'avait jamais pu supporter Hardy, eut un petit sourire. Il s'essuya les lèvres avec sa serviette.

— Si ce n'est pas dans le dossier, Dean, cela n'existe pas. Voilà ma façon de diriger mes affaires. Depuis toujours.

Powell était satisfait.

— Oui, monsieur, je sais.

Locke tendit son verre pour le reste du Meursault, et Powell le servit.

***

Il avait trouvé deux questions encore sans réponse et cela lui donnait une lueur d'espoir.

L'une concernait l'expéditeur et le contenu du colis de la Federal Express, bien qu'il ne semblât pas y avoir un profond rapport avec l'affaire. Mais c'était tout de même *possible*. Et un "possible", à ce stade, avait son intérêt.

Par terre, en demi-cercle autour de son bureau, les dossiers s'entassaient sur trente centimètres de haut.

La seconde question s'intéressait aux collègues de Phil DiStephano. Glitsky lui avait parlé de l'ambiance rustique sur le chantier des plombiers. Hardy pouvait imaginer qu'un des ouvriers décide d'arrondir son salaire grâce à une autre qualification, celle d'éliminer des gens.

Une fois encore, c'était difficile de les confondre... qui disait que les ouvriers étaient disposés à être des tueurs professionnels ? De plus, les plombiers ne souffraient pas vraiment de la crise économique. Mais quelle autre piste ? S'il suivait Frannie, ses sentiments, ses convictions qu'il trouvait justes à présent, *quelque chose* lui avait échappé.

Il cherchait un moyen d'entrer en contact avec un des copains de DiStephano. "Salut, je crois que l'un de vos collègues a un boulot à côté, tueur professionnel. Vous en avez déjà entendu parler ?" Improbable. La sonnerie du téléphone le surprit.

— Bonjour.

— Mr Hardy ?

C'était la voix sympathique de Ali Singh, qui n'annonçait pas pour autant une bonne nouvelle.

— C'est un peu tard, dit Hardy, mais si vous n'avez pas encore mangé, j'aimerais vous emmener déjeuner.

* * *

Le décor n'était pas celui de la Carnelian Room.

Le Independent Unicorn était l'un de ces cafés sur les avenues qui semblaient toujours vides et qui pourtant se trouvaient là depuis plus de vingt ans. Une affiche près de la porte d'entrée annonçait une lecture de poésie le mercredi soir, et des scènes ouvertes musique, au hasard des soirs. Des tentures en coton à motif cachemire masquant les baies vitrées plongeaient l'endroit dans une pénombre convenable. De légères odeurs de patchouli et de curry, des airs de cithare, accueillaient le client. Au comptoir, un homme barbu sans chemise et une jeune femme mince aux cheveux longs, habillée de noir, jouaient aux échecs.

Singh fit un geste timide de la main depuis sa table, au fond du bar. Brusqué par l'obscurité, Hardy devina la forme, il avança, heurtant une table sur son passage. Un chat miaula sous son pied et sauta sur le rebord de la fenêtre.

Il localisa la table. Singh lui serra la main, avec mollesse. Le petit expert efficace semblait diminué, abattu, malgré un sourire brave. Comme Hardy le remerciait de ce rendez-vous, il dit :

— C'est moi qui suis heureux que vous veniez ici. Voyez, il n'y a pas grand-chose...

Il se tut, décrivit un cercle de la main autour de lui.

— C'est à vous ? demanda Hardy. Vous êtes le propriétaire ?

— Oh non, non, répondit Singh avec un rire poli. (Il livra sa confidence, le buste penché en avant.) Ce n'est pas cher. Je peux rester ici toute la journée parfois, ils ne me disent rien. C'est mieux que d'être à la maison. Vous venez ici comme vous allez au travail.

L'homme sans chemise avait passé un tablier pour remplir sa tâche de serveur. Il leur proposait le menu. Café, thé, pain complet, soupe de lentilles, riz complet, taboulé. Hardy commanda une salade et de l'hummos. Singh demanda à Hardy si cela le dérangeait qu'il choisisse le plat le plus cher de la carte, un curry de légumes à 4,95$. Hardy lui assura que l'addition était pour lui. Hardy, le beau joueur.

Le serveur parti, il questionna Singh sur ce qui lui était arrivé au travail. Ce dernier sourit tristement.

— Bah, le climat des affaires, vous savez... (Il se tut. Il portait toujours sa chemise blanche et sa cravate fine. Son veston reposait sur le dossier de la chaise.) Non, ce n'est pas ça. C'est simplement une question d'avidité.

— D'avidité ?

— Non, ce n'est pas honnête de dire ça. Je suppose que ce sont les affaires, mais je suis... j'étais avec le Group depuis sept ans et je pensais que...

Singh haussa les épaules.

— Que s'est-il passé ?

— Eh bien, la restructuration, hein ? Le véritable problème. (Singh but de l'eau, sans glace.) Je ne l'ai pas vu venir. C'est ma faute. J'aurais dû le savoir. Pour faire des bénéfices — vous dégraissez. (Il rit.) Je ne me suis jamais considéré comme de la graisse, pourtant. Vous comprenez ? Je croyais que j'avais une valeur, que je fournissais un service. Maintenant, évidemment, je comprends.

Hardy, qui avait lu trois fois la circulaire, connaissait désormais les faits : le Yerba Buena Medical Group était passé du statut d'association à but non-lucratif au statut d'entreprise commerciale, ce qui avait demandé une bonne année. Il fallait attirer le capital pour espérer la concurrence, et pour attirer le capital, il fallait réaliser des bénéfices.

— Alors, ils vous ont laissé partir ?

Singh haussa les épaules.

— Quelqu'un d'autre peut faire le même travail que moi, à un prix plus raisonnable. Peut-être pas aussi bien, je ne sais pas. Mais je faisais partie des employés, je n'étais pas un médecin, alors... (Un autre haussement d'épaules, et une conclusion évidente.) En tout cas, en quoi puis-je vous aider ? Vous n'êtes pas venu pour parler de moi.

Hardy s'appuya contre sa chaise.

— Il n'y a pas de mal, Mr Singh. Cela ne me dérange pas de parler de vous. Vous avez certainement entendu que la femme du Dr Witt avait été déclarée coupable de son assassinat...

— Non. Je ne suis pas les informations depuis... Sa femme... ?

— C'est ma cliente. J'essaie de lui éviter la peine de mort.

— Je ne crois pas à cela. À mon avis, quand l'État exécute quelqu'un, c'est juste une autre forme de meurtre.

— Donc, vous seriez prêt à m'aider ?

— Si je peux. Mais comme je vous l'ai dit, le docteur Witt était respecté.

Les plats furent servis, plus appétissants que leur description. Hardy déchira un morceau de pain pita qu'il trempa dans l'hummos. Singh mangea goulûment, à peine son assiette posée sur la table.

— Vous m'avez dit que le docteur Witt et vous-même, vous aviez des soucis sur la façon dont était dépensé l'argent.

— Mais c'était le conseil d'administration, c'était leurs décisions. Il ne s'est jamais rien passé. Le docteur Witt faisait ce qu'il voulait dans son cabinet. Je crois qu'il voulait avoir plus son mot à dire, plus de contrôle sur le projet, sur la prise de décision. (Singh cessa de manger une seconde, un sourire sur le visage.) Ce qu'il ferait maintenant, j'en sais rien.

— Qu'est-ce que vous voulez dire par maintenant ?

— Maintenant, il n'y a plus d'Ali Singh pour en discuter. Discuter du rachat.

— Vous parlez du changement en entreprise ?

Singh secoua la tête.

— Non, Mr Hardy. C'était en mars dernier. (Il reprit une fourchette de son curry.) Je parle du rachat. S'il n'avait rien acheté... presque comme tout le monde, je crois que le Dr Witt aurait eu des arguments à ce sujet.

Hardy sentit un picotement dans sa nuque. Il cessa de manger.

— J'ai peur que vous m'ayez égaré. Je pensais que nous parlions du Group devenant une société.

— Oui, c'est cela.

Hardy attendit.

— Et donc — c'est différent, vous voyez ? Plus tard, dans l'été, le Group a été acheté.

— Par qui ?

Singh avait terminé son curry. Il poussa son assiette sur le côté.

— Ces gens qui m'ont fait partir. Ceux de l'assurance PacRim. Ils ont payé 40 millions de dollars cash.

Hardy, à son tour, écarta son assiette.

— Quarante millions de dollars, répéta-t-il tandis que Singh poursuivait :

— Quand le dossier du changement de statut a été déposé auprès de l'État — il faut payer des droits à l'État en fonction de votre valeur — il était question de 535 000 dollars. C'était la valeur nette du Group. L'offre de 40 millions de dollars fut une grande surprise, vous imaginez ? Personne ne pensait que le Group valait autant.

Personne sauf une, se dit Hardy. Aucune affaire n'avait vu sa valeur croître de 500 000 dollars à 40 millions de dollars en moins de six mois.

Cependant, la circulaire décrivait l'avenir financier du YBMG dans des termes fort prudents. Noël dernier, il n'était envisagé aucune vente — publiquement. Il n'y avait pas d'acheteur potentiel et le marché avait été sondé. C'était explicité. Les membres ne devaient pas s'attendre à un profit inattendu ; cela ne valait sans doute même pas la peine d'acheter les parts à cinq cents. Leur valeur n'augmenterait guère plus.

La sensation de picotement grandissait.

— Si j'avais été membre, j'aurais acheté, dit Singh. Très peu ont acheté, moi, j'aurais acheté. Et tout serait différent maintenant.

— Les membres qui ont acheté ont bien fait ? voulut savoir Hardy.

Singh, le comptable, connaissait les chiffres. Il ne put retenir un sinistre sourire d'admiration.

— Ils ont proposé quarante-neuf pour cent du capital aux membres, aux médecins. Soit 140 000 parts à cinq cents l'une. Le nombre que vous pouviez acheter dépendait de votre ancienneté. Le maximum de parts était de 368, ce qui représentait un investissement de 18,40$ au total.

Hardy se souvenait du chiffre "— moins de vingt dollars."

— J'ai étudié ces chiffres si souvent, dit Singh, et il m'est toujours difficile d'y croire. Savez-vous ce que vaut maintenant une part ?

— Je peux faire le calcul.

Singh eut de nouveau son sourire triste.

— Pas besoin. Je l'ai déjà fait. Cent quarante-deux dollars et quatre-vingt-six cents. Par action.

Hardy siffla.

— Cinquante-deux mille cinq cent soixante-douze dollars et quarante-huit cents, énonça Singh.

— Qu'est-ce que c'est ?

— C'est ce que vous avez maintenant si vous aviez acheté trois cent soixante-huit actions, pour dix-huit dollars et quarante cents.

* * *

— Intéressant, si c'est vrai. Mais quoi ? lança Freeman, sur son territoire.

À l'inverse de son appartement austère, son bureau était somptueux. Au centre de la pièce, un tapis persan de trois mètres cinquante sur cinq mètres cinquante recouvrait le parquet sombre en bois dur. Derrière un bar abondamment fourni, des verres en cristal pur trônaient sur des étagères en glace. Deux peintures originales de Bufanos et une de Bateman étaient accrochées aux murs peints à l'éponge. Le coin salon était immense — trois fois celui de Hardy — avec des étagères pleines de livres, deux grands canapés, plusieurs fauteuils. Aux trois fenêtres pendaient des drapés — plutôt que les habituels stores à persiennes. Le bureau était un meuble d'un mètre cinquante sur deux mètres dix en bois de rose brillant.

Il était six heures. Après sa discussion avec Ali Singh, Hardy avait sans succès cherché à joindre Donna Bellows. Il avait aussi laissé un message à Jody Bachman. Pendant une heure, il avait examiné en détail la circulaire sur l'émission d'actions. Éclairée par les révélations de Singh, sa lecture avait été différente. À présent, il était chez Freeman, installé dans un fauteuil.

— Comment quoi ? fit Hardy. Comment ceci, plutôt.

Freeman lui tendit une bière fraîche en grommelant et revint derrière le bar. Il fouilla sous le comptoir.

— C'est une somme d'argent, insista Hardy. Une foutue somme d'argent.

Freeman se releva, une bouteille de vin à la main.

— Je suis d'accord. Mais je réitère : Et quoi ? Une bande de toubibs qui gagne de l'argent ? Ça arrive tous les jours.

— Pas une bande. Quelques-uns seulement. Ce comptable, Singh, il dit qu'ils sont pas plus de quinze, peut-être vingt types à avoir acheté.

Freeman déboucha la bouteille, renifla le bouchon et le posa sur le comptoir. Il prit un grand verre à vin derrière lui et y versa un quart de la bouteille. Il tint le verre devant la fenêtre pour vérifier sa robe, sa clarté, sa cuisse.

— Dites-moi si je vous ennuie, David, fit Hardy, croisant les jambes.

L'autre goûtait le vin.

— Pas du tout, répondit-il, reprenant une gorgée qu'il fit tournoyer dans sa bouche et rouler dans sa gorge avant de l'avaler. On n'a pas surestimé les Bordeaux de 1982, conclut-il en quittant le bar, vous devriez goûter.

Il choisit un fauteuil et posa son verre sur une table basse en marbre. Hardy but sa bière, par défi.

— J'aimerais bien rassembler les morceaux, Dismas, déclara Freeman en se penchant vers lui, croyez-moi, mais je ne vois pas comment.

Hardy s'enfonça dans son siège. Il cherchait à formuler sa position — un bon exercice s'il devait la présenter à Villars ou aux jurés car ce n'était peut-être pas aussi clair qu'il lui semblait.

— Montrons-nous généreux. Disons qu'un maximum de cinquante toubibs ont acheté des actions. Il y a environ quatre cents médecins dans le Group.

Freeman, toute ouïe, dégustant son vin, attendait la suite.

— D'accord, fit-il.

— D'accord, donc à mon avis, et reconnaissant qu'une année s'est écoulée depuis, la lettre explicative est une pure tromperie, déclara Hardy.

— Un an plus tôt, vous n'aviez pas commencé votre premier procès, lui rappela Freeman. Vous ne travailliez pas ici, vous n'aviez pas deux enfants. Vous n'aviez jamais rencontré Jennifer Witt, et Larry et Matt étaient encore en vie. (Il fit tourner son verre.) Beaucoup de choses peuvent arriver en une année. Les perspectives se transforment.

— Je crois que la raison pour laquelle Larry a contacté son avocat, puis le gars à Los Angeles, est qu'il estimait que quelque chose clochait — avec le recul, et du coup, il les a appelés.

— Appelés qui ?

— Le conseil d'administration, les avocats, je ne sais pas. Ceux qui ont monté cette affaire, ceux qui ont concocté l'escroquerie.

— Maintenant, il s'agit d'une escroquerie ? s'étonna Freeman, haussant ses sourcils broussailleux.

— Une escroquerie, c'est le seul moyen d'aider Jennifer.

— N'accrochez pas vos espoirs à ce que vous *voulez* qu'il soit, Dismas.

— Ce n'est pas ça, non, je ne pense pas.

Freeman, écrasé au fond de son fauteuil, secoua la tête.

— Vous voulez que ce soit une escroquerie parce que dans ce cas — et si vous pouvez le prouver — vous pourrez ainsi aider Jennifer. Mais votre plan m'échappe. Tout ce que vous pouvez faire, c'est obtenir une peine mitigée. Elle est déjà coupable. Vous ne pouvez pas la faire juger à nouveau.

— Si Villars...

— Vous parlez de Joan Villars, juge du tribunal de seconde juridiction, je présume ? ironisa Freeman, se plaçant sous le nez de Hardy. Soyez sérieux. Cette femme est aussi souple que du béton. Vous n'allez pas convaincre Villars de quoi que ce soit.

— Alors, laissez-moi vous convaincre vous.

— J'ai écouté. Vous disiez qu'une cinquantaine de médecins avaient acheté des actions. Continuez.

Il se laissa aller contre le dossier du fauteuil. Hardy reprit :

— Pourquoi les trois cent cinquante autres médecins n'ont pas acheté ? *À cause de* la lettre de présentation et de la circulaire elle-même. Car elles faisaient apparaître ce ridicule investissement de cinq cents comme une perte de temps. De plus, ils ont fait parvenir cette offre pendant les vacances de Noël, quand une poignée de gens seulement ont le temps de la lire, et ils ont limité la période d'option à trois semaines.

— Je vous suis jusque là. Larry a acheté ou n'a pas acheté ?

— Larry a flairé quelque chose de louche.

— Et ensuite ?

— Ensuite, il a menacé de tirer l'alarme sur cette escroquerie de plusieurs millions de dollars. C'était le coup de téléphone à Los Angeles.

Les doigts pressés sur ses yeux, le vieil avocat soupira.

— Je craignais que vous en arriviez là.

Freeman l'avait assourdi avec ses bonnes idées au cours des semaines passées. Il n'avait plus envie d'écouter.

— David, le directeur du cabinet de L.A. a été assassiné moins d'un mois après Larry.

Freeman fit jouer ses ongles sur le verre.

— Vous l'avez déjà dit. Mais je ne vois toujours pas comment cela va réduire la peine de Jennifer, même si vous arrivez à être écouté par Villars, chose impossible. À présent, vous êtes en train de dire, je devine, qu'il existe un tueur à gages mystérieux à qui la défense, c'est-à-dire nous, n'a pas fait allusion pendant le procès, et dont il n'y a aucune preuve matérielle.

— Ce qui ne signifie pas qu'il n'existe pas.

— Vous y croyez ? Vous pensez que Jennifer raconte la vérité ?

Hardy répondit qu'il en doutait un peu, mais que les jurés pourraient y croire.

— Je les laisserai en décider.

— Villars ne vous permettra pas d'introduire cette hypothèse. Et si elle y est disposée, ce qui est improbable, Powell objectera et gagnera à moins que vous ne disposiez d'une parcelle de preuve, qui n'existe pas, évidemment, puisque cela ne s'est pas passé ainsi.

— Ce qui met la corde autour du cou de Jennifer, dit Hardy.

Freeman termina bruyamment son verre de vin avant de marmonner :

— Elle l'a toujours eue.

* * *

Les conseils de Freeman, il s'en moquait dorénavant, même si c'était juste. Il lui restait quatre jours, il pensait pouvoir trouver cette "parcelle de preuve". Ainsi, il pourrait au moins amener Villars à l'écouter.

Mince, cette affaire était quand même un procès capital. C'était une question de vie ou de mort, pas un débat de pseudo-tribunal où s'entraînent les étudiants de droit, pas de viles manoeuvres politiques. S'il tenait quelque chose de substantiel, il devait croire qu'elle l'écouterait.

Existait-il vraiment quelque chose ? Il n'avait rien d'autre — il devait croire qu'il existait quelque chose. Quelque part.

CHAPITRE 43

Le jour suivant, il interrogeait trois médecins au YBMG, un seul d'entre eux avait acheté des actions. Si les deux autres s'étaient sentis trahis, c'était compréhensible, ils n'avaient pas vu une formidable machination en route. Le Group avait réussi et ils regrettaient de ne pas y avoir plus contribué, mais c'était la loterie. Qui aurait pu prévoir ce profit inattendu ? C'était un coup de veine, et ils avaient eu leur chance.

Le chanceux, le Dr Seidl, était un jeune membre du Group, qui avait eu droit à quatre-vingt-douze actions. Quand il avait payé ses factures mensuelles en décembre, il avait envoyé ses 4,60$ et les avait aussitôt oubliés. Le mois précédent, il avait reçu ses dividendes d'un montant de 13 143,12$, une somme qu'il avait appréciée sur le coup mais après déduction des impôts, il lui était resté un peu moins de 10 000$, et une fois encaissées les dépenses de toutes ses cartes de crédit, il était revenu à la case départ. C'était mieux qu'un saut de l'ange dans une piscine vide, mais cela n'allait pas transformer sa vie.

Peu à peu, Hardy voyait combien il lui serait difficile de soutenir la théorie de la machination (même à ses propres yeux) s'il ne trouvait pas quelqu'un ayant empoché le pactole et intérêt à faire taire un dénonciateur, Larry Witt ayant peut-être endossé ce rôle.

Dans l'après-midi, il alla à la bibliothèque et chercha à la section "affaires", la liste des membres du conseil d'administration du

YBMG. Les noms lui étaient inconnus. Il avait appris que la société comme entité devait détenir cinquante et un pour cent du capital, et quarante-neuf pour cent pour les médecins, si tous achetaient. Y avait-il une provision pour les actions en circulation et non achetées par les médecins, une sorte d'achat secondaire ? Il ne vit rien d'indiqué dans la brochure publiée.

Après quelques calculs, il réalisa que si dix pour cent des médecins avaient acheté leurs actions, il y avait quelque part un peu plus de 125 000 actions sans acquéreur, représentant une valeur approximative de 17 millions de dollars.

* * *

Le vendredi matin, il était à son bureau, en communication avec les services de police de Los Angeles. Il n'avait toujours pas découvert de lien entre les affaires du YBMG et le Dr Witt. La veille au soir, il s'était encore entretenu avec Jennifer, mais elle ne se souvenait de rien à propos de Larry et de ses commentaires sur la prise de contrôle proposée. Hardy fut tenté de lui dire d'inventer quelque chose qu'il puisse brandir sous le nez de quelqu'un.

Subitement, une idée germa : il y avait eu deux homicides à Los Angeles, par conséquent, une enquête devait être en cours. Il connaissait la susceptibilité des policiers sur les cas non résolus — des brise-crânes, ils les appelaient. Mais il pouvait soulever un peu d'enthousiasme s'il rapprochait un crime ancien d'un autre, non ?

— Restoffer. Bureau de la criminelle.

La voix n'était plus toute jeune mais pas fatiguée. Et Hardy qui avait évité la lourde bureaucratie en un rien de temps. Était-ce un signe ?

Il se présenta, parlant vite tout en restant aussi clair que possible : il était avocat de la défense à San Francisco, il avait peut-être découvert un rapport entre son affaire et le meurtre de Simpson Crane.

Un long silence s'ensuivit.

— Comment vous avez dit que vous vous appeliez ? demanda la voix.

Hardy répondit. Autre silence.

— Une minute. Attendez, vous voulez ?

Quand Restoffer revint au téléphone, le bruit de fond avait diminué.

— Vous disiez que vous êtes à San Francisco ?

— C'est cela.

— Je vous écoute.

Hardy raconta l'affaire d'un ton plus posé. Quand il eut fini, Restoffer dit :

— C'est bien mince, Mr Hardy.

L'inspecteur avait raison, bien sûr, et Hardy le reconnut. Simpson Crane dirigeait le cabinet d'avocats qui représentait le groupe médical dont Larry était membre. Crane en personne n'était pas l'avocat du YBMG ni celui de Witt, et Jody Bachman n'avait pas été l'avocat de Witt.

Hardy avait une autre méthode que celle d'insister, moyen le plus rapide de rebuter un flic — un citoyen, surtout un avocat de la défense, insistant sur une théorie non confirmée. Ou les faits intrigueraient Restoffer, ou pas.

— Je pensais juste que je devais en parler à quelqu'un, pour me libérer d'un poids, dit Hardy.

C'était donner l'occasion à Restoffer de raccrocher. Or, celui-ci poursuivit.

— Nous sommes quasiment sûrs qu'il s'agit de l'homme de main d'un syndicat mais nous ne trouvons aucune piste. Ils ont fait du beau boulot...

— Pareil ici. Sauf que ma cliente, la femme de Witt, a été déclarée coupable de l'avoir assassiné pour l'argent de l'assurance.

— Les jurés l'ont déjà condamnée ?

— La semaine dernière. Mon problème, c'est que sa seule défense est de clamer qu'elle n'a rien fait. Elle dit qu'elle a vu quelqu'un remonter la rue. Peut-être un tueur, alors, j'ai cherché les raisons qu'aurait eues un tueur professionnel de tuer Witt. Ce pourrait être cette affaire de rachat.

Un long silence s'installa.

— Je suis à la retraite dans quatre mois, dit enfin Restoffer. J'aimerais boucler ces deux meurtres. Crane était un gars important. Comme sa femme. Mais j'ai cinq affaires en ce moment. Je vais caser ça quand ?

C'était son problème, et Hardy le laissa s'y casser la tête.

— Vous avez une trace écrite, quelque chose ?

Tout ce que Hardy pouvait proposer, c'était la circulaire sur l'émission d'actions et les renseignements glanés à la bibliothèque qu'il enverrait par fax si Restoffer en avait utilité.

— Nous parlons de quelle somme d'argent ?

— J'imagine à peu près dix-sept millions de dollars.

— Dix-sept *millions*, répéta l'inspecteur.

— Vous croyez que ça peut motiver quelqu'un pour faire un boulot sérieux ?

— Ici, ça marche pour dix-sept dollars, dix-sept cents parfois, grogna Restoffer. (Plus personne sur la ligne, un bourdonnement.) Bon O.K., dit-il, pourquoi vous enverriez pas votre matos ici ? J'y jetterai un oeil.

C'était au tour de Hardy de raccrocher, mais autant il voulait l'aide de Restoffer, autant il ne voulait pas le tromper. L'heure était aux révélations.

— Inspecteur... dit-il.

— Floyd, indiqua Restoffer.

— D'accord, Floyd, il y a autre chose que vous devez savoir, qui joue contre la théorie du tueur à gages. Une chose qui peut vous éviter de perdre votre temps.

— Je vous écoute.

— Je ne connais pas la coutume chez les tueurs pros, mais Witt a été tué avec son arme personnelle.

Le même long silence. Hardy crut entendre un soupir dans le combiné.

— Crane aussi, dit Restoffer. Envoyez-moi votre bazar.

* * *

Enfin, certaines choses semblaient s'emboîter, même des détails qui à première vue ne présentaient pas un intérêt particulier. Par exemple, le colis livré par FedEx.

Tandis que Hardy remplissait une assignation à comparaître pour Ali Singh, il lui revint en tête que la facture FedEx avait été présentée comme preuve. Il lui suffisait de regarder le nom de l'expéditeur.

Nancy DiStephano. Il se souvint que Tom était allé chez Jennifer la semaine avant les meurtres pour donner son cadeau, mais Nancy, elle, attendait la visite des Witt à Noël pour remettre le sien. Puisqu'ils n'étaient pas venus, Nancy l'avait envoyé à son petit-fils par Federal Express. Le contenu n'importait pas, cela avait dû disparaître au milieu des autres cadeaux, dans la montagne des nouveaux jouets de Matt.

Mais comme la coopération de Restoffer, cette petite information le consola un peu. Ces questions sans réponses avaient distrait le cours de son travail, il n'en restait plus guère à présent.

Dans la reprise du contrôle du YBMG, quelque chose ne tournait pas rond. La théorie de Hardy était loin d'être développée en profondeur, et plus loin encore d'être étayée par des preuves. Mais ce qu'il commençait à soupçonner l'attirait comme un papillon de nuit autour d'une bougie. Diable, le même sentiment pour chaque éventualité. À supposer que Simpson Crane et Larry Witt avaient menacé, pour des raisons et par des biais différents, de révéler une transaction extrêmement lucrative et véreuse. Ainsi, l'auteur de cette manigance avait deux obstacles à éliminer avant de continuer. Quelqu'un avait été engagé pour le sale boulot, et le meurtre de Simpson Crane — et de sa femme, qui se trouvait là par hasard — faisait penser au travail d'un tueur pro pour le compte d'un syndicat radical, alors que le meurtre de Larry Witt — et de son fils, qui lui aussi se trouvait là par hasard — avait été mis à la charge de sa femme. C'était tentant d'établir le parallèle.

* * *

Dimanche matin, oeufs au bacon dans la poêle en fonte. Frannie, en peignoir, lisait le journal dans la cuisine ensoleillée. Rebecca et Vincent étaient contents de pouvoir exceptionnellement être assis côte à côte ; Rebecca, comme une grande fille, aidait sa maman à donner à manger à son frère, réussissant à lui mettre dans la bouche un bon quart d'une banane écrasée.

Du coin de l'oeil, Hardy se réjouissait de la scène. C'était un de ces moments de vie qu'il s'était promis de ne pas manquer et d'apprécier. Du salon venait l'air de *Grand Canyon Suite* — encore l'influence de Freeman. Il vint déposer un baiser sur le front de Frannie.

— Hmm, fit-elle, lui rendant son baiser distraitement dans l'air.
Et le téléphone sonna. Comme toujours.
— Ne décroche pas, dit Hardy, qui se trouvait près de l'appareil et se retenait de répondre.
Mais Frannie était déjà debout.
— C'est Susan, je suis sûre. Elle a dit qu'elle m'appellerait. Elle est peut-être enceinte.
Elle décrocha, écouta, fronça les sourcils.
— Une seconde, il est juste à côté, dit-elle.
Hardy lui adressa un regard bourru. Mais que pouvait-il faire ?
C'était Floyd Restoffer.
— J'ai une bonne et une mauvaise nouvelle, annonça-t-il sans préambule. La mauvaise, c'est que je ne m'occupe plus de l'affaire.
— Vous n'êtes plus sur l'affaire ? (Hardy était parti dans l'atelier.) Qu'est-ce qui s'est passé ?
— À mon avis, c'est la politique. Après que j'aie reçu vos papiers, vendredi, j'ai appelé le fils Crane, Todd. J'lui ai demandé s'il ne voyait pas d'inconvénients à ce que j'interroge certains de ses collaborateurs, bien qu'il n'eût pas idée de ce que je voulais. Il était d'accord. En tout cas, je ne lui ai pas dit grand-chose, seulement que je suivais une nouvelle piste sur la mort de ses parents. J'lui ai demandé si son père travaillait pour le Yerba Buena.
— Et alors ?
— Non. C'était ce Bachman et deux autres collaborateurs.
— D'accord.
— Donc, j'ai causé avec Bachman. Il a l'air d'un brave type, coopératif. (Oui, c'était aussi l'impression qu'il avait laissée à Hardy.) Je lui ai demandé s'il connaissait un Witt. De nom, il me répond. Et puis il a le souvenir. Vous l'aviez appelé, Bachman je veux dire. Il a dit qu'il avait oublié de vous rappeler, que le message s'était perdu. Il devrait vous téléphoner sous peu, il l'a noté quelque part. Donc, nous avons discuté du marché et de l'éventuelle implication de Simpson. Bachman ne la voyait pas, et je n'avais plus de questions. Voilà. Mon impression, c'est qu'il ne connaît pas Witt.
— Avez-vous parlé des dix-sept millions ?
— Ouais, il a trouvé le chiffre un peu exagéré mais il allait

vérifier. Il a pu y avoir une caisse noire, comme il a dit, distribuée en prime, etc. et il était tout à fait certain que les membres du conseil avaient une option de rachat, mais rien de tout cela n'était un secret.

— Pourquoi vous n'avez plus l'affaire ? C'est quelqu'un d'autre qui s'en occupe ?

— C'est sur la demande de quelqu'un, c'est tout. Hier, un coup de fil à la maison.

— De qui ?

— Du commissaire divisionnaire. C'était plutôt une suggestion qu'une pression. Pourquoi j'irais fouiller dans une affaire de meurtre vieille de dix mois alors que je suis à quatre mois de toucher une retraite de fonctionnaire ? Je fais place nette et je m'en vais, c'est ça que je devrais plutôt faire.

Hardy contemplait le fameux ciel de la ville, au-dessus des toits des Avenues. Une pensée le traversa.

— Avant tout, comment savait-il que vous vous en occupiez ? Vous lui aviez dit ?

— C'est ce que je lui ai demandé. Ça venait de plus haut encore, suite à un savon adressé par Mr Kelso.

— Qui c'est, ce Mr Kelso ?

— Ah, c'est vrai. Vous n'êtes pas du coin. Frank Kelso est un de nos illustres superviseurs. Il a appelé le boss, il voulait savoir pourquoi on harcelait — c'est le mot qu'il a employé — pourquoi on harcelait les piliers de notre communauté, et des gens accablés de douleur à cause de cette histoire. J'ai compris qu'il parlait du fils Todd.

Un superviseur de Los Angeles! Ça chauffe, songea Hardy. Quoi qu'il entreprenne encore, il avait touché un point sensible. Cela le piquait comme un aiguillon.

— Bon, où en sommes-nous ?

— Moi ? J'ai peur de ne plus aller nulle part. Hardy, je suis d'une humeur style "pas faire tanguer le bateau". Les huiles veulent que je m'en aille, je m'en vais.

— Ils vous demandent simplement d'oublier un meurtre ?

— Ouais, tous les deux ou trois ans. (Plus sérieusement, Restoffer expliqua.) J'ai posé la même question. Vous savez ce qu'on m'a répondu ? Est-ce que j'avais quelque chose de solide pour continuer ou est-ce que j'allais à la pêche ? Alors, j'ai parlé de votre cliente, de ce que vous m'aviez raconté — juste les grands traits. Le commissaire a trouvé que c'était plutôt aller à la pêche. Je lui ai répondu que parfois, ça payait, mais il m'a dit : pas cette fois. (Restoffer soupira.) C'est une histoire d'effectifs et moi, j'ai cinq cas qu'ils veulent voir résolus avant mon départ.

Hardy réfléchit un instant.

— Ça ne vous gêne pas de laisser du boulot inachevé ? essaya-t-il maladroitement, cherchant à provoquer la culpabilité de l'inspecteur.

Celui-ci partit à rire.

— Vous savez combien de cas sans réponse je vais laisser derrière moi ? Vous ne voulez pas savoir, et de toute façon, un de plus ne fera pas de différence, je peux vous l'assurer. Les chiffres, ça ne m'intéresse pas. Vous aurez plus de chance avec les privés. Je peux vous recommander deux types ici.

— Floyd, il me faut un pro. Quelqu'un de l'intérieur.

Avec la flatterie, peut-être ?

— Peux pas, Hardy. Désolé.

— C'est bon, Floyd. Merci de votre aide en tout cas.

Hardy allait raccrocher, il attendait l'au revoir de l'inspecteur. Ce dernier dit alors :

— Et la bonne nouvelle, vous ne voulez pas savoir ?

— Oui. Quelle est cette bonne nouvelle ?

Hardy entrait dans le jeu. La mauvaise nouvelle, dans un sens, avait du bon. L'implication du superviseur, des commissaires, confirmait que *tout* cela n'était pas une chimère. Le voile allait être levé sur *quelque chose*.

— La bonne nouvelle, répéta Restoffer, c'est que ce matin, j'ai fait des recherches de mon propre chef, parce qu'hier soir, l'affaire ne me plaisait pas. Ici, nous avons des listes que des gens en cols blancs utilisent selon ce qu'ils font, vous saviez ? C'est public, même si c'est parfois difficile d'y avoir accès. Donateurs pour diverses causes, ce genre de truc. J'ai pensé vérifier la liste des donateurs du superviseur Frank Kelso avec celle du conseil d'administration du Yerba Buena, pour voir si j'en trouvais un qui pourrait quémander une ou deux faveurs à notre bon superviseur. Devinez le résultat ?

— Vous en avez trouvé un.

Hardy vit l'inspecteur hocher la tête pour ainsi dire.

— Margaret Morency. Vieille fortune de San Marino et plus encore.

— Elle a appelé Kelso ?

— Je ne peux pas le prouver mais c'est un pari gagné d'avance.

— Pouvez-vous en parler à votre commissaire ? Il ne s'agit plus de pêche à la ligne avec ça.

— C'est maigre, Hardy.

L'affaire n'était plus aux mains de Restoffer, celui-ci était clair sur le sujet. Il n'allait pas risquer sa retraite pendant ses derniers mois de travail. Il s'était montré serviable, Hardy lui en était reconnaissant.

— Vous pouvez y voir un indice, poursuivait Restoffer, si cela vous arrange. Moi, je n'ai rien de solide, rien pour lier les affaires.

— Savez-vous quelque chose sur cette Morency ?

— Rien. Elle doit faire partie d'une dizaine de conseils d'administration. C'est la vie de ces gens, non ? Siéger à un conseil, préserver la fortune familiale, prélever un petit traitement — disons mon salaire — pour leurs efforts. Et les riches restent riches. Hé, écoutez-moi. Je suis à quatre mois d'aller vivre au bord d'un lac dans le Montana dans un chalet que j'ai acheté pour ça. Quitter ce cirque pour de bon. Alors, de quoi je me plains ?

— Ça a l'air génial.

— Ça le sera, croyez-moi. La première année, je crois que je ne vais rien faire d'autre que peindre. Je n'ai pas peint depuis gamin. J'adorais ça, et puis le temps m'a manqué.

— Moi, je faisais des objets en bois, dit Hardy. Sans clous.

Silence.

— C'est la vie, hein ? dit Restoffer. Bref, je voulais vous dire ce que j'avais trouvé, vous verrez bien si vous avez de la chance.

— Eh bien, j'apprécie, Floyd, de tout coeur.

— Écoutez, si vous approchez de la conclusion de l'affaire, je suis là.

— Message reçu.

— À bientôt.

CHAPITRE 44

Hardy grimpa les marches du Palais de Justice. Le froid s'était installé dans la nuit et un soleil pâle brillait ce matin-là et pénétrait de ses rayons un voile de gaze.

Il n'avait jamais pensé que David Freeman lui manquerait. Mais son attitude bourrue, son air de traîne-savates, son arrogance, lui seraient bienvenues actuellement. Il entra dans le bâtiment, passa le détecteur de métaux et descendit à la cafétéria encore vide à cette heure. Il commanda un café, s'assit à une table et ouvrit sa mallette d'où il sortit un nouveau bloc-notes jaune et un stylo noir.

Il était 7h40. La phase pénale commencerait à 9h30.

Avant de s'entretenir avec Floyd Restoffer, il avait considéré pendant une heure ses différentes options sous tous les angles. Finalement, il avait décidé qu'il n'avait plus de temps pour aller à Los Angeles continuer son enquête. S'il y avait vraiment un rapport entre les deux affaires, il irait, mais pour l'heure, il devait assurer une défense. Jennifer serait condamnée à mort sauf s'il tenait un argument raisonnablement percutant pour qu'elle échappe à cette sentence.

Et bien entendu, il ne pouvait utiliser le meilleur de ses arguments.

Cette phase du procès lui donnait plus de liberté de manoeuvre que Freeman n'en avait eue. Dans la phase d'instruction, l'intérêt portait sur le poids des preuves et la détermination des faits. En contraste, la phase pénale envisageait explicitement — autorisait à vrai dire — l'introduction de facteurs qui pouvaient convaincre un jury des qualités humaines de l'accusé. Ainsi, Hardy pouvait aborder l'enfer de la vie de Jennifer avec son mari et la mère attentive qu'elle avait été. Il pouvait parler de son enfance, de ses amis, même de ses animaux. Hélas, au cours de la semaine précédente, discutant tous les jours pendant deux heures avec la jeune femme, il n'avait guère plus appris, et il supposait que l'histoire de Jennifer — ce qu'il pouvait dévoiler — allait peu émouvoir les jurés.

Larry Witt ne l'avait pas autorisée à se faire des connaissances, ni à rester en contact avec ses anciens amis, et elle s'était soumise. Elle n'avait pas même eu droit de s'impliquer dans la vie de l'école de Matt. Elle ne rendait pas visite à son frère et à ses parents. Pas d'animaux à la maison. Les rares fois où ils sortaient dîner ou qu'ils se rendaient aux obligations sociales de Larry, elle jouait le rôle de la femme trophée, beauté distante.

Elle niait avec insistance la terrible réalité. Elle n'était pas coupable. Hardy répétait avec autant d'insistance que du point de vue du jury, elle était un assassin convaincu de plusieurs meurtres. Une vérité cruelle, mais la vérité. Une qu'elle ne voulait pas voir, comme tant d'autres dans sa vie.

En fin de compte, ils trouvèrent une sorte de compromis. Tant qu'il ne ferait aucune allusion au comportement de Larry, Hardy pourrait raconter ce qu'il jugeait être des preuves d'humanité, plaidant dans le fond les circonstances atténuantes, comme si elle était coupable. En échange, il devait continuer de suggérer un autre assassin. Elle n'en démordrait pas car cette théorie pouvait semer le doute parmi les jurés pour les empêcher de voter la peine de mort. Et malgré sa situation et la dose de réalisme de Hardy, elle semblait toujours garder l'espoir que l'on mettrait la main sur le véritable meurtrier et qu'elle serait innocentée.

Ainsi, d'après le matériel du YBMG, et en dépit des avertissements de Freeman, Hardy passa la moitié de la nuit à préparer et, espérait-il, à étayer l'argument qu'un tueur professionnel avait tué Larry, et les raisons qu'il avait de le faire. À cette fin, il avait assigné Ali Singh à témoigner.

Il s'avéra plus compliqué de décrire Jennifer comme un modèle de conciliation. Elle n'était pas une fille très simple, elle n'avait jamais prétendu l'être. Enfant difficile, lunatique, elle était restée la même — hautaine, froide, secrète, autodestructrice. Tout le monde dans le tribunal l'avait vu. Elle montrait rarement les dessous de son personnage. Les jurés ne pouvaient correctement juger les choses qu'elle avait faites depuis son arrestation. Ils en savaient autant que lui et risquaient de ne pas l'oublier, supposait Hardy.

Il avait écrit ce que considèrerait le jury : Après avoir tué son époux et son fils, Jennifer était sortie courir pour se fabriquer un alibi — l'arrêt au distributeur de la banque — auquel ils avaient failli croire. Ensuite, par une ruse intelligente, elle s'était évadée de prison et avait pris le large pendant trois mois durant lesquels elle avait toujours eu une liaison avec son psychiatre. (Elle, l'épouse amoureuse.)

Bien que le juge eût décrété une insuffisance de preuves pour condamner Jennifer du meurtre de son premier mari, Hardy doutait que les jurés aient ôté de leurs esprits cette accusation. Ils s'en souviendraient le moment venu.

Oui, elle était jolie. Pour certains hommes, elle était magnifique. Mais cela aussi jouait contre elle. Elle dégageait une impression de distance qui la mettait au-dessus de tout, y compris de la loi. Les larmes auraient pu être un secours. Jennifer luttait contre ses larmes.

Il lui avait fallu une journée pour négocier les instructions que Villars donnerait aux jurés après son plaidoyer, juste avant que le jury n'entre en délibération.

* * *

" Mesdames et Messieurs, bonjour."

Powell avait pris la bonne place. Debout, à trois mètres de la Cour, à deux mètres du box, il était tourné vers les jurés. Il parlait d'une voix calme, qui portait suffisamment. Il ne semblait pas vouloir utiliser les simagrées théâtrales, analysant que le jury pourrait bien en avoir par-dessus la tête.

Au cours du week-end, Powell avait grimpé dans les sondages. Il avait désormais sept points d'avance sur son plus proche adversaire et sa victoire au premier tour semblait assurée. Hardy avait l'impression que certains jurés s'en doutaient, et si c'était le cas, ce n'était pas bon signe pour Jennifer. L'autorité et la stature de Powell grandiraient si les jurés le voyaient comme ministre de la Justice de l'État de Californie au lieu d'un simple procureur dans l'exercice de son travail. Mais là encore, Hardy ne pouvait rien y faire.

Powell poursuivit :

— Chez nous, dans nos États-Unis, un meurtre est commis toutes les deux heures, à chaque heure du jour, chaque jour de la semaine, chaque semaine de l'année. Il n'y a pas si longtemps encore, la peine de mort était une sentence relativement courante pour une personne coupable de meurtre ou d'un délit jugé moindre comme le viol, et même pour certains vols à main armée. Aujourd'hui, dans cette soi-disant époque éclairée, ceci a changé. Et nous vivons dans une société et dans un État qui ne sanctionnent par la peine capitale que les crimes les plus affreux — les meurtres avec circonstances particulières qui incluent, comme le juge Villars vous l'a précisé, meurtre avec récidive, avec préméditation, meurtre pour profit d'argent, meurtre d'un agent de police. Vous avez reconnu Jennifer Witt coupable de meurtre aggravé par deux des circonstances particulières que je viens de citer — meurtre pour profit d'argent et meurtre avec récidive. *Là* n'est plus la question. Dans cette phase du procès, je vous démontrerai pourquoi l'État de Californie réclame la peine de mort. Premièrement, au sens strict de la justice, d'après les lois de cet État, la nature de ces délits impose la sentence extrême. Mais bien sûr, ici, nous nous trouvons devant un problème plus grand. Il s'agit de la nature de l'assassin, une nature tellement dépourvue de compassion et de sentiments qu'elle a pu — qu'elle a — de sang-froid organisé et commis le meurtre de son mari, mais également du *fruit de ses entrailles*, le meurtre de *son fils*.

Hardy tout autant que Powell savait que cet exposé préliminaire était d'un langage brutal, mais juste, puissant et *légal*. Bien que personne au cours du procès n'eût prétendu que le meurtre de Matt n'était pas un accident, sa mort était *la conséquence directe* d'un autre crime *lors de sa perpétration* de sang-froid. Celui qui l'avait organisé devait prévoir, inhérent à ce crime, le second. C'était du moins le point soulevé par la partie civile. En ce sens, juridiquement, les deux meurtres étaient de la même importance, ou suffisamment proches, pour que Hardy décide de ne pas émettre d'objections.

Powell se tut, pivota vers la table de la défense. Jennifer, à gauche de son avocat, leva le menton et le fixa dans les yeux. Hardy avait une main sur son bras — elle tremblait. Il lui pressa le poignet. Cet échange de regards défiants ne servait à rien, qu'à voir qui cèderait le premier.

Mais il y avait déjà eu les allusions à son fils Matt et Jennifer prit très mal cette nouvelle agression. Elle retira sa main de celle de Hardy.

— Vous êtes un beau salaud, gronda-t-elle, incapable de se retenir.

Le tribunal explosa.

Powell resta bouche bée, et certainement satisfait. Qu'elle se passe elle-même la corde autour du cou. Villars frappait son marteau pour ramener l'ordre. Derrière Hardy, la salle bourdonnait. Il prit Jennifer par l'épaule et lui dit de se taire sur-le-champ.

Par-delà le vacarme, Villars cherchait en vain à se faire entendre. Jennifer voulut se lever et parler encore. Hardy lui serra la main, pour qu'elle reste tranquille, pour la sauver.

— Aïe! fit-elle et elle se tourna vers lui, vous me faites mal. Lâchez-moi.

Jennifer se libéra en gigotant, elle regarda le juge puis les jurés. Une furie, acculée et soudain muette. Les deux huissiers s'approchaient.

Hardy bondit sur ses pieds et la prit par les épaules, écartant d'un geste les huissiers. Calme, insistant avec les mains, il ne cessait de répéter : "C'est bon, tout va bien..." Mensonge. Elle se suicidait.

Villars avait oublié son marteau. Dans la salle, quelqu'un appela Jennifer. Elle se retourna. Ken Lightner était de l'autre côté de la barrière. La jeune femme tomba dans ses bras, il la serra contre lui, lui caressa la tête d'un geste protecteur, comme un parent réconforte un enfant.

Les huissiers attendaient. La crise avait duré quelques instants seulement et semblait être passée. Villars se rassit. Powell parut amusé. Le juge fit retentir son marteau et annonça une suspension de séance, puis ordonna à Hardy de venir la voir dans son cabinet.

* * *

Le visage ordinairement gris de Villars était presque écarlate. Powell était silencieux.

— Elle ne recommencera plus, Votre Honneur...

— J'espère bien qu'elle ne le fera plus, bon sang! dit le juge calmement, assise derrière son bureau, appuyée sur ses mains. Si je ne lui interdis pas la parole et si elle recommence, Mr Hardy, je vous en tiendrai responsable. Vous ne dormirez pas chez vous pendant une semaine.

Hardy, qui s'attendait à une réprimande, fut pris de court par le ton de conversation de Villars. Le moment était propice pour soulever le problème s'il y en avait un.

— Votre Honneur, avez-vous quelque chose contre moi personnellement ?

— J'ai quelque chose contre votre cliente qui perturbe mon tribunal. Voilà mon problème. Est-ce que cela vous pose un problème à vous ?

— Je ne crois pas que ce soit cela, répondit Hardy.

Villars se redressa de toute sa hauteur.

— Comment ? (Elle plissa les yeux.) Que disiez-vous ?

— Je disais “je ne crois pas que ce soit cela”.

— Mr Hardy, mon tribunal est un bel exemple de justice, dit Villars, la colère résonnant dans sa voix devenue rauque. Il est suffisamment difficile d'appliquer la justice, donc, je m'attache à suivre le règlement et être impartiale, et je ne tolère personne qui prétende le contraire.

— Je n'ai pas dit que cela concernait votre tribunal, Votre Honneur. Mais j'ai remarqué que vous aviez donné une amende à David Freeman pour outrage à magistrat et vous venez de me menacer de la même chose ou de la prison.

— J'agirai de même avec Mr Powell, ne vous flattez pas. (Villars regarda le procureur, qui se faisait absent.) Personne ne dira des obscénités dans mon tribunal. Personne. Freeman a dépassé les limites, comme il le fait souvent. Cela n'a rien à voir avec ma personne, comme vous semblez le penser. La raison principale qui me pousse à ne pas priver votre cliente du droit de s'exprimer est que cela lui porterait préjudice. En plus des accusations déjà à sa charge. Néanmoins, vous m'avez assuré de son bon comportement et si de nouveau, elle exagère, je prendrai les mesures appropriées. Contre elle et contre vous. Est-ce clair ?

— Parfaitement.

Villars le fixait toujours.

— Votre Honneur, ajouta Hardy.

* * *

Tout le temps de l'exposé de Powell, qui dura une heure de plus, jusqu'au déjeuner, Jennifer garda une main sur le bras de Hardy, le lui serrant parfois si fort au point de lui marquer la peau à travers sa veste et sa chemise.

La portée du nouvel argument de Powell sur les "circonstances aggravantes" était ainsi : Jennifer avait prémédité le meurtre de Larry pour l'argent de l'assurance en sachant qu'il pourrait être également nécessaire de tuer son fils! Ce *n'était pas* une "erreur". Le gamin n'avait pas surgi par hasard. Elle savait qu'il se trouverait là, elle savait qu'elle pouvait être amenée à le tuer.

Hardy crut que Jennifer allait bondir hors de sa chaise et s'en prendre à Powell, comme lui aussi en eut envie. Powell déballait le grand jeu.

— Qui parlera au nom des victimes ? conclut-il. Si quelqu'un qui a prémédité le meurtre d'un enfant n'a pas bafoué son droit de vivre, alors que va devenir notre société ? Qu'allons-nous devenir ? Quelle peut être une plus grande violation de confiance que celle-ci ? Et quelle sentence, autre que la peine capitale, peut rétablir l'équilibre ?

Miraculeusement, Jennifer avait bien supporté ce moment. Quelquefois, des larmes lui étaient venues, aussitôt essuyées d'un sec revers de main. Lorsque le procureur eut fini, elle semblait calme.

— Faut lui couper les couilles, dit-elle quand Powell retourna à sa table.

Hardy pria le ciel qu'aucun des jurés ne l'eût entendue.

* * *

— Vous avez entendu Mr Powell dire que Jennifer, par la nature de ses meurtres, avait bafoué son droit de vivre. Et si, en vérité, elle a commis ces crimes, je peux être de son avis.

Restant assis sur sa chaise, Powell leva une main.

— Objection Votre Honneur. La culpabilité de l'accusée a été établie.

— Je le reconnais, Votre Honneur, contrecarra Hardy.

Il espérait avoir été explicite car pour faire admettre toute autre théorie, il avait une seule chance, bien mince : être clair comme de l'eau de roche sur ce que les jurés avaient déjà établi. Il n'essayait pas de saper leur travail. Il voulait juste leur donner d'autres alternatives à considérer.

Villars réfléchit un instant.

— Ainsi, c'est clair. Continuez, dit-elle à la défense.

C'était suffisamment énigmatique pour que Powell le prenne comme un échec et que Hardy le prenne comme il voulait.

Il inclina la tête en remerciement et se tourna vers les jurés.

— Dans la première partie du procès, les preuves vous ont convaincus de la culpabilité de Jennifer. Mais à présent, on vous demande de prononcer un jugement sur la vie d'une femme, et votre implication est ici différente. Car une erreur qui conduit à son exécution ne pourra pas être rectifiée. Si des preuves nouvelles, qui la disculpent ou tout au moins qui atténuent sa culpabilité, surgissent dans le futur, il sera trop tard. La loi admet un concept, le juge vous en instruira, qui s'appelle le bénéfice du doute. Ceci ne remet pas en cause ce que vous avez indubitablement décidé. Ceci envisage une situation telle que celle que nous avons ici devant nous. Bien que vous eussiez déclaré Jennifer coupable — Hardy pensait devoir le répéter sans cesse pour faire la distinction qui suivait — voyons ce que même la partie civile reconnaît nous *manquer* et pourquoi chacun d'entre vous pourrait se trouver dans l'avenir, si vous deviez voter la peine de mort, hantés par un sérieux doute subsistant.

Comme Powell, Hardy avait commencé sa plaidoirie au centre du tribunal, mais peu à peu, pris par son discours, il s'approchait des jurés. Il retenait l'attention de tous. C'était après tout la première fois qu'il s'adressait à eux, et il y avait un facteur de curiosité. Mais pas seulement. Jusque là, son exposé faisait mouche.

Calmant le rythme, Hardy retourna à sa table où il feignit de consulter ses notes, il but une gorgée d'eau puis revint à sa place initiale.

— Premièrement, Mesdames et Messieurs, personne n'a vu Jennifer Witt tirer sur quelqu'un. *Personne. Pas un témoin.* Un témoin, Mr Alvarez, a déclaré qu'il avait vu Jennifer devant chez elle juste après les coups de feu. Mme Barbieto a dit avoir entendu Jennifer crier chez elle avant les coups de feu. Mais aucun des deux ne l'ont vu tirer. Et permettez-moi de vous le rappeler, Mme Barbieto avait du mal à définir le temps écoulé entre les cris de Jennifer et les coups de feu. Il y a la possibilité — visiblement omise par les jurés au cours de leur délibération — que Mr Alvarez ait vu une autre personne devant la maison ce matin-là et l'ait prise pour Jennifer.

— Objection Votre Honneur. La défense discute les preuves.

— Je rappelle aux jurés les premiers témoignages. C'est tout, Votre Honneur.

— Nous ne sommes pas à une table ronde, Mr Hardy. Mais l'objection est rejetée.

Bon, gagné et perdu à la fois. Villars, comme elle le prétendait, pouvait être équitable envers une faute mais elle n'était pas pour autant maniable.

— Merci Votre Honneur. (Hardy se tourna vers les jurés.) Qu'avons-nous encore d'inexpliqué ? Vrai, Jennifer a touché cinq millions de dollars, et c'est le motif attribué à ces meurtres. Seulement, si c'était le cas — s'il s'agissait d'un meurtre prémédité de façon méticuleuse pour profit d'argent — où sont les preuves de cette préméditation ? La dispute que Mme Barbieto a entendue depuis chez elle, que concernait-elle ? Si Jennifer a tué son époux, était-ce à cause de cette dispute ? Cela s'est-il passé au coeur de la dispute, sans aucune préméditation ? Et Matt est-il simplement, et tragiquement, apparu à ce moment ? Voilà des questions auxquelles les preuves ne répondent pas. Des réponses, nous n'en avons pas.

Hardy marqua une pause pour que ses paroles pénètrent les esprits.

— Il y a deux remarques avec lesquelles je voudrais terminer. La première est que Jennifer Witt soutient ne pas être coupable de ces deux crimes. Vous pouvez le rejeter parce que cela vous apparaît intéressé, mais sachez que depuis le début du procès, sa position n'a jamais changé. Elle plaide non coupable. Elle ne prétend pas avoir été prise d'un accès de folie, elle ne prétend pas avoir été sous le stress de problèmes qui lui échappaient, ni — Hardy respira un bon coup — avoir voulu fuir une situation invivable chez elle. (Il accéléra.) Elle aurait pu prétendre tout cela dans l'espoir que, si vous la déclariez coupable, ce serait pour un crime moins grave que le meurtre au premier degré qui entraîne la peine capitale. *Mais non, ce n'est pas ce qu'elle a fait. Jamais.* Ni tambours ni trompettes, aucune défense tordue ne va lui sauver la vie, et croyez-moi, mon collègue David Freeman en a quelques-unes dans sa manche si on le lui demande.

Hardy revint à sa table prendre un verre d'eau, le temps de rassembler ses pensées.

— Le dernier point, Mesdames et Messieurs, est un facteur important qui jusqu'ici nous a manqué : puisque personne *n'a effectivement vu* Jennifer tuer Larry et Matt Witt, il doit rester la *possibilité* que quelqu'un d'autre ait pu commettre ces forfaits.

Powell se leva rapidement.

— Votre Honneur, le verdict est tombé.

Mais de nouveau, l'objection fut rejetée. Hardy ne débattait pas d'une inconsistance logique ni ne soulevait des hypothèses, au sens strict. Il pouvait poursuivre mais "avancez avec prudence, Mr Hardy. La limite est délicate ici."

Reconnaissant l'avertissement de Villars, Hardy se tourna vers les jurés.

— Je ne suis pas ici pour vous démontrer que votre verdict est faux. Vous avez travaillé longtemps et durement pour arriver à votre décision et je respecte votre travail. Mais le fait reste — quelqu'un d'autre que Jennifer a pu vraisemblablement avoir une raison de tuer Larry Witt, et quelqu'un d'autre que Jennifer a pu vraisemblablement le faire. Ainsi, dans cette phase du procès, vous allez entendre parler de Larry Witt — le genre d'homme qu'il était, la façon dont il menait ses affaires, les autres choses dans lesquelles il était impliqué. Je crois qu'un certain nombre de ces considérations sont persuasives et peuvent vous conduire à ce doute subsistant dont je vous parlais précédemment.

Il se tut, respira profondément.

— Mesdames et Messieurs, il y a une dernière chose, douloureuse. Mr Powell s'est efforcé dans son exposé préliminaire...

Powell n'allait pas lui concéder ceci.

— Objection. Il ne s'agit pas de réfuter maintenant.

Villars n'eut aucune hésitation.

— Accordée.

Elle attendit. Hardy sentit qu'elle le défiait.

— Très bien, dit-il en se tournant vers les jurés, leur faisant part de sa frustration hors du champ de vue du juge. Maintenant, je dois, *je dois*, dire un mot sur la mort de Matthew Witt.

Une nouvelle pause, qui ne tenait pas uniquement de l'effet théâtral. Il ne pouvait pas tolérer que la tragédie de la mort de l'enfant soit mal représentée aux jurés.

— Aucune preuve n'a été introduite, ni ne le sera, que Jennifer était une mauvaise mère. Si des médecins pouvaient témoigner que Matthew Witt était victime de toutes sortes de mauvais traitements, croyez-moi, ils seraient venus à la barre en tant que témoins de la partie civile. Il n'y en a aucun. Et pourquoi donc ? (Hardy pointa du doigt sa cliente.) Parce que Jennifer Witt était une mère remarquablement bonne. Personne ne soutient ou même ne suggère qu'elle ne l'a pas été. Elle aimait son fils. Sa mort l'a anéantie. Elle n'a préparé aucun plan — même de loin — qui aurait pu mettre son fils en danger. Et cela, Mesdames et Messieurs, est l'entière vérité.

Hardy regarda Villars, attendant une nouvelle objection de Powell qui se verrait accordée. Rien ne vint. Il était resté suffisamment vague, et ce n'était qu'une introduction. Laissant échapper un soupir, il décida qu'il était arrivé à un bon résultat. Il remercia le jury et retourna s'asseoir.

* * *

Il était six heures et demie du soir, Hardy était au comptoir du Little Shamrock, en train de boire une Black & Tan, mélange de ale et de stout. Moses et Hardy (à l'époque où il était serveur) se piquaient de fierté dans la préparation de cette boisson où il fallait proprement séparer les deux bières, la stout coiffant l'ale. Mais le petit nouveau, Alan, n'avait pas attrapé le tour de main. Et la boisson fraîche était plate, passée. Comme le goût laissé par la journée, comme son humeur.

Après un jour entier de procès et la tension de devoir le lendemain se lever pour y retourner, Hardy préférait ne pas rentrer à la maison dans un tel état de nervosité. Il n'y avait pas d'interrupteur sur lequel appuyer pour passer d'une humeur belliqueuse à une humeur sympathique. Il avait téléphoné à Frannie pour lui expliquer qu'il avait besoin d'un moment pour se détendre — si elle pouvait le comprendre, si elle n'était pas trop fatiguée avec les enfants.

Si tôt un lundi, il n'y avait que cinq autres personnes dans le bar, deux couples assis à des tables près des fléchettes et une très belle jeune femme à côté de la fenêtre, qui discutait avec Alan. Hardy fit lentement tourner sa pinte devant lui sur le bois lisse du comptoir. Willie Nelson chantait du Paul Simon dans le juke-box, une chanson qui disait combien de fois il s'était trompé, combien de fois il n'avait pas su. Hardy le comprenait.

Le jeune serveur avait apporté une nouvelle allure au Shamrock. Moses l'appelait "le look des années quatre-vingt-dix" — cheveux courts, visage rasé de près, chemise habillée et pantalon. Moses disait aussi que la clientèle féminine était plus présente que du temps de Hardy, ce à quoi il avait répondu que c'était probablement vrai mais que sans doute, ces gens étaient plus superficiels, plus branchés par la beauté physique. Son truc à lui, c'était la substance, la personnalité, la profondeur, l'essence. L'essence, c'était très bien, lui avait rétorqué Moses, mais cela ne faisait pas vendre autant d'alcool, et que d'autre part, depuis qu'il était avec Susan, il était lui-même dans le truc de la beauté physique. Les temps changeaient.

Alan rit à ce que dit la jeune femme. Dans un tourbillon, il vérifia où Hardy en était avec sa bière. Il souriait comme si personne ne lui avait jamais menti. Pourquoi pas après tout, songea Hardy. Lui, il était dans un business où la plupart des gens mentaient. C'était couru d'avance.

Il avala la dernière gorgée par politesse, laissa quelques billets sur le comptoir, salua de la main. Un étranger dans son propre bar.

* * *

Le soir tombait. La fenêtre de gauche sur le devant de la maison des DiStephano était éclairée. Pas de voitures dans l'allée.

Hardy se gara un peu plus loin. Il glissa l'assignation à comparaître dans la poche de sa chemise.

Remontant l'allée, le coeur battant, il se demandait comment Frannie avait pris son envie de temps libre.

Il fit quelques pas sur la pelouse. Par la fenêtre, il vit Nancy s'activer dans la cuisine. Devant la porte, il écouta. Pas de bruit de voix. Si Phil se trouvait chez lui, il forcerait l'entrée, ou il essaierait.

Il sonna.

La lumière de la véranda s'alluma. Nancy apparut derrière la moustiquaire de la porte.

— Bonjour, dit-elle.

Elle regarda derrière lui, en haut et en bas de la rue.

— Phil n'est pas à la maison ? s'enquit Hardy.

Faisant non de la tête, elle lui ouvrit.

— Il est parti pour une urgence.

Une nouvelle fois, Hardy fut frappé par la jeunesse de son allure — Jennifer avait hérité de la beauté de sa mère. Cette beauté qui avait dû attirer leurs hommes. Et ce n'était peut-être pas le bienfait que l'on prétendait.

— Je voulais vous demander de venir parler de votre fille. À la barre des témoins, annonça-t-il.

— Parler de Jennifer ? Que voulez-vous que je raconte ?

— Je voudrais que vous parliez de votre amour pour elle.

Nancy avala sa salive, écarquilla les yeux.

— Mais je l'aime.

— Je sais. Je veux que vous le disiez aux jurés.

— Pourquoi ?

— Parce que cela peut lui sauver la vie. Parce que c'est quelque chose qu'ils peuvent voir, quelque chose d'humain.

Elle eut un regard tourmenté, comme souvent le devenait celui de Jennifer. Hardy s'imagina qu'il signifiait qu'à cet instant, elles redoutaient de faire une chose pour laquelle elles seraient frappées. Il insista.

— J'ai besoin de vous, Nancy. Jennifer a besoin de vous. Le procureur fait venir des gens d'un peu partout et ils donnent une très mauvaise image de Jennifer.

— Je sais, je regarde la télé.

Nancy jeta un autre coup d'oeil dans la rue puis ne dit rien, ne bougea plus.

— Qu'est-ce qu'il y a ? demanda Hardy.

— C'est lui.

Il avait déjà rencontré des femmes qui disaient toujours, sans préambule, “lui” pour parler de l'homme de leur vie. Et cela lui donnait à chaque fois des frissons.

— Phil voudrait que vous sauviez sa fille, Nancy. Ne me dites pas le contraire.

— Cette histoire... (Elle se tut.) Il la déteste. Il n'aime pas qu'on sache que sa fille passe en procès.

— Il est inquiet des conséquences pour *lui* ?

— Il n'est pas inquiet, il est furieux. Il dit qu'il aurait jamais voulu avoir cette fille. Il m'interdit de parler de l'affaire, même de ma fille.

— Nancy, dans quel état va-t-il être si elle est exécutée ? Et vous, qu'allez-vous ressentir ?

Son regard plaintif en disait long : ne me posez pas cette question. Elle aimait sa fille, elle était effrayée par son mari. À parier qu'elle voulait voir Hardy déguerpir à cet instant.

Mais il n'était pas venu jusqu'ici pour simplement repartir. Il sortit le papier de sa poche.

— Nancy, voici une assignation à comparaître pour vous. J'ai besoin de vous au tribunal. Il faut que quelqu'un vienne dire que Jennifer aimait son fils, qu'elle aussi a quelque chose à donner, qu'elle mérite de vivre encore. Montrez aux jurés que quelqu'un l'aime.

Nancy serrait le papier.

— Nancy, quel âge avez-vous ? demanda soudain Hardy.

Elle voulut sourire, ses lèvres s'élargirent timidement.

— Quarante-huit ans, répondit-elle.

— Il n'est pas trop tard.

Son poing se replia sur le papier, contre son ventre. Elle soupira, elle tremblait presque. Toute trace de sourire avait disparu.

— Si, je crois que c'est trop tard, dit-elle.

* * *

Au beau milieu de la nuit, le téléphone sonna. C'était Freeman.

— Vous êtes au courant ? On vous a appelé ?

Hardy plissa des yeux dans l'effort de voir l'heure sur le réveil. 4h30.

— Non, David, personne.

— Bon, moi, ils m'ont appelé. La mère de Jennifer vient d'essayer de tuer son bonhomme.

CHAPITRE 45

Tous les deux étaient au Shriners' Hospital — Phil dans la salle des urgences, Nancy dans une chambre gardée. Hardy s'y rendit avant six heures du matin, avant le soleil, avant les autres avocats et les journalistes.

— Elle, elle va s'en tirer. Lui, j'sais pas, l'informa Sean Manion.

La nuit de l'inspecteur Sean Manion avait été longue mais au moins, il n'était pas resté au central de Park Station. Le policier connaissait Hardy depuis le Shamrock et ils s'entendaient bien. Ils se trouvaient dans le couloir devant la porte de la chambre de Nancy à qui on avait administré des tranquillisants. Elle ne pourrait pas parler pendant un moment.

— Qu'est-ce qui s'est passé ? demanda Hardy.

Manion était extrêmement coincé. Il avait une demi-tête de moins que Hardy, un visage grêlé, un palais fendu refait, une tonsure de moine. Toujours voûté, les mains dans les poches, mâchant du chewing-gum, il parlait vite et de manière saccadée.

— Le type a dû la tabasser une fois de trop, j'suppose. Elle a attrapé un couteau et elle l'a frappé. Quatre fois, je crois. Non, cinq.

— C'est moche ?

— Trois coups de couteau aux bras. Balafre classique, mais deux dans la poitrine. Ça a pu lui toucher le coeur, ils étaient pas sûrs la dernière fois que j'ai demandé. Il a perdu une tonne de sang. C'est elle qui nous a appelés, tu sais. Après.

— Tu vas l'accuser ?

Manion mâcha son chewing-gum.

— J'sais pas. Demande au procureur. J'en doute. Avec quoi ?

— Tentative de meurtre.

Manion grogna.

— Bah, merde, légitime défense. Tu devrais la voir. Ce salaud mérite d'y passer. S'il survit, celui qui devrait être accusé, c'est lui.

— Sean, c'est toi qui as prévenu David Freeman ?

— Qui ?

— Pas grave. C'est peut-être elle avant que vous ne débarquiez chez elle. (Hardy indiqua la chambre dans son dos.) Elle est fatiguée, hein ?

Manion hocha la tête.

— Elle est au pays des rêves. Repasse vers midi.

— Impossible, je suis au tribunal.

— T'en as de la chance. (L'inspecteur écarta les mains devant lui.) Bon, vas-y. Ce soir, elle sera encore là. Elle risque pas d'aller quelque part, j'te le dis. Pas aujourd'hui.

— C'est donc si moche que ça ? fit Hardy.

Manion confirma d'un petit signe de tête.

— Salement moche même. Mais hé, elle est en vie. Ça aurait pu être pire.

* * *

Hardy se savait responsable de ce qui venait d'arriver. S'il n'avait pas eu cette idée, s'il n'y était pas allé avec l'assignation, s'il n'avait pas essayé de convaincre Nancy de témoigner... Phil et elle en avaient parlé et maintenant, ils étaient tous les deux à l'hôpital.

Il aurait dû être exténué après une nuit raccourcie, mais quand il entra dans la petite pièce au septième étage du Palais, un peu après huit heures, il était toujours sous pression. Il avait l'impression d'avoir avalé deux litres d'expresso.

Jennifer n'était pas encore habillée pour le tribunal.

— Alors, quel est le conseil de la journée ? demanda-t-elle.

Elle se comportait comme si elle perdait espoir en lui.

Il lui annonça la nouvelle.

Elle se tenait dans sa posture habituelle, ici dans cette pièce, adossée à la porte, les bras croisés. Avant que Hardy n'ait terminé son récit, elle s'était assise, une expression de choc sur le visage.

— Jennifer ?

— Je suis là. (Silence.) Qu'est-ce que ça veut dire ?

— Ça veut dire que votre mère voulait témoigner pour vous et qu'elle s'est disputée avec votre père à ce sujet.

— Mais pourquoi elle prendrait le risque ? Elle le connaît...

— Et si c'était parce qu'elle vous aime ?

Jennifer le regarda fixement, sa bouche remua mais aucun son n'en sortit. Elle mit sa tête dans ses bras et sanglota.

* * *

Un Harlan Poole très malheureux se présenta une nouvelle fois à la barre. Le dentiste semblait avoir perdu six kilos en deux semaines. Cette fois, il n'allait pas raconter des rumeurs.

Dean Powell fonça sur lui. L'élection approchait et le candidat accélérait sa vitesse.

— Dr Poole, vous avez déclaré qu'après la mort du premier mari de Jennifer, vous avez décidé de rompre la relation avec elle. Est-ce exact ?

Poole, transpirant avant même de commencer, acquiesça.

— Pouvez-vous nous dire ce qui s'est passé entre Jennifer et vous ?

— Nous... j'ai juste pris mes distances.

— Même si elle travaillait avec vous tous les jours, n'est-ce pas ?

Poole opina de la tête.

— Oui, elle était ma secrétaire.

— Et pourtant, vous aviez besoin de prendre vos distances.

— Je... nous avons cessé notre liaison.

Poole regardait dans toutes les directions à la fois, tirant sur son col. Il marmonna, à la limite de l'audible :

— Je ne pouvais pas travailler... cela peut paraître étrange, mais j'avais peur d'elle...

Hardy sauta sur ses pieds, objecta, se vit rabroué. Il contesta Villars, disant que Poole ne répondait pas à la question de savoir si oui ou non, il avait rompu la liaison. Villars, l'index pointé, lui demanda s'il était dur d'oreille. Elle avait instruit cela. Il devait arrêter. Il risquait une remontrance pour outrage à magistrat, mais pire, il risquait de perdre le respect du jury. Le premier risque, il pouvait encaisser, le second pouvait condamner Jennifer. Il se rassit.

De son côté, Powell n'allait pas risquer une annulation de procès en faisant répéter au Dr Poole pourquoi il avait peur. Il n'en avait pas besoin non plus, les jurés se souvenaient de Ned. De plus, c'était inutile à voir le cours de l'interrogatoire.

— Que s'est-il passé ensuite ?

— J'ai voulu dire à Jennifer que ce n'était pas bien, que cela ne marchait plus, mais elle, heu, elle...

Poole regarda Jennifer.

— Prenez votre temps, dit Powell.

Poole réfléchissait à la manière de formuler.

— J'ai finalement décidé de rompre et de la licencier en même temps.

La salle s'agita. Plusieurs jurés remuèrent sur leur chaise. Hardy aussi. Une fois encore, il apprenait quelque chose.

— Et que s'est-il passé ensuite ?

— Eh bien, elle est devenue complètement folle...

— Que voulez-vous dire ? Menaçante ? Violente ?

— Les deux. (Poole se tut, déglutit plusieurs fois de suite.) Je ne sais pas quoi dire, monsieur. Excusez-moi.

Powell, lui, savait.

— Est-ce qu'elle s'en est prise à vous physiquement ?

— Oui.

— Avec une arme ?

— Heu, des choses dans le bureau, oui.

— Des objets contondants ? Des instruments médicaux ?

— Oui.

— Avez-vous été blessé ?

— Elle m'a gravement griffé au visage et aux bras. (Le dentiste secoua la tête.) Elle était complètement dingue.

Hardy intervint.

— Votre Honneur, c'est la deuxième fois que ce témoin dit de l'inculpée qu'elle est folle.

Villars, de marbre, s'adressa au jury.

— Ne prenez pas compte de ce jugement. Mr Hardy, objection accordée.

Elle lui lança un sourire glacial. Powell reprit aussitôt.

— Elle vous a griffé aux bras et au visage ?

Hardy se leva de nouveau sans réfléchir.

— Question déjà posée et répondue, Votre Honneur.

Powell se tourna vers lui puis vers les jurés, les mains étendues devant lui. Villars ne perdait pas de temps.

— Laissez l'avocat général interroger ce témoin, Mr Hardy. Vous avez eu votre tour. Objection rejetée.

Pour la troisième fois, le jury entendit que Jennifer avait attaqué Poole aux bras et au visage. Puis Powell demanda :

— Vous avez également déclaré que l'accusée vous avait menacé. Quelle était la nature de cette menace ?

— Elle a dit que si je ne la reprenais pas, elle me tuerait.

— Elle vous tuerait, répéta Powell.

— Oui monsieur.

— L'en avez-vous crue capable ?

Hardy se leva de nouveau. Il détestait cela mais il le devait car Powell le cherchait.

— Je retire ma question. Le témoin est à vous, annonça-t-il avec un sourire gracieux.

C'était maintenant que Hardy ressentait la fatigue. Si Powell avait trouvé son rythme, lui avait perdu le sien, mais il fallait continuer.

— Dr Poole, commença-t-il, cette attaque de Jennifer Witt que vous avez essuyée — était-ce après votre rupture ou après son licenciement ?

— Eh bien, c'était... c'était vraiment la même chose.

— D'accord. Avant cela, combien de temps avez-vous été intime avec Mme Witt ?

— Six mois, je crois.

— Vous ne vous souvenez pas précisément ?

— Pas précisément, non.

La réponse préférée de Hardy de la part d'un témoin adverse. Il se dit qu'il devrait recommencer.

— Très bien. Pouvez-vous, s'il vous plaît, nous décrire les armes qu'elle a utilisées contre vous — celles que vous venez de mentionner.

— Il s'agissait d'instruments du cabinet.

— Oui, c'est ce que vous avez dit, mais lesquels ?

Poole fronça les sourcils.

— Je ne me souviens pas exactement. Elle m'en a tant jeté.

— Oh, elle les jetait sur vous ? Vous rompez avec la personne que vous avez fréquentée pendant six mois, profitant de votre position d'employeur...

— Objection, dit Powell.

— Ce n'était pas ça...

La voix de Hardy s'éleva sur un ton d'indignation, et ce n'était pas une feinte.

— ... et par la même occasion, vous la mettez à la porte et sous la colère, elle vous jette des choses. Est-ce cela que vous qualifiez d'une attaque ?

Villars fit retentir son marteau.

— Harcèlement du témoin, Votre Honneur, intervint Powell.

— Objection accordée. Mr Hardy, où est votre question dans tout ça ?

Hardy respira profondément, se tourna vers le jury à qui il adressa un demi-sourire.

— Docteur, pouvez-vous nous indiquer un instrument que Jennifer a lancé sur vous ?

— Oh oui, enfin, non. Mais il n'y a pas eu que ça. Elle a saccagé mon cabinet. Elle m'a coupé.

— Prenons les choses l'une après l'autre. Elle a saccagé votre cabinet ?

— Entièrement.

— Elle a causé beaucoup de dégâts ?

— Huit mille dollars. J'ai dû fermer une semaine.

— Huit mille dollars. Vous avez certainement signalé cette perte à la police.

Poole ne dit rien.

— Dr Poole, avez-vous signalé cet incident à la police ?

— Je ne voulais pas...

— Je regrette, Docteur, mais répondez par oui ou par non. L'avez-vous signalé à la police ?

La pomme d'Adam de Poole s'agita de haut en bas.

— Non, dit-il enfin.

— Donc, il n'y a aucun document qui consigne ce que vous venez de déclarer ? Oui ou non ?

— Non, il n'y a aucun document.

— Très bien, revenons au fait qu'elle vous a coupé. Vous a-t-elle coupé avec l'un de vos instruments ?

— Non. C'était des griffures.

— Oh! s'exclama Hardy, réclamant l'attention des jurés, maintenant, il n'est plus question de coupures mais de griffures.

— Elle m'a griffé avec ses ongles sur les bras et le visage. Je parle de ces griffures.

— Très bien, ceci clarifie cela. Et vous avez déclaré qu'elles étaient assez graves. Avez-vous vu un médecin ?

— Non, je ne voulais pas...

— Merci. Avez-vous des cicatrices dues à cette prétendue attaque ?

Le dentiste porta les mains à son visage, comme si le souvenir y était lisible.

— Cela fait bientôt dix ans, dit-il.

— Est-ce un non ?

— Oui, c'est un non.

— Merci. Une dernière question, Docteur. Parlons de la soi-disant menace. Vous souvenez-vous des mots que Jennifer a employés ?

— Non, pas exactement. (Il respirait difficilement et tout à coup, il se leva de la chaise, un doigt pointé sur Jennifer.)

Mais elle a vraiment dit qu'elle allait me tuer.

Villars lui demanda de se calmer.

— Est-ce qu'elle a essayé de vous tuer ? Vous a-t-elle suivi, vous a-t-elle appelé au téléphone, vous a-t-elle poursuivi ?

— Non, non, rien de tout ça. Je ne l'ai jamais revue, jusqu'à ce procès.

— Vous ne l'avez jamais revue. En d'autres termes, sans tenir compte de ce qu'elle aurait pu dire dans la fureur et la douleur du moment où elle a été à la fois abandonnée et licenciée, elle disparaît de votre vie. Est-ce vrai ?

— Oui, c'est vrai...

— Merci. Pas d'autres questions.

* * *

Hardy pouvait avoir gagné ce round mais il craignait que ce ne soit une victoire à la Pyrrhus. Ned avait été évoqué, et bien que les jurés eurent été instruits par le juge sur cette accusation, il supposait que certains, s'ils étaient convaincus de la culpabilité de Jennifer dans les meurtres de Larry et Matt, en viendraient à la conclusion qu'elle avait également tué son premier mari.

À cela s'ajoutait le fait qu'il s'était probablement et définitivement aliéné Villars. Il n'en viendrait rien de bon. Et s'il avait fourni un motif raisonnable pour expliquer l'accès de colère de Jennifer, il n'avait pas effacé le fait qu'elle s'en était prise physiquement à Poole. Ce dernier avait pu donner l'impression d'être quelqu'un d'intéressé, une poule mouillée, un pleurnicheur, mais la personnalité de Jennifer se glissait aussi dans ce témoignage — une personne instable qu'il était dangereux de croiser. Une telle personne n'était-elle pas capable de répéter cette violence avec d'autres ?

* * *

Au cours de la phase d'instruction, Powell ne s'était guère servi de photos. Par politesse, il chargea son assistant, Justin Morehouse, d'informer Hardy à la pause du déjeuner que la partie civile allait introduire les photos dans l'après-midi — avec un expert de la médecine légale pour les tirages couleur pris chez les Witt et le coroner Strout pour ceux de la morgue.

C'était horrible mais sensé du point de vue du procureur. Powell était décidé à prouver que les crimes avaient été commis de sang-froid et de manière délibérée. Il voulait maintenant souligner l'horreur de la mort de Matt, et Hardy, ayant vu les photos, savait qu'elles serviraient ce but avec efficacité.

Justin était un beau jeune homme à l'allure sportive, vêtu d'un costume sur mesure. Tout au long du procès, il était resté dans l'ombre de Powell, prenant des notes, sans mot dire, faisant le travail de seconde classe comme la plupart des jeunes avocats. Il avait l'air franc. Délivrant son message à Hardy, il se força à ne pas affecter les manières d'un procureur qu'adoptaient, en bouclier, des adjoints débutants.

— Cela va être dur pour Jennifer, dit Hardy. Vous pourriez peut-être en toucher deux mots à Dean.

— Quoi donc ?

— De voir les photos de son fils décédé.

Justin passa d'un pied sur l'autre, comme s'il devait aller aux toilettes.

— Elle n'aurait peut-être pas dû les tuer, alors, dit-il.

Ses paroles parurent venir à contrecoeur, comme s'il ne voulait pas paraître sans pitié, mais à n'en pas douter, il croyait sincèrement ce qu'il disait. Un bon rappel pour Hardy.

Pour la majorité des gens dans le tribunal, Jennifer était un assassin récidiviste qui à la moindre provocation recommencerait. Même pour Justin Morehouse — un type sympa en apparence — réclamer la peine de mort n'allait pas lui donner des insomnies. En fait, il n'avait aucune mauvaise conscience (mais il ne l'admettrait pas) à la voir souffrir devant les photos.

Ce Justin pouvait bien représenter l'état d'esprit des jurés, et si Hardy ne se trompait pas, Jennifer était en mauvaise posture. Le sentiment qu'il retirait de sa conversation avec Morehouse était qu'il n'avait pas fait grand-chose devant ce tribunal.

* * *

Dès que la session reprit, Hardy se leva et demanda si le juge permettait à la défense de s'adresser à la Cour.

— Votre Honneur, commença-t-il et il expliqua le projet de Powell du voir-dire. Vu l'émotion que ces photographies sont susceptibles de soulever, je voudrais vous demander d'excuser Jennifer Witt du tribunal durant les témoignages.

Villars abaissa ses lunettes en demi-lune sur son nez, le regardant par-dessus la monture.

— Nous ne jugeons pas des affaires criminelles *in absentia* dans ce pays, Mr Hardy. Votre cliente reste ici.

C'était la loi, qui appliquée à la lettre dans ces conditions sentait la cruauté gratuite. Cependant, il ne pouvait contester.

— Elle risque de s'évanouir, Votre Honneur. Ce sera une épreuve pour elle.

Villars rajusta ses lunettes puis les enleva.

— Si elle s'évanouit, Mr Hardy, nous ajournerons la séance jusqu'à son rétablissement.

En fin de compte, ce fut pire que ce qu'il avait craint, et cela semblait être la particularité de ce procès. Un élan d'émotion — même négatif — aurait pu au moins rendre Jennifer plus humaine. Mais elle n'eut aucune réaction. Elle parut s'enfoncer dans un état de choc, immobile, sans une larme, agrippée au bras de Hardy au fur et à mesure qu'étaient produites les photos de Matt mort, sur le chevalet près du box du jury .

La moitié des jurés eurent des larmes, des signes de nausée. Mais sur sa chaise, Jennifer ne bougeait pas, sa main sur le bras de son avocat, le regard fixe.

Insensible.

* * *

Pourtant exténué, Hardy retourna à l'hôpital après le tribunal. Un soleil blafard brillait encore devant le Palais mais tandis qu'il roulait vers l'ouest, il rencontra le brouillard en traversant Van Ness et dut ralentir. À San Francisco, le brouillard ne s'installait pas lentement. Il arrivait de l'océan en un rien de temps, enveloppant tout devant lui, un pâté de maisons en trois minutes. La température tombait de six degrés en quelques centaines de mètres. Le vent soufflait et les essuie-glace s'activaient. Brusquement, des gens décidaient de sauter du Golden Gate Bridge.

Hardy déboucha dans Lincoln, le parc sur sa droite. Il envisagea cinq secondes de s'arrêter prendre un verre au Shamrock. Mais la veille, il l'avait fait et cela n'avait pas transformé sa vie, avait-il constaté.

* * *

La porte de Nancy n'était pas gardée. C'était les heures de visite et Hardy pouvait entrer.

La mère de Jennifer était redressée sur son lit, les yeux clos. Un large pansement couvrait son nez, ses yeux étaient enflés, bleus et noirs.

Hardy s'éclaircit la gorge, elle bougea.

— Voilà le fauteur de troubles, dit-elle.

— Oui, reconnut Hardy.

Elle se releva un peu plus sur son oreiller et avec difficulté, grimaçant, elle tourna la tête vers lui.

— J'ai dit à Phil que j'irai témoigner, que vous étiez passé à la maison.

— Oui, c'est ce que j'ai pensé, dit Hardy, hochant la tête.

— Comment va-t-il ?

Il s'était renseigné auprès des infirmières.

— Il est dans un état critique.

Nancy poussa un soupir — de soulagement ? de déception ? — mais très vite, elle bloqua sa respiration. À cause de côtes cassées sans doute.

— Je ne sais pas, dit-elle. Qu'est-ce que j'ai fait ?

— Il me semble que vous vous êtes défendue contre quelqu'un qui vous faisait du mal.

— Je ne sais pas... j'ai peur.

— De lui ?

— De ce que j'ai fait. De ce qui va m'arriver maintenant.

— Avez-vous parlé à la police ? demanda Hardy.

Elle fit oui de la tête, même si chaque mouvement semblait lui coûter.

— Ils sont passés. Je leur ai raconté ce qui était arrivé. (Elle soupira encore.) Mais après ça, qu'est-ce que ce sera ?

— Que voulez-vous dire ?

Un petit rire sec se transforma en un cri de douleur aigu.

— Ça fait mal quand on rit, dit-elle. Je parle des coups de couteau que j'ai donné à mon mari. Ça veut dire que c'est fini, que le mariage est fichu. Maintenant, je ne sais pas ce que je vais faire, ce que sera l'avenir.

Hardy n'avait pas de réponse à lui donner, et mieux, c'était à elle de la trouver. Il trouvait qu'elle n'avait pas mal agi.

— Que vous a dit la police ? voulut-il savoir. Est-ce qu'ils vont vous accuser ?

— Ils disent que non. Pas encore, en tout cas. (Nancy regarda son corps.) Ils disent que Phil aurait pu me tuer. À mon avis, il ne s'est pas rendu compte de... (Elle s'arrêta d'elle-même.) Non, je ne vais pas recommencer. Il savait ce qu'il faisait, et il continuait. Je lui ai demandé d'arrêter, je l'ai supplié...

— C'est ce que vous avez dit à la police ?

— C'est ce qui est arrivé, répondit-elle, croisant son regard. Alors, quand voulez-vous que je témoigne ?

— Quand allez-vous sortir d'ici ?

Elle secoua la tête avec bravoure. Comme Jennifer.

— Après ceci... vous m'avez dit que Jennifer avait besoin de moi. J'y serai même si je dois ramper pour y aller.

CHAPITRE 46

La partie civile fit sa conclusion le mercredi après-midi. Pendant quatre jours, Powell avait appelé à la barre des témoins sérieux, remarquables par leur manque de véhémence, étant donné qu'à travers leurs témoignages, il tenait à persuader les jurés de voter la peine de mort.

Les jurés parurent écouter avec attention le psychiatre de Powell exposer son opinion suite à trois entretiens avec Jennifer. Chaque fois, la jeune femme ne s'était pas montrée coopérative, elle était irrémédiablement une sociopathe, un être peu réceptif, hostile, dangereux.

Normalement, un tel témoignage de professionnel n'était pas recevable tant que la défense ne citait pas elle-même un psychiatre. Or, Jennifer avait rendu service à la partie civile en agressant leur psychiatre, et par là rendant son témoignage recevable, que Hardy appelle à la barre un psy ou pas. Au dernier entretien, elle l'avait brûlé avec une cigarette sur le dos de la main. ("Je l'ai à peine touché. En plus, il m'a demandé si j'avais tué Matt pour l'empêcher de parler des sévices sexuels que je lui faisais subir ! Était-ce une éventualité que je réprimais ? Avais-je peur de l'envisager ?")

Ensuite vint Rhea Thompson, la femme qui avait échangé son identité avec Jennifer lors de son évasion au printemps. Hardy avait son idée sur elle : une balance professionnelle qui avait voulu témoigner pour obtenir une réduction de peine. Seulement, quand elle rapporta aux jurés que Jennifer avait dit qu'elle "tuerait" quiconque essaierait d'empêcher son évasion, cela parut crédible.

— C'était une blague, tout le monde l'avait compris, avait commenté Jennifer.

Si la jeune femme réagissait avec ses maris comme avec lui — à part égale une mauvaise attitude, un mauvais jugement — Hardy commençait à comprendre de quelle façon elle avait pu provoquer les hommes. Il était loin de leur pardonner car pas une minute, leur comportement n'était acceptable. Mais l'attitude de Jennifer faisait penser à une sorte d'autodestruction, comme si elle avait besoin de perdre, de se mettre en situation de dire : regardez, je vous *avais dit* que je n'étais pas bonne. Et ce qu'elle réussissait le mieux, c'était de le prouver.

* * *

Hardy décida que le temps était venu de discuter avec une bonne dose de réalisme.

Ils se trouvaient dans leur "suite" pour un quart d'heure de suspension de séance. Il reprendrait avec Ali Singh à la barre et laisserait entrevoir sa théorie du tueur professionnel.

— Jennifer, comprenez-vous que les gens là dans la salle essaient de vous analyser ? Il s'agit vraiment de cela. Et vous, vous traitez Powell de salaud en plein tribunal, vous prenez le psy de l'État pour un cendrier, vous évoquez l'idée de tuer les gens s'il le faut. C'est vous que vous assassinez, Jennifer, vous le savez ?

— Que dois-je faire ? Jouer la comédie ?

Il l'en avait crue capable, à un certain moment. Plus maintenant.

— Oui ! Ce serait une excellente chose. J'aimerais bien un peu de comédie juste maintenant. Qu'ils voient une autre Jennifer, avec un peu de gentillesse au fond d'elle. Ou plutôt, cessez de jouer les durs.

— Pourquoi ? Pourquoi leur montrer ça ?

Hardy se planta sous son nez.

— Je vous en prie. Il nous reste deux jours, Jennifer. Pouvez-vous essayer... (Il se détourna.) Tonnerre de Dieu!

— Vous êtes en colère contre moi.

Il marcha jusqu'aux fenêtres, regarda l'autoroute, les immeubles gris au-delà, le ciel terne.

— Vous l'êtes, insista Jennifer.

— D'acc', je suis en colère contre vous. Et après ?

Il la sentit approcher. Elle se pressa contre lui. Il sentit sa main sur son ventre, qui commençait à descendre plus bas.

Il fit volte-face, s'adossa contre la fenêtre.

— Qu'est-ce que vous faites, bon Dieu ?

Elle le regarda, d'un air surpris.

— Ne soyez pas fâché contre moi, murmura-t-elle.

Hardy tenta de reculer mais il était bloqué. Elle fit un pas vers lui, contre lui.

Pas question. Il la saisit par les épaules et la repoussa brutalement. Une seconde de raison, un reste de contrôle, l'empêchèrent de la jeter de l'autre côté de la pièce.

Il la tint à une longueur de bras devant lui. Il se reprit, sentit la force avec laquelle il lui emprisonnait les bras. À présent, elle avait son regard traumatisé. Il la lâcha.

— Ne recommencez jamais, *jamais* !

Elle recula.

Il se tourna de nouveau vers la fenêtre. Il fallait qu'il se concentre sur quelque chose ailleurs que dans la pièce. Le brouillard, l'autoroute, la ville au loin. Il prit une longue bouffée d'air, cherchant à se calmer.

— C'est juste que... murmura-t-elle. Je regrette. Pardonnez-moi.

Il regarda dehors, dans le vide, une longue minute encore. Il savait qu'elle ne ferait plus un geste. Elle attendait. Il respira à pleins poumons puis se tourna.

— Ne regrettez pas, dit-il.

Il traversa la pièce, les jambes flageolantes. Il l'abandonnait. L'huissier la surveillerait jusqu'à la reprise de la séance.

— Ne regrettez pas, répéta-t-il. Changez.

* * *

Ils étaient dans le cabinet de Villars. Powell avait laissé Hardy interroger Singh pendant une dizaine de minutes avant de réclamer cette réunion en privé. Villars, à contrecoeur comme d'habitude, l'avait accordé.

— Votre Honneur, dit Powell, nous avons patiemment écouté l'histoire fascinante de Mr Singh, mais je n'arrive pas à voir l'intérêt. Nous en avons déjà débattu mais Mr Hardy continue de prétendre qu'il va faire le lien entre cette histoire et les assassinats des Witt. Je ne pense pas qu'il y parvienne.

Villars rumina un instant.

— Mr Hardy, je dois reconnaître que je suis d'accord. Pouvez-vous nous expliquer où va tout cela ?

De son mieux, Hardy leur livra la version courte — les victimes des deux scénarios tuées avec leur arme personnelle, la somme d'argent en jeu, les soupçons à Los Angeles qu'un tueur ait été engagé pour éliminer Simpson Crane et sa femme. Quand il eut terminé, Villars était toujours perplexe.

— Vous dites que Simpson Crane a été tué avec le revolver de Jennifer Witt ?

Hardy dit que non, Witt avait été tué avec son propre revolver, et Simpson Crane avec le sien.

Le juge se tourna vers Powell.

— Ai-je manqué quelque chose ?

Powell en profita.

— Même s'il y a...

Villars lui fit signe de se calmer.

— Existe-t-il un lien manifeste, Mr Hardy ?

— C'est une alternative plausible pour expliquer ces meurtres et que les jurés doivent entendre.

— Vous m'avez peut-être mal entendu ? Je vous demandais s'il y avait un lien manifeste.

— Oui, bien sûr.

Silence. Villars demanda alors si Hardy leur ferait l'honneur de leur dire lequel.

— Votre Honneur, Witt faisait partie du Yerba Buena Medical Group. Il a eu vent de cette escroquerie sur l'émission des actions, il a voulu rendre l'affaire publique. Il a été tué à cause de cela.

— Par qui ?

— Par ceux qui ont tué Simpson Crane.

Villars tambourinait avec ses doigts sur son bureau.

— Comment savez-vous cela ?

— Je crois pouvoir être persuasif dans mon explication.

Powell prit la parole.

— Votre Honneur, c'est ridicule. Ce n'est ni le moment ni l'endroit pour émettre des théories. Le jury a déclaré Jennifer Witt coupable. Si Mr Hardy a des preuves, c'est Freeman qui aurait dû les produire au cours de l'instruction.

— Je n'en avais pas jusqu'à ce week-end.

— Eh bien, grommela Powell en levant les mains, soit c'est trop dommage, soit c'est trop facile, non ?

— Messieurs, du calme, exigea Villars, un doigt pointé sur les deux avocats. La vie d'une femme est en jeu. S'il s'agit de servir la justice, nous devons trouver le moment pour cela. S'il y a des preuves, je veux être au courant à tout moment. Mr Hardy, ce Mr Crane qui a été tué...

— Le policier qui a mené l'enquête s'appelle Floyd Restoffer. Il est de la police de Los Angeles. Je pourrais l'assigner à comparaître.

— Et ont-ils un suspect ?

— Non, mais ils sont certains qu'il y a un tueur professionnel dans le coup.

Villars resta silencieuse. Elle n'aimait pas cela.

— Bon, donc, ce Restoffer, qu'a-t-il trouvé sur le Group ?

— Le Group était représenté par le cabinet de Crane, comme je vous ai dit.

— Par Crane en personne ?

Hardy hésita, mais il n'y avait pas d'échappatoire.

— Non, par un de ses collaborateurs.

— Écoutez une minute! se fâcha Powell. Votre Honneur, Mr Hardy est-il en train de nous dire que Crane ne représentait même pas le Group ?

— Je n'espère pas, répondit le juge. Mr Hardy, ceci n'est pas votre preuve, n'est-ce pas ?

Les choses tournaient plutôt mal.

— Disons que personne n'a été accusé, si c'est ce que vous voulez dire, mais...

Le visage de Villars s'était assombri.

— C'est exactement ce que je veux dire, répliqua-t-elle d'une voix forte. Restoffer a-t-il une affaire qui se rapporte à la nôtre ?

— L'affaire n'est pas encore classée là-bas.

— Dix mois, et toujours pas classée ? Qu'est-ce qu'il fait ce Restoffer avec cette affaire qui remonte à dix mois ?

— Rien en ce moment, Votre Honneur. Il en a été dessaisi, leur apprit Hardy.

Ce qu'il prétendait être le lien était tiré par les cheveux. En outre, il mettait en danger sa crédibilité professionnelle, mais quel autre choix s'offrait à lui ? S'il ne sortait pas quelque chose de son chapeau, Jennifer allait être condamnée à mort. Y avait-il vraiment un lapin à chasser ? Il n'en savait rien mais son désespoir le poussait sur cette piste. Si le juge le lui permettait.

Il lui fallait encore une dizaine de minutes pour donner la dernière nouvelle que lui avait livrée Restoffer : de quelle façon on lui avait demandé de laisser tomber l'affaire après avoir interrogé Bachman ; la femme riche de San Marino qui était à la fois une donatrice du superviseur de L.A., Frank Kelso, et un membre du conseil d'administration du YBMG. Il y avait anguille sous roche. Il lui fallait dix minutes avec Villars, en privé. Il devait capter son attention.

— Votre Honneur, je me demande si nous ne devrions pas discuter *in camera*...

Villars s'enfonça dans son fauteuil.

— Non, dit-elle. Rien, dans une affaire capitale, ne doit échapper au procès-verbal. Il n'y aura pas de discussions privées.

Hardy l'irritait, cela se sentait.

— Votre Honneur, je veux dire quelque chose, intervint Powell, profitant du silence. Je voudrais que vous considériez une autre possibilité. Comme Mr Hardy vous le demande de son côté. Voici : oublions votre instruction ou la décision du jury et considérons la possibilité que le premier mari de Jennifer, Ned, a en effet été tué par le même assassin, dix ans plus tôt. Si nous admettons ceci, cela peut-il devenir, dans la bouche de Mr Hardy, une défense plausible ? (Powell s'occupait du cas de Hardy.) C'est absurde, c'est insultant.

Villars avait pourtant signifié précédemment que ses limites étaient atteintes, la *reductio ad absurdum* de Powell avait porté. Opinant du chef, elle se pencha en avant.

— Je suis de votre avis, dit-elle. Mr Hardy, je vous ai prêté une oreille attentive. Je me suis penchée sur votre histoire parce que, comme vous l'avez souligné, c'est une affaire capitale. Mais je ne vois absolument aucune raison d'admettre ceci.

— Votre Honneur, il doit y avoir un lien. (Le croyait-il vraiment ? Ou était-ce son désespoir qui s'exprimait ?) Donnez-moi deux jours. J'irai à Los Angeles...

— Votre Honneur, je vous en prie!

Villars leva la main, elle n'avait pas besoin que Powell s'en mêle.

— Il n'en est pas question. Nous avons déjà retenu les jurés plus de deux mois, dit-elle, le visage fermé, la voix calme mais autoritaire. (C'était elle le boss dans ce tribunal.) Mr Hardy, j'ai cherché à vous cerner. J'ai entendu dire que vous étiez un avocat plutôt brillant quand vous travailliez pour la ville. Vous avez l'air d'un homme sincère. Vous semblez travailler dur. Mais maintes fois au cours de ce procès, je me suis heurtée à votre refus de faire les choses comme elles sont établies, ici dans cet État, ou dans tout autre État de ma connaissance. Ces deux dernières semaines, j'ai été forcée d'écouter des reproches sur l'hostilité que je vous portais et qui affectait mes décisions. Ensuite intervient ce fantôme du syndrome de la femme battue, que vous avez soulevé une fois, sans présenter de preuves, puis que vous avez abandonné. Aujourd'hui, vous avez enfin l'opportunité d'apporter quelque chose qui peut aider votre cliente, un témoin enclin à parler de sa personnalité, de son passé, de *quelque chose*...

— Votre Honneur...

La main du juge s'abattit sur le bureau.

— Mr Powell a raison, continua-t-elle sur le même ton. La phase d'instruction du procès est terminée. Nous avons appliqué les règles au sens strict. Vous avez perdu. C'est ainsi que cela se passe, c'est ainsi que c'est équitable.

Hardy attendit. Il voulait être sûr de ne pas être interrompu.

— C'est certainement équitable, Votre Honneur, mais il y a une erreur. Jennifer n'a pas tué son mari ni son fils...

— Dans ce cas, prouvez-le, dès que cet entretien sera terminé. Je vous garantis que si vous trouvez un autre meurtrier, Mme Witt sera libre. Mais entre-temps, votre travail consiste à trouver des circonstances atténuantes. Je veux savoir si vous êtes prêt à le faire, oui ou non ?

Hardy laissa échapper un soupir.

— Le fondement de mon raisonnement était que quelqu'un d'autre a tué les Witt.

— Avec les preuves que vous tenez, je vous conseille d'éviter cette mauvaise stratégie. (Ajustant sa robe, Villars regarda la pendule au mur et changea de vitesse.) Très bien, messieurs, il est 4h15. Quittons ce cabinet et suspendons la séance pour aujourd'hui. (Elle pointa un doigt sur Hardy.) Mr Hardy, j'espère voir demain des témoins qui auront quelque chose à raconter aux jurés. Ce sont les preuves qui parlent ici, Mr Hardy. C'est tout.

Elle se leva, contourna son bureau et montra le chemin de la sortie. Powell attendit que Hardy soit à sa hauteur.

— Foutu carnage.

* * *

Hardy quitta le tribunal, la mine triste. Tête baissée, épaules rentrées, regard vide. Tout s'écroulait. Non seulement il avait laissé tomber sa cliente, mais il avait aussi souillé sa réputation en se méprenant sur le juge le plus honnête devant qui il devait intervenir.

Du coin de l'oeil, il aperçut Powell face aux caméras de télévision. Il n'allait pas braver l'interdiction de débats, pas à ce stade du procès, pas avec le cours que prenaient les choses, pour déblatérer sur le crime et l'énorme problème qu'il représentait. Certes, le sujet l'inspirait.

De Dean Powell, il avait eu son compte. Il voulait partir discrètement et retourner au bureau, mais l'inspecteur Terrell se trouva brusquement sur son chemin. Mr Théorie. Hardy ne pouvait le lui reprocher, lui aussi était tombé dans le panneau. Qu'une chose *puisse* être arrivée ne signifiait pas qu'elle était arrivée. Ou, en tout cas, qu'elle puisse être prouvée. Son boulot, il le croyait sur parole, c'était prouver, pas spéculer. Il s'était égaré du chemin de l'évidence.

— On m'a envoyé vous chercher, dit Terrell d'une manière énigmatique. Quelqu'un voudrait vous parler en haut.

Cela n'en finirait donc jamais. Que voulait Jennifer maintenant ? Comment se faisait-il qu'elle soit déjà retournée à la prison ? Une autre question surgit : pourquoi était-ce Terrell le messager ?

— Au septième ? demanda Hardy.

— Non, au quatrième. (La criminelle.) On est avec Mme Witt, la mère. Son mari est mort y'a deux heures. Elle veut un avocat. Abe Glitsky lui a dit qu'il savait où vous trouver.

* * *

Nancy avait souhaité venir. Le lieutenant de la criminelle Frank Batiste, ainsi que Glitsky et Sean Manion étaient disponibles. Pour l'heure, Nancy n'avait pas été accusée du meurtre de son mari. Personne ne contestait le fait qu'elle l'avait tué, mais il leur fallait sa déposition, même dans un cas de légitime défense.

Elle était assise dans un fauteuil jaune en similicuir dans un des bureaux réservés aux interrogatoires. Bien habillée, et les yeux pochés, un pansement sur le nez, on aurait pu la prendre pour une femme de trente-cinq ans, comme Jennifer paraissait vingt ans dans ses bons jours.

Hardy entra et referma la porte, saluant à peine la compagnie, disant qu'il avait besoin d'être seul avec elle cinq minutes.

Nancy l'accueillit par un filet de sourire. Il remarqua aussitôt qu'elle respirait faiblement, que son teint était bien trop pâle.

— Ça va ? Vous n'auriez pas dû venir.

Elle fit signe que oui.

— Ils m'ont laissée sortir ce matin. Je suis juste un peu faiblarde. Je pensais pouvoir aider, et puisque je suis ici, je pourrais peut-être voir Jennifer.

— Nous allons arranger ça. Mais que vous veut-on ?

— Je n'en sais rien, répondit Nancy. L'inspecteur que j'ai vu à l'hôpital — Manion ? — il a dit qu'ils n'allaient pas m'accuser, et puis après... quand Phil... (Elle respira difficilement.) Enfin, après la mort de Phil, le jeune monsieur est venu et il a demandé si je voulais coopérer.

— Si vous vouliez coopérer ? Il a dit ça ?

Cela ne tenait pas debout. Ils l'inculpaient ou ils ne l'inculpaient pas, et dans les deux cas, il n'y avait aucune raison de la faire venir au commissariat dans son état, pour rester assise dans un bureau de la criminelle. Hardy s'interrogeait aussi sur l'assemblée dehors — Batiste, Glitsky, Manion, Terrell. Ils étaient tous là à attendre d'interroger une femme qu'ils n'allaient pas accuser ?

— Leur avez-vous déjà parlé ? demanda-t-il.

Avant même qu'elle ne réponde, un furieux brouhaha retentit à l'extérieur. Nancy et Hardy se levèrent, il ouvrit la porte. Le procureur en personne, Christopher Locke, arrivait, suivi de Dean Powell et de la moitié des caméras de télévision du pays.

Tout s'éclaircissait.

Hardy n'adressa aucun regard à Locke. Ils s'étaient dit ce qu'ils pensaient l'un de l'autre l'année précédente. Il s'avança droit sur Powell.

— Dean, vous savez que c'est une offense, pour ne pas dire une insulte.

Terrell sortit de la meute et expliqua à Powell :

— Elle a demandé son avocat.

Pourquoi Terrell devait-il fournir des explications à Powell ?

— Je ne sais pas de quoi vous parlez, répliqua le procureur adjoint.

Et ces caméras messagères d'humanité continuaient de remplir l'espace.

— Eh bien, je vais vous le dire. Je vous parle de tout ce cirque médiatique. Je vous parle de vous servir de la tragédie de cette femme pour que les jurés du procès de sa fille puissent la lire dans le journal demain matin en buvant leur café, et par la même occasion, on vous verra encore une fois à la télé la veille de l'élection.

— C'est ridicule.

— Je ne crois pas, je crois que c'est l'enjeu. Je crois que Terrell attendait pour vous à l'hôpital au cas où le père de Jennifer mourrait. Comme cela, vous pourriez attirer sa femme ici devant les caméras... telle mère, telle fille. Hein ?

Hardy aurait souhaité que la Californie séquestre ses jurés.

Frank Batiste était un policier professionnel qui n'avait pas le goût de la fantaisie. Son insigne ne rivalisait pas avec les autres en présence mais ici, il était chez lui. Il s'avança vers les gens de la presse.

— Voulez-vous tous sortir d'ici maintenant, s'il vous plaît ? (Il les rassembla comme un troupeau en leur donnant des petits coups.) Reculez, reculez. Merci.

La dernière caméra ayant disparu, il referma la porte et se retourna, réprimant un sourire.

— À mon avis, ils vont attendre.

Locke voulut tenter de prendre les choses en main.

— Il revient au procureur d'inculper une personne de meurtre, pas aux services de police.

— Hé, j'ai fait mon rapport. (Procureur ou pas procureur, Manion avait écrit son rapport et il ne supporterait pas que son professionnalisme soit remis en cause.) Si ça, c'est pas de la légitime défense, je vous rends mon insigne.

— Je n'ai pas dit cela. (Locke n'avait pas changé, se dit Hardy. Il temporisait jusqu'à voir dans quelle direction soufflait le vent.) Mais c'est moi qui décide.

Hardy ne remettait pas cela en cause, et le problème n'était pas là.

— Chris, que fait Dean ici ? Vous avez une explication ? voulut-il savoir.

Locke sentit son sang ne faire qu'un tour, vite, il se ressaisit.

— Mr Powell est procureur adjoint en chef. Il a tous les droits d'être ici.

Batiste s'avança.

— Pas question, monsieur. Vous avez décidé d'inculper cette femme ? Vous voulez qu'on l'emmène au-dessus et qu'on la boucle ?

Hardy connaissait peu ce lieutenant mais soudain, il l'admira. Il n'y avait aucune ironie dans son intervention ; en vérité, il était scrupuleusement juste. Il disait au procureur que si tout était en ordre, ils pouvaient continuer la procédure.

Il prenait Locke au mot, sachant que celui-ci mentait.

Ce dernier fut surtout pris au dépourvu. La pièce, même sans les médias, n'offrait guère de place, et il faisait trop chaud — Locke, Batiste, Powell, Terrell, Manion, Nancy, Hardy plus trois autres gars de la criminelle qui se trouvaient là par hasard au début. Pour la première fois, Locke regarda Nancy DiStephano, appuyée contre le chambranle de la porte, l'air épuisé, les bras pliés sur ses côtes cassées.

— Je n'ai pas lu le rapport de l'officier, dit le procureur. J'avais l'impression... Après l'avoir lu, je rendrai ma décision.

Powell le suivit, “sans commentaires” jusque dans le vestibule. Un long silence emplit le bureau de la criminelle. Batiste s’adressa finalement à Terrell.

— Walt, on embauche des enquêteurs chez le procureur. Si tu veux bosser pour eux, remplis le formulaire. Je m’occuperai des formalités.

Il entra dans son bureau.

Hardy revint vers Nancy qui semblait sur le point de s’évanouir. Il lui apporta une chaise, l’aida à s’asseoir. Elle avait du mal à respirer après cet effort. Glitsky les rejoignit.

— Elle aurait pu appeler Freeman ou toi. Je lui ai dit que tu étais sans doute à côté.

Hardy serra l’épaule de Glitsky, une sorte de merci.

— Et si je vous ramenais chez vous, Nancy ?

De toute évidence, elle souffrait mais elle leva les yeux vers lui et secoua la tête.

— Vous voulez bien ? Je voudrais voir Jennifer si c’est d’accord.

* * *

Après un bref repos, elle sentit qu’elle pouvait arriver à marcher jusqu’à l’ascenseur pour monter au septième.

Quand elle en sortit, devant les lourdes grilles de la prison, Nancy porta sa main à sa bouche. Caricature du choc, sauf que Hardy savait que ce n’était pas de la comédie. Il retrouva l’odeur familière de sueur et de pommade, les bruits de l’ascenseur, de la serrure de la porte d’accès, le tintement des clés. Plus loin, obsédantes, les voix étouffées, et un constant bourdonnement sourd. Quelqu’un poussa un cri, quelque chose fut lancé à terre. C’était l’heure du dîner.

Nancy serra le bras de Hardy.

— Je ne savais pas que c’était...

Elle ne termina pas sa phrase. Inutile. Personne ne pouvait savoir sans y être venu.

— J’aurais dû venir, mais Phil...

Phil ne le lui avait pas permis, Hardy le savait trop bien.

Il avait obtenu la permission pour Nancy de voir Jennifer dans la petite pièce réservée aux avocats. Jennifer fut amenée.

Nancy était assise à la table. Elle se mordit la lèvre, redressa la tête. La porte se referma. Hardy resta à côté.

— On t'a dit pour ton père ?

Jennifer hocha la tête, les bras le long du corps. Nancy se leva, voulut faire un pas vers sa fille.

— Jenn...

— Oh maman..., murmura celle-ci.

Elles restèrent immobiles toutes les deux. Nancy tendit les mains, Jennifer s'avança d'un pas incertain. Elles tombèrent dans les bras l'une de l'autre, s'étreignirent, Nancy tenant sa fille par le cou, le visage torturé par la douleur de ses côtes cassées, mais ne disant rien, la serrant aussi fort qu'elle le pouvait.

* * *

— Il faut que je trouve.

— Non, s'opposa Freeman, il faut que vous laissiez tomber.

— Je n'ai rien d'autre. Cette femme n'a pas d'amis. Elle a une mère, et c'est la seule trace de son passé. Aux yeux de la justice, elle est aussi saine d'esprit que vous et moi. C'est la seule chance. Je dois continuer.

Il était près de onze heures du soir. Ils se trouvaient dans le bureau de Hardy qui avait fait tapisserie à la prison pendant l'heure où la mère et la fille avaient discuté, ou plus exactement, avaient essayé de rétablir le lien, mains dans les mains, entre pleurs et silence. L'entrevue avait surtout été pénible. Elles avaient parlé de choses intimes, sans jamais faire d'allusions à l'affaire.

Après avoir quitté la prison et s'être assuré que Nancy rentrait chez elle en taxi, Hardy était venu directement ici. Freeman travaillait tard, déjà sur un nouveau meurtre en même temps que l'appel de Jennifer.

Freeman écoutait son locataire, et occasionnellement, son partenaire, qui avait balayé la moitié des dossiers de son bureau et tempêtait sous la colère et la fatigue.

— Vous savez combien de gens j'ai rencontré ces six derniers mois ? Et qu'est-ce que j'ai à présenter ? La mère de Jennifer et son psy, et son psy, les jurés ne le croiront pas. Voilà. Voilà mon affaire pour sauver la vie d'une femme.

— Vous avez Jennifer.

Ce Freeman — il avait l'oeil.

— Oh, c'est une bonne idée, répliqua Hardy qui, comme il arpentait la pièce, marcha sur une pile de chemises. Faire témoigner Jennifer pour qu'elle regarde les jurés dans les yeux et déclare : si vous votez mon exécution, allez-vous faire foutre.

Ça va les rendre doux comme des agneaux.

Freeman avait pris place dans le fauteuil derrière le bureau.

— C'est vraiment tout ce que vous avez, fit-il remarquer.

Hardy se figea.

— C'est ce que j'essaie de vous dire, David. Elle est séparée du reste du monde. Comme si vous n'en saviez rien. Elle est trop jolie pour s'attirer la confiance d'une autre femme, et elle n'est pas du genre platonique avec les hommes. À part son fils, elle ne semblait pas apprécier les enfants. Depuis que Ned a tué son chat, elle n'a jamais eu d'autres animaux. Les jurés aiment les gens qui aiment les chats. Pourquoi elle n'en a pas eu un autre ? Le fait est que je n'ai personne qui puisse dire du bien de Jennifer Witt. (Hardy se mit à ramasser les dossiers qu'il avait jetés par terre.) Je crois vraiment que j'ai raison, David. Je sais que Simpson Crane avait mis la main là-bas sur un type qui foutait la merde.

— Vous croyez vraiment qu'ils ont tué Larry aussi, ou qu'ils l'ont fait tuer ?

— C'est au moins une raison.

— Comme l'avortement. Souvenez-vous. Nous avons déjà tout examiné, Dismas. Le frère de Jennifer détestait Larry aussi, non ? Et la prise de bec entre les syndicats et Crane n'est-elle pas une idée aussi bonne que votre escroquerie ? Il aurait pu être descendu pour ça ?

— Je ne sais pas. Je n'ai aucune idée de ce que Restoffer a trouvé.

— Peu importe en fait, mais en tout cas, cela l'a tenu en haleine pendant l'enquête principale, hein ?

La remarque de Freeman était suffisamment claire, sauf que Hardy n'était pas d'humeur à l'entendre. Il savait que toute chose pouvait s'expliquer par un nombre infini de scénarios, avec l'imagination pour seul critère. Les procès n'en termineraient jamais si les avocats étaient autorisés à introduire n'importe quel élément soumettant que les choses s'étaient passées différemment, sans égard pour les preuves. C'était pourquoi les tribunaux, déjà surchargés de travail, n'autorisaient ni les rumeurs, ni les inventions, ni les théories non étayées.

À un procès, quelqu'un devait avoir vu, senti, touché et même goûté pour ensuite jurer. Parce que dans la réalité, il n'y avait qu'une *seule* version. Et le rôle d'un tribunal, plus que celui de la justice peut-être, était d'affirmer la véracité de l'histoire, en concordance avec les preuves.

Hardy s'assit par terre pour ramasser ses papiers.

— Qu'est-ce que je vais faire David ?

— Je ne plaisantais pas tout à fait tout à l'heure, lui répondit le vieil avocat. D'abord, je ferais venir la mère, puis Jennifer...

— Mais *vous*, vous ne l'avez pas fait!

— La situation était autre. J'avais le luxe, du moins, je le croyais. Pas vous. C'est la dernière carte. Le jury doit connaître Jennifer, savoir qui elle est au-delà...

— Powell va en faire une bouchée.

— Bien possible. Elle peut aussi se condamner elle-même. C'est un risque. (Freeman s'illumina.) Mais fiston, la vie est un risque. En outre, quelle est votre option ?

CHAPITRE 47

Les enfants dormaient encore — un miracle. Six heures du matin passées, Frannie lisait l'article dans le journal. Aucune charge retenue contre la mère de la meurtrière qui avait, elle aussi, tué son mari. Cela faisait la une. Ainsi Powell, malgré la tentative de Hardy, avait réussi. Non seulement son nom et sa photo étaient en première page, mais les jurés avaient également un aperçu sur la façon dont les femmes de cette famille réglaient leurs problèmes — elles tuaient leur mari.

— Ils y donnent un ton biblique, dit Frannie, comme s'il y avait une malédiction à travers les générations.

Hardy hocha la tête d'un air las. Il avait déjà dû connaître une fatigue plus grande qu'aujourd'hui, mais il n'en avait pas gardé de souvenir. Rentré après minuit, il n'avait trouvé le sommeil qu'une heure plus tard.

— J'espère seulement que les jurés ne vont pas le voir de cette façon.

Frannie posa le journal. Quelque chose dans la voix de son mari...

— Tu vas perdre ?

— C'est une possibilité.

Le roi de la réserve.

Une question taraudait Frannie.

— Je peux faire quelque chose ?

— Par exemple ?

— Je n'sais pas, t'aider d'une certaine manière, de n'importe quelle manière... (Frannie étendit le bras de l'autre côté de la table, lui prit la main.) Je n'ai pas bonne conscience, tu sais. C'est comme si j'avais abandonné Jennifer. Ils l'ont accusée. Que dois-je penser ? Que dois-je faire ? Je ne pouvais pas continuer à dire que non...

— Tu n'as rien à m'expliquer, Frannie. C'est une personne difficile. Elle fait fuir les gens.

Frannie se mordit la lèvre, serra la main de son mari.

— Qu'est-ce qui va se passer ? Je veux dire, au cas où tu perdes ?

— Si Powell est élu, s'il conserve l'affaire, les chances d'obtenir un appel vont baisser. Il sera ministre de la Justice et elle, elle sera son bébé. C'est-à-dire que même s'il le voulait, ce qui ne sera pas le cas, sur le plan politique, il lui serait difficile de faire autre chose que de continuer dans sa voie.

— Mais c'est une erreur.

Hardy recouvrit la main de Frannie.

— Tout n'est pas encore fini.

* * *

Il citerait Nancy à la barre, puis Jennifer.

Une journaliste de la rubrique société, Lucy Pratt, se trouvait à la rédaction du *Times*, à Los Angeles, quand Hardy appela de Sutter Street une heure plus tard. De si bonne heure, il n'y avait personne, elle était contente de parler de son travail à quelqu'un. Si beaucoup de confrères voulaient passer aux rubriques plus sérieuses, elle, elle adorait son travail. Elle aimait les gens. Elle n'aimait pas la violence, les problèmes du monde, tout ce bazar. Elle affirma connaître Margaret Morency. D'ailleurs, le week-end précédent, ils avaient publié sa photo. Son fiancé et elle avaient présidé une vente de vins et de fromages au profit de la bibliothèque de San Marino.

— Je ne sais pourquoi, dit Hardy, je croyais que c'était une vieille dame. Une vieille fortune de San Marino, vous voyez ?

Mlle Pratt éclata de rire.

— Vieille fortune, ça ne veut pas dire vieux, pas pour Margaret en tout cas. Elle n'a pas encore trente ans. Je pourrais vous envoyer sa photo par télécopie. En 1986, elle a été l'une des Rose Court, vous saviez ?

Hardy estima qu'une photo était inutile.

— Le mariage va avoir lieu en décembre, au Huntington, révéla la journaliste. Toute la ville en parle.

Hardy doutait que les gens soient aussi excités par ces futures noces que Lucy, mais elle avait l'air d'être une fille sympa. Du coup, il l'écoutait. Avant de prendre congé, il lui posa la question qui lui semblait de politesse.

— Et qui est le fiancé ?

— Oh, c'est vraiment un conte de fées, dit la jeune femme. Jody vient des quartiers ouest, mais des basses couches sociales, pas de Brentwood. Maintenant...

— Vous parlez de Jody Bachman, l'avocat ?

— C'est lui l'heureux élu. Vous le connaissez ?

— Oui, tous les avocats se connaissent entre eux. C'est une grande confrérie.

Lucy rit de nouveau. Elle avait de bonnes manières, mais elle n'avait sans doute pas compris l'humour.

* * *

Il laissa un message à Restoffer. Il voulait du temps pour réfléchir et malgré le froid, il partit à pied jusqu'au Palais de Justice, fit un détour en bas de la Cinquième Avenue pour passer par Market (car la Sixième, c'était à vos risques et périls). Il retrouva Powell et ils allèrent voir Villars, seule dans son cabinet. Une chance, même si leur apparition était loin de la réjouir.

— Mr Hardy, j'espère que vous avez préparé quelque chose pour aujourd'hui, dit-elle. Je ne retiendrai aucune motion d'ajournement. Vous voulez toujours me voir ?

Hardy répondit par l'affirmative. Elle lui tourna le dos, repartit à son fauteuil, devant son journal et son café du matin. Elle s'assit sur l'accoudoir et pointa un doigt en disant :

— La question de l'appel intervient après la décision du jury.

Villars faisait allusion à la danse orchestrée autour des affaires capitales en Californie. Rien n'était fini quand un jury avait voté la peine de mort. La défense déposait automatiquement une motion pour rejeter le verdict tandis qu'une autre motion réclamait un nouveau procès, sur n'importe quel motif et sans porter de préjudice — en d'autres mots, sans invalidation de procès. Dans le jargon, le juge devenait le treizième juré.

En pratique, de telles motions étaient rarement accordées. Si un juge, siégeant en tant que treizième juré, cassait la décision finale du jury, le procureur — avec son droit de contester les tribunaux — lui rendrait la vie dure dans l'exercice de son métier. Cependant, Villars était coriace, et les juges des tribunaux de seconde juridiction pouvaient acquérir une grande autorité.

Hardy resta debout, Powell s'assit. Ce dernier ne disait rien, il écoutait.

— Je voudrais qu'une décision soit rendue sur une chose, dit Hardy, qui expliqua, sans que Villars ne l'interrompe, ce qu'il avait appris le matin même à propos de Jody Bachman et Margaret Morency. Ainsi, Votre Honneur, j'ai un membre du conseil d'administration du YBMG qui a fait retirer l'enquête à Restoffer à Los Angeles et qui est également fiancée à l'avocat du Group. Je pense que le jury devrait entendre ceci.

Finalement, Villars s'assit dans le fauteuil.

— Comment cette femme a-t-elle fait suspendre l'enquête de la police ?

— Elle a joint le superviseur Kelso. Il a passé le mot au commissaire.

— Vous en avez la preuve ?

C'était justement ça qui était dur à faire avaler.

— Mme Morency contribue à la fois à la campagne de Kelso et appartient au conseil du YBMG. Je sais que Kelso a appelé le commissaire après que Restoffer a interrogé Bachman.

— Ceci n'est pas une preuve, conclut le juge en détachant ses mots.

— Votre Honneur, dans cette phase, c'est moins important. J'essaie d'amener les jurés à douter.

Villars attendit une suite. Elle vint.

— Votre Honneur, voici au moins des faits et non des hypothèses. Simpson Crane a été assassiné avec son arme. Larry Witt a été assassiné avec son arme. Il existe un lien — le Group. Certes, le fil est tenu mais il est là, entre ces deux hommes, passant par Jody Bachman, et une belle somme d'argent introuvable. L'enquête sur le meurtre de Simpson Crane est close. La fiancée de l'avocat du

Group a un pouvoir sur Kelso. Montrons cela aux jurés et ils s'interrogeront enfin. Il ne s'agit pas seulement de ma théorie. Les faits parlent d'eux-mêmes.

Villars réfléchit un instant.

— Mais c'est un château de cartes.

— Votre Honneur... persista Hardy.

— Puis-je, Votre Honneur ?

Le juge fit oui de la tête et Powell se leva.

— Hier, ici même, Mr Hardy, commença-t-il, j'ai été ferme avec vous, mais en dépit de ce que vous pouvez croire, l'idée de voir une personne condamnée à mort ne m'enchante pas. Après l'ajournement de la séance, hier soir, savez-vous ce que j'ai fait ? J'ai appelé Los Angeles et j'ai parlé avec le patron de la criminelle, qui m'a renvoyé sur le chef des services de police. À la criminelle, ils sont *formels*, fin de citation. Simpson Crane a été assassiné par un type payé par les Machinistes du Local 47, là-bas. L'affaire n'est pas close, bien que l'inspecteur Restoffer ne travaille plus dessus. Elle est aux mains des fédéraux. Là encore, je cite, "sans aucun doute possible, son assassinat n'a pas été commandité par quelqu'un du YBMG".

— Pourtant, ils ont écarté Restoffer, souligna Villars qui suivait de près, prenant même des notes.

— De toute évidence, soupira Powell, l'inspecteur a pris la mouche à cause de l'intervention des fédéraux. Quand il a vu un moyen de revenir sur l'affaire — car elle est importante — il a marché sur quelques pieds. On l'a dessaisi de l'affaire parce qu'il harcelait les gens, parce qu'il n'était pas un bon flic.

Villars se leva. Dans ses habits de ville, le juge aurait pu passer pour une brave grand-mère.

— Mr Hardy, dit-elle avec calme, je vous ai attentivement écouté, pour la dernière fois. Maintenant, je vais vous dire une chose et j'espère que vous m'écoutez aussi. Jusqu'ici, tout ce que vous prétendez peut être véridique. Il peut se fomenter toutes sortes d'intrigues financières à Los Angeles, mais cela ne concerne pas notre affaire. Et là où les chemins pourraient se croiser, cela relève de la coïncidence. Larry Witt n'était nullement impliqué dans cette histoire, ou bien s'il l'était, il n'y a aucune preuve.

— Il a appelé Crane & Crane.

— À quel sujet ? Est-ce qu'il a parlé à Crane, ou à Bachman ? Et de quoi ont-ils parlé ? (Villars secoua la tête.) Je regrette Mr Hardy, vraiment. Je vois que vous faites de votre mieux, et c'est normal, mais je n'admettrai aucune théorie non corroborée. Il en va ainsi.

Elle l'entraîna vers la porte.

— Et maintenant, veuillez m'excuser. J'ai deux heures de dossiers à terminer d'éplucher en — elle regarda sa montre — en quarante-cinq minutes.

CHAPITRE 48

Manifestement, beaucoup de gens dans la salle du tribunal avaient lu les journaux ou regardé les informations à la télévision. Car quand Hardy appela Nancy à la barre, il y eut un murmure de réactions.

Elle était assise au premier rang, près du Dr Lightner, juste derrière Hardy et Jennifer. Elle se tenait droite comme un I, comme une personne qui a des côtes cassées. Ses yeux étaient toujours noirs et enflés, son nez couvert d'un pansement.

Quand elle marcha péniblement vers l'allée centrale, des journalistes prirent des photos. Villars ne l'entendit pas ainsi. Les appareils photo avaient été autorisés jusqu'à maintenant tant que cela n'entravait pas son travail. Cette fois, c'en était trop.

Le marteau retentit.

— Assez de photos. Asseyez-vous tous. À partir de maintenant, j'interdis les appareils photo dans ce tribunal. Ceux qui en ont peuvent partir. Huissiers, constatez.

Les huissiers s'avancèrent dans la salle. Il s'ensuivit un remue-ménage provoqué par les journalistes qui s'en allaient ou ceux qui remettaient leur appareil à leurs assistants. Pendant ce temps, Nancy était arrivée jusqu'à la table de la défense. Jennifer lui prit les mains. Elles ne se dirent rien. Puis Nancy se redressa et dans un effort, parvint au centre du tribunal où elle prêta serment.

Hardy se plaça devant le box des témoins.

— Mme DiStephano, quel est votre lien avec l'inculpée ?

— Je suis sa mère.

Une rumeur courut au fond de la salle. Certains ne savaient donc pas pourquoi l'apparition de Nancy avait causé une réaction à l'ouverture de la séance. Comme Villars ne faisait rien, Hardy dut attendre que le bruit cesse.

— Mme DiStephano, puis-je vous appeler Nancy ?

— Bien sûr.

Il considéra que ses meilleures chances étaient d'attaquer de front.

— Nancy, pour le jury, pourriez-vous nous dire ce qui a causé vos blessures ?

Powell bondit.

— Objection Votre Honneur. Ceci est hors contexte.

Étonnamment, Villars demanda une explication avant de statuer.

— Mr Hardy ?

— Votre Honneur, Mme Witt a grandi dans la maison de sa mère. C'est là que s'est formé l'adulte qu'elle est devenue. Le jury doit être conscient de cet environnement.

Villars accorda la question. Hardy l'en remercia.

Il lui semblait que le juge et lui, peut-être par une espèce d'osmose, s'accordaient maintenant. Il y avait autre chose qu'un règlement qui dans cette phase du procès permettait plus de souplesse sur le caractère de l'admissibilité.

— Nancy, vous avez quitté l'hôpital récemment, n'est-ce pas ?

— Oui.

— Pourriez-vous nous décrire l'étendue de vos blessures ?

Nancy décrivit les côtes cassées, le nez cassé, ses reins touchés qui lui faisaient uriner du sang, les bleus sur sa poitrine, son buste, ses cuisses.

— Et comment cela vous est-il arrivé ?

— Mon mari m'a battue.

Silence dans une salle captivée.

— Votre mari, Phil DiStephano, le père de l'inculpée ?

— Oui.

— Était-ce la première fois qu'il vous battait ?

À cette évocation, Nancy commençait à se rapetisser, à rentrer les épaules, comme sa fille. Ou était-ce l'inverse ? Elle secoua la tête, et Villars, d'un ton calme, la pria de répondre de vive voix.

— Non, dit Nancy, ce n'était pas la première fois.

Hardy fit quelques pas vers le box des jurés pour lui donner du temps. Il regarda sa cliente. Jennifer plissait le front de désapprobation. Enfin, il revint devant Nancy.

— Est-ce que votre mari vous battait souvent ?

Elle secoua encore la tête et corrigea sa réaction par un "oui".

— Depuis combien de temps votre fille a-t-elle quitté la maison familiale ?

— Environ dix ans.

— Avant cela, avez-vous souffert des coups donnés par son père ?

— Oui... il m'a toujours battue. Phil buvait beaucoup et se fâchait, alors il me frappait.

— Est-ce arrivé devant Jennifer ?

— Oui.

— A-t-il frappé votre fille ?

— Non, répondit Nancy en remuant la tête. Il a menacé de le faire mais je ne l'aurais pas laissé faire. Je m'interposais. Il l'aimait. (Des larmes roulèrent sur ses joues.) C'est seulement qu'il n'arrivait plus à se contrôler.

— Il n'arrivait plus à se contrôler, répéta Hardy qui poursuivit, partant vers les jurés. À votre avis, Nancy, est-ce que ce modèle d'un époux qui bat sa femme a influé sur le comportement de Jennifer ?

Nancy tenait le coup. Comme Jennifer, elle s'exprimait normalement malgré les larmes qu'elle laissait couler.

— Nous n'en reparlions plus.

Sans être la réponse à la question, cela s'en approchait.

— Vous ne reparliez pas de quoi ?

— Ces crises arrivaient et puis tout redevenait pareil qu'avant.

— Vous niiez ce qui venait d'arriver ? La famille le niait ?

— Oui, nous faisions semblant de rien.

— Et Jennifer ?

— Elle devenait de plus en plus calme. Ensuite, elle est partie.

— Diriez-vous qu'elle s'est refermée sur elle-même, qu'elle est devenue lunatique, méfiante ? formula Hardy.

Il guidait ses réponses, mais le règlement l'y autorisait dans cette phase et il espérait aller loin pour expliquer aux jurés l'apparente dureté de Jennifer devant l'autorité du tribunal.

— Oui. (Nancy regarda sa fille.) C'était une petite fille si gentille. Elle était mon bébé...

Bien qu'elle gardât son calme, son émotion était facile à lire sur son visage barbouillé de larmes.

— Mme DiStephano ? demanda Villars. Voulez-vous faire une pause ?

* * *

L'interrogatoire se poursuivait.

— Nancy, est-ce que votre fille vous a dit ce qu'elle éprouvait pour Matt ?

— Matt, c'était toute *sa vie*.

— Matt, c'était toute sa vie. (Hardy observa les jurés, revint à son témoin.) Elle aimait son fils ?

— Tout à fait. Oh mon Dieu, oui.

— Avez-vous remarqué qu'elle maltraitait son fils, qu'elle lui faisait subir des sévices, des choses de ce genre ?

— Non, rien. S'il y a quelque chose à dire, à mon avis, c'était qu'elle était un peu trop protectrice. Elle le gâtait trop, plus que moi je ne l'aurais fait. Mais je comprenais pourquoi.

— Et pourquoi ?

— Eh bien, après ce qu'elle avait vu... son père et moi. Larry était pareil, trop protecteur. Ils ne voulaient pas qu'un malheur arrive à Matt..

Parfait. Cela réunissait Larry et Jennifer. À la table de la défense, la jeune femme regardait droit devant elle, les larmes aux yeux, muette.

— Nancy, fit tout à coup Hardy, votre fille a-t-elle pu tuer Matt, son fils, même par erreur ?

Il retint son souffle.

Elle secoua la tête.

— *Non.* Si c'était arrivé, même par accident comme vous dites, elle se serait tuée.

Powell se leva lentement. Ce témoignage était émouvant. Il ne voulait pas paraître impitoyable mais il devait émettre une objection, pour spéculation. Villars la lui accorda.

Hardy avait obtenu ce qu'il voulait. Il posa les dernières questions qu'il avait préparées, jusqu'à la réponse qu'il attendait et qu'il croyait sincère :

— Aujourd'hui, quels sont vos sentiments pour votre fille ?

— Je l'aime, répondit Nancy. Elle est tout ce qu'il me reste.

* * *

Powell n'avait pas la tâche facile, d'autant que Villars avait refusé une suspension de séance avant son contre-interrogatoire. Il avait devant lui une femme meurtrie, sur le plan physique et émotionnel. Et son travail consistait à la discréditer. S'il voulait être efficace, il devait y aller lentement.

Il sourit pour rompre la glace. Sans aucun doute, elle se souvenait de lui, la veille à la criminelle. Mais il n'avait pas le choix. Il ne pouvait pas se montrer brusque. Il serait son ami, qui ne chercherait qu'à mettre au clair des détails. Elle était sur la défensive, les épaules voûtées, mais elle esquissa un sourire. C'était un début.

— Mme DiStephano, vous et votre défunt mari, vous avez un fils également ?

La question sortait de nulle part et déstabilisa le témoin.

— Oui. Tom.

— Et Tom a-t-il lui aussi subi la violence de son père ?

— Phil l'a frappé quelques fois quand il était plus jeune, mais c'était plutôt des fessées. Il ne lui a jamais fait mal.

— Et comment s'entendent les deux hommes maintenant ? Sont-ils proches ?

— Votre Honneur, s'interposa Hardy, si le tribunal le permet, Mr Powell sait parfaitement que Mr DiStephano est décédé.

Désinvolte, la formule éludait l'aveu manifeste que Nancy l'avait tué, au cas où quelqu'un ne le sache pas. Powell s'excusa dans un geste.

— Tom a-t-il vu votre mari vous battre ?

— Oui.

— Tout comme Jennifer ?

— Oui. Jusqu'à un certain moment.

— Que s'est-il passé à un certain moment ?

— Disons que Tom a grandi et qu'il a essayé de me protéger. Alors, Phil s'assurait que Tom n'était pas dans le coin.

— Mais ce n'était pas le cas avec Jennifer ?

— Excusez-moi. Qu'est-ce qui n'était pas le cas ?

— Votre défunt mari, Phil, vous frappait même en présence de Jennifer ?

— Parfois.

— Et elle ne cherchait pas à l'arrêter ?

— Elle ne pouvait pas arrêter mon mari. Moi non plus... (Elle se tut, comprenant que finalement, elle venait de le faire.) Il était trop costaud. Jennifer se cachait, je pense.

— Donc, Jennifer se cachait et regardait son père vous battre sans vous venir en aide en aucune manière. Mais votre fils Tom essayait d'intervenir. Que ressentez-vous pour votre fils aujourd'hui ?

— Tom ? C'est un brave garçon.

— Vous l'aimez ?

— Bien sûr. C'est mon fils.

— Et de fait, les mères aiment leur fils.

— Oui.

À dessein, Powell resta silencieux après ces paroles.

— Cependant, reprit-il, vous avez attesté que Jennifer était tout ce qu'il vous restait ?

Paniquée, Nancy regarda autour d'elle avant de poser son regard sur Hardy. D'un signe de tête, celui-ci lui fit comprendre que tout allait bien, qu'elle était parfaite.

— C'est une façon de parler, répondit Nancy. C'est la seule fille qu'il me reste.

— Et vous êtes proche d'elle ?

— Oui. Très proche.

— Vous êtes très proche. Je vois. Pouvez-vous dire aux jurés, en gros, combien de fois l'année dernière avant son arrestation vous lui avez rendu visite chez elle ?

Hardy plaqua une main sur son front. Le piège se refermait maintenant. Jennifer lui tenait le bras.

Nancy hésita, s'asseyant au fond de sa chaise pour la première fois. Les secondes s'écoulaient.

— Mme DiStephano, la pressa Villars, répondez je vous prie.

Powell attendit encore, patient — la question était claire et simple, en suspension dans la salle. Personne, et encore moins Nancy, n'avait pu l'oublier.

— Pas l'année dernière, finit-elle par répondre.

— L'année dernière, vous n'êtes pas allée voir votre fille chez elle ?

— Non.

— Et est-elle venue chez vous ?

— Non.

— Pas du tout ?

— Non.

Toutes les expressions de surprise passèrent sur le visage de Powell.

— Bon, et l'année avant celle-ci ?

— Non, fit Nancy, un peu hargneuse, nous ne nous sommes pas vues souvent. Larry était... Larry ne le voulait pas.

— Larry ne le voulait pas. (Powell, le brave type, qui épargnait les sentiments de Nancy, voulut lui trouver une voie de sortie.) Alors, puisque vous êtes proches, vous avez dû beaucoup discuter au téléphone ?

Nancy baissa les yeux.

— Elle était très occupée.

— Votre fille était occupée. Elle travaillait ?

— *Moi*, je travaillais, je travaille toujours.

— Ce qui laisse les soirées et les week-ends, n'est-ce pas ?

— Votre Honneur, ceci est du harcèlement, contesta Hardy.

— Rejeté.

— Approximativement, Mme DiStephano, renchérit Powell, combien de fois discutiez-vous avec votre fille ?

Nancy avait toujours les yeux baissés.

— Toutes les semaines ? Une fois par mois ?

— Elle m'a toujours appelée pour mon anniversaire. Et moi pour le sien.

L'avocat laissa les mots parler d'eux-mêmes. Il hocha la tête en revenant à sa table.

— Je voudrais en venir au dernier point — vous nous avez dit, Mme DiStephano, que pour Jennifer, Matt était toute sa vie, qu'elle l'avait même bien gâté. Pourriez-vous être plus précise ?

Nancy regarda Hardy, le suppliant de l'aider.

— Que voulez-vous dire ?

— Je veux dire que si vous ne fréquentiez pas souvent Jennifer et Matt, ce que vous venez de dire, que savez-vous sur ses sentiments ou sur sa façon de le traiter ?

— Quand il était plus petit, un bébé...

— Matt était toute sa vie ?

— Oui.

— Et aujourd'hui ?

— Oui.

Powell s'efforçait de rester gentil, généreux. Il s'approcha du box et dit doucement :

— Mme DiStephano, je ne vois pas comment vous pouvez savoir. Je vous en prie, aidez-moi.

Nancy était calmement restée assise pendant une heure passée en un éclair. Hardy se leva pour demander si une question avait été posée. Powell réfléchit, puis il soupira et reconnut qu'il n'y avait pas eu de question. Mme DiStephano pouvait retourner à sa place.

CHAPITRE 49

Après le déjeuner, l'inculpée vint à la barre.

Elle portait un ensemble beige rehaussé d'une écharpe aux couleurs vives. Hardy ne savait que penser de sa tenue. Elle pouvait s'interpréter de deux manières divergentes. D'un côté, la jeune femme, par son élégance, se distinguait des membres du jury. Or, elle devait s'attirer leur empathie et non leur jalousie. D'un autre côté, Hardy reconnaissait, et les statistiques le confirmaient, que dans les affaires capitales intervenait une force subtile — réaction normale, bien qu'elle ne fût pas particulièrement noble. Les jurés étaient plus enclins à voter la peine de mort s'ils étaient convaincus que l'accusé était une espèce de monstre, un être dépourvu d'humanité. Pour éviter cette impression — superficielle s'il en est — l'allure de Jennifer aidait. Avec son air, ses habits, elle était véritablement un être humain, loin d'être inexistante, encore plus loin du monstre. Plus que cela, il y avait quelque chose dans sa beauté et son port qui généralement était hautement apprécié en Amérique. Hardy espérait que les jurés, les hommes surtout, ne seraient pas disposés à faire de cette beauté un cadavre.

La citer à la barre lui faisait redouter qu'à la première parole, elle ne rompe le charme évoqué par son allure. Car un autre être pouvait jaillir d'elle, qui rebuterait le juré le plus favorable à son cas.

Ayant discuté de ce témoignage, ils avaient décidé que Jennifer devrait dire ce qu'elle avait à dire de son ton le plus modulé. Elle se montrerait sous son meilleur angle. Le contre-interrogatoire de Powell serait risqué. En attendant, Hardy avançait avec légèreté.

— Jennifer, vous êtes ici aujourd'hui pour défendre votre vie. Avez-vous quelque chose à déclarer aux jurés et au juge ?

La jeune femme se tourna vers eux.

— Je sais que vous avez trouvé que les preuves me condamnaient. (Avalant sa salive, nerveuse, elle regarda Hardy qui hocha la tête.) Je ne suis pas du tout ici pour défendre ma vie, comme le dit Mr Hardy. Je suis ici pour vous dire que je n'ai rien fait. Je n'ai pas tué mon mari. Je n'ai certainement pas tué mon fils. (Elle déglutit de nouveau.) Je reconnais que je n'ai peut-être pas été la meilleure mère de la terre, mais j'aimais Matt... (Elle se tut, mordilla sa lèvre inférieure. Puis se reprenant, elle se força à sourire.) Je crois que c'est tout.

Powell écrivait frénétiquement — sur quoi ?

Hardy avait pensé interroger Jennifer sur Larry mais cette déclaration était si limpide qu'il fut tenté d'en rester là. Le jury avait entendu Jennifer démentir elle-même ces meurtres. Il n'avait besoin de rien d'autre ; du moins, il n'obtiendrait rien de mieux.

Toutefois, le jury pouvait trouver cette astuce facile. Il devait l'amener à parler encore un peu. Comme disait Freeman, la vie est risquée.

— Voulez-vous nous raconter ce matin du 28 décembre ? demanda-t-il à Jennifer.

Powell se leva.

— Votre Honneur, ce témoignage s'inscrit dans la phase d'instruction.

Hardy devait le contrer avant que le juge ne décide.

— C'est la vie de Jennifer et les jurés méritent de l'entendre, Votre Honneur.

Villars fronça les sourcils, comme toujours quand les avocats se prenaient le bec. Elle suivit Hardy. Se tournant vers Jennifer, elle dit :

— Racontez-nous cette matinée, Mme Witt.

La jeune femme fit oui de la tête.

— Je me suis levée tôt car nous avions dîné tard et la vaisselle n'était pas faite. Larry allait passer la journée à la maison, toute la semaine en réalité, alors, je voulais ranger la maison. Je pensais aller courir plus tard, comme je le faisais d'ordinaire, donc j'avais enfilé mes habits de jogger avant de descendre. Il était assez tard, huit heures et demi, mais Larry était en vacances et je pensais qu'il devait dormir s'il en avait envie, quand finalement, il est descendu. Matt dormait encore, il dormait beaucoup.

Joli coup, se dit Hardy sans vergogne.

— Bref, Larry lisait son journal devant son petit déjeuner. Il fait toujours ça... (Elle se tut pour se ressaisir.) Il faisait toujours ça. Mais ce matin-là, il était fâché.

— À quel propos ? demanda Hardy.

Jennifer eut du mal à faire passer sa salive.

— Je n'étais pas habillée correctement.

— N'avez-vous pas dit que vous portiez vos affaires de sport ?

Elle opina du bonnet.

— Oui, mais ce n'était pas que pour une heure, vous comprenez ? J'imagine que j'avais l'air de sortir du lit. Je veux dire, avec les cheveux pas coiffés, sans maquillage.

— Mais vous ne vous étiez pas levée pour faire le ménage et la vaisselle ?

Jennifer refusait peut-être de parler de la violence de Larry, mais cet interrogatoire tournait à son avantage. La sainteté de Larry en prenait un coup. Hardy essayait de garder ce cap.

— Heu, oui mais... il n'aimait pas.

— A-t-il crié après vous ?

— Non. Il était seulement en colère. Vous comprenez ?

— Oui, je crois, Jennifer, affirma Hardy, s'adressant aux jurés. Et ensuite, que s'est-il passé ?

— Eh bien, je lui ai donné son café et puis j'ai voulu lui masser les épaules, il aimait ça quand il était tendu, mais il m'a ignorée.

— Il vous a ignorée ? Vous voulez dire que physiquement, il vous a repoussée ?

Powell semblait disposé à le laisser orienter le témoin ; d'ailleurs, Hardy était prêt à utiliser un fouet s'il le fallait. Mais Jennifer l'abandonna.

— Non. C'est juste qu'il ne voulait pas me voir habillée ainsi. Je lui ai dit que j'irais me changer s'il voulait...

— Même si vous alliez courir une heure plus tard ?

Jennifer hocha la tête.

— S'il le voulait. Cela ne me coûtait pas grand-chose. Mais il m'a dit de ne pas m'en faire, qu'il avait passé une heure dans son bureau sur nos factures. Il était inquiet à cause de l'argent. Noël, vous voyez, ce genre de choses.

— Et que s'est-il passé ?

— Il y a eu une dispute à cause du budget du ménage. (Jennifer regarda le jury.) Vous savez, tout le monde connaît ça.

— Bien, et ensuite ?

— Matt est descendu en se frottant les yeux, comme il faisait quand il venait de se réveiller... je n'aimais pas que Matt nous entende nous disputer, crier. Alors, je l'ai emmené dans la cuisine pour lui faire des tartines grillées de baguette française, c'était ce qu'il préférait. Puis je suis montée faire les lits. Je pensais que tout était oublié.

— Et c'était oublié ?

— Non... quand je suis redescendue, Larry a recommencé. Il croyait que j'étais allée me changer pour mettre quelque chose de plus décent. Je lui ai dit que j'allais courir, mais il était toujours en colère à cause de... à cause de tout. Nous avons encore eu des mots et Matt s'est mis à pleurer. J'ai pensé que si je quittais la maison, ça s'arrêterait. Et c'est ce que j'ai fait.

— Vous êtes partie courir ?

— Oui.

— À quelle heure avez-vous quitté la maison ?

— Je ne sais pas. J'ai passé deux pâtés de maisons en marchant, ce que je fais toujours pour m'échauffer, et ensuite, j'ai commencé à courir.

Elle raconta tout... l'arrêt à la banque, son retour à la maison, l'inventaire et l'oubli du revolver parce qu'elle n'était pas retournée dans la chambre. Hardy en vint à se dire que Freeman avait fait une terrible erreur en ne citant pas la jeune femme à la barre par simple frayeur de sa personnalité difficile. Elle avait une histoire qui se tenait, elle la racontait d'une voix assurée. Quand son témoignage fut terminé, il était l'heure du déjeuner.

Si seulement elle pouvait supporter aussi bien le contre-interrogatoire de Powell.

* * *

— J'aimerais commencer en vous demandant de clarifier quelque chose. Cela vous convient-il ?

Jennifer fit oui de la tête. Durant le déjeuner dans leur “suite”, Hardy lui avait laissé savourer quelques instants sa petite victoire avant de la prévenir contre l'attaque prévisible de Powell. Il avait peut-être bien fait car elle affrontait l'avocat général avec calme.

— Vous avez dit, et je cite : “Je n'ai pas tué mon mari. Je n'ai certainement pas tué mon fils.” Voulez-vous dire que vous n'êtes pas aussi certaine de ne pas avoir tué Larry ?

La question était irritante et en cela, la stratégie était bonne. Mais Hardy n'allait pas permettre à Powell de s'en tirer ainsi.

— Pure argumentation, Votre Honneur. Quel est le contenu de la question ?

Villars fut de son avis, Jennifer n'avait pas à répondre. Hardy remarqua que la question l'avait énervée et avait déjà entaillé sa réserve. Il croisa son regard, leva discrètement une main pour lui faire signe de ne pas s'emporter, de ne pas se laisser atteindre.

Powell sourit à l'inculpée et reprit :

— Si vous n'y voyez pas d'inconvénient, Mme Witt, j'aimerais clarifier une partie de l'histoire que je ne comprends toujours pas. Vous avez dit qu'après être revenue des chambres, etc. votre mari et vous, vous avez recommencé à vous disputer.

— Larry s'est remis à crié, oui.

— Et Matt pleurait ?

— Oui.

— Et vous, sa mère, vous avez quitté la maison alors que votre fils pleurait.

— Pour que cela cesse, je suis partie.

— Oui, je vois, mais comment avez-vous réconforté votre fils ? L'avez-vous pris dans vos bras ? Lui avez-vous dit que vous l'aimiez ?

— Non, pas à ce moment. Je pensais que si la dispute cessait, il arrêterait...

— Et c'était l'objet, n'est-ce pas ? Le faire arrêter de pleurer ?

— Non, enfin, j'espérais qu'il arrête.

— Donc, vous avez simplement laissé votre fils seul ?

Hardy se dressa.

— Le témoin a déjà répondu, Votre Honneur.

D'une manière désastreuse.

Powell retira la question avant que l'objection ne soit accordée. Il s'approcha du box des témoins.

— Parfait, Mme Witt. Passons à un autre sujet. Vous avez dit que votre mari et vous, vous vous disputiez à propos d'argent — le budget du ménage, ce que nous connaissons tous, n'est-ce pas ?

— Oui.

— Et votre mari, le Dr Witt... avait fait ses comptes avant de venir prendre son petit déjeuner ?

— Oui.

Powell avait une prise ; Hardy le comprit alors. Détendu, prenant son temps, il revint à sa table. Morehouse lui donna un document. Il retourna au centre du tribunal.

— Votre Honneur, j'ai ici une copie d'un relevé de compte de la Pioneer's Bank au nom de Mme Witt. J'aimerais présenter ceci comme preuve n° 14 de la partie civile.

Jennifer était tendue. Hardy sentit son estomac se serrer. Comme Powell venait lui montrer le document, il décida de donner un temps de répit à Jennifer.

— Votre Honneur, pouvons-nous nous entretenir tous les trois ? demanda Hardy.

D'un air maussade, le juge fit signe aux deux avocats d'approcher.

— De quoi s'agit-il maintenant, Mr Hardy ?

— Votre Honneur, ce document n'était pas sur la liste des preuves fournie par la partie civile.

Lors de la communication des preuves, chaque avocat était censé présenter à l'autre partie la liste complète des témoins qu'ils entendaient citer et celle des preuves matérielles qu'ils introduiraient. Rien ni personne d'autre ne serait autrement recevable. Dans la théorie, le tribunal n'était pas un lieu de surprises. Dans la pratique, les avocats adoraient les provoquer.

— Je fais objection à cette introduction, précisa Hardy.

— Votre Honneur, la défense fait erreur, le contra Powell.

Il fit signe à Morehouse de le rejoindre. Le jeune assistant rassembla une liasse de papiers et l'apporta à Powell, qui à son tour remit des copies à Hardy et Villars.

— Page 1 de la liste, ligne n° 18, Votre Honneur.

Hardy lut. "Documents financiers"

Powell brandissait maintenant la liasse.

— Voici ces documents, une copie complète de ce que nous avons présenté à la défense le — il vérifia sur une feuille — le 1er août.

Ceci était sans aucun doute parvenu à Hardy et Freeman et devait se trouver quelque part dans le bureau de Hardy au milieu des boîtes d'archives emplies de déclarations, d'interviews, de rapports de police. Powell ne l'ayant pas introduit au cours de la phase d'instruction, Hardy avait espéré que ce relevé lui avait échappé dans la masse des documents. Pas de chance.

Powell brandissait toujours ces dix centimètres de papier, près de cinq cents pages faites de récentes déclarations fiscales de Mme Witt, de polices d'assurance, de relevés de compte, de plan de retraite complémentaire, d'enregistrement d'actions, de photocopies de chèques refusés, de factures pour la plupart des biens du ménage. Il n'y avait pas d'index, pas d'ordre de classement. Un camouflage de ce qui allait faire du mal à Jennifer : un document d'une page révélant l'existence de son compte en banque secret. Powell faisait tourner les pages du bout du doigt jusqu'à ce qu'il trouve, caché au milieu des photocopies des chèques, ce qu'il cherchait.

— Le voici, Votre Honneur.

Ajustant ses lunettes, Villars se pencha au-dessus de son bureau puis opina du bonnet.

— C'est bon, Mr Hardy.

Au tour des preuves donc. Powell fondit sur Jennifer.

— À présent, Mme Witt, regardez cette preuve n° 14. S'agit-il de votre compte bancaire ?

Le regard de la jeune femme avait perdu sa vivacité pour s'emplir de panique. Et Hardy ne pouvait guère l'aider.

— Oui, il s'agit de mon compte, dit Jennifer en hochant la tête.

— Votre mari était-il au courant ?

Jennifer avala sa salive.

— Oui, bien sûr.

Elle parjurait, ce qui n'était rien comparé au meurtre. Mais Hardy détestait le mensonge, même s'il comprenait pourquoi elle avait menti.

— Mme Witt, pouvez-vous lire aux jurés l'adresse de ce relevé ?

— Boîte Postale 33449, San Francisco, Californie.

— Une boîte postale ? Les relevés de ce compte n'étaient pas envoyés chez vous ?

— Non.

— Et pourquoi donc, Mme Witt ?

Les yeux écarquillés, Jennifer se tourna vers Hardy.

— Je ne sais pas, répondit-elle.

— Vous ne savez pas ! gronda Powell. Vous ne savez pas ? La vérité n'est-elle pas, Mme Witt, que votre mari ignorait ce compte ?

— Non...

— ... et qu'il avait découvert que quelque chose clochait dans le budget de votre ménage. Ce qu'il avait découvert, c'est que vous lui mentiez à propos de l'argent.

— Non, ce n'est pas vrai...

Mais Hardy savait que c'était vrai.

Et Powell n'en avait pas terminé. Il fit marche arrière, baissa le ton, attaqua son témoin par un autre angle.

— Mme Witt, avez-vous perçu de l'argent de l'assurance de votre défunt mari ?

Déséquilibrée par ce changement de tactique, Jennifer pouvait penser que Powell se radoucissait. Elle répondit par la négative.

— Larry et vous, aviez-vous beaucoup d'économies ?

— Non, pas vraiment. Vingt mille dollars, je crois, quelque chose comme ça.

Powell regarda les jurés.

— Pour certains, c'est beaucoup, Mme Witt, mais je vous crois sur parole.

— Et il y avait aussi les économies pour les études de Matt. Cela se montait aussi à vingt mille dollars.

Jennifer qui ne savait pas ce que cherchait Powell voulut se montrer serviable.

— Et la maison ? demanda l'avocat général.

Hardy se leva d'un bond.

— Votre Honneur, où va tout cela ?

Powell se retourna vers lui, puis s'adressa à la Cour.

— Votre Honneur, je vais vous dire où va tout cela. Cela démontre clairement que la raison de ces meurtres, c'est *l'appât du gain.* (Il brandit de nouveau le relevé de la Pioneer's Bank. Énervé, il se tourna vers Jennifer.) Mme Witt, sur votre compte domicilié à une boîte postale, combien d'argent y avait-il lorsque vous avez été arrêtée ?

Jennifer baissa les yeux sur ses mains.

— Je vais vous le dire si vous avez perdu la mémoire, dit-il. C'est écrit ici, sur les relevés. Un peu plus de trois cent mille dollars, Mme Witt. De l'argent que vous avez volé à votre mari pendant près de sept ans. De l'argent que vous avez escroqué à votre propre ménage!

Jennifer explosa. D'une voix stridente, elle s'écria :

— Nous ne sortions *jamais* ! Vous ne comprenez pas ? Il ne me laissait *jamais* rien faire! Vous ne savez pas ce que c'était, ni *qui* il était. Il n'avait même jamais remarqué que...

— Mais ce matin-là, il l'a remarqué, n'est-ce pas, Mme Witt ? Et votre cher Matt s'est trouvé là, aussi...

— Objection!

— Vous n'avez pas saisi le revolver dans la fièvre de la dispute — vous aviez *prévu* votre plan pour le jour où...

— *Objection* Votre Honneur!

— Vous êtes montée chercher le revolver...

— *Objection !*

Hardy s'époumonait. Villars actionna son marteau. Campé devant Jennifer, Powell les couvrit de sa voix.

— Et soudain, ce fut le moment d'agir. Il a dit qu'il allait *reprendre* cet argent, *n'est-ce pas ? N'est-ce pas la raison qui vous a poussée à le tuer ?*

Bondissant de sa chaise, manquant de la renverser, Jennifer sauta à la gorge de Powell.

— *Non. Je ne l'ai pas tué, espèce de salaud !*

— Asseyez-vous tous. Mr Powell...

Villars frappa son marteau de toutes ses forces. Jennifer, hors d'elle, hurlait.

— Silence! Silence! Huissiers!

Même ceux-là restèrent en arrière, attendant que Jennifer se calme. Épuisée, elle redressa sa chaise et s'assit.

Powell la dévisagea un instant. Il haussa les épaules.

— Il y a une chose que je ne comprends pas. C'est pourquoi vous avez tué Matt, murmura-t-il.

Se tournant vers la Cour, il annonça qu'il n'avait pas d'autres questions.

* * *

Il fallut aux jurés deux tours de scrutin, deux heures et dix-sept minutes de délibération. Selon la loi, le verdict devait être unanime. Ce fut la peine de mort.

CINQUIÈME PARTIE

CHAPITRE 50

Hardy se réveilla en sueur, suffoquant, prisonnier des murs de la chambre verte. Un gaz corrosif à l'odeur d'amande lui brûlait la trachée-artère, pénétrait dans ses poumons et les faisait imploser, le laissant à l'agonie — dans son rêve, le cri le réveillait. Dans la réalité, dans ce genre de mort, le cri serait silencieux, étouffé à la seconde même où il voudrait sortir.

Tout allait bien. Il était dans sa chambre, Frannie dormait à son côté. Le réveil près du lit indiquait qu'il était trois heures passées. Il avait dormi deux heures environ.

Il se leva, partit à la salle de bain s'asperger le visage d'eau. Il avait transpiré. Ses cheveux collaient sur un côté de sa tête. Avalant un cachet d'aspirine, il tira la peau sous ses yeux. Les cercles noirs ne disparurent pas.

Il resta nu et alla dans le salon s'asseoir dans son fauteuil. Il faisait froid, froid comme jamais. Peu après, il entendit des pas et Frannie fut près de lui.

— C'est un cauchemar ? (Elle s'assit sur ses genoux, glissa ses bras autour de son cou.) Tu es tout mouillé.

Il ne pouvait pas parler. Elle lui caressa les cheveux. Il la serrait fort contre lui.

— Je vais chercher une couverture.

Quand elle revint, il tremblait. Sans réussir à s'arrêter. Elle l'enveloppa avec la couverture et partit en prendre une autre. Il s'était rendormi et respirait difficilement. Elle glissa la seconde couverture autour de lui, frotta son front brûlant et moite, s'étendit sur la banquette sous la fenêtre, sous un afghan, posa la tête sur un coussin près des genoux de son mari.

* * *

Il se réveilla de nouveau. L'aube semblait encore lointaine.

Il écouta dans l'obscurité, à l'affût de quelque chose derrière les bruits feutrés de la maison — la respiration de Frannie sur la banquette près de lui, le glouglou de l'aquarium au fond, dans leur chambre.

Quelque chose avait pénétré sa conscience. Un bruit, avait-il cru.

Un frisson le parcourut, suivi d'une peur soudaine. Et s'il était en passe d'avoir découvert ce qu'il pensait être, si quelqu'un voulait l'empêcher de raconter ce qu'il pouvait savoir ?

Il ne se souvenait pas être allé se coucher. Il ne se souvenait pas être venu s'asseoir dans ce fauteuil, ni pourquoi Frannie était là. Rejetant les couvertures, il comprit qu'il avait dû venir ici, enlever ses chaussons et s'écrouler.

Ses revolvers !

Ses revolvers du temps où il était flic étaient enfermés dans le coffre-fort. Quand son bureau était devenu la chambre de Rebecca, il avait déménagé le coffre dans l'atelier derrière la cuisine, sur la plus haute étagère au-dessus de l'établi. La tête lui tournait, ses jambes flageolaient. Il se força à se lever pour aller vérifier. Il alluma.

Personne n'avait touché au coffre.

Il l'ouvrit. Les revolvers y étaient toujours. Il perdait la boule. Personne ne le recherchait. Pas ici. Pas chez lui.

Pourtant... Larry Witt avait pu penser la même chose. Simpson Crane aussi. Et tous les deux avaient été tués avec leur arme dans leur maison...

Ridicule.

Le 380 en main, tremblant, il décida de vérifier chaque pièce. La chambre de Vincent, celle de Rebecca, la sienne.

Il passa dans la cuisine, la salle à manger, le salon, éteignant la lumière derrière lui. Rien. Il était fou.

Il regarda l'arme chargée qu'il tenait. Voilà comment arrivaient les accidents domestiques. Une maison dans la pénombre, une femme ou un enfant qui surgit quand le mari a l'arme chargée dans la main et croit qu'il a entendu quelqu'un entrer par effraction, quelqu'un qui a une raison pour le faire.

Il retourna à l'atelier reposer le fichu engin dans le coffre. C'est alors que l'idée lui traversa l'esprit. Il sentit ses jambes mollir. Non, c'était trop grotesque pour l'envisager. Il fallait qu'il s'assoit.

Larry avait fini par frapper Matt. Plus d'une fois. L'enfant était apparu pendant la dispute, s'était rangé du côté de sa mère, agrippant son père pour qu'il la laisse tranquille, et Larry avait perdu la raison. Il avait frappé le gamin au visage avec le revolver. Puis il s'était rendu compte de ce qu'il venait de faire et qu'il ne pouvait rien cacher ni rien changer. Son fils, avec peut-être la mâchoire cassée, était l'accusation vivante de ce que Larry était devenu, de qui il était réellement. Sa carrière serait terminée, sa vie si méticuleusement ordonnée, contrôlée... Et en une seconde, tandis que Matt gisait au sol près de la salle de bain, que Jennifer le suppliait d'arrêter, l'unique solution s'était imposée. Détruire la preuve de son geste. Une balle effacerait la trace de sa violence sur son fils. Jamais ils ne pourraient dire *ça*.

Alors, il n'aurait plus de raison de vivre. Il ne lui restait plus qu'à retourner l'arme contre soi.

Mais avant, il avait dit à Jennifer : "Tout cela est de ta faute.". Et elle, avec sa personnalité, à ce moment-là et à jamais, elle l'avait *cru*.

Assis par terre dans l'atelier, Hardy termina son raisonnement. Mais évidemment, il ne tenait pas debout puisque le revolver ne se trouvait pas sur le lieu du crime.

Sauf si une fois encore, Jennifer s'était reproché la dispute et ses conséquences et si elle avait porté elle-même l'arme dans le container. Pour couvrir Larry et sauver la précieuse réputation du Dr Witt. Et elle — Jennifer — elle aurait la punition qu'elle méritait pour avoir causé la dispute, pour être qui elle était.

C'était tellement tordu. Les choses n'avaient pas pu se passer ainsi.

Pourtant, des éléments correspondaient, comme le démenti

persistant de Jennifer sur le meurtre de son mari et de son fils. Et plus troublant, cette histoire correspondait à son profil. Une haine d'elle-même, la culpabilité, le besoin d'être punie. Sa première réaction aurait été une joie coupable de voir Larry mort. Elle le détestait, elle détestait tout ce qu'il faisait. Même si elle pouvait à peine physiquement soutenir la perte de Matt, elle aurait débordé de joie — dans le premier instant. Elle était débarrassée de *Larry*. Enfin.

Et éprouvant ce sentiment à la mort de son fils, elle se serait sentie un être sans coeur qui méritait le châtiment de la société. En vérité, elle le cherchait. Elle l'avait cherché. Elle se faisait mal.

Hardy se releva, s'adossa au mur. Il était fiévreux. Ce n'était pas arrivé de cette façon. Cela ne pouvait pas être arrivé de cette façon. Il avait d'autres idées à étudier et plus sensées. Il délirait.

* * *

— Tu ne peux pas faire ça aujourd'hui.

Hardy avait 39 de fièvre. Il en était à sa troisième tasse de café et il s'était obligé à avaler un jus d'orange et du hachis avec des toasts.

— J'ai rendez-vous à neuf heures. Je dois y aller. Il ne me reste que trois jours.

Trois jours avant que Villars, le treizième juré, ne rende son avis final sur le verdict. Mardi matin à 9h30, où Hardy déposerait sa motion automatique pour rejeter le verdict. Et malgré tout, il pensait au moins avoir la chance de réduire la peine à la perpétuité. Si seulement il pouvait trouver quelque chose pour pousser Villars à cette décision, quelque chose qu'elle considère recevable.

Après le verdict, il avait passé une partie de la soirée avec Jennifer à discuter des différentes options. Il se réservait son atout — de lui-même, il avait décidé d'exposer le syndrome de la femme battue à Villars en dernier recours si cela pouvait atténuer la sentence. Entre-temps, il avait instruit Jennifer sur la situation du YBMG et elle l'avait autorisé à se rendre où il devait et à faire ce qu'il fallait pour obtenir les preuves éventuelles. Maintenant enfin, elle voulait vivre.

La première étape — vendredi soir à huit heures — fut d'appeler le président du YBMG. Le Dr Clarence Stone vivait à San Francisco et, rendu à l'urgence de Hardy, il s'était libéré une heure chez lui samedi matin. Grippe ou pas grippe, Hardy devait y aller.

Rebecca et Vincent jouaient aux Lego dans la chambre.

— Regarde, tu es malade, dit Frannie. Tu travailles vingt-quatre heures sur vingt-quatre. Tu n'es pas à la maison depuis un mois. Il faut que tu t'occupes de toi.

Il s'efforça de sourire dans son brouillard.

— C'est ce que j'envisage. Je le ferai. Bientôt. Promis.

Vincent se mit à pleurer, Frannie se précipita au fond de la maison. Hardy se leva lentement. Plus lentement encore, se tenant aux poignées pour ne pas tomber, il se dirigea vers la chambre. Vincent s'était coincé le doigt dans la poussette, Rebecca pleurnichait par compassion. Il la prit dans ses bras et la fit sauter, écartant son visage du sien.

Les enfants dans les bras, ils revinrent à la cuisine. Frannie qui tenait Vincent prit un glaçon dans le réfrigérateur pour lui mettre sur le doigt.

— Tu ne peux pas faire appel comme tout le monde ? dit-elle.

— Pèle quoi ? dit Rebecca. Pèle la banane ?

Vincent regarda par-dessus l'épaule de sa mère, cherchant des yeux la banane et imitant sa soeur. Les enfants se mirent à chanter : Pèle la banane, pèle la banane. De plus en plus fort. Ces gamins étaient des sacrés comédiens. C'était formidable qu'ils s'aiment, qu'ils aient le même sens de l'humour. Cette histoire de banane était drôle, drôle, drôle, une véritable émeute de rires.

Hardy crut que sa tête allait se séparer du reste de son corps et léviter. Et maintenant, bien sûr, les enfants voulaient des bananes ; or, il fallait s'y attendre, il n'y avait plus de bananes.

— Puisque tu te sens bien pour sortir, pourquoi tu ne les emmènes pas au magasin en acheter ?

Hardy savait que Frannie n'avait pas tout à fait tort mais à ce moment précis, il n'appréciait pas la réflexion.

— Emmène-les tous les deux, ajouta-t-elle, Maman a besoin d'un break.

* * *

Clarence Stone habitait une demeure dans le quartier de Seacliff, géographiquement à moins de deux kilomètres de chez Hardy, psychologiquement sur une autre galaxie. Le court trajet de la rue à la porte d'entrée éreinta Hardy. Il lui fallut près d'une minute pour reprendre son souffle avant de sonner à la porte.

Un vrai majordome le fit entrer, ils suivirent un long couloir, le bruit de leurs pas aspiré par un épais chemin de couloir d'Orient. Le majordome l'introduisit dans un bureau/bibliothèque, où un homme aux cheveux blancs avec une moustache taillée était en train d'écrire, assis derrière un bureau qui rivalisait par sa grandeur avec celui de Freeman. Quand Hardy entra, il posa son stylo à encre et se leva. Il portait un pantalon noir sous un peignoir en soie marron. Il s'avança pour lui serrer la main.

— Vous n'avez pas l'air en forme, mon garçon, dit-il.

Hardy n'avait pas de doute là-dessus. Lui non plus ne se trouvait pas l'air en forme. Il frissonnait de partout. Un épais brouillard semblait isoler San Francisco de la chaleur ou de la lumière. Il avait mis le chauffage au maximum dans la voiture, pour se donner un coup de fouet, mais cela n'avait pas servi.

— Un début de grippe, répondit Hardy. Ce n'est rien.

Stone, l'homme de médecine, parla et pria son majordome d'apporter du thé avec beaucoup de citron et du miel. Il invita Hardy à s'asseoir dans un fauteuil club et à ôter son manteau, lui demandant la permission de l'examiner. Gratuit.

— Vous dormez bien ? Vous devriez rester au lit avec ce que vous avez, vous savez ?

Hardy émit un rire faible, entre ses dents tremblotantes.

— J'ai eu mes huit heures de sommeil cette semaine. Ça va, plaisanta-t-il.

Stone posa par terre une sacoche de docteur noire et démodée et en sortit quelques instruments. Il écouta la respiration de Hardy, lui colla dans l'oreille un thermomètre à lecture immédiate, examina gorge et oreilles.

— Ouais, vous avez attrapé la grippe.

Le thé arriva, Stone servit deux verres.

— Ce doit être important, dit-il, parce que vous ne devriez pas du tout sortir.

— C'est important, confirma Hardy qui avait remis son manteau et le serrait contre lui.

Stone s'assit tout près de lui.

— Hier soir, vous disiez que cela concernait le YBMG ?

Supposant que Stone connaissait le fond de l'histoire, Hardy lui fit un résumé en concluant avec l'inquiétude de Larry sur le temps de réflexion imparti et le ton de la circulaire sur l'émission d'actions.

Stone resta silencieux un instant.

— Vous connaissez beaucoup de médecins, Mr Hardy ?

— Quelques-uns, reconnut celui-ci en hochant la tête.

— Savez-vous combien de gens essaient de leur vendre des choses ? (Stone leva une main.) Non. Je vais vous le dire. Il ne se passe pas une journée sans qu'un médecin de bonne réputation ne reçoive dix brochures sur des appels de capitaux, deux ou trois demandes de cartes de crédit, des offres de crédit, vous l'avez mentionné. Même si vous prenez la peine d'aller à la poste pour ne plus recevoir ces publicités, vous en êtes inondé. Croyez-moi, j'ai essayé. C'est incontrôlable.

— Très bien.

— Très bien. Mais vous semblez croire qu'une présentation tape-à-l'oeil, qu'un boniment bien amené, vont faire la différence. Il n'en est rien. Nous en recevons tous les jours. En fait, le conseil a fait le choix d'émettre une circulaire discrète plutôt que sensationnelle. Nous ne voulions pas soulever des espoirs sur un avenir heureux du Group après son changement de statut. La faillite était bel et bien dans le domaine du possible. Personne — et surtout pas quelqu'un du conseil d'administration — n'a anticipé l'intérêt de PacRim, ou le profit.

— Et que pensez-vous du laps de temps court que vous avez accordé aux gens pour se retourner ?

— Ce n'était pas si court, contesta Stone qui s'assit au fond de son siège, visiblement détendu, et croisa les jambes. Les médecins sont des gens cultivés, Mr Hardy. Ils savent lire. Mais comme tout le monde, souvent, ils n'agissent qu'au dernier moment. Alors, vous donnez une date butoir et les choses se mettent en place. En outre, n'oubliez pas que cela concernait un investissement maximum de vingt dollars. Vingt dollars. Ce n'est pas le genre de décision dont vous discutez avec votre femme ou avec votre avocat. C'était simple et tout le monde en a eu l'opportunité.

— Mais tout le monde n'a pas acheté.

Stone, haussant les épaules, acquiesça.

— Si vous y voyez une machination, je crains que notre entretien ne se termine immédiatement.

Si le président du groupe avait montré le moindre signe de défense, cela aurait été plus simple. Mais il était confortablement installé dans son fauteuil, il parlait d'un ton modéré, et pire, ses propos étaient sensés.

Hardy se pencha en avant.

— Ali Singh dit que seulement trente médecins ont acheté.

— Oui, quarante peut-être. Je ne suis pas sûr. En tout cas, moins que le nombre de médecins qui regrettent aujourd'hui. (Stone écarta les mains en signe d'excuse.) Mais c'est la nature des choses. Qui regrette de ne pas avoir acheté Apple quand l'offre fut lancée, ou Mac Donald ?

— Mais le Dr Witt se plaignait avant même le profit inattendu ?

— Vous savez qu'il se plaignait ? À qui s'est-il plaint ? Il voulait peut-être juste demander un délai supplémentaire. Il avait peut-être une petite question. N'importe quoi. Je ne connaissais pas personnellement le Dr Witt, donc je n'en sais rien.

La conversation prenait une tournure de déjà vu. Villars avait élevé les mêmes objections. Hardy ne savait rien, point final. Il établissait des hypothèses, il portait des espoirs, mais il n'avait aucun fait. Il se sentit de nouveau malade, il s'appuya contre le dossier du fauteuil, ferma les yeux.

— Mr Hardy ?

— Je ferais mieux d'y aller, dit-il, merci. Vous m'avez beaucoup aidé.

Stone le raccompagna jusqu'à la porte en le tenant par le bras.

— Vous savez, insista encore Hardy, j'ai encore une question si vous voulez bien... que sont devenues les actions qui n'ont pas été achetées ?

C'était juste un autre point de détail administratif. Stone fut disposé à en parler.

— Certaines sont sur un compte séquestre, comme avoir du Group. Nous en avons aussi distribué comme prime. Et d'autres ont été échangées comme service.

— Comme des honoraires juridiques ?

Stone sourit et expliqua :

— En vérité, oui. Mr Bachman a réussi un joli coup. Et nous pensions faire une affaire, une très bonne affaire. D'ailleurs, c'est une affaire incroyable.

Ils étaient à la porte. Stone se réjouissait encore de l'intelligence de Bachman.

— Crane nous coûte habituellement deux cent cinquante dollars de l'heure, et Bachman a proposé de s'occuper des affaires administratives du changement de statut contre cinquante mille actions. Nous nous imaginions que ce travail exigerait une centaine d'heures et le montant des actions s'élevait à deux cent cinquante dollars — à l'époque. C'était donné. Le conseil a accepté. Et aujourd'hui, il s'avère que c'est plus proche de trois cents heures de travail. Alors, nous pensions effectivement avoir fort bien fait.

— Cinquante mille actions ?

— À cinq cents l'action, rappelez-vous. Des cacahuètes. Évidemment, maintenant...

Hardy attendit.

— Oui, nous nous en sommes bien sortis, je ne devrais pas en vouloir à Bachman. Il a beaucoup travaillé et il nous a rendus plus riches. Est-ce un crime ?

— Combien a-t-il gagné ?

Stone plissa les lèvres avant de sourire.

— Je pense que c'est dans les archives publiques — un peu plus de sept millions de dollars.

Hardy répéta le chiffre. Lentement. Fort.

Stone était d'accord pour reconnaître que c'était une bonne affaire.

— Maintenant, vous devriez rentrer et vous mettre au lit, ajouta-t-il. Prenez de l'aspirine toutes les quatre heures.

— Buvez beaucoup, ajouta Hardy.

— Exact, dit-il avec un sourire, et envoyez-moi cinquante dollars. (Son sourire se fit plus généreux.) Excusez-moi, oubliez les cinquante dollars. C'est la force de l'habitude.

* * *

Mais il ne rentra pas chez lui.

David Freeman était réveillé. Il était en train de diriger un concert classique, inconnu de Hardy, dans son salon. Hardy jeta sa mallette par terre et s'effondra sur le canapé, s'entoura de gros coussins pour avoir chaud. Il regarda Freeman, baguette en main, diriger sa symphonie.

Il s'endormit.

À son réveil, le brouillard était toujours accroché aux fenêtres. Freeman avait mis sur lui une couverture. C'était calme. Assis à la table de la cuisine, le vieil homme lisait un dossier en prenant des notes.

— Quelle heure est-il ? demanda Hardy qui n'avait pas la force de soulever son poignet.

Freeman leva la tête.

— Deux heures passées. D'habitude, moi aussi, je tombe malade après un procès.

— Je ne peux pas être malade, dit Hardy qui essaya de se lever, sans succès. Pourquoi suis-je venu ici ? demanda-t-il, à moitié à lui-même.

— Pourquoi êtes-vous venu ici ? Qu'est-ce que la vie ? Les grandes questions. C'est pour ça que je vous apprécie. Vous avez faim ? Je meurs de faim.

— Je ne crois pas que je puisse avaler quelque chose.

— O.K.

Freeman ouvrit le réfrigérateur et fouilla dedans.

— Je me souviens. (Cette fois, Hardy se redressa et s'enveloppa dans la couverture.) Jody Bachman a empoché sept millions de dollars.

Le bruit dans le réfrigérateur cessa.

— Cinquante mille actions, dit Hardy.

La tête de Freeman apparut au-dessus de la porte du réfrigérateur.

— De quoi s'agit-il ? demanda l'avocat.

— Des deux.

— Vous voulez dire qu'il a empoché sept millions de dollars *plus* cinquante mille actions ? (Il secoua la tête.) Nous sommes mal embarqués.

— Non, il a reçu cinquante mille actions qui ont finalement rapporté sept millions de dollars.

Freeman vint s'asseoir sur le canapé. Il était tout à coup troublé.

Il gratta sa barbe de plusieurs jours.

— Il s'est fait payer avec des actions ? C'est lui le directeur ?

— Oui, il s'est fait payer avec des actions. Non, il n'est pas le directeur. Pourquoi ?

— Que valaient les actions à cette époque ? s'enquit Freeman.

— Cinq cents chacune. À quoi vous pensez ?

— Je pense que vous avez pu trouver quelque chose.

— C'est ce que je pensais aussi. Mais je ne suis pas sûr de savoir quoi.

Hardy avait son idée mais il voulait une confirmation. Il s'était trop souvent emballé sans voir les faits s'établir concrètement. Cela n'allait pas se reproduire.

L'idée semblait faire son chemin dans l'esprit de Freeman. Celui-ci se leva, marcha jusqu'à la fenêtre, regarda le brouillard. Hardy surmonta une autre vague de tremblements. Il était de nouveau en sueur. Il enleva la couverture mais le frissonnement le reprit.

Freeman se retourna. Une expression de dégoût traversa son visage.

— Vous avez une sale gueule, dit-il et il vint s'asseoir près de Hardy sur le canapé pour lui expliquer son raisonnement.

Les gros cabinets d'avocats comme Crane & Crane n'autorisaient pas habituellement leurs collaborateurs et leurs associés à troquer des actions sans valeur contre des heures payables en honoraires. Jody Bachman, jeune et ambitieux, avait fait un marché avec PacRim, ou bien il savait que PacRim serait un mariage viable pour YBMG. Freeman dit ne pas connaître les détails, bien entendu, mais Bachman avait ensuite fait passer son idée d'actions en réserve au Group.

Le plan aurait pu être parfait, sauf pour Simpson Crane, directeur de Crane & Crane. Bachman travaillait beaucoup mais ses efforts ne rapportaient pas un centime. Cela puait l'utilisation. Crane lui en aurait touché deux mots, ou Bachman serait allé le voir pour lui demander la permission pour les actions en réserve. Mais si Crane avait l'habitude d'accepter des actions d'une valeur nominale maximale de deux cent cinquante dollars au lieu de soixante-quinze mille dollars cash d'honoraires garantis, il n'aurait plus de cabinet depuis belle lurette.

Crane aurait refusé, ce qui ruinait les projets de Jody. Son avancement au sein du cabinet et sa fortune personnelle, voire même son engagement avec Margaret Morency, fiancée mondaine et millionnaire.

Et si Crane était le seul obstacle pour Bachman, s'il avait menacé de révéler le pot aux roses, cela ne valait-il pas le coup de l'éliminer ? Crane aurait même pu menacer de le mettre à la porte. Freeman, lui, l'aurait fait.

— Voilà, c'est tout, conclut le vieil avocat. Ça vous plaît ?

Hardy avait les yeux brûlants, la bouche sèche, mais il avait écouté avec attention. C'était assez proche du scénario qu'il avait imaginé. À présent, il ne restait plus qu'à le prouver.

— Je lui donne un neuf, répondit-il. Ma fiancée peut danser dessus.

Freeman le regarda comme s'il était un Martien. Son jeune partenaire commençait à délirer. Il dit qu'il appelait un taxi pour le ramener chez lui. Le laissant sur le canapé, il fila à la cuisine téléphoner.

* * *

Malgré les bons conseils de tout le monde, il n'y avait aucune chance qu'il rentre. Pas le temps. Il voyait Villars mardi matin, et en cas d'échec, il passerait la journée de lundi à préparer son ultime motion.

Et c'était sa meilleure chance. Cela pouvait marcher.

Il appela Frannie de l'aéroport de San Francisco et essuya la colère qu'il attendait. Elle avait tous les droits d'être en colère. Ces derniers mois, il n'avait été ni un père, ni un mari. Mais il se rattraperait. Ce procès lui avait beaucoup appris. C'était une vie de fou et il était tombé dans le panneau. Mais il en sortirait. Il ferait autre chose, ou il le ferait différemment. Dès que ce serait terminé.

D'abord, conclure cette affaire.

Quand Frannie se serait calmée, elle comprendrait. En fait, elle n'en attendait pas moins de lui — c'était elle qui avait insisté pour qu'il découvre la vérité qui se cachait derrière les meurtres de Larry et Matt Witt. Pour Jennifer. Et maintenant, malade ou pas, à moins de mourir au labeur, il allait découvrir cette vérité.

CHAPITRE 51

L'avion devait atterrir à Burbank une heure avant la tombée de la nuit. Il dormait près du hublot, sous la chaleur d'une couverture, quand le pilote annonça la descente. Il ouvrit les yeux et contempla l'énorme soleil dans une brume rouge au-dessus de l'océan. Regardant en bas, Hardy aperçut le labyrinthe d'autoroutes qui serpentaient à travers The Valley, Hollywood, saturées même un samedi soir de bonne heure. Le Golden State aussi était encombré en direction du centre ville. Pasadena ne ressemblait pas encore à un parking, du moins pas vu du ciel.

Ravagé par la fatigue et la fièvre, il ferma les yeux jusqu'à l'atterrissage final devant la porte.

Son idée était stupide, se disait-il tandis que d'une démarche mal assurée, il se dirigeait vers l'agence de location de voitures la plus proche.

Il réussit à gagner Pasadena. Il avait suivit deux stages quand il travaillait au bureau du procureur à l'hôtel Embassy Suites dans ce quartier, il avait un vague souvenir de l'endroit où il allait. Une heure après être arrivé, il avait pris une chambre, pris une douche, laissé un message à Frannie, et il s'était endormi.

* * *

Il dormit quatorze heures d'affilée et se réveilla dans des draps trempés avec le sentiment qu'il avait une chance de survivre. Il était près de midi ce dimanche 24 octobre. Après une autre douche, il téléphona encore chez lui. Toujours personne. Il laissa un nouveau message. Il allait mieux, ce qui n'était pas dire grand-chose. Il rappellerait ce soir.

Restoffer décrocha à la troisième sonnerie. L'accueil fut assez cordial mais quand Hardy lui expliqua le motif de sa venue, à la seconde phrase, il sentit un changement, une réserve de mauvaise augure.

Restoffer l'interrompit.

— Vous feriez mieux de laisser tomber. Au moins, ne me mettez pas dans le coup.

Désagréable surprise. La dernière fois, Restoffer lui avait dit qu'il serait là en cas de besoin. Maintenant, il battait en retraite.

— Il s'est passé quelque chose ?

— Rien en dehors du fait que votre procureur a appelé mon chef.

Silence. D'ailleurs, quoi dire ? Hardy avait causé de sérieux problèmes à Floyd Restoffer juste avant sa retraite. Il n'en voulait pas d'autres.

— Faut que j'y aille.

Plus de tonalité.

— C'est maintenant qu'on va rigoler, dit Hardy qui serra le combiné dans sa main.

Il alla à la salle de bain, prit trois cachets d'aspirine, jeta un coup d'oeil à sa mine dans le miroir. “T'as d'beaux yeux.” Il recula d'un pas. Le reste de son allure n'avait rien à envier à ses yeux. Il avait besoin de se raser, de changer d'habits, et de quatorze heures de sommeil supplémentaires. Il n'eut pas le courage de prendre sa température.

Après avoir arpenté la chambre pendant un quart d'heure, il commanda un petit déjeuner puis rappela Restoffer.

— Margaret Morency est fiancée à Jody Bachman, vous étiez au courant ?

Un long silence. Hardy dit alors :

— Floyd, je dois commencer quelque part. Je suis à Los Angeles. J'ai besoin d'un coup de main. S'il vous plaît.

Il entendit le souffle de Restoffer dans le combiné. Il attendit.

— Croyez-moi si vous voulez, Morency est dans l'annuaire. J'ai vérifié. À San Marino, ajouta Restoffer et il raccrocha.

* * *

Hardy laissa un message à l'attention de Bachman chez Crane & Crane. Il pensait que par inadvertance et à cause de son activité, Bachman ne l'avait jamais rappelé au sujet de Larry Witt. Mais il se trouvait à Los Angeles aujourd'hui et demain. Ils pourraient peut-être trouver un moment pour se rencontrer, pour déjeuner par exemple. Il laissait le numéro de l'hôtel si Bachman voulait le rappeler. Et également son numéro de chambre.

* * *

La veine le lâchait. Oui, Clarence Stone l'avait reçu. Freeman était arrivé à une conclusion semblable à la sienne. Il restait une place dans l'avion, une chambre dans l'hôtel.

Mais ça s'arrêtait là.

Car Restoffer ne voulait plus lui parler, Frannie n'était pas à la maison, Bachman n'était pas à son travail un dimanche et Margaret Morency n'avait même pas un répondeur.

S'armant de courage contre le choc de la lumière, Hardy remonta les stores. Les montagnes de San Gabriel, étincelantes, s'élevèrent devant lui. Plus près, ramassés le long de la promenade Rose Bowl, sur Colorado Boulevard, il remarqua des bâtiments bas qui menaient une bataille perdue contre les graffitis. Il poussa la fenêtre. L'air sentait bon, il faisait chaud. Une douceur d'arrière-saison.

Il se sentit de nouveau pris d'étourdissement et fut tenté de céder à l'inactivité, de s'allonger, de faire son mea culpa et de rentrer chez lui dès qu'il se réveillerait. Il tomba sur le dos, ferma ses paupières lourdes.

Soudain, la colère le poussa à se lever. Il était dégoûté de lui-même, de sa faiblesse, de sa maladie. Dormir. Autant dormir chez lui. Il n'avait pas fait tout ce chemin pour rattraper son manque de sommeil et laisser la déveine le ronger.

Il s'était redressé si brusquement que la tête lui tourna. La fièvre n'était pas tombée mais hier, il se sentait dans un pire état et il avait fait plus d'efforts. Il ramassa sa chemise, mouillée et froissée. Non, il lui fallait des vêtements propres. Il fallait qu'il continue...

* * *

La demeure de Clarence Stone à Seacliff était belle, ordinaire, d'une dimension humaine. Celle de Margaret Morency à San Marino relativisait les choses. Hardy prenait une leçon sur la communauté des gens riches. Il y avait ceux qui vivaient dans l'aisance, ceux qui étaient riches et ceux qui avaient des maisons que l'on ne voyait pas depuis la rue. Une fois passées les doubles grilles en fer, on suivait une allée qui pénétrait dans une forêt de chênes sur le haut d'une petite butte et disparaissait.

Il n'avait pas eu de mal à trouver, contrairement à ce qu'il avait pensé. La bibliothèque de Huntington était ouverte le dimanche après-midi et l'on y trouvait les numéros de l'hebdomadaire de la ville sur la société mondaine. L'année précédente, il y avait eu plusieurs événements de bienfaisance chez Margaret Morency.

Pastille se situait sur Swan Court. Pastille était le nom de sa maison. D'après ces bonbons français pour la toux. C'était peut-être l'image que Mlle Morency avait de sa maison — une bagatelle, une confiserie pour calmer l'esprit.

Hardy descendit de voiture devant les grilles et sonna. Personne n'avait répondu la dernière fois qu'il avait téléphoné, une heure plus tôt. Il pouvait y avoir quelqu'un maintenant. Sinon, il essaierait Bachman encore une fois puis il reviendrait ici.

Une jeune voix de femme répondit à l'interphone.

— Oui ?

— Mlle Morency ?

— Oui.

Inutile de se lancer dans un récit. Il devait la voir.

— Je n'arrivais pas à vous joindre au téléphone, dit-il.

Elle rit.

— Je sais. Je laisse sonner. Je ne sais pas pourquoi je garde cette chose. Qui êtes-vous ?

Hardy fit un pari. Il était une connaissance de Jody.

— Oh, un instant. (Les grilles commencèrent à s'ouvrir dans un bruit de vrombissement.) Je suis près de la piscine. Vous me trouverez.

* * *

— Le dimanche est jour de congé de mon personnel.

Ils étaient assis sous un parasol sur des chaises de jardin agrémentées de coussins confortables. Un plateau sur la table portait deux carafes transpirantes — limonade et thé glacé. Elle avait sorti des verres en cristal du bar du belvédère près de la piscine. Elle les remplit de limonade.

C'était gravement déplacé, mais quand Hardy lui serra la main, il songea qu'il avait vu de meilleures gueules de bois avec de la bière. Débutante ou pas de la Orange Court, elle avait ce genre de visage pas tout à fait parfait — une mâchoire presque forte, mais proéminente. Un trait trop bas qui assombrissait ses joues. Une naissance de cheveux trop basse. Être ultra riche pouvait cacher une multitude de défauts.

Elle s'était aussi perfectionnée dans l'art de détourner l'attention de son visage. Ses cheveux blonds brillants tombaient sur ses épaules. Elle portait un bikini noir et un dos nu blanc transparent qui couvrait ses seins. Une chaîne en or scintillait sur son ventre plat, bronzé. Elle avait de longues jambes fuselées et marchait pieds nus ; une autre chaînette enlaçait sa cheville. Hardy aperçut le haut du maillot de bain jeté sur les dalles près du massif de fleurs de l'autre côté de la piscine. Elle avait sans doute nagé paresseusement, seins nus.

— J'aime être seule ici.

Seuls, ils devaient l'être. Il n'y avait pas d'autres demeures à l'horizon. Des arbres, un jardin entretenu, une pelouse au-delà, la maison au fond, un azur parfait. Un avion passa haut dans le ciel.

— Comment connaissez-vous Jody ? demanda-t-elle.

Hardy sentait son corps douloureux, la sueur qui dégoulinait entre ses omoplates, comme la fièvre grimpait de nouveau. Il but sa limonade, sourit sans force.

— Je crains de n'être qu'un autre avocat.

Elle avait un rire puissant — profond, de pleine gorge, sans retenue. Elle rejeta la tête en arrière, l'air ravi.

— Les avocats n'ont peur de rien, dit-elle. C'est ce que me dit Jody.

— C'est le cas pour lui.

— Et vous, Mr Hardy, de quoi avez-vous peur ? (Elle le fixait avec ses yeux d'une couleur trop foncée.) Vous avez l'air capable de faire attention à vous.

— En ce moment précis, je lutte contre la grippe. Je crois qu'un gamin de dix ans pourrait me mettre K.O. sans peine.

Elle se fit mystérieuse. Était-ce son entrée en scène ? Venait-il de la repousser ? Quoi que ce fut, elle ne semblait pas contrariée. Plutôt intéressée. C'était un monde tellement différent ici. Les règles ne devaient pas être les mêmes et il ne les connaissait pas.

— Bon, où en étions-nous ? demanda-t-elle.

— Comment je connaissais Jody. Je ne le connais pas.

L'espace d'un instant, quelque chose s'inscrit dans le regard de la jeune femme. La peur ? Le mécontentement ?

— Vous n'êtes pas un policier, n'est-ce pas ?

— Pourquoi ? Jody a-t-il des ennuis avec la police ?

— Il n'y a aucune raison à cela. Et vous ne m'avez pas répondu.

— Je vous l'ai dit. Je suis avocat, pas flic.

Elle s'assit, croisa les bras sous sa poitrine. Son visage était impassible.

— Vous autres, qu'est-ce que vous croyez qu'il a fait ? Vous devez le laisser tranquille.

Hardy hocha la tête.

— Oui. C'est ce que Mr Kelso a dit à l'inspecteur Restoffer. Mais je marche seul. Je ne suis pas avec lui et je m'efforce de sauver la vie de ma cliente.

En un mot, il lui conta l'histoire de Jennifer. À la fin, elle but un grand verre de limonade.

— Mais Jody n'a pas appelé Frank — Mr Kelso. C'est moi, reconnut-elle. Jody n'en a rien su et l'ignore probablement.

— Pourquoi l'avez-vous appelé ?

— Parce que, Mr Hardy — elle se pencha vers lui — parce que Jody n'a pas besoin de ça. Il est très sensible et il n'a rien fait de mal. Tout à coup, ce Restoffer surgit de nulle part et l'interroge comme s'il était un criminel. Ces accusations l'ont bouleversé et c'était ridicule. Vous savez qui est Jody ?

— Je sais qu'il est votre fiancé. C'est à peu près tout.

— C'est un oiseau rare, voilà ce qu'il est. Il passe la moitié de sa vie à aider les autres. Il est parti de rien et aujourd'hui, il commence à faire partie de l'élite de la ville. Il trouve de l'argent pour vingt bonnes causes — en ce moment, il est à une réception de bienfaisance du club de golf. Il est associé dans son cabinet et il gagne correctement sa vie. Nous sommes fiancés et comme vous pouvez le voir, l'argent n'est pas un problème. Il n'a pas besoin de faire des choses hors-la-loi. Tout simplement, ce n'est pas l'argent qui le mène.

Puisque Jody était si merveilleux, Hardy voulut lui demander pourquoi elle donnait l'impression d'être prête à coucher avec lui ? Peut-être parce que la bonté de son fiancé ne la satisfaisait pas, ce qui, naturellement, ne signifiait pas que Jody n'était pas généreux. Ou alors, l'oiseau rare ne l'aimait pas, ne la trouvait pas désirable, et il avait arrangé ce mariage qui lui apportait encore plus d'argent, encore plus de pouvoir. Dans cette couche sociale, les mariages ressemblaient plus à des alliances stratégiques qu'à des histoires d'amour. Les relations et l'honnêteté comptaient davantage que l'attrait du sexe. Il n'en savait rien, il n'était pas de ce milieu.

Et il n'était pas dans son état.

— Est-ce que Jody vous a dit que Restoffer l'avait accusé de quelque chose ?

— Pas vraiment, mais c'était évident qu'il pensait que Jody avait un lien avec la mort de Simpson Crane, ce qui est simplement absurde. Simpson Crane était comme son père. Il a pleuré à sa mort. J'étais avec lui, je l'ai vu. Et pour ça, Mr Hardy, vous ne faites pas semblant.

Ça arrive, se dit Hardy.

— En outre, poursuivit-elle, tout le monde sait qui a tué Simpson. Ce fichu syndicat. Je crois que l'on sait partout qu'il pourchassait les syndicats. Il estimait qu'ils ruinaient le pays, et de fait, il avait raison. Il était après eux, il réussissait dans son travail. Et quelqu'un l'a tué, ou l'a fait tuer. Ces gens sont comme ça.

Hardy eut envie de lui demander si elle avait déjà eu une conversation avec un ouvrier, mais autant économiser sa salive. Ce n'était pas son combat, il n'allait pas influencer Mlle Morency.

Soudain, elle se leva et alla au belvédère prendre une serviette qu'elle passa sur ses épaules pour se couvrir le buste. Il faisait toujours aussi bon. L'invitation, s'il l'avait bien interprétée, était retirée.

Hardy se leva à son tour.

— Je vous remercie de m'avoir reçu.

Elle revint vers lui, posa une main sur son bras.

— J'espère vraiment que vous allez laisser Jody tranquille. Il n'a pas besoin de cela.

— Merci de m'avoir accordé votre temps, dit Hardy. Je trouverai la sortie.

* * *

Le téléphone sonnait. Il était six heures et demie sur le réveil près du lit. Sur le coup, Hardy ne sut où il était, ni s'il faisait nuit ou s'il faisait jour. La dernière fois qu'il s'était endormi dans la journée, il avait fait le tour du cadran. Là encore ?

Il décrocha le téléphone. Jody Bachman en personne.

— Margaret m'a dit que vous étiez passé. Je suis navré de vous avoir manqué. Alors, écoutez, le fait est que je ne vous ai jamais rappelé. Quoi dire ? J'étais très occupé. C'est véritablement dingue. J'ai eu votre message au cabinet en passant écouter le répondeur mais j'étais très en retard à cette réception. Vous savez ce que c'est. Vous voulez que nous nous voyions ?

— Pas ce soir. J'ai la grippe.

— Bien, et demain ? Vous serez toujours en ville ? Si vous êtes libre pour déjeuner, j'ai une table au City Club. Bonne chère. Belle vue. À midi, ça va ?

— À midi, ça va, répéta Hardy affirmativement.

— À midi donc. Vous savez où cela se trouve ?

Hardy répondit qu'il trouverait. Bachman dit qu'il le verrait là-bas.

* * *

Il s'écroula sur le lit. Quand il ferma les yeux, il crut que la chambre tournait autour de lui. Il se força à s'asseoir.

Il oubliait quelque chose. Une chose importante, cruciale même, mais il ne trouvait pas. Et réfléchir le fatiguait. Les minutes glissaient. Il somnolait assis. Le téléphone sonna de nouveau.

— Tu es toujours malade ?

— Je suis toujours malade.

La colère de Frannie avait cédé la place à l'inquiétude.

— Pourquoi tu ne rentres pas Dismas ? Tu devrais voir un toubib.

Il lui expliqua son rendez-vous du lendemain avec Bachman. Ensuite, quoi qu'il en sorte, ce serait terminé. Il devait rester jusque là.

Elle ne dit plus rien. Parfait, s'il voulait faire comme ça. Les enfants allaient bien. Il manquait à Rebecca. Ce n'était pas le piège de la culpabilité, juste une constatation. Et à elle — Frannie, sa femme, il se souvenait ? — il manquait aussi. Est-ce qu'il pourrait être prudent et faire attention à lui ?

Il le lui promit. Il n'avait pas le choix. Dans son état, il n'irait nulle part. Vissé à sa chambre d'hôtel, il dormirait toute la nuit. Il la verrait demain.

Il reprit de l'aspirine, but deux verres d'eau. Il se regarda dans le miroir de la salle de bain. Ses traits étaient tirés, son teint cireux. Il avait mal partout. Il alla fermer le store. Un crépuscule violacé s'étendait sur la ville. Au loin, le Mont Wilson, sur la crête des San Gabriel, éclatait d'un rouge vermillon, reflets scintillants du soleil mourant dans la végétation des montagnes. Hardy s'appuya lourdement sur son bras plaqué contre la fenêtre.

En-dessous, au parking, un homme seul sortit de sa voiture, ferma la portière, vint ouvrir le coffre. Il en sortit une petite mallette, regarda autour de lui, referma le coffre, puis tranquillement, économisant ses mouvements, il contourna le hall d'entrée et disparut sous l'aile du bâtiment où était logé Hardy.

* * *

C'était le même sentiment que chez lui. La paranoïa. Stupide.

Mais le savoir n'aidait en rien. Soudain, il sut qu'il devait sortir d'ici. Il avait donné à Jody Bachman son numéro de chambre, il lui avait dit qu'il y restait toute la nuit.

Jody Bachman, qui d'après son scénario, avait engagé un tueur pour éliminer Simpson Crane, sa femme, Larry Witt, son fils. Et désormais, il n'y avait plus que Hardy sur son chemin, entre lui et ses sept millions de dollars...

Il n'avait pas grand-chose à ramasser. Il prit ses vêtements sales. Personne dans le couloir quand il quitta la chambre.

L'ascenseur s'ouvrit. Hardy se trouva devant un homme noir bien habillé, mince. Il transportait la petite mallette qu'il avait vu plus tôt, ou une qui lui ressemblait. Hardy entra dans l'ascenseur quand l'homme en sortit. Il vérifiait les numéros des chambres quand la porte se referma.

CHAPITRE 52

Jody Bachman avait vingt minutes de retard, et s'il fut surpris de le voir vivant, assis à la table qu'il avait réservée, il n'en montra rien.

La fièvre était tombée après douze heures d'un sommeil profond dans un motel juste en dehors de Glendale. Hardy était vêtu d'un pantalon neuf, d'un veston indigo et d'une cravate stricte, des mocassins neufs aux pieds. Il était toujours perclus de douleurs.

Il s'était réveillé avec le sentiment d'être un idiot. Quelques minutes. Mais après tout, il était *en vie* et c'était là la justification. La fièvre et la fatigue devaient être la cause de sa paranoïa. Il avait changé d'hôtel. C'était fait, c'était stupide et inutile, mais cela n'allait pas l'empêcher de vivre.

Il comprit qui était Bachman avant que celui-ci ne le rejoigne. Entrant dans le restaurant tel le propriétaire, il était l'un de ces ex-surfers de la Californie du Sud que le vieillissement ne semble pas toucher comme le commun des mortels. Il devait avoir trente-cinq ans s'il était un associé de Crane, il en paraissait dix de moins. Des joues ciselées, un menton fendu, pas une seule ride. Ses cheveux, probablement blonds décolorés quinze ans plus tôt, étaient aujourd'hui châtain clair, avec une coupe à la Kennedy. Et soit il faisait des U.V., soit il se prélassait au bord de la piscine de Margaret Morency.

Incontestablement, c'était ici une antichambre du pouvoir.

Bachman s'arrêta tout d'abord à la table du maire de Los Angeles qui déjeunait en compagnie de cinq autres personnes. Hardy reconnut un législateur de l'État très en vue et en photos.

Tandis que Bachman saluait son monde tout en venant à sa table près de la fenêtre, Hardy buvait une eau de seltz. Le ciel était dégagé. Au sud de Los Angeles s'étendaient des entrepôts dans un horizon de tours de forage pétrolier, de rails de chemin de fer, de lignes à haute tension, de routes et de carrières de gypse. Une vue parfaite pour ceux qui favorisaient un développement sans beauté — ici, pas de ponts, pas d'îles, de plans d'eau, de bâtiments de belle architecture, de collines ou d'espaces verts. Bachman n'avait peut-être pas encore les moyens de réserver une meilleure table, comme celle du maire, du membre du Congrès et leurs convives qui pouvaient admirer l'océan, l'ouest verdoyant de la ville, les montagnes San Gabriel.

— Navré d'être en retard. Jody Bachman. (Il salua encore quelqu'un qu'il avait manqué lors de son tour de salle et il s'assit, enfin.) Je n'arriverais jamais à rattraper le temps. (Il rit.) Je n'en vois jamais le bout. Vous prenez quelque chose ?

— Une eau de seltz, répondit Hardy en tapotant sur son verre.

— Moi aussi. Comment peut-on boire un Martini ou même une bière dans la journée... (Il secoua la tête.) Ça me coupe tous mes moyens. C'est comme prendre un somnifère. Bien, que puis-je faire pour vous ?

— Moi aussi, j'essaie d'arriver au bout de quelque chose. Ma cliente a été condamnée à mort vendredi.

Bachman resta le verre levé à sa bouche.

— Mon Dieu, dit-il en le reposant, c'est un autre genre de loi.

— Ce n'est pas exactement celle des conseils d'administration et des règlements intérieurs.

— Condamnée à mort, vous dites ? La femme de Witt, n'est-ce pas ?

— C'est cela. Jennifer.

Bachman émit un petit sifflement. Un serveur en smoking arriva. Il posa sur la table un breuvage qui ressemblait à un jus de canneberge.

— Le plat du jour pour moi, Klaus, lui dit Bachman. Ce sera parfait.

Il questionna Hardy du regard.

— Cela me convient, répondit celui-ci qui enchaîna, une fois le serveur parti. J'essaie de convaincre le juge de réduire la peine à perpétuité.

— Je croyais que vous feriez appel. Définitivement.

— En dernier ressort, dit Hardy, s'il le faut. (Il n'avait pas l'intention d'expliquer le protocole.) Jennifer clame son innocence et je suis tenté de la croire. (Il ne releva pas le sourire perplexe de Bachman.) Donc, il faut que j'arrive à faire douter le juge. Pas besoin d'un doute profond...

— Et vous pensez que le coup de téléphone de Witt...

— Je ne sais pas Mr Bachman. À ce stade, c'est la seule pierre que je n'ai pas encore retournée.

Un autre négociateur influent passa près de la table, qui donna une tape amicale sur l'épaule de Bachman. Celui-ci dodelina de la tête, l'air absent, en prenant son verre.

— Si c'est votre meilleur pari... (Il regarda par la fenêtre une seconde.) Après notre discussion, hier soir, j'ai voulu vérifier les registres mais je n'ai pas pu entrer dans l'ordinateur jusqu'à ce matin.

Hardy attendit.

Bachman sortit deux feuilles agrafées de la poche de sa veste. Il les déplia avant de les lui tendre.

— J'ai cherché encore, j'avais recopié au verso ma feuille de présence. Parfois, on a du mal à me lire.

La première page était une partie du résumé tapé à la machine de l'emploi du temps de Bachman. Le 23 décembre, à partir de 18h10, il avait écrit 0.20 pour YBMG. En dessous de desc/svs était écrit : Con. tél. avec/Witt ???

Bachman traduisit.

— C'était juste un appel pour répondre à des questions. Je crois que j'ai reçu une dizaine de coups de fil, dont l'un de Witt.

— Vous souvenez-vous de ce qu'il vous a demandé ?

— Pas le moindre souvenir. Je l'ai facturé au Group donc cela devait avoir un rapport avec l'émission d'actions. Navré.

Hardy regarda de nouveau la facture.

— Mais la conversation a duré vingt minutes. C'est suffisamment long pour ne pas l'oublier ?

Pour la première fois, Bachman montra une pointe de dépit. Son sourire bienveillant s'évanouit un instant. Il plissa les lèvres, but une gorgée. Il s'était déjà repris.

— Vous avez mal compris. 0.20, cela ne signifie pas vingt minutes. Dans son infinie sagesse, le cabinet facture en dixième d'heure. Deux dixièmes, ça fait douze minutes. (Se penchant en avant, il confia à Hardy.) Et pour une seconde de plus, c'est un autre dixième facturé. On arrondit. La conversation a pu durer moins de cinq minutes... (Son sourire n'avait rien de chaleureux à présent.) Mais vraiment, je ne me souviens pas. Que puis-je dire d'autre ?

Hardy retourna la feuille. Ce qui avait été écrit après "Con. tél. avec/Witt" — deux lignes environ — avait été effacé.

— Je vois, fit Bachman qui répondit avant la question. Et la réponse est que je ne sais pas. J'ai peut-être manqué d'encre ou j'ai écrit une longue description inutile. On me demande de faire simple. Vous devriez rencontrer ma secrétaire — elle m'arrache la peau si mon style est redondant ou verbeux.

Hardy resta rivé sur ces lignes effacées. Il aurait bien voulu avoir l'original, voir si un spécialiste pouvait en tirer quelque chose. Mais quoi ensuite ? Quoi que Bachman ait écrit, cela ne pouvait pas être incriminant au point d'aider Jennifer maintenant.

Il leva les yeux. Bachman l'étudiait.

— Vous savez, dit ce dernier, je suis heureux de vous aider si je le peux. Et j'estime que j'ai été assez ouvert. Mais je m'interroge. Quand va cesser cette inquisition à propos du YBMG ? C'est une vieille histoire. C'est toujours comme ça quand vous concluez une affaire ? Tout le monde veut un morceau du gâteau.

— Pas moi.

— Oui je sais. Ce n'est pas ce que je voulais dire mais toutes ces questions...

— J'ai une jeune femme qui a une bonne chance d'être exécutée à moins que je ne prouve que quelqu'un d'autre a tué son mari. Pour moi, je regrette, mais cela vaut bien quelques questions.

Klaus apporta les plats. Un avocat aux petites crevettes, trois feuilles de laitue, une tranche de pain noir.

Bachman repoussa la salade.

— C'est compréhensible, dit-il. Mais en quoi le coup de

téléphone du Dr Witt a à voir avec sa mort ? Vous n'êtes pas en train d'imaginer que quelqu'un en cheville avec le YBMG l'a tué, n'est-ce pas ?

— Je cherche. C'était une question restée en suspens. Je savais que Witt vous avait téléphoné, et son avocat de San Francisco m'a dit qu'il était perturbé par cette circulaire. Je me demandais s'il ne vous avait pas menacé...

— Et c'est moi qui l'aurais tué ? Pourquoi ? Vous n'êtes pas sérieux.

— Si cela vous intéresse, je peux vous expliquer mon hypothèse, dit Hardy.

Les crevettes, soixante grammes en tout, étaient sucrées.

Observer la réaction de Bachman à son explication serait instructif. Il raconta tout, de l'appel téléphonique à Simpson Crane jusqu'à l'affaire retirée à Restoffer.

À la fin du récit, Bachman hocha la tête, son sourire étant désormais un lointain souvenir.

— Il y a beaucoup d'avocats de nos jours qui écrivent des romans, Mr Hardy. Vous devriez peut-être vous y essayer.

— Ce n'est pas de la fiction, le corrigea Hardy, dans un geste de regret.

— Oui, tout comme le fait que personne ici ne cache quelque chose. Tout est étalé en plein jour.

— Simpson Crane vous a laissé troquer vos heures de travail contre des actions ?

Bachman resta sidéré, momentanément.

— Bien sûr.

— Est-ce une pratique courante de votre cabinet ? Vous prenez fréquemment ce genre de risque ?

Plus rien à voir avec l'hypothétique. Bachman s'essuya la lèvre supérieure. Commençait-il à transpirer ?

— Hé, ces temps-ci, vous acceptez le business que vous trouvez. Par ici, c'est un marché où la demande est faible.

— Et cela ne posait aucun problème à Simpson ?

— Certainement pas, répondit Bachman après une seconde de réflexion. Simpson et moi, nous étions amis. Je n'aurais jamais rien fait susceptible de nuire à Simpson. (Hardy songea qu'il ne l'avait jamais accusé de cela.) Nous en avons parlé, évidemment.

Longuement. Nous avons pensé qu'il y avait une chance plus que raisonnable d'une reprise en aval. Ce qui, j'ajoute, s'est produit. Le cabinet a gagné deux millions de dollars grâce à moi. C'était prendre un risque, certes, mais qui valait le coup comme je disais. Vous n'auriez pas fait de même ?

Bachman prit son verre d'eau. Sa main semblait trembler.

— Et les cinq autres millions ? s'enquit Hardy.

Le verre s'arrêta au bord des lèvres. Puis Bachman but et le reposa assez violemment.

— Il n'y a pas d'autres cinq millions.

Finalement, Hardy sentit qu'il avait contraint l'avocat d'affaires au mensonge. Il était temps de le faire parler.

— Clarence Stone a dit que le Group vous avait payé avec cinquante mille actions. Ce qui fait sept millions de dollars. Si deux sont allés à votre cabinet, où sont passés les cinq autres ?

Bachman avala sa salive.

— Il s'agit d'une prime personnelle, donna-t-il pour explication.

— Vous venez de dire qu'il n'était pas question de cinq autres millions.

— Je veux dire pour le *cabinet.*

— Donc, il y a bien cinq autres millions.

— Cela vous a plu ? Vous avez terminé messieurs ? (C'était Klaus.) Un dessert peut-être ? Un cappucino, un expresso ? Nous avons un délicieux *tiramisu.*

— Rien, dit Bachman qui s'était reculé de la table.

Une façon de renvoyer le serveur qui ne regarda même pas Hardy.

Cette interruption avait donné assez de répit à l'avocat de Los Angeles. Il n'était pas arrivé à son poste en se laissant gagner par l'affolement. Il affrontait un nouvel obstacle, il le surmonterait.

— Oui, j'ai gagné beaucoup d'argent, reconnut-il. Et la dernière fois que j'y ai réfléchi, *cela* ne m'a pas paru un crime.

Hardy devait retrouver son élan. Il se pencha vers Bachman.

— Witt a menacé de prévenir les autres médecins, n'est-ce pas ? Il aurait fait rater le marché.

Revint le sourire sur les lèvres de Bachman.

— Si vous comptez soulever ce genre d'accusations, Mr Hardy, vous feriez mieux d'avoir des preuves. Il y a des lois contre la diffamation, la calomnie, qui, en une fraction de seconde, pourraient faire de vous un pauvre malheureux. Vous devriez le savoir.

— Qui avez-vous engagé ?

Bachman secoua la tête, pas heureux du tout.

— Personne, Mr Hardy. Et si jamais, croyez-vous que j'aurais été assez stupide pour laisser des traces ? Croyez-vous que j'aurais payé par chèque ? Maintenant, si vous voulez bien m'excuser — il se leva, repoussa sa chaise — j'ai un rendez-vous à treize heures et je vais être en retard.

Il hocha la tête une dernière fois, croisa le regard de Klaus à qui il dit de mettre le déjeuner sur sa note.

CHAPITRE 53

Quoi qu'il eut trouvé ou qu'il pensait avoir découvert à Los Angeles, la vérité inconfortable était qu'il n'avait pas la moindre parcelle de preuves. Dans l'avion, il griffonna des notes. Il devait absolument téléphoner au FBI pour les inciter à poursuivre leur investigation RICO sur la mort de Crane. Retrouver un retrait d'argent sur l'un des comptes de Bachman était certainement possible si seulement sa théorie pouvait intéresser l'un des agents fédéraux.

Un si majuscule.

Todd Crane, une autre voie. Celui-ci pouvait trouver un intérêt à apprendre que Jody Bachman leur avait remis seulement quinze mille actions des cinquante mille qu'il avait gagnées.

Ou bien Todd était-il déjà au courant ? Deux millions de dollars contre un montant d'honoraires de soixante-quinze mille pouvait bien le satisfaire. Hardy se rendit compte qu'il s'accrochait à une chimère personnelle, et invérifiable de fait. Qui disait que Bachman aurait dû remettre *toutes* les actions ?

Si ces deux approches ne réussissaient pas... Restoffer peut-être ? Non. Irréaliste. Restoffer était hors du coup.

C'était au juge Villars, siégeant en tant que treizième juré, qu'il devait faire croire ce qu'il pourrait.

Ses propres théories n'importaient pas. Il ne pouvait pas les prouver. Elles n'apporteraient rien de bon à Jennifer. Il devait prendre un autre chemin. Il devait se comporter comme un avocat et fabriquer un argument s'il le fallait, même si la méthode lui déplaisait.

Mais en toute franchise, il ne s'agissait pas d'une fabrication. Il partait au moins d'une vérité, celle qui avait été niée tout au long du procès mais qui n'avait pas changé : Jennifer était une femme battue.

Malgré les objections de la jeune femme, il allait présenter cela au juge — l'inflexibilité de Jennifer, la déclaration de Freeman écrite sous serment, les décisions de la défense.

L'ironie de la chose lui apparaissait clairement. Il ne pouvait rien utiliser de ce qu'il savait sur Bachman et le YBMG. Et ce qu'il pouvait présenter n'avait pas de lien direct avec ce qui s'était passé dans la chambre des Witt un certain 28 décembre.

L'avion descendit au-dessus de la baie. Il était bientôt quatre heures de l'après-midi. Le lendemain, à 9h30, il serait face au juge Villars.

Il n'avait plus qu'une fléchette.

* * *

— Bien sûr, je ferai tout, assura le Dr Lightner, assis devant la porte-fenêtre dans son cabinet.

Le massif d'eucalyptus derrière lui était plongé dans l'ombre. Sa secrétaire était rentrée chez elle.

— Bien, dit Hardy. Je veux que vous racontiez au juge ce que lui faisait subir Larry.

Lightner se raidit dans son siège.

— Je sais ce que je vous demande, Docteur, continua Hardy d'un ton presque suppliant, mais c'est vraiment le seul espoir pour Jennifer. Vous ne l'avez pas quittée durant toute cette affaire.

Mais assister quelqu'un et révéler des conversations privilégiées étaient deux choses différentes.

Lightner se leva. Il tourna le dos à Hardy, regarda dehors.

— Je ne peux pas croire que nous en soyons arrivés là.

Hardy s'approcha de lui.

— Après la mort de Larry, quand vous lui rendiez visite, elle n'a jamais... ?

— Elle n'en parlerait pas, le coupa le psychiatre qui secouait la tête.

Une brusque sensation de vertige perturba Hardy. La grippe qui revenait ? Non, c'était cette horrible pensée qui le traversait de nouveau sans en être priée. Jennifer était-elle coupable en fin de compte ? *Arrêtez.*

— C'est le prêtre et la confession, pas vrai ? fit Lightner

— Oui, c'est ça, répondit Hardy que la réflexion détendit.

— Trahir ce privilège, c'est trahir sa confiance.

— C'est lui sauver la vie.

Le psychiatre se retourna vers Hardy, le visage blême et las.

— Et les médecins que je vous ai indiqués ? Ils ne pourraient pas lui venir en aide ?

— Qu'est-ce qu'ils vont raconter ? Où sont leurs preuves ?

Aujourd'hui, il ne suffisait plus de parler de coups, d'écorchures. Il fallait la confirmation de son thérapeute.

Lightner ouvrit la porte-fenêtre et sortit. Hardy l'imita. Ils marchèrent quelques mètres.

— Qu'est-ce qui s'est passé ce matin-là à votre avis ? demanda l'avocat.

Lightner laissa échapper un long soupir. Les bruits étouffés de la circulation sur la 19ème Avenue leur parvenaient. Le médecin porta son regard à travers les arbres.

— Je crois que ça s'est passé comme elle l'a dit, sauf qu'elle a oublié la souffrance physique.

— La souffrance physique ?

— Larry qui la battait.

— Il l'a battue ce matin-là ?

Lightner regarda Hardy.

— Disons que j'ai vu les marques la fois suivante où elle est venue me voir, c'est-à-dire deux jours plus tard. Je crois qu'il a frappé Matt aussi. Je ne dis pas qu'il l'a fait, je dis que c'est possible...

— Matt n'avait pas de marques de coup.

Lightner secoua la tête, incapable de dire un mot.

— Le crâne de Matt... murmura-t-il.

Hardy comprit. Si Larry avait frappé Matt à la tête, la balle en avait effacé toute trace. Comme dans son scénario délirant deux soirs plus tôt.

— Je ne sais pas ce qui s'est passé, répéta Lightner.

— Mais qu'est-ce que vous, vous pensez, Docteur ? Nous parlons de la vie de Jennifer. Il faut que j'arrive à le faire comprendre à Villars.

Lightner essayait de trouver son parti, de garder le droit du privilège de son côté.

— Très bien, voici ce qui est arrivé à mon avis.

Il fixa Hardy, les derniers rayons du soleil faisant étinceler le roux de sa barbe. Vaincu par la tension, le dilemme moral et professionnel, il sembla avoir pris sa décision.

— Elle allait le quitter en emmenant Matt. C'est la raison de la dispute. Le soir du réveillon de Noël, il l'avait méchamment battue. Elle m'a téléphoné.

— Et qu'avez-vous fait ?

— Je lui ai dit de partir, de le quitter. Elle avait peur que Larry la tue. Elle m'a parlé du revolver. Il se trouvait dans la tête de lit. Il s'en servirait. Je lui ai dit de le prendre et de partir. Elle ne l'a pas fait.

— Et puis ?

— Lundi, cela a recommencé. (Et Lightner développa un scénario d'une plausibilité effrayante. Hardy l'écoutait en oubliant presque de respirer.) Il la frappe et elle lui annonce qu'elle va partir pour de bon. Elle appelle Matt en criant mais elle ne le trouve nulle part. Il se cache peut-être. En tout cas, Larry, qui la poursuit, décide soudain que ça suffit. Il court en haut. Sachant ce qu'il a l'intention de faire, c'est-à-dire prendre le revolver, Jennifer court après lui pour qu'il arrête, pour l'en supplier. Elle hurle, elle est hystérique, comme la voisine l'a dit. Mais Larry n'est pas dans la chambre. Le revolver est toujours à sa place. Elle s'en empare, elle entend un bruit derrière elle, elle se tourne. Il y a un autre revolver ! Qui dépasse par la porte de la salle de bain. C'est Larry qui est là. Elle tire. C'est Matt. Elle a tiré sur Matt qui s'était caché dans la salle de bain avec son nouveau jouet de Noël. Le revolver offert par ses grands-parents. Et tout à coup, Larry arrive, prêt à se jeter sur elle pour la frapper. Elle tire une fois, à bout portant...

Clignant des yeux, comme s'il revenait à la réalité, Lightner se tourna vers Hardy et termina.

— C'était fini. Ensuite, elle a essayé de maquiller le crime. Elle n'a pas eu le choix. Larry l'aurait tuée...

Hardy ne dit rien, ne fit rien. Le bruit de la circulation avait cessé. Le soleil était bas, un courant d'air frais agita le feuillage. C'était une excellente défense, si c'était vrai.

— Voilà ma version. Larry est monté prendre le revolver. Il n'y a pas eu de préméditation. Tout ce que voulait faire Jennifer, c'était partir, le quitter. Elle aurait dû le faire depuis longtemps. C'était de la légitime défense, j'en suis convaincu...

— Voudrez-vous témoigner demain ? Si j'ai une déclaration sous serment pour vous, vous la signerez ?

— Témoigner de quoi ? Il n'y a aucune preuve sur ce que je viens d'énoncer quand bien même je le sais.

Hardy le savait, lui aussi. Pour arriver à ses fins, il avait besoin de Lightner au tribunal, besoin de son histoire, une histoire toutefois fort construite.

— Les preuves, je m'en préoccupe, dit-il. Ma question, c'est de savoir si je peux compter sur vous. Direz-vous au juge ce que vous venez de me dire ?

Lentement, après un lourd soupir porteur des conséquences de sa réponse, Lightner acquiesça de la tête.

— Très bien. Si elle me le permet.

* * *

Rebecca s'était ennuyée de son papa.

Couché sur le tapis devant la cheminée, il s'amusait avec elle. Elle ne le laissait pas se lever, le cognait de ses petits poings pour qu'il reste à terre. Ils riaient et babillaient. Hardy avait eu dix minutes de bonheur pur quand Rebecca lui avait donné tous les baisers de son répertoire — un baiser de lapin, nez à nez ; un baiser de papillon, ses cils caressant les joues de son papa ; un baiser du coeur, de son invention — elle embrassait sa main, la pressait sur son coeur puis contre celui de Hardy.

L'heure du coucher était passée. Il faisait nuit dehors, noir dedans. La famille était de nouveau réunie. Le feu crépita. Vincent s'endormit et Frannie le coucha sur le canapé. Elle revint s'étendre près de Hardy, posant la tête sur son ventre. Rebecca était appuyée de tout son poids sur son torse. Sa respiration devint régulière.

* * *

— Tu viens te coucher ? C'est demain, non ?

— Dans une minute.

— Dismas. (Son regard était soucieux. Elle vint vers lui, mit une main sur son épaule.) Chéri, il est onze heures.

Hardy s'escrimait derrière une machine à écrire, dans la cuisine. Les mains sur le front, épuisé, le cerveau bourdonnant. Il ne pouvait pas s'arrêter de réfléchir. Il avait écrit pendant trois heures. Premièrement, il avait prudemment formulé la déclaration sous serment de Lightner. Deuxièmement, il avait revu sa motion en vertu de l'article 190.4(e) du code pénal de l'État de Californie pour demander une réduction de peine à la prison à vie sans liberté conditionnelle. Ceci étant à la discrétion absolue du juge.

Le second dossier était plus compliqué. Il ne pouvait espérer exiger un nouveau procès sans motifs légitimes. Dans ce but, il avait deux arguments. Le premier était que l'accusation du meurtre de Ned Hollis rattachée aux deux autres avait fatalement influencé les jurés.

Oui, Freeman et Jennifer, ensemble, avaient rejeté officiellement cette question, qui devait pourtant ne pas être écartée. Hardy soutenait qu'aucun avocat *compétent* n'aurait refusé une annulation de procès dans ces circonstances, et l'approbation de Jennifer n'était due qu'à de mauvais conseils.

(Cette tactique ne ferait pas sourciller Freeman. En fait, il la lui aurait indiquée si Hardy n'y avait pas pensé. L'idée, c'était de sauver la vie de votre client, pas de flatter les ego.)

Cet argument-là était donc raisonnable, bien qu'il fût improbable que Villars ne revienne sur une décision.

Le second était son tout dernier et meilleur espoir. Mais aucune preuve sur les mauvais traitements dont Jennifer avait été victime... et qui d'autre que Jennifer les avait effacées ? Aux yeux de la justice, rien n'était solide. Il devrait expliquer pourquoi.

Hardy cherchait un argument pour réclamer la prison à perpétuité plutôt que la peine de mort, d'après les directives du code pénal. Techniquement, il ne pouvait servir qu'à une mitigation de peine, pas à une annulation de verdict, et il serait probablement irrecevable comme motif d'ouverture d'un nouveau procès.

S'il osait espérer un nouveau procès, Villars devrait faire le rapprochement, et le saut. Elle devrait se mouiller. Le ferait-elle ?

Il n'avait donc pas d'autre choix que de mettre tous ses oeufs dans le même panier. Il devait compter sur la volonté de Villars de rendre la justice, de découvrir la vérité, comme elle le prétendait. Elle lui avait dit que la responsabilité de la peine de mort la bouleversait. Mais quand même, il lui demanderait d'annuler des décrets qu'elle avait pris au cours du procès. Si elle hésitait, Powell hurlerait. Et Powell allait devenir ministre de la Justice de l'État. Villars n'aurait aucun intérêt à s'attirer un ennemi pareil, juste maintenant...

Hardy savait qu'il se faisait des illusions. Dans la pratique, les annulations n'arrivaient jamais à ce stade d'une affaire. Les motions finales, administratives surtout, pouvaient être interprétées comme le dernier combat de l'inculpée. En vérité, elles pouvaient éviter au juge de commettre une erreur irréversible. Seulement sur le papier, ce dernier obstacle pouvait avoir un effet sur une application plus juste de la peine de mort. Dans la réalité, historiquement, cela avait rarement fait une différence.

* * *

Après avoir travaillé ses motions, Hardy avait passé le reste de la soirée à vérifier trois fois les preuves et à relire les entretiens depuis le début. Ses notes sur Tom DiStephano. Les déclarations des médecins sur les "accidents" de Jennifer. La déclaration de Freeman qui interdisait d'aborder la défense de la femme battue. Les avortements. Le premier témoignage du dentiste Harlan Poole.

Et Dieu merci, pendant les séances, il était intervenu quelques fois, insistant pour que tout soit consigné dans le procès-verbal.

Villars lui donnerait une chance, pensait-il. Celle de commencer. Mais sa liberté de manoeuvre serait sévèrement limitée. Et si ce n'était pas public, elle n'allait pas le laisser aborder quoi que ce soit le lendemain à la première heure. Aucun doute là-dessus.

Frannie l'embrassa sur la tête et partit à la chambre. Elle éteignit. Elle avait abandonné pour ce soir, avec sagesse.

Il se leva, saisit le téléphone et partit dans l'atelier. Il referma la porte coulissante.

Cinq sonneries avant qu'une voix fatiguée ne réponde.

— Nancy, je suis désolé de vous réveiller, mais il y a une dernière chose que j'ai besoin de savoir.

CHAPITRE 54

Il fut au Palais de Justice dès sept heures trente. Même si tôt, les journalistes commençaient à s'attrouper. C'était le jour du jugement, qui les attirait comme le trèfle attirait les abeilles. Trois minibus de télévision étaient garés devant et des reporters de la rédaction, en deux petits groupes, buvaient du café accompagné de feuilletés aux fruits.

Comme Hardy approchait du Palais, un des correspondants le reconnut et courut vers lui, lui demandant une déclaration. Hardy s'arrêta, l'estomac noué. Il voulait éviter tout cela. Ça pouvait lui porter la poisse.

— Que voulez-vous dire ? Il ne s'est encore rien passé. Le verdict n'est pas confirmé.

Et cogitez là-dessus, pensa-t-il.

D'autres suivirent.

— Détenez-vous de nouvelles preuves ?

— Que pensez-vous de Dean Powell comme ministre de la Justice ?

Hardy ne put retenir un rire.

— Disons que je préférerais le voir siéger à Sacramento plutôt que dans mon tribunal.

— Croyez-vous que Jennifer va être exécutée ?

Ils en étaient tous attristés. C'était la réalité. Hardy ne voulait pas influencer les choses. Villars les avait avertis sur les déclarations faites à la presse. Quelle inconscience, s'il était convaincant ce matin, de se faire remarquer par Villars sur le petit écran, comme Powell ou Freeman, tandis qu'elle prendrait sa décision.

Il continua son chemin. Désolé, aucun commentaire. À travers la meute de journalistes, il aperçut David Freeman qui arrivait de la 7e Avenue. Un allié à qui parler ? Il ne ressentit aucun soulagement, ni aucune envie de le voir. Mais c'était bien legenre du vieil homme de venir ici, d'afficher sa solidarité, de s'entretenir avec la presse s'il en avait l'occasion. Hardy y veilla.

— Voilà David Freeman, annonça-t-il en pointant le doigt sur lui.

L'essaim se déplaça jusqu'au champ de trèfles suivant et Hardy s'échappa par le grand escalier noir. Il passa le détecteur de métaux, prit un ascenseur pour descendre à la consigne où étaient enfermées les preuves matérielles, et finalement, il trouva refuge au troisième étage dans une salle de sélection des jurés déserte.

* * *

Aujourd'hui, les costumes qui en imposaient étaient de sortie. Les deux avocats étaient habillés de la même manière — costume gris foncé, chemise blanche, cravate rouge. Celle de Hardy avait des losanges bleus quasiment invisibles. Folle exubérance.

Ils s'étaient rassemblés dans la salle de tribunal. Remontant l'allée, Hardy salua Freeman et Lightner, assis l'un à côté de l'autre. Il tendit au psychiatre la déclaration qu'il avait préparée et attendit, échangeant quelques mots avec Freeman. Lightner corrigea deux, trois choses avant de signer.

Hardy fit un signe de tête à Powell, penché sur sa table et seul ce matin. Il avait dû juger la présence de son assistant inutile. Cela n'allait pas être très long.

Jennifer arriva. Elle était habillée avec simplicité. Des chaussures plates noires, une jupe bleue, un chemisier blanc avec un petit col. Pas de maquillage. Pas de bijoux. Quand l'huissier la laissa, elle se tourna vers la salle, leva la main. Hardy vit Lightner la saluer. Le visage de Jennifer s'illumina légèrement.

— Ma mère est là, dit-elle. Tom aussi.

En effet, Nancy venait d'entrer. Son fils la tenait par le bras. La veille, elle lui avait dit qu'ils avaient enterré Phil le week-end. Elle n'avait pas pu revenir voir sa fille, mais Tom et elle s'étaient retrouvés. Il était redevenu son brave fils. Elle avait de nouveau ses enfants à ses côtés. Quel drôle d'endroit pour se réconcilier, songea Hardy.

L'huissier annonça que la séance du tribunal de seconde juridiction de l'État de Californie s'ouvrait sous la présidence du juge Joan Villars.

Le juge prit place à la Cour. Son habituel casque de cheveux gris était parfaitement ordonné sur son visage perpétuellement sévère. Elle avait chaussé ses lunettes. La greffière, Adrienne, attendait derrière sa machine à écrire.

— Très bien, commença le juge qui ajusta sa robe. Bonjour. Mr Powell, avez-vous quelque chose à déclarer ?

— Non Votre Honneur. Les jurés se sont clairement exprimés sur cette affaire. Présentée par la partie civile.

L'avocat général regarda sa montre. Il ne prévoyait pas une longue séance, de toute évidence. Il se rassit au fond de sa chaise.

— Mr Hardy ?

Celui-ci se leva et apporta ses papiers au juge.

— Votre Honneur, j'ai deux motions. Selon les articles 1179 - 1181 du code pénal de l'État de Californie, je dépose devant ce tribunal une motion pour exiger un nouveau procès. Simultanément, selon l'article 190.4(e), j'ai préparé une motion pour que ce tribunal réduise la peine de Mme Witt en un emprisonnement à vie sans liberté conditionnelle.

Villars acquiesça de la tête. Elle s'y attendait.

— Avez-vous des preuves nouvelles à présenter aujourd'hui pour appuyer ces motions ?

— Oui Votre Honneur, j'en ai.

Powell se dressa et lui jeta un regard.

Hardy continua.

— J'ai deux déclarations assermentées Votre Honneur. Si vous permettez.

Il revint devant la Cour et les tendit au juge qui se pencha dessus longuement. Abaissant ses lunettes sur son nez, elle regarda Hardy par-dessus la monture. Puis :

— Mr Powell. (Du doigt, elle ordonna à l'avocat général d'approcher.) À mon cabinet, annonça-t-elle et à la salle : Suspension de séance de dix minutes.

* * *

Villars les précéda. Elle prit son siège derrière le bureau. Hardy et Powell avaient retrouvé leurs fauteuils respectifs. Pendant que l'avocat général prenait connaissance des déclarations, elle fixait un point dans le vide. Powell reposa les papiers devant elle.

— Mr Hardy, je n'ai pas l'intention d'accepter vos arguments concernant la motion pour un nouveau procès, déclara le juge. J'ai déjà statué sur ces questions au cours du procès et je suis certaine que la cour d'appel entérinera mes décisions.

Hardy soupira longuement, se préparant pour le pire. Il percevait l'excitation et la joie de Powell. Villars parcourut de nouveau les papiers, fronçant les sourcils, cherchant peut-être, il l'espérait, quelque chose qu'elle aurait manqué. Elle finit par demander :

— Lightner est le psychiatre avec qui elle couchait ?

Était-ce une ouverture ? Hardy en profita.

— Ceci n'a jamais été établi, Votre Honneur.

Powell jaillit du fauteuil.

— Qu'entendez-vous par là ? Votre Honneur, ces déclarations auraient dû être présentées les jours passés pour que nous puissions considérer ces problèmes...

— Mr Powell, je vous en prie. Ici, c'est moi qui pose les questions. Mr Hardy ?

— Cette déclaration parle d'elle-même, Votre Honneur. Le Dr Lightner dit qu'il détient des informations non révélées sur la situation de Jennifer le matin des meurtres. Son mari la battait. Si elle l'a tué, c'est pour se défendre, justement ce matin-là. Il n'y a pas eu de préméditation...

— Votre Honneur, je vous en prie !

Powell ne le tolérerait pas, surtout à la dernière minute.

— La légitime défense justifie un meurtre, Mr Hardy. Si c'est votre défense, pourquoi Freeman et vous n'en avez rien dit plus tôt quand vous en aviez l'occasion ?

Hardy avait prévu la réponse.

— Cette remarque est inscrite dans l'autre déclaration, Votre Honneur. Celle de David Freeman. Moi, je n'ai pas eu l'occasion. Lui, oui. Il a choisi de ne rien dire. Je n'étais pas l'avocat de Mme Witt pendant la phase d'instruction. Ma cliente ne devrait pas être pénalisée aujourd'hui par la stratégie adoptée par Freeman.

C'était une tentative... lui et Freeman avaient fait équipe, et Villars le savait autant que Powell. Toutefois, il n'avait pas tort, sur le plan technique au moins.

Villars affichait son masque.

— Votre Honneur, intervint Powell, cette question de la femme battue n'a jamais été introduite. Ce n'est nulle part dans le procès-verbal.

Hardy allait répondre, Villars l'en empêcha.

— Je sais, Mr Hardy, inutile de me le rappeler. Et vous, Mr Powell, rappelez-vous que c'était explicitement inclus par Mr Hardy lui-même.

— Mais c'était au cours de l'instruction sur Ned Hollis. Cela n'a aucune influence sur les motifs qui ont fait condamner Jennifer.

Villars n'eut pas la même conception.

— Mr Powell, c'était votre décision de regrouper toutes les accusations dans ce procès. C'est votre problème s'il y a maintenant des débordements. Mais cette déclaration, Mr Hardy, ne nous parle pas des preuves de Lightner.

Hardy le savait. Il n'avait pas de réponse immédiate à lui donner.

— Cela viendra au fur et à mesure de son témoignage, répondit-il.

— Oh pour l'amour de Dieu...

Villars pointa un doigt sur Powell.

— Surveillez votre langage, Mr Powell. Ce tribunal n'acceptera aucun blasphème.

— Excusez-moi, Votre Honneur, mais je ne vois toujours pas ce que nous cherchons. Vous avez déjà dit que vous n'autorisiez pas les soi-disant preuves de Mr Hardy...

— Concernant la motion pour un nouveau procès.

Villars n'aimait pas cela mais elle comprenait son devoir. Si pour une seule raison, Jennifer ne devait pas être condamnée à mort, elle devait la considérer.

— Concernant la motion pour mitigation de la peine, je pense que je dois écouter le Dr Lightner. *Si c'est un fait*, si Mr Hardy peut prouver par ce témoignage que Mme Witt a été psychologiquement et physiquement maltraitée, elle mérite que l'on étudie ce fait avant que je ne la condamne.

— Si c'est véritablement un fait, Votre Honneur. Mr Hardy ne donne aucun signe d'avoir des faits à présenter.

Villars réfléchit.

— Mr Hardy, pouvez-vous nous parler du contenu du témoignage du Dr Lightner ?

C'était l'atout de Hardy et il devait le jouer.

— Je suis désolé, Votre Honneur. Vous pouvez lire la déclaration du Dr Lightner. Je ne suis pas disposé à reprendre son témoignage dans les détails... je pourrais par inadvertance donner une mauvaise information au tribunal.

Ils le comprenaient tous. Hardy n'était pas sûr de ce qu'il allait pouvoir tirer de Lightner mais il ne pouvait pas le dire.

Villars frotta les feuilles entre ses doigts — un son insistant, sourd.

— Que le Dr Lightner commence, Mr Hardy, dit-elle finalement. Mais je vous préviens...

Il savait.

* * *

— Qu'est-ce qu'il va raconter ? murmura Jennifer à Hardy en lui saisissant le bras. Il croit que je suis coupable.

Hardy devait admirer une chose — elle n'avait pas changé son histoire d'un iota depuis tous ces mois. Tout simplement, elle n'était pas coupable. Bien sûr, elle ne serait pas le premier assassin à nier sa culpabilité jusqu'au dernier instant.

Il se pencha vers elle, pressant.

— Faites-moi confiance. Ne nous interrompez pas. Je vous crois. (À son tour, il lui serra le bras en la tirant vers lui.) Vous m'entendez ? Je vous crois.

Villars regardait Lightner dans le box des témoins.

— Docteur, commença-t-elle, je voudrais me faire bien comprendre. Votre témoignage ne sera pas ici recevable par rapport à la culpabilité ou l'innocence de Mme Witt. Ceci a déjà été établi. Cependant, le tribunal comprend que vous détenez des informations qui peuvent exercer une influence sur la mitigation de la peine capitale recommandée par le jury.

Lightner avala sa salive.

— C'est bien cela ?

Le psychiatre haussa les épaules, lança un regard inquiet à Hardy.

— Oui Votre Honneur, je crois.

— Parfait. Mr Hardy ? l'invita Villars.

Hardy se leva lentement.

— Dr Lightner, quelle est votre relation avec l'inculpée ?

— Je suis son ami et son psychiatre.

— Depuis combien de temps êtes-vous son psychiatre ?

— Environ quatre ans.

— Et son ami ?

— Je l'ai toujours considérée comme une amie.

— Et dans votre rôle d'ami, Docteur, avez-vous vu Mme Witt dans d'autres circonstances que l'on peut décrire comme professionnelles ? Déjeuners, dîners, ce genre de rencontres.

Hardy cherchait le poisson mais il lui donnait aussi un gros trou où se réfugier précipitamment. À le voir, surtout à voir son regard, Lightner avait compris la proposition.

— Oui.

En revanche, il n'avait pas compris le prix que Hardy exigerait.

— Souvent ?

— Plusieurs fois. Oui.

Et Hardy lâcha la bombe.

— Dr Lightner, à l'époque de la mort de Larry et Matt, étiez-vous l'amant de Jennifer ?

Le toubib, visiblement surpris, s'adossa à sa chaise, puis il se tourna vers le juge.

— Votre Honneur... ?

— Répondez Docteur, fit Villars en secouant la tête.

Même s'il avait déjà répondu.

Hardy lui rappela qu'il était sous serment. Lightner jeta un regard impuissant à Jennifer.

— Oui, murmura-t-il.

La voix de Powell retentit.

— Votre Honneur, ce témoin a déjà témoigné, sous serment, que Mme Witt et lui-même n'avaient pas eu de relations intimes.

Villars se pencha vers le box des témoins.

— Docteur, vous reconnaissez que vous avez fait un faux témoignage. Le réalisez-vous ?

Sérieux, Lightner hocha la tête, répondit par l'affirmative.

Un bruit courut dans la salle, Villars frappa son marteau une fois. Elle fit signe aux avocats d'approcher.

— C'est lui votre sympathique témoin ? dit-elle, sans vouloir de réponse.

Hardy se retourna vers sa cliente. Jennifer était pareille à une statue de marbre. Sauf qu'elle se mordait les lèvres. Il lui avait dit de lui faire confiance, qu'il la croyait. Il devait le lui faire savoir.

Revenant vers Lightner, il demanda :

— Docteur, avez-vous hypnotisé l'inculpée ?

— Oui.

— Lui avez-vous dit, sous hypnose, qu'elle devrait démentir votre liaison ?

Lightner chercha de l'air.

— Je croyais que cela nuirait à sa défense. Que cela la compromettrait d'une certaine manière. Elle avait assez de mal à gérer ce qui lui arrivait.

— Vous parlez de la mort de Larry et Matt.

— Oui.

Silencieux, Hardy alla vers le box des jurés, rassemblant ses pensées, puis fit volte-face.

— Puisque vous aviez une liaison avec Jennifer, en fait, vous avez passé du temps avec elle qui n'avait rien à voir avec votre travail ? Ou avec son état psychique ?

— Oui, c'est exact.

C'était là le point essentiel, et Lightner le comprit. Si Jennifer avait une chance d'avoir la vie sauve, bien que les révélations les noircissaient tous les deux, la liaison devait éclater au grand jour, comme Hardy s'y essayait.

— Avez-vous vu Jennifer, soit pour des raisons professionnelles, soit pour des raisons personnelles, après le 28 décembre de l'année dernière ?

— Oui, bien sûr. Je vous l'ai dit. Presque tous les jours. La mort de son fils l'avait anéantie. Elle se le reprochait. (Une autre rumeur, brève, monta dans la salle.) Mais Jennifer se reprochait toutes les choses de la terre.

— Pourtant, elle nie avoir tué son mari et son fils.

— C'est juste.

Ceci n'était pas une question, mais Powell ne fit pas d'objection et Villars ne dit rien. Hardy respira profondément avant d'enchaîner, donc :

— Docteur Lightner, Jennifer vous a-t-elle parlé des décisions qu'elle avait prises avant le 28 décembre ?

— Oui. Elle quittait son mari. Elle m'a téléphoné le soir du réveillon.

— À l'ami, pas au psychiatre.

— Oui.

Hardy avait trouvé son rythme et il conduisait peu à peu le témoignage de Lightner. Le fait que Larry avait menacé de la tuer si elle partait. Le revolver dans la tête de lit. La tension qui grandissait dans la maison. L'histoire devait couler, glisser de l'hypothèse au fait, se nourrir des détails. C'était la tâche de Hardy. Ils en vinrent au lundi matin.

— Dr Lightner, Jennifer ne vous a jamais avoué qu'elle avait tué Larry ou Matt. Exact ?

— Oui, exact.

— Néanmoins, d'après votre expérience et ayant assisté à ce procès, vous êtes-vous formé une opinion sur l'état d'esprit de Jennifer au moment du meurtre ?

— Oui, en effet.

— À propos, Docteur, toutes les informations que vous avez reçues sur cette affaire viennent soit de Mme Witt, soit de ce procès.

— C'est juste.

— Personne ne vous a fourni des rapports de police, des photos ou des informations hors du tribunal ?

— C'est vrai.

— Dites-nous, Docteur, votre avis en tant que spécialiste sur l'état d'esprit de Mme Witt ?

— Elle était fondamentalement dans un état de panique dû au syndrome de la femme battue. Son mari l'avait battue de façon répétée. Ils venaient de se disputer. Il est monté après elle en courant. Elle était terrifiée...

Hardy tenait le rythme, préparant le décor, emmenant Lightner avec lui. Larry montait les escaliers en courant...

— Et qu'a-t-elle fait ensuite ?

— Elle s'est emparée du revolver dans la tête de lit.

— Et ensuite, Docteur ?

Elle s'est tournée. Matt avec le revolver — le nouveau cadeau de Noël — à la porte de la salle de bain...

— Et ensuite ?

Matt. Larry qui a foncé sur elle en hurlant. Le coup de feu à bout portant...

Le tribunal était silencieux. Peut-être dix secondes d'un silence absolu.

— Comme vous nous l'avez dit, Dr Lightner, bien sûr, Mme Witt nie catégoriquement et sans faiblir être coupable de ces meurtres. Ceci est donc votre propre reconstitution des événements ?

— Oui, monsieur.

— Entièrement ?

— Oui, bien sûr.

Hardy attendit un instant, le temps de laisser agir la réponse. Puis il s'approcha du box.

— Dr Lightner, comment êtes-vous au courant du jouet que tenait Matt ?

Le silence se fit pesant. Lightner s'était laissé emporter par l'émotion de sa propre histoire. Maintenant, vidé, il s'affaissa légèrement dans son siège. La parole lui revint.

— Je vous demande pardon.

Hardy répéta la question. Comment savait-il pour le revolver du gamin ?

Lightner cligna des yeux.

— Je ne suis pas sûr.

— Mais vous nous avez décrit cette situation. Ce n'est pas ce que Jennifer, elle, vous a dit, n'est-ce pas ?

Powell se leva.

— Votre Honneur...

— Rejetée, dit Villars sans aucune hésitation. J'aimerais que le médecin réponde.

— J'ai dû le voir sur des photos. Celles que l'on a vues ici au procès.

— Jennifer ne vous a pas dit ? Elle m'a confié que Matt n'avait jamais eu de tels jouets. Il n'avait pas le droit d'avoir un revolver.

Powell se leva de nouveau. Villars secoua la tête.

— Non, c'est vrai. Ce n'est pas elle. Ce doit être d'après les photos, persista Lightner.

Hardy, dodelinant de la tête, retourna à sa table et prit une enveloppe épaisse contenant les tirages des meurtres.

— Je voudrais que vous parcouriez ces photos et que vous me montriez le revolver si vous le trouvez.

Lightner prit l'enveloppe et passa les photos en revue. Devant lui, Hardy attendait. Villars ressemblait à un sphinx. Sans avoir fini, Lightner leva les yeux et dit :

— Mais ce n'est qu'une histoire. Il n'y a peut-être pas de revolver. C'est juste ce que je pense. Ce n'est qu'une hypothèse nourrie.

— Mais Dr Lightner, c'est bien plus qu'une hypothèse.

Hardy retourna encore à sa table. Il sortit de sa mallette un sac en plastique fermé par une fermeture éclair. Il l'ouvrit devant le témoin pour en sortir l'"erreur" de Terrell — le jouet revolver trouvé dans le même container que l'arme du meurtre.

— C'est ce revolver Docteur, n'est-ce pas ? C'est ce revolver que Matt tenait, non ? Ce revolver que vous avez pris pour un vrai. Ce revolver qui vous a fait tirer sur lui...

Mon Dieu ! Ken ?

Hardy entendit Jennifer dans son dos. Il se crut incapable de bouger mais il pouvait encore parler.

— C'était le colis de la FedEx, le cadeau de Noël de Nancy, la grand-mère de Matt. Comment saviez-vous qu'il s'agissait d'un cadeau de Noël ? Il n'a été livré à la maison qu'à 9h30, après le départ de Jennifer. Vous l'avez ramassé avec l'arme du crime et Jennifer n'a jamais su qu'il y avait eu ce revolver. *Non ?*

Lightner remua sur sa chaise. Son regard passa de Hardy à la salle, cherchant un secours. Finalement, il regarda Villars.

— Je n'ai pas à répondre, n'est-ce pas ? Je peux prendre le Cinquième Amendement.

— Si vous estimez que votre réponse pourrait vous incriminer, dit Villars.

Il frotta ses mains sur son pantalon. Il regarda Jennifer puis Hardy.

— Je vais prendre le Cinquième Amendement, annonça-t-il au juge. Je ne parlerai plus sans mon avocat.

* * *

C'était pour lui la seule chance, la dernière chance.

Elle avait téléphoné comme elle le faisait de plus en plus souvent quand ils se disputaient. Larry la battait.

Pourquoi ne le quittait-elle pas ? Rien ne s'arrangerait. Tous les livres, et les faits, s'accordaient. Il lui avait dit. Et pourtant, elle ne le quittait pas. Elle croyait qu'elle devait encore essayer.

Alors, il l'avait écoutée. Et conseillée. Et oui, il lui avait fait l'amour.

Il avait menti à Hardy et au tribunal à ce sujet, mais il avait dit la vérité à Hardy sur le sentiment qu'il éprouvait. Un sentiment ? C'était un euphémisme. Oui, elle l'aimait, et c'était autre chose qu'une histoire de transfert, se disait-il. Mais elle avait sa famille. Elle ne les quittait pas, c'était simple. Ce qui voulait dire qu'il ne l'aurait jamais tout à fait à lui. L'appel le soir du réveillon ne signifiait pas qu'elle avait décidé de partir. C'était une nouvelle dispute, de nouveaux coups, un nouvel appel à l'aide. Il avait répondu, comme toujours, et ensuite, elle revenait en demandant plus.

Et maintenant, encore, ce lundi matin. Un autre appel, avec bien plus de dégât. Il fallait que ça cesse. C'était la seule chance pour tous les deux. Il pouvait la sauver et... l'avoir... il ferait tout pour elle. Tout...

* * *

Olympia Way. Sa belle maison. La rue déserte, morte, silencieuse sous un vif soleil du matin. Il lui avait fallu dix minutes, peut-être moins, pour y arriver. Jennifer était allée courir. Il avait assez de temps. Elle serait partie...

Personne dans la rue.

Il était déjà venu ici. Trois fois, des après-midi, Matt et Larry absents, rendez-vous avec Jennifer. Il connaissait la maison. Il savait où était le revolver. Non pas qu'il avait prévu de s'en servir. Si ? Non. Il n'était pas question d'en arriver là. Il parlerait à son mari, il lui dirait ce qu'il avait fait, ce qu'il allait faire avec Jennifer. Maintenant qu'il était là, il semblait...

— Qu'est-ce que c'est ?

— Dr Witt ? Nous devons discuter. Puis-je entrer s'il vous plaît ? C'est au sujet de votre femme.

Le regard coupable se rétrécit.

— Qui êtes-vous bon sang ?

— Son psychiatre. (Un regard dans la rue vide.) Vous savez ce que c'est, confidentiel.

* * *

Pas d'autres bruits. Ils sont seuls dans la maison, tous les deux.

— Très bien. De quoi s'agit-il ?

— Elle a besoin de moi, Dr Witt. Elle m'a téléphoné. Elle est en haut ?

— Elle n'a pas besoin de vous. Elle vous a téléphoné, qu'est-ce que ça veut dire ? Quand ? Qu'est-ce que vous me chantez.

— Elle m'a dit qu'elle serait ici. Vous l'avez encore frappée. Je l'emmène...

— Vous n'emmenez rien du tout. Elle n'est pas là.

— Si je pars, j'appelle la police. J'appelle immédiatement.

— Nom de Dieu... que voulez-vous ?

— Je veux voir Jennifer. Je veux l'emmener hors d'ici. C'est ma patiente. Vous devriez comprendre, Docteur.

— Elle n'est pas là, je vous ai dit qu'elle n'était pas là.

— Il faut que je le constate moi-même. Je jure devant Dieu, j'appelle la police tout de suite. Je ne peux pas la laisser ici comme ce...

— Vous voulez la preuve ? Vous avez besoin de faire le grand tour.

Moins confiant maintenant, pense-t-il.

* * *

Finalement, il est en haut, dans la chambre.

— Voilà, vous êtes satisfait ? Je vous l'ai dit, elle est sortie. Maintenant, bon sang, sortez de chez moi!

Le revolver est là où elle a dit — dans la tête de lit.

— Je ne pense pas.

Il n'a pas besoin de penser. Les événements s'imposent.

— Qu'est-ce que vous faites avec ça ? Putain...

Venant vers lui, le bruit, l'autre son... là-bas peut-être, subliminal... de l'eau qui goutte dans un évier ? Il ne l'a même pas entendu. Non. Le bruit a cessé. C'est ça. Le bruit a cessé. Il y a quelqu'un là-bas.

— Ne bougez pas.

À Witt, pour l'arrêter. Le sang afflue à ses tempes.

— Qu'est-ce que vous faites, putain ?

— Qui est là ?

Witt qui hurle par-dessus son épaule.

— Matt, reste où tu es! (Il se tourne à demi, pour le bluffer.) Ne sors pas!

Juste quand le canon de l'autre revolver apparaît... une image floue... à la porte de la salle de bain. Quelqu'un le vise! Mais il n'y a personne là-bas. Plus rien, sauf la panique. Une ombre. Tout va trop vite.

Witt bondit. Mais autre chose, au même moment, surgit sur le côté, à la porte de la salle de bain. Du coin de l'oeil, il voit un revolver. Dieu! Un témoin, ici. Non, une menace.

Il n'a pas une seconde. Pas le temps de regarder mieux. C'est une arme — pourtant, trop près du sol, quelqu'un est accroupi ? Il fait pan. Le revolver fait pan...

Il n'a pas le choix, il fait volte-face, vise, presse la gâchette juste au moment où il voit...

... le garçon sortant à quatre pattes de la salle de bain, un revolver à la main, en train de le viser ? Il fait pan encore une fois. Impossible. Ça ne peut pas être Matt, il est à l'école. C'est jour d'école et le père est seul chez lui...

Il doit arrêter! Il le faut! Mais son doigt a déjà pressé trop fort. Son revolver recule, explose dans la chambre dans un bruit de bombe, le miroir de la salle de bain vole en éclats dans un nuage de rouge vif écoeurant

Ne plus reculer maintenant. Agir aussitôt tandis que Witt est encore sous le choc, paralysé par l'explosion, par ce qu'il voit, rivé sur le corps de son fils...

En une seconde, l'horreur s'étale, c'en est assez. Lightner pointe le revolver sur Witt qui se met à hurler, les mains levées. Son

visage, ses yeux, un homme fou qui s'approche
Impossible de ne pas tirer. Impossible de le manquer...

* * *

Hardy quitta la barre. Les journalistes se précipitaient sur les téléphones et aux minibus de relais télé. Dans son hébétude, il entendit le marteau de Villars, il vit Powell se lever, muet. Il sentit la présence de Nancy dans la salle. Elle lui avait confirmé, la veille, avoir envoyé un revolver à Matt pour Noël.

Lightner s'effondra sur sa chaise. Hardy s'assit près de Jennifer, qui posa son visage contre sa poitrine et pleura de tout son saoul, à bout de nerfs.

* * *

Powell fit emmener Lightner en détention par Terrell sous l'inculpation de faux témoignage. Villars se retira dans son cabinet, seule.

Une demi-heure plus tard, elle revint à la Cour. Hardy et Jennifer étaient restés à la table de la défense, ils se tenaient les mains. Nancy et Tom s'étaient approchés au premier rang, Freeman se trouvait au barreau. Avachi sur sa chaise, Powell faisait semblant d'étudier des dossiers, la mine sombre.

Villars avait le visage coloré, la bouche pincée en un trait. Elle regarda par-dessus ses lunettes Hardy et Jennifer puis Powell.

Elle annonça d'un ton précis et formel :

— Ce tribunal accorde la motion de l'inculpée pour l'ouverture d'un nouveau procès selon l'article 1181 du code pénal.

Hardy se laissa enfin aller contre la chaise. Accorder cette motion était une pure formalité juridique car il n'y aurait pas de nouveau procès pour Jennifer. Comme elle n'avait cessé de le clamer, elle n'avait pas tué son mari et son fils, et enfin, désormais, tout le monde ici présent le savait.

— D'autre part, poursuivit le juge, ce tribunal, en vertu de l'article 657.6 du code pénal de l'État de Californie, a pris la décision de rejeter le verdict rendu par les jurés dans l'affaire du ministère public contre Jennifer Witt. Ce tribunal juge que les preuves présentées manquent de force probante pour établir les faits. Mr Powell, je suppose que vous ne vous opposerez pas à la relaxe de l'inculpée sur sa parole. (Il ne s'agissait pas d'une question.) Mr Hardy, voudriez-vous approcher ?

CHAPITRE 55

Après le procès, Hardy avait construit une nouvelle bordure en briques pour entourer les rosiers de Frannie près de la clôture dans l'arrière-cour. Regardant vers la maison, il se dit qu'il y était revenu maintenant. Isaac Glitsky, le fils aîné de Abe, prenait son job au sérieux — il leva le dessus du barbecue, piqua la cuisse de la dinde avec une longue fourchette.

— C'est encore un peu rouge, dit-il.

C'était Thanksgiving. Abe tenait à la main une bière, sa première de l'année d'après Hardy. Il répondit gentiment à son fils, d'une voix bien différente que lorsqu'il était en service :

— Referme le couvercle, Ike, ça va finir de cuire.

Le garçon obéit et retourna jouer avec ses frères et les enfants de Hardy sous l'avancée de la maison.

Pour la saison, la journée était ensoleillée et chaude, agitée parfois par une brise d'ouest. Moses et Susan, qui était enceinte, devaient arriver. Frannie et Flo préparaient dans la cuisine les plateaux de sauces et condiments et d'autres plats pour accompagner la viande.

Hardy buvait ce qu'il appelait le traditionnel "Thanksgiving Old Fashioned" — un bourbon avec de l'eau de seltz, du sucre, du bitter, de l'orange, des cerises, et Dieu savait quoi d'autre. Il voulait le déguster avant que Moses, le puriste, n'arrive et lui gâche ce plaisir. Il s'assit sur le nouveau muret et regarda son monde.

— Ça marche, dit-il. (Il respira l'odeur de la dinde, de la pelouse fraîchement tondue.) Tu ne croiras jamais qui m'a appelé hier.

Glitsky le regarda.

— Orlando Cepeda.

Hardy secoua la tête.

— Michael Jordan.

— C'est pas une personnalité du sport.

— Je sais que c'est pas Clinton. Je suis sûr qu'il me l'aurait dit.

— Jennifer Witt, dit Hardy après une gorgée de son cocktail.

La brise se remit à souffler. Isaac revint vérifier la dinde, Abe lui dit de la laisser.

— Et tourne ta casquette dans l'autre sens, fiston. On en a déjà causé.

Isaac portait une casquette des Giants à l'envers. Si son père, inspecteur de la criminelle, trouvait que c'était probablement une mode désespérée, il ne permettrait pas à son fils d'adopter la moindre marque d'une affiliation à une bande. Pas de vêtements trop larges, pas de vestes Raiders, pas de casquettes de base-ball mises à l'envers pour les fils d'Abe Glitsky.

Isaac remit sa casquette et Abe haussa les épaules en confiant à Hardy :

— Je deviens conservateur. C'est triste.

— Voyons, répondit l'ami, un conservateur de San Francisco te laisserait tout de même à la gauche de Lénine, non ?

La cicatrice brilla légèrement — le fameux sourire raccourci de Abe.

— Bon alors, comment va Mme Witt ?

— Elle est riche. Vraiment riche.

— Déjà ? L'assurance a payé ?

— Obligé. Elle n'a rien fait.

L'ombre de la maison les gagnait. Glitsky s'écarta un peu, assis sur le muret lui aussi.

— Je voulais te demander, dit-il.

— Je sais. Non, il n'y avait pas d'empreintes sur le jouet, révéla Hardy.

— Et ça veut dire quelque chose ?

— Pour un enquêteur aussi exercé que toi, je crois bien.

Glitsky réfléchit. Avec une gorgée de bière.

— C'était effacé. Si jamais un gamin avait joué avec, il y aurait eu ses empreintes dessus.

— Tu vois ? Je savais que tu trouverais. Bref, y'avait tellement d'autres choses, j'y ai pas pensé, c'est tout. Quelque chose, comme on dit, me turlupinait, mais je n'arrivais pas à me le figurer jusqu'au dérapage de Lightner. Il aurait dû y avoir des empreintes, des traces au moins.

— Mais pourquoi Lightner a fait porter les soupçons sur Jennifer s'il l'aimait ? voulut comprendre Abe.

— Il n'y pensait pas au début. Il avait dû se convaincre de ne pas se faire pincer. Il était si confiant qu'il m'a avoué qu'il redoutait que ce soit elle la coupable, mais qu'elle avait tué pour échapper à Larry. J'ai entendu dire que des psy se trouvaient pris à croire ce qu'ils voulaient croire. Comme les gens "normaux".

— Il aurait dû voler un truc, dit Abe. Pour faire ressembler ça à un vol qui a mal tourné.

— Oui, évidemment, avec tes années d'expérience, c'est facile à dire. Mais l'arrestation de Jennifer a tout fait cafouiller. Il espérait qu'avec la disparition de Larry, elle finirait par devenir sa femme, son double, son personnel et son réconfort. Il prétendait qu'elle était atteinte d'une névrose obsessionnelle. Je crois bien que c'était l'inverse. Il ne s'imaginait pas non plus que Matt était à la maison. Vacances de Noël. Il avait oublié le petit.

— Mais pourquoi il est allé chez eux ?

— J'ai aussi demandé à Jennifer. Comment il savait ? Elle l'a appelé quand Larry a recommencé à la battre ce matin-là. Je suppose qu'elle s'est aussi reproché ça. De toute façon, il y avait déjà réfléchi. Un jour, Jennifer lui avait parlé du revolver, de l'endroit où il était. Alors, il se figurait que plus de Larry et... Donc, Jennifer l'a appelé quand elle est montée à la chambre au milieu de la bagarre. Il lui a dit de s'en aller. Il a dû penser que c'était le bon moment, il a raconté à sa brave et fidèle secrétaire qu'il était en conférence, il est parti par le patio. C'est à moins de dix minutes de chez Jennifer.

— Et c'est Terrell qui lui a fourni un alibi, fit remarquer Glitsky, la bière à la bouche.

Hardy acquiesça de la tête.

— Oui, d'ailleurs, je suis certain qu'il se débrouille très bien à son nouveau poste. (L'inspecteur travaillait depuis la semaine précédente au bureau du procureur.) La secrétaire de Lightner a dit qu'il se trouvait toute la matinée à son bureau et c'est ce que Terrell voulait entendre...

— Ça correspondait à sa théorie.

— Sauf que la secrétaire, aujourd'hui, elle n'est plus très sûre. Marrant, hein ?

— Dingue. Sans précédent. Et Lightner est en taule ?

— On dirait bien. Il a droit à son procès de toute façon.

— Il aurait dû craquer quand elle a été accusée des meurtres.

Hardy lui lança un clin d'oeil.

— Sans attirer l'attention sur lui ? Impossible. Non, il pensait avoir un alibi. Il *devait* rester dans les parages pour suivre la défense de Jennifer. Il ne pouvait pas me laisser seul. Il devait insister sur la théorie de la femme battue. C'était le seul moyen de faire libérer Jennifer sans se charger tout sur le dos. Et en cas d'échec, eh bien, il avait tout fait pour rien. N'oublie pas qu'il était obsédé par Jennifer, et il l'est toujours.

— Mais son mari la battait vraiment, pas vrai ?

— Oui, confirma Hardy, mais Jennifer a toujours dit la vérité. Elle ne l'a pas tué, *point final.* Elle aurait pu se sentir coupable, passer par toutes autres sortes de problèmes, mais il n'était pas question pour elle de plaider coupable pour quelque chose qu'elle *n'avait pas fait.* Son gros problème, c'était que les gens la croient, même ses avocats.

La porte de derrière s'ouvrit et Moses McGuire descendit les marches. Hardy expédia son verre, mangea la cerise et jeta la tranche d'orange par terre derrière lui. Il se leva avec Glitsky.

— Ike, tu veux vérifier la bête ? dit Abe.

Moses leur serra la main. Il tenait déjà un verre de Scotch.

— C'est mon premier. Vous en avez combien d'avance les gars ? Qu'est-ce que tu bois Diz ?

Hardy leva son verre vide.

— Une tisane, sec, sans glace.

— Pauvre vieux, fit Moses qui s'adressa ensuite à Glitsky. Alors, le crime, ça prospère ?

* * *

Samedi 11 décembre, "l'éventuel suspect" lavé de tous soupçons, Jody Bachman et Margaret Morency célébrèrent leur mariage dans la demeure de Mlle Morency, à San Marino. L'événement fit la une de la rubrique mondaine de *The Sunday Chronicle* tant il était l'un des plus grands mariages de l'année.

Plus de trois cents invités y assistèrent. Parmi les stars et les célébrités, Hardy repéra le maire et le chef de la police de Los Angeles. Frank Kelso était là aussi, avec quelques autres superviseurs, législateurs, responsables municipaux et philanthropes.

Sur la photo, Jody et Margaret souriaient à Hardy. Sur la droite de Jody se tenait Todd Crane, son témoin et directeur du cabinet Crane et Crane.

Le couple envisageait une longue lune de miel dans le sud de la France.

* * *

La maison était petite. Trois chambres, deux salles de bain. Elle se situait à Belmont, à vingt-deux miles de San Francisco. Les gens qui y habitaient avant l'avaient bien entretenue. La pelouse de l'arrière-cour était tondue, d'un vert intense ; à côté de la terrasse, des bancs en pierre entouraient une petite fontaine. Le long de la clôture du terrain poussaient des arbres fruitiers — des orangers avec leurs fruits, un citronnier, un cerisier et deux pruniers encore nus au milieu du mois de janvier.

Jennifer s'était levée dès l'aube, elle avait couru trois miles en passant par Ralston et en remontant derrière la faculté. Elle n'avait pas fumé une cigarette depuis la fin du procès. Attablée devant son petit déjeuner, la fenêtre entrouverte, elle buvait un café et mangeait un croissant acheté à la bonne boulangerie en bas de la rue. Le ciel était couvert, mais on entendait dehors les oiseaux chanter et le bruit de la fontaine.

C'était la rentrée du semestre de printemps. Dès huit heures, elle était prête. Son premier cours commençait à neuf heures. Elle n'aurait pas à choisir sa matière principale avant deux ans mais elle savait déjà que ce serait la psychologie. Finalement, elle voulait se comprendre et elle pensait que par les études, ce serait un bon début.

Elle déposa la vaisselle sale dans l'évier. Glissant un sweat sur ses épaules, elle rentra dans la maison et ouvrit la porte d'une chambre. Sa mère dormait encore. Elle vint l'embrasser sur le front.

— Je m'en vais, dit-elle. Tu veux qu'on se retrouve pour déjeuner ?

Depuis qu'elles avaient déménagé, sa mère avait passé beaucoup de temps à se reposer.

— Toi, reste à déjeuner là-bas, dit Nancy, qui prit sa fille par le cou, et fais-toi des amis.

— Mais et toi ?

— Ne t'en fais pas pour moi.

— Mais si, dit Jennifer s'asseyant sur le lit, près de sa mère qui se redressa et lui caressa les cheveux.

— Ça n'a jamais été aussi merveilleux, murmura Nancy, pour moi, du moins.

Jennifer hocha la tête. Sa main sur celle de sa mère.

— Je sais. Je crois que j'aurais préféré en arriver là par un autre chemin.

— Enfin, nous sommes là maintenant, dit Nancy avec un sourire. Et c'est ce que nous allons faire à l'avenir qui importe.

— Je le sais. (Jennifer serra la main de sa mère et se leva.) Je sais. C'est dur, c'est tout.

Nancy ne la laissa pas partir.

— D'accord, et si je venais, juste aujourd'hui, pour déjeuner avec toi ? Une fois. Pour t'aider à passer ce cap difficile. Et me sortir de la maison aussi. Je crois que je suis prête dorénavant. Je vais peut-être même appeler Tom.

Jennifer réfléchit.

— Bonne idée, Maman. Ça me plaît.

La dernière photo d'école de Matt trônait dans son cadre, agrandie, sur le guéridon près de la porte d'entrée. En sortant, Jennifer s'arrêta devant, comme elle faisait toujours. Cette fois, elle la prit et regarda Matt qui lui souriait avec son sourire édenté. Elle embrassa la photo et la reposa.

Puis elle ouvrit la porte, respira un grand coup et sortit dans le matin.

REMERCIEMENTS

Beaucoup de gens ont participé par leur soutien et leur connaissance à ce livre. Ma femme, tout d'abord — le pilier de ma vie — Lisa Sawyer. Une fois encore, Al Giannini a été un véritable ami et un guide. Au personnel du bureau du Procureur de San Francisco, j'exprime ma gratitude à Laura Meyer, Mercedes Moreno, Candace Heisler et Diane Knoless, dont les avis perspicaces sur les femmes battues m'ont beaucoup inspiré.

Je voudrais aussi remercier le coroner de San Francisco, le Dr Boyd Stephens ; l'huissier Bruce McMurtry ; Jim Costello ; Frank de chez Zuka's ; le véritable Lou le Grec ; Mike Hamilburg et Joanie Socola ; Maureena Moore pour Federal Express ; Kelly Talbot ; Steve Martini ; Dick Herman ; Kathryn et Mark Detzer ; Peter Dietrich ; Peter Bransten ; mon amie Jackie Cantor pour son infaillible sens de l'humour et son soutien dans tous les domaines ; et Arthur Ginsburg.

Mon éditeur Don Fine a, tel un cavalier volontaire, rongé, taillé et resserré un manuscrit interminable pour en faire ce livre, et je lui suis extrêmement reconnaissant de ses inlassables efforts et de son aide.

Pour finir, à des convives habitués — vous vous reconnaîtrez — qui ont sérieusement allégé le travail et, oh oui, à Don Matheson. Merci.

CHEZ LE MÊME ÉDITEUR

Collection «Attitudes - Best-sellers»

Mayday !
Iceberg
Vortex
Renflouez le Titanic!
Vixen 03
de Clive Cussler

Batman : Crépuscule
de Dennis O'Neil

Mort et vie de Superman
de Roger Stern

Lightning, navette en péril
Ultimatum
de R.J. Pineiro

Les Outlaws
de Tim Green

Question d'honneur
Scorpius
(James Bond)
de John Gardner

Nécroscope
de Brian Lumley

Les agneaux de Satan
de Lynn S. Hightower

L'enfant de Saturne
de Nichelle Nichols

Stephen King
de George Beahm

Alliance maléfique
(Dark Channel)
de Ray Garton

Le 13ème juré
de John T. Lescroart